तसलीमा नसरीन

तसलीमा नसरीन सुख्यात लेखक और मानवतावादी विचारक हैं। अपने विचारों और लेखन के लिए उन्हें अकसर फ़तवों का सामना करना पड़ा। विवादास्पद उपन्यास 'लज्जा' पर उन्हें उनके देश से निष्कासित कर दिया गया जहाँ वे 1994 से नहीं गईं। भारत समेत कई देशों से उन्हें विभिन्न सम्मानित पुरस्कारों और मानद उपाधियों से विभूषित किया जा चुका है। दुनिया की लगभग तीस भाषाओं में उनकी रचनाओं का अनुवाद हो चुका है।

उत्पल बैनर्जी

जन्म : 25 सितम्बर, 1967, भोपाल, मध्य प्रदेश।

कविता-संग्रह : 'लोहा बहुत उदास है' प्रकाशित। बांग्ला से हिन्दी में अनूदित 11 पुस्तकें प्रकाशित। नॉर्थ कैरोलाइना स्थित अमेरिकन बायोग्राफ़िकल इंस्टीट्यूट के सलाहकार मंडल के मानद सदस्य तथा रिसर्च फ़ैलो।

सम्प्रति : डेली कॉलेज, इन्दौर, मध्य प्रदेश में हिन्दी अध्यापन।

बेशरम

तसलीमा नसरीन

मूल बांग्ला से अनुवाद
उत्पल बैनर्जी

राजकमल पेपरबैक्स

राजकमल पेपरबैक्स में
पहला संस्करण : 2019
तीसरा संस्करण : 2026

राजकमल पेपरबैक्स : उत्कृष्ट साहित्य के जनसुलभ संस्करण

राजकमल प्रकाशन प्रा.लि.
1-बी, नेताजी सुभाष मार्ग, दरियागंज
नई दिल्ली-110 002
द्वारा प्रकाशित

शाखाएँ : अशोक राजपथ, साइंस कॉलेज के सामने, पटना-800 006
पहली मंजिल, दरबारी बिल्डिंग, महात्मा गांधी मार्ग, प्रयागराज-211 001
1, अनमोल सोराबजी सन्तुक लेन, धोबी तलाव, मरीन लाइंस, मुम्बई-400 002

वेबसाइट : www.rajkamalprakashan.com
ई-मेल : info@rajkamalprakashan.com

विकास कम्प्यूटर एंड प्रिंटर्स
ट्रॉनिका सिटी-201 102
द्वारा मुद्रित

मूल्य : ₹ 350

BESHARAM
Novel by Taslima Nasrin
Translated by Utpal Banerjee

ISBN : 978-93-88183-99-4

भूमिका

जब मैं कोलकाता में थी, तब मुझे लगा था कि 'लज्जा' के तमाम चरित्रों ने कोलकाता में ही शरण ले रखी है। तब मुझे उन लोगों की कथा लिखने का विचार आया, जो अपना मुल्क छोड़ने के बाद नए माहौल में, नए देश में, नए सिरे से जीवनयापन करने की कोशिश कर रहे हैं।

यह उपन्यास एक तरह से 'लज्जा' की उत्तर-कथा है, लेकिन अपने आप में एक स्वतंत्र रचना भी है। इसे मैंने बहुत तेज़ी से लिखा है—धुँधलके में, मानो मुझे वे सारे लोग दिखाई दे रहे थे! मानो उनकी मेरे संग बातचीत हो रही थी! मैंने भी तो अपना देश छोड़ दिया है। सम्भवतः हमारी तकलीफ़ें एक जैसी ही थीं।

सुरंजन जैसे लोग कितने सुरक्षित हो पाए? माया क्या जीवित है या कि वह मर गई? सुधामय क्या आख़िरकार तालमेल बिठा पाए थे? —'बेशरम' उपन्यास साम्प्रदायिक लोगों के अत्याचारों से त्रस्त अपना देश, अपनी ज़मीन और अपनी जड़ों को छोड़कर आए परिवारों के सुख-दुख की ही कहानी है।

तसलीमा नसरीन

मुझसे सुरंजन की मुलाक़ात अचानक हो गई थी। एक दिन रॉडन स्ट्रीट वाले मेरे घर की कॉलबेल अचानक बजी थी। दरवाज़ा खोलकर देखा तो एक अपरिचित लड़का खड़ा था।

—क्या चाहिए ?

—आपसे मिलना है।

—मुझसे क्यों ?

—बहुत ज़रूरी है।

—'बहुत ज़रूरी है' कहने से काम नहीं चलेगा। आप कहाँ से आए हैं, क्यों आए है, बताइए ?

लड़के ने अपना सिर खुजाया था या हाथ, मुझे याद नहीं, लेकिन कुछ खुजाया ज़रूर था। मुझे वह कुछ ख़ास स्मार्ट-जैसा नहीं लगा।

—इस तरह आने पर मुलाक़ात करना सम्भव नहीं है। फ़ोन पर समय लेने के बाद आइएगा।

यह कहकर मैंने दरवाज़ा बन्द कर दिया था।

—मैं सुरंजन हूँ, सुरंजन दत्त, दरवाज़ा खोलिए, मैं थोड़ी बात करना चाहता हूँ। दरवाज़े के उस पार हवा में बिलाती क्षीण-सी आवाज़ सुनाई दी।

—सुरंजन दत्त! मुझे यह नाम पहचाना हुआ-सा लगा। बहुत पहचाना हुआ नाम। लेकिन उस युवक का चेहरा तो पहचाना हुआ नहीं लग रहा था। उसे कहाँ देखा था, यह निश्चित करने के लिए मैंने दरवाज़ा थोड़ा-सा खोला। नहीं, मैं उसे ज़रा भी नहीं पहचान पा रही थी। मुझे याद ही नहीं आ रहा था कि उसे मैंने कभी कहीं देखा है।

उसके चेहरे पर अप्रतिभ मुसकराहट थी।

युवक बोला—मैं सुरंजन हूँ। आप मुझे पहचान नहीं रहीं ? मुझे लेकर तो आपने एक उपन्यास लिखा था।

—उपन्यास ?

—हाँ, उपन्यास। 'लज्जा' शीर्षक से आपने उपन्यास लिखा था, याद है ?

मेरा शरीर काँप उठा। जिस आदमी के मर जाने की ख़बर हो, बहुत सालों बाद देखूँ कि वही आदमी मेरी ओर चला आ रहा है, तो शायद ऐसा ही महसूस होगा। न तो मैं पीछे हट सकूँगी और न ही आगे बढ़ पाऊँगी। गूँगे की तरह, बुद्धू-जैसी बस ठिठकी रहूँगी। जिस तरह मैं अभी हूँ। सुरंजन की ओर अपलक देखती मैं ठीक उसी तरह खड़ी थी। सुरंजन एक बार मेरी ओर देखता और फिर नज़रें नीची कर गाल खुजलाने लगता। मुझे याद है, कारण कि उसके गाल पर एक बड़ा-सा तिल था। उभरे हुए उस तिल पर जब उसके नाख़ून की खरोंच लग रही थी तो ऐसा लग रहा था मानो वह उखड़ आएगा। तिल की बात सोचकर शरीर के काँप उठने का वह भाव चला गया।

कुछ वर्षों से मुझे तिल को लेकर डर लगने लगा है। मैंने अपने एक फ्रांसीसी मित्र का तिल देखा था। हाथ का एक छोटा-सा निरीह तिल किस तरह बढ़ता-फैलता कैंसर में तब्दील हो गया! जब छोटी थी, चेहरे पर उसी तरह के एक छोटे-से तिल के लिए कितने-कितने उपाय किया करती थी! कितने दिनों तक होंठ के ऊपर आईब्रो पेंसिल से एक तिल बनाती थी। और अब, कहीं पर तिल निकलता देखती हूँ तो आतंक से भर उठती हूँ।

सुरंजन का तिल मुझे मेरी उस ठिठकी हुई हालत से बाहर निकाल लाया। मैंने दरवाज़ा खोल दिया और उस लड़के को अन्दर आने के लिए कहा।

दरवाज़े के सामने जो दो पुलिसवाले वर्दी पहने हाथ में बन्दूक़ लिये बैठे थे, वे ऊँघ नहीं रहे थे, लेकिन मैं जिसे घर में प्रवेश करने दे रही हूँ, उसकी जेब में कोई बम तो नहीं है, मेरे साथ मुलाक़ात का कोई ग़लत मक़सद तो नहीं है, उन्होंने ऐसी किसी बात की जाँच नहीं की। पुलिसवाले मेरे घर के सामने असल में किस कारण बैठे रहते हैं, मुझे नहीं पता। इतने लोग आते-जाते हैं, वे किसी से कुछ नहीं पूछते। आज भले ही मैंने दरवाज़ा खोला था, लेकिन अमूमन सुजाता ही दरवाज़ा खोलती है। सुजाता को हालाँकि ताक़ीद कर दी गई है कि वह अपरिचितों के लिए दरवाज़ा न खोले, लेकिन गाँव के खुले घर में पली-बढ़ी वह लड़की हमेशा इस बात को याद नहीं रख पाती।

मेरा इंटरकॉम पिछले दो साल से ख़राब पड़ा है। मैं कई बार शिकायत दर्ज करा चुकी हूँ, लेकिन मकान की मेंटेनेंस कमेटी को इससे कोई फ़र्क़ नहीं पड़ता। ऐसा कई बार हो चुका कि अपरिचित लोग मेरे घर में घुस आए और पुलिसवाले हमेशा की तरह बन्दूक़ को एक ओर टिकाकर घर के सामने बैठे-बैठे ऊँघते रहे। पुलिस को देख सुरंजन को शायद थोड़ा डर लगा था। किसी को भी लग सकता है। उसके चेहरे पर अजीब ज़र्द-से भाव थे।

मैंने जब उसे अन्दर आने को कहा तो यह सोचकर वह पहले थोड़ी दुविधा में रहा कि उसे बैठे हुए पुलिसवालों और मेरे बीच से होते हुए आगे बढ़ना होगा। इस

वजह से तिल पर दो–चार खरोंचें ज़्यादा पड़ गईं। पहले क़दम में जो गति थी, दूसरे क़दम में वह कम हो गई थी। तीसरा क़दम और भी धीमा था। चौथे क़दम में जब वह दरवाज़े के पास पहुँचा तो गति तेज़ हो गई। सुरंजन अन्दर आ गया। दरवाज़ा बन्द हो गया और वह सोफ़े पर जा बैठा। मैं उसके सामनेवाले सोफ़े पर बैठ गई।

सुजाता से चाय बनाने के लिए कहकर जब मैं उसके सामने बैठ गई, तो उसने नज़रें नीची कर लीं। मन भी एक अजीब चीज़ है, मुझे तब लगने लगा कि किसने कहा कि वह सुरंजन है? कोई और व्यक्ति अगर किसी षड्यंत्र के तहत सुरंजन के नाम से आया हो, तो फिर?

यह ख़याल आते ही 'कहो' या फिर 'कहिए, क्या हाल है' जैसा कुछ कहने से पहले मैं तुरन्त उठ गई और मैंने दरवाज़ा खोल दिया, हालाँकि पूरा नहीं खोला, अधखुला रखा। जो अपने–आपको सुरंजन बता रहा है, वह अगर किसी ग़लत उद्देश्य से आया हो तो समझ जाएगा कि दरवाज़े के उस पार पुलिसवाले हैं। किसी भी आतंकभरी चीख़ को सुनकर वे घर के भीतर घुस आएँगे और किसी भी आततायी से मुझे बचा लेंगे। फिर आतंकवादी या दुष्कर्मी का क्या हश्र होगा, इसका अनुमान कर लेने का थोड़ा समय मैंने उसे दे दिया।

सुरंजन ने थोड़ा समय लिया। समय लेते वक़्त उसका सिर नीचे की ओर झूलता रहा। उसके बालों में सफ़ेदी आने लगी थी। उसकी उम्र कितनी होगी? मैंने हिसाब लगाकर देखा कि मुझसे कम ही थी, लेकिन बहुत ज़्यादा कम नहीं।

बाल तो मेरे भी पकने लगे हैं। उम्र—एक यही चीज़ शायद पलक झपकते ही जीवन से चली जाती है। जीवन से और कुछ इस तरह नहीं रीतता, जिस तरह उम्र रीत जाती है। मेरी तो किस तरह गुज़र गई! एक दिन आईने के सामने खड़ी मैंने अचानक देखा कि मेरे बहुत सारे बाल पक गए हैं। उस दिन तो मैं अपने–आपको पहचान ही नहीं पाई। यह मैं ही हूँ न? मैं तो अब तक अपने–आपको किशोरी ही समझती थी!

सुरंजन ने सिर ऊपर करते हुए जवाब दिया—अब क्या हाल हैं?

जब निगाहें टकराईं, तो लगा, उन आँखों को मैं पहचानती हूँ। उसके साथ क्या कभी मेरी मुलाक़ात हुई थी? सुरंजन की कोई ख़बर नहीं, ऐसे जीवन में और क्या ख़बर होगी, बल्कि मैं अगर अपने बारे में उसे सूचित करूँ, तो उसका कोई मतलब भी होगा, वह इस प्रकार बोलता रहा। और मैं सोचती रही कि सुरंजन के साथ कब और कहाँ मेरी मुलाक़ात हुई थी।

—अच्छा, तुम्हारे साथ क्या कभी मेरी...

—नहीं, कभी मुलाक़ात नहीं हुई।

—हो सकता है, मुलाक़ात ज़रूर हुई हो। अगर मुलाक़ात नहीं हुई होती तो फिर मैंने उपन्यास कैसे लिखा?

—आपने सुनकर लिखा है। काजल देबनाथ तो मेरा दोस्त है, वह आपका भी परिचित था। आपने उसी से मेरे बारे में सुना था।

—तुम्हारे ताँतीबाज़ार वाले घर तो मैं गई थी। तुम्हारे साथ मेरी मुलाक़ात नहीं हुई थी?

—नहीं, मेरे साथ नहीं हुई। माँ के साथ हुई थी। आपके चले जाने के ठीक सात मिनट बाद मैं घर पहुँचा था।

'सात मिनट' सुनकर मुझे हँसी आ गई।

—इतना सब याद है?

सुरंजन ने मुसकराते हुए सिर हिलाया। बोला—याद रखे बिना काम चल सकता है क्या?

जितनी ही बार मेरी निगाहें उसकी निगाहों से टकरातीं, मुझे लगता कि इन आँखों को मैंने पहले ज़रूर देखा है। लेकिन कहाँ देखा, कब—कुछ भी याद नहीं आ रहा था। और सुरंजन ख़ुद इनकार कर रहा था कि मुलाक़ात नहीं हुई। जिस लड़के को सात मिनट वाली बात याद रह सकती है, मुलाक़ात की बात भी उसे याद रह ही सकती है।

अपने बारे में बताने के लिए सुरंजन बहुत उत्साहित था, ऐसा मुझे नहीं लगा।

सुजाता चाय रख गई। साथ में टोस्ट-बिस्कुट। चाय के साथ बिस्कुट देने का हमारा रिवाज़ बहुत पुराना है। बिस्कुट देने पर मैंने देखा है कि लोग बिस्कुट नहीं खाते हैं, केवल चाय पीते हैं। सुरंजन ने चाय में एक बिस्कुट भिगोकर खाना शुरू किया।

ये टोस्ट-बिस्कुट मुझे अपने देश की याद दिला देते हैं। पिताजी रात को घर लौटते हुए हर रोज़ कुछ-न-कुछ ज़रूर लाते थे। उस कुछ-न-कुछ में बिस्कुट ज़रूर होते थे। बचपन में कभी भी मैंने ऐसी रात नहीं देखी जब पिताजी बिना बिस्कुट लिये घर आए हों। बादामी रंगवाले काग़ज़ के पैकेट में टोस्ट-बिस्कुट रहते ही थ। उन बिस्कुटों को खा-खाकर मैं इतनी विरक्त हो चुकी थी कि पिता को टोस्ट हाथ में लिये लौटते देख मन ख़राब हो जाता था और उन पर बहुत ग़ुस्सा आता था। मैं दूसरी तरह के बिस्कुट चाहती थी। मीठे बिस्कुट। क्रीम लगे हुए। टोस्ट के अलावा और कुछ भी। और अब उस जीवन से मीलों दूर के इस जीवन में आकर नाना प्रकार के सुस्वादु बिस्कुटों में से उपेक्षा के साथ एक किनारे पर पड़े हुए टोस्ट-बिस्कुट को निहायत प्यार से उठा लेती हूँ। इसे क्या कहते हैं, इस तरह उठा लेने को? पता नहीं।

सुरंजन को मैंने जान-बूझकर ही 'तुम' सम्बोधित किया था। मुझे लगा कि जब उसके साथ मुलाक़ात हुई थी, तब मैंने उसे 'तुम' कहकर ही पुकारा था। एक साल में मेरे दिमाग़ से बहुत-कुछ बिला गया है। सुरंजन नामक एक लड़के के साथ हुई

मुलाक़ात का सब कुछ बिला गया है। वह मुलाक़ात कब और कहाँ हुई थी, उसका सामान्य-सा तथ्य भी दिमाग़ के किसी कोने-अँतरे में नहीं बचा है।

—तिरानवे में तुम इस देश में आए थे। बहुत साल हो गए!

सुनकर सुरंजन ने सिर हिलाया—हाँ, बहुत साल हो गए।

—मेरा अगर तेरह साल का निर्वासन है तो तुम लोगों का चौदह साल का!

यह कहते ही मुझे महसूस हुआ कि कहने में मुझसे थोड़ी-सी ग़लती हो गई है। मैंने उसे तुरन्त सुधार लिया—हालाँकि निर्वासन मेरा है, तुम लोगों का नहीं।

सुरंजन हँस दिया।

वह हँसी ऐसी थी जिसकी कोई व्याख्या नहीं की जा सकती।

मेरी यह जानने की बड़ी इच्छा हुई कि वह किस तरह जीवन-यापन कर रहा है। एक बहुत अच्छा, सत्यनिष्ठ, आदर्शवादी लड़का बरबाद हो गया था, यह मुझे मालूम था। उसे लेकर तकलीफ़ और करुणा के अलावा मेरे मन में कोई और भावना जन्म नहीं लेती जैसाकि तालिबानियों के लिए होता है। तालिबान और सुरंजन में फ़र्क़ था। तालिबान के सामने कट्टरपन्थ के अतिरिक्त और कोई सम्भावना नहीं थी। हालाँकि सुरंजन भी साम्प्रदायिक हो उठा था, लेकिन उसके सामने कुछ और बनने, साम्प्रदायिकता के विपरीत कुछ हो जाने की सम्भावना थी। असल में सुरंजन को देखकर सबसे पहले यही लगा था कि वह पहले वाला आदर्शवादी युवक ही है। लेकिन वह बदल चुका था। वह बहुत छोटे मन का हो गया था, पहले-पहल यह याद ही नहीं आया। बाद में जब याद आया तो उस पर तरस आने लगा। इसी आन्तरिक तरस ने मुझे माया की याद दिला दी। माया तो अब नहीं है। माया को तो मारकर झील के पानी में बहा दिया गया था। सुरंजन को निश्चित रूप से बहुत तकलीफ़ होती होगी, और उसकी माँ को तो और भी अधिक पीड़ा होती होगी। सुधामय दत्त—सुरंजन के पिताजी—क्या जीवित हैं, यह पूछने की इच्छा हुई लेकिन मैंने नहीं पूछा; बल्कि यह जानना चाहा कि वह रहता कहाँ है।

अत्यन्त क्षीण गले से जवाब आया—पार्क सर्कस।

—पास में ही है?

—हाँ, पास में ही है।

—घर में कौन-कौन है?

मैं इसी प्रश्न का जवाब चाह रही थी। सुधामय जीवित हैं या नहीं, सीधे-सीधे यह न पूछकर मैंने इस तरह से जानने की कोशिश की। मैंने अपनी ज़िन्दगी में देखा कि जब कोई मुझसे पूछता है कि तुम्हारे पिता जीवित तो हैं न, तब मैं अप्रतिभ हो उठती हूँ। अक्सर मैं कोई जवाब दिये बग़ैर, मानो मैंने सवाल सुना ही नहीं, कोई और बात करने लगती हूँ। और अगर जवाब देती भी हूँ तो 'हाँ' जैसा कुछ कहकर प्रसंग बदल देती हूँ।

सुरंजन बोला—माँ और मैं हूँ।

—माँ और तुम? —मैंने दोहराया। मैंने जान-बूझकर दोहराया।

दरअसल मैंने उसके जवाब को दोहराकर समझना चाहा कि उसके पिता जीवित नहीं हैं। और उसने शादी नहीं की है। शादी की होती तो साथ में पत्नी होती। ऐसा भी हो सकता है कि शादी की हो लेकिन अलगाव हो गया हो।

—तुम्हारी माँ कैसी हैं?

यह सवाल सम्भवत: उन सवालों की तुलना में सबसे अच्छा था, कि क्या तुम्हारे पिता नहीं रहे? उनका निधन कैसे हुआ? पिता के न रहने से तुम लोगों को ज़रूर असुविधा हो रही होगी? रुपये-पैसे... ? ये सारे सवाल पूछने की इच्छा थी लेकिन मैंने नहीं पूछे। मैंने देखा कि इन सबको लेकर बात करने पर पैसों का प्रसंग भी आएगा। फिर भी मैंने इस सवाल को रोककर नहीं रखा और वह कोटर से गौरैये की तरह फुर्र से निकल ही आया।

—तुम क्या करते हो? यानी नौकरी वग़ैरह? या कोई बिज़नेस या कुछ और? मेरा मतबल कि जीविका के लिए क्या कर रहे हो?

सुरंजन धीरे-धीरे हथेली मलते हुए बोला—फ़िलहाल कुछ भी नहीं।

यह कुछ भी नहीं करने की ख़बर नि:सन्देह बुरी ख़बर थी। कुछ भी नहीं करके उसका घर कैसे चल रहा है, मैं इसका अनुमान नहीं लगा पाई। मैंने ग़ौर किया कि मैं स्वत:स्फूर्त होकर सुरंजन के साथ बातचीत नहीं कर पा रही थी। सम्भवत: इसका कारण यह था कि उसके बरबाद हो जाने को मैं किसी भी तरह से स्वीकार नहीं कर पाई थी। वह अगर उस देश से सुरक्षा के अभाव की वजह से आया होता, तो फिर इसमें कोई असुविधा नहीं थी। लेकिन जिस प्रकार की घृणा बिखराकर वह चला आया है, उससे मेरा शरीर काँप उठता है। घृणा सरकार के ख़िलाफ़ तो हो सकती है, घृणा के पक्ष में हर तरह के तर्क दिये जा सकते हैं, लेकिन घृणा अगर साधारण लोगों के प्रति हो, किसी भी वर्ग के लोगों के लिए हो, वे मुसलमान हैं इसलिए हो, तो फिर इसमें मुझे कड़ी आपत्ति है। मैं इसे कभी भी स्वीकार नहीं करूँगी। हिन्दू होकर जिस प्रकार लोग उदार एवं अच्छे हो सकते हैं, ठीक वैसे ही मुसलमान होकर भी हुआ जा सकता है।

—आप यहाँ बहुत दिनों से हैं?

इस बार सुरंजन ने सवाल किया। उसके सवाल से मुझे एक तरह से राहत मिल गई। अतिथि की ख़ातिरदारी का मतलब यदि सवाल कर-करके बातचीत को जारी रखना है, तो फिर मन को ख़राब कर देनेवाली उस ख़ातिरदारी के दबाव से मेरे मेहमान ने ही मुझे बचा लिया था।

मैंने सोफ़े पर पीठ टिकाकर एक कुशन को गोद में लेते हुए कहा—हाँ, बहुत दिन हो गए। लगभग ढाई साल।

—वीज़ा को लेकर कोई समस्या थी न, वह दूर हो गई?

—मुझे अभी रेज़िडेंट परमिट मिल रहा है। छह-छह महीने की परमिशन दे रहे हैं।

—सिटिजनशिप का कुछ नहीं हुआ?—सुरंजन ने पूछा।

—ना।

यह 'ना' कहते समय, मैंने ग़ौर किया कि मेरी एक गहरी साँस निकल आई। जब भी किसी को यह 'ना' कहती हूँ, ऐसा ही होता है।

बात न सूझने पर जैसा होता है, मैंने कहा—तुम तो पूरी ख़बर रखते हो!

—अख़बार पढ़ता हूँ। उसी से पता चलता है।

—अचानक मुझसे मिलने की इच्छा क्यों हुई तुम्हारी?

सवाल नहीं करूँगी, ऐसा प्रण करने के बाद भी कुतूहलवश मैंने सवाल पूछ ही लिया।

—कई सालों से मुलाक़ात करने की सोच रहा था। तब आप बीच-बीच में विदेश से कोलकाता आया करती थीं। 'ताज बेंगॉल' में रुकती थीं, मुझे यह भी पता चला था। सच कहने में क्या, हिम्मत नहीं हुई, ऐसा नहीं कहूँगा, लेकिन मुलाक़ात करने में निहायत एक संकोच होता था।

—संकोच क्यों?

सुरंजन इसका कोई जवाब दिये बग़ैर बोला—अभी तो आप यहाँ कुछ दिन और हैं न?

मैंने धीरे-धीरे कहा—हाँ, अभी हूँ। यहीं तो रहती हूँ। जितने दिनों की अनुमति मिलती है, उतने दिन तो रहूँगी ही।

—आपका बाहर जाना तो होता ही होगा?

—हाँ, तमाम समारोहों में यूरोप-अमेरिका वग़ैरह जाती हूँ। लेकिन लौटकर कोलकाता ही आती हूँ।

अपने बारे में बताने की मेरी ज़रा भी इच्छा नहीं थी। मेरी इच्छा सुरंजन के बारे में जानने की थी। वह पार्क सर्कस इलाक़े में रहता है। मुझे जहाँ तक जानकारी है, वह मुस्लिम-बहुल इलाक़ा है। उस इलाक़े में सुरंजन रह रहा है, जो प्रचंड रूप से हिन्दू है। इन बातों का मैं आपस में मिलान नहीं कर पाती।

—आप एक दिन हमारे घर आइए न! माँ अक्सर आपके बारे में बातें करती हैं। आपके लिए दुख जताती हैं।

—दुख? क्यों?

—कहती हैं कि हम लोगों के बारे में लिखने के कारण ही आपके साथ ऐसा हुआ है। आपको अपने देश से निर्वासित होना पड़ा है।

मैंने सुजाता से और दो कप चाय लाने का कहा और फिर बताया कि 'लज्जा' लिखने के कारण मेरा निर्वासन नहीं हुआ। 'लज्जा' पर तो सरकार ने पाबन्दी

लगा दी थी। मेरे ख़िलाफ़ धर्मान्ध लोग ग़ुस्से से आगबबूला हो उठे थे, कारण कि मैंने इस्लाम धर्म की समालोचना की थी। स्त्रियों की आज़ादी की राह में सारे ही धर्म बाधा हैं। मेरी इस बात को धर्मान्ध लोग या कि धार्मिक लोग स्वीकार नहीं कर पाए।

मैंने जानबूझकर धर्म के प्रसंग में बात कही। कारण कि सुरंजन स्वयं धर्मान्ध हो चुका था। मैं चाहती थी कि उसे यह पता चल जाए कि धर्म के बारे में मेरी जो राय पहले हुआ करती थी, वह आज भी क़ायम है। वह यह भी समझ ले कि राजनीतिक दुर्दशा की शिकार होकर भी मैं अपने आदर्शों को नहीं छोड़ती।

बरामदे में धूप आ चुकी थी। मीनू, मेरी बिल्ली, मेरी पालतू बेटी रॉकिंग चेयर पर चित लेटकर सो रही थी। बरामदे में गमलेवाले पौधे बहुत अच्छे दिख रहे थे। बरामदे का काँचवाला दरवाज़ा मैं अमूमन खुला ही रखती हूँ। इससे यह घर बहुत बड़ा लगता है, मानो दिगन्त को छूता हुआ-सा! बरामदे में खड़े होने पर काश, एक समुद्र दिखाई दे जाता या फिर एक अकेला पहाड़!...अपने जीवन में मैंने दीवाना कर देनेवाले अनेक प्राकृतिक नज़ारे देखे हैं। इस पृथ्वी की सारी सुन्दरताओं के सामने मैं खड़ी रही हूँ। लेकिन क्या केवल प्रकृति से मन भरता है? इनसान चाहिए, इनसान! सुरंजन को क्या मैं उस इनसान की श्रेणी में रखूँगी? किसी दिन क्या फिर से मेरी उससे मुलाक़ात करने की इच्छा होगी?

सुरंजन की ओर देखकर मुझे ग़ुस्सा आने की बजाय सचमुच उस पर तरस आया। उसकी ज़िन्दगी में क्या भयंकर तूफ़ान गुज़रा था! उसका कुछ भी क्या मैं लिख सकी थी?

—असल में पता है, 'लज्जा' में तुम लोगों के बारे में मैं कुछ ख़ास नहीं लिख सकी। मैंने तथ्य ही ज़्यादा दिये थे, क्योंकि उस किताब को मैं तथ्यमूलक ही बनाना चाहती थी।

सुरंजन फिर से वही हँसी हँसा।

अचानक याद आया तो मैंने उससे कहा—विदेश में तो कितने ही लोगों को एसाइलम मिल गया क्योंकि 'लज्जा' में उनके नाम थे। कितने ही मुसलमानों ने अपने नाम बदलकर हिन्दू नाम रख लिये ताकि एसाइलम मिलने में सुविधा हो सके। मुझे यक़ीन है कि 'सुरंजन' नाम रखकर भी बहुत-से लोगों ने एसाइलम हासिल किया है। तुम भी पा लेते एसाइलम। हालाँकि तुम तो भारत ही आना चाहते थे!

उसकी निगाह मेरी आँखों पर टिकी थी। सम्भवत: वह समझ रहा था कि मैं कहना चाह रही हूँ कि अपना मुल्क छोड़ने के बाद सुरंजन किसी और देश को नहीं, भारत को ही अपना आश्रय मान रहा था क्योंकि वह ख़ुद हिन्दू था। कट्टरपन्थियों की यही धारणा है कि भारत हिन्दुओं का देश है और कट्टरपन्थी होने में सुरंजन का बचा ही क्या था!

—माँ को एक दिन यहाँ ले आऊँगा। —उसने कहा।

उसकी मैली कमीज़, मैली जींस, उतारे हुए उसके गन्दे जूते, और मोबाइल के बजते ही उसने कमीज़ की जेब से निकालकर जिसे जल्दी से बन्द कर दिया, उस मैले मोबाइल को देखकर मैं समझ गई कि उसकी माली हालत ठीक नहीं है। वह क्या किसी तरह की आर्थिक मदद माँगने मेरे पास आया है, या कि कोई नौकरी माँगने? हालाँकि मेरी कोई क़ूवत नहीं, फिर भी लोग मुझसे अनुरोध करते हैं। यहाँ के बहुत-से लोगों की धारणा है कि मेरा ज़बर्दस्त रसूख़ है। मेरे पास अकूत पैसा है, जो कभी ख़त्म नहीं होगा, ऐसा सोचनेवाले लोग भी कोई कम नहीं हैं।

दूसरे कप की चुस्की लेते हुए सुरंजन कमरे का मुआयना करने लगा। वह पूरे मनोयोग से दीवार पर टँगे चित्रों को देखता रहा। किताबों की अलमारियाँ, फ़्रिज पर चस्पाँ 'बीवेयर ऑफ़ डॉगमा' स्टिकर को काफ़ी देर तक निहारता रहा। वह कमरा बहुत सारी देशी चीज़ों से सजाया गया था। इतने समय तक विदेश में रहने के कोई निशान उस कमरे में नहीं थे, उसे क्या इस बात का एहसास हुआ था?

—माँ को एक दिन ले आऊँ?

—हाँ, ज़रूर ले आना।

बहुत देर पहले ख़ाली हो चुके चाय के कप को ट्रे में रखते हुए अचानक सुरंजन ने कहा—अब मुझे जाना होगा।

ऐसा कहकर वह उठा और दरवाज़े की ओर बढ़ गया।

दरवाज़ा खोलने में मदद करते हुए मैंने कहा—बहुत जल्दी में हो शायद?

सुरंजन ने 'हाँ' और 'ना' दोनों ही तरह से सिर हिला दिया।

—तुम मेरा फ़ोन नम्बर रख सकते हो। अपनी माँ को लेकर जब आओ तो फ़ोन करके आना।

दरवाज़े पर खड़े होकर मैंने सुरंजन को अपना नम्बर दिया।

औरों के वक़्त मैं इस तरह दरवाज़े पर खड़ी नहीं होती। पता नहीं, सुरंजन पर मुझे क्यों तरस आ रहा था! वह मेरे उपन्यास का नायक था इसलिए, या कि उसकी ग़रीबी देखकर मुझे उस पर थोड़ा तरस आ गया था?

लिफ़्ट में घुसने से पहले सुरंजन बोला—माया भी आना चाहेगी। उसे भी क्या...?

—माया?

मेरी आँखें फटी-की-फटी रह गई हैं, यह मैं समझ गई थी।

—हाँ, माया।

—माया?

—हाँ, माया।

—ओ!

मुझे महसूस हुआ, मानो बहुत समय से दिल पर रखा तकलीफ़ों का एक पत्थर अपने-आप हट गया है।

लिफ़्ट नीचे चली गई। ड्राइंगरूम की जिस कुर्सी पर सुरंजन बैठा था, उसी कुर्सी पर पीठ टिकाकर मैं आँखें मूँदकर बैठी रही। मुझे किसी भी बात पर विश्वास नहीं हो पा रहा था। इस कुर्सी पर सुरंजन दत्त बैठा था। उसने कहा था कि माया जीवित है। मैं बहुत देर तक इसी तरह बैठी रही। मुझे लगने लगा मानो यथार्थ के साथ कल्पना की मुलाक़ात हो गई है!

कहानी लिखते-लिखते मैंने सुरंजन को लेकर जैसी कल्पना की थी, ठीक वैसा वह नहीं था। दिखने में, बोलने में, उसके देखने के ढंग, उसकी क़द-काठी के साथ मेरे उपन्यास का सुरंजन मेल नहीं खाता। सुरंजन के अस्वीकार करने के बावजूद मुझे लगता है कि उसके साथ कहीं मेरी मुलाक़ात हुई थी। मेरे शान्तिबाग़वाले घर पर वह एक बार नहीं, दो बार आया था। उसे यह बात क्यों याद नहीं, यह तो मेरे जानने की बात नहीं थी। किसे क्या याद रहेगा, क्या नहीं रहेगा, यह क्या उसे ख़ुद पता रहता है? हम तो ख़ुद ही अपना कितना कुछ भुलाए बैठे रहते हैं। दूसरे जो लोग हमारा बहुत-कुछ याद रखते हैं, उसकी ज़िम्मेदारी क्या वे ही लेंगे या कि हम भी थोड़ी-बहुत ज़िम्मेदारी उठाएँगे? पचीस साल पहले के सुरंजन के मुक़ाबले उसे देखकर रचे गए उसके काल्पनिक चित्र को ही मैं लम्बे समय से देखती रही हूँ। फ़िलहाल असली सुरंजन फीका पड़ गया था और काल्पनिक सुरंजन ही मुझे अधिक वास्तविक लगने लगा था।

उसके साथ केवल दो बार मुलाक़ात हुई थी लेकिन मैंने तो कितना कुछ सोच लिया था! उन घटनाओं की मैंने कल्पना नहीं की, लेकिन घटना की शाखा-प्रशाखाओं की तो ज़रूर की है। जैसे कि जब उसने पुलक से रुपये माँगे, तो वह सीधे उसके घर नहीं गया था। पासवाली एक दुकान के सामने उसने उससे मुलाक़ात की थी, फिर दोनों एकसाथ घर गए थे। चूँकि मैंने पुलक के घर में सुरंजन को पहले लिया था, इसलिए कि उनके घर जाने से पहले रास्ते में मुलाक़ात करनेवाला तथ्य उस समय, यानी लिखते समय मुझे मालूम नहीं था। मुझे जितना मालूम था, उतना भर मैंने किताब में लिखा है। किताब में जो लिखा, उसे लिखने के क्रम में मैंने बहुत बार पढ़ा। छपने के बाद भी मैंने बार-बार पढ़ा। इस पढ़ाई के कारण मुझे वह ज़्यादा सच लगता है, जो किताब में लिखा है, बनिस्बत उसके जो असल में घटित हुआ। कारण कि असली घटनाओं पर मैंने चर्चा नहीं की, मैंने किताब में लिखे हुए पर चर्चा की है। इससे होता यह है कि वास्तव में जो घटित हुआ, वह चर्चा से बाहर रहकर धूमिल होता जाता है। सुरंजन और पुलक की रास्ते में मुलाक़ात हुई थी, यह मुझे मालूम था, लेकिन मालूम होने के बावजूद वह धूमिल होता गया है, और फिर विस्मृति उसे मेरे दिमाग़ से कहीं और उड़ा ले गई है।

मैंने सोचा था कि माया मर चुकी है। कारण कि झील के पानी की सतह पर जिस लड़की का शरीर पड़ा हो, कौन सोच सकता है कि वह ज़िन्दा होगी? मेरी आँखों के सामने दो मायाएँ थीं : एक माया जो मर चुकी है—झील के पानी में मरी हुई, सड़कर फूली हुई और दूसरी माया कोलकाता में थी—जीवन्त, दमकती हुई। दोनों मायाएँ मुझे दीवार से सटाकर दबोचने लगीं। मैं दिन भर ख़ुमारी में ही रही। मैंने किसी को नहीं बताया कि सुरंजन से मेरी मुलाक़ात हुई है। यह घटना केवल मेरी होकर रही। मैंने किसी को नहीं बताया कि इस शहर में कहीं पर माया नाम की वह लड़की रहती है, जिसे दरअसल जीवित नहीं रहना था, लेकिन वह ज़िन्दा है।

सुरंजन रॉडन स्ट्रीट से निकलकर पार्क सर्कस की ओर जाने को सोचकर भी वहाँ नहीं गया। पार्क स्ट्रीट की ओर नहीं जाएगा, यह सोचकर भी उसी ओर चल पड़ा। पार्क स्ट्रीट से मेट्रो लेने की सोची, लेकिन नहीं ली। प्लैनेटोरियम को पार करते हुए एक बार उसकी इच्छा हुई कि वह अकादमी हो आए, कोई चित्र प्रदर्शनी वग़ैरह लगी हो तो देख आए,...नहीं, इसके लिए भी उसका मन तैयार नहीं हुआ। अनमने भाव से पैदल चलते-चलते वह मैदान जा पहुँचा और एक घने पेड़ के नीचे थकन-भरी अपनी देह लिये बैठ गया। पेड़ के पत्ते हौले-हौले हिल रहे थे, हवा धीरे से देह को दुलरा जाती थी। पसीने की वजह से कमीज़ पीठ से चिपक गई थी। उसे उतारकर बनियान पहने ही वह घास पर सीधा लेट गया।

इस शहर में उसे ज़्यादा लोग नहीं पहचानते। उसकी पैदाइश इस शहर में तो हुई नहीं थी, न वह यहाँ बड़ा हुआ और न ही उसकी परवरिश इस शहर में हुई थी। उसकी कलाई पर एक सस्ती-सी घड़ी थी और जेब में तीस रुपये। इस सम्पदा के साथ वह अगर सो भी जाए तो इसमें आशंका की कोई बात नहीं थी। चोर की जेब भी इसके मुक़ाबले भारी होती है। उसकी कलाई पर इससे बेहतर घड़ी होती है।

अपनी कलाई घड़ी को बहुत दिनों से निहारता रहा है सुरंजन। घड़ी पहनना क्या उसके लिए ज़रूरी है? वह ख़ुद ही सवाल करता है और ख़ुद ही जवाब देता है—नहीं। समय तो बस चला जाता है, वह कभी लौटता नहीं। दिन में अगर दो-दो बार भी घड़ी की पूजा करो तो भी वह बीते हुए दिनों को हमें नहीं लौटा सकती। जो सिर्फ़ जा रहा है और उसे भी एक अँधेरे गड्ढे की ओर लिये जा रहा है, अनिश्चितता की

ओर, मृत्यु की ओर, उसे इतने प्यार से कलाई पर बाँधकर रखने की क्या ज़रूरत है? सुरंजन की इच्छा होती है कि वह किसी लेक के पानी में, विक्टोरिया मेमोरियल के पानी में, उस घड़ी को फेंक दे।

वह सोना चाहता था लेकिन सो नहीं पाया। आज का दिन उसके जीवन का बहुत यादगार दिन हो सकता था। आज कोलकाता शहर में सुरंजन दत्त—'लज्जा' के नायक—ने उसके ऊपर उपन्यास लिखकर विश्वविख्यात हो चुकी लेखिका तसलीमा नसरीन के साथ मुलाक़ात की थी। आज किसी को पता ही नहीं चला कि उनकी मुलाक़ात हुई है। आज टेलीविज़न वालों की भीड़ उमड़ सकती थी। सूचना प्रदान करनेवाली संस्थाओं और पत्रकारों से कमरा भर सकता था—वह कमरा, जहाँ बैठकर उन दोनों ने बातचीत की थी। सुरंजन ने सोचा—क्या ऐसे चमक-दमक भरे माहौल में शामिल होने की उसकी इच्छा होती है? भीतर से आवाज़ आई—नहीं। उसे पता है, उसे बहुत शर्मिन्दगी महसूस होगी। इसलिए जिस तरह वह रह रहा है, वही बेहतर है।

बांग्लादेश से यहाँ आने के बाद पहले-पहल उसे लेकर काफ़ी हो-हल्ला हुआ करता था। हालाँकि वह हो-हल्ला मोहल्ले तक ही महदूद था। मोहल्ले के बाहर नहीं। पत्रकारों की नज़र उस पर तब तक पड़ी नहीं थी। सुधामय की मृत्यु के समय थोड़े-बहुत फ़्लैश चमके थे। आँखों को चौंधियानेवाली कैमरों की वह रोशनी और पत्रकारों के पथराए चेहरे सुरंजन को ज़रा भी पसन्द नहीं आए थे।

'लज्जा' को लेकर उन दिनों अख़बारों में सैकड़ों तरह के लेख लिखे जा रहे थे। कोलकाता से सोनारपुर जाते-आते सुरंजन हर रोज़ देखता था कि ट्रेन में 'लज्जा' बिक रही है। 'लज्जा, लज्जा' बोलते-बोलते हॉकर ऊँचे स्वर में चीख़ते रहते। उस समय उन्हें कोलकाता आए थोड़े ही दिन हुए थे। उन्होंने बेलघरिया में अपने दूर के एक रिश्तेदार के यहाँ शरण ली थी। उसे उन दिनों अक्सर सोनारपुर जाना पड़ता था। दूर के रिश्तेदार के एक दूरस्थ के रिश्तेदार ने उससे वादा किया था कि वह उसकी नौकरी का कोई-न-कोई इन्तज़ाम अवश्य कर देगा। अन्यथा वैगन बनाने के कारख़ाने में ज़रूर नौकरी दिलवा देगा। सुरंजन बहुत दिनों तक उस उम्मीद में भटकता रहा।

वे सारे दिन ऐसे लगते, मानो अभी हाल ही की घटना हो! पलक झपकते ही दिन कैसे गुज़र जाते हैं! मात्र कुछेक वर्षों में ही जीवन कितनी बुरी तरह से उलट-पलट हो गया था! वह 'लज्जा' वाला सुरंजन है—यह बात बताते हुए वह कई जगहों पर पिट चुका है, कितनी ही बार उसने खरी-खोटी सुनी है। लेकिन किसी ने उस पर विश्वास नहीं किया था। इसके बाद से उसने यह कहना बन्द ही कर दिया कि वह सुरंजन है।

बहुतों ने नाम सुनकर और उसकी भाषा में पूर्वी बंगाल का असर देख भौंहें

चढ़ाई थीं और कहा था—तुम लोग तो बाबरी मस्जिद की घटना के बाद बांग्लादेश से आए हो। तो क्या तुम 'लज्जा' उपन्यास के सुरंजन हो?

सुरंजन ने ज़ोर से सिर हिलाकर 'नहीं' कहा था। स्वीकार करने पर पता नहीं फिर क्या-से-क्या हो जाए! वह विपत्तियों से सुरक्षित दूरी पर रहना चाहता था। उस पर मुसीबतें भी कम नहीं आईं। चेहरे पर घूँसे खाकर उसकी आँख के नीचे पूरे दो महीने तक काले दाग़ बने रहे थे।

बहुत-से लोगों ने उस पर विश्वास नहीं किया था, हालाँकि कई जगहों पर लोगों ने विश्वास किया भी था, लेकिन वह समझ नहीं सका कि ऐसा किस वजह से हुआ। उसे स्थानीय मंचों पर बुलाया गया, उसका सम्मान भी किया गया, यहाँ तक कि उसे नौकरी भी दिलवाई गई। लेकिन बेलघरिया के प्रफुल्लनगर में दूर के रिश्तेदार के मकान के एक कमरे में अपने माता-पिता और बहन के साथ किसी तरह सिर छुपाकर रहनेवाला सुरंजन 'लज्जा' का ही सुरंजन है, यह बात आसपास या दूर-दूर तक फैली नहीं थी। बात अगर फैल भी जाती तो क्या हो जाता? इससे यहाँ-वहाँ शायद थोड़ी-बहुत सुविधा होती! और सुविधा भी क्या होती!...उसने आँखें बन्द कर लीं। आसमान की ओर देखते-देखते उसकी आँखों में आसमान-जैसी नीली यंत्रणा सुई की तरह चुभने लगी।

दोपहर में वह घर लौट आया। खाना खाकर सो गया। शाम में दो लड़के पढ़ने आते हैं और शाम ढले दो लड़कियाँ। सप्ताह में वह दो घरों में जाता है। एक-एक दिन वह एक-एक बच्चे को पढ़ाता है। 'मेहनत का फल मीठा होता है'—यह कहावत सही नहीं है। सुरंजन ही इस बात का पक्का प्रमाण है। उसकी ट्यूशन की आमदनी से घर नहीं चल पाता। किरणमयी ने साड़ी बेचने का काम शुरू किया है, इसी से थोड़ी राहत है।

घर पर ही साड़ियों पर एम्ब्रॉयडरी का काम करके साड़ियाँ बेचती हैं किरणमयी। उन्हें यह काम करते हुए बहुत दिन नहीं हुए। उनकी पहली मित्रता एक ऐसी महिला से हुई थी, जो साड़ी बेचने का काम करती थीं और उन्हीं की हौसला-अफ़ज़ाई से वे इस व्यवसाय में उतरी थीं। अभावों से भरी गृहस्थी की पतवार को थोड़ा वे भी थाम सकेंगी, यही सोचकर उन्होंने यह काम शुरू किया था। उन्होंने पतवार बख़ूबी सँभाल ली। अब वे फिर से पहले की ही तरह पकाकर-परोसकर अपने बेटे को अच्छा खाना खिला पाती हैं। बेटा कब घर लौटेगा, उसके इन्तज़ार में बैठी रहती हैं।

सुरंजन ने खाना खाते-खाते माँ को बताया कि आज सुबह तसलीमा नसरीन से उसकी मुलाक़ात हुई थी।

बहुत देर तक किरणमयी का मुँह खुला-का-खुला रह गया था। रोमांच के कारण वे बोल नहीं पा रही थीं। पानी पीकर थूक निगलते-निगलते उन्होंने अपना दिमाग़ शान्त करते हुए पूछा—तू वहाँ गया कैसे? वे कहाँ रहती हैं? तुझे कैसे पता

चला ? उन्होंने क्या कहा तुझसे ? उन्होंने मेरे बारे में कुछ पूछा ? वे यहाँ रहना चाहती हैं न ? क्या उन्हें सरकार यहाँ रहने देगी ?

सुरंजन ने इतने सारे सवालों के जवाब नहीं दिये। उसने सिर्फ़ इतना कहा—उन्हें पता नहीं था कि माया ज़िन्दा है। माया की बात सुनकर वे थोड़ी चौंक उठी थीं।

—यह तो हो ही सकता है। बाद में शायद उन्होंने तलाश नहीं की। और वे तो अपने देश में थीं भी नहीं। उन्हें तो निष्कासित होना पड़ा था। बेचारी !

किरणमयी ने लम्बी साँस छोड़ी। बहुत देर तक दोनों चुप रहे। पोई साग, छोटी मछली और दाल के साथ सुरंजन ने खाना खाया। खाने के आख़िर में उसने मसूर की दाल पी। उस मोहल्ले में सभी लोग पहले दाल खाते हैं। लेकिन इस घर में उनके अपने मुल्क की आदत ही चलन में है। आख़िर में दाल खाने से ज़बान पर पंचफोड़न[1] का अनूठा स्वाद जो लगा रह जाता है।

वह मुँह में सोने का चम्मच लेकर पैदा नहीं हुआ था। एक बहुत ही साधारण मध्यवर्गीय परिवार में उसका जन्म हुआ था। उसने ग़रीबी के बारे में सुना था, ग़रीबी देखी थी, पर उसे ख़ुद कभी भी ग़रीबी भोगनी नहीं पड़ी थी। लेकिन देश छोड़ने के बाद उसने अपनी हड्डियों पर ग़रीबी के बत्तीस दाँतों की जकड़ को बख़ूबी महसूस किया था।

प्रफुल्ल नगर में उन्होंने जिनके मकान में शरण ली थी, वे किरणमयी के दूर के रिश्ते के भाई थे। तय हुआ था कि जब तक अच्छे इलाक़े में रहने लायक़ मकान नहीं मिल जाता, तब तक समूचा परिवार उन रिश्तेदार के यहाँ रहेगा। इसी बीच सुधामय अपनी डॉक्टरी शुरू करेंगे, सुरंजन नौकरी ढूँढ़ लेगा, माया फ़िलहाल ट्यूशन करेगी और बाद में कोई अच्छी नौकरी करेगी।

दूर के रिश्ते के उन भाई ने उन्हें आश्रय दिया तो था लेकिन इस देने में उनकी भृकुटि सीधी नहीं रह पाई थी। वे हर पल उठते-बैठते अपने अभावों की कथा सुनाने लगे। आँगन में दस-बाई-दस फीट का एक कमरा उन सभी को मुहैया कराया गया। रसोई अलग थी, आँगन में मिट्टी के चूल्हे पर उनका खाना पकता था। शंकर घोष की रसोई में मछली, मांस इत्यादि पकता और आश्रित परिवार को दाल-रोटी और आलू की सब्ज़ी नसीब होती।

सुधामय ने जिस आत्मसम्मान की रक्षा के लिए देश छोड़ने का निर्णय लिया था, वह आत्मसम्मान उस मकान में प्रवेश करने के बाद से ही रोज़ टुकड़े-टुकड़े होकर टूटने लगा। इस टूटन के बाद भी वे ख़ुद टूटने को तैयार नहीं थे। शंकर घोष के छोटे-से बरामदे में एक टेबल और एक मोढ़ा रखकर वे मरीज़ देखने लगे। बांग्लादेश से आकर चैम्बर खोलकर बैठे थे, लोगों को पक्का यक़ीन नहीं था कि सुधामय एक अच्छे डॉक्टर हैं या कि वे डॉक्टर भी हैं। सुधामय को इस देश की

1. पाँच प्रकार के मसालों का मिश्रण।

दवाइयों के नाम मालूम नहीं थे। वे दवाई का नाम नहीं लिखते थे, बल्कि उस दवाई का जिनेटिक नाम लिखकर कहते कि फ़ार्मेसीवाले से कहना कि वह किसी कम्पनी की यह दवाई दे दे।

मरीज़ों को दवाई के इस नाम-पुराण से कोई मतलब नहीं था। डॉक्टर होकर उन्हें दवाई का नाम क्यों नहीं मालूम, यह उन लोगों का वैलिड क्वेश्चन था। और मरीज़ भी भला कितने आते थे उनके पास! दिन भर बैठने पर पाँच-छह मरीज़ आते और पाँच-छह रुपये डॉक्टर की फ़ीस देते थे। जो आमदनी होती, वह अपने रहने और खाने के ख़र्च के तौर पर रिश्तेदार के हाथ में रख देनी होती थी।

सुधामय के पास रुपये नहीं थे। देश छोड़कर आते समय सफ़र में ज़्यादा पैसे रखने से कोई लूट न ले, इसी डर से उन्होंने बहुत थोड़े से पैसे राहख़र्च के हिसाब से रख लिये थे। वे एक अलग मकान किराये पर लेने के लिए व्याकुल थे लेकिन उन्हें पता था कि नए शहर में डॉक्टरी के भरोसे एक छोटा-सा मकान भी उन्हें किराये पर नहीं मिल सकता।

उनके पास पैसे नहीं थे इसलिए उन्हें डॉक्टरी पर ही निर्भर होना पड़ा था। लेकिन सुधामय के हाथों में पैसे क्यों नहीं थे? देश छोड़ने से पहले चार लाख रुपये का फ़िक्स्ड डिपॉजिट तुड़वाकर उन्हें क्या फ़ायदा हुआ? इतने रुपये साथ लेकर नहीं जाया जा सकता था। बैंक के माध्यम से भी ऐसा करना सम्भव नहीं था। लोगों ने सलाह दी कि हुंडी बनवा लो। हुंडी कौन लोग बनाते हैं, कैसे बनाते हैं, सुधामय को इसकी जानकारी नहीं थी।

कोलकाता आने को लेकर शंकर घोष से उनकी बातचीत होती रहती थी। उन्होंने ही सलाह दी—नारायणगंज के गौतम साहा कोलकाता आते-जाते रहते हैं। कोलकाता में उनका कपड़े का धन्धा है। उन्हें चार लाख रुपये दे दें तो कोलकाता में सुधामय को तक़रीबन पौने चार लाख रुपये मिल जाएँगे।

शंकर घोष के वादे पर भरोसा कर सुधामय ने अपनी जमा की हुई रक़म नारायणगंज के उस व्यापारी की तलाश कर उसे अपने हाथों से दे दी थी, लेकिन शंकर घोष अपनी बात पर क़ायम नहीं रह सके। सुधामय ने कोलकाता आकर जब हुंडी के पैसे देने की बात की तो उन्होंने कहा कि पैसे तो वे नहीं, प्रताप मंडल देंगे। उनका कारोबार बांग्लादेश में है, लेकिन वे इस समय भोपाल में हैं और जल्दी ही लौटने वाले हैं।

उस जल्दी की उम्मीद में बैठे रहते-रहते सुधामय को साँस की तकलीफ़ ने घेर लिया। किरणमयी ने अपने ममेरे भाई के साढ़ू के भाई शंकर घोष से उन पैसों के बारे में बात की। अगर हाथ में कुछ पैसे हों तो वे ख़ुद ही किराये का एक मकान लेकर वहाँ चले जाएँगे, यहाँ रहकर ख़ुद की और दूसरों की असुविधा का कारण नहीं बनना पड़ेगा। नरम सुर में, परेशान सुर में और मिन्नत के स्वरों में कहकर देख

लिया, लेकिन शंकर घोष आज भोपाल दिखाते हैं, कल बम्बई दिखाते हैं। सुधामय जल्दी ही समझ गए कि वादा झूठा था। इस विदेशी ज़मीन पर वे इसके ख़िलाफ़ कर भी क्या सकते थे!

सुधामय के मानिकगंज वाले रिश्तेदार ननीगोपाल दमदम में रहते थे। सुधामय ने उनके सामने भी हाथ फैलाए, उधार माँगा, लेकिन रुपयों का इन्तज़ाम नहीं हो सका।

सुरंजन तब पागलों की तरह एक नौकरी की तलाश में जुटा हुआ था। उसने चीनी मिट्टी की फ़ैक्टरी में नौकरी ढूँढ़ी, टैक्समैको में ढूँढ़ी, बेलघरिया के स्कूलों में मास्टरी की नौकरी तलाशी, नहीं मिली। उसने अपने-आपको कभी भी इतना मजबूर नहीं महसूस किया था।

एक रात गले तक देशी दारू पीकर सुरंजन ने शंकर घोष को कॉलर से पकड़कर उठाया और जबड़े पर ज़ोरदार घूँसा जमाते हुए कहा था—शराफ़त से रुपये दे दे हरामज़ादे, नहीं तो मैं आज तेरा ख़ून कर दूँगा। हालाँकि सुरंजन ख़ून नहीं कर सका। सुरंजन किसी का भी ख़ून नहीं कर पाया। ऐसा भी नहीं था कि उसके हाथ कसमसाते नहीं थे।

सुधामय के परिवार का जीवन जिन दिनों बुरी तरह से असहनीय हो उठा था, उन दिनों 'लज्जा' ज़बर्दस्त ढंग से बिक रही थी। सुरंजन ने भले ही प्रचार करना बन्द कर दिया था, लेकिन सुधामय लोगों को बुला-बुलाकर कहते—'लज्जा' में तो हमारे ही परिवार की कहानी लिखी गई है।

यह सुनकर किसी की आँखें फटी-की-फटी रह जातीं, कोई तीखी नज़रों से देखता और छिपे अभिप्रायों की तलाश करता। कोई हँसता तो कोई-कोई उन पर विश्वास भी करता, कोई अहा-उहू करता। भरोसा करनेवाले लोग हमेशा से ही कम थे। जो लोग भरोसा करते, उनसे कोई ख़ास फ़ायदा नहीं हुआ था।

बेलघरिया के लोग आते और सुधामय की ओर आश्चर्य से देखते रहते। सुधामय दायीं ओर मुड़ते तो वे लोग भी दाहिनी ओर मुड़ जाते। वे बाएँ मुड़ते तो लोग भी बाएँ मुड़ जाते। गोया कि वे कोई दोपाया जानवर थे, जो चिड़ियाघर में आया था! चिड़ियाघर में आए किसी नए जानवर को लोग जिस तरह से देखते हैं, ठीक उसी तरह वे उन्हें देखते थे। इससे उम्मीद थी कि दो-एक मरीज़ और बढ़ेंगे, लेकिन ऐसा नहीं हुआ। मरीज़ और कम हो गए।

यह शुरुआती दौर की बात है। 'लज्जा' को उस समय लोगों ने हाथोंहाथ लिया था। वह ज़बर्दस्त ढंग से पढ़ा जा रहा था। इसके बाद सुधामय ने किसी से नहीं कहा कि वे 'लज्जा' के डॉ. सुधामय हैं; बल्कि कोई अगर इसमें उनके ख़ुद होने की बात पूछता तो वे टाल जाते। नहीं-नहीं...वह मैं नहीं हूँ, कोई और सुधामय होंगे—वे उदासीन भाव से ऐसा कह देते।

इससे उलट कुछ घटित नहीं हुआ था, ऐसा भी नहीं था। जिन लोगों ने उन पर

विश्वास किया, वे उनके घर मिठाई दे गए थे। किसी-किसी ने उन्हें अपने घर आमंत्रित भी किया था।

बेलघरिया में बड़ी संख्या में उस पार के लोग रहा करते थे। स्मृतिकातर लोगों से शहर ठसाठस भरा हुआ था। अब भी घर-घर में लोग उस पार की भाषा में बात करते थे।

सुधामय के पास 'लज्जा' की एक ही प्रति थी। सुरंजन 'लज्जा' की बहुत सारी प्रतियाँ घर ले आया था, उनमें से उन्होंने एक प्रति अपने पास रख ली थी। वह पुस्तक उनके तकिए के नीचे रखी रहती थी। फ़ुर्सत में वे उसे पढ़ा करते। जो पुस्तक बांग्लादेश में छपी थी, उसकी नक़ली प्रतियों से समूचा कोलकाता भर गया था। वह एक पतली-सी पुस्तक थी। उसका काग़ज़ ख़राब था। वह ख़राब ढंग से छपी थी। लेकिन लोगों को जहाँ से मिलती, वे वहीं से उस पुस्तक को ख़रीद लेते थे। जो कभी भी किताबें नहीं पढ़ते, वे भी उसे पढ़ रहे थे। क्या ग़ज़ब की दीवानगी थी!

सुधामय ने यह सब अपनी आँखों से देख रखा था। वे मोहल्ले में निकलते तो लोगों के मुँह से सुनते, अख़बारों में पढ़ते।

एक बार नक़ली पुस्तकों का धन्धा करनेवाले कुछ लोगों को पुलिसवाले पकड़कर ले गए। अख़बार में यह ख़बर पढ़कर सुधामय को सन्देह हुआ कि कहीं सुरंजन फिर से इस काम में शामिल तो नहीं हो गया? वे कई बार कह भी चुके थे—देख, तू सावधान रहना। पता नहीं तू किन लोगों के साथ मिलता-जुलता है! नई जगह है। हमें पहचाननेवाले लोग ज़्यादा नहीं हैं। यहाँ हमारे दोस्त भी नहीं हैं। देखना, फिर से मुसीबत न हो। और 'लज्जा' पुस्तक को लेकर लोग जो मर्ज़ी करें, तू झमेले से दूर ही रहना।

यह सब बातें सुनकर सुरंजन चुप ही रहा। सुधामय की तकलीफ़ भरी खिन्न सूरत की ओर देखने का उसका मन नहीं करता था। जितने दिन उन्हें अपना सिर छुपाने का कोई ठौर नहीं मिलता, उतने दिन उसे सुकून नहीं मिलनेवाला था। रात में घर लौटने की इच्छा नहीं होती थी। फ़र्श पर चटाई बिछाकर सैकड़ों मच्छरों के दंश झेलते-झेलते उसे सोना पड़ता था। इससे तो रास्ते पर सोना बेहतर था। सुरंजन ने एक ऐसा शहर पसन्द किया था, जहाँ उसका कोई दोस्त नहीं था। रिश्तेदार और अपना कहने को कोई नहीं था। चारों ओर सिर्फ़ हिन्दू औरतों, आदमी और बच्चों की भरमार थी, जिन्हें बहुत अपना समझकर सुरंजन ने अपना मुल्क छोड़ा था। कहीं पर भी एक अदद व्यक्ति ऐसा नहीं था, जो उसकी मदद करता। शंकर घोष का अश्लील व्यवहार, आधा पेट खाना, घर पर किरणमयी को लगभग नौकरानी की तरह मेहनत करना, चार लाख रुपयों को खो देना और अपने मुल्क में जो कुछ भी वह छोड़ आया था, उसे बेचकर कुछ पैसों का इन्तज़ाम करने की असफल कोशिशों ने कई बार सुरंजन को आत्महत्या की ओर खींचा था। लेकिन अन्ततः वह आत्महत्या

नहीं कर सका था। 'लज्जा' को प्रकाशित हुए कई साल बीत गए। सुरंजन अब भी उस पुस्तक को कभी-कभार उलट-पलटकर देख लेता है। इस पुस्तक के संग उसका एक अनूठा रिश्ता क़ायम हो गया है। बीच-बीच में वह 'लज्जा' में अपनी कहानी पढ़ता है। उसे लगता है कि वह सुरंजन कोई और सुरंजन है। उस सुरंजन के साथ उसका कोई सम्बन्ध नहीं। उस सुरंजन को यह सुरंजन थोड़ी दूरी से ही देखता है। ख़ुद को भी वह थोड़ी दूर से ही देखता है। जिन लोगों ने 'लज्जा' की नक़ली प्रतियाँ तैयार की थीं उनके साथ, सच कहने में क्या, सुधामय भले ही शक करें, लेकिन वह क़तई नहीं था। लेकिन लम्बे समय से बीमार रहते-रहते, अपमान और विवशता को झेलते-झेलते, भूख और अनिद्रा से परेशान होकर सुरंजन ने बी.जे.पी. में शामिल होने का निर्णय ले लिया।

जिन लोगों ने 'लज्जा' का सुरंजन होने के कारण उसे मंचों पर जगह दी थी, उसका सम्मान किया था, उसे फूल दिए थे, मिठाइयाँ खिलाई थीं, उन लोगों का सुरंजन के साथ कोई विरोध नहीं था। सुरंजन ने कहा था कि वह सुरंजन दत्त है, 'लज्जा' उपन्यास उसे ही लेकर लिखा गया है। उनमें से किसी ने उस पर अविश्वास नहीं किया और उसने भी उन लोगों के व्यवहार, उनके आदर्शों और विश्वासों पर अपनी आस्था क़ायम रखी थी। उसे नौकरी दिलवाने का आश्वासन भी उन्हीं लोगों ने दिया था। उन्हीं लोगों ने राशन कार्ड का इन्तज़ाम भी किया था।

पार्टी के दफ़्तर में वह रोज़ बैठा रहता और सुनता कि 'लज्जा' की नक़ली प्रतियाँ छापकर बाज़ार में भेजी जा रही हैं। कुछ लोगों ने सस्ते में छापकर दस-पाँच रुपये में शहर में सब जगह बेचने का इन्तज़ाम किया था। जो लोग यह काम कर रहे थे, सुरंजन बहुत कोशिशों के बाद भी उनके बारे में पता नहीं लगा सका। वह ख़ुद अगर किताब की बिक्री के इस धन्धे में शामिल हो पाता तो उसकी जेब में भी बड़ी रक़म आ सकती थी। शामिल होने की इच्छा के बावजूद आख़िरकार उस अवैध काम के साथ ख़ुद को जोड़ना उसे ठीक नहीं लगा।

बहरहाल, वह इतना तो समझ गया था कि राजनीतिक दलों में केवल बी.जे.पी. ही बांग्लादेश में हिन्दुओं की दुर्दशा को लेकर ऊँची आवाज़ में अपनी बात रख रही है, प्रतिवाद कर रही है। यह पार्टी उसके लिए सबसे बड़ा आश्रय सिद्ध हुई। उसकी असहनीय मानसिक यंत्रणा दूर करने के लिए इसी पार्टी के लोग आगे आए थे। शंकर घोष का घर उसके लिए कोई आश्रय नहीं था। आश्रय यहाँ था—राष्ट्रीय सेवक संघ और बी.जे.पी. के कार्यकर्ताओं के आलिंगन में। लेकिन पार्टी की सदस्यता से सुरंजन ने एक दिन अचानक अपना नाम कटवा लिया था, जिस दिन उसने पाँच हज़ार रुपये उधार माँगे थे। कारण कि उसे कोई एक मकान किराये पर लेना ही था, मकान मालिक को अग्रिम रुपये देने थे। इसके बाद नये मकान में सस्ता ही सही, कुछ सामान तो उसे ख़रीदना ही पड़ेगा।

सुरंजन के अचानक रो पड़ने और जिस लड़के के पास कोई नौकरी नहीं, वह भला कैसे उधार चुकाएगा, यह किसी को पता नहीं था और इसीलिए—पैसे नहीं हैं, हाथ तंग है, मैं तो कुछ नहीं कर सकूँगा आदि कहकर लोगों ने उससे किनारा कर लिया था।

सुरंजन उन पुराने दिनों को याद कर रहा था और ये सारी बातें वह 'लज्जा' की लेखिका को बताने की हिम्मत नहीं जुटा पा रहा था। लेखिका शायद ये सारी बातें जानना चाहती थीं कि कोलकाता आने तक सुरंजन ने क्या किया, वह फ़िलहाल क्या कर रहा है! लेखिका तो 'लज्जा' जैसी कोई किताब उसे लेकर नहीं लिखनेवाली, यह जानकर भी उसे लेखिका से मिलने की एक ज़बर्दस्त चाह महसूस हो रही थी।

वह अकेला कमरे में छटपटाता रहा। उसे क्या लेखिका ने अपना फ़ोन नम्बर दिया था? याद नहीं। क्या वह फ़ोन नम्बर ले आया था या उसने नम्बर लिया ही नहीं था? उसने कमीज़ की जेब में देखा...नहीं था। पैंट की जेब में भी नहीं था। शायद लिया ही नहीं। न लेकर उसने एक तरह से अच्छा ही किया। वह फिर जाएगा। मानो वह कोई बहुत पुरानी मित्र है, जिसके साथ बहुत अपनापा था—जितने भी मित्र हैं उन सबसे ज़्यादा अपनापन! बहुत दिनों बाद उससे मुलाक़ात होने वाली है।

ऐसा क्यों लग रहा था कि जिसके साथ जीवन में पहली बार मुलाक़ात हुई, जो उसकी रिश्तेदार नहीं, मित्र नहीं, केवल उस एक किताब के कारण वह इतनी क़रीब महसूस हो रही थी? वह तो किसी भी हिन्दू परिवार की कहानी हो सकती थी। सुरंजन की कहानी कोई अलग घटना तो नहीं थी। सुरंजन क्या केवल छपे हुए हर्फ़ों में कोई था? क्या वह रक्त और मांस से निर्मित इनसान नहीं था?

किताब के काले-काले अक्षरों से वह बाहर निकल आना चाहता है। वह लेखिका के सामने अपने जीवन को खोलकर रख देना चाहता है। कहना चाहता है कि तुमने तो मुझे दो जिल्दों के बीच ठूँस दिया है, तुमने क्या इसे कभी देखने की ज़हमत भी उठाई? तुम्हारी उस किताबवाला सुरंजन मुझे रोबोट-जैसा लगता है। उसके कष्टों, तकलीफ़ों, परवीन के लिए उसका प्यार, उसे न पाकर उसका जो हाहाकार था, उसका कुछ भी, ज़रा-सा भी तुम नहीं पकड़ पाईं मैडम लेखिका! तुमने बस तथ्यों से किताब को भर दिया है। और सुरंजन की कहानी लिखने के बहाने अच्छा बेवक़ूफ़ बनाया है। तुम हृदयहीन व्यक्ति की भाँति लिखती चली गई हो, मानो कोई एक रूखा-सा लेख लिखा हो! हिन्दुओं पर कहाँ और क्या घटित हुआ, किसका मकान जला, किसे कौन पकड़कर ले गया, किसे धमकी दी, तुमने सब लिखा है। काजल देबनाथ ने ही तो तुम्हें किताबें सप्लाई की थीं, मुझे सब पता है।

सुरंजन आवेश में बिस्तर से उठ बैठा—तुमने तो घर-घर जाकर कुछ भी जानने की कोशिश नहीं की!

फिर उसने सोचा कि किताब में दर्ज सुरंजन भले ही बेजान रह गया है, लेखिका भले ही अपने नायक की आन्तरिक अनुभूतियों को प्रकट करने में असफल हो गई है—इससे सुरंजन का क्या बिगड़ता है? इस दुनिया में भला कितने लोग जानते हैं कि जाननगर के पलस्तर-झड़े पुराने एक टुटहे मकान के अँधेरे कमरे में अकेला बैठा हुआ लगभग बेरोज़गार युवक सुरंजन दत्त है? अपने-आपको युवक कहने में अब उसे संकोच होता है। उम्र काफ़ी हो चुकी है।

'लज्जा' का सुरंजन अब उस उम्र में नहीं पड़ा हुआ है, लेखिका क्या यह जानती है? लेकिन जानने से भी क्या होना है! वे सुरंजन की उम्र जानकर क्या करेंगी? उसकी उम्र, उसका नाम-पता, उसका जीवन-वृत्तान्त जानकर क्या फ़ायदा? वह है कौन? इस संसार में वह कुछ भी तो नहीं! घास का तुच्छ तिनका भी उससे ज़्यादा क़ीमती है। इस शहर में उसका कोई दोस्त नहीं। यही सबसे बड़ा सच है।

सुरंजन कमरे में टहलते हुए प्रलाप की तरह बड़बड़ाता रहा—सुरंजन, कैसे हो? कैसे थे? जैसे-तैसे था, लेकिन सबसे चौंकानेवाली बात यह है कि पता नहीं मैं किस तरह ज़िन्दा हूँ! और...और क्या? और, मुझे बहुत अकेलापन महसूस होता है। क्यों? मेरा कोई दोस्त नहीं है। तुम्हारे मुल्क में क्या तुम्हारे बहुत सारे दोस्त थे? हाँ, थे। उनके साथ कोई सम्पर्क नहीं है? नहीं। किसी के भी साथ नहीं है। मुल्क क्यों नहीं लौट जाते? जाओ, दोस्तों से मुलाक़ात होगी। मैं नहीं जाना चाहता। क्यों? मुझे नहीं पता। पता नहीं...भला ऐसा होता है क्या? तुम्हें ज़रूर पता है। मुझे शर्म आती है। क्या आती है? शर्म!

देर रात तक सुरंजन को नींद नहीं आई। उसने सिगरेट छोड़ दी थी, आज उसने एक नया पैकेट ख़रीदा। एक-एक कर उसने पैकेट की सारी सिगरेटें फूँक डालीं। वह दीवार की ओर देखता रहा। सीलन के आड़े-तिरछे दाग़ कभी इनसान के चेहरे-जैसे, कभी एक घर-जैसे, तो कभी पीपल के पेड़-जैसे दिखाई देते। ये तसवीरें भी कुछ दिनों बाद बदल जातीं, वे किसी और की तरह दिखाई देने लगतीं।

सिर के पीछे दो तकिए लगाकर मुड़े हुए पैर पर दूसरा पैर रखकर लेटे-लेटे दीवार की ओर, सिर्फ़ दीवार की ओर टकटकी लगाए देखते-देखते सिगरेट का पैकेट ख़त्म कर जब वह सोने के लिए गया, तब सुबह के चार बज रहे थे। कुछ-कुछ रातें कुछ भी न करने की रातें होती हैं—कुछ भी न करने की इच्छा की रात! बार-बार लम्बी साँसें छोड़ने की रात! कुछ रातें ऐसी होती हैं, जिनके बारे में किसी को कहकर कुछ भी समझाया नहीं जा सकता।

—कौन आया है?

—सुरंजन दत्त। —सुजाता ने बताया।

—सुरंजन दत्त?

—हाँ, यही नाम बताया है। इससे पहले भी तो एक दिन आए थे!

मैंने दरवाज़ा खोलकर उसे ड्राइंगरूम में बैठाने के लिए कहा।

इस तरह अचानक बिना सूचित किए मेरे यहाँ अमूमन कोई नहीं आता। ऐसा तो सिर्फ़ बचपन में हुआ करता था। कोई भी किसी के घर अचानक जा धमकता था। दरवाज़े की साँकल हिलाता और फिर भीतर से दरवाज़ा खोल दिया जाता। और तब बिन बुलाए मेहमानों को आदर के साथ भीतर बुला लिया जाता था। उन्हें चाय, बिस्कुट, सेंवई—ये सारी चीज़ें परोसी जाती थीं। बड़ी होने के बाद मैंने ऐसा होते नहीं देखा—ख़ास तौर पर बारह वर्ष तक यूरोप और अमेरिका में रहने के दौरान। नहीं, कोलकाता में भी मैंने ऐसी घटना नहीं देखी। बिना ख़बर किए कोई किसी के घर नहीं जाता। सुरंजन का स्वभाव अब भी क्या ठेठ देसी ही है? —मैंने सोचा। वह बात तो करता ही नहीं कि वह कैसा है, क्या कर रहा है! तो क्या आज भी मुझे ही बातें करनी होंगी? या बग़ैर बातचीत की ख़ामोशी के सामने बेचैन होकर बैठे रहना होगा?

कम्प्यूटर पर लिख रही थी। सोलह साल हो गए, अब मैं कम्प्यूटर पर ही लिखती हूँ। लिखना छोड़कर मैं ड्राइंगरूम में आई तो देखा, सुरंजन था। उस दिन के मुक़ाबले वह आज तरोताज़ा लग रहा था। वह फूलों की डिज़ाइन वाली नीले रंग की कमीज़ पहने हुए था। इस तरह की कमीज़ में भी कोई अच्छा दिख सकता है, पहले शायद मुझे यह मालूम नहीं था। उसने काले रंग की एक कॉर्डरॉए पैंट पहनी थी। उसके जूते भी पिछली बार वाले नहीं थे। चेहरे पर खूँटी दाढ़ी नदारद थी। गाल नीलाभ थे। आँखें झुकी हुई नहीं, खुली थीं। चेहरे पर हलकी मुसकराहट थी।

सुरंजन के हाथ की उँगली में मुझे पिछली बार की पत्थर की नगवाली अँगूठी नहीं दिखी। कलाई पर लाल धागा भी नहीं दिखा। मैं थोड़ी अवाक् हुई। यहाँ कोलकाता में शिक्षित-अशिक्षित, धनी-निर्धन, कलाकार-बड़े कलाकार, राजनीतिक-साहित्यकार, डॉक्टर-इंजीनियर, वैज्ञानिक, वायुयान से यात्रा करनेवाले—सभी की कलाइयों में मैंने लाल धागे देखे हैं। किसी की कलाई ख़ाली दिखती है तो मैं थोड़ा अवाक् होती हूँ। आख़िर बात क्या है, यह व्यक्ति क्या धर्म में विश्वास नहीं करता? पूछती हूँ तो पता चलता है कि 'करता' है, हालाँकि हाल ही में उसने कोई पूजा नहीं की है।

सुरंजन की कलाई में धागे की उम्मीद करने की वही एक ही वजह है। धीरे-धीरे सुरंजन का साम्प्रदायिक हो उठना, एक नास्तिक व्यक्ति का धर्म में विश्वास करने लगना, 'लज्जा' की लज्जा तो वहीं पर सबसे अधिक थी। जनता को सुरक्षा न देकर असाम्प्रदायिक आदर्शवादी एक समूची पीढ़ी को इस देश की उदासीनता ने नष्ट कर दिया था। सुरंजन जो कि किसी समय साम्यवाद में विश्वास करता था और कम्युनिस्ट पार्टी का सदस्य था, वह कट्टर हिन्दू बन गया था।

सारे मुसलमानों को एक श्रेणी में रखते हुए उसने कहा था—हमने किसी को माफ़ नहीं किया। तसलीमा को किया था? या कि तसलीमा ने इस्लाम को त्याग दिया था और इसी वजह से उसे सुरंजन से माफ़ी मिली थी!

लाल धागे के बिना सूनी लग रही उसकी कलाई की ओर देखते हुए मैंने कहा—बैठो। और क्या हाल हैं? इधर कहीं आए थे?

सुरंजन ने सीधे मेरी निगाहों में निगाहें डालते हुए कहा—नहीं। मैं आपके ही पास आया हूँ।

—ओ!

—मेरा फ़ोन नम्बर शायद तुम्हारे पास नहीं है, है न?

सुरंजन ने मेरा फ़ोन नम्बर लेने में कोई उत्साह नहीं दिखाया। फिर भी मैंने एक काग़ज़ पर फ़ोन नम्बर लिखकर उसे दे दिया। उसे काग़ज़ का वह टुकड़ा लेना ही पड़ा। उसने ले तो लिया, लेकिन नम्बर की ओर एक बार भी देखे बग़ैर उसे कमीज़ की जेब में खोंस दिया। वह ज़रूर कुछ कहने के लिए आया है!

—कहो, क्या हाल हैं? ठीक हो?

उसने सिर हिलाया। एक बार भी नहीं पूछा कि मैं ठीक हूँ कि नहीं। इस शहर में मैंने और भी कई लोगों को देखा है कि 'अच्छे हो' या 'अच्छे हैं' पूछने पर वे जवाब देकर बैठे रहते हैं। पलटकर वे यह नहीं पूछते कि तुम कैसी हो या कि आप कैसी हैं। यहाँ लोगों को धन्यवाद देने की आदत नहीं है। मैंने उसे अपना फ़ोन नम्बर दिया, एक धन्यवाद तो मुझे मिलना ही चाहिए था। लेकिन बंगाली लोग मानते हैं कि धन्यवाद देना किसी को छोटा करना है। शायद इसी वजह से उसने मुझे छोटा नहीं किया था।

सिर हिलाने के बाद वह कुछ नहीं बोला। अब सोफ़े पर उसके सामने बैठे रहना होगा। नहीं, यह मेरे लिए सम्भव नहीं होगा। बात करो या फिर चले जाओ। मेरे चेहरे पर इसी तरह के नाराज़गी के भाव थे।

—अच्छा, तुम क्या इसी तरह कम बोलते हो सुरंजन, या कि मेरे ही साथ कम बोलते हो? पहले तो तुम इतने ख़ामोश नहीं रहते थे! तुम क्या बहुत बदल गए हो?

सुरंजन हँसा। वह हँसी कोई सरल हँसी नहीं थी। मुझे नहीं लगा कि उस हँसी का अनुवाद करना बहुत आसान होगा। इसका मैं क्या करूँ, मुझे समझ में नहीं आया।

—तुम क्या मुझसे कुछ कहोगे? —मैंने पूछा।

सुरंजन ने सिर झुका लिया। सिर झुकाए हुए लोगों को लेकर मैं बहुत सहज नहीं रह पाती। सम्भवत: वह कुछ कहना चाहता है। मैंने उसे अपनी इच्छा बताई कि मैं एक दिन उसकी माँ और माया के साथ मुलाक़ात करना चाहती हूँ।

इस बार उसने निगाहें ऊपर कीं। गर्दन हिलाई। हाँ, वह राज़ी है।

—आज चलो, तुम मेरे साथ खाना खाओगे। तुम्हारे पास समय है न? कोई काम तो नहीं है?

मेरी ओर से दिये गए प्रस्ताव को सुरंजन ने लपक लिया।

दोपहर में उसे लेकर मैं मार्को पोलो गई। बुफ़े स्टाइल का खाना था। खाते-खाते सुरंजन ने बताया कि वर्ष छियानवे में उसने सुदेशना नाम की एक लड़की से शादी की थी। वे दोनों ही दमदम में एक ग़ैरसरकारी कॉलेज में पढ़ाया करते थे। सुरंजन इतिहास पढ़ाता था।

—फिर?

—फिर क्या, तलाक़ हो गया!

—क्यों?

ठंडे जवाब का ठंडा सवाल।

इसका कोई सीधा जवाब नहीं आया।

सुरंजन उठा और दोबारा खाना ले आया। लगा कि बहुत दिनों बाद वह अच्छा खाना खा रहा है। वह बहुत ख़ुश होकर खा रहा था। उसने केकड़े के कई पीस लिये। उन्हें तोड़कर खाने के लिए वेटर उसे क्रैब क्रैकर दे गया। उसने उस औज़ार का उपयोग करते-करते कहा—फ़ोर नाइंटी एट। पता है, उसने शादी के दो साल बाद मुझे पत्नी-उत्पीड़न के मामले में फँसा दिया था?

मैंने तीखी नज़रों से सुरंजन की ओर देखा। यह अपनी पत्नी पर अत्याचार करता था और मैं इसे निमंत्रित कर खाना खिला रही हूँ? भीतर से एक गहरी साँस निकल आई। मैं शायद कभी सबक़ नहीं ले सकूँगी। मैं ज़िन्दगी भर ग़लत लोगों की ही ख़ातिरदारी करती रहूँगी? बांग्लादेश में तो कितने ही लोग अत्याचार के शिकार हुए थे! साम्प्रदायिक लोगों के अत्याचारों का शिकार होने की वजह से ख़ुद का भी साम्प्रदायिक हो जाना ज़रूरी होता है? सुरंजन में ऐसा क्या था कि जिसे लेकर मैं उसके प्रति सहृदय हो सकती थी? सोचकर देखती हूँ तो पाती हूँ कि ऐसा कुछ भी तो नहीं था। उसका एक अतीत था। जिस अतीत में उसने हिन्दू और मुसलमान में कोई भेद नहीं किया था। वह सभी को इनसान मानता था। धर्म पर उसकी आस्था नहीं थी। वह धार्मिक रीति-नीतियों की निन्दा करता था। लेकिन सुरंजन का वह मन तो अतीत की बात है। असल में अगर कोई सच्चा मानवतावादी नास्तिक हो तो फिर अचानक वह हिन्दू नहीं बन सकता। मुझे शक होता है कि कहीं

आज भी भीतर-ही-भीतर सुरंजन ठेठ नास्तिक तो नहीं था? नहीं था, अगर होता तो ऐसा नहीं होता। तो फिर और कौन-सी वजह है, जिसके कारण मेरे मन में सुरंजन के प्रति सहानुभूति है?

मैं तेज़ी से खाना खाने लगी। खाना ख़त्म करके ही मैं उठ जाऊँगी, मौक़ा पाकर मैंने घड़ी पर भी नज़र डाल ली। मेरे आदर्शों से तो मेल खाता ही नहीं था, तिस पर स्त्री-उत्पीड़क एक व्यक्ति के साथ बैठकर समय बरबाद करना मेरे लिए उचित भी नहीं था। चूँकि उसके जीवन की कहानी को लेकर मैंने उपन्यास लिखा था, लेकिन इस वजह से उसके सारे दुष्कर्मों को स्वीकारने को मैं बाध्य नहीं थी।

सुरंजन क्षीण कंठ से बोला—मैंने सुदेशना को मारा था।

मैंने लगभग चीख़ते हुए कहा—कमाल है! कमाल का काम किया था तुमने! तुमने उसे मारा। उस लड़की को अगवा कर जिस रात तुमने दुष्कर्म किया, उस रोज़ तुमने उसे भी मारा था। नहीं मारा था? तुम्हारे शरीर में बहुत ताक़त है न! इसीलिए लड़कियों पर अपनी क़ूवत दिखाते हो! तुम अपनी माँ को भी मारते हो या कि माँ होने की वजह से उसे छोड़ देते हो?

—मैंने उस दिन शराब पी थी—सुरंजन ठंडे गले से बोला।

—जिस दिन तुमने ढाका की उस लड़की को मारा था?

—नहीं। जिस दिन सुदेशना को।

—शराब पर इल्ज़ाम मढ़ रहे हो?

सुरंजन कुछ नहीं बोला। मैंने दाँत पीसते हुए कहा—शराब पर इल्ज़ाम मत लगाओ। ग़लती तुम्हारी है। शराब और लोग भी पीते हैं, लेकिन वे किसी को नहीं मारते। तुम्हें जेल नहीं हुई?

—मैं बहुत दिनों तक जेल में था। बाद में तलाक़ हो गया। मेरी नौकरी भी छूट गई।

—अच्छा हुआ।

मैंने सुकून की साँस छोड़ते हुए कहा था—अच्छा हुआ। इसका मतलब तुम्हें वाजिब सज़ा मिल गई। सुदेशना उसी कॉलेज में नौकरी कर रही है न?

सुरंजन ने सिर हिलाया—हाँ, कर रही है।

सच कहने में क्या, यह सुनकर मुझे अच्छा लगा। वह भले ही मेरे उपन्यास का नायक रहा हो, उसे मैं बहुत दिनों से जानती हूँ, पहचानती हूँ; कुछ भी हो, एक लड़की के साथ अन्याय करने की सज़ा उसे मिल गई, इसी वजह से मुझे अच्छा लगा।

—तुमने मारा क्यों था? —इस बार थोड़े उत्तेजित स्वर में मैंने पूछा।

सुरंजन ने ठंडे गले से कहा—वह माया को सहन नहीं कर पाती थी।

—क्यों?

लम्बी साँस छोड़ते हुए बोला—माया की शादी क्यों नहीं हो रही? वह इस घर को छोड़कर क्यों नहीं चली जाती? —इन सब बातों को लेकर। बूढ़ा हो, बदमाश हो, वह किसी के भी साथ उसकी शादी करवाने के पक्ष में थी। लेकिन मैं नहीं था।

—फिर?

—सुदेशना के साथ मेरा तलाक़ हो गया। हालाँकि बाद में किसी ऐसे-वैसे के साथ ही माया की शादी हुई।

सुरंजन ने मेरी ओर देखा। उसकी आँखों में विषाद था।

मैंने कहा—वहाँ पर मिठाई रखी है। जाओ, ले आओ। तुम्हें आइसक्रीम पसन्द नहीं?

सुरंजन ने कहा—मैं नहीं खाऊँगा।

बिल चुकाकर मैंने सोचा था कि उसे रेस्टोरेंट से ही विदा कर दूँगी, लेकिन गाड़ी के पास पहुँचकर मैंने कहा—मैं तो गाड़ी से जाऊँगी। तुम क्या करोगे?

—क्या आपको असुविधा होगी अगर मैं आपके साथ चलूँ?

—नहीं-नहीं, कैसी असुविधा?

सुरंजन मेरे साथ चला आया।

खाना खाने के बाद कभी भी मेरी सिएस्ता की आदत नहीं रही। इसलिए मुझे रिहाई मिल गई। लेकिन वह क्या थोड़ा आराम करना चाहता है? पूछने पर उसने मना कर दिया। लेकिन क्या वह कुछ कहना चाहता है, ज़रूर कुछ कहना चाहता है, अन्यथा वह मेरे साथ क्यों आया? कभी मैंने उसे लेकर कहानी लिखी थी—उसकी पारिवारिक, सामाजिक दुर्दशा की कहानी। तो क्या अब मुझे उसका मुआवज़ा देना पड़ेगा? वह आया। मैंने उसे एक अच्छे रेस्टोरेंट में खाना खिला दिया। इसके बाद तो उसे अपने घर चले जाना चाहिए था! मैं अपना समय बरबाद कर उसके पेट से नोच-नोचकर अब कोई और कहानी निकालना नहीं चाहती थी। लिखने के लिए मेरे पास ढेर सारी कहानियाँ हैं। यहाँ पर निश्चित रूप से वे लोग अच्छी या बुरी हालत में हैं, जैसे कि और लोग रहते हैं। मेरी उन्हें लेकर कहानी लिखने की कोई वजह ही नहीं है। ऐसा तो नहीं है कि सुरंजन यह बात नहीं समझता। उसे समझना चाहिए कि मेरे उपन्यास के नायक होने के कारण उसे यह अधिकार नहीं कि वह कभी भी मेरे घर आ धमके। इसके बावजूद हमवतन होने की वजह से मैं उसकी ख़ातिरदारी किए जा रही हूँ, या फिर सच कहने में क्या, वह सुरंजन है इसीलिए ख़ातिरदारी कर रही हूँ। लेकिन अगर उसका कोई व्यक्तित्व ही न हो, उसमें इंसानियत ही न हो, तो फिर मैं और कितने दिन ख़ातिरदारी करूँगी?

बरामदे में रॉकिंग चेयर पर बैठी-बैठी मैं यह सब सोच रही थी और उदास भाव से आसमान को निहार रही थी। मेरे बरामदे का दरवाज़ा दिन-रात खुला ही रहता है। ड्रॉइंगरूम के सोफ़े से उठकर सुरंजन मेरी कुर्सी के पास आ खड़ा हुआ और

बोला—मैं जानता हूँ कि मैं आपको परेशान कर रहा हूँ। आप अगर आराम करना चाहती हैं, या फिर आपको कुछ और काम करना हो तो निश्चिन्त होकर करें।

—और तुम ?

—मैं यहाँ बैठता हूँ। आप मेरी ज़रा भी चिन्ता मत कीजिएगा। मेरा साथ देने, मेहमाननवाज़ी करने की ज़रा भी ज़रूरत नहीं है।

—तुम क्या कुछ कहना चाहते हो ? तुम ख़ामख़्वाह क्यों बैठे रहोगे भला ? कुछ कहना है तो कहो।

—नहीं, मुझे कुछ नहीं कहना।

—तो फिर ?

—तो फिर मैं क्यों बैठा रहूँगा, यही तो आपने जानना चाहा था ?

मैंने कोई जवाब नहीं दिया। मैंने सिर नहीं हिलाया।

सुरंजन मेरी ओर अपनी स्थिर नज़रों से देखते हुए बोला—मैं यहाँ बैठना चाहता हूँ क्योंकि आप मुझे बहुत आत्मीय लगती हैं।

मुझे तुमसे प्यार है, तुम बहुत आत्मीय लगती हो, तुम्हारे बिना मैं ज़िन्दा नहीं रह सकता—इस तरह के जुमले केवल मन पर नहीं, शरीर पर भी एक तरह का दबाव डालते हैं। उसकी यह बात सुनकर मेरा शरीर कैसा तो शिथिल-सा हो गया। मानो मेरी ताक़त ही ख़त्म हो गई ! कुर्सी से उठने में भी मुझे थोड़ा समय लगा। मन अस्थिर हो उठा। मुझे ठीक-ठीक नहीं पता कि उसका वह वाक्य सुनकर मुझे क्यों अच्छा लगा। सम्भवत: किसी ने कभी ऐसा कहा नहीं था, इसलिए। मेरे अपने कहलानेवाले लोग हैं ही कितने ? जिन्हें मैं अपना समझती हूँ, उनमें से असल में कोई भी मुझे अपना नहीं समझता। दूर विदेश में एक बहन रहती है, बीमारी वग़ैरह होने पर, मन ख़राब होने पर वह मेरी तलाश करती है। इसके अलावा देश में मेरे नाते-रिश्तेदार और मित्र भरे पड़े हैं, लेकिन मेरे रहने की बात जानने के बावजूद इतने पासवाले पड़ोसी मुल्क में कोई भी तो मुझे देखने नहीं आता। मैं ज़िन्दा हूँ कि मर गई, इसकी ख़बर भी तो कोई नहीं लेता, इसलिए सुरंजन के ख़िलाफ़ तमाम नालिशों के बावजूद उसका यह वाक्य मुझे अनूठे आनन्द से भर गया। कोई मुझे अपना समझ रहा है। किसी को अपना समझने का चलन इस वस्तुवादी आत्मकेन्द्रित समाज में है ही नहीं, ऐसा कहना बिलकुल ठीक होगा। यहाँ पर लोग दूसरों के प्रति जिन कर्तव्यों और दायित्वों का पालन करते हैं, उन्हीं को हम लोग अपनों के लिए प्रेमवश कुछ करना मान लेते हैं। सम्भवत: इसमें प्रेमवश कुछ भी नहीं किया जाता। असल में किए बिना निस्तार नहीं, इसलिए किया जाता है।

सुरंजन को मैंने एक कमरा दिखा दिया। मैंने उसे अपना बेडरूम ही दिया था ताकि वह आराम कर सके। सुजाता से मैंने कह दिया कि उसे चाय वग़ैरह की ज़रूरत हो तो दे देना। मैं स्टडी बेड पर एक किताब लेकर लेट गई। उस किताब

को पढ़ने की इच्छा थी। लेकिन कुछ पन्ने पढ़ लेने के बाद मुझे महसूस हुआ कि मैं बस पढ़ती ही जा रही हूँ। मैं हरेक शब्द को देख-देखकर पढ़ रही थी, लेकिन यह पढ़ना सचमुच का पढ़ना नहीं था। कारण कि सारा कुछ केवल मेरी आँखें पढ़ रही थीं, मेरे दिमाग़ में ज़रा-सा भी कुछ घुस नहीं रहा था। चूँकि दिमाग़ में कुछ भी नहीं घुसा, इसलिए मुझे नहीं पता कि मैंने अभी तक क्या पढ़ा था। लेकिन मेरे दिमाग़ में कुछ भी क्यों नहीं घुस रहा था? मेरा मन कहाँ था? मेरा मन सुरंजन में था। उस लड़के पर मुझे ख़ूब ग़ुस्सा आता है, लेकिन यह भी सच है कि वह मुझे बेहद आत्मीय भी लगता है। एक व्यक्ति जिसे मैं पहचानती नहीं, बहुत जानती नहीं, जिससे साधारण-सी मुलाक़ात हुई हो, बहुत मामूली-सी बातचीत हुई हो, वह क्योंकर आत्मीय लगेगा? —इस रहस्य का मुझे कोई कूल-किनारा नहीं मिलता। मैंने लगभग अपरिचित एक लड़के को कितनी सहजता के साथ अपने बेडरूम में भेज दिया था! मुझे भरोसा था कि वह मुझे कोई नुक़सान नहीं पहुँचाएगा। वह अगर कुछ करेगा तो वह अपकार नहीं, उपकार ही होगा।

पाँच बजे के आसपास मैं एक तीर से दो शिकार करने यानी सुरंजन को उसके घर छोड़ने और किरणमयी के साथ मुलाक़ात करने के उद्देश्य से जाननगर की गली तक गई। मैं जब भी कोलकाता में निकलती हूँ तो पाँच पुलिसवालों की एक सेना मेरे साथ चलती है। और यदि कोलकाता से बाहर जाना हो तो सामने 'पैं-पूँ' आवाज़ करती हुई ड्रेसवाली पुलिस सेना चलती है। पीछे हमेशा एक एस्कॉर्ट कार रहती है। एस्कॉर्ट कार में चार लोग होते हैं, और मेरी गाड़ी में बैठते हैं एक पी.एस.ओ., व्यक्तिगत अंगरक्षक। मुझे पार्क सर्कस जाना है, सुनकर उन लोगों ने एतराज़ किया। क्यों? मुस्लिम इलाक़े में जाना मेरे लिए निरापद नहीं है। साम्प्रदायिक लोग किसी भी वक़्त मेरा क़त्ल कर सकते हैं। मैंने उन लोगों की आपत्ति को उड़ाते हुए कहा—धत्! कुछ नहीं होगा।

—कुछ नहीं होगा मतलब? किसी भी समय कुछ भी घटित हो सकता है! —पुलिस अफ़सर ने कहा।

—यह तो कहीं पर भी हो सकता है! इसके लिए पार्क सर्कस की ज़रूरत नहीं। और वहाँ पर क्या कोई मुझे मारने के लिए खड़ा है? और अगर ऐसा होता भी है, तो आप लोग हैं ही। मेरे लिए तो डरने-जैसा कुछ भी नहीं है। मैं कोई अकेली तो जा नहीं रही।

पुलिसवाले ख़ामोश हो गए।

मैंने कहा—और इसके बावजूद, मुझे तो जाना ही है।

हाँ, मुझे तो किरणमयी के घर जाना ही है। कोलकाता आकर इससे पहले मैं ऐसी गली में कभी नहीं गई थी। ग्रेट मेडिकल स्टोर्स, होटल शान-ए-फ़िरदौस, इंडियन साइकिल स्टेट और जगन्नाथ ज्वेलर्स वाली उस गली में अगर गाड़ी खड़ी

करो, तो कोई और दूसरी गाड़ी तो छोड़िए, कोई रिक्शा भी बगल से नहीं निकल सकता, गली इतनी सँकरी थी। मकान बदरंग थे। घरों में भयंकर ग़रीबी का आलम था। सड़कों के किनारे कूड़े के ढेर लगे थे। नालियों ने अपने सारे गन्दे मुँह खोल रखे थे। सीलन भरी उस गली में प्रवेश करते ही मेरे शरीर में झुरझुरी-सी आ गई। चारों ओर भुतहा माहौल था।

मुझे देखते ही किरणमयी तेज़ी से आईं और मुझे बाँहों में भर लिया। वे मुझे बहुत देर तक जकड़े रहीं और लगातार बोलती रहीं—माँ[1], तुम कैसी हो? तुम अच्छी तो हो माँ! तुम्हारे बारे में सोचकर मुझे बहुत दुख होता है। माँ, तुम इतने दिनों बाद आईं!

जब मैंने धीरे से उन्हें हटाया तो देखा, उनकी आँखें भरी हुई थीं। मेरे लिए किसी की आँखों में आँसू? ऐसा मैंने अपनी माँ के अलावा किसी और को नहीं देखा था। मेरा पूरा शरीर फिर से शिथिल होने लगा। मन बेचैन हो उठा। ऐसा नहीं कि मुझे प्यार को अंगीकार करने की आदत नहीं है। लगभग हर रोज़ कितने ही लोग मुझे बेइन्तहा प्यार करते हैं। वे लोग मेरे लिखे हुए को पढ़कर, साहस और सच्चाई देखकर मुझसे प्यार करते हैं। मैं हर रोज़ यह सब ग्रहण करती रही हूँ। लेकिन किरणमयी का यह अपनापा... ?

किरणमयी को क्या कहकर पुकारूँ, मुझे समझ में नहीं आया। मासी या मासीमाँ? विदेश में लम्बे समय तक रहते हुए लोगों को उनका नाम लेकर पुकारने की बुरी आदत पड़ गई है। आजकल तो अपने से दोगुनी उम्र के लोगों को भी बड़े मज़े से उनका नाम लेकर ही पुकारती हूँ। मैं पहले जिन्हें 'दा' या 'दी' पुकारती थी, उसमें कोई बदलाव नहीं आया लेकिन जिन नये लोगों से परिचय हुआ, उनके नाम के बाद अब मैं 'दा' या 'दी' नहीं लगाती। कोई अगर तीखी नज़रों से देखता है, इसे नापसन्द करता है तो मैं मुश्किल में पड़ जाती हूँ। किरणमयी को आख़िरकार मैंने देशी सम्बोधन, मासी ही कहा—मासी, कहिए कैसी हैं?

ढाका में जब मुलाक़ात हुई थी, तब सम्भवत: मैंने उन्हें मासी ही कहा था।

—सुरो से तो तुम्हें पता चला ही होगा कि मैं कैसी हूँ! तुम अब आई हो माँ, कुछ साल पहले क्यों नहीं आईं? सुरो के पिता तुम्हारी कितनी बातें करते थे! कहीं तुम्हारे बारे में कोई ख़बर छपी दिखती तो उसे काटकर रख लेते। फिर उसे बार-बार पढ़ते। केवल इतना कहते कि हम लोगों की वजह से इस लड़की को कितना कुछ भुगतना पड़ रहा है! लड़की को कितने कष्ट झेलने पड़ रहे हैं! अपने माँ-बाप से दूर विदेश में रहने को मजबूर है। वहाँ कैसी है, क्या कर रही है, किसे पता! तुम्हारे लिए सुरो के पिता ने कितने आँसू बहाए थे! तुम आईं, माँ, तुम आईं तो लेकिन उनके साथ मुलाक़ात नहीं हो सकी।

1. बंगाल में माँ स्नेह से बेटी को भी 'माँ' कहकर पुकारती है।

किरणमयी कहती-कहती ज़ोर से रो पड़ीं। मैंने अपना हाथ बढ़ाकर उनका हाथ थाम लिया, मैं उसे थामे रही।

जब रुलाई का वेग थम गया तो आँसू पोंछती हुई कहने लगीं—वे टेलीविज़न के सामने, तुम्हारी ख़बर दिखाए जाने की उम्मीद में बैठे रहते थे। पता चलता कि तुम्हारा कोई साक्षात्कार दिखाया जाएगा तो दो घंटे पहले से बैठ जाते। तुम्हारा लिखा हुआ, तुम पर लिखा हुआ, तुम्हारी ख़बरें जमा करने में कुछ भी कोर-कसर नहीं छोड़ते थे। तुम्हारे नाम से उन्होंने बहुत सारी कॉपियाँ बनाई थीं। सारी रचनाओं को उसमें चिपकाकर रखते थे। वे उन कॉपियों को बड़े जतन से अलमारी में रखा करते थे। वे अक्सर उन्हें निकालकर पढ़ते थे। हम बहुत सारे अख़बार तो ख़रीद नहीं पाते थे, इसलिए उन्होंने पत्रिका बेचनेवालों से दोस्ती कर ली थी और उनके अख़बारों को पलटकर देख लेते थे कि तुम्हारे बारे में उसमें कुछ छपा है या नहीं। बांग्ला, हिन्दी, अंग्रेज़ी—कुछ भी नहीं छोड़ते थे। तुम्हारे बारे में कुछ छपता तो उसे लेकर ही घर लौटते थे। तंगहाल गृहस्थी थी लेकिन इससे क्या, उन सबकी बहुत सँभाल करते थे। उन सब पर उन्होंने कभी धूल नहीं जमने दी। केवल यही कहते थे—यह लड़की जल्दी ही अपने देश लौट पाएगी। माँ, उनकी चिता पर मैंने उनकी बहुत-सी प्रिय चीज़ें रखवा दी थीं, वह सब भी रखवा दी थीं। मुझे पता नही कि वे कहाँ जाएँगे, चाहे जहाँ जाएँ, उनके साथ उनकी वे चीज़ें भी जाएँ तो अच्छा। अपने देश की प्रिय चीज़ें ऐसी थीं भी क्या माँ, देश की चीज़ें! कहूँ तो तुम विश्वास नहीं करोगी माँ, बांग्लादेश का एक झंडा, उनका मुक्तियोद्धा वाला प्रमाण-पत्र, किसी से उन्होंने देश से बाकरख़ानी[1] मँगवाई थी। उसे थोड़ा-थोड़ा तोड़कर खाते थे। उस बाकरख़ानी को लेकर उनके मन में कितना उल्लास हुआ करता था! पुरानी पड़ी हुई थोड़ी-सी बाकरख़ानी और तुम्हारी ख़बरों और रचनाओं वाली कॉपियाँ—इन सबको यहाँ रखकर क्या होता? मैंने वे सारी चीज़ें उनके सीने के ऊपर रखवा दी थीं। उनकी चीज़ें वे ही ले जाएँ। हम लोग क्या उन सबका आदर कर पाते? तुम आई हो माँ, देखते तो वे कितने ख़ुश होते! —कहकर किरणमयी फिर से ज़ार-ज़ार रोने लगीं।

वे बहुत देर तक रोती रहीं। मैं बुत बनी उनके पास बैठी रही। मेरा शरीर इतना शिथिल हो चुका था कि मेरा हाथ किरणमयी के हाथ से धीरे-धीरे फिसल गया। मेरे लिए कुछ भी कहना सम्भव नहीं हो सका। मैं बहुत देर तक चुपचाप स्थिर बैठी रही। रुलाई शायद कभी-कभी बहुत संक्रामक हो जाती है।

सुधामय दत्त की मृत्यु कैसे हुई, उसकी कोई भी कहानी सुनने की इच्छा मैंने प्रकट नहीं की। हो सकता है, यह बहुत निष्ठुरता लगे कि एक व्यक्ति के बारे में इतनी बातें कही जा रही हैं, और मैं हूँ कि उसके बारे में जानने का ज़रा-सा भी आग्रह नहीं दिखा रही! सच कहने में क्या, मृत्यु को लेकर मेरा कोई आग्रह नहीं है।

1. आटे और सूजी से बनी एक विशेष प्रकार की मीठी ब्रेड।

मैं मृत्यु के विषय में बातें नहीं करना चाहती, न ही सुनना चाहती हूँ। इसके बरअक्स जीवन की बातें करें। यौवन की बातें करें।

मैंने कमरे में चारों ओर नज़रें घुमाकर पूछा—माया कहाँ है?

—माया तो ससुराल में है।

—ओ!

—माया क्या कर रही है?

किसी लड़की का ज़िक्र आने पर आम तौर पर मैं यह सवाल करती ही हूँ कि लड़की क्या कर रही है। मुझे यह सुनने की बड़ी इच्छा होती है कि लड़की कुछ काम कर रही है। वह आर्थिक रूप से आत्मनिर्भर है। नौकरी, व्यापार, कमाने के लिए कुछ-न-कुछ काम करती है। वह फ़लाँ की पत्नी है, फ़लाँ की माँ है, यह उसका परिचय नहीं। मुझे यह सुनने में ज़रा भी अच्छा नहीं लगता कि वह तो कुछ नहीं करती, या कि वह तो हाउस वाइफ़ है, वग़ैरह-वग़ैरह। हरेक वयस्क लड़की को, जैसे भी हो, आत्मनिर्भर होना चाहिए। दूसरों पर निर्भर लड़कियों पर मुझे बड़ी दया आती है। जो लड़कियाँ आत्मनिर्भर होने का प्रयास नहीं करतीं, उन पर मुझे कभी-कभी ग़ुस्सा भी आता है। जीवन तो एक ही है और एक बार ही मिला है। बाधा-विपत्तियाँ तो आएँगी ही, तो फिर ज़िम्मेदारी लेकर उनमें क्यों न कूद पड़ें? ठगी जाएँगी—एक बार, दो बार, तीन बार। लड़कियों की राहों को कोई आसान नहीं बनाता। उन्हें ख़ुद ही पत्थर हटाने पड़ते हैं।

किरणमयी को जैसा मैंने पहले देखा था, माथे पर थोड़े-से पके बालों के अलावा उम्र की कोई और छाप मुझे नहीं दिखाई दी। शारीरिक श्रम करते रहने से उम्र शरीर पर उस तरह क़ब्ज़ा नहीं जमा पाती। मेरा तो बैठे रहने का काम है। मुझे तो लगता है कि चौदह वर्षों में मैंने चौंतीस वर्ष पार कर लिये हैं। शरीर में मनमाने ढंग से चर्बी जमती गई है। नानी और दादी को मात देते हुए बाल पके हैं। शक्लो-सूरत बरबाद हो गई है। गलकंबल बढ़ गया है। जबकि जिस समय मैंने 'लज्जा' लिखा था, शहर की ख़ूबसूरत विदुषी लड़कियों में मुझे नम्बर एक माना जाता था। हमेशा चर्बीविहीन छरहरा रहनेवाला शरीर अब मोटापे का शिकार है।

किरणमयी दिखने में पहले की ही तरह हैं। सुरंजन काफ़ी भारी हो गया है। लेकिन उसकी सूरत अब भी बच्चों जैसी ही है। उम्र होकर भी उसकी उम्र नहीं हुई। उसकी निगाहों को देखकर (ग़लत भी हो सकता है और सही भी) लगता है कि उसकी संजीदगी बढ़ी है। माया अब दिखने में कैसी है? वह क्या पहले जैसी ही है? मैंने ये सवाल किसी से नहीं किए। किरणमयी जब चाय बनाने गईं तब मैंने ख़ुद से ही ये सवाल किए थे।

दो कमरे थे और एक छोटी-सी रसोई। बस, इतने में ही उनका वास था। बड़ा-सा बिस्तर था। उस बिस्तर पर ही मेहमानों को बिठाया जाता था। स्टील की

दो अलमारियाँ थीं। कपड़े रखने का एक स्टैंड था। उस स्टैंड पर कपड़े तहाकर रखे हुए थे। खिड़कियों पर छोटे-छोटे पर्दे लगे थे। दीवार में मन्दिर के आकार वाला एक ख़ाना बना था। उसमें देवी-देवताओं की कुछेक मूर्तियाँ रखी हुई थीं। मूर्तियों के सामने लाल गुड़हल के फूल थे। कमरे में दूसरी ओर एक टेबल थी, उस पर टी.वी. रखा था, जो लाल-पीले रंगवाले बाटिक प्रिंट के कपड़े से ढँका हुआ था।

दूसरे कमरे में एक छोटा पलंग था। एक टेबल और कुछेक कुर्सियाँ थीं। लकड़ी की एक अलमारी थी। लकड़ी के शेल्फ़ में कुछ किताबें थीं। एक हेलमेट रखा हुआ था। डायनिंग टेबल या डायनिंग रूम-जैसा कुछ नहीं था।

मैंने अनुमान लगाया कि ये लोग पलंग पर बैठकर ही खाना खाते हैं, कारण कि पलंग पर ही एक अख़बार बिछाकर उस पर चाय रखी गई थी। ढाका में सुधामय का घर इसके मुक़ाबले काफ़ी अच्छा था। जीवन-यापन का मान बहुत उन्नत था।

इसमें कोई शक नहीं कि ये लोग रोज़ अभाव का दंश झेल रहे हैं। अभाव था, लेकिन इसके बावजूद एक क़िस्म की सुरक्षा थी। यहाँ ये लोग मुस्लिम साम्प्रदायिकों की मूढ़ता और अशिक्षा की भेंट नहीं चढ़ रहे थे। लेकिन बेलघरिया या दमदम से यहाँ इस पार्क सर्कस वाले मुस्लिम-बहुल इलाक़े में किराये का मकान लेने के पीछे उनकी क्या मंशा थी, यह सवाल मेरे भीतर रह-रहकर कुलबुलाता रहा।

—नौकरी करती है। वहीं, उसी तरफ़, बंडेलगेट में एक दवाई कम्पनी में है।

—तनख़्वाह अच्छी मिलती है?

—अच्छी क्या है! यही छह-सात हज़ार मिलते हैं।

—इतने से रुपयों में आजकल क्या होता है?

—उसे अपने पैसों से ही घर चलाना पड़ता है। उसका पति जो पैसे कमाता है, माया तो उसे देख भी नहीं पाती!

—कहाँ जाते हैं पैसे?

—और कहाँ जाते हैं?

किरणमयी की आँखें डबडबा उठीं। सुरंजन चाय का कप लेकर दूसरे कमरे में चला गया।

—और सुरंजन? वह भी तो शायद कुछ...?

—कॉलेज की नौकरी छूट जाने के बाद उसने कई और नौकरियाँ कीं लेकिन नौकरी पसन्द न आने के कारण उसने हर नौकरी छोड़ दी। अब मैं कपड़े और साड़ियाँ बेचकर घर चलाती हूँ। वह कुछेक ट्यूशन करता है और उसी से अपना ख़र्च चलाता है। घर में भी थोड़े पैसे देता है। घर भी क्या! इसे क्या घर कहते हैं? सुरंजन के पिता के गुज़र जाने के बाद अब घर-गृहस्थी-जैसा कुछ नहीं लगता। किसी तरह से टिकी हुई हूँ। भगवान जितनी जल्दी उठा लें, उतना अच्छा!

उनका फफककर रोना रुकने तक मैं वहाँ रुकी रही। रोना रुकने पर मैंने कहा—आपके जो नाते-रिश्तेदार लोग हैं, वे आपका हालचाल पूछते हैं? किसी तरह की मदद करते हैं?

—नहीं! नहीं! नहीं!

किरणमयी ने ज़ोर से सिर हिलाया।

—अपने मुल्क-जैसा कुछ भी नहीं है यहाँ पर। सारे लोग भयंकर स्वार्थी हैं। बहुत लोग हैं जो सुरंजन को एक अच्छी नौकरी दिला सकते थे। किसी ने नहीं दिलाई। और उस घर में रहकर...वे लोग रिश्तेदारों के नाम पर कलंक हैं माँ! उन लोगों ने ही हमारा सर्वनाश किया है।

—किन लोगों ने?

—इस देश में आकर सबसे पहले हम जिनके यहाँ ठहरे थे।

मैंने ख़ुद नहीं पूछा कि उन्होंने क्या सर्वनाश किया—भले ही मेरे भीतर जानने की प्रबल इच्छा थी। मैं दरअसल सर्वनाश की बात न पूछकर सम्भावना की बात सुनना चाहती थी।

किरणमयी ने अत्यन्त व्याकुल आँखों से मेरी ओर देखा। क्यों देखा, समझ नहीं सकी। वे क्या यह सोच रही थीं कि इस शहर में मेरी बहुत जान-पहचान है, अगर चाहूँ तो सुरंजन की कोई अच्छी व्यवस्था करवा सकती हूँ? किसी अच्छी कम्पनी की अच्छी नौकरी दिलवा सकती हूँ या फिर किसी अच्छे व्यवसाय में उसे लगवा सकती हूँ? किरणमयी को नहीं पता कि मुझमें इतनी क़ूवत नहीं है। मेरे तो ख़ुद के ही पैरों तले ज़मीन नहीं है। मुझे किसी भी दिन ऊपरवाले यहाँ से भगा सकते हैं। और तब मुझे अपना बोरिया-बिस्तर लेकर जाना ही पड़ेगा।

चाय-बिस्कुट से निपटने के बाद मैंने किरणमयी से कहा कि वे अपनी दुकान की कुछ साड़ियाँ दिखाएँ। हालाँकि दुकान-जैसा कुछ नहीं था। लोग उनके घर आकर ही साड़ियाँ देखते हैं और ख़रीदते हैं। वहाँ केवल साड़ियाँ नहीं थीं, सलवार-कमीज़ भी थीं। वे ख़ुद कपड़ों पर डिज़ाइन बनाती हैं और फिर तिलजला की कुछ लड़कियों से उस पर एम्ब्रॉयडरी करवा लाती हैं। इससे साड़ी की क़ीमत थोड़ी बढ़ जाती है।

अलमारी खोलकर बेहद उत्साह के साथ उन्होंने भीतर से कुछ साड़ियाँ निकालीं और पलंग पर रख दीं। वे साधारण-सी सूती साड़ियाँ थीं। कुछ सिल्क की थीं। कुछेक साड़ियों पर रंगीन चित्रकारी की गई थी। कुछ में धागों का काम था। सच कहूँ तो मुझे कोई भी ख़ास पसन्द नहीं आई, फिर भी उनमें से मैंने सात साड़ियाँ चुन लीं।

मैंने कहा—मैं इन्हें ख़रीदूँगी।

किरणमयी आतंकित हो उठीं। एक बार में सात साड़ियाँ कभी किसी ने उनसे नहीं ख़रीदी थीं। मैंने कहा—इनका दाम कितना हुआ, ज़रा हिसाब करके बताइए।

—तुम क्यों ख़रीदोगी? तुम्हें कौन-सी पसन्द आई, बताओ। मैं तुम्हें दूँगी।

—मुझे ख़रीदनी है। मुझे सारी पसन्द आईं।

किरणमयी ने लज्जित स्वर में पूछा—तुम क्या इन्हें पहनोगी? ये तो...

—मैं बहुत महँगी साड़ियाँ नहीं पहनती। मैं कम दाम वाली साड़ियाँ ही ख़रीदती हूँ। दक्षिणापण से बहुत कम क़ीमत वाली साड़ियाँ ही तो ख़रीदती हूँ। पतली सूती साड़ियाँ ही मुझे अच्छी लगती हैं। गरम देश में इन्हें ही पहनना ठीक रहता है।

किरणमयी अत्यन्त कुंठित हो उठीं। मैं समझ गई थी कि उनकी इच्छा मुझे सारी साड़ियाँ उपहार में देने की हो रही थी। लेकिन यथार्थ उन्हें ऐसा नहीं करने दे रहा था। अगर ढाका होता तो, सम्भवत: वे दे पातीं। बांग्लादेश के लोग दोनों हाथों से दान करते हैं, इस देश में किसी की ऐसी आदत नहीं, वे बोलीं। वे जब बोल रही थीं तो मैंने ग़ौर किया कि किरणमयी की आँखों के नीचे कालापन था।

—आपकी तबीयत तो ठीक है न?

—नहीं, शरीर को कुछ नहीं हुआ है। जो होता है, मन को ही होता है।

—नींद नहीं आती?

—इसका कोई ठिकाना नहीं।

—नींद न आए तो दवाई लेकर सोइएगा।

—सुरंजन बिलकुल नहीं बदला। वह पहले जैसा ही है। आलसी। जाने कहाँ-कहाँ घूमता रहता है! जब कॉलेज में नौकरी करता था, तो मुझे लगा कि बच्चे का उद्धार हो गया है। वह ऐसा आवारा रह जाएगा, किसे पता था! यह तो घर में ही बैठा रहता था, बहुत समझाकर मैंने इसे ट्यूशन के काम पर लगवाया है।

—इसके दोस्त वग़ैरह नहीं हैं? —मैंने दूसरे कमरे की ओर देखते हुए पूछा।

—कोई ख़ास दिखाई तो नहीं देते!

तभी कोई आया और दूसरे कमरे में घुस गया। जितनी बातचीत मुझे सुनाई दी, उससे समझ में आया कि अमजद नाम का कोई व्यक्ति सुरंजन की मोटरसाइकिल लौटाने आया है। शब्दों और वाक्यों के बह आए टुकड़ों से ही समझ में आ गया था कि अमजद के साथ उसकी अच्छी दोस्ती है।

सुरंजन किरणमयी के कमरे में मुसकराते हुए आकर बोला—दो कप चाय देना।

—चाय देना मतलब? ख़ुद बना लो।

मेरे ऐसा कहने पर सुरंजन और किरणमयी दोनों ही अवाक् हो गए। बेटा माँ से चाय माँग रहा था और मैं कह रही थी कि ख़ुद बना लो। उनके अवाक् चेहरों की ओर देखकर मैं थोड़ी मुसकराई। नहीं, मेरे कहने से कुछ होनेवाला नहीं था, बल्कि मुझे उपहारस्वरूप सुरंजन का एक वाक्य मिला—इस कुटिया में आकर भी नारीवाद?

—मेरा नारीवाद केवल महलों के लिए तो है नहीं! वह कुटिया के लिए भी है और तुम्हारे लिए भी।

सुरंजन के होंठों पर मीठी मुसकान थी। बहुत सुन्दर थी वह मुसकान। मेरे साथ शायद वह पहली बार इस तरह से हँसा था। उसका मन क्या किसी वजह से प्रसन्न हो उठा था, क्या पता!

उसने अमजद के साथ पहले सी.पी.एम., नन्दीग्राम, सिंगूर आदि को लेकर चर्चा की। सुरंजन को मैंने सी.पी.एम. को गरियाते सुना। इसके बाद अचानक वह अमजद के खिदिरपुर वाले बिज़नेस को लेकर चिन्तित हो उठा। सुरंजन ने बताया कि उसने किसी से बात की है कि उसे बेग़बाग़ान में कहीं पर स्थानान्तरित करना ठीक होगा। वहाँ दहशतगर्दों का उत्पात बहुत ज़्यादा है। जान का ख़तरा भी है। ख़तरा उठाने की क्या ज़रूरत है!

हालाँकि मैं किरणमयी से बातें कर रही थी लेकिन मैंने सुरंजन की चर्चा की ओर कान लगा रखे थे। एक कमरे की बातें दूसरे कमरे में भले ही आसानी से नहीं आ रही थीं, फिर भी सुनाई दे जाती थीं।

—इतनी जगहों के रहते हुए इसी इलाक़े में क्यों? —मैंने किरणमयी से पूछा।

—बेलघरिया में तो हम रह ही रहे थे। इसके पिता के गुज़र जाने के बाद से ही सुरंजन ने वहाँ रहने से मना कर दिया था। लेकिन तब मकान बदलना सम्भव नहीं हो सका। पिछले साल यह किसी भी क़ीमत पर वहाँ रहने के लिए राज़ी नहीं हुआ। पता नहीं, क्या हुआ था! मकान बदल लिया। उसने ज़िद पकड़ ली कि मकान लेंगे तो पार्क सर्कस में ही लेंगे। क्यों, इसका क्या उद्देश्य था, मुझे नहीं मालूम। कहीं आसपास में नौकरी कर रहा होता तो मुझे बात समझ में आती।

—तो फिर क्या वजह थी?

यह सवाल करते समय व्याकुलता आवाज़ में काँप उठी। एक मुसलमान लड़के के साथ सुरंजन की यह दोस्ती मुझे ठीक नहीं लग रही थी। तो फिर सुरंजन किस चीज़ में उलझता जा रहा है? इस इलाक़े में रहने का उत्साह क्यों है उसमें? इसके पीछे क्या वजह हो सकती है? —इस बात ने मुझे दुश्चिन्ता में डाल दिया। वह क्या बी.जे.पी. या आर.एस.एस. का दूत बनकर यहाँ आया है? मुसलमानों की अन्दरूनी जानकारियाँ हासिल करने के बाद क्या एक-एक कर उन्हीं का नाश करेगा?

मैं किसका पक्ष लूँ—उस निरीह अमजद का या कि सुरंजन का? अमजद भी निरीह है या नहीं, किसे पता!

अमजद नाम का व्यक्ति या लड़का मुझे न देख सके, इसलिए मैं ओट में छिपी रही। कारण कि कह नहीं सकते, अगर वह साम्प्रदायिक हुआ फिर तो मुझे यहीं पर ज़िबह कर देगा।

सुरंजन मुझे रहस्य के भीतर चक्कर खिलाता रहा। मेरे कुतूहल और संशय भरे चेहरे की ओर वह तीखी नज़रों से दो-एक बार देख चुका था। उसकी आँखों में और भी रहस्यों की आवाजाही थी। वह क्या चाहता है? मैंने कोई अन्याय तो किया नहीं कि वह उसका प्रतिशोध लेगा! मुझसे कह दो कि मैं कट्टर हिन्दू बन चुका हूँ, हिन्दू राष्ट्र की स्थापना के लिए मैदान में उतरा हूँ, अभी मैं ख़ुद इस ग़रीब मुस्लिम इलाक़े में रहने आया हूँ, मेरे उद्देश्य ये-ये-ये हैं—कह दो तो बात ख़त्म हो जाए। मुझे दुश्चिन्ताओं में डालकर उसे क्या मज़ा आ रहा है!

—यहाँ मुसलमानों के साथ आपका उठना-बैठना होता है?

—हाँ-हाँ, वे लोग बहुत अच्छे हैं।

—अच्छे हैं?

—हाँ, निश्चित रूप से।

—यहाँ के लोग?

—हाँ, यहीं के। वे सब बंगाली हैं।

किरणमयी बांग्लादेश की थीं सम्भवत: इसीलिए उन्होंने यह ग़लती नहीं की। बंगाली मुसलमानों को मुसलमान कहना और बंगाली हिन्दुओं को बंगाली कहना यहाँ के लोगों की बुरी आदत है, ऐसा चरम अशिक्षा और कुशिक्षा की वजह से होता है। बंगाली हिन्दू और बंगाली मुसलमान बांग्लादेश में एक इलाक़े में साथ रहते हैं और इस वजह से वे एक-दूसरे को बेहतर ढंग से समझ पाते हैं। यहाँ इलाक़े अलग-अलग हैं। हिन्दुओं के इलाक़े में मुसलमानों का रहना असम्भव है। लेकिन यहाँ चारों ओर मुसलमानों के घरों के बीच हिन्दुओं के मात्र दो-एक घर हैं। मजबूरी न हो तो कोई हिन्दू इस इलाक़े में रहने नहीं आता। लेकिन मैंने तो सुना कि सुरंजन अपनी मर्ज़ी से यहाँ रहने आया है। मुसलमानों की वजह से एक देश, जो कि उसका अपना देश था, छोड़कर वह चला आया और इस शहर में हिन्दू इलाक़े को छोड़कर किस स्वार्थ की वजह से वह मुस्लिम इलाक़े में रहने चला आया है, जब तक मुझे इसका पता नहीं चल जाता, मुझे सुकून नहीं मिलेगा। मेरी इच्छा हुई है कि सुरंजन के इस रहस्य को मैं दोनों हाथों से फाड़ डालूँ।

सात साड़ियों की क़ीमत साढ़े तीन हज़ार रुपये हुई। अत्यन्त कुंठा और शर्मिन्दगी के साथ किरणमयी ने पैसे ले तो लिये लेकिन एक सुन्दर-सी सिल्क की साड़ी मुझे उपहार में दे दी।

मैं नहीं चाहती थी कि पासवाले कमरे में बैठे अमजद को मेरे बारे में पता चले। लेकिन यह बात मैं किससे कहती? मेरे सुरक्षाकर्मी तो मुझे इस घर में छोड़कर बाहर इन्तज़ार कर रहे थे। उन्हें पता नहीं चला था कि कोई उस घर में घुस गया है, जिसका नाम अमजद है। अमजद के मन में क्या है, सिवाय अमजद के यह किसी और को पता नहीं था। सुरंजन को पता था क्या?

संशय ने मेरा सुकून छीन लिया था।

—यह जो व्यक्ति आया है, इसे आप पहचानती हैं? —मैंने किरणमयी से फुसफुसाते हुए पूछा। मेरा चेहरा भयाक्रान्त हो उठा।

किरणमयी ने हँसते हुए कहा—तुम्हें डर लग रहा है? वह बहुत अच्छा बच्चा है—अमजद। अमजद मेरे घर के बच्चे-जैसा है। वह काम से मिदनापुर गया था। सुरंजन की बाइक ले गया था। एक महीने बाद लौटा है।

एक महीने के लिए जिसे अपनी बाइक दी जा सकती हो, उसके साथ रिश्ता गहरा ही होगा। मुझे व्याकुल हो टहलते देख वे चिन्तित हो उठीं। मैं किसी तरह बाहर निकल जाऊँ, उसका भी उपाय नहीं था। दूसरे वाले कमरे से ही बाहर निकलने का दरवाज़ा था और मेरे उस कमरे में जाते ही अमजद नामक वह व्यक्ति निश्चित रूप से मुझे पहचान लेता। पहचाने जाने पर क्या वह मेरा रास्ता रोकेगा, या कि कुछ और करेगा? हड्डियाँ तक ठिठुर उठें, ऐसा कुछ! तब क्या सुरंजन मेरी रक्षा करेगा?

आज सुबह जो मुझे बहुत आत्मीय लगा था, मैं उस वक़्त उसी पर अविश्वास कर रही थी। किरणमयी मेरी बेचैनी ताड़ गईं और उसका कारण भी समझ गईं। उन्होंने दरवाज़े के पर्दे को सरकाकर सुरंजन को इस कमरे में बुलाया और अमजद को विदा करने को कह दिया।

वह ठीक समझ नहीं पाया कि किस वजह से उसके दोस्त को अचानक विदा करने के लिए कहा जा रहा है। ऐसा तो था नहीं कि माया घर में है या फिर कुछ और?

किरणमयी ने तिरछी नज़रों से मेरी ओर इशारा करते हुए किसी विपत्ति की आशंका के संकेत दे दिये।

सुरंजन ने तीखी नज़रों से मेरी ओर देखा। मैंने भी उसकी ओर कुछ वैसी ही नज़र डाली। हम दोनों शायद एक-दूसरे को पहचानने की कोशिश कर रहे थे। लेकिन मुझे पहचानना उसके लिए मुश्किल नहीं था। मुझे मुस्लिम साम्प्रदायिक लोग मार डालना चाहते हैं। केवल बांग्लादेश में ही नहीं, इस देश में भी। जो मेरे मुँह पर कालिख पोत सकेगा, गले में जूतों की माला पहना देगा, उसे बीस हज़ार रुपये दिये जाएँगे—टीपू सुलतान मस्जिद के इमाम ने ऐसा फ़तवा जारी किया था। और कुछ दिनों पहले ही यह फ़तवा भी दिया गया कि जो मेरी हत्या कर देगा, उसे पचास हज़ार रुपये दिये जाएँगे। वे मेरे कितने ही तो पुतले दहन कर चुके हैं, क्या सुरंजन को नहीं पता? इसलिए किसके मन में क्या है, किसे पता!

उसके स्वर में दबी हुई नाराज़गी थी—कुछ लोग दुनिया में अच्छे भी होते हैं, या नहीं?

—हाँ, होते हैं। लेकिन मामला उसका है न! —किरणमयी बोलीं।

—हुम!

सुरंजन ने अमजद को विदा कर दिया।

—मैं एक बार माया से मिलने जाऊँगी।

पलंग की रेलिंग को पकड़कर नीली मसहरी को छूकर, मानो शैशव के उन दिनों का स्पर्श करते हुए मैंने कहा।

—माया?

किरणमयी चौंककर बोल पड़ीं—लेकिन वह तो ससुराल में है।

—तो इससे क्या?

—तुम उसकी ससुराल जाओगी?

—इससे मुझे कोई फ़र्क़ नहीं पड़ता कि घर किसका है। मैं माया के यहाँ जाऊँगी।

—इसकी बजाय मैं उसे तुम्हारे यहाँ जाने को कह दूँगी। अगर तुम्हारे यहाँ किसी तरह की असुविधा हो तो वह यहाँ आ सकती है, तब तुम यहीं आ जाना।

मैंने महसूस किया कि ससुराल कोई बहुत भयंकर जगह थी, जहाँ जाना सम्भव नहीं था।

किरणमयी ने मेरा हाथ खींचकर पलंग पर बिठाते हुए कहा—माँ, तुम बार-बार जाने की रट क्यों लगा रही हो? तुम इस घर में आई हो, मुझे यक़ीन ही नहीं हो रहा है! लग रहा है, मानो मैं कोई सपना देख रही हूँ! बताओ, क्या खाओगी? भात खाए बग़ैर नहीं जाओगी।

मेरे दिमाग़ में खाने-पीने की बात थी ही नहीं। दिमाग़ में तो सुरंजन के साथ अमजद के रिश्ते की जटिलता थी और उसमें अब चहलक़दमी करती हुई माया की ससुराल की दुरवस्था भी चली आई थी। माया अगर उस घर में ख़ैरियत से होती, तो किरणमयी इस बात से ज़रूर ख़ुश होतीं कि मैं माया को देखने उसकी ससुराल जानेवाली हूँ।

मैंने और एक चाय पीने की इच्छा प्रकट की।

किरणमयी जब चाय बना रही थीं, तब मैंने कहा—माया से मिलने आप या सुरंजन नहीं जाते क्या?

किरणमयी बोलीं—माया ही आ जाती है। उसके दो बच्चे हैं न! आती है तो बच्चों को साथ ले आती है।

—वह अकेली नहीं आती?

—कभी-कभी अकेली भी आती है।

—साथ में उसके पति नहीं आते?

किरणमयी ख़ामोश रहीं। लम्बी साँस उनकी नहीं, मेरी निकली। मैंने सोचा था कि किरणमयी कहेंगी कि दामाद नौकरी करते हैं न, उन्हें समय नहीं मिलता। उन्हें अक्सर कोलकाता के बाहर जाना पड़ता है। इसलिए ऑफ़िस से लौटते वक़्त माया

ही कभी-कभी मिलने चली आती है। नहीं, उन्होंने ऐसा कुछ भी नहीं कहा, यानी ऐसा कुछ घटित भी नहीं हुआ।

दूसरी बार चाय पीकर जब मैं वहाँ से निकलने ही वाली थी कि सुरंजन के कमरे में हरे रंग की सूती साड़ी पहने एक लड़की ने प्रवेश किया। वह लड़की क़द में थोड़ी ठिगनी थी और उसका रंग साँवला था। उसकी हँसी में एक स्निग्धता थी। उम्र का अन्दाज़ करना सम्भव नहीं था। वह तेईस की भी हो सकती है और तैंतालीस की भी। आँखें बड़ी-बड़ी थीं। थोड़ा संकोची, थोड़ा किंकर्तव्यविमूढ़-सा चेहरा था उसका। थोड़ी स्वाभिमानी-सी।

दरवाज़े के पास खड़े-खड़े सुरंजन ने, परिचय करवाने का दस्तूर है इसलिए, परिचय करवाते हुए कहा—ये जुलेखा है।

मेरे होंठों पर थोड़ी मुसकराहट तैर गई। यह हँसी क्यों, किस कारण से आई, मुझे नहीं पता। मैं चलने को हुई।

जुलेखा को घर में बिठाकर सुरंजन मेरी गाड़ी तक आया। पीछे-पीछे आँसू पोंछती किरणमयी भी आईं। उन्हें विदा का आलिंगन करते हुए मैंने कहा—आप रो क्यों रही हैं? रोइए मत।

किरणमयी ने अस्फुट स्वर में कहा—यहाँ मुझे अच्छा नहीं लगता, माँ! अपने देश लौट जाने की इच्छा होती है।

इसका कोई जवाब दिये बिना मैं गाड़ी में बैठ गई। पीछे रह गई किरणमयी की सफ़ेद साड़ी और अपने सीने में गहरी साँसें लिये पीछे खड़ा रह गया एक शहर-भर अँधेरा।

सुरंजन उस दिन फिर बाहर नहीं निकला। शाम को उसे अमजद के साथ खिदिरपुर जाना था। लेकिन जाने की इच्छा न हुई। वजह थी जुलेखा। लगभग एक सप्ताह बाद जुलेखा से उसकी मुलाक़ात हुई थी। कुछेक घंटे उसके साथ बीत सकेंगे। जुलेखा इस घर में हवा करनेवाले एक पंखे की तरह थी। उसके आने पर फफोले पड़नेवाली गरमी भी उतनी असहनीय नहीं मालूम होती थी। सुरंजन ने जुलेखा से कभी नहीं कहा था कि वह उससे प्यार करता है। उसने उसके चेहरे को उठाकर चूमने से पहले सिर्फ़ इतना कहा था—तुम जो सजती-सँवरती नहीं, इसीलिए इतनी अच्छी लगती हो।

जुलेखा और भी सुनना चाहती है।

सुरंजन कहता है—हालाँकि उसकी नग्न देह के बारे में कहता है—तुम मत्स्यकन्या-जैसी लगती हो। तुम डूब जाती हो और फिर उभर आती हो। उभर आती हो और फिर डूब जाती हो। जब मैं तुम्हें पुकारता हूँ, पता नहीं, किस अतल से तैरती हुई चली आती हो! मैं तुम्हें पहचानता भी हूँ और नहीं भी पहचानता! तुम परिचित भी नहीं। तुम सचमुच हो या कि छलावा हो, मैं समझ नहीं पाता!

उसके दाएँ हाथ की मध्यमा उस नग्न देह के कोनों-अँतरों में फिरती रहती, मानो वह देह के कैनवस पर चित्र बनी रही हो! माथे से शुरू कर नाक से होती हुई गले पर उतरती और फिर वक्ष के शिखरों पर आरोहण करती नीचे उतर आती, फिर बीच की राह पकड़ सीधे पेट, पेड़ू, जाँघों की सन्धि से होती हुई बाईं जाँघ पर चढ़कर घुटने से होती हुई बाएँ पैर और फिर उसके अँगूठे से, दाएँ पैर के अँगूठे से होकर उलटे रास्ते से फिर इसी तरह माथे पर लौट आती। माथे से होकर उँगली जब मुँदी हुई पलकों को छूती तब जुलेखा आँखें खोलती।

पहले यह खेल, बिस्तर पर यह प्रेम जुलेखा के घर पर ही हुआ करता था, जब उसका पति नौकरी पर और बच्चा स्कूल चला जाता। सुरंजन जैसे ही आता, वैसे ही मोहल्ले का एक आवारा कुत्ता खिड़की के सामने खड़े हो ज़ोर-ज़ोर से भौंकने लगता था। पता नहीं, वह ऐसा क्यों करता था! आख़िरकार कुत्ते की चीख़-चिल्लाहट की वजह से सुरंजन को खेल रोककर विदा होना पड़ता था। कुत्ते का भौंकना सुनकर खिड़की के पास भले ही भीड़ जमा नहीं हुई थी, लेकिन जमा हो भी तो सकती थी—इसकी आशंका तो हमेशा बनी ही रहती है।

सुरंजन को लेकर मोहल्ले में जो लोग अतिउत्साही थे, उन्हें जानकारी थी कि सुरंजन जुलेखा के मायके का व्यक्ति है। जुलेखा का मायका बीरभूम में था। हालाँकि बरस-दर-बरस बीत गए, बीरभूम से कोई यहाँ झाँकने तक नहीं आया था। अचानक उसके मायके के व्यक्ति के रूप में प्रकट हुए व्यक्ति के साथ जुलेखा महीनों तक बड़ी तृप्ति के साथ सोती रही। चिलचिलाती दोपहर में सुनसान मोहल्ले में सुरंजन से उसे वह दैहिक प्रेम मिला था, जो उसे मोहब्बत के संग कई-कई वर्षों तक हर रोज़ एक ही ढर्रे पर चलते आ रहे संगम से नहीं मिल सका था।

जुलेखा के साथ उसका परिचय कैसे हुआ, यह पूछने पर सुरंजन तत्काल कोई जवाब नहीं दे पाता। उसका यह सम्बन्ध बहुत पुराना है या थोड़े दिन पहले का, इस सवाल का जवाब देना भी उसके लिए बहुत सहज नहीं था। सुरंजन का अमजद नामक एक मुसलमान लड़के से परिचय था। वह लड़का पार्क सर्कस में रहता था। इस मोहल्ले में अमजद से मिलने आने के दौरान, चाय की दुकान पर अड्डेबाज़ी करते-करते सुरंजन का जिस एक और व्यक्ति से परिचय हुआ था, जुलेखा उसकी रिश्तेदार थी। लेकिन जुलेखा के साथ ऐसा सीधा-सादा परिचय सुरंजन को पसन्द नहीं था।

जुलेखा से जिस दिन पहली बार मुलाक़ात हुई, उसी दिन से सुरंजन ने काफ़ी हद तक ख़ुमारी में एक कहानी को जन्म लेते देखा। मस्तिष्क के कोषों में उस कहानी का बीज उसी ने रोपा था। उसी ने उन अंकुरों को अपनी आँखों के सामने तेज़ी से बड़े होते देखा था। वह कहानी विस्तृत होती-होती उसे अपनी टहनियों, पत्तियों और फूलों से ढकती रही और अधिकांश समय उसे अभिभूत करती रही। वह जब भी जुलेखा के साथ घनिष्ठ होने की कोशिश करता, उसे वह कहानी फिर कहानी नहीं लगती, उसे लगता कि कुछ दिनों पहले ही तो ये घटनाएँ घटित हुई हैं। एक समय वह कहानी को ही सच मानने लगता। उसका अवचेतन मन इसे सच मानने लगा था। सुरंजन की इस दिमाग़ी गड़बड़ी पर अब तक किसी डॉक्टर या घरवालों, दोस्तों या जुलेखा का भी ध्यान नहीं गया था। सुरंजन को ख़ुद नहीं पता था कि एक झूठी कहानी उसके भीतर दैत्य की मानिन्द बड़ी होती जा रही है। जुलेखा के साथ उसका सच उसे अच्छा नहीं लगता, जुलेखा के साथ उसका झूठ उसे असाधारण लगता था। उस झूठ में वह हीरो था।

इस शहर में उसे कोई जानता-पहचानता नहीं, लेकिन झूठ उसे अहंकारी बना देता था। यही झूठ उसकी दौलत थी। और यही झूठ उसे बहुत शर्मिन्दगी का भी एहसास कराता था। उसकी ज़िन्दगी में एक गुप्त झूठ ही था, जो उसे एक ही साथ अहंकार और अपमान की पीड़ा भुगतने के लिए विवश करता था।

उस झूठ अथवा सुरंजन के अवचेतन के सच के बीच एक हत्या की परिकल्पना थी। बेलघरिया के कुछ लोगों ने मिलकर यह परिकल्पना की थी। सुरंजन और अचिन्त्य उनके दल में शामिल थे। अचिन्त्य के साथ सुरंजन की मित्रता बहुत पुरानी थी। बाक़ी लोगों के साथ उसका हाल ही में उठना-बैठना शुरू हुआ था।

उन्हें मोहब्बत हुसैन की हत्या करनी थी, वजह यह कि उसने दो लड़कों की भयंकर पिटाई की थी। अगर हत्या न कर सके तो अंग-प्रत्यंग कुछ को तोड़ना, कुछ को काटना, कुछ को इस तरह कुचलना था कि वह जब तक ज़िन्दा रहे, अपाहिज होकर तकलीफ़ झेलता रहे।

न्यू मार्केट में मोहब्बत हुसैन का बर्तनों का कारोबार है। दुकान में तमाम तरह के बर्तन, देशी-विदेशी डिनर सेट, टी सेट, गिलास सेट, चम्मच सेट, इलेक्ट्रिक केतली, नॉन स्टिक कड़ाही, हाँडी—इस तरह के और भी बहुत-सी चीज़ें होती हैं।

इस निरीह मोहब्बत का क्या अपराध था? अपराध यह था कि शराब के नशे में चूर दो लड़कों ने आकर मोहब्बत से रुपये माँगे थे। किस बात के रुपये? किसी बात के नहीं। ऐसे ही। मोहब्बत और उसके दोस्तों ने मिलकर उन दोनों लड़कों को जमकर मारा था और उन्हें पुलिस के सुपुर्द कर दिया था। ऐसी घटनाएँ तो शहर में अक्सर घटती ही रहती हैं। यह ऐसी एक मामूली घटना थी, जिसकी कोई न्यूज़ वैल्यू भी नहीं थी। लेकिन वास्तव में यह बहुत भयंकर बात थी। भयंकर न भी हो तो भी

लोग इसे भयंकर मान ही लेते। वजह यह कि जिन लोगों ने मारा, वे मुसलमान थे और जो पिटे थे, वे हिन्दू थे।

यह बुरी ख़बर सुरंजन के दोस्तों के बीच आग की तरह फैल गई। कारण कि वे दोनों लड़के बेलघरिया के थे और सुरंजन और अचिन्त्य के दोस्त थे। ये सब लोग एक तरह से फ़रारी ही काट रहे थे कि कहीं पुलिस फिर से बेलघरिया में घुसकर तांडव शुरू न कर दे! इसकी आशंका बिलकुल नहीं थी, ऐसा कोई नहीं कह सकता था। जो सावधान है, वह मार नहीं खाता।

अचानक एक शाम अचिन्त्य एक सूमो गाड़ी में अपने कुछ दोस्तों के साथ सुरंजन के घर के सामने रुका। वहाँ से उसने सुरंजन को अपने साथ लिया और सीधा पार्क सर्कस वाली गली की ओर बढ़ चला।

सूमो में लाठी, रॉड, रामपुरी छुरी, कटार वग़ैरह काले कपड़े में छिपाकर रखी हुई थीं। गाड़ी में बैठकर वे शराब पीते रहे। सुरंजन पीने के कार्यक्रम में ख़ुशी-ख़ुशी शामिल हो गया।

वह इतवार का दिन था, मोहब्बत घर पर ही होगा, उन्होंने ऐसा ही अन्दाज़ किया था। लेकिन दलबल सहित मोहब्बत के घर पर धावा बोलने के बाद पता चला कि पट्ठा घर पर नहीं है। उसकी बीवी अकेली बैठी थी। उसकी बीवी को ही वे लोग घसीटकर गाड़ी तक ले आए। अचिन्त्य की सलाह पर वे तेज़ी से गड़ियाहाट की ओर चल दिये।

पुराने दोस्त पी.के. मजूमदार का जो रेस्टोरेंट गड़ियाहाट में है, अचिन्त्य और सुरंजन उसके ऊपरी मंज़िल वाले एक कमरे में जा पहुँचे। वह कमरा मूल रूप से सिएस्ता के नैप के लिए था और कभी-कभार हिसाब-किताब की किसी ज़रूरी मीटिंग के लिए रखा गया था। बाक़ी लोग दस मिनट में आने का कहकर निकल गए।

उस कमरे में एक चौकी रखी हुई थी। चौकी पर एक पतला गद्दा बिछा हुआ था और एक चीकट-सा तकिया रखा था। एक साधारण-सी लकड़ी की टेबल और प्लास्टिक की दो कुर्सियाँ थीं। टेबल पर कुछ पुराने काग़ज़-पत्तर रखे हुए थे। आश्चर्य की बात थी कि उस कमरे में जुलेखा को खींचकर लाने की ज़रूरत नहीं पड़ी। वह ख़ुद ही सहजता से ऊपर चली आई थी।

अचिन्त्य पानी की बोतल में व्हिस्की और पानी मिलाकर लाया था। वह बार-बार बोतल औंधी कर गले में एक घूँट डाल लेता था।

—मोहब्बत कहाँ है? कहाँ है साला?

जुलेखा ने शान्त गले से जवाब दिया—वे तो दुकान बन्द करके अपने एक दोस्त के घर गए हैं।

—क्या नाम है दोस्त का?

जुलेखा का शान्त स्वर—तौक़ीर।

—तौक़ीर का घर कहाँ है?

—रायबहादुर रोड पर।

—ये कहाँ है? —सुरंजन ने पूछा।

अचिन्त्य बोला—मुझे पता है। चंडीकला बस स्टैंड के पास में न?

जुलेखा ने सिर हिलाया—हाँ।

सुरंजन ठीक से समझ नहीं पा रहा था कि यह किडनैप का केस बन गया है या कि मोहब्बत के बारे में जानकारी हासिल करने के लिए इसे पकड़ा है।

वह अचिन्त्य से बोला—तो फिर इसे पकड़कर लाने की ज़रूरत क्या थी? जानकारी लेकर हम लोग रायबहादुर रोड जा सकते थे।

अचिन्त्य ने गले में व्हिस्की उड़ेलते हुए कहा—फ़ोन करके रुपये माँग।

सुरंजन बोला—बीवी के लिए कौन साला रुपया देगा? और उस पर ये घटिया मुसलमान! अगर कोई गोलमटोल-सा पुत्ररत्न होता तो माँग की जा सकती थी।

अचिन्त्य बोला—इसे न लाकर तू पुत्ररत्न को क्यों नहीं लाया?

सुरंजन ने कहा—कोई भी रत्न उस समय घर पर नहीं था।

अब इस शराब की महफ़िल में मोहब्बत की बीवी का ठीक किस काम में उपयोग किया जाएगा, सुरंजन को यह पता नहीं था।

अचिन्त्य ने पैंट-बेल्ट खोल ली और आराम से दीवार से टिककर बैठ गया। वह बेल्ट को हाथ में लेकर हवा में हिलाने लगा। आँखें मोहब्बत की पत्नी पर टिकी थीं। उसके होंठों की मुसकान का अनुवाद गड्डमड्ड हो गया था।

सुरंजन को आशंका हुई कि घटना दूसरा रूप अख़्तियार कर सकती है। उस पल मोहब्बत टार्गेट नहीं था। टार्गेट थी, मोहब्बत की पत्नी जुलेखा। अचिन्त्य पैंट उतारेगा या कि बेल्ट का चाबुक के रूप में इस्तेमाल करेगा—सुरंजन उस समय दोनों में से किसी भी दृश्य को देखने की तैयारी में नहीं था।

सुरंजन ने अचिन्त्य की बोतल उठा ली और गले में पानी की तरह उड़ेलने लगा। प्यास के मारे छाती फटने लगे तब जिस प्रकार गले में उड़ेलते हैं, ठीक वैसे ही।

इतने में दरवाज़े को ठेलकर बाक़ी तीन लोग भी अन्दर घुस आए : सुब्रत, विश्व और गोपाल। सुब्रत के हाथ में टीचर्स शराब की दो बोतलें थीं। गोपाल के हाथ में प्लास्टिक के कुछ गिलास थे। विश्व के हाथ में पानी की तीन बोतलें थीं।

अन्दर घुसते ही तीनों दबी ज़बान में चीख़े—या हू!

सबकी नज़रें जुलेखा पर थीं। जुलेखा एक कुर्सी पर उनकी ओर पीठ किए हुए बैठी थी। अचानक विश्व ने जुलेखा के पीछे खड़े होकर उसके स्तनों को दबोच लिया। सुरंजन ने देखा कि जुलेखा ने उसके हाथों को हटाने की कोशिश नहीं की। उसने अनुमान लगाया कि जुलेखा दाँस पीसती हुई बैठी थी।

अचिन्त्य ज़ोर से ठहाका लगाते हुए बोला—मेरे माल पर मुझी से पहले हाथ डाल रहा है!

ये सभी सुरंजन के दोस्त थे। इतने दिनों से वह इन्हीं लोगों के साथ मिलता-जुलता रहा था। शराब पी थी। शराबी बना था। राजनीति की बातें कीं। मौक़ा लगा तो मुसलमानों की गर्दनें मरोड़ीं। टँगड़ी मारी। न मार पाया तो मारने की कोशिश तो की ही थी।

उनके दल में अगर सचमुच कोई दिलेर था तो वह सुरंजन ही था। लेकिन इसके बावजूद उसे आज लग रहा था कि अब जुलेखा को सुरक्षित उसके घर पहुँचा देना ही ठीक होगा। अगर इस घटना के बारे में किसी को पता चल गया तो सर्वनाश हो जाएगा। जेल हो सकती है और फाँसी भी। कम्युनिस्ट पावर में हैं। हिन्दुओं को कुछ भी हो जाए, इससे कोई नुक़सान नहीं, लेकिन मुसलमानों पर अगर किसी ने हाथ उठाया तो फिर उसकी चौदह पीढ़ियों में कोई साबुत नहीं बचनेवाला!

सिर अवसन्न हुआ जा रहा था। सिर धड़ से उड़ा जा रहा था। सिर लुढ़कते-लुढ़कते गड़ियाहाट के मोड़ पर ग़ोते खा रहा था। सुरंजन ने भी पैंट की बेल्ट खोल ली थी। पहले वह ख़ुद या कि अचिन्त्य पहले या कि वे लोग पहले? वे लोग—'जो आगे जाते हैं, बाघ उन्हें ही खाते हैं'—बोलते-बोलते फटाफट टीचर्स गटकते जा रहे थे। सुरंजन एक बार उनकी शराब की चुस्की लेता और अगली बार अचिन्त्य की शराब की। इतनी अच्छी शराब उसे कभी भी पीने को नहीं मिल पाती थी। उसके दोस्त भी टीचर्स पीनेवाले लोग नहीं थे। आज अच्छा दिन था। अच्छा खाने-पीने का दिन। आज उत्सव था।

सुरंजन ने देखा कि कुर्सी से एक झटके में खींचकर सुब्रत ने जुलेखा को बिस्तर पर मैले-कुचैले गद्दे और तकिए के बीच पटक दिया था। सुब्रत का सिर भी कहीं का कहीं ढुलक रहा था। शरीर लड़खड़ा रहा था। उसने खींचकर जुलेखा की साड़ी खोल दी। पेटीकोट-ब्लाउज़ खींच-खींचकर उतार दिये। पाँच पुरुषों की आँखों के सामने एक नग्न स्त्री पड़ी हुई थी।

सुरंजन जुलेखा की देह को अपलक निहारता रहा। सुदेशना से तलाक़ हो जाने के बाद से सुरंजन ने किसी नग्न स्त्री को नहीं देखा था। वह एक तरुणी का शरीर था। भरे हुए स्तन। बच्चे को जन्म दे चुकी स्त्री के स्तनों-जैसे नहीं लग रहे थे। पेड़ू में थोड़ी चर्बी थी। स्त्रियों की वह चर्बी सुरंजन को पसन्द थी। यह कुदरती लगता था। डायटिंग करके, दौड़ लगाकर, स्विमिंग करके चर्बी घटाना बहुत कृत्रिम लगता है। क्या सुरंजन में भी प्यास जग रही थी? जग रही थी। जाँघों की सन्धिवाला अंग फुफकारता हुआ बाहर आना चाहता था। सुरंजन ने दूसरी ओर निगाह फेर ली।

अचिन्त्य जुलेखा की देह पर बूँद-बूँद शराब गिरा रहा था। गिरा रहा था और अट्टहास किए जा रहा था।

कमाल की बात यह थी कि वह युवती रो नहीं रही थी। उसने साड़ी से अपना चेहरा छिपा रखा था। उसकी आँखें भी ढकी हुई थीं। वह कुछ भी नहीं देख पा रही थी। जुलेखा चिल्ला सकती है, इस आशंका के चलते अचिन्त्य ने उसके मुँह में कपड़ा ठूँस रखा था। उस लड़की ने जैसे ही उस कपड़े को हटाने की कोशिश की, वैसे ही उसके गाल पर एक ज़ोरदार थप्पड़ पड़ा। लेकिन आख़िरकार उसने वह कपड़ा हटा ही लिया—न वह चीख़ी, न चिल्लाई। उसने हाथ-पैर भी नहीं पटके। उसने सिर्फ़ अपनी दोनों आँखें नफ़रत की वजह से ढकी रखीं।

विश्व अचानक कूद-कूदकर नाचने लगा। नाचते-नाचते वह जुलेखा के शरीर पर औंधा लेट गया। विश्व को खींचकर हटाते हुए अचिन्त्य 'पहले मैं' कहता उस पर कूद पड़ा। और फिर अचिन्त्य को धक्का देते हुए सुब्रत।

कोई भी ज़ोर से नहीं चीख़ रहा था। वे नशे में थे मगर सावधान थे। हालाँकि कान लगाने पर उनका हो-हल्ला सुना जा सकता था। वहाँ लड़के गपशप कर रहे हैं—बाहर के लोगों को ऐसा ही लगेगा क्योंकि वहाँ ऐसा ही होता था। कौन समझ पाएगा कि एक लड़की को पकड़कर लाया गया है और बाज़ार के बीचोबीच एक कमरे में उसे सज़ा दी जा रही है?

सुरंजन को शमीमा की याद आ गई। कहते हैं कि घटनाएँ घूमकर लौट आती हैं, कि इतिहास अपने-आपको दोहराता है। तो फिर क्या आज भी वही हो रहा है? उसने दूसरे देश में ऐसी ही घटना को अंजाम दिया था। हालाँकि वह लड़की वेश्या थी। पैसे देकर शरीर को पाना क़ानूनन सही था। और आज वह एक मुस्लिम घर की स्त्री को उठा लाया है। शमीमा के साथ नोच-खसोट करके वह किसी प्रकार का प्रतिशोध नहीं ले पाया था, लेकिन जुलेखा का बलात्कार कर मोहब्बत को सज़ा दी जा सकती थी।

वे बार-बार यही बात दोहरा रहे थे। ये बातें तीर की तरह सुरंजन के दिमाग़ को बेध रही थीं। मोहब्बत कहीं मिल जाए तो उसके पेट में छुरा भोंकना होगा। अगर मारकाट न भी करें तो भी मोहब्बत को एक बहुत बड़ी सज़ा तो मिल ही रही थी और वह यह कि उसकी पत्नी बरबाद हुई जा रही थी—बरबाद भी हर किसी के हाथों से नहीं, बाक़ायदा हिन्दू लड़कों के हाथों से। इसके बाद अगर एक भी हिन्दू पर हाथ उठाया कि तेरा गला काट देंगे—मोहब्बत की औलाद मोहब्बत!

सुरंजन को अब समझने में असुविधा नहीं हुई कि मामला ऐसा है। इसके लिए, जितनी वह शराब पीता जा रहा था, उतना ही तैयार होता जा रहा था। उसका सिर जितना हवा में उड़ रहा था या गड़ियाहाट में लुढ़क रहा था, उतनी ही उसकी दुविधा कम होती जा रही थी। लेकिन बार-बार उसकी निगाह उस लड़की के चेहरे की ओर चली जाती थी। जुलेखा की साड़ी से दबे मुँह से कराहने की आवाज़ उभर आती थी। सुरंजन की आँखें उसके कराहते चेहरे पर जमी हुई थीं।

अचिन्त्य के हटते ही विश्व झपट पड़ा। जुलेखा को औंधी अवस्था में लिटाकर वह ही-ही-ही आवाज़ करने लगा, उसे नोचने और दाँतों से काटने लगा।

यह सब उन सभी को इतना सहज लग रहा था मानो वे सभी अपने बेडरूम में अपनी पत्नी के साथ वैध संगम में व्यस्त थे! मानो चाहकर भी वे महसूस नहीं कर पा रहे थे कि यह किसी का बेडरूम नहीं है, इस कमरे में और भी दर्शक मौजूद हैं। वह लड़की उनमें से किसी की शादीशुदा पत्नी भी नहीं, किसी और की पत्नी है। उस लड़की की ज़ात, उसका गोत्र अलग है।

चाहकर भी कोई महसूस नहीं कर पा रहा था कि यह मुल्क बांग्लादेश जैसा नहीं है। वहाँ अल्पसंख्यकों के साथ जो मर्ज़ी करो लेकिन भारत में ऐसा नहीं किया जा सकता। कोई समझ ही नहीं रहा था कि अगर इस घटना के बारे में लोगों को पता चल जाए तो फिर सभी को ताज़िन्दगी फ़रारी काटनी पड़ेगी या फिर जेल में सड़कर मरना पड़ेगा या फिर मुसलमान ग़ुंडों की मार खाकर जान गँवानी होगी। वे सब कुछ भूल गए थे। वे यथार्थ से छिटककर पाँच सौ मील दूर आकर बैठे हुए थे, मानो वे उस ग्रह पर थे ही नहीं, जिसके वे निवासी हैं। यह सब दाल-भात जैसा लग रहा था, मानो दोस्त लोग सोनागाछी में किसी वेश्या के यहाँ घुसकर संगम कर रहे हैं और मौज-मस्ती में हो-हल्ला कर रहे हैं! कोई भी उचित-अनुचित के बारे में कोई सवाल नहीं कर रहा था। किसी को डर नहीं लग रहा था। कोई यह नहीं सोच रहा था कि इसका अंजाम क्या हो सकता है। वे केवल मज़े के लिए यह सब किए जा रहे थे।

सुरंजन की आँखें थिर होने लगीं। उसके ऊर्ध्वांग, निम्नांग और पुरुषांग धीरे-धीरे निस्तेज होने लगे। आख़िरकार वह बोल पड़ा—इनफ़!

उसने धीरे से ही कहा। किसी को सुनाई नहीं दिया। दूसरी बार का 'इनफ़' वह थोड़े ज़ोर से बोला। उसके निस्तेज शरीर में अचानक ताक़त लौट आई। तीसरी बार उसने चीख़ते हुए कहा।

सुरंजन द्वारा ज़ोर से बोला गया 'इनफ़' सुनकर सुब्रत हो-हो कर हँसने लगा।

सुरंजन मुट्ठियाँ भींचता रहा और ख़ामोशी से शराब पीता रहा। उसे लग ही नहीं रहा था कि उसकी आँखों के सामने यह घटना घट रही है, मानो वह किसी पत्रिका के पन्नों पर कोई ख़बर पढ़ रहा था या कि कोई डॉक्यूमेंट्री फ़िल्म देख रहा था! देखते-देखते उसे लग रहा था, मानो उसमें वह भी उस वक़्त मौजूद था! नींद टूटने या फिर ख़ुमारी के मिटने के बाद उसे पता चलता कि वह असल में दर्शक या फिर श्रोता-जैसा कुछ था।

सुब्रत ने उस लड़की को उठाकर टेबल पर चित लेटा दिया। दोनों जाँघें दो ओर फैला दीं।

वह लड़की अब ज़ोर लगा रही थी। वह उठकर बैठना चाहती थी। लेकिन सुब्रत के कठोर थप्पड़ों ने उसे निश्चल कर दिया।

सुब्रत उसके शरीर की नोच-खसोट कर रहा था। वह उसके स्तनों को अपने दाँतों से काटता हुआ दुष्कर्म कर रहा था। सुरंजन ने धक्का मारकर सुब्रत को हटाने की चेष्टा की। बदले में सुब्रत ने सुरंजन को इतनी ज़ोर का धक्का दिया कि वह दीवार से जा टकराया। उसके सिर में ज़ोरदार चोट लगी।

अबकी बार सुरंजन दौड़कर आया और उसने सुब्रत के उस हाथ को ज़ोर से पकड़ लिया, जिससे वह लड़की के शरीर को नोच रहा था। 'रेप कर रहे हो, करो, लेकिन उसे इस तरह अलग से तकलीफ़ क्यों दे रहे हो?' —सुरंजन शायद यही कहना चाहता था। वह सुब्रत के हाथ को जकड़े रहा।

सुब्रत एक झटके में लिंग उठाकर सुरंजन के शरीर पर स्खलित हो गया। उसकी नीली कमीज़ पर सफ़ेद वीर्य तीर की तरह जा लगा।

तभी सुरंजन ने सुब्रत की नाक पर एक ज़ोरदार घूँसा जमा दिया। बोला—और कोई भी इस लड़की को टच नहीं करेगा।

—मतलब? —गोपाल आगे बढ़ा। —मेरा तो हुआ ही नहीं।

—अब हुआ-हुई कुछ नहीं। ख़बरदार गोपाल, एक क़दम भी आगे मत बढ़ना!

—ओ चन्दू! तुम्हें शौक़ चर्राया है तो तुम पहले कर लो। मैं बाद में कर लूँगा। —ऐसा कहते-कहते गोपाल फ़र्श पर बैठ गया और बैठते ही गिलास से पीने लगा।

—मैं कुछ नहीं करूँगा। —सुरंजन बोला।

—तू नहीं करेगा? —अचिन्त्य ने आँखें तरेरीं।

—ओए! तू यह क्या कह रहा है? —गोपाल बोला।

—वह भी तो इनसान है कि नहीं? वह एक इनसान ही है न, कि नहीं है? —सुरंजन चीख़ा।

हो-हो! खी-खी! हे-हे! फिस-फिस!

—ये तो साला बिफर गया! क्यों रे सुरंजन, तेरी बहन के साथ तो हम कर नहीं रहे!

सब ठठाकर हँस पड़े।

सुरंजन ने अबकी बार सबको लात जमाई। लात मारकर जैसे ही वह गिलास उठाने के लिए झुका, औंधे मुँह गिर पड़ा। पीछे से सुब्रत ने उसे एक ज़ोरदार लात मारी।

—भैनचोद कहीं का!

एक के ऊपर दूसरा चढ़ा हुआ था। एक के ऊपर तीन लोग। सुरंजन चित पड़ा हुआ था और विश्व उसके बदन पर पेशाब कर रहा था। गोपाल ने लड़की को धक्का देकर बिस्तर पर लिटा दिया और जैसे ही वह धर्षण में मन लगाने लगा, सुरंजन ने लेटे-लेटे ही पैर बढ़ाकर गोपाल का पैर अपने पैरों में फँसाकर झटके से खींच लिया। गोपाल चारों ख़ाने चित हो गया।

सुरंजन ने किसी तरह अपने-आपको सँभाला और विश्व के ऊपर कूद पड़ा। ताक़त में वह भले ही विश्व का मुक़ाबला करने में सक्षम रहा हो, लेकिन जब सुब्रत और अचिन्त्य भी विश्व के साथ हो गए, तब पीठ, पेट, कमर पर लातें खाकर वह औंधा पड़ा रहा। उसे लगा कि वह होश में नहीं है।

सारे लोग बाहर निकल गए। जाने से पहले शर्ट की कॉलर पकड़कर सुरंजन का चेहरा ऊपर उठाते हुए अचिन्त्य ने कहा—उसे निपटाकर पटक आ। देर मत करना। किसी के सामने तूने अगर हम लोगों का नाम लिया तो गला काटकर गंगा में बहा दूँगा, कहे देता हूँ।

वह बहुत देर तक उसी हालत में पड़ा रहा। दरवाज़ा खुला हुआ था। कोई अगर कमरे में घुस आए तो समझ जाएगा कि वहाँ क्या घटना घटी है। फ़र्श पर पानी की बोतलें और प्लास्टिक के गिलास पड़े हुए थे। कोई भूलकर अपनी बेल्ट वहाँ छोड़ गया था। सुरंजन उठकर बैठ गया। उसने जुलेखा से कहा—उठिए, घर चलिए।

जुलेखा ने ठंडे स्वर में कहा—आप कुछ नहीं करेंगे?

सुरंजन बोला—नहीं।

उस लड़की ने उठने की कोशिश की, लेकिन उठ नहीं सकी।

सुरंजन को ख़ुद उठकर उस लड़की को उठाना पड़ा। उसका समूचा बदन दुख रहा था। जगह-जगह घाव थे। किसी-किसी से ख़ून रिस रहा था। ऐसी हालत में ही उसने जुलेखा को पेटीकोट, ब्लाउज़ पहना दिया। साड़ी भी पहनाई।

लड़की को शायद चक्कर आ रहे थे। जैसे ही खड़ी होने की कोशिश करती, गिरने लगती। सुरंजन उसे थामे रहा।

धीरे-धीरे वह उस लड़की को नीचे उतार लाया और फिर दोनों एक टैक्सी में सवार हुए। सड़क पर जा रहे लोगों ने शायद सोचा होगा कि कोई सज्जन अपनी बीमार पत्नी को लेकर डॉक्टर के यहाँ जा रहे हैं। आज सुरंजन सज्जन ही तो था!

पार्क सर्कस की गली में प्रवेश करके घर के दरवाज़े के पासवाली सीढ़ियों के पास जुलेखा को बिठाकर सुरंजन अँधेरे में ग़ायब हो गया। अन्दर से कोई-न-कोई तो दरवाज़ा खोल ही देगा। उसका पति या फिर कोई और। टैक्सी में बिठा देते तो जुलेखा ख़ुद ही घर लौट सकती थी, सुरंजन को भी कोई ख़तरा मोल नहीं लेना पड़ता लेकिन ख़ुद उसे छोड़ने जाने में ख़तरा भी हो सकता है, यह उसने सोचा नहीं था। उसे पुलिस पकड़ सकती थी, मोहल्ले के लोग उसका घेराव कर सकते थे, मुसलमान गुंडे मार-मारकर उसकी हड्डी-पसली एक कर सकते थे। उसने यह सब सोचा नहीं था या उसकी यह सब सोचने की इच्छा ही नहीं हुई थी!

उस रात सुरंजन पार्क सर्कस से सीधे सियालदह स्टेशन गया था और सिलीगुड़ी का टिकट लेकर रात की ट्रेन से रवाना हो गया था। वह कहाँ जाएगा, तय नहीं था।

नहीं, सुरंजन पुलिस के डर से नहीं भागा था। वह ख़ुद से डरकर भागा था। उसे उस दिन ख़ुद से भयंकर डर लग रहा था। माया-जैसी ही एक लड़की को अगवा कर उसने सामूहिक दुष्कर्म करवाया था। उसे एक बार शमीमा की याद आई थी। उसका धर्षण उसके लिए पूरी तरह मानसिक मामला था। शारीरिक नहीं। शमीमा की अनुमति से ही वह उसके साथ लेटा था। उसके मन में एक बार शमीमा आई थी और बाक़ी पूरे समय उसे लगता रहा कि माया के साथ वहाँ उन लोगों ने शायद इसी तरह दुष्कर्म किया था।

नहीं, उन लोगों पर नाराज़ होते हुए भी वह जुलेखा के साथ दुष्कर्म नहीं कर सका। जुलेखा उसे माया-जैसी लग रही थी। जुलेखा इनसान लग रही थी। वह एक ख़ूबसूरत निरीह लड़की लग रही थी। इसके बाद वह एक बार भी, ज़रा भी मुसलमान नहीं लगी थी। जुलेखा के प्रति मन में ज़रा-सी भी नफ़रत पैदा नहीं हुई। उसे अपने ही प्रति घृणा उत्पन्न हुई थी। उन चार-चार दुष्कर्मियों के प्रति नफ़रत पैदा हुई थी। वह मन-ही-मन अचिन्त्य जैसे लोगों से जीवन भर के लिए रिश्ता तोड़ चुका था।

सुरंजन पूरी तरह से सोया नहीं। खिड़की से अपलक बाहर ताकता हुआ वह सिलीगुड़ी पहुँच गया। सफ़र में उसने किसी से बातचीत नहीं की। कुछ खाया भी नहीं।

अगले दिन ठीक इसी तरह वह लौट आया। अचिन्त्य के दोस्त विश्वरूप मित्र का क्या बी.जे.पी. और आर.एस.एस. से कोई ताल्लुक़ है? अचानक उसके मन में यह सवाल कौंधा। इसके बारे में जानकारी लेने के उद्देश्य से सिलीगुड़ी से कोलकाता आते ही वह सीधे पार्टी-ऑफ़िस जा पहुँचा। तमाम फ़ाइलों को उलट-पुलट करके देखने पर भी वहाँ विश्व का नाम नहीं मिला। जिन दो-एक लोगों से मुलाक़ात हुई, उन्होंने बताया कि विश्व किसी भी हिन्दूवादी गुट के साथ नहीं जुड़ा है।

ऑफ़िस में एक बुजुर्ग व्यक्ति बैठा हुआ था। उसने सुरंजन की ओर दो-चार बार देखा और फिर धीरे से कहा—किसी पर नाराज़ होकर पार्टी मत छोड़ देना। ग़लती करोगे। तुम्हारे बुरे दिनों में पार्टी तुम्हारे साथ थी। भविष्य में भी रहेगी।

सुरंजन को यह पता था। कॉलेज की नौकरी भी पार्टी के साथ जुड़े होने के कारण ही उसे मिली थी। वह कुछ नहीं बोला, चुपचाप वहाँ से निकल गया।

दो दिन बाद वह जुलेखा के घर गया था। दोपहर का समय था। घर पर एक नौकरानी थी। जुलेखा बुख़ार में काँप रही थी। लगभग बेहोशी की हालत में थी। उस रात घर लौटकर मोहब्बत ने, जो कुछ हाथ लगा, उसी से उसकी पिटाई की थी। उसकी आँखों के नीचे काले-काले दाग़ पड़ गए थे। उसके होंठ फट गए थे। पीठ, सीने, बाँह और जाँघ में जगह-जगह ख़ून जमा हो गया था। घर में कोई दवाई नहीं थी। उसे किसी डॉक्टर ने नहीं देखा था।

सुरंजन को हैरत हुई कि जुलेखा ने घर से उसे नहीं भगाया। उसने मोहल्ले के लोगों को भी नहीं बुलाया। पुलिस को इत्तला नहीं की। मुसीबत से भरे उस दिन उसने शायद सुरंजन को ही अपना मददगार समझा था।

उसने सुरंजन को बताया कि उस रात घर में क्या घटना घटी थी।

—घर लौटकर उसने मुझे तकलीफ़ में कराहते देखा। पड़ोस का एक व्यक्ति आकर केवल इतना कह गया कि इसे तो हिन्दू लोग उठा ले गए थे। बस।

—उन्हें कैसे पता चला?

—उसने झूठ बोला। वह जानता था कि ऐसा कुछ कहने से कोहराम मच जाएगा, इसीलिए उसने ऐसा कहा। लोग मज़ा लेना चाहते हैं। मैंने कितना कहा कि मुझे मुसलमानों ने ही अगवा किया था, कुछ ग़ुंडे मुझे पकड़कर ले गए थे, मेरे पास ख़ुद को बचाने का कोई उपाय नहीं था। लेकिन वह तो किसी भी सूरत में कुछ भी सुनने को तैयार नहीं था।

सुरंजन को जो कहानी पता थी, जुलेखा उससे अनभिज्ञ थी। जुलेखा केवल इतना जानती थी कि कोई उसे अगवा करके ले गया था। अमजद या फिर ऐसा ही नामवाला कोई। इसी मोहल्ले के किसी घर में सारा कुछ घटित हुआ है। सुरंजन ने पूरी घटना सुनी, जो जुलेखा ने उसे बताई थी। उसने बताया कि उस रात मोहब्बत हुसैन ने अशिष्टता की हद पार कर दी थी। उसने शरीर से साड़ी लगभग उतार ही दी थी। उसे प्राय: नग्न करके, सारे बदन को नफ़रत भरी नज़रों से देखते हुए पूछा था—उन्होंने क्या किया?

वह निरुत्तर थी।

मोहब्बत की आँखों से चिनगारी बरस रही थी। उसके माथे की नसें और अधिक नीली होकर और अधिक फूलकर उभर उठी थीं। बेचैनी में चहलक़दमी करते हुए उसने कहा था—हरामज़ादी, अब भी बता दे, उन्होंने तेरी इज़्ज़त लूटी थी या नहीं?

जुलेखा चुप रही।

फिर जब वह बाघ की तरह झपटकर सामने जो भी चीज़ दिखी, उसी से मारने लगा—टूटी कुर्सी के पाए से, काँच के फूलदान से, कठोर जूतों से तो जुलेखा ने मुँह खोला—हाँ, उन्हें जो करना था, उन्होंने किया।

—यह तू क्या कह रही है?

—जो कहना था, वही कह रही हूँ।

—ज़रा फिर से बोल तो!

—सूअर के बच्चे जो कर सकते थे, वह सब किया। लेकिन इसमें क्या मेरी ग़लती है? —जुलेखा चीख़ी—इसमें क्या मेरी ग़लती है? मेरा क्या दोष है जो तुम मुझे मार रहे हो?

मोहब्बत ने जुलेखा के किसी भी सवाल का जवाब नहीं दिया था।

सुरंजन जब जुलेखा से उस रात की घटना सुन रहा था तब वह ख़ुद से ही वे सारे सवाल कर रहा था। मोहब्बत के पास कोई जवाब नहीं था। जवाब क्या उसके पास भी था? जुलेखा ने क्या ग़लती की थी?

बुख़ार से झुलसी हुई जुलेखा को लगभग गोद में ही उठाकर उसने टैक्सी में बिठाया और चार नम्बर ब्रिज के पास एम.डी. अस्पताल ले जाकर डॉक्टर को दिखाया और फिर दवाई ख़रीदकर उसे घर छोड़ गया।

नौकरानी ने परिचय पूछा तो जुलेखा ने बताया कि ये उसके गाँव के हैं। बीरभूम के। रिश्ते में भाई हैं। इनका नाम सफ़ीकुल है।

'सफ़ीकुल' वहाँ से निकल आया। वह उद्भ्रान्त की तरह यहाँ-वहाँ भटकता रहा। वह किसी मैदान या किसी पार्क की बेंच पर आसमान की ओर मुँह किए लेटा रहा। फिर हर घंटे सुरंजन फ़ोन करके जुलेखा से पूछता रहा कि क्या उसे किसी चीज़ की ज़रूरत है? उसका बुख़ार उतरा या नहीं? बदन दर्द कम हुआ या नहीं? किसी डॉक्टर को बुलाने की ज़रूरत है या नहीं? उसे पूरे समय जुलेखा का कातर चेहरा याद आता रहा।

सुरंजन ने बाद में यह जानने की कोशिश की थी कि दुष्कर्म की घटना वाले दिन जुलेखा ने शोर क्यों नहीं मचाया? उसने लोगों को क्यों आवाज़ नहीं लगाई? उसने क्यों किसी को भी नोच-खसोटकर भागने की कोशिश नहीं की?

सुरंजन की गोद में सिर रखकर धीरे-धीरे रुक-रुककर जुलेखा ने बताया कि उसने उस दिन शोर क्यों नहीं मचाया था। सुरंजन के उघड़े सीने पर जुलेखा के आँसू टप-टप गिर रहे थे। सुरंजन ने जुलेखा को अपनी ज़द में लेते हुए अपना बायाँ हाथ उसकी पीठ पर रखा हुआ था और उसका दायाँ हाथ अपनी दोनों आँखों पर था।

सुरंजन तब आवेश में था। दिमाग़ पर कहानी का सुरूर धीरे-धीरे तारी होने लगा। उस दिन की घटना किस तरह घटित हुई थी, यह मानो सुरंजन को प्रत्यक्ष दिखाई देने लगा—किस प्रकार कुछ दुष्ट लोग जुलेखा को उसके घर से अगवा करके ले गए थे। सुरंजन ने उन दुष्कर्मियों के चंगुल से किस तरह जुलेखा को बचाया था। सुरंजन ने धीरे-धीरे यह कहानी जुलेखा को सुनाई थी।

जुलेखा इस पर विश्वास नहीं करना चाहती थी, लेकिन विश्वास करना उसे अच्छा लग रहा था कि सुरंजन नामक एक हिन्दू लड़के के साथ उसका एक रिश्ता आकार लेने लगा है।

—मेरी तो आँखों पर पट्टी बँधी थी। मैं कुछ भी नहीं देख पा रही थी। —जुलेखा ने कहा।

—तुम्हारी आँखों पर पट्टी किसने बाँधी थी? —सुरंजन ने पूछा।

जुलेखा ने कठोर स्वर में कहा—अमजद ने।

—तुम्हें कैसे पता कि वह अमजद था?

—मुझे पता है।

—अमजद तो मेरा दोस्त है।

—अमजद नाम का कोई और आदमी नहीं हो सकता क्या?

—पार्क सर्कस वाला अमजद तो मेरा ही दोस्त है!

—तो क्या तुम्हारे दोस्तों ने वह सब किया था?

—हाँ, मेरे ही दोस्तों ने। लेकिन दोस्तों के नाम पर कलंक हैं वे लोग। मैंने उन्हें त्याग दिया है। लेकिन क्या तुम्हें पता है?

—क्या?

—अमजद नाम का कोई वहाँ था ही नहीं।

—था। मैंने सुना था। इसी मोहल्ले में।

—नहीं, इस मोहल्ले में नहीं। किसी और मोहल्ले में।

—वे सब मुसलमान थे।

—नहीं, वे मुसलमान नहीं थे। वे सभी हिन्दू थे।

—नहीं। हिन्दू इतनी हिम्मत नहीं दिखाएँगे। हिन्दुओं में इतना साहस नहीं होता। मुझे पता है, अमजद उस झुंड का लीडर था।

—तुम्हें ग़लत जानकारी है।

—मेरी आँखें ढकी हुई थीं। मुझे नहीं पता, कब उन्होंने पट्टी खोली थी।

—तुम्हारी आँखें खुली हुई थीं जुलेखा। तुमने सब कुछ देखा था। तुमने मुझे भी देखा था।

—मैंने तुम्हें नहीं देखा।

—मैं था।

—तुम भला कैसे रहोगे? तुम क्या उन जैसे ख़राब आदमी हो?

—मैं ख़राब आदमी नहीं था, इसीलिए मैंने ग़लत काम नहीं किया। मैंने तुम्हें उन लोगों के हाथों से बचाया था।

—तुम ये सब बातें क्यों कह रहे हो सुरंजन? अमजद के साथ तुम्हारा कोई ताल्लुक़ नहीं है। घटना के समय तुम वहाँ थे ही नहीं।

—तुम्हें यह सब कैसे पता? तुम्हीं ने तो बताया कि तुम्हारी आँखें ढकी हुई थीं?

—लेकिन तुम तो कह रहे हो कि मेरी आँखें खुली हुई थीं? मैंने तो तुम्हें नहीं देखा!

—तुम अभी अस्वीकार कर रही हो।

—इससे मुझे क्या फ़ायदा!

—तुम मुझे बचाना चाहती हो?

—क्यों, तुमने मुझे बचाया, इसलिए?

—हो सकता है! लेकिन देखो मज़ाक़ मत करो।

—मैं मज़ाक़ नहीं कर रही।

सिगरेट में गाँजा भरकर सुरंजन ने कश लगाया। उसने जुलेखा को भी कश लगाने को कहा। दोनों नशे में चूर हो गए। दोनों की आँखें धुँधलाने लगीं। उनके शब्द एक-दूसरे को जकड़ने लगे। सुरंजन की कहानियाँ गड्डमड्ड होने लगीं। उस गड्डमड्ड में जुलेखा की घटना कुंडली मारकर खोने लगी। सुरंजन क्या जुलेखा को अभी कुछ ही दिनों से जानता है, उस घटना या दुर्घटना के बाद से?

जुलेखा को लगता है कि वह बहुत दिनों से सुरंजन को जानती है। सुरंजन से परिचय का इससे कोई ताल्लुक़ नहीं। मामा भी मानने को तैयार नहीं कि मुझे कोई मुसलमान उठा ले गया था। वे कहते हैं, हिन्दू लोग थे, हिन्दू लोग थे। लेकिन मुझे मालूम है कि हिन्दू नहीं थे। अमजद ही था। अमजद मुसलमान है। किसी हिन्दू में इतनी हिम्मत नहीं होगी कि वह मुसलमान लड़की को हाथ भी लगाए।

—वहाँ अमजद नाम का कोई नहीं था। अमजद मेरा दोस्त है। —सुरंजन बोला।

—नहीं, मैंने कहा न। यह अमजद तुम्हारा दोस्त अमजद नहीं था। यह दूसरा अमजद था। उसके घर का नाम बादशाह है।

—नहीं।

—क्या नहीं?

—तुम तो मेरे दोस्त अमजद को जानती हो। नहीं जानतीं?

—यह तो दढ़ियल अमजद था। तुम्हारे दोस्त की तो दाढ़ी नहीं है।

—तुम्हें कैसे पता?

—मुझे पता है।

—तुमने तो कहा कि तुम्हारी आँखों पर पट्टी बँधी थी?

—थी, लेकिन इसके बावजूद मुझे पता है।

—वे तुम्हें क्यों अगवा करेंगे भला?

—वजह है।

—तो बताओ वजह?

—नहीं बताऊँगी।

—क्या मोहब्बत इसकी वजह है?

—नहीं।

—मोहब्बत से किसी तरह का बदला?

—नहीं।

—तो फिर?

—अमजद मुझसे शादी करना चाहता था। मैं राज़ी नहीं हुई।

—फ़ालतू बात।

—कहता था, मर्डर कर देगा।

—केस क्यों नहीं कर रही हो?

—कौन झमेले में पड़े? यह सब क्या अकेले किया जा सकता है? कर दूँ तो क्या मैं सुरक्षित रह पाऊँगी? तुम इस समाज को अभी तक नहीं समझ पाए। मैं तो इस समाज के लिए स्यूटेबल हूँ ही नहीं। नहीं हूँ इसीलिए तो तुम्हारे साथ जो मर्ज़ी वह कर पा रही हूँ।

—जो मर्ज़ी वही?

—हाँ, जो मर्ज़ी वही।

—मैं एक बुरा लड़का हूँ जुलेखा! मैं उन दुष्कर्मियों के झुंड में था। तुम्हें तो सब पता है। वही अचिन्त्य। वही विश्व...

—तुम्हारा दिमाग़ फिर गया है। तुम हिन्दू होकर हिन्दुओं पर इल्ज़ाम लगा रहे हो!

—तुम मुसलमान होकर मुसलमानों को दोषी बता रही हो!

—दोषी बता रही हूँ क्योंकि उन्होंने ही उस घटना को अंजाम दिया था।

—नहीं। मुझे मालूम है, किन लोगों ने घटना को अंजाम दिया था। मैंने ही तुम्हें घर पहुँचाया था। तुम्हें कम-अज़-कम इतना तो याद होगा?

—नहीं। मेरी आँखों पर पट्टी बँधी थी। मुझे नहीं मालूम, किसने पहुँचाया।

—मैंने पहुँचाया था।

—तुमने नहीं पहुँचाया। अमजद मुझे घर की सीढ़ियों के पास छोड़ गया था।

—जुलेखा, तुम अब ठीक हो। तुम्हें अब किसी के ख़िलाफ़ केस करने की ज़रूरत नहीं। तुम पिछली बातों को भूल जाओ। तुम सिर्फ़ मेरी ओर देखो, तुम सिर्फ़ अच्छी बातें कहो। प्यार की बातें कहो। मैं ये रेप, किडनैप—इन शब्दों से नफ़रत करता हूँ।

जुलेखा कह रही थी—मैं तो हर रात दुष्कर्म का शिकार होती थी सुरंजन! मेरे पति ने क्या किसी भी दिन मुझे प्यार से छुआ? ठीक उसी तरह, तुम्हारे दोस्तों ने मेरे साथ जो किया था, तक़रीबन उसी तरह तो मेरा पति मुझ पर अत्याचार करता था। उसी अत्याचार की फ़सल है यह बच्चा। मुझे तो मिलन से कभी भी सुख नहीं मिला। सिर्फ़ तुम्हारे साथ मिला है। तुम्हीं ने मुझे पहली बार सुख के दर्शन करवाए थे। मेरे लिए सहवास केवल बलात्कार और अत्याचार के अलावा और कुछ भी नहीं था।

थोड़ा रुककर सीने पर गिरी आँसुओं की बूँदें पोंछकर वह फिर से कहने लगी थी—जब वे मुझे अगवा करके ले गए, तो मैं समझ गई थी कि वे सब मिलकर बलात्कार करेंगे। वे सब शराब के नशे में चूर थे। मेरे चीख़ने पर अगर कोई मेरा मुँह दबाकर मेरा गला घोंट देता, जेब से छुरा निकालकर मेरा गला काट देता, अगर

मुझे मार डालता, तो? बलात्कार तो मेरे लिए कोई नई बात नहीं थी। मैं मरना नहीं चाहती थी, इसीलिए सहन कर रही थी। मैंने ऐसा कुछ भी नहीं किया जिससे कि उन्हें ग़ुस्सा आ जाए और वे मुझे मार दें।

—तुम अमजद पर झूठमूठ इल्ज़ाम मत लगाओ।

—मुझे क्या फ़ायदा? —जुलेखा ने होंठ बिचकाते हुए कहा।

—बदला ले रही हो।

—किस बात का बदला?

—तुमसे शादी करना चाहता था। उसने बस चाहा भर था। ज़बर्दस्ती तुम्हें उठा ले जाकर सचमुच शादी नहीं की, इसलिए।

जुलेखा की आँखों में विस्मय उभर आया।

सुरंजन बोला—अगर सचमुच अमजद-जैसे लोगों ने किया होता, तो तुम्हारे-जैसी हिम्मतवर लड़की केस नहीं करती, मैं इस बात पर यक़ीन कर ही नहीं सकता।

जुलेखा ने सुरंजन की अर्थहीन बातों का जवाब देना ज़रूरी नहीं समझा। उसे याद आया कि उस दिन की घटना के बाद से लगभग हर रोज़ घर लौटकर मोहब्बत केवल अपनी नफ़रत ज़ाहिर करता रहता था। जुलेखा उसके घर में एक अतिरिक्त व्यक्ति की तरह थी। एक बरबाद औरत, जिसे मोहब्बत पसन्द नहीं करता। वह चाहता था कि यह औरत उसकी आँखों के सामने से दूर हो जाए। जुलेखा के मायके में सूचित करके, मामा तक ख़बर पहुँचाकर भी कोई नतीजा नहीं निकला। जुलेखा को लेने कोई भी नहीं आया।

गर्दन पकड़कर कई मर्तबा धक्के दे चुका था मोहब्बत। लेकिन जुलेखा अकड़कर खड़ी रही। हर बार उसने कहा कि वह पुलिस बुला लेगी। उसने कह दिया कि अगर घर से निकलना ही पड़े तो वह सोहाग को लेकर ही ज़िन्दगी भर के लिए चली जाएगी। मोहब्बत सोहाग को बहुत चाहता है। सोहाग को छोड़कर उसके लिए रहना सम्भव नहीं। इस तरह छह महीने बीत गए। छह महीने बाद मोहब्बत ने देख-सुनकर दूसरी शादी कर ली। गाँव की लड़की थी। छठी-सातवीं क्लास तक पढ़ी थी। नई पत्नी को लेकर पति दूसरे कमरे में सोने लगा। इधर सोहाग को सीने से लगाए दुश्चिन्ताओं, आशंकाओं से घिरी जुलेखा की रातें बीतने लगीं। मोहब्बत के घर में फटे पायदान की मानिन्द जुलेखा अपनी ज़िन्दगी बिता रही थी।

जिस दिन दोपहर में अकस्मात् घर आकर मोहब्बत ने सुरंजन को, मुँहबोले भाई को, सफ़ीकुल को रँगे हाथों पकड़ा, उसी दिन उसके सामने ही उसने तीन बार तलाक़ बोल दिया था।

सुरंजन जुलेखा के बिस्तर पर बैठा हुआ था। उसका बैठना मायके के मुँहबोले भाई के बैठने-जैसा नहीं था। खिड़की पर पर्दा डला हुआ था। कमरे में अँधेरा था। वहाँ सुरंजन शर्ट उतारकर उघारे बदन बैठा था। मोहब्बत जिस समय कमरे में घुसा,

जुलेखा किंकर्तव्यविमूढ़ हो उठी। वह सुरंजन के पीछे आकर खड़ी भर हुई थी—हाथ की ट्रे में दो कप चाय और गोश्त के दो कबाब रखे हुए थे। ट्रे को टेबल पर रखकर जुलेखा ज्योंही खड़ी हुई, उसे सुनाई पड़ा—तलाक़! तलाक़! तलाक़!

मोहब्बत उसे तलाक़ दे रहा था। और तलाक़ हो गया। तलाक़ हो जाने का मतलब था कि जुलेखा को वह घर छोड़ना पड़ेगा। लेकिन बेटे को हासिल करने के मामले में मोहब्बत को बाधा झेलनी पड़ी थी। जुलेखा उसे अपना बेटा देने को तैयार नहीं थी।

सोहाग को छोड़कर जुलेखा भी कहाँ मरने जाती! वह बेनेपुकुर रोड पर अपने मामा के घर जाकर टिक गई। मोहब्बत का घर पास ही था। उस घर में सोहाग था। मोहब्बत की नई पत्नी को उसे 'माँ' कहकर पुकारना पड़ रहा था। जुलेखा वास्तविकता को स्वीकार कर लेनेवाली लड़की थी। वह ज़ार-ज़ार रोकर, आत्महत्या करनेवाली लड़की नहीं थी। इतने दिनों में वह समझ गई थी कि लड़कियों को ज़िन्दा रहने के लिए, ख़ास तौर पर मुसलमान लड़कियों को, क्या करना होता है। उनका जीवन अपनी ज़िन्दगी को बचाने में ही निकल जाता है।

मोहब्बत द्वारा तलाक़ देने के बाद जुलेखा की आँखों से आँसू की एक बूँद भी नहीं टपकी थी। उसने अपनी पथराई आँखों से केवल सुरंजन की ओर देखा था। उसने मन-ही-मन कहा था, अब क्या करोगे तुम? छोड़कर भागोगे न! ज़िम्मेदारी उठाने का डर मन में घर कर रहा है न! जुलेखा मन-ही-मन जानती थी कि मोहब्बत एक-न-एक दिन उसे तलाक़ देगा ही। इतने दिनों तक सोहाग की ख़ातिर उसने तलाक़ नहीं दिया था अन्यथा दुष्कर्म वाले दिन ही वह उसे घर से निकाल देता।

मोहब्बत किसी थाने या पुलिसवाले के पास नहीं गया। जिन लोगों ने उसकी पत्नी के साथ दुष्कर्म किया था, वह अगर उनकी तलाश करने की कोशिश करता तो वे ज़रूर मिल जाते। मोहब्बत के भी जाननेवाले कोई कम न थे। लेकिन उसने कुछ भी नहीं किया। कारण कि उसके दो-एक दोस्तों ने कहा था कि यह सब करके कोई फ़ायदा नहीं, बल्कि इसमें जान जाने का ख़तरा है।

व्यवसाय को लेकर मोहब्बत की अमजद के साथ बहुत पुरानी रंजिश थी। मोहब्बत के सुनने में आया था कि अमजद और उसके साथियों ने ही जुलेखा को अगवा किया था। लेकिन इस बात को लेकर उसने ज़्यादा सिर खपाने की कोशिश नहीं की। जुलेखा को बरबाद करके अगर अमजद का मोहब्बत पर ग़ुस्सा कम हो जाए, तो फिर मोहब्बत के लिए यह भी ख़ुशख़बरी ही है। मोहब्बत की सारी नाराज़गी इस मामले में जुलेखा पर ही थी। उसे पता था कि जुलेखा की कोई ग़लती नहीं है फिर भी मोहब्बत को लगता था कि जुलेखा ही दोषी है। उसे निश्चित रूप से इन सबमें सुख मिला है। ज़रूर उसे आराम आया है। मोहब्बत मर भी जाए तो भी उसे यक़ीन नहीं होगा कि जुलेखा ने उन लोगों को रोकने की कोशिश की होगी।

उसे तो यही लगता था कि अगर समय और मौक़ा मिले तो जुलेखा ख़ुद उन लोगों के पास दौड़ी चली जाएगी। जुलेखा को सुख का पता मिल चुका है। जिस भी वजह से हो, वह मोहब्बत के सीमित दायरे से बाहर निकल चुकी है। वह सुख के सागर में ग़ोते लगा आई है।

मोहब्बत को आशंका होती है कि इस किडनैप के पीछे जुलेखा का भी हाथ था। जुलेखा बताने की कोशिश कर रही थी कि कुछ मुसलमान लड़कों ने इस घटना को अंजाम दिया है। लेकिन मोहब्बत के सुनने में यह भी आया था कि यह हिन्दू लड़कों की करतूत है। हालाँकि ये आरोप बेबुनियाद थे, लेकिन कुछ लोगों को ये सब इल्ज़ाम लगाकर, झुंड बनाकर बदमाशियाँ करने में बड़ा मज़ा आता है। मोहब्बत हिन्दू-मुसलमान के पचड़े में नहीं उलझा। एक दोपहर की छोटी-सी अपहरण और दुष्कर्म की घटना के धुएँ ने उसे ज़रा भी नहीं छुआ। उस बरबाद औरत को अपनी आँखों के सामने से अगर दूर कर सके तो मोहब्बत को सुकून आ जाए।

शादी के बाद से ही मोहब्बत को जुलेखा की चंचलता सहन नहीं होती थी। वह दिन भर उसे मन-ही-मन तलाक़ देता रहता था। जुलेखा की दुर्घटना ने उसे तलाक़ देने का एक अच्छा मौक़ा मुहैया करा दिया था। ऐसा मौक़ा उसे ज़िन्दगी में दोबारा नहीं मिलना था। अच्छे से इस शुभ कार्य को अगर सम्पन्न कर सके तो मोहब्बत की रूह को क़रार आ जाए।

जुलेखा को पता था कि वह अगर बेसहारा हो गई तो सुरंजन खिसक लेगा। पुरुष तो इसी में उस्ताद होते हैं—मुसीबतें खड़ी करना और विपदा दिखी तो खिसक लेना। सुरंजन की वह व्याकुलता, सब कुछ छोड़-छाड़कर बार-बार उसके पास चले आना, जुलेखा को बहुत अच्छा लगा था। इस अशान्ति भरे जीवन में सुरंजन ही उसका सबसे बड़ा आनन्द था। लेकिन जुलेखा की वह आशंका सच साबित नहीं हुई। सुरंजन ने पलायन नहीं किया। जिस दिन मोहब्बत ने तलाक़ कहा, केवल तलाक़ ही कहा था, उसने सुरंजन पर हाथ नहीं उठाया और न ही जुलेखा को हाथ लगाया था। जुलेखा रोई नहीं। वह पत्थर की तरह बैठी रही थी। उसने सुरंजन को चले जाने को कहा था लेकिन सुरंजन एक क़दम भी नहीं हिला। सोहाग को लेकर वह उसी दिन निकल जाए या नहीं, सोच रही थी। उसके विचार गड्डमड्ड होकर उसे पूरे समय शून्य में चक्कर खिलाने लगे।

आस-पड़ोस के लोगों को पता ही नहीं चला कि इस घर में क्या घटित हो गया है। शादी करके इस घर में आने के बाद से ही जुलेखा मोहल्ले-पड़ोसियों से दूर रहती आई थी। किसी के घर उसका कोई ख़ास जाना-आना नहीं था। वह घर में अकेली ही रहा करती थी। मोहब्बत के नाते-रिश्तेदार सब मुर्शिदाबाद के जंगीपुर में रहते थे। जंगीपुर से कभी-कभी कुछ लोग वहाँ आया करते थे। महीने

के आख़िर में मोहब्बत वहाँ जाता था। कभी वह बीवी-बच्चे के साथ जाता तो कभी अकेले ही।

मोहब्बत ने जुलेखा को तलाक़ देकर एक जोड़ी कपड़े में ही घर से निकल जाने का हुक्म दिया था। उसने कह दिया था कि सोहाग उसे नहीं मिलेगा। उसे सोहाग की खोज-ख़बर की कोई ज़रूरत नहीं।

जुलेखा एक जोड़ी कपड़े में ही घर से निकल गई। सुरंजन उसके साथ था। उसे साथ लेकर वह अपने छह साल की गृहस्थी छोड़कर निकल गई थी।

जुलेखा सिउड़ी कॉलेज से पढ़कर पास हुई थी। हालाँकि उसकी इस सफलता का समुचित सम्मान किसी ने नहीं दिया था। उसने अपने प्रयासों से ही पढ़ाई की थी। पास हुई थी। रबिउल इस्लाम नामक एक शिक्षक उसे अच्छे से पढ़-लिखकर बड़ा इनसान बनने की प्रेरणा दिया करते थे।

मुलाक़ात होने पर कहते—लड़कियों की ज़िन्दगी में पढ़ाई-लिखाई का मूल्य सबसे ज़्यादा है। तुम आज अगर शिक्षित होती हो तो तुम अपनी शिक्षा का उपयोग किसी-न-किसी काम में ज़रूर कर सकोगी। ज्ञान कभी भी वेस्ट नहीं होता। वे कहते—तुम्हारा दिमाग़ बहुत अच्छा है। पढ़-लिख गईं तो बहुत बड़ी इनसान बनोगी।

जुलेखा बड़ी इनसान नहीं बन सकी। मोहब्बत पैसेवाला था इसलिए जुलेखा को दासी की तरह नहीं रहना पड़ा था। लेकिन वह घर-संसार उसे कभी अपना नहीं लगा। मोहब्बत ने उसके बी.ए. पास होने को लेकर कभी कुछ जानने की इच्छा नहीं प्रकट की। जुलेखा में बहुत सारे गुण थे, लेकिन स्त्री होने के नाते यह बी.ए. पास होना ही उसका सबसे बड़ा दुर्गुण था।

ससुराल के लोगों ने भी उसके कॉलेज पास करने के गुण को कभी भी अच्छी नज़रों से नहीं देखा। मोहब्बत ने ख़ुद आई.ए. तक पढ़ाई की थी। पत्नी का बी.ए. उसे काँटे की तरह चुभता था। उसे पैसे कमाने का शौक़ था इसीलिए जंगीपुर वाले अपने बाप-दादा के लकड़ी के ख़ानदानी व्यवसाय को छोड़कर एक दोस्त की सलाह पर वह अचानक कोलकाता में छोटे पैमाने पर बर्तनों के व्यवसाय में उतरा था। लकड़ी के व्यवसाय की ज़िम्मेदारी उसने अपने बड़े भाई के कंधे पर डाल दी थी। मोहब्बत के जीवन में पैसे कमाने के सिवा कोई ख़ास साध-स्वप्न नहीं थे। उसके लिए शादी करके घर में बीवी लाना यानी घर के कामकाज के लिए दासी लाने-जैसा था। बाल-बच्चे हुए तो बुढ़ापे में वे ही देखभाल करेंगे। मोहब्बत ने नमाज-रोज़े, धर्म-कर्म में कभी भी मन नहीं लगाया। मोहब्बत को समाज के दबाव की वजह से महीने भर उपवास करना पड़ता था और दोनों ईदों में अपने लिए न सही, दूसरों के लिए ईद की नमाज़ पढ़नी पड़ती थी। वह दारू-सिगरेट नहीं पीता। उसे केवल पान खाने का शौक़ था।

बी.ए. पास करने के बाद ही जुलेखा के लिए रिश्ता आ गया था : कोलकाता

में बिज़नेस है, घर जंगीपुर में है, स्वभाव-चरित्र अच्छा है। विलम्ब न करते हुए जुलेखा के पिता और रिश्तेदारों ने उसकी शादी कर दी। बिन माँ की बेटी होने की वजह से पिता उस पर थोड़ा स्नेह रखते थे, लेकिन ख़ुद अपाहिज थे, इसलिए बेटी को पार कराने की दुश्चिन्ता में वे थोड़े चिन्तित ही रहते थे। पार होकर बिटिया ने पिता की दुश्चिन्ता का बोझ अपने कन्धों पर ले लिया था और कम-से-कम पिता को तो उससे मुक्त कर ही दिया था। उसे क्या इस शहर में एक नौकरी नहीं मिलेगी?

अब भी वह एक नौकरी की कोशिश कर रही थी।

दूसरी ओर सुरंजन भी नौकरी की तलाश में था। लेकिन उसे नौकरी मिले न मिले, बेलघरिया के नन्दननगर को छोड़कर वह पार्क सर्कस ज़रूर चला आया था। यह भी नौकरी पाने से कुछ कम नहीं था। सुरंजन ने कहा कि फ़िलहाल तो दोनों ही ट्यूशन से काम चलाते हैं, आगे ज़रूर कुछ-न-कुछ अच्छा होगा।

जुलेखा सुरंजन की तरह उदासीन नहीं रहना चाहती थी। कुछ भी, भले ही वह छोटा-मोटा ही क्यों न हो, करना चाहती थी। ट्यूशन से उसका काम नहीं चलनेवाला था। कई दिनों की दौड़-भाग के बाद उसे आइनॉक्स के शॉपर्स स्टॉप में सेल्स गर्ल की नौकरी मिल गई। कोई समझ नहीं पाया कि जुलेखा एक बच्चे की माँ है। लोग समझे कि अभी उसकी शादी नहीं हुई है।

सुरंजन को वह नौकरी पसन्द नहीं थी। अक्सर कहता—तुम लोगों से काम करवा-करवाकर जान निकाल देते हैं। लेकिन पैसे नहीं देते। इतने कम पैसों में किसी का गुज़ारा होता है क्या?

जुलेखा जितना कमाती, उसका ज़्यादातर वह मामा की गृहस्थी में ही लगा देती थी। देना ही पड़ता था। हाथ में थोड़े-बहुत रुपये बचते, उससे वह बच्चे के लिए थोड़ी-बहुत ख़रीदारी किया करती और जब वह सुरंजन के पास आती तो ख़ाली हाथ होती। निःस्व।

सुरंजन कहता—यह अच्छा है। तुम्हारे पास भी कुछ नहीं है और मेरे पास भी कुछ नहीं! हममें से न तो कोई बड़ा है और न ही कोई छोटा! इसलिए हमारे बीच किसी तरह की विषमता नहीं है।

सुरंजन यथासम्भव जुलेखा के मामा के घर नहीं जाता था, जाना चाहता भी नहीं था। वह तो पास आ ही गया था। वह जुलेखा के लिए ही आया था। जब मन होता, जुलेखा ख़ुद ही जाननगर वाले घर आ जाती थी। सुरंजन नहीं भी होता तो किरणमयी तो होती ही थीं।

जुलेखा अपने मामा के घर की बातें बहुत ज़्यादा नहीं करती थी। वह वहाँ बहुत सुख से है, सुरंजन को ऐसा नहीं लगता। उसका एक ही सुख था कि सोहाग अपने पिता की नज़रें बचाकर जुलेखा से मिलने आ जाया करता था। जुलेखा सोहाग के लिए चॉकलेट, बिस्कुट, जूते, कमीज़, खिलौने ख़रीदकर रखती। उसके आते ही वह

यह सब उसे थमा देती। उसे गले से लगाकर चूमती। स्कूल कैसा चल रहा है, पिता प्यार करते हैं कि नहीं, नई माँ कैसी हैं, तुम्हारी देखभाल करती हैं कि नहीं—यह सब पूछती।

सोहाग हर बात पर सिर हिलाता। इस छोटी उम्र में ही सोहाग को इस निष्ठुर वास्तविकता को मानना पड़ रहा था कि वह अपनी माँ के साथ नहीं रह पाएगा।

जुलेखा को ख़ुद के लिए नहीं, तकलीफ़ यदि किसी के लिए होती थी, तो सोहाग के लिए। सोहाग के लिए जो आसक्ति थी, वह नाभि-नाल सम्बन्ध की आसक्ति थी और समूची देह और मन से जिसके प्यार और देखभाल की अपेक्षा करती है जुलेखा, वह है—सुरंजन। मोहल्ले के अतिरिक्त रूप से उत्सुक लोग तब तक उसे सफ़ीकुल के नाम से ही जानते थे। यहाँ तक कि उसने मामा के यहाँ भी उसका परिचय बीरभूम वाले चचेरे भाई के रूप में ही कराया था। लेकिन उस घर में जुलेखा को कोई अलग कमरा नहीं दिया गया कि जहाँ पर वह अपने चचेरे भाई के साथ थोड़ी देर अकेली रह सके। फ़र्श पर बिस्तर लगाकर वह मामी और ममेरी बहनों के साथ उन्हीं के कमरे में सोती थी। उस घर में अगर वह सुरंजन को बुलाती तो मामा के कमरे में बिठाकर चाय-बिस्कुट खिलाकर बाहर-के-बाहर ही उसे विदा कर देने के अलावा कोई और चारा नहीं था।

भवानीपुर में मामा की गोश्त की दुकान थी। उनकी आर्थिक स्थिति ख़राब नहीं थी। लेकिन ख़र्च करने की अगर आदत न हो तो, अमूमन जैसा होता है, जीवन-यापन का स्तर बहुत नीचे चला जाता है। जुलेखा के पिता के घर में बहुत अमीरी थी, ऐसा नहीं था, लेकिन वह किसी भी प्रकार की आर्थिक स्थिति में ख़ुद को संयोजित कर सकती थी। वह कॉलेज की अमीर घरों की लड़कियों के यहाँ भी जा चुकी थी, उनके यहाँ रुक चुकी थी। उसकी झिझक धीरे-धीरे ख़त्म हो चुकी थी। शिक्षक रबिउल इस्लाम का धार्मिक और अन्धविश्वासविहीन जीवन, उनका अत्यन्त सभ्य आचार-आचरण, उनकी सुरुचि-संस्कृति ने जुलेखा को कॉलेज के चार लम्बे वर्षों में काफ़ी प्रभावित किया था।

सुरंजन उसे इनसान-जैसा लगता था। वह उसे केवल एक हिन्दू लड़का नहीं लगता था और ख़ास तौर पर उस दुष्कर्म वाले दिन सुरंजन ने किस तरह बाधा पहुँचाने की कोशिश की थी, किस तरह जुलेखा को बचाने के सिलसिले में उसने मार खाई थी। जुलेखा के जीवन में ऐसा नाटक कभी नहीं हुआ था और न ही ऐसी अविश्वसनीय घटना ही घटित हुई थी कि अपने ही शिकंजे में फँसे शिकार के लिए किसी दुष्कर्मी की आँखों में दया के आँसू छलछलाए हों! यह दया, ये आँसू, जुलेखा को लगता है कि न तो मुस्लिम और न ही हिन्दू सम्प्रदाय से उसे मिल सकेंगे। यह सम्प्रदाय एक अलग ही सम्प्रदाय है, इसके लोग जाति-धर्म से बहुत-बहुत ऊपर हैं।

निष्ठुरता देख-देखकर जुलेखा इसकी अभ्यस्त हो चुकी है। वह छह साल से मोहब्बत का कठोर चेहरा देखती रही है। कभी भी वे दोनों एक साथ कहीं घूमने नहीं गए। अगर किसी रिश्तेदार के यहाँ जाना पड़ा तो अचानक कुछ आ पड़ने की वजह से गए हैं; या फिर वे जंगीपुर गए हैं। उसके घर में यार-दोस्तों की बैठकें नहीं हुईं, नाते-रिश्तेदारों की भीड़ नहीं जुटी। मोहब्बत की इच्छा थी कि कोलकाता में वह ख़ूब मेहनत करके पैसे कमा लेगा और फिर बीवी-बच्चे को लेकर जंगीपुर लौट जाएगा। वह फिर से लकड़ी के अपने पुराने धन्धे में उतरेगा या फिर फ़र्नीचर की दुकान खोलेगा। असल में प्यार के मामले में वह कंगाल ही था।

उस शाम जुलेखा की सत्ताईस साल की आग को सुरंजन ने अपने सैंतीस साल के पानी से बुझाकर कहा था—तुम्हें पता है न, कौन आया था?

—कौन?

—उस भद्र महिला को नहीं पहचानतीं?

—नहीं तो!

—ज़रूर पहचानती हो।

—ऊँहू! —जुलेखा ने सिर हिलाया। उसे याद नहीं आ रहा था।

—तसलीमा नसरीन।

सुरंजन ने पलंग की रेलिंग पर सिर रखा और एक सिगरेट सुलगाते हुए बोला।

जुलेखा ने सिगरेट की ओर नाराज़गी भरी नज़रों से देखा। उसे सिगरेट की गन्ध सहन नहीं होती।

—तुमने इनकी किताबें नहीं पढ़ीं?

—बहुत पहले, स्कूल में पढ़ने के दौरान इनकी 'निर्वाचित कलाम' पुस्तक पढ़ी थी।

—तुमने 'लज्जा' नहीं पढ़ी?

—नहीं।

—क्या कह रही हो!

—क्यों?

—'लज्जा' तो एक तुम्हारे सिवा लगभग सभी ने पढ़ी है।

जुलेखा ज़ोर से हँस पड़ी।

—तो ये लेखिका तुम्हारे घर क्यों आईं?

—बांग्लादेश में ही उनसे जान-पहचान हो गई थी।

—हमवतन हैं?

—हाँ। —वह जुलेखा के गाल को चूमते हुए बोला—जैसे कि मैं और तुम हममोहल्ला हैं।

—हुम!

जुलेखा कभी नहीं कहती कि मामा के घर में रहने की बजाय वह सुरंजन के घर आकर भी रह सकती है।

सुरंजन भी जुलेखा से एक साथ रहने की बात नहीं करता हालाँकि मन में बहुत दिनों से प्रत्याशा ज़रूर थी। उसने सोचा था कि एक दिन सुरंजन ख़ुद ही कहेगा कि इतनी तपिश तुम कैसे सहन कर पा रही हो, उस घर को छोड़कर चली आओ मेरे घर। चलो, हम दोनों एक घर में एक साथ रहते हैं। यदि मन मेल खाते हों, शरीर मेल खाते हों, तो फिर दो लोगों का एक साथ न रहकर अलग रहने का क्या अर्थ है?

जुलेखा को समझ में नहीं आता कि सुरंजन को क्या असुविधा है। जुलेखा उससे पूछती भी नहीं कि उसे क्या असुविधा है। जुलेखा अब एक चीज़ नहीं करती, वह है—प्रत्याशा। प्रत्याशा के न होने की वजह से उसे जो कुछ भी मिलता, उसमें अच्छा लगने का ज़बर्दस्त भाव होता। सुरंजन जिस दिन उससे कहेगा कि चली आओ, उसी दिन वह चली आएगी, वह एक पल की भी देरी नहीं करेगी।

सुरंजन जुलेखा से चले आने को क्यों नहीं कह रहा, सुरंजन को क्या ख़ुद पता है? वह बेलघरिया छोड़कर यहाँ पार्क सर्कस में क्या केवल प्रेम करने के लिए रह रहा है? उसके भीतर क्या कोई स्वप्न नहीं है? उसे अपना अन्तर खोखला-सा लगने लगा है। जुलेखा के लिए उसे दुख होता है, करुणा उपजती है। वह उस लड़की से प्यार भी करता है। कितनी निरीह और निष्पाप, कितनी सच्ची और मज़बूत है यह लड़की! काश, सुदेशना ऐसी होती!

सुदेशना के संग प्यार करके ही तो उसकी शादी हुई थी। जुलेखा के प्रति मूलत: उसमें एक अपराधबोध रहता आया है—एक भयावह अपराधबोध! उसी अपराधबोध से उत्पन्न हुई थी करुणा। करुणा से दया का कैसा तो एक भाव। माया के लिए जिस प्रकार सुरंजन के मन में सब समय दया का एक भाव रहता है, ठीक वैसा ही। वह जुलेखा के संग देह का विनिमय करता है। नहीं, केवल देह का नहीं। उसमें मन भी शामिल रहता है। लेकिन जुलेखा से अचानक शादी करके उसे अपने छोटे-से घर में लाना, सुरंजन इसे भीतर से ठीक-ठीक स्वीकार नहीं कर पाता।

उस मोहल्ले में उसके मुसलमान दोस्तों का एक समूह है। समूह काफ़ी दबंग है। ऐसे में अगर वह जुलेखा से शादी करना चाहे तो उसकी क्या दशा होगी, सुरंजन को नहीं पता। उसे डर लगता है। हाँ, सुरंजन को डर लगता है। उसने ग़ौर किया कि उसमें अब पहले-जैसा साहस नहीं बचा। जो थोड़ा-बहुत साहस उसके भीतर बचा था, उसे वह उस दिन दिखा ही चुका था। उसने अचिन्त्य-जैसे लोगों के हाथों से एक लड़की को बचाया था। हालाँकि इसे क्या बचाना कह सकते हैं? चार-चार लोगों ने तो दुष्कर्म किया ही था, उन्हें तो सुरंजन ने रोका नहीं था। उसने तो शुरुआत से ही रोकने की कोशिश नहीं की थी, बल्कि उसने तो उम्मीद की थी कि सबसे पहले वही बलात्कार करेगा।

जुलेखा की परिणति के लिए सुरंजन सौ फ़ीसदी ज़िम्मेदार था। अपहरण। तलाक़। मामा के घर के फ़र्श पर बीतता जीवन। दिन-रात उपेक्षा और अपमान में कटता जीवन। मोहब्बत के घर में उसका एक अधिकार तो था—पत्नी का अधिकार। भले ही पति के अधिकारों की तुलना में वह बेहद कम था लेकिन सबसे बड़ी जो सान्त्वना थी, वह था—सोहाग। सोहाग उसके पास ही होता था। सुरंजन की वजह से दुष्कर्म की शिकार होने और तलाक़शुदा होने से भी बड़ा जो नुक़सान जुलेखा को हुआ था, वह यह कि उसने सोहाग को खो दिया था।

सुरंजन अचानक बिस्तर से उठ गया और कपड़े पहनते-पहनते जुलेखा से बोला—जल्दी से कपड़े पहन लो।

—कहाँ जाओगे?

—तुम्हें घर छोड़कर फिर अपने एक दोस्त के यहाँ जाऊँगा। बहुत ज़रूरी है।

—कौन दोस्त?

—तुम उसे नहीं जानतीं।

—नाम बताओ, देखूँ कि मैं उसे जानती हूँ कि नहीं! तुमने तो कहा था कि तुम आज किसी के घर नहीं जाओगे?

—सोचा था कि नहीं जाऊँगा, लेकिन जाना ही पड़ेगा।

—किसके घर? अमजद के?

सुरंजन कुछ नहीं बोला।

जुलेखा का चेहरा बहुत उदास लग रहा था। उसे अन्दाज़ था कि सुरंजन किसी दोस्त के यहाँ नहीं, कहीं और जानेवाला है।

सुरंजन का जीवन रहस्यमय था, लेकिन किरणमयी का नहीं। आम तौर पर रहस्य शायद पुरुषों में ही अधिक होता है, एक स्त्री के जीवन को दूसरी स्त्री बख़ूबी पढ़ पाती है। मेरे साथ ज़िन्दगी भर ऐसा ही होता रहा है। पुरुषों को पहचानना मेरे लिए कभी भी सम्भव नहीं हो सका। सुरंजन को मैं जितना जानने की कोशिश करती हूँ, उतना ही धक्के खाकर लौट आती हूँ।

किरणमयी ने बड़े जतन से मुझे खिलाया-पिलाया है। रोई हैं। माँ की तरह मुझे भी 'माँ-माँ' पुकारकर मुझसे बातें की हैं। अब माँ तो हुआ नहीं जा सकता! लेकिन यह 'माँ' कहकर पुकारना, कितने हैं जो इस तरह पुकारते हैं? उस पुकार के कारण ही, और इसलिए भी कि सुधामय की मृत्यु के बाद वे अभावों से घिर गई थीं। मैंने

किरणमयी के लिए उपहार के रूप में तरुण के हाथों एक लिफ़ाफ़ा भिजवाया था। लिफ़ाफ़े में दस हज़ार रुपये थे। तरुण लिफ़ाफ़ा दे आया। रात ग्यारह बजे सुरंजन उस लिफ़ाफ़े के साथ मेरे घर आ धमका। दरवाज़ा खोलते ही उसने वह लिफ़ाफ़ा मेरे हाथ की ओर बढ़ाते हुए कहा—इसे आपने ग़लती से भेज दिया था।

मैंने उसे अन्दर आने को कहा। मुँह में शराब की गन्ध लिये वह भीतर आ गया। लिफ़ाफ़ा मेरे हाथ में थमाते हुए बोला—आप अपने-आपको छोटा मत कीजिएगा।

मेरी आवाज़ में तकलीफ़ के भाव उभर आए।

—अपने-आपको छोटा? मैंने अपने-आपको भला किस तरह छोटा किया? मैं क्या एक गिफ़्ट भी नहीं दे सकती?

—नहीं। गिफ़्ट में आप इतने रुपये नहीं दे सकतीं। हमारा घर तो चल ही रहा है। आपकी तरह इतनी अच्छी तरह भले ही नहीं चल रहा हो, लेकिन चल तो रहा ही है! हम लोग बाढ़ के पानी में तो नहीं बहे जा रहे। सिर छिपाने की जगह है हमारे पास।

बात सही है। सुरंजन लोग जिस तरह से जी रहे हैं, भारतवर्ष में लाखों परिवार इसी तरह जी रहे हैं। सिर्फ़ इतना ही नहीं, इससे भी बुरी दशा में लोग रह रहे हैं। रुपये लौटा देने का अर्थ मुझे यह समझा देना है कि वे इन सब चीज़ों के कंगाल नहीं हैं। मेरे मन में किरणमयी और सुरंजन के लिए थोड़ी श्रद्धा पैदा हुई। वे अगर रुपये ले लेते तो अनादर के भाव पैदा हो जाते, ऐसा नहीं था। ले लेते तो मुझे लगता कि उन्होंने मुझे अपना समझकर ही रुपये लिये हैं, अगर कभी उनके हालात बेहतर हुए तो शायद लौटा भी दें। मुझे रुपये वापस नहीं चाहिए। क्या पता, किसी को क़र्ज़दार बनाकर रखना शायद मुझे अच्छा लगता है। मैंने देखा कि किसी के प्रति किसी चीज़ के लिए क़र्ज़दार होने पर मुझे बेहद बेचैनी होती है। जब तक मैं उसे क़र्ज़दार नहीं बना लेती, मुझे सुकून नहीं मिलता। शायद अपना सिर ऊँचा करके चलने के हिसाब से किसी और को अपना क़र्ज़दार बनाए रखना और ख़ुद किसी का क़र्ज़दार न होना एक कौशल ही तो है! तो क्या मैं अवचेतन मन में इसी कौशल का उपयोग करती चल रही थी? हो सकता है या फिर नहीं भी हो सकता है। धारदार छुरी से मैंने ख़ुद के टुकड़े-टुकड़े कर दिये और फिर ख़ुद पर ही रहम करते हुए छुरी हटा ली। छुरी को हटाते हुए मैंने सुरंजन से कहा—

—बैठो।

—नहीं। —सुरंजन ने जवाब दिया।

—अरे, बैठो न थोड़ी देर!

उसे बैठना ही पड़ा।

—केवल शराब पी है या कि कुछ खाया भी है?

—नहीं खाया।

—कुछ खा लो।

—नहीं।

—क्यों?

—घर जाकर खाऊँगा।

—इतनी रात को तुम्हारी माँ को उठकर भात परोसना पड़ेगा।

—ऐसा तो हर रात होता है।

—एक उम्रदराज़ महिला से इतनी मेहनत कराते हो, हद है!

—ऐसा करके अगर उन्हें ख़ुशी मिलती है, तो?

—ख़ुश होने के लिए कुछ और न हो तो ज़ाहिर है, इनसान को इन्हीं चीज़ों में ख़ुशी मिलती है। तुम यहाँ खाना खा लो।

—आप माँ की बात क्यों कर रही हैं? आपको भी कुछ कम ख़ुशी मिलती है क्या? मुझे खिलाकर लगता है, आप भी ज़बर्दस्त ख़ुशी पानेवाली हैं!

मैं ज़ोर से हँस दी।

सुरंजन भी हँसा। हँसते-हँसते बोला—भात नहीं खाऊँगा, व्हिस्की हो तो पी सकता हूँ।

मैं ख़ुद व्हिस्की नहीं पीती। कुछ दोस्त लोग पीते हैं, इसलिए रखनी पड़ती है। ब्लैक लेबल की एक बोतल सुरंजन को पकड़ाते हुए मैंने कहा—पैग तुम बना लो।

सुजाता गिलास, पानी वग़ैरह रख गई।

सुरंजन बोला—इससे कम क़ीमतवाली कुछ नहीं है? मुझे यह सब पीने की आदत नहीं है।

—अच्छी चीज़ पीने की इच्छा नहीं होती? इतने क्रान्तिकारी बनने की ज़रूरत नहीं है, समझे? ख़राब चीज़ें खाऊँगा, ख़राब कपड़े पहनूँगा, गन्दी बस्ती में रहूँगा, नौकरी नहीं करूँगा, प्रतिष्ठान विरोधी बना रहूँगा, ऐनार्किस्ट बनूँगा—इसी तरह तो आदर्शवादी क्रान्तिकारी बना जा सकता है! इतना सहज ही तो है!

—ख़राब चीज़ें खाने, ख़राब जगहों पर रहने को आप जितना सहज समझ रही हैं, उतना सहज है नहीं। इस गरमी में बिना पंखे के, बिना ए.सी. के आप रह सकेंगी, जिस तरह हज़ार-हज़ार लोग रहते हैं? दोनों समय केवल साग और भात खाकर रह सकती हैं?

—मुझे तो साग बहुत पसन्द है। किसने कहा कि साग ख़राब चीज़ है?

—आप मांस-मछली खाती हैं न, इसलिए आपको साग अच्छा लगता है। न्यूट्रिशन विटामिन होने के कारण ही तो आजकल ये सब बड़े लोगों के खाने की चीज़ बन गई हैं। छोटी मछलियों में रुचि दिखाकर आप लोगों ने छोटी मछलियों के दाम बढ़वा दिये हैं। अच्छा, ज़रा यह बताएँ तो कि खाने में वह कौन-सी चीज़ है, जिसे आप नापसन्द करती हैं?

—मतलब ?

—मतलब यह कि खाने की कौन-सी चीज़ आप पसन्द नहीं करतीं ?

—करेले।

—तो आप रोज़ाना करेले के साथ भात खा सकती हैं ?

—सुनो, मैं अच्छा खाना खाती हूँ, अच्छी जगह पर रहती हूँ तो इसका मतलब यह नहीं कि जिन लोगों को खाना नसीब नहीं होता, या कि जिनका स्टैंडर्ड ऑफ़ लिविंग लो है, मैं उनका अपमान कर रही हूँ। मैं चाहती हूँ कि सभी का स्टैंडर्ड बढ़े। सबके पास पैसा हो।

—ऐशो-आराम से रहते हुए ऐसा तो कहा ही जा सकता है। बोलने-जैसा सहज काम और कुछ नहीं होता। सबकी हालत अगर आपके-जैसी हो जाए, तो फिर आपको अच्छा नहीं लगेगा। कारण कि तब आपका आराम हराम हो जाएगा। आपको घर के काम करनेवाली दासी नहीं मिलेगी। आपको पेड़-पौधों को पानी देनेवाला माली नहीं मिलेगा। गाड़ी चलानेवाला ड्राइवर नसीब नहीं होगा।

—मिलने की वजह से ही तो आदत बिगड़ जाती है। न मिलने की व्यवस्था करो। ये सब तो तुम्हारे कम्यूनिज़्म की बातें हैं। तुम तो इन सबमें विश्वास करते थे। इस देश की कम्युनिस्ट पार्टी में तुमने अपना नाम नहीं लिखवाया ?

—नहीं।

—क्यों ?

—कम्यूनिज़्म इस धरती पर कहीं भी नहीं है। ये लोग पूँजीवादियों से भी बड़े पूँजीवादी हैं।

—एवोल्यूशन तो हर चीज़ का होता है।

सुरंजन हँसते हुए बोला—यह तो एक एक्सक्यूज़ है। ज़माने के साथ क़दम मिलाने के नाम पर बड़े लोग अपना स्वार्थ पूरा करते हैं।

माहौल में काफ़ी देर तक चुप्पी छाई रही। मैं अचानक पूछ बैठी—सुरंजन, तुम क्या प्रायश्चित कर रहे हो ?

—नहीं।

—तो फिर क्या कर रहे हो ?

—मैं प्रायश्चित नहीं कर रहा हूँ।

—जुलेखा के साथ तुम क्या कर रहे हो ?

सुरंजन ख़ामोश रहा।

—उससे तो तुम प्यार नहीं करते। बिलावजह उस लड़की की ज़िन्दगी क्यों बरबाद कर रहे हो ?

—प्यार नहीं करता हूँ, किसने कहा ?

—नहीं करते हो।

सुरंजन ने दाँत पीसते हुए ग़ुस्से से भरी आँखों से मेरी ओर देखा—प्यार नहीं करता हूँ, किसने कहा?

—जुलेखा से तुम प्यार करते हो, सुरंजन? —मैं ज़ोर से हँस पड़ी।

सुरंजन के माथे पर बहुत सारी सलवटें उभर आईं।

—एक मुसलमान लड़की से तुम प्यार करते हो?

—करता हूँ।

—यक़ीन नहीं हो रहा!

—यक़ीन क्यों नहीं हो रहा?

—कारण...कारण यह कि तुम तो मुसलमानों से नफ़रत करते हो!

—हाँ। ज़िन्दगी इतनी ब्लैक एंड व्हाइट नहीं होती, तसलीमा!

सुरंजन ने मुझे 'तसलीमा' कहकर कभी सम्बोधित नहीं किया था। यह पहली बार था। पहले वह मुझे तसलीमा दी कहता था।

—तसलीमा, आपमें अकस्मात् मुसलमानों के प्रति इतनी हमदर्दी क्यों जाग उठी? आपमें पहले तो कभी इतनी हमदर्दी नहीं थी! 'लज्जा' के पन्ने तो हिन्दुओं पर मुसलमानों के अत्याचारों के वर्णन से भरे पड़े हैं।

—जो सच है, मैंने वही कहा है।

—हाँ, कहा है। यहाँ का सच आपकी आँखों को क्यों नहीं नज़र आता? या कि देखकर भी आप देखना नहीं चाहतीं?

—तुम क्या समझाना चाह रहे हो?

—मैं जो समझाना चाह रहा हूँ, उसे आप बख़ूबी समझ रही हैं।

—नहीं। थोड़ा और समझाकर बताओ। तुम क्या यह कहना चाहते हो कि यहाँ का सच बांग्लादेश के सच के उलट है? मुसलमानों पर हिन्दुओं का अत्याचार? नहीं, मैंने अपनी आँखों से यहाँ ऐसा कुछ नहीं देखा। दरअसल मुसलमानों के साथ न रहने की वजह से यहाँ हिन्दुओं को मुसलमानों और इस्लाम के बारे में ज़्यादा जानकारी नहीं है। हाँ, गुजरात में मुसलमानों पर ज़रूर अत्याचार हुआ है। लेकिन हिन्दुओं ने ही इसका सबसे अधिक प्रतिवाद भी किया था। मैंने भी किया है।

—ऐसा न करने पर तो इंटलेक्चुअल नहीं हुआ जा सकता न, इसलिए आपने किया।

—बकवास मत करो सुरंजन। कोई हिन्दू हो, मुसलमान हो, ईसाई हो—मेरे लिए वह मनुष्य है। सिर्फ़ मनुष्य। मैं इसी पहचान को मानती हूँ, किसी और पहचान को नहीं। मनुष्य अच्छा-बुरा हो सकता है। कोई पुरातनपन्थी होता है, कोई नहीं होता। कोई साम्प्रदायिक मन-मानसिकता का होता है, कोई सेक्युलर, तो कोई...

सुरंजन ने मेरी बात पूरी नहीं होने दी। बोला—घर से निकलकर कभी आप उन बस्तियों की ओर गई हैं? पता है, वे लोग किस तरह अपनी ज़िन्दगी गुज़ार रहे हैं?

—कौन लोग?

—मुसलमान लोग।

—बस्ती में क्या हिन्दू लोग नहीं हैं? हिन्दू लोग क्या ग़रीबी नहीं भुगत रहे हैं? कोई अमीर है, तो कोई ग़रीब। अमीरों और ग़रीबों में बहुत बड़ा फ़र्क़ है। ये सब राजनीतिक षड्यंत्र हैं, यह हिन्दू-मुसलमान वाला मामला नहीं है। मुसलमान क्या अमीर नहीं होते? भारतवर्ष में कितने अमीर मुसलमान रहते हैं, तुम्हें पता है? तुम यह ज़रूर कह सकते हो कि तुलनात्मक रूप से मुसलमान लोग बहुत पिछड़े हुए हैं। अब अगर वे धर्म को क़ानून बनाकर बैठे रहें, मदरसे बनाकर उनमें पढ़ने जाएँ, वे अगर विज्ञान की तालीम हासिल न करें, लड़कियों को बुर्क़े में क़ैद करके रखें, उन्हें आत्मनिर्भर न होने दें, तो फिर बताओ, समाज की उन्नति कैसे हो पाएगी? ऐसे में आर्थिक, मानसिक—किसी भी प्रकार की उन्नति सम्भव नहीं होगी। मैंने तो एक दल का गठन भी कर लिया है—'धर्ममुक्त मानवतावादी मंच'। इस मंच पर मुसलमान घरों में जन्मे, लेकिन नास्तिक, लोगों को एकत्र किया गया है जो धार्मिक रूढ़ियों को अस्वीकार करके समानाधिकार की बुनियाद पर अभिन्न दीवानी क़ानून, धर्ममुक्त समाज, धर्ममुक्त शिक्षा-व्यवस्था, मानवाधिकार, महिलाओं के अधिकार-जैसे विषयों के लिए लड़ाई करेंगे। पिछड़े हुए लोगों के प्रति अगर सचमुच सहानुभूति है, तो फिर यह सब किया ही जाना चाहिए। ग़रीबी देखकर आँसू बहाकर उनके लिए सच में कुछ नहीं किया जाता। सब बेकार है।

मैंने देखा कि मैं जो बातें कह रही थी, सुरंजन ध्यान से सुन रहा था। उसने एक सिगरेट सुलगा ली थी।

—मेरे फ़्लैट में सिगरेट पीने की मनाही है, इसलिए पीनी हो तो बरामदे में जाना होगा। वहाँ मेढक के मुँहवाली ऐशट्रे रखी है, राख उसमें डालना। —मैंने यह समझा दिया।

बरामदा हस्नाहेना फूलों की महक से सराबोर था। सुरंजन व्हिस्की पिए जा रहा था। मैं न तो व्हिस्की और न ही सिगरेट पी रही थी। सिगरेट के कवल से निकल चुकी हूँ, इसलिए मुक्ति के स्वाद को महसूस कर पाती हूँ।

—अच्छा, सुरंजन, तुम तो एक हिन्दू कट्टरपन्थी थे न?

—था। भयंकर रूप से था। वैसा ही रहना चाहता था।

—तो फिर क्या हुआ?

—पता नहीं, क्या हुआ!

—तुम्हें ज़रूर पता है। किसी को क्या यह पता नहीं होता कि उसके भीतर क्या है?

—हाँ, ऐसा हो सकता है कि उसे नहीं पता।

—तुम क्या कट्टरपन्थी नहीं हो?

—पता नहीं।

—बकवास मत करो। हाँ या नहीं, सही-सही बताओ।

—मैं तो कह ही रहा हूँ कि मुझे नहीं पता।

—नहीं, ऐसा नहीं हो सकता। इनसान को किसी और के बारे में भले पता न हो लेकिन उसे ख़ुद के बारे में जानकारी रहती है।

—लेकिन मुझे जानकारी नहीं है।

—तुम कन्फ़्यूज़्ड हो ?

—हो सकता है।

—कोलकाता में इतने सारे इलाक़े हैं लेकिन इसके बावजूद तुम्हारे पार्क सर्कस में रहने की वजह क्या है, ज़रा बताओ तो ?

सुरंजन उस अँधेरे-उजाले बरामदे में मेरी आँखों में आँखें डालकर बोला—जुलेखा।

—जुलेखा ?

—हाँ, जुलेखा।

सिगरेट ख़त्म होते ही सुरंजन वहाँ से चला गया। मुझे वहीं ठिठकी हुई हालत में छोड़कर उसने दरवाज़ा खोला और बाहर निकल गया। मैं जिस तरह बैठी थी, उसी स्थिति में बहुत देर तक बैठी रही। सामने लिफ़ाफ़ा था, लिफ़ाफ़े के भीतर लौटा दिये गए दस हज़ार रुपये थे। मुझे अजीब-सा अकेलापन महसूस होने लगा।

मामा के घर में वह कितनी भी छिपकर क्यों न रहती रही हो, उसके अपने देश में इधर-उधर बिखरे हुए जो रिश्तेदार थे, जो उसकी शादी में भी नहीं आए थे, शादी के बाद भी जिन्होंने कभी हालचाल नहीं पूछा था, वे सारे लोग एकाएक प्रकट हो गए और उन्होंने उसकी लानत-मलामत करने का बीड़ा उठा लिया। वे जुलेखा के रिश्तेदार थे। काका-काकी, मामा-मामी, ख़ाला-ख़ालू, फूफी-फूफा कोई नहीं बचा था, यहाँ तक कि उनके बच्चे भी कह रहे थे कि छिः-छिः, जुलेखा ने यह क्या किया! ख़ानदान के मुँह पर कालिख पोत दी!

जुलेखा ने इससे पहले ख़ानदान के गौरव के बारे में कभी इतना कुछ नहीं सुना था। अपने ख़ानदान को लेकर गर्व करने-जैसा भी कुछ है, उसे मालूम नहीं था। कमाल की बात यह थी कि कोई भी मोहब्बत की निन्दा नहीं कर रहा था, सभी सिर्फ़ जुलेखा की निन्दा कर रहे थे।

वे कहते—जुलेखा को अगवा कर उसकी इज़्ज़त लूट ली गई, इसके बावजूद मोहब्बत को इतना ज़्यादा प्यार था कि उसने तलाक़ नहीं दिया, लेकिन इसके बाद

भी वह एक हिन्दू लड़के को घर लाकर ओछी हरकत कर रही थी! मामा ने उसे रहने की जगह दी ज़रूर थी, लेकिन दिन-रात वे दोहराते रहते—असम्भव है, इस मोहल्ले में मेरा रहना असम्भव है। इस लड़की में भले ही लाज-शरम न हो, मुझमें तो है! मोहल्ले में कसाई मामा की इतनी प्रतिष्ठा है, यह भी जुलेखा को मालूम नहीं था।

जुलेखा की तपिश उसकी बी.ए. की डिग्री थी। डिग्री से उम्मीद बँधती थी कि यह दुनिया अगर उसे अपने से दूर हटा भी दे तो भी वह अकेली ज़िन्दा रह सकती है। जुलेखा का मन भी उसकी तपिश का एक कारण था। वह मन मानता था कि अगर मैं शहर में अपने लिए एक मकान किराये पर लेना चाहूँ तो क्यों नहीं ले पाऊँगी? अगर जुलेखा के साथ उसकी तालीम और उसका मन नहीं होता, फिर तो वह किसी भी रिश्तेदार के यहाँ, किसी भी पति के घर, किसी भी वेश्यालय में निश्चिन्त होकर रह सकती थी। या फिर मैला ढोने, मिट्टी खोदने, राजमिस्त्री के हेल्पर, आया-जैसे सारे काम कर सकती थी। लेकिन उसका बी.ए. पास करना उससे कहता कि तू इन सबमें मत जाना, तुझे और भी अच्छा काम मिलेगा। ऐसा कहता ज़रूर लेकिन काम मिलता नहीं। उसकी इच्छा होती कि काश, वह मामा के घर की लानत-मलामत से कहीं दूर जा पाती! लेकिन जाएगी कहाँ? जाने की कोई जगह होती तो फिर वह एक कसाई के घर में हर रोज़ ख़ुद को ज़िबह नहीं होने देती, हर रोज़ ज़ुबान की छुरी से किसी को अपने आत्मसम्मान के टुकड़े-टुकड़े नहीं करने देती!

वह ख़ुद को इतनी आसानी से मरने नहीं देना चाहती। यही कारण था कि सामूहिक दुष्कर्म के दौरान भी उसने प्रतिवाद नहीं किया। वह आत्मनिर्भर नहीं थी इसलिए अपने पति के अधिकार वाले ठंडे बलात्कार को वह बरसों तक सहती रही। विरोध नहीं किया। अन्यथा वह जाएगी कहाँ? यह सवाल उसे हर वक़्त डराता रहता था। पूरी तरह बरबाद हुए बग़ैर कोई भी जाने का रास्ता नहीं ढूँढ़ता। रास्ता भटक जाने पर ही इनसान रास्ता ढूँढ़ निकालने की ज़रूरत महसूस करता है। इसीलिए पति द्वारा त्याग दिये जाने के बाद मामूली ही सही, उसने रहने का ठिकाना और एक नौकरी हासिल कर ही ली। जुलेखा के लिए बहुत-कुछ बुरा होने के बावजूद कुछ अच्छा भी था। उसके पिता अपाहिज थे और उसके रिश्तेदारों की भी उसके परिवार से कोई ख़ास घनिष्ठता नहीं थी। इसलिए कोई भी ख़ुद आगे होकर उसकी मदद करने या फिर उसे त्यागने नहीं आया था। उन्हें जो कुछ कहना था, उन्होंने सुरक्षित दूरी से ही कहा था।

बड़ी बहन की ससुराल में भी उसे दिन भर धिक्कारा जा रहा था। उसने सुलेखा को फ़ोन किया था। सुलेखा ने फ़ोन पर ही बताया कि जुलेखा की ख़बर अब किसी से छुपी नहीं है। लोग उनके सारे नाते-रिश्तेदारों को धिक्कार रहे हैं। मुसलमान पति के घर में रहकर किसी मुसलमान लड़की का हिन्दू लड़के के साथ प्रेम करने का इतिहास समूचे भारतवर्ष में नहीं मिलता। मोहब्बत निहायत अच्छा

आदमी था इसलिए उसने केवल तलाक़ दिया है, दूसरा कोई होता तो उसे काटकर गंगा में बहा देता।

सुलेखा का पति सुलेखा को उठते-बैठते गालियाँ दे रहा है। कह रहा है—ऐसी घटिया लड़की की बहन हो तुम, तुम ही कौन-सी ठीक होगी! ससुरालवालों के कलंक के कारण वह लोगों को मुँह नहीं दिखा पा रहा है।

जुलेखा ने कह दिया—मैं अब सिउड़ी नहीं लौटनेवाली। तुम लोग पिता की खोज-ख़बर रखना। सोचना कि मैं गुमशुदा हूँ। होती हैं न लड़कियाँ? कितनी ही तो लड़कियाँ गाँवों से गुम हो जाती हैं! अनजान जगहों पर बिक जाती हैं! जुलेखा बूथ से फ़ोन कर रही थी और हथेली के पिछले हिस्से से आँखें पोंछ रही थी।

जुलेखा ने सुरंजन को अपनी बदनामी के बारे में कुछ नहीं बताया। उसे बताने का मतलब था, उस पर कुछ करने का दबाव डालना। परिवार, आत्मीय-स्वजन, समाज—इन सबसे निजात पाने का अब एक ही उपाय शेष बचा है और वह यह कि सुरंजन इस्लाम क़बूल कर ले और फिर उन दोनों की शादी हो जाए। लेकिन शादी? यही शब्द तो सुरंजन के मुँह से कभी भी नहीं निकला था। जो जिस काम को करने का आग्रही न हो, उसे उस काम को करने के लिए बाध्य करके जुलेखा सुख नहीं भोगना चाहती।

जुलेखा सुरंजन को एक आतंकी के रूप में ही जानती थी। ऐसा आतंकी, जिसने एक निरपराध लड़की को अगवा किया और उसके साथ दुष्कर्म करके किसी से बदला लिया था। ऐसे सुरंजन से शादी करने की बात जुलेखा भला सोच भी कैसे सकती थी? सरसरी तौर पर देखने से तो लगता था कि सुरंजन उसके प्रति आकृष्ट है। यह आकर्षण क्या सचमुच प्यार की वजह से था याकि अपराधबोध की वजह से? वह अगर इस तरह प्रायश्चित करना चाहता है कि तुम्हें मेरी वजह से असहनीय प्रेमविहीन सहवास सहन करने पड़े हैं, इसलिए मैं असंख्य प्रेमपूर्ण सहवासों से उन सबकी क्षतिपूर्ति कर दूँगा, तो फिर निश्चित रूप से यह एक मधुर प्रायश्चित ही होगा, लेकिन दोनों के बीच कोई भी सच्चा रिश्ता क़ायम नहीं हो पाएगा—न तो प्रेम का और न ही मित्रता का। यहाँ तक कि सच्ची दुश्मनी का रिश्ता भी नहीं बन पाएगा।

जुलेखा बीच-बीच में ख़ुद से सवाल करती कि वह सुरंजन से सचमुच प्यार करती है या नहीं! उसे लगता कि वह प्यार करती है, लेकिन उसे लेकर उसके संशय बने ही रहते और वह सुरंजन पर भरोसा नहीं कर पाती। अगर भरोसा न हो तो किसी से प्यार किया जा सकता है क्या? लेकिन वह तो भरोसा किए बग़ैर ही प्यार कर रही थी यानी किया जा सकता है। यह प्यार क्या सिर्फ़ शरीर के लिए था? जुलेखा को ऐसा नहीं लगता। अगर केवल शरीर के लिए होता तो फिर मोहब्बत के साथ उसे कभी भी चरम सुख क्यों नहीं मिला? चूँकि उसने मोहब्बत से कभी मुहब्बत

की ही नहीं। पहले ही दिन से उन दोनों के बीच में ज़रा-सा भी आवेग भरा रिश्ता बन ही नहीं सका था।

मोहब्बत पहले ही दिन से जुलेखा के लिए एक यंत्र-जैसा था। स्वरों में कोई उतार-चढ़ाव नहीं, चेहरे पर कोई मुसकराहट नहीं। ऐसे पुकारेगा, मानो किसी मशीन के मुँह के छेद से कुछ आवाज़ें निकल रही हों—ऐई, मैं कह रहा हूँ, इधर आओ। बुला रहा हूँ, सुनती नहीं? लेट जाओ। —लेटने पर, साड़ी पहनी हुई जुलेखा के सहमे-सिमटे शरीर को मोहब्बत बहुत देर तक देखता रहता, फिर साड़ी को ऊपर की ओर खिसका देता। अपनी लुंगी ऊपर की ओर उठाकर लम्बी जीभ बाहर कर दाएँ हाथ की हथेली पर थूक निकालता और फिर अपने शिश्न के शीर्ष पर लगाकर ज़ोर से अन्दर घुसेड़ देता। जुलेखा हर रात कराह उठती थी। एक-दो मिनट तक उसी तरह मोहब्बत अपने-आपमें मग्न हो, जिस तरह बच्चे अपनी खिलौना-गाड़ी को चलाते हैं, अपने अंग को भीतर चलाकर जुलेखा के शरीर से उतर जाता।

लड़की होने का प्रायश्चित जुलेखा इसी तरह किया करती थी, सहा करती थी। अगर तुम लड़की हो तो किसी भी ऐरे-गैरे के साथ तुम्हारी शादी कर दी जाएगी और उस ऐरे-गैरे का शरीर तुम पर जो इच्छा सितम ढाता रहे, तुम ज़बान नहीं खोल सकतीं। जुलेखा इसके बाहर कुछ करती भी नहीं थी।

विद्रोही बनने की अगर कोई साध उसके मन में होती, तो फिर बर्तन बेचनेवाले एक व्यापारी से वह शादी करने के लिए राज़ी नहीं होती। पिता के पास यह प्रस्ताव आया था और पिता भी इसी पर ज़ोर दे रहे थे। दूसरे रिश्तेदारों में से किसी ने उस समय तो आकर नहीं कहा था कि नहीं, यह लड़का क़ाबिल नहीं है। वे लोग तो पेशे से शिक्षक, डॉक्टर या इंजीनियर ऐसे किसी लड़के का प्रस्ताव लेकर आए नहीं थे, वे अगर उन्हें इतने ही क़ाबिल पात्र मान रहे थे।

जुलेखा को कॉलेज में ऐसा कोई नहीं मिला कि जिससे वह प्रेम कर सके। जुलेखा की कॉलेज की पढ़ाई भी शायद बन्द हो जाती अगर नलहाटी स्कूल की शिक्षिका सुलताना कबीर उसे लगातार समझाइश नहीं देतीं कि लड़कियों के लिए पढ़ना-लिखना बहुत ज़रूरी है, ख़ास तौर पर मुसलमान लड़कियों के लिए। पढ़ाई-लिखाई नहीं करने पर, स्कूल-कॉलेज पास न करने पर दासी-बाँदी का जीवन जीना पड़ता है। जुलेखा के पिता—'लड़कियों को इतना लिखने-पढ़ने की ज़रूरत नहीं, अच्छे लड़के के साथ शादी हो जाना ही बेहतर' नीति पर विश्वास करते थे, लेकिन उनकी अपनी बेटी दासी-बाँदी की ज़िन्दगी बिताए, यह भी उन्हें मंज़ूर नहीं था। सुलताना कबीर के साथ उसका परिचय रबिउल इस्लाम के माध्यम से हुआ था।

जुलेखा को सिर उठाकर जीने की प्रेरणा मिली ज़रूर थी, लेकिन आख़िर तक वह उस स्वाभिमान की रक्षा नहीं कर सकी। उसकी शादी कर दी गई। शादी करवाने के अलावा मनीरुद्दीन के पास कोई चारा नहीं था। मोहल्ले के लोग बातें बनाने लगे

थे। लड़की अभी तक कुँवारी है, इसकी शादी नहीं करोगे क्या? बहुत इन्तज़ार कर चुके, अब और कितना? शादी का सम्बन्ध करानेवाले किसी घटकचूड़ामणि की तलाश नहीं की गई। किसी शुभचिन्तक को नहीं ढूँढ़ा गया। इसलिए जब मोहब्बत का प्रस्ताव आया तो बड़ी बहन के पति ने सिर हिला दिया कि वर ठीक है। दो-एक चाचाओं ने भी सिर हिलाए। बस, क़ाज़ी को बुलवाकर क़बूल कहलवा लिया गया।

जुलेखा को यह ज़िन्दगी बेहद अजीब लगती। सोहाग दिखने में मोहब्बत-जैसा है। जुलेखा को आशंका है कि उसका चरित्र भी मोहब्बत-जैसा ही बनेगा। यह जो माँ घर से चली गई, वह एक दिन भी हाथ-पैर पटककर नहीं रोया। माँ के साथ जाने के लिए चीख़ा-चिल्लाया नहीं। वह मोहब्बत के जिगर का टुकड़ा था। माँ की अपेक्षा उसे पिता से ज़्यादा लगाव था। पिता क्षमतावान थे, प्रतापी थे। इनसान क्षमता के प्रति ही तो बचपन से आकर्षित होता है। कोई भला दुर्बल होना चाहता है क्या? मरणासन्न, ठहरा हुआ, अन्धकार भरा जीवन कौन चाहता है? बच्चे समझ जाते हैं कि किसके-जैसा होने पर इत्मीनान से सुख-सुविधाओं का भोग किया जा सकता है। उसी के प्रति वे बचपन से ही लगाव महसूस करने लगते हैं।

जुलेखा ने सोहाग से पूछा था—बाबू, तुम अपने अब्बा की बीवी को क्या कहकर पुकारते हो?

—'अम्मा' कहता हूँ।

—उसे अम्मा क्यों कहते हो? वह तो तुम्हारी अम्मा है नहीं। अम्मा तो मैं हूँ।

—अब्बा ने अम्मा पुकारने को कहा है। इसलिए पुकारता हूँ।

सोहाग ने बताया।

—मैं कह रही हूँ कि तुम उसे अम्मा कहकर मत पुकारना। तुम मेरी बात नहीं मानोगे?

सोहाग कुछ नहीं बोला। जुलेखा समझ गई कि वह उसकी बात नहीं मानेगा। वह अपने अब्बू का हुक्म ही मानेगा।

—तुम्हें मेरी याद आती है?

सोहाग सिर हिलाता है—आती है।

—तुम मेरे साथ रहोगे? चलो, तुम और मैं एक साथ रहते हैं।

सोहाग बोला—अब्बू नहीं रहेंगे?

—नहीं, अब्बू नहीं, तुम और मैं।

सोहाग चुप रहा।

—अब्बू को छोड़कर नहीं रहोगे?

सोहाग ने सिर हिलाया—नहीं।

अचानक जुलेखा के बन्धन को हटाकर सोहाग दौड़ लगाता हुआ मामा के घर की देहरी को पार कर रफ़ूचक्कर हो गया। मोहब्बत के घर की नौकरानी सोहाग का

हाथ पकड़कर ले गई। बेटा जब तक आँखों से ओझल नहीं हो गया, जुलेखा तब तक खड़ी रही। उसे लगने लगा कि धीरे-धीरे हो सकता है, सोहाग उससे मिलने ही न आए! हो सकता है, उसने नौकरानी मरियम से ही सुना हो कि उसकी माँ का चरित्र ख़राब है, कि वह हिन्दू लड़के के साथ भाग गई थी। निश्चित रूप से मोहब्बत और उसकी नई बीवी ने उसके सामने जुलेखा की बदनामी की है। ये सारी चीज़ें उस बच्चे के दिमाग़ के भीतर घुस रही हैं। यह लड़का जितना बड़ा होगा, उतना ही अपनी माँ से नफ़रत करेगा।

जुलेखा को बहुत अकेलापन लगता है। उसे सीने में जकड़न महसूस होती और तकलीफ़ होने लगती। मामा के घर के दरवाज़े को पकड़कर वह बाहर की ओर ताकती खड़ी रहती। एक विराट आकाश था, जहाँ निचाट ख़ालीपन पसरा हुआ था। यह शायद वही समय था, जब लड़कियाँ आत्महत्या करती हैं। जुलेखा आत्महत्या नहीं करना चाहती। वह जीवित रहना चाहती है। उसने हमेशा ही अपने ढंग से जीवित रहना चाहा था, लेकिन वैसा नहीं कर सकी। इसके बावजूद इस समाज, इस परिवार ने उसे जिस तरह से रखा, जीवित रहने का जितना-सा भी अवसर दिया, वह उसी तरह से, उतना ही रहना चाहती थी। उसने इसी में कोशिश की थी कि वह ज़रा अपनी रुचि के हिसाब से जीवन-यापन कर सके। नहीं, जुलेखा ने कभी भी ज़्यादा कुछ नहीं चाहा था। उसने कभी बड़े सपने नहीं देखे। सुरंजन उसके अपहरणकर्ता और बदला लेनेवाले दुश्मन से उसके प्रेमी में तब्दील हो चुका व्यक्ति था। सुरंजन के साथ उसके ताल्लुक़ से कोई सपना जन्म नहीं लेता। आज मन जाने कैसा कर रहा था! आज शरीर कसमसा रहा था। आज शरीर में बाढ़ उमड़ आई थी। आज हृदय के किनारे अपनी सरहदों को तोड़ डालना चाहते थे और ऐसे में सुरंजन का साथ था। यह सब उतनी ही देर के लिए होता, जितनी देर वह उसके संग मौजूद रहता। कितनी ही बार ऐसा हुआ कि आने को कहकर वह नहीं आया, भूल गया। घर में रहने को कहकर भी घर से नदारद रहा। जुलेखा ने घर आकर देखा कि वह जिसके लिए आई थी, वह नहीं है। मजबूरी में जुलेखा को किरणमयी से ही बैठे-बैठे गपशप करनी पड़ी। किरणमयी जुलेखा से स्नेह करती थीं। उसके कष्टों को देखकर दुख प्रकट करती थीं। लेकिन सुरंजन के साथ उसका प्रेम और भी गहरा हो, वे यह नहीं चाहतीं, जुलेखा इस बात को समझती थी।

एक दिन किरणमयी ने कहा—देखो, तुम्हारा समय ख़राब चल रहा है। इस समय डॉक्टर वग़ैरह को ठीक से दिखाती रहना। तुम्हारी तबीयत नहीं बिगड़नी चाहिए।

—तबीयत तो मेरी ठीक ही है। —जुलेखा ने कहा था।

किरणमयी ने कहा—ध्यान रखना, फिर से पेट में बच्चा न चला आए! झमेले में मत पड़ना।

जुलेखा ने शर्म के मारे अपना मुँह नीचे कर लिया था। उसके मुँह से एक भी शब्द नहीं निकल सका। जुलेखा जानती है, सुरंजन के साथ उसके सम्बन्ध की कोई परिणति नहीं है। यह सम्बन्ध तब तक ऐसा ही रहेगा, जब तक दोनों का मन एक-दूसरे से उचट नहीं जाता, शरीर का आकर्षण ख़त्म नहीं हो जाता। एक साथ रहना उनके लिए सम्भव नहीं। शादी भले ही नहीं हुई हो लेकिन एक साथ रहना भी अगर सम्भव हो पाता, मामा के घर की तकलीफ़ों से अगर उसे निजात मिल पाती, अगर उसे सुरंजन के घर में ठौर मिल जाता, तो फिर कोशिश करके वह इस कोलकाता शहर में एक अच्छी नौकरी भी हासिल कर सकती थी। कारण कि उसके लिए कहीं भी लौट जाना मुमकिन नहीं। सिउड़ी लौट जाने की उसके पास कोई वजह नहीं थी। वहाँ के असहनीय जीवन के बारे में जुलेखा बहुत अच्छे से कल्पना कर सकती थी। वह अगर वहाँ गई तो लोग उसे फाड़कर खा जाएँगे। उनसे बचने के लिए आत्महत्या के अलावा कोई रास्ता शेष नहीं बचेगा।

उसके आत्महत्या करने पर लोग ख़ुश होंगे, उसे पता था। यहाँ तक कि उसके पिता भी ख़ुश होंगे लेकिन वह किसी को भी ख़ुश नहीं करना चाहती। उसकी ज़िन्दगी किसी और की नहीं, पूरी तरह से उसी की है। उसकी अपनी ज़िन्दगी। लेकिन जैसे ही लोगों को मौक़ा मिलेगा, वे इस ज़िन्दगी को पैरों तले रौंद डालना चाहेंगे, ऐसा वह क्यों होने देगी भला? उसने तो कोई अपराध नहीं किया। उसके पति के अपराध का प्रतिशोध लोगों ने उससे लिया था। उसके प्रति और अधिक प्यार और अधिक आवेग प्रदर्शित न करके उलटे उस पर हाथ उठाया गया था। कोई भी रिश्तेदार, यहाँ तक कि पिता भी तो तब उसके पास नहीं आए थे। उसने रोते-रोते फ़ोन पर सिर्फ़ पिता को ही बताया था कि पति की करतूत का बदला लेने के लिए कुछ लड़के उसे अगवा करके ले गए थे और दुष्कर्म करने के बाद वे उसे घर छोड़ गए। देखभाल करने की बजाय उसके पति ने उसे जघन्य तरीक़े से मारा है।

इस पर पिता ने कहा था—पति के पैर पकड़कर माफ़ी माँग जुलेखा।

—माफ़ी क्यों माँगूँ बाबा? मैंने क्या अपराध किया है?

—माफ़ी माँग, वह तेरा पति है। वह तो तुझे मार ही सकता है।

—मैं माफ़ी क्यों माँगूँ बाबा? मैंने उनका क्या बिगाड़ा है, मुझे बताओ? कुछ लोग मुझे अगवा करके ले गए थे, यह मेरा दोष है? मेरे लिए आपको तकलीफ़ नहीं हो रही? मेरे साथ थोड़े प्यार से न बोलकर आप भी चिल्ला रहे हैं?

उधर पिता ग़ुस्से में आगबबूला हुए बैठे थे। माफ़ी न माँगने की वजह से वे भी अपनी बेटी को माफ़ नहीं कर रहे थे। जुलेखा ने माफ़ी नहीं माँगी। कारण कि किस अपराध के लिए वह माफ़ी माँगे, उसे पता नहीं था। कारण कि उसे नहीं लगता कि उसने कोई अपराध किया है। गुनाह सुरंजन और उसके दोस्तों ने किया था, मोहब्बत ने किया था।

जुलेखा को उस समय नहीं पता था कि उसके लिए क्या उचित होगा। घबराहट में वह सिउड़ी जा पहुँची। सबसे पहले वह अपनी बड़ी बहन से मिलना चाहती थी। सुलेखा ने फ़ोन पर कह दिया कि उसकी ससुराल में जुलेखा का प्रवेश असम्भव है क्योंकि इस बहन से मुलाक़ात की भनक भर किसी को लग जाने से उसकी ससुराल में अशान्ति फैल जाएगी। इसकी बजाय जुलेखा अगर एक-आध महीने बाद आए, तो हालात सुधरने पर सुलेखा को उससे मुलाक़ात करने में कोई असुविधा नहीं होगी।

इसके बाद जुलेखा ने रबिउल इस्लाम और सुलताना कबीर से उनके सिउड़ी वाले घर में मुलाक़ात की थी। दोपहर को केवल चाय-बिस्कुट नसीब हो सका था और किसी ने भी नहीं चाहा कि जुलेखा बहुत देर तक उनके घर में रहे। वह उनका समर्थन हासिल करने गई थी, उनका साथ पाने गई थी, लेकिन उसे किसी ने भी कोई सहारा नहीं दिया। दोनों ने ही उसे अपने पिता के यहाँ जाने की सलाह दी थी। पिता के यहाँ जाकर क्या करेगी जुलेखा? सब उससे नफ़रत करेंगे और तब उसके लिए एक ही रास्ता बचेगा—आत्महत्या करना या फिर किसी नये बदमाश से शादी करना। कोई भद्र-शिक्षित व्यक्ति तो जुलेखा से शादी करना नहीं चाहेगा। तलाक़शुदा होकर उसने जो गुनाह किया है, उससे भी बड़ा गुनाह उसने हिन्दुओं द्वारा अपहृत होकर, उनके दुष्कर्म का शिकार होकर किया है और इससे भी बड़ा गुनाह उसने एक हिन्दू के साथ प्रेम करके किया है।

जुलेखा की पिता को देखने की बहुत इच्छा हो रही थी। पिता लकवाग्रस्त थे। घर में एक नौकर और दूर के रिश्ते का एक भतीजा था। इन्हीं को लेकर पिता का घर-संसार क़ायम था। पिता की पहली बीवी का एक बेटा, जुलेखा का सौतेला भाई रहमान, सत्रह-अठारह साल पहले घर छोड़कर कश्मीर चला गया था। उस समय जुलेखा बहुत छोटी थी। पहले-पहल वह चिट्ठी भेजता था, लेकिन बाद में उसने चिट्ठियाँ भेजनी बन्द कर दीं। उसके बारे में कुछ पता भी नहीं चला। घर की दीवार पर रहमान की फ्रेमवाली एक तसवीर लटकी हुई है। जुलेखा को कभी पता नहीं चल सका कि वह कश्मीर क्यों चला गया था, और फिर वह क्यों नहीं लौटा। शायद ही कोई दिन रहा होगा कि जब उसके पिता ने तसवीर की ओर देखकर गहरी साँसें न छोड़ी हों।

पिता की पहली बीवी की मौत भी असमय हुई थी। दूसरी बीवी की भी। दो लड़कियों के अलावा और किसी को जन्म न दे सकने के कारण दूसरी बीवी को कोई कम ताने नहीं सुनने पड़े थे। जुलेखा रेलवे स्टेशन की ओर जा रही थी और उसे वे सब ताने याद आ रहे थे। माँ दिन भर गालियाँ, थू-थू और ताने खाती थीं और गहरी ख़ामोश रात में वे दबे स्वर में रोया करती थीं। सुलेखा और जुलेखा कभी भी माँ का ज़रा-सा भी दुख कम नहीं कर सकीं। कौन-सी बीमारी में तड़पती हुई माँ गुज़र गईं, किसी को पता नहीं चल सका। इलाज होता तो पता चलता। माँ का कोई

उपचार ही नहीं किया गया। उनके पेट में भयंकर दर्द रहा करता था। पिता कहते—खाना ज़्यादा हो गया है शायद, इसलिए दर्द है। पूरे ग्यारह साल पिता यही कहते रहे—माँ ने खाना ज़्यादा खा लिया है। कहते कि माँ को जो हाथ लग जाए, वही खा लेती है। कोई सोच-विचार नहीं करती।

जुलेखा तेज़ी से स्टेशन की ओर बढ़ चली। पीछे उसका घर था, जिसमें उसने जन्म लिया था, जहाँ वह पली-बढ़ी थी। शादी से पहले तक जो घर उसका ठिकाना हुआ करता था। उसके स्कूल-मास्टर पिता आँगन में चारपाई पर लेटे हुए हैं। घर की दीवार पर रहमान की तसवीर झूल रही है। पिता जो चीज़ माँग रहे हैं, घर का नौकर तुरन्त लाकर दे रहा है। कोई नाते-रिश्तेदार आया तो उससे बातें कर रहे हैं और जुलेखा को त्याग देंगे, ऐसा निर्णय ले रहे हैं। वे मन-ही-मन कामना कर रहे हैं कि जुलेखा मर जाए। जुलेखा पैदल चलती रही। वह पसीने से तरबतर थी। उसे अचानक लगा कि यह उसका नया जीवन है, जिस जीवन की ओर वह जा रही है। इस जीवन में ख़ुद उसके अलावा उसका अपना कोई भी नहीं। जुलेखा को उसके समाज ने सुपुर्दे-ख़ाक कर दिया है। वह किसी नये समाज की ओर बढ़ रही थी, जो समाज उसे ग्रहण कर लेगा। कारण कि वह किसी भी दशा में समाज के दायरे से बाहर नहीं जा सकती। समाज की हरी बत्तीवाले लोगों की देह शान्त करने के लिए लाल बत्तीवाले इलाक़े में वह अपना जीवन न्योछावर नहीं कर सकती। अगर कभी उधर जाने की मजबूरी हुई, उस दिन वह ख़ुद से ही वादा करती है, तो वह आत्महत्या कर लेगी।

जुलेखा ने सुरंजन को सिउड़ी के अनुभव नहीं सुनाए। सुरंजन ने पूछा था—बताओ, क्या किया?

—कितना कुछ!

—क्या कितना कुछ? पुराने प्रेमियों से मुलाक़ात की?

जुलेखा ने हँसते हुए कहा था—हाँ-हाँ, मैं उन्हीं के साथ भागूँगी। वे तुमसे भी ज़्यादा हैंडसम हैं।

—लेकिन, तुम तो लौट आईं!

—आई हूँ, देखने आई हूँ!

—किसे?

—और किसे, तुम्हें!

—क्या देखने आई हो, तुम्हारी जुदाई में मैंने रोना-धोना मचा रखा है या नहीं?

—ना-ना-ना, ऐसा देखने का मेरा सौभाग्य हो सकेगा भला!

—कोई अनहोनी तो नहीं कर आईं सिउड़ी में?

—कोई अनहोनी करने की ताक़त क्या मुझमें है? अनहोनी तो दूसरे लोग करते हैं, मैं तो केवल गवाह होती हूँ या फिर शिकार।

बात तीखी थी। जुलेखा को नहीं मालूम कि ये बातें सुरंजन के सीने में बिंध रही थीं या नहीं। उसे लगता है कि नहीं बिंध रही थीं। इन बातों के माध्यम से सुरंजन सिउड़ी के बारे में और कुछ भी जानने का इच्छुक नहीं था। जुलेखा के लिए भी ख़ुद आगे होकर बताने के लिए कुछ नहीं था। उसकी दीदी और अन्य बुज़ुर्गों ने उसके साथ जो व्यवहार किया था, उसके बारे में वह और सभी से चर्चा कर सकती थी, लेकिन सुरंजन से नहीं। वह अगर ख़ुद उसे अपने मुँह से बताए कि उन्होंने असल में मुझे दुत्कारकर भगा दिया है तो सुरंजन को यह लग सकता है कि मैं उससे पनाह की माँग कर रही हूँ, मैं उससे मदद माँग रही हूँ। जुलेखा ने बल्कि ऐसे भाव दिखाए मानो कुछ भी ग़लत नहीं हुआ है। मानो जुलेखा जो कुछ भी कर रही है, उसमें सभी की राय शामिल है, सभी का समर्थन है। नाते-रिश्तेदारों, मित्रों ने उसे सहयोग का आश्वासन दिया है। उससे कह दिया है कि वह अपने ढंग से अपनी ज़िन्दगी जी सकती है। उसे याद दिला दिया गया है कि सभी की शुभकामनाएँ उसके साथ बराबर थीं और आज भी हैं। परिवार, गोत्र, सम्प्रदाय और समाज—सभी जुलेखा की वाहवाही कर रहे हैं।

वह सुरंजन को सारी बातें क्यों बताएगी भला? आत्मसम्मान नाम की कोई चीज़ अब भी बची है उसमें। वह सचमुच के आत्मसम्मान के साथ जीना चाहती है। वह कहीं भी कोई भी काम करना चाहती है। काश कि किसी स्कूल में उसे टीचर की नौकरी मिल जाती! कोलकाता शहर में तो सुरंजन की ख़ासी जान-पहचान है। ख़ुद सुरंजन बहुत दिनों तक शिक्षक के रूप में काम करता रहा है। वह अगर चाहता तो जुलेखा की इतनी-सी मदद कर ही सकता था। जुलेखा किसी से कोई उम्मीद नहीं करती, करना भी नहीं चाहती, फिर भी मन के किसी गहरे कोने में कुछ उम्मीदें छिपी रहती ही हैं। जिस तरह बहुत गुप्त रूप से उसे सुरंजन से थी, अपनी बड़ी बहन से थी कि सुलेखा शायद उसे इस तरह नहीं लौटाएगी। शायद रबिउल और सुलताना से भी थी। भरोसे के लिए जुलेखा के पास कोई सैकड़ों लोग तो थे नहीं, उँगलियों पर गिने जा सकनेवाले चन्द लोग ही थे। उम्मीदों के साथ वह एक बार फिर अकेली ही लड़ने लगी। इन्हें अगर वह अपने जीवन से पूरी तरह छुट्टी दे सके तो उसे सचमुच की मुक्ति मिल जाएगी।

जिनका कोई नहीं, जिनके पास कुछ भी नहीं, जिनके कोई सपने नहीं, वे लोग क्या इस शहर में जीवित नहीं रहते? जो लोग केवल जीवित होने की वजह से साँस लेते हैं, जो लोग ख़ाली-ख़ाली आँखें, ख़ाली सीना लिये असीम शून्य की ओर ताकते बैठे रहते हैं, जुलेखा उन-जैसी भी तो हो सकती है!

मामा के घर के तेल से चीकट हो चुके तकियों और पेशाब की बदबू से भरी बिस्तर की चादर को बदन पर लपेटकर जुलेखा को सोना पड़ता है और वह भी शौचालय के खुले हुए दरवाज़े की ओर सिर करके। काश सुरंजन देख लेता कि

जुलेखा कहाँ सोती है, वह उस घर में किस हालत में रहती है, हर रोज़ किस तरह! जुलेखा को सन्देह होता कि उसकी दुर्दशा देखकर सुरंजन के मन में ज़रा भी दयाभाव पैदा होगा या नहीं! हो सकता है, 'च्-च्' करके थोड़ा दुख प्रकट करे— इससे ज़्यादा कुछ नहीं। जुलेखा यह कहकर अपने-आपको तसल्ली देती है कि उसमें भी कहाँ क्षमता है! वह ख़ुद भी तो दुर्दशा भुगत रहा है। अपनी आर्थिक रीढ़ तो वह कब का तुड़वा बैठा है। इस दृश्य को देखने पर सुरंजन पर दबाव बढ़ेगा। इसकी बजाय अगर वह यह सब न देखे, तो जुलेखा को लगेगा कि देखने पर शायद वह उसे वहाँ से निकालकर ले जाता, और अगर देखने के बाद भी वह उसे वहाँ से निकालकर न ले जाए तो? इसी डर की वजह से जुलेखा नहीं चाहती कि सुरंजन कुछ भी देखे। कारण कि वह हर हाल में चाहती है कि उन दोनों का एक-दूसरे के प्रति आकर्षण और उत्ताप बना रहे, बचा रहे। यही अब जुलेखा के समस्त दुखों के शमन का साधन बन चुका है। सुरंजन के न रहने पर जुलेखा का संसार बिखरकर चूर-चूर हो जाएगा। कम-अज़-कम जुलेखा को एक व्यक्ति तो ऐसा मिला, जिसे शरीर से लगाव है, लेकिन उसने कभी बलात्कार नहीं किया। जुलेखा के न चाहने पर सुरंजन कभी उसे हाथ भी नहीं लगाता। सुरंजन धीरे-धीरे अजाने ही जुलेखा के जीवन का एकमात्र सुख बन चुका था। जुलेखा उसे किसी दायित्व और कर्तव्यबोध के आसपास भी जाने देना नहीं चाहती। सम्बन्ध को स्थायी बनाए रखने के लिए मुक्ति की ज़रूरत है, बन्धन की नहीं। असल में, सम्बन्ध अगर मुक्ति न दे, बन्धन दे, तो फिर उस सम्बन्ध में आनन्द कहाँ बचा! सम्बन्ध अगर जगद्दल पत्थर[1] की तरह हो, तो फिर ऐसा सम्बन्ध सुकून नहीं दे सकता।

सुरंजन को हर चीज़ पता रहना चाहिए। सुरंजन को पता रहे कि उसे मामा के घर में कोई ख़ास असुविधा नहीं हो रही है। उसे पता रहे कि उसकी नौकरी अच्छी चल रही है, शॉपर्स स्टॉप में उसकी तनख़्वाह पाँच हज़ार है, हर साल तनख़्वाह में इज़ाफ़ा होगा। उसे पता चले कि सोहाग दिन-रात अपनी माँ के लिए रोता है। जुलेखा को लेकर कुछ अच्छी बातों की उसे जानकारी रहे। उसे अगर इतना-सा भी मालूम न हो फिर तो जुलेखा उसके लिए सामूहिक दुष्कर्म की शिकार, पति की मार खानेवाली, तलाक़शुदा एक मजबूर औरत के सिवा और कुछ भी नहीं है, और वह यह भी नहीं चाहती कि दूसरी बार सुरंजन के मन में उसके लिए दयाभाव पैदा हो। दया की जगह प्रेम ने ले ली है। वह नहीं चाहती कि प्रेम की जगह दया घुस जाए और उसका सर्वनाश कर दे।

बीच-बीच में इसे लेकर जुलेखा को निश्चित रूप से संशय होता है—क्या सचमुच सुरंजन के मन में उसके लिए किसी तरह का प्यार है? या कि सुरंजन को बिना पैसे के, बिना किसी ज़िम्मेदारी के उसे भोगने का एक सुनहरा मौक़ा मिल गया

1. एक बहुत ही भारी काल्पनिक पत्थर-विशेष, जो पृथ्वी को भी चूर-चूर करने में समर्थ है।

है, बस और कुछ नहीं! इस शहर की किसी और लड़की के साथ उसका यह सम्बन्ध नहीं हो सकता था। कोई भी लड़की बहुत-कुछ की माँग करती या फिर शादी करने को कहती। और अगर ऐसा न हो सके, फिर तो सोनागाछी है ही। लेकिन वहाँ भी ख़तरे हैं, ख़र्चे हैं। जुलेखा सुरंजन की आर्थिक, सामाजिक और पारिवारिक स्थिति में किसी तरह का ख़लल नहीं डाल रही, बल्कि वह तो अकातर भाव से उसे केवल दिये जा रही है। हृदय और शरीर—ये दोनों ही बिना किसी शर्त के दे रही है। इनसा॰न क्या लगातार केवल देता रह सकता है? जुलेखा को बहुत अकेलापन महसूस होता है।

अकेलापन महसूस होने की वजहें भी बहुत सारी हैं। जब आँखें फाड़कर आँसू निकल आना चाहते हैं, जुलेखा उन्हें रोक लेती है। आँसू बहाने से उसका काम नहीं चलनेवाला। वह हर रोज़ कुछेक अख़बार ख़रीदती है और उसमें नौकरी के अवसरों की ओर टकटकी लगाकर देखती है। वह जो नौकरी कर रही है, उसे महसूस होता है कि यूनिफ़ॉर्म पहनकर निरे खड़े रहने के काम से कहीं बेहतर काम करने की क़ाबिलीयत उसमें है। अगर ऐसा कोई काम मिल जाए तो फिर वह इस इलाक़े को छोड़कर कहीं और चली जाएगी। सोहाग सकुशल है। वह अगर माँ से प्यार करता है, तो ख़ुद माँ को ढूँढ़ लेगा। अगर प्यार करता है तो सुरंजन भी वहाँ चला आएगा। सुरंजन का पार्क सर्कस में रहना, बेलघरिया के इतने दिनों के वास को छोड़कर यहाँ चले आना, सुरंजन कितना ही कहे कि उसके लिए है, सचमुच उसी के लिए है, दरअसल इसके पीछे सुरंजन की कोई और वजह ज़रूर है।

जुलेखा के साथ सुरंजन के सम्बन्ध की जानकारी मिलते ही माया भयंकर रूप से नाराज़ हो उठी। उसने सुरंजन से कह दिया—उससे अगर आपका यह सम्बन्ध रहा तो फिर मेरे साथ आपका कोई रिश्ता नहीं रहेगा। आपको किसी एक को चुनना होगा दादा।

माया का यह 'दादा' कहकर पुकारना वह कभी नहीं सुन पाएगा, सुरंजन इस बात की कल्पना भी नहीं कर सकता। यह धरती बह जाती हो तो बह जाए, माया के लिए वह अपना सब कुछ न्योछावर कर सकता है।

किरणमयी नहीं चाहतीं कि सुरंजन जुलेखा से शादी करे। जुलेखा उनके घर आए। लड़की चाल-चरित्र से अच्छी है, निहायत भद्र। उसके साथ बातचीत करके उनका भी समय अच्छे से बीत जाता है। सबसे बड़ी बात यह है कि सुरंजन ख़ुश रहता है। निगाहों में रहते हुए दरवाज़ा बन्द करके दो दोस्त समय बिताते हैं, प्रेम का

सम्बन्ध है इसीलिए तो बिताते हैं। किरणमयी को बल्कि यह लगता है कि बदमाश छोकरों के साथ उठने-बैठने की बजाय घर में प्रेम करना ज़्यादा अच्छा है। पत्नी तलाक़ देकर चली गई है, वह अकेला रह गया है, संगी-साथी न हों तो क्या मन ठीक रहता है? किरणमयी इसी तरह ख़ुद को समझातीं। माया को समझातीं।

लेकिन माया ने साफ़ कह दिया है—शादी का तो सवाल ही नहीं पैदा होता। इस लड़की के साथ किसी तरह का सम्बन्ध नहीं रख सकते।

माया क्या ख़ामख़्वाह ऐसा बोलती है? माया को क्या ढाका में हुए दंगों के समय के दु:स्वप्नों की याद नहीं? उन मुसलमान लड़कों ने माया को नहीं फाड़ खाया था? माया इस संसार के सब लोगों को माफ़ कर सकती है, लेकिन मुसलमानों को नहीं। जिस माया की वजह से सुदेशना के साथ उसके विवाहित जीवन का अन्त हो गया, वही माया कह रही थी कि अगर सुरंजन को कोई और लड़की नहीं मिलती, तो उसे सुदेशना के पास ही लौट जाना चाहिए। सुदेशना के साथ सुरंजन को अपना सम्बन्ध नये सिरे से जोड़ लेना चाहिए। सुदेशना ने दोबारा शादी नहीं की है। इसलिए गुंजाइश तो है ही। उसे इसी पल उस मुसलमान लड़की से अपने सारे सम्बन्ध तोड़ लेने चाहिए।

किरणमयी के घर पर बिस्तर पर बैठकर माया रोती-रोती ये सारी बातें कह रही थी।

किरणमयी कुर्सी पर बैठी थीं। सुरंजन दरवाज़े पर खड़ा था। खिड़की के उस पार नल पर पानी भरनेवालों का हो-हल्ला था। खिड़की के पर्दे हू-हू करते फड़फड़ा रहे थे। यहाँ आसपास कुछेक घर हिन्दुओं के थे। कोई अगर रुलाई सुनना चाहे, तो कान लगाकर सुन सकता था।

किरणमयी लम्बी साँस छोड़ती हुई बोलीं—मुझे ज़िन्दगी में सुख नसीब नहीं हो सका।

माया ने तीखी नज़रों से किरणमयी की ओर देखा—मैं तो चलो, तुम्हें सुख नहीं दे सकी, तुम्हारी आँखों का तारा यह बेटा तुम्हें सुख क्यों नहीं दे रहा? इतने सारे इलाक़े हैं तो फिर यहाँ रहने क्यों चले आए? तमाम आतंकवादियों की रिहाइश है यहाँ पर। दो मकान पार करते ही तो लाइन से मुसलमानों के मकान हैं। यहाँ तुम्हें कौन सुरक्षा मुहैया कराएगा?

माया फफक-फफककर रोती रही।

उस रुलाई को देख सुरंजन को बड़ी दया आई। वह क्या करे, उसे कुछ समझ में नहीं आ रहा था। माया उसकी इकलौती बहन है—लाड़ली बहन। वे दोनों ताँतीबाज़ार वाले घर में एक साथ बड़े हुए थे। बड़े भइया के अलावा उस लड़की को कुछ भी समझ में नहीं आता था। वही बहन अपने सीने में कितनी तकलीफ़ पालकर रो रही थी, सुरंजन समझता था। माया की कही हुई और अनकही हर बात,

हर गहरी साँस, हँसी उसे सब पता है कि क्यों है। जुलेखा के साथ अगर अपने रिश्ते को सुरंजन ख़त्म कर पाता, तो वह आज ही ख़त्म कर देता। नहीं, जुलेखा मुसलमान है इसलिए नहीं, केवल माया की ख़ातिर, केवल इसलिए कि माया चाहती है। इसकी कोई और वजह नहीं। सुदेशना के साथ उसकी नहीं निभ सकती। जो रिश्ता इस तरह मामूली ठोकर से टूट जाता है, उस रिश्ते को जोड़ने का कोई अर्थ नहीं। वह फिर किसी सामान्य-सी चोट से टूट जाएगा। इसकी बजाय अकेले रहना बेहतर।

जिस समय वह यह सोच रहा था, ठीक तभी माया ने कहा—इससे तो दादा के लिए अकेले रहना ही बेहतर होगा। लोग नहीं रह रहे? यह जो मैं रह रही हूँ, यह रहना भी तो काफ़ी हद तक अकेले रहने-जैसा ही है।

ऐसा कहते ही माया रो पड़ी। वह बहुत देर तक रोती रही। किरणमयी के कन्धे पर अपना सर रखकर उसका रोना जारी रहा। माया की रुलाई के अलावा घर में कोई और आवाज़ नहीं थी। कोई उसे रुलाई बन्द करने को नहीं कह रहा था। कारण कि किसी का भी अनुरोध माया की रुलाई नहीं रोक सकता था। माया का अपनी माँ के घर आने का प्रयोजन अपने जीवन की सारी अतृप्तियों और अशान्तियों के लिए जी खोलकर रोना होता था। वह अगर अपना रोना न रोए तो फिर बिना रोए सप्ताह के बाक़ी दिन काटना उसके लिए सम्भव नहीं। उसने अपने सीने में बहुत सारे दुख पत्थरों की तरह जमाकर रखे थे। माँ और बड़े भाई के सान्निध्य में वे पत्थर पिघलकर नदी बन जाते थे।

सुरंजन ने लम्बी साँस छोड़ी। आज अगर उसके पास बेशुमार दौलत होती, तो वह अच्छे इलाक़े में एक बड़ा मकान किराये पर ले लेता, फिर माया और उसके दोनों बच्चों को वह अपने पास ले आता। सुरंजन को अपने लिए नहीं, किरणमयी के लिए नहीं, यहाँ तक कि जुलेखा के लिए भी नहीं, उसे तो माया को देखते ही अपनी ग़रीबी पर अफ़सोस होता है। उसने पहले कभी माया से कहा था कि अगर उसे कोई अच्छी नौकरी मिल जाती, या फिर कोई ऐसा काम मिल जाता जिसमें वह बहुत सारे पैसे कमा पाता, तो फिर तुझे कोई तकलीफ़ नहीं होती। फिर तुझे उस शैतान के साथ नहीं रहना पड़ता।

माया ने यह सुनकर बड़े भाई को बाँहों में जकड़ लिया था।

सुरंजन अपनी आँखों में उमड़ आए आँसुओं को सम्हालते हुए बोला था—जब तक मैं तेरे लिए कुछ नहीं कर पाता, तू अपने इस नालायक़ बड़े भाई को माफ़ मत करना।

काश, ऐसा होता कि माया इस तरह हर सप्ताह ढेर सारे अभियोग लेकर नहीं आती! उसने रोना भी बन्द कर दिया होता! काश, माया सुखी हो पाती!

—सुख मेरे मुक़द्दर में नहीं है दादा...

सुरंजन भाग्य में विश्वास नहीं करता। उसे पता है कि भाग्य जैसा कुछ नहीं होता। पहले से कुछ भी लिखा नहीं रहता। अगर उनके पास बहुत सारे पैसे होते तो

माया अपनी मर्ज़ी के हिसाब से जीवन जी सकती थी। पैसा ही सारे सुख मुहैया कराता है, वह इस बात पर भी विश्वास नहीं करता। उसने बहुत-से पैसे वाले लोग देखे हैं, जिन्हें सुकून नसीब नहीं। यह तो निश्चित है कि अबके मुक़ाबले सुरंजन के पास जब बहुत ज़्यादा पैसे हुआ करते थे, उस समय की अपेक्षा आज वह बेहतर ढंग से रह रहा है।

घर लौटकर जब सुदेशना के साथ उसका झगड़ा शुरू हो जाता, तो वह शराब की बोतल लेकर नन्दननगर वाले घर में पीने बैठ जाता था। सुदेशना एक कमरे में होती और सुरंजन दूसरे कमरे में। किरणमयी रात में आकर बोतल छीन लेतीं और कहतीं—सिवाय ख़ुद के तू और किसके लिए परेशानी खड़ी कर रहा है? लगता है, तू किसी से बदला ले रहा है? नहीं-नहीं, तेरे शराब पीने से किसी को कोई फ़र्क़ नहीं पड़ेगा। मरेगा तू ही। कोई और नहीं मरनेवाला!

हालाँकि यह सब कहने का सचमुच कोई फ़ायदा नहीं होता था। सुरंजन पीना बन्द नहीं करता था। वह बेंत से बनी उसी कुर्सी पर ही पैर फैलाकर सो जाता था।

इन सबसे सुदेशना को कोई फ़र्क़ नहीं पड़ता था। सुदेशना ने उससे शादी की ज़रूर थी लेकिन शादी के बाद ही वह समझ गई थी कि इस लड़के के भीतर और बाहर ढेर सारे आक्रोश के अलावा और कुछ भी नहीं है। उसमें जो कुछ है, लोग उसे उसका व्यक्तित्व समझने की भूल कर सकते हैं, लेकिन वह भयंकर स्वार्थी और साथ ही उदासीन आदमी है। वह दिमाग़ ठंडा रखकर लोगों की हत्या कर सकता है और अगर चाहे तो पानी में डूबते हुए को बचा भी सकता है। दो चरित्र समानान्तर थे। सुदेशना समझ गई थी कि इसके साथ किसी स्वस्थ व्यक्ति का रहना सम्भव नहीं।

सुरंजन माया की रक्षा नहीं कर सका। वह हर हाल में माया की रक्षा करना चाहता था। लेकिन मुसलमानों द्वारा माया को अगवा करके ले जाने की घटना ने उसे उन्मादी बना दिया था। अपनी जान की बाज़ी लगाकर उसने माया को उनका निवाला बनने से बचाने की कोशिश की थी, लेकिन नहीं बचा सका था। उस हताश लड़के ने तब देश छोड़ने का निर्णय लिया। जिस देश में हिन्दू ज़रा भी सुरक्षित न हों, जिस देश में उसकी लाड़ली छोटी बहन सुरक्षित न हो, उस देश को छोड़ देने का निर्णय लेकर उसने बोरिया-बिस्तर बाँध लिया था और सुबह उसने जैसे ही दरवाज़ा खोला, उसने देखा कि सीढ़ियों के पास माया का शरीर पड़ा हुआ है।

माया को उस हालत में देखकर सुरंजन की कराह भरी चीख़ निकल गई थी। माया मर चुकी है। उसने उसे मरा ही मान लिया था। वह उसे गोद में उठाकर जैसे ही भीतर ले आया, सुधामय तुरन्त नब्ज़ टटोलने लगे। स्टेथेस्कोप उसके सीने से लगाए वे थरथर काँप रहे थे। किरणमयी माया के ठंडे शरीर को अपने हाथ से सहलाती रहीं।

सुधामय ने अस्फुट स्वर में सिर्फ़ इतना कहा—इसे तुरन्त अस्पताल ले जा। ये ज़िन्दा है।

यह सुनते ही किरणमयी ज़ोर-ज़ोर से रोने लगीं। उसी हालत में सुरंजन माया को गोद में लिये बाहर निकल गया। पीछे-पीछे किरणमयी। मजबूर न होते तो सुधामय भी जाते।

रिक्शे पर सवार हो वे तीनों सीधे पी.जी. अस्पताल जा पहुँचे। माया को सलाइन चढ़ाई गई, ख़ून चढ़ाया गया। इंजेक्शन लगे। माया ने आँखें खोलीं। दो दिन बाद बात भी करने लगी।

नहीं, किसी ने भी निर्णय बदला नहीं था। माया को अस्पताल से छुट्टी मिलते ही एक रिश्तेदार को अपने घर की देखरेख की ज़िम्मेदारी सौंपकर सुरंजन सपरिवार भारत रवाना हो गया था। माया से कभी नहीं पूछा गया कि उस दिन क्या हुआ था, उन लोगों ने क्या किया था।

माया उस दिन के बाद से कभी भी अचानक रो पड़ती थी। वह रोने की वजह नहीं बताती थी। ऐसे में सुरंजन या फिर किरणमयी उसके सिर को अपने कन्धे पर टिका लेते, कन्धा उसे रोने के लिए दिया जाता था, वे लोग उसकी पीठ सहलाते या फिर बाँहों में भरकर आलिंगन की ऊष्मा देकर समझाना चाहते थे कि हम लोग तुम्हारे साथ हैं।

जिन दूर के रिश्तेदार के यहाँ उन्हें शरण लेनी पड़ी थी, वहाँ माया की गुमशुदगी और फिर उसके मिल जाने की कहानी को पूरी तरह से गुप्त रखा गया था। कारण कि परिवारवालों ने सोचा—यह कोई सुखद समाचार तो है नहीं कि सबको सुनाते फिरें। उनके घर पर हुए मुसलमानों के हमले की घटना का विस्तार से वर्णन करते समय किसी ने माया पर हुए हमले का कोई ज़िक्र नहीं किया था।

हिन्दू बहुसंख्यक देश है भारत, ठिकाना पश्चिम बंगाल, कोलकाता, हिन्दुओं का इलाक़ा प्रफुल्ल नगर, घर रिश्तेदार का, एक सुरक्षित जगह—उस घर में किसी को मुसलमानों से डरने की ज़रूरत नहीं पड़ी।

सुरंजन इतना ज़रूर जानता था कि उन रिश्तेदार में अपनेपन की कमी भले रही हो लेकिन वहाँ सुरक्षा थी। उसके माँ-बाप को भी यही महसूस हुआ था। चार लाख रुपये ठग लिये जाने के बाद सुधामय के सिर पर आसमान टूट पड़ा था। सिर छिपाने की वह छोटी-सी जगह उस समय उनकी सबसे बड़ी ज़रूरत थी। उस आश्रय को अस्वीकार करने की क़ूवत किसी में नहीं थी।

आँगन में बने जिस अतिरिक्त कमरे में उन सबको पनाह दी गई थी, एक दिन अचानक शंकर घोष ने उन्हें वहाँ से अपने तीन कमरोंवाले मकान में शिफ़्ट कर दिया। सभी समझे कि यह उनकी उदारता है। लेकिन तब तक किसी को पता नहीं था कि रात में शंकर घोष माया के बदन पर हाथ रखता था। वह एक हाथ से माया के मुँह को दबाए रहता।

बाद में तो मुँह दबाने की भी ज़रूरत नहीं रही। माया ख़ुद ही चूँ तक नहीं करती थी। प्रतिरोध करने पर कहीं ऐसा न हो कि उसी रात या फिर अगली सुबह से पहले ही वे वहाँ से भगा दिए जाएँ? और फिर रेल की पटरियों के अलावा उन्हें रहने की कोई और जगह न मिले, तो? रेललाइन की याद आते ही माया को सिर्फ़ यह महसूस होता कि उसके शरीर पर से होती हुई भयंकर दानव-जैसी एक अन्धी रेलगाड़ी धड़धड़ाती हुई गुज़र रही है। उसका शरीर कुचला जा रहा है। उसका ख़ून, उसके मांस के टुकड़े उसके माता-पिता और बड़े भाई के बदन पर छिटक-छिटककर गिर रहे हैं। माया डर के मारे नीली पड़ जाती। उसकी देह को उन मुसलमान शैतानों ने नोच खाया था। वह तो मर ही गई थी। दुर्घटनावश बच गई। अब अगर उसके परिवार को सिर छुपाने की थोड़ी-सी जगह देने, दो वक़्त का खाना देने के एवज़ में किसी हिन्दू को उसके शरीर की ज़रूरत पड़े तो यह ऐसा कौन-सा हीरे का टुकड़ा कुँवारा शरीर है, जिसे माया जतन से सँभालकर रखेगी? इसलिए उसने बाधा नहीं पहुँचाई।

सुरंजन को आशंका होती थी कि कुछ अवश्य घट रहा है। माया के साथ ज़रूर कुछ घट रहा है और माया उसका विरोध नहीं कर रही है। सम्भवतः किरणमयी भी इस बात को समझती थीं। माया जब भी माँ और बड़े भाई से बात करती तो उनसे नज़रें नहीं मिलाती थी। उसका यह आचरण बहुत अस्वाभाविक लगता था। कभी-कभी माया की आँखों का निचला हिस्सा काला दिखता तो कभी उसके होंठ सूजे रहते, कभी गले में लाल निशान दिखते और कभी गले के निचले हिस्से में खरोंच के निशान होते। पूछने पर कहती—यह सब जानकर तुम्हें क्या काम? —उसके ऐसा कहने में एक रोष या ग़ुस्से-जैसा कुछ रहता। किसके प्रति, क्यों, किसी को ठीक-ठीक समझ में नहीं आता था। समझ में नहीं आता था, या कि वे समझना ही नहीं चाहते थे?

दरअसल अस्तित्व के उस संकटकाल में जिस तरह पाने-जैसा कुछ भी नहीं था उनके लिए, वैसे ही माँगने-जैसा भी कुछ नहीं था। उस समय नई जगह पर सुधामय किस तरह अपनी डॉक्टरी करेंगे, सुरंजन को कैसे नौकरी मिल सकेगी, किसी को कुछ भी पता नहीं था। उनकी मदद करनेवाला भी कोई न था। सुरंजन की इतनी क़ूवत नहीं थी कि वह माया से कुछ दरियाफ़्त करता और उसके जवाब सुनता। जवाब सुनने पर एक ज़िम्मेदारी बनती—उस नरक से सभी को बाहर निकालने की ज़िम्मेदारी।

माया कहती—दादा, तुम्हें क्या एक नौकरी नहीं मिलेगी? तुम क्या एक नौकरी हासिल नहीं कर सकते? अगर नहीं कर सकते तो कहो, मैं ही बाहर निकलती हूँ, रास्तों पर तलाश करती हूँ कुछ। नौकरी पाने की योग्यता मुझसे ज़्यादा तो आपमें है। मुझे कम-अज़-कम कुछ ट्यूशन ही दिला दो। अपने लिए क्या एक किराये के मकान का इन्तज़ाम नहीं कर पा रहे हो?

—रोज़ तो निकलता हूँ। कुछ नहीं मिल रहा है।

—झूठ कह रहे हो। जिस तरह से ढूँढ़ने पर नौकरियाँ मिलती हैं, आप उस तरह से नहीं ढूँढ़ रहे हो।

माया की आँखों में सुरंजन के प्रति कोई कातर अनुनय के भाव नहीं थे, वहाँ थी केवल नफ़रत। उसकी आँखों में माँ-बाप के लिए भी नफ़रत उमड़ती थी। मजबूरी किसी परिवार को इतने बीभत्स ढंग से निगल सकती है, परिवार के किसी को मालूम नहीं था। सभी मानो गूँगे हो गए थे।

सुरंजन, एक निकम्मा बड़ा भाई, कुछ भी नहीं कर सका। सुधामय को ही दिन-रात पाँच-छह रुपये वाली डॉक्टरी करनी पड़ी थी। माया को ही घर से बाहर निकलकर घरों में ट्यूशन की जुगाड़ करनी पड़ी। बिलकुल छोटे बच्चों को पढ़ाने का काम था। यहाँ पढ़ाई की किताबें, पढ़ाने का ढंग सभी कुछ अलग थे।

बांग्लादेश से हाल ही में आकर यहाँ कोई काम, ख़ासकर ट्यूशन का काम, शुरू करना सम्भव नहीं था। वह गई थी ट्यूशन का काम पाने और उसे मिला बच्चों के बदन पर तेल की मालिश कर नहलाने और उनके कपड़े धोने का काम। घर पर उसने बता रखा था कि वह ट्यूशन करती है। इतना सब करने के बाद उसे महीने के तीन सौ रुपये मिलते थे।

शाम को जब माया घर लौटती, तो देखती कि रास्तों पर लड़कियाँ सज-धजकर खड़ी हैं। पहले-पहल उसे समझ में नहीं आया, लेकिन बाद में वह समझ गई कि आदमी लोग पैसे देकर उनकी देह ख़रीदते हैं। एक बार माया ने एक लड़की से पूछा भी था—कितना मिल जाता है तुम लोगों को ?

लड़की ने हँसते हुए अपनी उँगलियाँ पसार दी थीं। इसका ठीक-ठीक मतलब क्या था, उसे पता नहीं चल सका—पाँच रुपये कि पचास रुपये या कि पाँच सौ ? उस घर से मुक्ति पाने की चाहत में माया की इच्छा हुई थी कि वह भी रास्ते पर खड़ी हो जाए। महीने भर में तीन सौ रुपये कमाने से तो यह कहीं बेहतर है। शरीर के एक बार के उपयोग से अगर पचास रुपये मिलते हैं तो फिर महज छह बार उपयोग करने से ही तीन सौ रुपये मिल जाएँगे। महीने भर खटने की क्या ज़रूरत ? यह बात माया के दिमाग़ में घूमती रही। अब जब इस शरीर की पवित्रता की रक्षा की कोई ज़रूरत ही नहीं रही, तो फिर शरीर के उपयोग द्वारा ही नरक से बाहर निकलना एकमात्र ध्येय होना चाहिए। निकम्मे बाप और बड़े भाई के भरोसे बैठे रहने में सचमुच कोई फ़ायदा नहीं था।

आर्थिक मदद नहीं मिलने की वजह से सुरंजन ने पार्टी से इस्तीफ़ा दे दिया। वह इमोशनल लड़का था। उसमें व्यावहारिक बुद्धि नहीं थी। माया को भी यह बात पता थी। वह जानती थी कि बड़े भाई पर भरोसा करने से कोई फ़ायदा नहीं, फिर भी उसने भरोसा किया। सुरंजन उसे बहुत बेबस नज़र आता था। उसे लगता ही नहीं था कि सुरंजन उससे

उम्र में बड़ा है, उसका बड़ा भाई है। वह उसे लाड़ले छोटे भाई-जैसा लगता था। माया उनसे आँखें नहीं मिलाती लेकिन बख़ूबी महसूस करती थी कि हरेक आँख में अनिश्चय और आशंका काँप रही है। वह उन सब आँखों की ओर नहीं देखना चाहती।

जिस दिन उसके पैरों के नीचे की ज़मीन सख़्त हो जाएगी, तब किसी एक दिन माया शंकर घोष की हत्या कर देगी, यह बात मन-ही-मन वह ख़ुद से कई बार कह चुकी है। हर रोज़ कहती है।

शंकर घोष के घर से आख़िरकार जिस दिन वे लोग निकल गए, उस दिन माया ने सोचा था कि वह उनसे वह बात कह देगी, लेकिन उसने नहीं कहा। कारण कि उन लोगों ने जो मकान किराये पर लिया था, वह शंकर के घर से ज़्यादा दूर नहीं था। प्रफुल्लनगर से नन्दननगर। डर के मारे उसने वह बात नहीं कही कि कहीं वह उन लोगों पर हमला न कर बैठे। बुरे आदमी के मन में हज़ार तरह की बुरी चीज़ें रहती हैं, माया क्या नासमझ थी जो इस बात को नहीं समझ पाती? वह कब उनके घर में आग लगा दे, किसे पता! ज़हर खिलाकर उन सबको मार डाले! कभी ख़ुद ही चोरी करके उन्हें चोरी के मामले में फँसा दे?

सुरंजन ने शंकर घोष से चार लाख रुपये वसूलने की हर सम्भव तरीक़े से कोशिश की थी, उसने कहा था कि वह उसकी हत्या कर देगा और उसके ख़ून से स्नान करेगा और तभी उसके मकान से निकलेगा। माया ने कहा था—ख़बरदार, भूल जाओ यह सब। ज़िन्दा रहना है तो यह सब भूल जाओ दादा!

भूल जाने का मतलब माफ़ करना नहीं है। माया ने शंकर को माफ़ नहीं किया था। उसने ढाका के उन दुराचारियों को तो ज़रा भी माफ़ नहीं किया था। एक और व्यक्ति को माया ने माफ़ नहीं किया, वह थी—तसलीमा नसरीन। 'लज्जा' लिखकर उसने माया का सर्वनाश कर दिया है। शादी के उद्देश्य से जो भी आता, उसे पता चल जाता था कि उस परिवार की ही कहानी 'लज्जा' में लिखी गई है। माया को तो अगवा करके ले गए थे, माया के साथ तो उन लोगों ने दुष्कर्म किया था, इसलिए शादी नहीं हो सकती।

माया के साथ कुछ लड़कों की जान-पहचान हुई थी, वे उससे प्रेम करना चाहते थे। शादी करना चाहते थे, लेकिन उसके बारे में यह जानकर पीछे हट गए थे कि लड़की का कौमार्य भंग हो चुका है। लड़की के साथ मुसलमान लड़कों ने दुष्कर्म किया है। हिन्दुओं ने दुष्कर्म किया, यह उतनी बुरी ख़बर नहीं थी, उससे ज़्यादा बुरी ख़बर यह थी कि मुसलमानों ने दुष्कर्म किया है। माया की शादी नहीं हो सकी।

वह समझ गई थी कि उसकी शादी नहीं हो सकती। अगर 'लज्जा' पुस्तक नहीं छपती तो उसकी शादी ज़रूर हो जाती। माया चीख़-चीख़कर रोती है। घर में 'लज्जा' की जितनी भी प्रतियाँ थीं, उसने आग में जला डालीं। वह क्या अपना मानसिक सन्तुलन खोने की कगार पर नहीं जा पहुँची थी?

विदेशी ज़मीन पर नये सिरे से ज़िन्दगी की शुरुआत करने-जैसा अभिशाप और क्या हो सकता है? बिना पैसों के, बिना किसी की मदद के ज़िन्दगी की शुरुआत नहीं की जा सकती; हाँ, ज़िन्दगी का ख़ात्मा ज़रूर किया जा सकता है। माया ने कई बार आत्महत्या का विचार करके भी अन्ततः आत्महत्या नहीं की।

परिवार में तेज़ी से अभाव बढ़ते गए। माया की छटपटाहट भी बढ़ती गई। माया ने अख़िरकार तपन मंडल से शादी कर ली।

वह शराबी था, निकम्मा था। कोई-कोई कहता कि वह छोटी ज़ात का है। ज़ात को लेकर माया को कोई फ़र्क़ नहीं पड़ता। जिसके साथ उसकी शादी हो रही थी, वह मुसलमान नहीं था, वह हिन्दू था, यही सबसे बड़ी बात थी। माया ने तपन का प्रस्ताव लपक लिया। शादी के बाद सिर पर घूँघट किए वह ससुराल जा पहुँची।

ससुराल में वह बीस-पचीस लोगों का खाना बनाती, उन्हें खिलाती, लोग डकार निकालते। दोपहर में भात तो रात में रोटियाँ बनाती। हर रात उसे अपने हाथों से पचास रोटियाँ बनानी पड़तीं। तीन जेठानियों के साथ घर के कामों का बँटवारा हुआ ज़रूर, लेकिन उसके हिस्से में पहाड़ के समान काम थे। माया ने पहले कभी रसोईघर के काम नहीं किए थे। उसे पता भी नहीं था कि ये सारे काम किस तरह किए जाते हैं। अब ससुराल में यह कहकर कि मुझे खाना बनाना नहीं आता, मैंने घर के कामकाज पहले कभी नहीं किए, उसे रिहाई नहीं मिल सकती थी।

शराबी पति कभी घर आता तो कभी नहीं भी आता। उसे जादबपुर की एक उम्रदराज़ महिला ने स्नेह-जतन से पाल रखा था। उन्हें रुपये-पैसों की कोई कमी नहीं थी, तपन उन्हीं के पैसों का उपभोग करता था। महिला के पति नहीं थे, दोनों बच्चे विदेश में रहते थे। कोलकाता में उनके अकेलेपन का साथी था तपन। तपन-जैसे शराबी और निकम्मे आदमी की ही उन्हें ज़रूरत थी। शराब पिलाते ही वह कुत्ते के पिल्ले की तरह पूँछ हिलाते हुए उनके पैरों के पास घूमता रहता।

शादी के बाद ही जेठानियों से माया को ये सारी बातें पता चल चुकी थीं। उसने तपन को लौटा लाने की बहुत कोशिश की। शराब छुड़वाने, उस महिला के चंगुल से मुक्त कराने की कोशिश की लेकिन कामयाब नहीं हुई। छुड़वाने की इन्हीं कोशिशों के दरमियान बार-बार वह अपना शरीर बिछाती रही। बिछे हुए शरीर के साथ तपन ने खेल-खेल में जो कुछ भी किया, उससे दो बच्चों के जन्म के बीज भर रोपे गए, असल काम कुछ भी नहीं हुआ। तपन नहीं लौटा। शादी करनी पड़ती है, इसलिए उसने की थी। सोना उसे अच्छा लगता था इसलिए वह अपनी पत्नी के साथ सोया। लेकिन बीवी-बच्चों के प्रति कोई भी आकर्षण उसमें पैदा नहीं हो सका।

बड़े परिवारों में बच्चे दूसरे अन्य बच्चों के साथ तेज़ी से बड़े होते रहते हैं। पिता उन्हें बड़ा नहीं करते, बच्चों की देखभाल दादा-ताऊ करते हैं। यहाँ यह

ज़िम्मेदारी माया की थी। एक दवा कम्पनी में वह डेढ़ हज़ार की तनख़्वाह पर नौकरी पर लगी थी, जो बढ़ते-बढ़ते छह हज़ार तक पहुँच गई थी। घर में खाने के आठ सौ रुपये देने होते हैं। बाक़ी पैसों से बच्चों और ख़ुद के कपड़े, बिस्कुट, चना-चबैना, बस का किराया, मेट्रो का किराया, स्कूल के ख़र्चे आदि चलते हैं। हाथ में एक पैसा भी नहीं बचता। ज़रूरत पड़ने पर वह अपनी माँ या बड़े भाई के सामने हाथ फैलाएगी, इसका भी उपाय नहीं। इन सबके बावजूद माया ससुराल में ही रहती है, माँग में ढेर सारा सिन्दूर लगाती है, हाथ में पला-शाँखा[1] और लोहे का कड़ा पहनती है। घर में ठाकुर-देवता हैं। वह ख़ुद काली की अनन्य भक्त है। मौक़ा मिलते ही वह पूजा करने कालीघाट चली जाती है, सम्भव होता है तो दक्षिणेश्वर पहुँच जाती है।

इसके अलावा उसे फ़िल्म, नाटक देखने या गाने की महफ़िलों में जाने का शौक़ नहीं था। अपनी सहेलियों के साथ अड्डेबाज़ी का शौक़ भी नहीं था। अपने देश में उसके जो-जो शौक़ थे, यहाँ दूसरे देश में आकर उसने उन सबको झाड़ू मारकर विदा कर दिया था या कहें कि उसे ऐसा करना पड़ा था। सच कहूँ तो असल में माया की कोई सहेली थी ही नहीं। जीवन में पति नामक जीव का अस्तित्व नहीं, बावजूद इसके माया सिन्दूर लगाती है। क्यों लगाती है? ख़ुद से सवाल कर उसने ख़ुद ही जवाब दिया था कि कोई उसे अब घर में, बाहर और सड़कों पर आसानी से उपलब्ध हो जानेवाली लड़की समझने की भूल न करे। पति-गृहस्थी, ससुराल, सिन्दूर, सन्तान—इन सबके होने से संशय बना रहता है। और यह सब न रहे तो लोग फाड़कर खा जाते हैं।

माया के लिए ससुराल नरक नहीं था बल्कि ज़िन्दा रहने की जगह थी। पति कभी दो सप्ताह तो कभी महीने भर बाद घर लौटता था। शराब पीकर घर के पास फुटपाथ पर पड़े हुए पति को कई बार माया खींच-खाँचकर घर लाई थी। वह कई बार माया की साड़ी तथा कपड़ों को उलटी से सराबोर कर चुका है। इसके बावजूद माया ने कभी नहीं सोचा कि वह ससुराल को छोड़कर, पति को छोड़कर चली जाएगी। कहाँ जाएगी? जाने के लिए कोई जगह है ही नहीं उसके पास! वह हर कहीं जाकर फिर से बदनाम नहीं होना चाहती। अब वह कोई आँधी-तूफ़ान नहीं चाहती। दस-बाई-दस के कमरे में उसके बच्चे बड़े हो रहे हैं, उन्हें अपने दोनों ओर लिटाकर माया सोती है। बिस्तर पर ही खाना-पीना होता है और लिखना-पढ़ना भी। बड़ा पलंग बिछाए तो कमरे में इतनी जगह कहाँ थी कि वहाँ कोई और सामान रख सके! दोनों बच्चे बड़े होकर जब अपने पैरों पर खड़े हो जाएँ, तब कहीं वह उस मकान से बाहर निकल सकेगी, अपनी माँ की देखभाल कर सकेगी, माँ को थोड़ा सुकून दे पाएगी—माया इसी उम्मीद में रह रही है।

1. विशेष प्रकार के कंगन, जिन्हें बंगाली सधवा महिलाएँ पहनती हैं।

कुछ महीनों के अन्तराल से माया सुरंजन को शर्ट और किरणमयी को साड़ी ख़रीद देती है। बहन से एक नई शर्ट पाकर वह ख़ुश हो जाता है, लेकिन बहन को वह ख़ुद क्या दे पाता है? कुछ भी तो नहीं! माया रोती है, दोषारोपण करती है, चीख़ती है, ग़ुस्से से फट पड़ती है, लेकिन सुरंजन जानता है कि भीतर-ही-भीतर वह उसे बेहद चाहती है। जो प्यार करता है, उसे जितना पता होता है, उससे ज़्यादा पता उसे होता है, जिससे वह प्यार करता है।

किरणमयी बीच-बीच में जब अपने देश की याद में आँसू बहाती हैं तो माया को वह सहन नहीं होता—उस देश के बारे में एक भी शब्द कहने की ज़रूरत नहीं है। उस देश ने ही हम लोगों का सर्वनाश किया है। उस देश ने ही मेरी ज़िन्दगी के सपनों, सम्भावनाओं का नाश कर दिया है। —इसलिए किरणमयी को सुरंजन के साथ देश की बातें करके सुकून मिलता है, बेटा चुपचाप सुनता रहता है। बाज़ार से वे अपने देश की कुछ-कुछ चीज़ें ख़रीदकर लातीं और पकाकर सुरंजन को खिलातीं।

बेलघरिया उनके देश के लोगों से भरा हुआ था। पार्क सर्कस आकर अभी तक किरणमयी को अपने देश का कोई भी व्यक्ति नहीं मिला। सभी इस देश के थे, घोटी[1]। 'श' को 'स' और 'स' को 'श' बोलनेवाले। उत्तरी कोलकाता के कुछ लड़के सुरंजन के पास आते हैं। उनकी भी ठीक वही दशा है। बश में नहीं चढ़ सकते, ससांक का सासन चल रहा है।

किरणमयी अपने देश की सुखद यादों को लेकर माया से थोड़ी बातें करना चाहती हैं। जब उस दिन सब लोग एक साथ सुधामय के दोस्त के घर पर्वतीय चिटगाँव गए थे, रांगामाटी का एक चक्कर लगा आए, माया तो लौटना ही नहीं चाहती थी। सब लोगों का नाव से सुन्दरवन चले जाना, वे सब हँसी-ख़ुशी के दिन, बारिश होते ही घर में खिचड़ी और हिल्सा मछली खाने की धूम, बारिश में भीगते-भीगते मोहल्ले भर में खेलती रहनेवाली माया के दिन। ये ही दिन तो याद करने और सुख पाने के दिन हैं। इनके अलावा क्या और भी कोई दिन हैं, जिन्हें लेकर सब गोल घेरा बनाकर बैठेंगे और बातें करेंगे, ताकि मन अच्छा हो सके? जितना हो सके, किरणमयी तकलीफ़ भरे दिनों को अपनी स्मृति से हटाकर रखने की कोशिश करतीं।

माया ठीक इसके विपरीत थी। माया बांग्लादेश की किसी भी स्मृति को याद कर ही नहीं पाती। उसका अपहरण, एक झुंड मुसलमानों द्वारा उसे फाड़कर, काटकर उसके साथ दुष्कर्म करना, भाषा में जिसका वर्णन नहीं किया जा सकता।

कोलकाता की बारिश को किरणमयी खिड़की पर बैठी उदास आँखों से देखती रहतीं, उनकी उसमें भीगने की इच्छा नहीं होती। पद्मा नदी की हिल्सा ख़रीदकर लाने के लिए अब सुधामय नहीं थे। हिल्सा-जैसी महँगी मछली को हाथ लगाने की

1. पश्चिम बंगाल के मूल निवासियों को 'घोटी' भी कहा जाता है।

क़ूवत नहीं थी। क़ीमत कम होने पर किरणमयी छोटे आकार की हिल्सा ख़रीद भी लातीं, माया को बुलाकर खिलातीं। माया उस हिल्सा को इस तरह खाती मानो शुक्तो[1] खा रही हो! हिल्सा के साथ जुड़ा हुआ है पद्मा का नाम, पद्मा के साथ बांग्लादेश का नाम। माया को इतना सब सहन नहीं होता।

माया के आग्रह पर वे भी खाती तो हैं, लेकिन खाकर उन्हें कोई सुख नहीं मिलता। फिर भी हिल्सा उन्हें नसीब हो पा रही है, यही सुख देखकर अपने आँसू पोंछ लेती हैं किरणमयी। सुधामय होते तो आज परिवार की यह दशा नहीं होती। बच्चों के चेहरों पर अगर कभी थोड़ी-सी हँसी खिल उठती तो किरणमयी सुधामय को याद कर आँसू बहाने लगतीं। सुधामय को गए हुए बहुत साल हो गए, फिर भी किरणमयी की आँखों में उनके लिए कुछ आँसू जमा रह ही गए हैं।

इतने अभाव आते हैं, वे हालात सँभाल ही लेती हैं। लड़ने की ज़रूरत होती है तो लड़ती हैं। अकेलापन सहती हैं। अनिश्चितता उनसे जोंक की तरह चिपकी रहती है। इन सबमें किरणमयी ज़रा भी नहीं रोतीं।

लेकिन सुरंजन जिस दिन उन्हें बाँहों में जकड़कर कहता—माँ, देखना तुम्हें मैं गंगा के किनारे एक मकान बनवा दूँगा, तुम्हें लेकर पूर्णिमा को गंगा के सीने पर नाव में घूमूँगा। —या फिर माया जिस दिन साड़ी लाकर पहनाती और कहती—माँ, कितनी सुन्दर लग रही हैं, कितनी सुन्दर है मेरी माँ! —तब सुधामय को याद करके किरणमयी की आँखें भीग जातीं : सुख का यह समय वे नहीं देख पाए।

बीच-बीच में जब बहुत ख़ालीपन लगता तो किरणमयी सुरंजन को अपने पास बुलाकर बिठा लेतीं और उसके बालों को उँगलियों से सहलाते हुए कहतीं—चल, हम अपने देश लौट जाएँ। —यह सुनकर सुरंजन कुछ नहीं कहता। वह ख़ामोशी से उठ जाता। पीछे महीन स्वर में किरणमयी रोती रहतीं।

पार्क सर्कस में आने के बाद से ही बीच-बीच में किरणमयी कहती रहीं कि हम लोग जहाँ थे, चल वहीं लौट चलते हैं, यहाँ तो मकान का किराया भी ज़्यादा है। सुरंजन राज़ी नहीं हुआ। वह कहता—वहाँ सारे दोस्त—दुश्मन बन गए हैं। उस मोहल्ले को नहीं छोड़ते तो मुश्किल हो जाती। सुरंजन झूठ बोलनेवाला लड़का नहीं था। इसी बिना पर किरणमयी ने बेटे की बात पर विश्वास कर लिया था।

—क्यों, दुश्मन क्यों बन गए हैं? तूने उन्हें दुश्मन क्यों बना लिया? इस मोहल्ले में भी अगर तू इस तरह दुश्मन बनाता रहेगा, तो क्या मैं तेरी वजह से एक मोहल्ले से दूसरे मोहल्ले इस तरह दौड़ लगाती रहूँगी?

सुरंजन के साथ वे जितनी सहजता से मन की बातें कर पाती हैं, माया के साथ नहीं कर पातीं। उन्होंने डरते-डरते ही माया से कहा था—तसलीमा को तुझसे मिलने की बड़ी इच्छा है!

1. मिश्रित सब्ज़ियों का एक व्यंजन, जो स्वाद में हलका कड़वा होता है।

—कौन तसलीमा? कौन है तसलीमा? —माया ने आँखें सिकोड़कर किरणमयी की ओर देखा।

—तसलीमा नसरीन।

—क्या चाहती है वह? वह राक्षसी क्या चाहती है? मुझे और भी नुक़सान पहुँचाना चाहती है? इतना काफ़ी नहीं था? काफ़ी नहीं था इतना? उस डायन के बारे में तुम्हें कैसे पता? तुम्हें कैसे पता कि वह डायन मुझसे मिलना चाहती है?

किरणमयी ने मुँह नहीं खोला। माया कमर में पल्लू खोंसकर सुरंजन के सामने जा खड़ी हुई—उस तसलीमा राक्षसी के साथ तुममें से किसी की बात हुई है? उससे मिले हो तुम लोग?

सुरंजन किताब के पन्ने पलट रहा था। उसी तरह पलटते-पलटते ही बोला—हाँ, मुलाक़ात हुई है।

—कहाँ?

—मैं उनके घर गया था।

—और माँ? माँ के साथ कैसे मुलाक़ात हुई?

सुरंजन इस बार धमकाते हुए बोला—तुझे यह सब जानने की क्या ज़रूरत है? तू उनसे मत मिल, बस, बात ख़त्म हो गई।

—नहीं, ख़त्म नहीं हुई। मैं नहीं चाहती कि तुम लोग उससे फिर कभी भी, किसी भी तरह का सम्पर्क रखो। और अगर रखते हो...

माया फफककर रो पड़ी।

—अगर सम्पर्क रखते हो...तो फिर समझूँगी कि बांग्लादेश में मुझ पर जो गुज़री है, मेरा यह जो जीवन नष्ट हो गया, सब...सब कुछ को तुम लोगों ने स्वीकार कर लिया है। तसलीमा को स्वीकार लेने का मतलब मेरी दुर्दशा, मेरा ह्यूमिलिएशन, कई-कई दिनों तक किए गए रेप, एक ड्रंक मंकी, एक रास्कल इडियट के साथ मेरी शादी, मेरी मौत को स्वीकार करने जैसा होगा। इसके सिवा कुछ नहीं।

मुँह में आँचल को दबाए माया तूफ़ान के वेग से घर से निकल गई। पीछे स्तब्ध होकर खड़े रह गए किरणमयी और सुरंजन।

सुरंजन पुरुष था। अपनी मर्ज़ी से चलता था। अपनी मर्ज़ी का करने का उसके पास अवसर था। आज नौकरी शुरू की, कल छोड़ दी। आज कुछ करने की इच्छा नहीं हो रही, तो नहीं करेगा। उसकी सुरक्षा के लिए माँ हैं। साड़ी-कपड़े

बेचकर वे घर चला सकती हैं। माँ उसकी देखभाल करती हैं। उसे अपनी पैंट-शर्ट धुली मिलती है। तकिया-बिस्तर साफ़-सुथरा मिलता है। भूख लगने पर खाना मिल जाता है। उसे भला क्या असुविधा है!

किरणमयी भी एक तरह से ठीक ही हैं। पति नहीं हैं। पैसा भी पहले से कम है लेकिन उनका बेटा, उनके मन की दौलत तो पास में है। बहू नहीं है। बेटे का ध्यान किरणमयी को बहू के साथ बाँटना नहीं पड़ता। जब सुदेशना थी तो सुरंजन सुदेशना को लेकर ही व्यस्त रहता था। माँ के पास थोड़ी देर बैठने, माँ को क्या अच्छा लगता है क्या नहीं लगता, यह जानने तक का समय नहीं था उसके पास। वह पत्नी के साथ कॉलेज के लिए निकल जाता था, शाम को वे साथ लौटते थे। फिर शाम को ही वे बाहर निकल जाते। किरणमयी को बहुत अकेलापन लगता था। बेटे की शादी नहीं टिक सकी, कोई बात नहीं, बाल-बच्चे होते तो घर ख़ुशियों से भरा रहता, लेकिन अब वैसा नहीं हुआ तो इसमें क्या बुरा है! सुरंजन अब पूरी तरह से उनका है। उनकी सोचकर सुरंजन घर लौट आता है। घर आते ही वह 'माँ-माँ' कहकर आवाज़ लगाता है। किरणमयी का मन लबालब भर जाता। बेटे ने कभी भी उन्हें चुभती बात नहीं कही। बीमारी में वह दौड़कर डॉक्टर को बुला लाता है। बुख़ार हो तो रात भर पास में बैठा रहता है। किरणमयी बीमार पड़तीं तो भी उन्हें आनन्द आता था। वे बेटे को अपने और ज़्यादा पास पाती थीं। इस उम्र में कितनों के भाग्य में बेटे को अपने निकट देख पाना नसीब होता है! आजकल तो बेटे शादी करके अलग ही रहते हैं, विदेश चले जाते हैं या फिर बहुएँ उन्हें इस तरह क़ब्ज़े में रखती हैं कि बेटे माँ के पास आने की हिम्मत ही नहीं जुटा पाते। सुरंजन कभी-कभी माँ के लिए आम, सेब, केले, सन्तरे वग़ैरह ख़रीद लाता। माँ, ज़रा यह खाओ तो! तबीयत ठीक रहेगी। किरणमयी को इसी में सुकून मिल जाता कि बेटा यह लाया, बेटे ने उनसे खाने का आग्रह किया। सारे फल काट-काटकर वे बेटे को ही खिला देतीं। ट्यूशन से जो थोड़े-बहुत पैसे मिलते, उनमें से थोड़े ख़ुद रखकर सुरंजन बाक़ी पैसे किरणमयी के हाथों में दे देता ताकि वे घर चला सकें। पैसे बहुत ज़्यादा नहीं होते, लेकिन किरणमयी को बहुत सुकून मिलता। वे कामना करतीं कि काश, बेटे का प्यार पाते-पाते ही उनका अन्त समय आ जाए!

सुरंजन या किरणमयी को लेकर नहीं, मेरी चिन्ता माया को लेकर है। लड़कियाँ ही तो ठीक से नहीं रह पातीं। यह समाज लड़कियों को ठीक से नहीं रहने देता। निश्चित रूप से माया भी ठीक नहीं है। माया के लिए मेरा अन्तर लहूलुहान होता रहता है। एक दिन मैंने सुरंजन और किरणमयी दोनों से ही फ़ोन पर बात की। मैंने पूछा कि माया कैसी है, मैं माया से मिलना चाहती हूँ। माया अगर सुरंजन के घर आ जाए, तो मैं वहीं आकर मुलाक़ात कर लूँगी, या फिर वह मेरे घर चली आए। और अगर यह भी सम्भव नहीं तो मैं उससे उसकी ससुराल में मिल लूँगी।

किरणमयी ने मेरी इच्छा के जवाब में भले ही कुछ न कहा हो लेकिन सुरंजन बोला कि वह मुझे बाद में फ़ोन लगाएगा और माया के विषय में मुझसे बात करेगा। मैं दिन भर इन्तज़ार करती रही, सुरंजन का फ़ोन नहीं आया। अगले दिन भी वही स्थिति रही। कमाल है, किस चीज़ में इतना व्यस्त है, मैं कुछ भी अन्दाज़ नहीं लगा पाई। फिर मैंने एक एस.एम.एस. किया कि तुम तो बतानेवाले थे। इसका भी कोई जवाब नहीं आया।

नहीं, पुरुषों पर भरोसा नहीं किया जा सकता। किरणमयी के पास तो फ़ोन है नहीं, होता तो उन्हीं से बात कर लेती। सुरंजन को किरणमयी ने ही फ़ोन ख़रीदकर दिया था, उन्हें अपने लिए एक फ़ोन की ज़रूरत महसूस नहीं हुई। माया के लिए दया या कि माया के पूरे परिवार के लिए दयावश मैंने गड़ियाहाट के ट्रेज़र आइलैंड से किरणमयी के लिए दो और माया के लिए चार साड़ियाँ तथा सुरंजन के लिए एक कुर्ता—सब मिलाकर सात हज़ार रुपये के उपहार ख़रीदे। फिर मैं गाड़ी पर सवार हुई और तरुण से कहा कि पार्क सर्कस वाले उसी घर में जाना है। वहाँ पहुँचकर मैं सीधे सुरंजन के घर जा पहुँची। सुरंजन घर पर नहीं था, किरणमयी थीं। सोचा था, उन्हें सारे उपहार देकर लौट आऊँगी, लेकिन किरणमयी ने मेरा हाथ पकड़कर रोक लिया। कुछ-न-कुछ तो खाना ही पड़ेगा। मैं कब उनके घर में खाना खाने आऊँगी, इसे लेकर वे मनुहार करने लगीं। उस समय किरणमयी खाना खाकर उठी ही थीं, नहीं तो मैं उनके साथ खाना खा सकती थी। हालाँकि वे सारी चीज़ें शायद मैं खा ही नहीं पाती। उनकी बड़ी इच्छा थी कि मेरे लिए एक दिन वे बढ़िया मछली वग़ैरह बनाएँगी।

मैंने जब माया के बारे में पूछा तो किरणमयी रो पड़ीं। वे रोती-रोती बोलीं कि उसकी बात मत पूछो माँ, उसका दिमाग़ ठीक नहीं है। उसका दिमाग़ ख़राब हो गया है। अब उससे क्या मिलोगी? उसे देखकर तुम्हें अच्छा नहीं लगेगा।

मैंने लम्बी साँस छोड़ते हुए कहा—आप लोगों की यह दशा देखकर मुझे क्या अच्छा लग रहा है? मेरा मन कह रहा है कि माया ठीक नहीं है, मैं तभी तो माया को देखना चाहती हूँ।

किरणमयी बोलती रहीं—मैं उसे समझाऊँगी। कहूँगी कि वह तुमसे एक बार ज़रूर मिल ले। उसकी कोई सहेली वग़ैरह भी नहीं है। वह कोई स्वाभाविक जीवन नहीं जी रही है। बांग्लादेश के लड़कों ने उस पर जिस तरह से अत्याचार किए थे, उसके तो ज़िन्दा रहने की बात ही नहीं थी। पता नहीं, ये सारी चीज़ें उसके दिमाग़ से कैसे निकल पाएँगी! आज भी वे सारी बातें उसके लिए दु:स्वप्न की तरह हैं। उसने ज़बर्दस्ती कामना की थी कि वह एक नॉर्मल लाइफ़ जिएगी। कामना करने से ही हर चीज़ मिल पाती है क्या! हाँ, लेकिन, बुरे में अच्छा यह है कि वह अब भी नौकरी कर पा रही है। मुझे डर लगता है, कभी यह नौकरी छूट गई तो? सुना

है कि वह दफ़्तर में भी चीख़ती-चिल्लाती है। बांग्लादेश का प्रसंग आते ही वह ऐसा करती है। उस देश का कोई दिख जाए तो वह उस व्यक्ति पर विश्वास नहीं करती। वह उस समूचे देश से नाराज़ है। मैंने उसे बहुत समझाया, उससे कहा कि कुछ अच्छे लोग भी तो थे उस देश में। माया किसी भी हालत में इसे मानने को तैयार नहीं।

मैं चुपचाप सुनती रही। माया के ग़ुस्से की वजह को समझने की कोशिश करती रही। माया के लिए मेरे मन में पहले से कहीं ज़्यादा करुणा उपजने लगी।

—मासीमाँ, मैं इन सबके बावजूद उससे मिलना चाहती हूँ।

मेरे स्वर में आवेग था। लेकिन मैं समझ गई कि मेरा आवेग और माया का आवेग दोनों भिन्न प्रकार के थे। किरणमयी कह नहीं रही थीं, लेकिन मुझे अच्छे से समझ में आ रहा था कि माया मुझसे भयंकर नाराज़ है। 'लज्जा' में मैंने उसे अगवा करके ले जानेवाली बात लिखी थी, सम्भवतः इसलिए। मुझे तो यह जानकारी थी कि उन लोगों ने माया की हत्या कर दी है। लेकिन माया आख़िरकार ज़िन्दा है। ज़िन्दा है शायद इसीलिए उसे मरने की तकलीफ़ झेलनी पड़ी। अगर उसकी मौत हो जाती तो वह सचमुच बच जाती। लड़कियों को तो मरे बिना मुक्ति नहीं मिलती। माया के लिए मेरी आँखें आँसुओं से भीग उठीं।

चाय रखी रही। किरणमयी बैठी रहीं। मैं तेज़ी से बाहर निकल गई। मैंने तय किया, जो लोग मुझे समझने में ग़लती करके मेरी सूरत नहीं देखना चाहते, उनके दरवाज़ों पर बार-बार दस्तक देने की मुझे ज़रूरत नहीं है। मैं तो अपने ढंग से ही रहूँगी। अपने जीवन को लेकर मेरी भी तमाम दुश्चिन्ताएँ हैं। मैं कोलकाता में रहने आई हूँ, यहाँ मैंने एक भरी-पूरी गृहस्थी जमा ली है। मुझे अभी तक नहीं मालूम कि मेरा यहाँ रहना सम्भव हो पाएगा या नहीं। मुझे किसी भी समय बोरिया-बिस्तर समेटकर जाना पड़ सकता है। कहाँ जाऊँगी, उस बारे में कुछ नहीं पता। कोलकाता में रहने के दौरान मेरे बहुत सारे दोस्त बने हैं। लेकिन उनमें से ज़्यादातर ही सच्चे दोस्त नहीं हैं। मैं यह समझती हूँ। मुझे इसका एहसास होता है।

मैं अपने कामों में व्यस्त रही। सुरंजन पर कुछ नाराज़गी थी। उसने फ़ोन करने को कहकर भी नहीं किया था। उसने एस.एम.एस. का जवाब भी नहीं दिया था। मैंने इतना अच्छा कुर्ता उसे तोहफ़े में दिया, उसने धन्यवाद तक नहीं कहा और अब पन्द्रह दिन बीत जाने के बाद फ़ोन करके कह रहा है कि उसे मुझसे मिलना है। आह, घर की खेती है! सोचा था, कह दूँगी कि मैं व्यस्त हूँ, मुलाक़ात नहीं हो सकती। बाद में फ़ोन करना। लेकिन नहीं, मैं ऐसा कह नहीं पाई। दरअसल बात यह है कि मैं बनावटीपन बर्दाश्त नहीं कर पाती। मेरी जो इच्छा होती है, वही करती हूँ। जितने दिनों तक नाराज़गी रहती है, उतने दिनों तक आवेग की रास खींचकर रखती हूँ। लेकिन मेरी नाराज़गी भी कितने दिन टिक पाती है भला!

सुरंजन ने जो आने की इच्छा प्रकट की थी, मुझे लगा कि चार साड़ी और कुर्ते का जो पैकेट मैं उन्हें दे आई थी, शायद वह लौटाने आएगा। उसे वापस लेने के लिए मैं तैयार भी हो चुकी थी। मैंने सोच लिया था कि उन्हें अपने दोस्तों में बाँट दूँगी। इसके अलावा और किया भी क्या जा सकता था!

लेकिन जब सुरंजन आया तो उसके हाथ में पैकेट नहीं था। उसके हाथ में टिफ़िन कैरियर था। क्या है उसमें? खाने की चीज़ें। किरणमयी ने आज ही अपने हाथों से तमाम चीज़ें बनाकर भेजी थीं।

अब यह सब क्या भेजा है? खाने की चीज़ें भेजने की क्या ज़रूरत थी? मेरा फ़्रिज खाने की चीज़ों से ठसाठस भरा हुआ है। मैं उन्हें खाकर ख़त्म नहीं कर पाती, चीज़ें फेंकनी पड़ती हैं। इस पर खाने की और चीज़ें? उफ़! यह सब बड़बड़ाती हुई मैंने रसोईघर में ले जाकर टिफ़िन कैरियर खोला और मिनती से कहा—यह सब ख़ाली करके डिब्बे धोकर वापस दे दो। —यह कहकर मैं देखने लगी कि उन्होंने क्या पकाया है तो मुझे दिखाई दी पंचफोड़न वाली मसूर की दाल, मछली का सिर डालकर बनी हुई अरबी के तने की सब्ज़ी, मुड़ीघंटो[1], लटे मछली की शुटकी[2], कद्दू के पत्ते में लपेटकर तली हुई मछली। मैं बहुत देर तक टिफ़िन के उन डिब्बों को निहारती रही। आँखें आँसुओं से भर उठीं। आँखें आँसुओं के प्रवाह में बह गईं।

टिफ़िन कैरियर के डिब्बे के ऊपर एक छोटी-सी पर्ची फँसाकर रखी हुई थी। मैंने उसे पढ़ा।

> माँ तसलीमा, मेरा प्यार स्वीकार करना। भेजी हुई चीज़ें ज़रूर खाना। मैंने तुम्हारे लिए अपने हाथों से बनाकर कुछ मामूली-सी चीज़ें भेजी हैं। ये चीज़ें बनाकर यहाँ तुम्हें कौन खिलाएगा भला! तुम्हारे बारे में सोच-सोचकर मैं अकेले में रोती हूँ। तुम सावधान रहना माँ! हौसला रखना।

मैं उस काग़ज़ को पकड़े रही। लिखे हुए पर टप-टप करते आँसू गिरने लगे और वह लिखावट धुँधली होती गई। ठीक उसी वक़्त ड्रॉइंगरूम में मेरा सुरंजन के सामने जाना सम्भव नहीं हो सका। मुझे आँसू पोंछने के लिए वहाँ थोड़ी देर और रुकना पड़ा, और थोड़ी देर गले के स्वर को सुखाने के लिए भी।

सुरंजन अपने साथ जिस लड़की को लाया था, उसे मैंने सुरंजन के यहाँ देखा था, जिस दिन पहली बार मैं उसके घर गई थी। यह वही लड़की तो है। उसने बाल चोटी की शक़्ल में गूँथ रखे थे। हलके पीले रंग का ब्लाउज़ और हलके हरे रंग की साड़ी पहनी थी। उस लड़की के चेहरे पर स्निग्ध हँसी थी। आँखें बड़ी-बड़ी और मिठास से भरपूर चेहरा। बहुत छरहरी नहीं थी, चर्बी जमने की चाह रखनेवाला शरीर था उसका। हालाँकि अभी तक कोई ख़ास जमी नहीं थी। सुरंजन उसकी बग़ल में

---

1. मछली के सिर और चावल से बना एक बंगाली व्यंजन-विशेष।
2. सूखी हुई लटे मछली से बना व्यंजन।

खड़ा था। घुँघराले बाल थे। चौड़ा माथा। गहरी आँखें। नाक उतनी तीखी नहीं थी, लेकिन चेहरे पर बहुत फबती थी। सबसे सुन्दर थे उसके होंठ और ठोड़ी। मानो किरणमयी के होंठ और ठोड़ी उस पर लगा दिये हों। और गाल पर वही तिल। उस अकेले तिल ने ही उस चेहरे को मानो पूरी तरह बदल दिया था। सुरंजन आज वह कुर्ता पहन सकता था, लेकिन उसने नहीं पहना। उसने सफ़ेद कमीज़ और काली पतलून पहनी थी। मैंने ग़ौर किया कि सफ़ेद कमीज़ पहनने पर लड़के बेहद ख़ूबसूरत दिखते हैं। डॉ. सुब्रत मालाकार जब अपनी तमाम रंगीन कमीज़ों को छोड़कर सफ़ेद कमीज़ पहनते हैं तो वे सबसे ज़्यादा ख़ूबसूरत दिखते हैं। मालाकार मेरे ल्यूकोडर्मा के डॉक्टर हैं। कुछ दिनों पहले मुझे अपने हाथ पर सफ़ेद दाग़ दिखाई दिये थे। हाथ के पिछले हिस्से में वे दाग़ अब भी मौजूद हैं। वे बढ़े नहीं हैं। मालाकार इलाज कर रहे हैं, हालाँकि ठीक होने के कोई लक्षण दिखाई नहीं दे रहे, लेकिन डॉक्टर के साथ इस थोड़े-से समय में ही मेरी गहरी मित्रता हो गई है। अच्छे लोगों के साथ बहुत जल्दी मित्रता हो जाती है। हालाँकि बुरे लोगों के साथ भी हो जाती है। लोग अच्छे हैं या बुरे इसे समझ पाने में मुझे बहुत साल लग जाते हैं।

—जुलेखा के साथ तो आपका परिचय हो चुका है न? —सुरंजन ने पूछा।

मैंने कहा—हाँ, हो चुका है। —बैठिए। —मैंने जुलेखा से कहा।

—उसे 'तुम' कहिए। वह आपसे बहुत छोटी है।

—उम्र में छोटे होने की वजह से मैं किसी को 'तुम' नहीं कह पाती सुरंजन। अचानक किसी अपरिचित को मैं 'तुम' नहीं पुकार सकती। बहुत अजीब लगता है, और इसके अलावा...

मेरे स्वर में रूखापन था।

—कुर्ता पसन्द आया? —मैंने सुरंजन से पूछा।

—हाँ। —छोटा-सा जवाब आया।

—लेकिन तुमने तो पहना नहीं?

—इतने महँगे कुर्ते पहनने की मुझे आदत नहीं है। सोचता हूँ कि उसके बदले किन्नरी से कुछ सस्ते कुर्ते ले लूँ।

—क्यों? मैंने जो दिया, उसे रखा रहने दो। कभी-कभी पहना करो।

—तो फिर शादी के दिन पहनूँगा।

ऐसा कहकर सुरंजन जुलेखा की ओर देखकर हँसा।

जुलेखा भी होंठ दबाकर मुसकरा दी।

सुरंजन के इस व्यवहार का निहितार्थ क्या होगा, मुझे नहीं पता। क्या वह यह कहना चाहता है कि वह जुलेखा से प्यार करता है, उससे शादी करनेवाला है? मुझे अपनी आँखों पर विश्वास नहीं होता। सुरंजन अपने जीवन में और कुछ भी करे लेकिन किसी मुसलमान लड़की से वह प्रेम नहीं करेगा। किसी मुसलमान से वह शादी नहीं

करेगा, इससे कठोर सच और कुछ भी नहीं था, तो फिर अकस्मात् सब कुछ क्यों बदल गया? मैं ठीक से नहीं समझ पाई कि मुझे क्या कहना चाहिए। सुरंजन जुलेखा को क्या किसी जाल में फँसा रहा है या कि सचमुच यह कोई प्रेम-सम्बन्ध है? इन सबके बारे में सोचती हूँ तो मेरा दिमाग़ चकराने लगता है। मैं चाय बनाने चली गई।

चाय बनाने के लिए मिनती से कहा जा सकता था। लेकिन मैं ख़ुद क्यों बनाने चली गई? उनके सामने बैठना मुझे अच्छा नहीं लग रहा था, इसलिए। अच्छा क्यों नहीं लग रहा था? वे अगर एक-दूसरे से प्यार करते हैं, फिर तो मुझे ही सबसे ज़्यादा ख़ुश होना चाहिए था। इसका मतलब यह हुआ कि सुरंजन अब कट्टरपन्थी नहीं रहा, अब वह उदार है। वह जिससे प्यार करता है, उसका धर्म नहीं देखता।

मैं बहुत देर तक चाय बनाती रही। अचानक सुरंजन रसोई के दरवाज़े पर आ खड़ा हुआ।

—आपको हुआ क्या है? —सीधा सवाल था।

—क्यों, कुछ भी तो नहीं हुआ!

—आप तो यहाँ चली आईं!

—चाय बना रही हूँ।

—चाय बनाने की ज़रूरत नहीं है। आइए, आपसे थोड़ी देर बातचीत करके हम चले जाएँगे।

—चाय पीकर जाना।

सुरंजन ने बहुत गहरी निगाहों से मेरी ओर देखा, मानो वह मेरी अन्तरात्मा को भेद देगा। मानो वह मेरी हर तरह की सोच को ख़त्म कर देगा। वह मेरे हर विचार को देख लेना चाहता था।

—इसके साथ तुम्हारा क्या रिश्ता है?

—किसके साथ?

—यह लड़की, जिसे तुम साथ लाए हो।

—ओ, जुलेखा के साथ? मैं क्या बताऊँ!

—बता दो!

—दोस्ती है।

—सिर्फ़ दोस्ती?

—असल में दोस्ती से भी बढ़कर।

—प्यार?

—हाँ, प्यार। ऐसा कह सकते हैं।

—ओ!

—क्यों, आप कहानी लिखेंगी?

—नहीं-नहीं।

—आप तो जो देखती हैं, जो सुनती हैं, उसे लिख डालने की आदत है आपको।

—क्यों, तुम लोगों के बारे में लिखकर क्या मैंने ग़लती की है?

—हमें इससे क्या फ़ायदा हुआ?

—लिखना क्या फ़ायदे के लिए किया जाता है? मैंने तो जानकारियाँ दी हैं, क्या यह काफ़ी नहीं?

—अगर कोई फ़ायदा न हो, अगर कोई फ़र्क़ ही न पड़े तो फिर जानकारी देने की क्या ज़रूरत है?

—मुझे तुम्हारी बात समझ में नहीं आ रही है।

—मान लीजिए, मेरा पैर टूट गया है और आपने उसके बारे में विस्तार से लिखकर लोगों को सूचित कर दिया है। लोग जानकारी लेकर चले गए। मैं अपना टूटा पैर लिये जिस हालत में था, उसी हालत में पड़ा रह गया। इसीलिए कह रहा हूँ, सूचित करके क्या फ़ायदा! अगर मेरे टूटे हुए पैर का कोई उपचार ही न हो, फिर तो सूचना देकर कोई फ़ायदा नहीं।

—कोई नुक़सान भी तो नहीं है! —मेरे दबे स्वर में ग़ुस्सा उभर आया।

उतनी ही नाराज़गी भरे स्वर में सुरंजन बोला—हाँ, नुक़सान है।

—क्या नुक़सान है?

—मुझे कोई भी खेल में शामिल नहीं करेगा। मुझे कोई गिनेगा तक नहीं। लोग सोचेंगे कि मैं अपाहिज हूँ। मैं आउटकास्ट हूँ। मेरे पैर के ठीक हो जाने के बावजूद मैं मज़बूत और क़ाबिल नहीं माना जाऊँगा।

मैंने उसे टोकते हुए कहा—यह तो कोई बात नहीं हुई...

मुझे बीच में रोकते हुए सुरंजन बोला—हाँ, यह बात है।

सुरंजन की आँखों में आँखें डालते हुए मैंने कहा—इस मुद्दे पर मैं तुम्हारे साथ बाद में बात करूँगी...

मैं चाय लेकर ड्रॉइंगरूम में चली आई। जुलेखा अधमुँदी आँखों से मुझे देखती रही। आप कहाँ रहती हैं, कहाँ तक पढ़ी हैं, क्या करती हैं, पुश्तैनी घर कहाँ है, भाई-बहन कितने हैं—मैंने यह सब पूछा, लेकिन मैंने असली बात नहीं पूछी, जो बात मेरे मन को अपने जबड़े में दबाए बैठी हुई थी—क्या आप सुरंजन से प्यार करती हैं?

जुलेखा ने धीरे-धीरे जवाब दिये। वह मुझे ग्रामीण इलाक़े की एक साधारण लड़की-जैसी लगी। निरीह लड़कियों-जैसी। इसके संग सुरंजन नहीं फबता। क्यों नहीं फबता, मैं सोचती रही। बाहर से कोई कैसा दिखता है, मैं ऐसी सोच रखनेवाली इनसान नहीं हूँ। मैं तो यह देखती हूँ कि इनसान भीतर से कैसा है! अगर मन नहीं मिलते तो फिर सम्बन्ध के पत्थर को ढोते फिरने का कोई मतलब नहीं!

अब उनका जो भी रिश्ता रहा हो, मैं भला क्यों सिर खपा रही हूँ? सुरंजन मेरे उपन्यास के मुख्य चरित्र के अलावा तो कुछ नहीं है। बहुत सालों बाद अचानक

उससे मुलाक़ात हुई है। सौजन्यवश मैं इतना तो पूछ ही सकती हूँ कि वह कैसा है, क्या कर रहा है। लेकिन मेरे यह भूल जाने से काम नहीं चलेगा कि बांग्लादेश वाले सुरंजन और यहाँ के सुरंजन में आकाश-पाताल का अन्तर है। राजनीतिक पृष्ठभूमि में ही तो सबसे बड़ा अन्तर है। सुरंजन उस समय अल्पसंख्यक था, अब वह बहुसंख्यक है। समूचा समाज बहुसंख्यकों के साथ है। इसलिए उसकी दरिद्रता को लेकर आँसू बहाने की कोई ज़रूरत नहीं। अगर वह चाहेगा तो उसे अपने हालात बदलने के मौक़े मिल ही जाएँगे। जुलेखा के साथ उसके ताल्लुक़ उसका नितान्त निजी मामला है। अगर उसे किसी मुसलमान लड़की के साथ सम्बन्ध रखना अच्छा लगता है तो इसमें क्या असुविधा है!

सुरंजन जुलेखा की बग़ल में जा बैठा। वह उससे सटकर ही बैठा था। मैं ठीक से समझ नहीं पाई कि उनका यहाँ आने का उद्देश्य अन्तरंग रूप से समय बिताना था या नहीं! हो सकता है कि दोनों के घर में इस चीज़ को लेकर इस समय कोई समस्या हो रही हो! इसलिए वे घनिष्ठ होने की कोई जगह तलाश रहे हों; या कि वे मेरे साथ बातचीत के लिए ही आए हैं! मुझे नहीं लगा कि करने के लिए कोई ज़रूरी बात उनके पास है।

मैं उठकर स्टडीरूम में चली गई। लिखने के लिए इतना कुछ था लेकिन मैं कुछ भी नहीं कर रही थी। अलमारी में लाइन से सजाकर किताबें रखी हुई हैं, मैं उन्हें कब पढ़ूँगी, कब अपने दिमाग़ में बैठे हुए विचारों को लेखन में उतारूँगी? यही बेहतर होगा कि सुरंजन और जुलेखा अकेले में उस कमरे में बैठकर समय बिताएँ।

डेस्क पर रखे कम्प्यूटर के सामने बैठकर, याहू मैसेंजर में यास्मीन द्वारा भेजे गए मैसेज कि 'क्या कर रही हो, कहाँ हो' के जवाब में मैंने लिखा कि सुरंजन आया है, बातचीत कर रही हूँ।

—हू इज़ सुरंजन?

—'लज्जा' का सुरंजन।

'ऐसा है क्या? —लिखकर यास्मीन ने पच्चीस विस्मयबोधक चिह्न लगा दिये।
—वाओ! वे लोग कैसे हैं?

—बहुत अच्छे हैं। अच्छा, तू बता तो, सुरंजन मेरे शान्तिबाग़ वाले घर कितनी बार आया था?

—तुमने बताया था, दो बार।

—क्यों, तूने उसे नहीं देखा था क्या?

—नहीं, मैं भला कैसे देखती?

—दिसम्बर में तो तू शान्तिबाग़ में ही रहती थी न?

—ना-ना-ना दीदी, तुम क्यों इतना भूल जाती हो? 6 दिसम्बर को भालोबासा का जन्म हुआ था। मैं तो उस समय मैमनसिंह में थी।

—अरे हाँ, सही बात है!

इतनी ही बात हुई थी कि मिनती ने आकर कहा—वे लोग जा रहे हैं।

मैं लिखना छोड़कर तुरन्त उनके पास चली गई—क्यों, क्या हुआ? अभी इसी वक़्त क्यों जा रहे हो?

—जाना पड़ेगा।

—और नहीं बैठोगे?

सुरंजन बोला—नहीं।

—क्या हो गया, नाराज़ हो गए?

—नहीं-नहीं।

—इतना नहीं-नहीं क्यों? —सुरंजन का हाथ पकड़कर मैंने उसे सोफ़े पर बिठा दिया।

जुलेखा ने महीन आवाज़ में कहा—हमें जाना होगा।

जुलेखा की यह बात सुन सुरंजन उठ खड़ा हुआ। मैं समझ गई कि उसकी इच्छा न होने के बावजूद यह जुलेखा का निर्णय था कि उन्हें इसी समय जाना है।

—आपके बारे में तो मैं कुछ भी नहीं जान सकी जुलेखा।

जुलेखा ने मुसकराते हुए कहा—मैं कोई नामचीन हस्ती तो हूँ नहीं, मेरी कहानी लिखकर क्या फ़ायदा!

—किसने कहा कि मैं आपकी कहानी लिखना चाहती हूँ?

जुलेखा ने हँसते हुए कहा—मैं ही कह रही हूँ।

कहानी लिखकर फ़ायदे की बात उठी तो मैंने कहा—आप किसके फ़ायदे की बात कर रही हैं?

जुलेखा ने कोई जवाब नहीं दिया।

मैंने कहा—आपको क्या ऐसा लगता है कि मैं मशहूर लोगों को लेकर कहानी लिखती हूँ?

जुलेखा बोली—आप तो लिखकर मशहूर होती हैं और जिन्हें लेकर आप लिखती हैं, वे भी तो रातोंरात मशहूर हो जाते हैं। —उसके दबे होंठों पर मुसकराहट थी।

—मैं नहीं मानती। सुरंजन तो मशहूर नहीं हुआ। —मेरे स्वर में निरीहता थी।

जुलेखा रहस्यमय ढंग से मुसकराई।

—मैं व्यक्तित्व की सरलता का अनुवाद कर सकती हूँ, जटिलता का नहीं।

सुरंजन ने खड़े होकर जुलेखा का हाथ पकड़ लिया। उसके गरम हाथ में एक और गरम हाथ था। मेरी नज़रें उन दो हाथों पर से हटने को तैयार नहीं थीं। वे दो हाथ दो प्रमुख चरित्र बनकर मेरे सामने खड़े रहे। मेरी इच्छा हुई कि मैं घुटनों के बल बैठ जाऊँ और उनकी गति-प्रकृति को अपलक देखती रहूँ।

उनके जाने के बाद मैं बिस्तर पर लेट गई और एक तकिया मुँह पर रखकर आँखें मूँदे पड़ी रही। मुझे लगा कि उनके साथ थोड़ा और समय बिताना चाहिए था। सुरंजन

के लिए मैं एक बहुत बड़ी शख़्सियत थी, इसीलिए वह अपनी प्रेमिका को मेरे पास लेकर आया था। लेकिन मैं इतनी अधिक अनुत्साहित थी कि वे लोग चले जाने के लिए बाध्य हो गए। सुरंजन ने क्या यह सोच लिया कि मैं उसे ज़रा भी महत्त्व नहीं दे रही हूँ? लेकिन अगर वह अकेले आता तो समझ जाता कि मैं उसे कितना महत्त्व देती हूँ। सुरंजन के साथ, पता नहीं क्यों, जुलेखा को देखना मुझे ज़रा भी नहीं सुहाता।

बेनेपुकुर लेन में जुलेखा को उसके मामा के घर पहुँचाकर सुरंजन जाननगर रोड पर अपने घर जाकर बिना कुछ खाए-पिए लेट गया।

किरणमयी बोलीं—ज़रूर तसलीमा के यहाँ कुछ खाकर आया है?

सुरंजन ने कोई जवाब नहीं दिया।

आज जुलेखा ने कहा था—स्ट्रेंज!

—स्ट्रेंज क्यों? —सुरंजन ने पूछा।

—कैसी अजीब हैं वे! उनकी रचनाओं को पढ़कर तो ऐसा नहीं लगता। —जुलेखा होंठ बिचकाते हुए धीरे-धीरे बोली।

—तुम्हें क्या लगता है?

—नहीं, वे ऐसी नहीं हैं। वे एकदम साधारण हैं, हैं न? उनका व्यवहार भी कैसा है! अचानक घर के भीतर चली गईं। बाहर निकलने का नाम नहीं। मेहमानों को बिठाए रखकर...तुम क्या कहते हो, उन्होंने ठीक किया?

सुरंजन ने सिर हिलाते हुए कहा—हो सकता है, उन्हें कोई काम रहा हो! वे लिखने में व्यस्त रहती हैं। हमें उन्होंने जितना समय दिया, वही काफ़ी है।

—सुनो बाबू, तुम थोड़ा ज़्यादा ही तसलीमा-तसलीमा जपते हो। मुझे यह ज़रा भी अच्छा नहीं लगता।

सुरंजन सोचने लगा कि क्या सचमुच वह तसलीमा का नाम जपता रहता है? नहीं, वह नहीं जपता। वह तसलीमा के लिए कुछ भी नहीं करता। एक लड़की यहाँ इस कोलकाता शहर में कोलकाता से प्यार की वजह से रह रही है। कोलकाता क्या उसके इस प्यार की क़ीमत चुका रहा है? नहीं चुका रहा है। ख़ुद ने भी तो एक बार भी अपने प्यार का इज़हार नहीं किया। माया को देखने की इतनी इच्छा है, जबकि माया उनसे बुरी तरह ख़फ़ा है। कोई क्या कुछ भी कर पा रहा है तसलीमा के लिए? वे तो इनसानों से प्यार करती ही चल रही हैं। जो केवल देते रहते हैं, लोग भूल ही जाते हैं कि वे केवल देते रहनेवाले इनसान नहीं हैं, उन्हें पाना भी अच्छा

लगता है। सुरंजन की इच्छा हुई कि वह तसलीमा को कुछ दे, लेकिन वह तय नहीं कर पाया कि क्या देगा।

सुरंजन भला दे भी क्या सकता है? उसके पास देने के लिए है भी क्या? उसकी ज़िन्दगी अजीब ढंग से बदल गई है। यह ज़िन्दगी उसकी नई ज़िन्दगी है। इस ज़िन्दगी के साथ उसकी पहलीवाली ज़िन्दगी का कोई ताल्लुक़ नहीं है। बांग्लादेश में उसका अलग तरह का जीवन था—सपनों से भरपूर एक जीवन! उस जीवन में शिक्षित, विवेकवान, आदर्शवादी लोग उसके आसपास हुआ करते थे। वर्ग-संघर्ष, वर्ग-शत्रुओं का नाश, प्रोलेटेरिएट का शक्तिसम्पन्न होना, समाजतंत्र—ये सारे शब्द अब सुनने में हास्यास्पद लगते हैं, लेकिन उनकी संज्ञा, तत्त्व और तथ्यों ने सुरंजन को एक अर्थपूर्ण जीवन प्रदान किया था। इन सबके बीच रहते हुए उसे लगता था कि जीवन बहुत ज़रूरी चीज़ है। बहुत क़ीमती। लेकिन इस देश में आने के बाद से उसका चाल-चलन किसी और स्तर पर पहुँच गया। यहाँ का यथार्थ कठोर है। यहाँ कुत्सित दरिद्रता है। जीवन कठिन है। यहाँ सुरंजन को कोई नहीं पहचानता। वह यहाँ किसी भी तरफ़ जा सकता है। वह कुछ भी कर सकता है। वह सोनागाछी में कई-कई रातें बिता सकता है। खलासीटोला में दारू पीकर पड़ा रह सकता है। उसे यहाँ न तो कोई उठानेवाला है और न ही कोई धिक्कारनेवाला।

इस जीवन को लेकर सुरंजन में तिल के बराबर भी आवेग नहीं है। सुदेशना से शादी करना, कॉलेज में पढ़ाना, उस समय तक भी नये सिरे से सपने देखने की इच्छा ख़त्म नहीं हुई थी। उसके बाद तो सब नष्ट हो गया, फिर जैसे का वैसा हो गया! स्वप्नहीनता ने उसे पूरी तरह ग्रस लिया था। वह क्या कर रहा है, क्यों कर रहा है, इन सबका हिसाब रखना उसने छोड़ दिया था।

वह राजनीति का व्यक्ति था लेकिन राजनीति से ही उसका मन पूरी तरह उचट गया था। मुस्लिम साम्प्रदायिक दलों और हिन्दू साम्प्रदायिक दलों में अब उसे कोई फ़र्क़ दिखाई नहीं देता। कोई भी राजनीतिक दल अब उसमें किसी तरह का उत्साह पैदा नहीं करता। माओवादियों को लेकर भी एक समय वह ख़ासा उत्तेजित रहा करता था लेकिन वह उत्तेजना भी अब खो गई है। वह कितना ही कट्टर वामपन्थी क्यों न हो, उसे इस बात पर यक़ीन नहीं कि लोगों की हत्या से कुछ होनेवाला है। राजनीति के इस व्यक्ति को इसका भान भी नहीं कि उसने कब धीरे-धीरे राजनीति को छुट्टी दे दी है। जीवन जब अर्थहीन हो उठा और दुनिया बेमतलब लगने लगी तो हर चीज़ के प्रति उसका लगाव ख़त्म हो गया। वह यूँ ही भटकते हुए अपने दिन काटता रहा। उसके लिए अतीत-जैसा कुछ नहीं बचा, न ही भविष्य-जैसा कुछ। वह केवल वर्तमान में जीता रहा। वह जुलेखा को भोगता रहा।

वह रात में घर लौटा क्योंकि वहाँ किरणमयी थीं। ऐसा न होता तो शायद वह रात कहीं और बिता देता, क्योंकि किसी भी तरह रात तो बितानी ही थी। इस तरह

की हताशा ने सुरंजन को बांग्लादेश से ही ग्रस रखा था और उसे अब तक नहीं छोड़ा था। उसने सोचा था कि अपना देश छोड़ते ही उसका जीवन पूरी तरह निरापद हो जाएगा। सुख-शान्ति-सौभाग्य सब आकर उसे घेर लेंगे। सम्भावनाओं और सपनों से भरा चमचमाता जीवन उसकी मुट्ठी में आ जाएगा। उस पार ही मेरे सारे सुख हैं, सुरंजन के इस विश्वास, इस उम्मीद और भरोसे को चार लाख रुपये की चोट खाकर पहला धक्का लगा था। शंकर घोष पर सुरंजन और उसके पिता अगाध विश्वास करते थे और उसी आदमी ने उनके पैसे नहीं लौटाए और ठेंगा दिखाकर चला गया। रिश्तेदार का दुर्व्यवहार उसके लिए दूसरा धक्का था। पार्टी-ऑफ़िस से उसे पैसे देने से मना कर देना भी धक्का ही था। रिश्तेदार द्वारा माया का शारीरिक-शोषण धक्का था। सब कुछ को भूलकर वह अपनी घर-गृहस्थी बसाएगा, स्वाभाविक जीवन में लौट आएगा, माँ-बहन को सुरक्षा मुहैया कराएगा, लेकिन सुदेशना का किरणमयी और माया-जैसे निरीह इनसानों को सहन नहीं कर पाना एक और बड़ा धक्का था। सुदेशना का 498 (क) का केस एक और धक्का था। उसने किरणमयी और माया के लिए बार-बार उठ खड़े होने की कोशिश की थी। वह एक नाकारा जीवन तो बिता ही रहा था, लेकिन इतने पर भी कसर पूरी नहीं हुई। फिर तो उसने ख़ुद-ही-ख़ुद को सबसे बड़ा धक्का दे दिया था। माया-जैसी निरीह एक लड़की को अगवा करके जिन्होंने मतवालापन दिखाया, और जिसके फलस्वरूप उसे लोगों की भयावह निर्लज्जता और निर्ममता देखनी पड़ी, वे लोग तो उसी के अवयव थे। उसे उनके चेहरों में अपना ही चेहरा दिखाई दिया था और उसे ख़ुद से नफ़रत हो गई थी। सुरंजन दुनिया के किसी और व्यक्ति से इतनी नफ़रत नहीं करता, जितनी वह ख़ुद से करता है।

वह 'लज्जा' की लेखिका को क्या देगा? कुछ भी नहीं। कुछ भी देने की योग्यता उसमें नहीं है। उसमें अगर प्रेम होता तो वह जुलेखा को उस असहनीय जीवन से ज़रूर निकाल लाता। सारे दुष्कर्मों की वजह तो वह ख़ुद ही था। वह जुलेखा को अगर मोहब्बत के घर से अगवा करके नहीं लाता, तो फिर एक के बाद एक ये दुर्घटनाएँ नहीं घटतीं। सुरंजन जानता है कि चूँकि वह प्रेम नहीं करता, इसलिए वह जुलेखा को लेकर जो कुछ भी करता है, वह सब उसके पापों का प्रायश्चित है। जुलेखा आज भले ही नहीं समझ रही हो, लेकिन एक दिन ज़रूर समझ जाएगी। सुरंजन जानता है कि उस दिन जुलेखा भी उसे त्याग देगी। आज उसके मन में माया के लिए जो दयाभाव है, धीरे-धीरे ठीक वैसी ही दया जुलेखा के लिए भी उसके मन में जन्मी है। वह दोनों को ही दो हाथों से भींचकर अपने सीने से लगाए रखना चाहता है। लेकिन माया तो ऐसा होने नहीं देगी।

सुरंजन-जैसे निकम्मे और नालायक़ को तीन लोग प्यार करते हैं—किरणमयी, माया और जुलेखा। इसमें उसने एक और व्यक्ति को जोड़ लिया है—तसलीमा। जुलेखा तो शायद उसे छोड़कर किसी दिन चली जाएगी। लेकिन वह तो तसलीमा

की सृष्टि है, सृष्टि को छोड़कर स्रष्टा अगर चला भी जाए तो वह बहुत दूर कहीं नहीं जा सकता। —ये सब सुरंजन के रतजगे के विचार थे। अलस्सुबह बिस्तर छोड़कर खिड़की के पास पक्षियों की चहचहाहट सुनते-सुनते उसे लगा कि वह किसी की कल्पना से उपजा पात्र नहीं है। वह तो हाड़-मांस का बना इनसान है। उसका अपना ठोस अस्तित्व है। हालाँकि बीच-बीच में उसे लगता कि उसका अस्तित्व शायद नहीं है। 'लज्जा' पढ़कर, सुरंजन ने जो-जो किया, यह जानते हुए भी कि वास्तविक सुरंजन ने वह सब कुछ नहीं किया है, लगता है कि शायद किया है। मसलन, 'लज्जा' में सभी शुद्ध भाषा में बातें करते हैं, जबकि सुरंजन के परिवार में कोई भी उस भाषा में बात नहीं करता। वे आंचलिक भाषा में बातें करते हैं। उसके क़रीबी दोस्त भी आंचलिक भाषा में बातें करते थे, केवल जतिन चक्रवर्ती, कबीर चौधुरी और सईदुर्रहमान किताबी भाषा बोलते थे।

'लज्जा' के 143वें पृष्ठ पर लिखा है—सुधामय कह रहे हैं, तू देर रात घर लौटता है। कल हबीब आया था, सुनते हैं कि भोला में हालात बहुत ख़राब हैं। हज़ारों लोग खुले आसमान के नीचे बैठे हैं, वे सब बेघर हो गए हैं। सुनते हैं कि लड़कियों के साथ रेप हो रहा है। सुरंजन कहता है—यह सब क्या कोई नई ख़बर है? सुधामय कहते हैं—नई ही तो है! यह सब क्या पहले कभी हुआ है? इसीलिए तो तुझे लेकर डर लगता है सुरंजन। सुरंजन ने जवाब दिया—केवल मुझे लेकर डर? क्यों, आप लोगों को लेकर डर नहीं है? आप लोग हिन्दू नहीं हैं? सुधामय बोले—वे अब हमारा क्या करेंगे? सुरंजन का जवाब था—आप लोगों के सिर बूड़ीगंगा में बहा देंगे। इस देश के लोगों को आप अभी तक नहीं पहचान पाए! उन्हें अगर कोई हिन्दू मिल गया तो वे उसका विनाश कर देंगे, बूढ़े-बच्चे में कोई फ़र्क़ नहीं करेंगे वे! असल में सुरंजन को पता था कि ये बातें ठीक इस भाषा में नहीं थीं। वे ऐसी थीं—तू रात में भोत देर से घर आवे है। काल हबीब घरे आयो थो। सुणते हैं कि भोला में हालत बड़ी बुरी है। हजारों-हजार लोगबाग का घरबार छुटी गया। खुला असमान तले बैठा है बापड़ा। जवान बहू-बेटी की साथे मुँह काला करी रिया। सुरंजन कहता है—या भी कोई नवी बात है? सुधामय कहते हैं—नवी ही तो है! असो कदी पेलाँ हुओ है? ये सब देख-सुन थारी वास्ते डर लागे सुरंजन। सुरंजन ने जवाब दिया—खाली म्हारी खातिर डर? आपके ली के कोई डर नी है? आप हिन्दू नी हो? सुधामय बोले—वी अब हमारो कई कर लेगा? सुरंजन का जवाब था—आप लोग का माथा बूड़ीगंगा में बहई देगा, इना देश के लोगों को आप अभी समझे नी हो, उनके अगर कोई हिन्दू मिल गया, तो समझी लो कि खतम ही कर देगा। वी बूढ़ा-बच्चा में कोई फरक नी करेगा।

अब वह ढाका की भाषा में बात नहीं करता, उसे अब कोलकाता की भाषा में बात करने की आदत पड़ गई है। कभी-कभी किरणमयी के साथ वह उस भाषा में

बात करता है। माया तो वह भाषा बोलना ही नहीं चाहती। जुलेखा स्थानीय लड़की है, उसे तो ढाका और मैमनसिंह की आंचलिक भाषा के बारे में कुछ भी नहीं मालूम। सुरंजन के जितने दोस्त हैं, वे भी कोलकाता की ही भाषा में बात करते हैं और दोस्त भी उसके हैं ही कितने! बेलघरिया के दोस्तों को सुरंजन ने त्याग दिया है। ढाका के जीवन के साथ कोलकाता के जीवन में जितना अन्तर है, बेलघरिया के जीवन और पार्क सर्कस के जीवन में भी उतना ही अन्तर है। एक ज़िन्दगी में सुरंजन कितनी सारी ज़िन्दगियाँ जी रहा है! उस-जैसे साधारण-से लड़के को 'लज्जा' में असाधारण बना दिया गया था। लेकिन वह ख़ुद जानता है कि वह कितना साधारण है। कितना, बिलकुल आमलोगों-जैसा। बेग़बाग़ान, बेनेपाड़ा और ताँतीबाग़ान में उसके कई नये दोस्त बने थे। आफ़ताब, हाकिम, एनामुल, सोबहान और साधन के साथ मुलाक़ातें हो रही हैं। इनकी मानसिकता बेलघरिया के दोस्तों की मन-मानसिकता से पूरी तरह विपरीत है। वह कुछ-न-कुछ कर ही रहा है, रक्तदान शिविर लगाना, स्वास्थ्य केंद्र की स्थापना करना, उम्रदराज़ लोगों के लिए स्कूल का निर्माण—इन सारे मामलों से वह जुड़ा हुआ है। लेकिन सब समय सभी कुछ उसके लिए उत्तेजक नहीं रहा था। उन लोगों को हताशा भी ग्रसती रहती थी। सुरंजन हताशा का उस्ताद था। उसका कहना था कि जीवन में वह कुछ भी नहीं बन सका, और अब कुछ होनेवाला भी नहीं। आशा-वाशा को छोड़-छाड़कर गाँजे के कश लगाना कहीं ज़्यादा बुद्धिमानी का काम है। क्या नहीं हो सका अगर हम जानना भी चाहें तो वह कहता है कि होना क्या था, उसे तो यह भी नहीं पता। पार्क स्ट्रीट, मल्लिक बाज़ार के मोड़ पर चाय की दुकान में, शराब की दुकान में, मॉडर्न फ़ार्मेसी में शाम को अड्डेबाज़ी करना आजकल उसका शौक़ बन गया है। इसके पहले भी सुरंजन ने कोई कम अड्डेबाज़ी नहीं की थी। बेलघरिया में तो ख़ासा बड़ा समूह तैयार हो गया था। शाम को फ़ीडर रोड पर उन लोगों का ज़बर्दस्त अड्डा जमता था। शराब पीना हर रात की घटना हुआ करती थी। शराब कम पड़ती तो स्टेशन जाकर गाँजे की तलाश करते ही तुरन्त मुहैया हो जाती थी। गौतम, रूपक, मानस, तन्मय, जयदेव, अचिन्त्य—ये लोग उसके साथी थे। कुछ दिनों से सोबहान के साथ घूमते देख उसकी आलोचना शुरू हो गई—इसका घर कहाँ है?

—फ़ीडर रोड पर।

—नाम क्या है?

—सोबहान।

—बंगाली नहीं है?

—बंगाली ही है।

—तूने जेब चेक की? बम वग़ैरह तो नहीं रखता?

—धत्!

—तू बंगालियों के संग मिलता-जुलता है, बंगालियों के साथ ही रह। तू अचानक मुसलमान के पल्ले क्यों पड़ गया?

—सोबहान तो बंगाली है।

—वह बंगाली कैसे है? वह तो मुसलमान है!

—मुसलमान क्या बंगाली नहीं होते?

—कैसे होंगे?

—जिस तरह हिन्दू लोग बंगाली होते हैं, उसी तरह मुसलमान भी बंगाली होते हैं। बौद्ध लोग भी और ईसाई भी। हाँ, नास्तिक भी बंगाली होते हैं। एक चीज़ होती है जाति और दूसरी चीज़ है धर्म। धर्म अलग होने पर भी जाति अभिन्न हो सकती है।

सुरंजन की बात सुन उसके दोस्तों ने हो-हो कर हँसते हुए उस पर व्यंग्य किया। कोई उसके पेट पर घूँसा मारते हुए बोला—साले, तेरी पीठ पर, लगता है, मुसलमानों की पिटाई तबीयत से नहीं पड़ी!

सुरंजन ने हँसते हुए कहा—पड़ी है, पड़ी है। काफ़ी पड़ी है। न पड़ती तो क्या मैं उस देश को छोड़कर यहाँ आता? लेकिन तुम लोग जो भी कहो, तुम्हें यह तो मालूम होना ही चाहिए कि जिस तरह मुसलमान ग़ैरबंगाली होते हैं, ठीक वैसे ही मुसलमान बंगाली भी होते हैं। जिस तरह ग़ैरबंगाली हिन्दू होते हैं, ठीक वैसे ही बंगाली हिन्दू भी होते हैं।

—इतना ज्ञान तो मत दे! —किसी ने कहा।

—यह मैं कोई ज्ञान नहीं दे रहा। यह सब तो सामान्य ज्ञान की बातें हैं। तुम लोगों को तो बेसिक नॉलेज ही नहीं है रे!

—फू:।

—ज़रा इतिहास पढ़ लो।

—तू क्या जानता है इतिहास का?

—मैं कॉलेज में इतिहास ही पढ़ाता था।

—कौन-से कॉलेज में, ज़रा हम भी तो सुनें?

—दमदम कॉलेज में।

—उन सब कॉलेजों में सड़क पर से लोगों को पकड़कर टीचर बनाया जा सकता है। मैं भी उस कॉलेज में अभी जाकर फ़िज़िक्स पढ़ा सकता हूँ। नो प्रॉब्लम।

सुरंजन बांग्लादेश का था। तेरह करोड़ बंगालियों के साथ वह रह आया था। उनमें से ज़्यादातर मुसलमान ही थे। सुरंजन बंगाली की संज्ञा जानता था। उसे मालूम था कि अनपढ़ मुसलमानों ने भी यह ग़लती कभी नहीं की कि बंगाली यानी केवल बंगाली-मुसलमान, लेकिन पढ़े-लिखे बंगाली-हिन्दू दिन-रात बंगाली यानी केवल बंगाली-हिन्दू ऐसा मानने की ग़लती किए जा रहे हैं।

जिरह शुरू होती तो सुरंजन एक ओर होता और बाक़ी लोग दूसरी ओर। बाद में ख़ुद उसने उन लोगों के नज़रिए से देखने की कोशिश की कि हो सकता है, इनके चारों ओर ग़ैरबंगाली मुसलमानों की रिहाइश इतनी ज़्यादा है कि वे केवल मुसलमान कहकर उनका उल्लेख करते हैं। लेकिन जब बांग्ला में बात की तो सोबहान ने बांग्ला में ही जवाब दिया था—शुद्ध, सुन्दर बांग्ला में। सुरंजन से भी अधिक शुद्ध बांग्ला में। एकदम घोटी-उच्चारण[1] में। इसके बावजूद गौतम, मानस, अचिन्त्य और रूपक ने कहा कि सोबहान मोहमडन है, बंगाली नहीं।

सुरंजन नाराज़ हो गया। मुसलमानों के प्रति किसी तरह की सहानुभूति की वजह से वह नाराज़ नहीं हुआ। वह तो हिन्दुओं की अशिक्षा और अज्ञानता देखकर नाराज़ हुआ था। सुरंजन ने अपने दोस्तों को बंगाली और ग़ैरबंगाली होने के फ़र्क़ को समझाने की कोशिश की। लेकिन नहीं, वे लोग नहीं समझे। उनके दिमाग़ में यह बात घुस ही नहीं सकी कि हिन्दुओं के अलावा भी कोई बंगाली हो सकता है। थोड़ी देर के लिए यह बात अगर दिमाग़ में घुस भी जाती तो थोड़ी ही देर में बाहर निकल जाती थी।

फ़ीडर रोड में सभी बंगाली थे। उँगलियों पर गिने जा सकने वाले थोड़े-से मोहमडन या मुस्लिम थे। वे मुसलमान ग़ैरबंगाली नहीं थे, जानते हुए भी सुरंजन के दोस्त इस तरह की बातें कर रहे थे।

सुरंजन ने हार मान ली। कोई अगर अलग मोहल्ले में रहा हो या फिर जन्म से ही सेग्रिगेशन देखता आया हो, ऐसे माहौल में ही उसकी परवरिश हुई हो तो हो सकता है, लोग इसी भाषा में बात करेंगे। लेकिन अगर सही तालीम होती, तालीम में नफ़रत की भावना न होती तो फिर उनकी भाषा त्रुटिहीन हो सकती थी।

यह तो कुछ भी नहीं था। उन्होंने जब जुलेखा को देखा था, तब कुछ लोग आँखें छोटी करके हँसे थे।

—क्यों रे, कौन है यह? किस मोहल्ले में रहती है?

—कोलकाता में रहती है।

—माल तो बुरा नहीं है।

—ज़बान सँभाल के!

—तू इससे अटका हुआ है क्या?

—हुम!

—नाम क्या है?

—जुलेखा।

—मतलब? मोहमडन?

—क्यों, नाम सुनकर समझ में नहीं आ रहा?

---

1. पश्चिम बंगाल के निवासियों का उच्चारण।

सुरंजन के दोस्तों के चेहरे तमतमा उठे। सबके जबड़े कठोर हो गए। वे घूँसे मार-मारकर उसके मुसकराते चेहरे का हुलिया बदल देना चाहते थे।

इसके बाद जुलेखा के साथ सुरंजन के रिश्ते को लेकर उनकी अड्डेबाज़ियों में उत्तेजना का माहौल गरमाने लगा। वह जुलेखा को कुछेक दिन बेलघरिया ले आया था, हालाँकि अपने घर में बैठकर बड़े आराम से बातचीत की जा सकती थी। नन्दननगर वाले उसके दो कमरों के छोटे-से घर की खिड़की के पास बैठकर झील को निहारते हुए वे दोनों बातचीत किया करते थे।

ज़ुलेखा के साथ बातचीत करते हुए सुरंजन को कभी नहीं लगा कि वह थक गया है। दोस्तों का साथ उसके लिए एक बड़ा आकर्षण था। इसे वह शाम होते ही अपने शरीर में महसूस करने लगता था। सुरंजन जानता था कि वह आकर्षण उसकी आदतों, शराब, हलकी-फुलकी मज़ेदार बातचीत सुनने और कहने का था। इस आकर्षण को त्यागकर, अचानक नन्दननगर के इतने दिनों के वास को छोड़ पार्क सर्कस-जैसी एक अजीब जगह में आकर रहने की कोई बात नहीं थी।

किरणमयी ने तो काफ़ी एतराज़ किया था। लेकिन उसने किसी भी एतराज़ को मानने से मना कर दिया था। उसने अमजद से ग़ुज़ारिश की थी, जिसके बाद उसने जाननगर रोड वाले इस मकान की जानकारी दी थी। नन्दननगर वाले मकान का किराया था डेढ़ हज़ार रुपये। जाननगर वाले का भी डेढ़ हज़ार ही था। उसने किरणमयी को शहर से बाहर रहने के बरअक्स शहर के भीतर रहने के फ़ायदों के बारे में समझाया था। लेकिन भीतर-भीतर जुलेखा तो थी ही। कारण कि जुलेखा को लेकर ऐसा कोई अश्लील वाक्य नहीं बचा था, जो उसके दोस्तों ने नहीं कहा था। उन लोगों ने कह दिया था कि उस मुसलमान के साथ रिश्ता रखने पर सुरंजन के बाप में क़ूवत नहीं कि वे लोग उस मोहल्ले में रह लें। वे लोग जेब में उस्तरा लिये घूमते हैं।

एक शाम बेलघरिया स्टेशन पर जुलेखा को ट्रेन में छोड़ने जाते वक़्त उसने देखा कि वहाँ मानस खड़ा था। मानस दौड़कर ट्रेन में चढ़ गया। सुरंजन को हालाँकि ट्रेन में चढ़ना नहीं था, लेकिन वह भी चढ़ गया। वह जुलेखा को सुरक्षा देता रहा। मानस विधाननगर में उतर गया। यह देख सुरंजन भी विधाननगर उतर गया। उसने मानस को पीछे से धर दबोचा।

—क्यों रे, किस मतलब से तू ट्रेन में चढ़ा था?

—सावधान हो जा सुरंजन! इस रिलेशन को ख़त्म कर।

—यह मेरा रिलेशन है। इससे तुझे क्या?

—मुझे बहुत-कुछ है। तू अब तक मुसलमानों को नहीं पहचान पाया? तू तो उन्हीं के मुल्क में रहता था न!

—मैं भला क्यों नहीं पहचानूँगा? मैं उन्हें बख़ूबी पहचानता हूँ।

—तुझे क्या नहीं मालूम कि बदमाशी और विश्वासघात उनके ख़ून में है?

—मालूम है।

—तो फिर जानबूझकर तू यह सब क्यों कर रहा है?

—मेरी इच्छा हो रही है।

—यह सब नहीं होने दिया जा सकता।

—तू तो सी.पी.एम. समर्थक है न! तेरी चौदह पीढ़ियाँ तो सी.पी.एम. से जुड़ी रही हैं न! तेरे मोहल्ले के सारे लोग सी.पी.एम. के हैं न! तेरा पूरा इलाक़ा ही सी.पी.एम. का है न! समूचा बेलघरिया! कई दशकों से! तो फिर तेरी मेंटलिटी ऐसी क्यों है रे? इनसान को इनसान समझ।

—तू और किसी के भी साथ रिश्ते रख लेकिन मुसलमान के साथ तेरे इस रिश्ते को हम स्वीकार नहीं कर सकते।

—तुम लोग मत करो स्वीकार। मैं एक इंडिविजुअल हूँ और अपने डिसीज़न मैं ख़ुद लूँगा।

—तू सोसाइटी में तो रहता है कि नहीं? तू इंडिविजुअल है तो क्या किसी निर्जन इलाक़े में जाकर रह सकता है? लोगों के इलाक़े में रहना हो तो लोगों के क़ायदों को मानना पड़ेगा।

—लोगों के क़ायदे हैं क्या ज़रा मैं भी तो सुनूँ! हिन्दू और मुसलमानों में दोस्ती नहीं हो सकती?

—नहीं हो सकती। वे दहशतगर्द हैं। वे हिन्दुओं पर कोई आज से अत्याचार नहीं कर रहे। मुल्क का जब बँटवारा हुआ तब मुसलमानों को क़ायदे से पाकिस्तान चले जाना चाहिए था। उनकी जगह पाकिस्तान में है। तो वे पाकिस्तान क्यों नहीं गए? अब चले जाएँ। हमारे पूर्वज तो पाकिस्तान से यहाँ चले आए थे। वे लोग हमारे देश में क्यों रह रहे हैं? यह देश हिन्दुओं का देश है। देश का बँटवारा हुआ ही इसलिए कि भारत में हिन्दू रहेंगे और पाकिस्तान में मुसलमान। हम अब उन लोगों के लिए भला क्योंकर सफ़र करें?

सुरंजन चुपचाप सुनता रहा। धीरे-धीरे उसकी आँखें बड़ी होती गईं, मुँह खुलता गया—तू यह क्या कह रहा है मानस? मुसलमान तो सी.पी.एम. के वोट बैंक हैं न? उन लोगों के लिए मदरसे बन रहे हैं, मस्जिदें बन रही हैं। उन्हें सिर-माथे पर रखा जा रहा है।

—वह सब पॉलिटिशियन लोगों की पॉलिटिक्स है, हमारी नहीं। —मानस ने लम्बी साँस छोड़ते हुए कहा।

दोनों पैदल चलते-चलते रामकृष्ण मिशन के मैदान में जाकर बैठ गए।

उस रात मानस के साथ सुरंजन की लम्बी बातचीत हुई थी। मानस एक सरकारी दफ़्तर में नौकरी करता है। अच्छे कॉलेज से उसने पढ़ाई-लिखाई की है।

उसने एम.ए. तक पढ़ाई की थी, लेकिन परीक्षा नहीं दी। मानस के साथ देशी शराब की दुकान पर पेट भर शराब पीकर देर रात घर लौटा था सुरंजन। मानस ने भले ही चाहा हो लेकिन जुलेखा से सम्बन्ध तोड़ने का वादा सुरंजन ने नहीं किया।

उसने बार-बार कहा था—देख सुरंजन, तू यह ठीक काम नहीं कर रहा है।

—ठीक नहीं कर रहा हूँ तो नहीं कर रहा हूँ! मेरी भलाई मुझे समझने दे।

—इन सब मामलों में जब तुझे यह समझ में नहीं आ रहा है कि तेरी भलाई किसमें है, तो फिर किसी और को ज़िम्मेदारी तो लेनी ही पड़ेगी न!

—देख, सभी की अपनी-अपनी ज़िन्दगी है। ज़िन्दगी में तमाम तरह की समस्याएँ हैं। उन सब समस्याओं का समाधान करते-करते ही तो ज़िन्दगी तमाम हो जाती है! किसके पास इतना समय है कि देखे, कौन किससे मिला, किसका धर्म क्या है, किसकी ज़ात क्या है! तेरा किसके साथ क्या रिलेशन है, मैंने कभी जानने की कोशिश की?

मानस की मुट्ठी भिंच गई। उसका जबड़ा सख़्त होता चला गया। वह बोलता रहा—तू सुधर जा सुरंजन, अब भी समय है, सुधर जा। अपनी कम्युनिटी के साथ बिट्रे मत कर। वे लोग होल वर्ल्ड को टेररोइज़ कर रहे हैं। वे नॉन-मुस्लिम को हेट करते हैं। तू शादी करना चाहता है, ज़रूर कर। हिन्दू पसन्द नहीं आती, ईसाई से कर, बौद्ध से कर—बट नो मुस्लिम, नो मुस्लिम। नो मुस्लिम।

अगली रात उसके दोस्तों ने सुरंजन को भयंकर रूप से मारा और उसे सी.सी.आर. ब्रिज के नीचे फेंक आए। स्वस्थ होने में उसे पूरे पाँच दिन लगे थे। पाँच दिन वह घर नहीं लौटा था। सोबहान ने उसे ले जाकर अस्पताल में भर्ती कराया था। उसके ठीक हो जाने के बाद सोबहान ने ही अपनी जेब से अस्पताल के ख़र्चे चुकाए थे और उसे घर पहुँचा आया था। पाँच दिन अस्पताल में उसके रिश्तेदार, दोस्त, सगे-सम्बन्धी के रूप में अकेला वही था। अपनी नौकरी, अपना धन्धा, अपनी घर-गृहस्थी को पूरी तरह भूलकर सोबहान अस्पताल में ही पड़ा रहा।

कोई ख़बर न पाकर किरणमयी और माया दोनों ही भयंकर दुश्चिन्ता में पड़ गई थीं...भले ही बीच में सुरंजन ने फ़ोन करके बता दिया था कि वह अपने एक दोस्त के घर पर है और वे किसी प्रकार की दुश्चिन्ता न करें।

उसे घर छोड़ने के बाद सोबहान को माया ने अकथ्य भाषा में अपमानित किया था। माया दूसरे कमरे से चिल्ला रही थी। उसने सोबहान की सूरत भी ठीक से नहीं देखी थी। वह चिल्ला-चिल्लाकर कह रही थी कि मुसलमानों ने सुरंजन को किडनैप किया था। उसकी और उन लोगों की मंशा सुरंजन को मार डालने की थी।

सुरंजन ने केवल इशारे से सोबहान को चले जाने को कहा था। इसके अलावा वह कुछ कर भी नहीं सकता था। उसके लिए सम्भव नहीं हो सका कि वह सोबहान के प्रति कृतज्ञता प्रकट कर सके। सोबहान ने ही अस्पताल का सारा ख़र्चा उठाया था।

सोबहान सॉफ़्टवेयर इंजीनियर था और इसके अलावा उसका कम्प्यूटर का बिज़नेस भी था। सुरंजन की उसके साथ पहली मुलाक़ात तब हुई थी, जब वह दमदम कॉलेज में पढ़ाता था। उस कॉलेज में सोबहान कम्प्यूटर इंस्टॉलेशन के लिए जाया करता था। वहाँ उसने देखा कि वह लोगों को अपना नाम शोभन बताता है। कॉलेज में सुरंजन को भी उसने यही बताया था। सुरंजन उसे शोभन बाबू कहकर ही पुकारता था। सोबहान ने कोई एतराज़ नहीं किया था। इसके बाद सुरंजन ने अपने घर में एक कम्प्यूटर लगवाया था, इसकी तमाम ज़िम्मेदारियाँ उसने सोबहान को ही दी थीं। सॉफ़्टवेयर डालने का ज़िम्मा भी उसी का था और कम्प्यूटर में ख़राबी आने पर सुधारने का भी। सुरंजन को तब भी यही पता था कि वह शोभन है। उसने पता लगाकर देखा था कि उसे उसने सारे सॉफ़्टवेयर मुफ़्त में ही दिये थे। केवल इतना ही नहीं, उसने कम्प्यूटर भी बेहतरीन ही दिया था और इसमें एक भी पैसा नहीं कमाया था।

एक दिन उसने सोबहान से कहा—आप तो बहुत महँगे दाम पर यह सब बेचते हैं। आप मुझे आधी क़ीमत में दे रहे हैं। क्यों?

सोबहान ने कहा था—नहीं-नहीं, ठीक है।

—आप सॉफ़्टवेयर का पैसा क्यों नहीं ले रहे? आपने इंस्टॉलेशन का चार्ज भी नहीं लिया!

सोबहान ने सिर झुकाकर विनम्रता से कहा—ये सब तो मेरे पास थे ही। इनके पैसे देने की ज़रूरत नहीं है।

सोबहान उसे बहुत अनूठा लगा था। उसने एक शाम उसे एक दुकान पर चाय पीने का न्योता दिया, वह अनायास चला आया। फिर फ़ीडर रोड पर उसकी दुकान पर जाकर सुरंजन ने देखा कि सोबहान कितना ज़्यादा व्यस्त रहता है और यही व्यस्त व्यक्ति सुरंजन-जैसे आवारा व्यक्ति के भौंहों के एक इशारे पर दौड़ा चला आता है। सोबहान उसे आमंत्रित करके कई बार खिला-पिला चुका है। दोनों कम्प्यूटर, यूनिवर्स, नैनो टेक्नोलॉजी, ब्लूटूथ, बिग बैंग, स्टेम सेल रिसर्च वग़ैरह को लेकर चर्चा करते हैं। सोबहान वैसे स्वभाव से विनम्र था। सिर झुकाए रहनेवाला लड़का। लेकिन साइंस की चर्चा करते ही उसके भीतर तरंगें उठने लगती थीं, खलबली मच जाती। सुरंजन बहुत अच्छा श्रोता था। कोई इतना अच्छा श्रोता और बौद्धिक व्यक्ति शायद सोबहान को कभी मिला नहीं था, इसलिए उसने सुरंजन को मन-ही-मन अपना दोस्त बना लिया था।

शोभन बाबू से वह शोभन हो गया था और फिर शोभन से सोबहान। इस तरह थोड़ा-थोड़ा करके सुरंजन ने उसे पहचाना था। जिस दिन उसे पता चला कि वह असल में सोबहान है, वह चौंका था। चौंक उठे उस चेहरे के सामने सोबहान की विषण्ण हो उठी सूरत थी और झुका हुआ सिर।

—तो आप हिन्दू नहीं हैं?

सुरंजन के सवाल के जवाब में अपराधी की मुद्रा में खड़े-खड़े उसने केवल नकार के अर्थ में सिर हिलाया था।

—ओ शिट! —सुरंजन के मुँह से ग़ुस्से, परेशानी और अपमान से भरी हुई आवाज़ निकल आई।

सोबहान उसके सामने से तेज़ी से हट गया।

वह अपने काम में व्यस्त हो गया।

धीरे-धीरे बात करने और सिर झुकाकर रहनेवाला अच्छे स्वभाव का लड़का था सोबहान। वह न हो तो भी सुरंजन का काम चल जाता है। सोबहान का काम भी चलता है। चल जाता है लेकिन नहीं चलता। दोनों ही बेहद अकेले थे। और दोनों ही एक-दूसरे के श्रोता थे। सुरंजन अपने माता-पिता, बहन-पत्नी की बातें करता। उसने सोबहान से हर बात साझा की थी, यहाँ तक कि मुसलमानों से विद्वेष रखनेवाले उसके दोस्तों की बातें भी, लेकिन उसने कभी भी सोबहान को जुलेखा के बारे में नहीं बताया था। सोबहान को बताने में उसे क्यों झिझक होती है, ख़ुद से सवाल करके उसे जो जवाब मिला था, वह यह कि सोबहान सिर झुकाए रहनेवाला लड़का था और सुरंजन सिर उठाकर चलनेवाला इनसान। सुरंजन बहुसंख्यक था और सोबहान अल्पसंख्यक। जुलेखा के साथ सुरंजन के रिश्ते की बात का पता चलना मतलब सुरंजन का सोबहान की श्रेणी में आ खड़े होने-जैसा होगा। अल्पसंख्यकों के साथ दोस्ती और अल्पसंख्यकों के साथ प्रेम दो अलग चीज़ हैं। प्रेम का मतलब केवल प्रेम नहीं होता और भी बहुत-कुछ होता है। प्रेम के बाद विवाह, विवाह के बाद बच्चे। जो बच्चे ख़ालिस हिन्दू नहीं होंगे। मुसलमान के गर्भ से जन्मे वे मुसलमान ही होंगे।

शोभन बाबू की ओट में छिपे मुसलमान सोबहान की शिनाख़्त के बाद फिर वह रिश्ता क़ायम नहीं रह सका। शोभन और सुरंजन दोनों ही जानते थे कि यह रिश्ता और आगे नहीं बढ़ सकेगा। शिनाख़्त की उस घटना के बाद मेल-मुलाक़ात का सिलसिला थम गया। कोई खोज-ख़बर नहीं। वे अपनी-अपनी ज़िन्दगी जीने लगे थे। वे एक-दूसरे की सूरत भी नहीं देखते थे। इसी तरह चल रहा था। इसी तरह चल भी जाता लेकिन सुरंजन ने ही, उसे ख़ुद नहीं पता क्यों, उससे सम्पर्क करने की पहल की। सोबहान के बिना उसका काम नहीं चल सकेगा। वह कोशिश करता तो काम चल ही सकता था, लेकिन सुरंजन ने आलस की वजह से ऐसा नहीं किया।

इस बीच उसने एक अजीबोग़रीब निर्णय लिया। उसने ऐसे लोगों के साथ मिलना-जुलना शुरू कर दिया, जिनके बारे में उसे पता था कि उनके ख़ून में ही बदमाशी और विश्वासघात के बीज हैं। नन्दननगर में झील के किनारे, रामकृष्ण मिशन के मैदान में, कम्प्यूटर की दुकान पर सुरंजन सोबहान के साथ अनथक बातचीत में समय बिताने लगा। सम्भवत: मन मिलते थे, इसीलिए। अन्यथा इसके

अलावा और क्या बात हो सकती थी! उसे दोस्तों की तो कोई कमी नहीं थी। सुरंजन को तो निश्चित रूप से अच्छा लगता था। सोबहान को कैसा लगता था, यह उसने कभी नहीं बताया। कभी चर्चा चलने पर उसके चेहरे पर केवल एक रहस्यमयी मुसकान उभर आती थी।

सुरंजन के साथ सोबहान का मिलना-जुलना बेलघरिया वाले दोस्तों को ज़रा भी रास नहीं आया था। जिस दिन उन लोगों ने सोबहान पर चढ़ाई की थी, उस दिन सुरंजन का दिमाग़ ठीक नहीं था। वह सोबहान की कम्प्यूटर की दुकान में बैठा था। अचिन्त्य दुकान में घुसकर बोला—क्यों रे, मुसलमान के साथ जमकर यारी हो रही है? वह माल कहाँ है?

सुरंजन ने ठंडे गले से कहा—बकवास मत कर।

—उससे कुछ पैसे देने को बोल।

—मतलब?

—तेरी माल तो हिन्दुओं के देश में बैठे-बैठे बढ़िया कमा रही है। आज दसेक हज़ार रुपये देने को बोल। नहीं तो...

—नहीं तो क्या?

—नहीं तो राजारहाट ले जाकर माथे पर प्यार से चूमूँगा। अचिन्त्य के होंठों की कोरों पर वक्र मुसकराहट थी।

सुरंजन दाँत पीसता बैठा रहा। बात करने में उसे नफ़रत महसूस होने लगी।

इसके दसेक दिन बाद अचिन्त्य ने अपने कुछ पट्ठों के साथ सुबह-सुबह सोबहान पर चढ़ाई कर दी। अचिन्त्य भीतर घुस गया। पट्ठों ने दुकान के दरवाज़े पर मोर्चा सँभाल लिया।

—चन्दा दीजिए सोबहान साहब।

—किस चीज़ का चन्दा?

—पूजा का।

—कौन-सी पूजा?

—कार्तिक पूजा।

—कार्तिक पूजा?

—हाँ, पाँच हज़ार एक रुपये दे दीजिए। पूजा निपटा लें।

सोबहान बहुत देर तक ख़ामोश रहा। फिर बोला—मैं दुर्गा पूजा, काली पूजा और सरस्वती पूजा के लिए चन्दा देता हूँ। दादा, मैं कार्तिक पूजा के लिए तो चन्दा नहीं दे सकूँगा।

अचिन्त्य ने हँसते हुए कहा—चन्दा तो आपको देना ही पड़ेगा।

—मेरे पास इतने रुपये नहीं हैं।

—'नहीं हैं' कहने से काम नहीं चलेगा।

—तो फिर?

—पैसे अभी, इसी वक़्त चाहिए मिस्टर सोबहान।

सोबहान थूक निगल रहा था। उसका सिर झुका हुआ था।

इसी बीच सोबहान के सामनेवाली टेबल पर एक ज़ोरदार घूँसा पड़ा। पानी से भरा गिलास रखा हुआ था, पानी छिटककर गिर गया।

—एक हज़ार दूँ तो चलेगा?

—एक हज़ार देंगे तो पूजा भी नहीं हो सकेगी।

—इस समय तो...

अचिन्त्य ने सोबहान की शर्ट की कॉलर अपनी मुट्ठी में जकड़कर उसे खींचा और दीवार से टिकाकर दबोच लिया। सोबहान ने अपने सहकर्मी को पास की किसी एक दुकान से तुरन्त चार हज़ार रुपये उधार ले आने के लिए कहा। सहकर्मी दौड़कर निकल गया। उसकी कॉलर छोड़कर अचिन्त्य एक कुर्सी पर सुरंजन के रूबरू बैठ गया।

नहीं, सुरंजन ने कुछ भी नहीं कहा। वह बाहर सड़क के लोगों को, उनके पैदल चलने, साइकिल पर जाने, मोटर-गाड़ियों से जाने को देखता रहा। कोई उत्तर की ओर जा रहा था, कोई दक्षिण की ओर।

सहकर्मी ने बहुत देर नहीं लगाई थी। पसीने से तरबतर उसने सोबहान के हाथ में रुपये रख दिये। अपनी जेब से एक हज़ार एक रुपये निकालकर उसमें उधार के चार हज़ार मिलाकर उसने अचिन्त्य को दे दिये।

पैसे गिनकर उसने जेब में रख लिये और सोबहान के पेट पर एक ज़ोरदार लात जमाते हुए बोला—'साले मुसलमान की औलाद!' और फिर फ़र्श पर थूकता हुआ वहाँ से चला गया।

सुरंजन थोड़ी देर पथराया-सा बैठा रहा और फिर वहाँ से निकल गया। उसने सोबहान के साथ कोई बातचीत नहीं की। बाहर निकलकर उसने सड़क पर अचिन्त्य को धर दबोचा। पीछे से टँगड़ी मारकर उसने अचिन्त्य को गिरा दिया और उससे रुपये छीनने की कोशिश करने लगा। उसने कहा—किसके साथ ग़ुंडागर्दी कर रहा है तू?

वह कूदकर उठ खड़ा हुआ और सुरंजन के जबड़े पर घूँसा जमाते हुए बोला—मुसलमान के साथ।

सुरंजन ने पलटकर घूँसा जमाते हुए कहा—नहीं, तू आज मेरे साथ ग़ुंडागर्दी कर रहा है।

बदन की धूल झाड़ते-झाड़ते अचिन्त्य बोला—सुरंजन, ख़बरदार, मुझे टच मत करना! मैंने तेरे साथ कुछ नहीं किया है। मैं चन्दा माँगने गया था। वह अगर तेरा दोस्त है, इट्स योर प्रॉब्लम, नॉट माइन।

सुरंजन बोला—तू पूजा के लिए चन्दा ले रहा है तो हिन्दुओं से ले। मुसलमान

पर तू क्यों दबाव डाल रहा है, बता ज़रा? वे ईद पर तुझसे चन्दा लेते हैं? तूने आज तक चन्दे में कितना पैसा दिया है?

अचिन्त्य गला फाड़कर बोलने लगा—अब भी उनका साथ छोड़ दे सुरंजन! तुझे क्या नहीं मालूम कि वे लोग क्या चीज़ हैं? बांग्लादेश में क्या तूने भुगता नहीं? वे लोग फ़ेरोशियस हैं। उनके ज़हर भरे दाँत तूने अभी तक नहीं देखे हैं। इस देश में जितने भी क्राइम होते हैं, कौन करता है, तुझे क्या नहीं मालूम? तू क्या आँखें बन्द किए रहता है? वे लोग इस देश में रहते हैं, एक कपल बारह-चौदह बच्चे पैदा करता है, देश में मुसलमानों की आबादी कितनी तेज़ी से बढ़ रही है, तुझे दिखाई नहीं दे रहा? वे हम सबको मार डालेंगे। हम पर बम फेंक-फेंककर हम सबको मार डालेंगे और हमारे देश पर क़ब्ज़ा कर लेंगे। देखना तू। वे लोग पाकिस्तान क्यों नहीं चले जाते? खेल में पाकिस्तान के जीतने पर तेरे दोस्त पाकिस्तान का झंडा उठाए जीत के जुलूस में नहीं जाते? जाते हैं। हमारे देश में रहकर टैक्स चुकाए बिना ही वे बढ़िया धन्धा कर रहे हैं। जा, पाकिस्तान में जाकर देख, हो सकता है, ये ही लोग कई-कई मंज़िला मकान बना रहे हैं। सारे टेररिस्ट हैं। मेरी तो इच्छा होती है कि सालों की लाशें बिछा दूँ।

अचिन्त्य बोले जा रहा था और हाँफ रहा था। हाँफ रहा था और पसीने से तरबतर हुआ जा रहा था। उसकी आँखों से आग बरस रही थी और पानी भी निकल रहा था।

सुरंजन उसकी ओर एकटक देखता रहा। उसे कुछ और याद आने लगा। उसे ऐसी ही तमाम बातें याद आने लगीं। ऐसी बातें वह पहले भी सुन चुका था। उसने बांग्लादेश में ऐसी बातें सुनी थीं। हिन्दू विरोधी कट्टरपन्थी मुसलमान लोग इसी तरह से बोला करते थे कि ये लोग भारत क्यों नहीं चले जाते? खेल में भारत जीतता है तो ये लोग मन-ही-मन ख़ुश होते हैं। हमारे ही मुल्क में रहकर हमें टैक्स नहीं देते और धन्धा किए जा रहे हैं। भारत जाकर देखो, ये हो सकता है, वहाँ कई-कई मंज़िला मकान इन्होंने बना लिये हों!

अचिन्त्य किसी समय नक्सलवादी हुआ करता था। अब वह किसी भी आन्दोलन से नहीं जुड़ा है। वह किसी राजनीतिक दल का सदस्य भी नहीं। बजरंग दल के कुछ लड़कों के साथ वह कुछ दिन घूमा-फिरा था। इसके बाद उसने सी.पी.एम. के रजिस्टर में अपना नाम लिखवाया था। लेकिन किसी को नहीं पता कि वहाँ से उसका नाम क्यों काट दिया गया। अब अचिन्त्य अपने यक़ीनों पर चलता है। अब वह किसी की परवाह नहीं करता। वह बी.जे.पी. के लोगों को गालियाँ बकते हुए बोला—तुम लोगों से कुछ नहीं हो सकता।

अचिन्त्य के गुणग्राही भी कोई कम नहीं थे। साधारण लोगों में तो थे ही, यहाँ तक कि राजनीति के साथ जुड़े लोग भी स्वेच्छा से अचिन्त्य के शागिर्द बने थे।

अचिन्त्य ने कह दिया था कि उसके साथ ज़्यादा होशियारी दिखाई तो ज़िन्दा लौटने की ज़रूरत नहीं पड़ेगी।

सुरंजन फिर एक भी शब्द बोले बिना अपने घर लौट आया। उस रोज़ वह घर से बाहर ही नहीं निकला। उसे केवल अचिन्त्य की बातें याद आती रहीं। कितनी बीभत्स घृणा उफन रही थी—मुसलमान ज़ात के प्रति! घृणा। इसी तरह की घृणा उसने हिन्दुओं के प्रति भी देखी थी। हिन्दू और मुसलमान बहुत-सी बातों में एक-दूसरे से भिन्न थे, लेकिन दोनों सम्प्रदायों में एक समानता थी, वह थी—नफ़रत की समानता। लेकिन सभी तो ऐसे नहीं थे। सभी थे क्या? सुरंजन बिस्तर पर औंधे मुँह पड़ा रहा। सुरंजन क्या है? बार-बार वह ख़ुद से पूछता रहा—सुरंजन क्या है? सुरंजन क्या है? उसे पसीना आने लगा। उसने उठकर पानी पिया और फिर से लेट गया। वह करवटें बदलता रहा। फिर वह उठा और चहलक़दमी करने लगा। उसने सिगरेट सुलगा ली। एक के ख़त्म होने पर दूसरी। वह खिड़की के पास खड़ा रहा फिर चप्पल पहनकर निकल पड़ा। कहीं नहीं, बस थोड़ा इधर-उधर घूमकर आ गया। वह आँखों के सामने किताब खोले रहा और फिर उसे बन्द कर दी। उसने उठकर चाय बनाई। चाय ठंडी होती रही। उसने सिगरेट सुलगा ली और चित लेट गया। फिर औंधा हो गया। उसने सीने से एक तकिया लगा लिया। फिर सीने से लगे उस तकिए में अपना चेहरा घुसा लिया। उसने कमरे में नींद की गोली तलाशी, लेकिन नहीं मिली। दरवाज़ा अटकाकर वह निकल पड़ा। फ़ार्मेसी के यहाँ जाकर उसने पूछा कि नींद की दवाई मिलेगी या नहीं? नहीं मिलेगी। वह लौट आया। उसने फिर सिगरेट सुलगाई। उसकी साँसें तेज़ होने लगीं। सीने में हलका-हलका दर्द महसूस होने लगा। वह नहाने चला गया। नहाने के बाद उसने एक सिगरेट सुलगाई और चहलक़दमी करने लगा। उसने फिर से चाय बनाकर पी। इतने में फ़ोन बज उठा। उसने नहीं उठाया। बात करने के लिए किरणमयी उठ आईं। सुरंजन ने कह दिया कि वे उसे परेशान न करें। वह फिर से औंधा होकर लेट गया। कई घंटे बीत गए। सुरंजन उसी तरह लेटा रहा।

इसी दौरान उसने बेलघरिया छोड़ने का निर्णय ले लिया था।

धीरे-धीरे उसने महसूस किया कि उसके भीतर कहीं पर मानो ज़मीन धसकती जा रही है। सारी तसवीरें बदलती जा रही हैं। वह साफ़ तौर पर समझ नहीं पाया कि बदलती तसवीरें ठीक किसके-जैसी हैं। लेकिन जब वह सड़क पर चलता है तो पाता है कि अधिकांश लोगों की उँगलियों में अन्धविश्वास की अँगूठियाँ हैं, कलाई में लाल धागे, मन्दिरों में उफनती लोगों की भीड़, मोड़ों पर शनि पूजा का उन्माद—नहीं, यह कोलकाता उसके सपनों का कोलकाता नहीं है। वह जिनसे भी मिला, उसने देखा कि वे धर्म में विश्वास करते हैं। शिक्षित-अशिक्षित—सभी विश्वास करते हैं। आर.एस.एस., बजरंग दल, बी.जे.पी.—वह जिस भी दल में घुला-मिला, उसने देखा कि जिस तरह ये लोग धर्म में विश्वास करते हैं, वैसे ही कांग्रेस, तृणमूल और सी.पी.एम. के सदस्य भी कोई कम विश्वास नहीं करते। सभी पूजा करते हैं। ठाकुर-देवताओं को मानते हैं।

सुरंजन यह देखकर सबसे ज़्यादा अवाक् हुआ कि कलाकार, साहित्यकार यहाँ तक कि भौतिकविद्, डॉक्टर, इंजीनियर, वैज्ञानिक, कॉलेज-विश्वविद्यालय से पास हुए विद्वान लोग, जिसे भी देखो, वे धर्म में विश्वास करते हैं। लेकिन ढाका में कलाकार-साहित्यकार, बुद्धिजीवी, टेक्नोक्रैट, वैज्ञानिक वग़ैरह इनकी तुलना में धर्म में बहुत कम विश्वास करते हैं। कहा जा सकता है कि वे नहीं के बराबर करते हैं। कम-अज़-कम उसने ख़ुद किसी को विश्वास करते नहीं देखा। उसने ख़ुद अपने घर में सुधामय को कभी भी धर्म में विश्वास करते नहीं देखा। वे नास्तिक थे। बेटा सुरंजन भी बचपन से ही नास्तिक हो गया था। केवल किरणमयी विश्वासी थीं। माया भी नहीं करती थी, लेकिन कोलकाता आकर करने लगी थी।

कोलकाता आकर किरणमयी का विश्वास पहले से और अधिक बढ़ा था या नहीं, सुरंजन को नहीं पता, लेकिन वह ग़ौर कर रहा था कि धर्मपालन के तमाम अनुष्ठानों से किरणमयी ने अपने-आपको पहले की अपेक्षा और अधिक जोड़ लिया था। यह सब क्या कुछ भूले रहने के लिए था—सुधामय को, अकेलेपन को, ग़रीबी को, क़िस्मत को या कि सच्चे विश्वास के कारण ही किरणमयी विपदताड़िनी की पूजा के लिए भोर होने के पहले ही कालीघाट जाती हैं? घर में रान्नापूजा[1] का आयोजन करती हैं और भी बहुत-कुछ, जिनका सुरंजन नाम भी नहीं जानता? तमाम अन्य लोगों-जैसे होने की चाहत, या कि कुछ और? किरणमयी को साड़ी-कपड़े बेचकर जो पैसे मिलते, सुरंजन को लगता है कि उसका अधिकांश किरणमयी के ठाकुर-देवताओं पर ही ख़र्च होता है।

एक दिन उसने कहा—यह सब करके क्या होगा माँ?

—अच्छा, तो लोग क्यों करते हैं?

—लोग करते हैं क्योंकि वे नासमझ हैं। —सुरंजन ने जवाब दिया।

—इतने सारे लोग नासमझ हैं?

—हाँ, इतने सारे।

किरणमयी ने लम्बी साँस छोड़ते हुए कहा—मैंने सोचा था कि इस देश में आकर शायद तेरी मति-गति बदलेगी। तू भगवान में विश्वास करने लगेगा।

—तुम इतना जो भगवान को पुकारती हो, तुम्हारे भगवान ने तुम्हें दुर्गति के अलावा और कुछ दिया है? —सुरंजन बोला।

किरणमयी ने लम्बी साँस छोड़ी। सुरंजन की इन उद्‌भट बातों का जवाब वे देना नहीं चाहतीं।

वह सोचने लगा—किरणमयी कभी भी इतनी ज़्यादा धर्मान्ध नहीं थीं, माया तो

1. बंगाल में मनाया जानेवाला एक रसोई-पर्व। मान्यता है कि इस पूजा से माँ मनसा (सर्पदेवी) प्रसन्न होती हैं और इस वजह से लोगों को साँप नुक़सान नहीं पहुँचाते।

ठाकुर-देवताओं की तरफ़ जाती ही नहीं थी। और वही माया काली की इतनी ज़बर्दस्त भक्त बन गई है कि सुरंजन को समझ में नहीं आता कि वह क्या करे! वह माया को समझाने की बहुत कोशिशें कर चुका है। उसने कहा था—मुसलमान लोग ख़राब हैं, तो इसका अर्थ हरगिज़ यह नहीं कि तुझे हिन्दू होना होगा। और अगर तू हिन्दू होती भी है तो फिर तुझे धर्मान्ध होने की क्या ज़रूरत है? इससे तुझे क्या फ़ायदा, ज़रा सुनूँ तो?

माया के दिमाग़ में सुरंजन की कोई भी उपदेशवाणी प्रवेश नहीं कर सकी। सुरंजन महसूस करता है कि माया दिन-ब-दिन मानसिक रूप से बीमार होती जा रही है। किरणमयी पर वह जब मर्ज़ी व्यंग्य कर सकता है, हालाँकि वह उन्हें समझाने का काम भी करता है। लेकिन उसने देखा कि इन सबसे कुछ भी नहीं होता। कुछ क्योंकर होगा भला, इतना अन्धापन जो है! चारों ओर अन्धेपन की ही तो जय-जयकार है।

सुरंजन ने देखा है कि उँगलियों पर गिने जाने लायक़ थोड़े से लड़के-लड़कियाँ ऐसे हैं, जो धर्म को परे रखकर चलते हैं। पूजा-पाठ के आसपास भी नहीं फटकते। ये युवा या तो किसी विज्ञान क्लब से जुड़े हैं या फिर वे सचमुच के कम्युनिस्ट हैं।

सुरंजन ने एक बार सोचा था कि वह सी.पी.एम. ज्वॉइन करेगा। बेलघरिया के बहुत लोगों ने उससे कहा भी था। लेकिन इन दिनों सी.पी.एम. की नीतियाँ और आदर्श कम्यूनिज़्म से इतनी दूर हो गए हैं कि सुरंजन इस दल को कम्युनिस्ट दल के रूप में स्वीकार ही नहीं कर पाता। यह जो चारों ओर धर्म छाया हुआ है, मन्दिरों में उफनती हुई भीड़, सड़कों पर शनि मन्दिर, अन्धविश्वासों से, ज्योतिष से शहर-नगर-ग्राम ढके जा रहे हैं, यह सब कैसे सम्भव हो सकता है जबकि तीस साल से कम्युनिस्ट सत्ता में रहे हों? इतने साल शासन करने पर देश की आर्थिक उन्नति जैसी भी हुई हो, कम-अज़-कम मानसिक उन्नति तो होनी ही चाहिए थी। आस्तिकता और धर्मवाद के बदले धर्ममुक्ति और मानवतावाद अगर सब लोगों के हृदय में प्रवेश कर पाते, तभी तो कम्यूनिज़्म सार्थक हो पाता, तभी सचमुच की उन्नति हो पाती। धर्ममुक्त मानवतावाद के साथ कम्यूनिज़्म का कोई विरोध तो होना नहीं चाहिए।

सुरंजन समझ नहीं पाता कि इस राज्य में वैचारिक दीनता भला क्यों इतनी मुखर है? कॉलेज-विश्वविद्यालय से पास होने भर से ही क्या व्यक्ति सचमुच शिक्षित हो पाता है? वह महसूस करता है, वह बहुत अच्छे से महसूस कर पाता है कि वह एक धर्मान्ध देश से नफ़रत करता हुआ एक दूसरे धर्मान्ध देश में चला आया है। वह नियति पर विश्वास नहीं करता। वह जानता है, यह नियति नहीं है, देश छोड़ने का निर्णय पूरी तरह उसका अपना था। इसे लेकर वह अफ़सोस भी नहीं करता। लेकिन एक सच्चे परिवार तथा सब लोगों की तरह सुरंजन भी स्वीकार करता है कि इस

देश में उन्हें इतनी सुरक्षा तो है कि हिन्दू होने की वजह से कोई मुसलमान उन पर चढ़ाई नहीं कर सकता।

सुरक्षा के बारे में सोचते-सोचते उसे मुम्बई और गोधरा की ट्रेनों में हुए विस्फोटों की बात याद आते ही वह सिहर उठा। सुरंजन अगर उनमें से किसी एक ट्रेन में होता तो? उसे तो मुसलमानों के हाथों मरना पड़ता! 'मुसलमानों' शब्द को सुधारकर वह कहना चाहता है आतंकी मुसलमानों, या कट्टरपन्थी मुसलमानों के हाथों। टेररिस्ट, कट्टरपन्थी, आतंकी लोग कहाँ नहीं हैं? सभी जगहों पर, सभी धर्मों में, सारे समाजों में बड़े मज़े से वे लोग विराजमान हैं। इसलिए आप सौ प्रतिशत सुरक्षित हैं, ऐसा कहीं भी नहीं है, वह इस बात को जानता है।

और फिर सुरंजन ने पहली बार यह सवाल किया कि मुसलमान भी क्या इस देश में सुरक्षित हैं? इसका जवाब भला उससे बेहतर और कौन जानता है! सच कहने में क्या, सोबहान के सामने खड़े होने में सुरंजन को शर्म आती है।

धर्म की बात यदि छोड़ भी दें तो वह महसूस करता है कि चारों ओर ग़रीब-ग़ुरबे सुरक्षित नहीं हैं। केवल धनी लोग सुरक्षित हैं, फिर वे किसी भी धर्म के क्यों न हों! किसी भी गोत्र के क्यों न हों! सुरंजन जब बांग्लादेश में था तब क्या यह बात वह नहीं जानता था? बेशक जानता था। वह अगर धनवान होता तो उसे अपने देश को छोड़ने को सोचना नहीं पड़ता। वह अगर पार्टी का बड़ा नेता होता तो नहीं सोचता। ताक़त की कोई ज़ात नहीं होती, कोई धर्म नहीं होता।

निश्चय के पैरों में अनिश्चय जोंक की तरह काट खाता है। सुरंजन आन्दोलित होने लगता है। स्वप्न और दुःस्वप्न उसे आन्दोलित होने के लिए मजबूर करते हैं। अन्धे ग़ुस्से के अँधेरे में दबी रह गई उसकी वैज्ञानिक-चेतना, उसका साम्यवाद, उसका धर्ममुक्त, अन्धविश्वासमुक्त, स्वस्थ, विषमताविहीन समाज का सपना धीरे-धीरे उभरने लगता है। उसका परिवेश धीरे-धीरे उजाले से भर जाता है। सुरंजन क्या ख़ुद को उस उजाले में थोड़ा-थोड़ा पहचान नहीं पा रहा? उसने तो ख़ुद को इसी तरह तैयार किया था। तैयार किए हुए ख़ुद ही को उसने क्यों तोड़ दियां? वह क्या बनना चाहता है? कुछ और? सुरंजन को अपने भीतर घट रही तमाम घटनाओं की थाह नहीं मिल पाती। उसकी भी इच्छा होती है कि वह नन्दननगर झील में आत्महत्या कर ले।

सुरंजन के साथ बीच-बीच में फ़ोन पर बातचीत होती रही, लेकिन मिलना बहुत कम हुआ। किरणमयी के साथ मेरी लगातार मुलाक़ातें होती रहीं। वे माँ

काली की भक्त थीं। मैं एक दिन उन्हें दक्षिणेश्वर के काली मन्दिर घुमाने ले गई। कुशल चौधुरी के बहुत अनुरोध करने पर कुछ साल पहले मैं दक्षिणेश्वर मन्दिर देखने गई थी। यूरोप में मैंने जिस तरह पुराने गिरजाघर देखे थे, मैं मन्दिरों और मस्जिदों को भी ठीक उसी तरह देखती हूँ। उनका स्थापत्य शिल्प मुझे आकर्षित करता है। मुझे दक्षिणेश्वर के काली मन्दिर के भीतर ले जाया गया था, यह सुनकर किरणमयी की आँखों में मुग्धता छलकने लगी थी। वे चाहती हैं कि मैं एक दिन उन्हें भी काली मन्दिर में प्रवेश करवाऊँ। मैंने तुरन्त दिन, तारीख़ तय कर ली। मैंने सुरक्षाकर्मियों को दो दिन पहले सूचित कर दिया कि सुबह मैं मन्दिर जाऊँगी।

दक्षिणेश्वर जाने के दौरान मेरे पीछे एक एस्कॉर्ट कार थी, जो स्पेशल ब्रांच के लोगों से भरी हुई थी। सामने पैं-पूँ हॉर्न बजाती ख़ाकी वर्दीवाले राइफ़लधारी पुलिस की गाड़ी भी थी। सामने और पीछे पुलिस की ये गाड़ियाँ देखकर किरणमयी की पलकें झपकनी बन्द हो गई थीं और मुँह खुला का खुला रह गया था।

और जैसे ही हम दक्षिणेश्वर पहुँचे, लोकल थाने के पुलिसवालों ने मुझे रिसीव किया और फिर तो मुझे गाइड करने का ज़िम्मा मन्दिर के लोगों का था। वे लोग ही मुझे माँ काली के उस कमरे में ले गए, जहाँ दरवाज़े के बाहर से दर्शनार्थी पूजा के फूल फेंक-फेंककर चढ़ा रहे थे। मेरे हाथ में फूलों की डलिया थी। मैंने वह डलिया किरणमयी को दे दी। उनके हाथों से डलिया लेकर पुजारी ने फूल निकाल लिये और मंत्र पढ़ने लगा। किरणमयी की आँखें डबडबा उठीं। पुजारी ने हम दोनों के हाथों में चरणामृत दिया। किरणमयी ने आँखें मूँदकर चरणामृत पी लिया। वे आवेग के मारे थरथर काँप रही थीं। मैंने पुजारी को पाँच सौ रुपये दिये और फिर हम लोग बाहर निकल आए।

किरणमयी के थरथराते शरीर को मैंने आहिस्ते से जकड़ लिया। वे मेरे सीने पर सिर रखकर फफकती हुई बोलीं—माँ, तुमने मेरा सपना साकार कर दिया!

मुझे तभी कुशल चौधुरी की दी हुई साड़ी की याद हो आई। माँ काली को पहनाई गई एक लाल बनारसी साड़ी उन्होंने मुझे भेंट की थी। घर लौटकर उसी दिन मैंने अलमारी से वह साड़ी निकालकर किरणमयी को दे दी। साड़ी में से तब भी फूल और सुगन्धियों की महक आ रही थी। किरणमयी दूसरी बार रो पड़ीं। वे रोती-रोती बोलीं—पिछले जनम में ज़रूर तुम मेरी बेटी थीं!

मुझे यह तो मालूम था कि किरणमयी अगले जन्म में विश्वास करती हैं, लेकिन वे पूर्वजन्म में भी विश्वास करती हैं, यह मुझे पता नहीं था।

वे माँ काली की क्या भक्त थीं ? असली भक्त तो थी माया। माया को इस बात की भनक लगते ही उसने उस साड़ी को हासिल करने की ज़िद ठान ली। यह जानने के बावजूद कि तसलीमा ने वह साड़ी किरणमयी को दी है, वह चाहती थी कि वह उसे मिल जाए।

मुझे नहीं पता, उस वक़्त माया ने मुझे किसी भी रूप में माफ़ कर दिया था या नहीं। किरणमयी ने वह बनारसी साड़ी माया को दे दी। मेरा ऐसा विश्वास है कि माया जितनी बार उस साड़ी को छूती है, उसे प्रणाम करती है, उसे मेरी याद ज़रूर आती है। वह साड़ी मैंने दी थी। वह साड़ी काली देवी ने पहनी थी, यह बात मैंने उसे बताई थी। हालाँकि यह भी सुनी हुई बात ही थी, प्रामाणिक नहीं। इसके बावजूद माया मेरी कही हुई बात पर विश्वास कर रही थी। क्यों? किरणमयी विश्वास कर रही थीं, इसलिए? किरणमयी की सब बातों पर तो माया विश्वास नहीं करती। माया को तो विश्वास ही नहीं होता कि मैंने माया के बारे में जो भी लिखा, सचमुच उसकी भलाई के लिए लिखा था, इसमें मेरा कोई भी ग़लत उद्‌देश्य नहीं था। मैं उसकी तकलीफ़ों में रोई थी, उसने तो विश्वास नहीं किया। उसकी विवशताओं, उसकी तकलीफ़ों ने मुझे टुकड़े-टुकड़े कर दिया था, लहूलुहान कर दिया था, उसने तो इस पर ज़रा भी विश्वास नहीं किया। किरणमयी से ही मुझे माया की ख़ैर-ख़बर मिलती रहती है। फ़िलहाल मैं माया को लेकर सोच-विचार नहीं करती।

जुलेखा और सुरंजन जब कंचनजंघा देखने रिशप गए थे, तब मैं किरणमयी को अपने घर ले आई थी। वे कुछ दिनों तक मेरे घर रुकी थीं। उन कुछ दिनों मैं बराबर उनके साथ रही। उन्हें लेकर नाटक-थिएटर गई, गायन के अनुष्ठानों में गई। दक्षिणापण ले जाकर मैंने उन्हें साड़ी, चादरें और घर की सजावट की तमाम चीज़ें ख़रीद दी थीं। उन्हें मार्कोपोलो, आई. टी. सी. सोनार बांग्ला में बुफ़े खिलवाया था। मानो किरणमयी मेरी कोई बहुत अपनी हों! मानो कोई रिश्तेदार हों! अपनी माँ या फिर अपनी मौसी-जैसी कोई! उनके नहाने, उनके खाने, उनके आराम, सुख-सुविधाओं, उनके मन की ख़ुशी इत्यादि पर मैंने चौबीसों घंटे नज़र रखी थी। मैं ख़ुद स्टडीरूम में सोई। मैंने अपना बेडरूम उन्हें दे दिया था।

इतना प्यार-दुलार पाकर वे बराबर कहती रहीं कि इस शहर में कितने ही तो रिश्तेदार हैं लेकिन क्या वे किसी के घर जा सकती हैं? कोई क्या एक दिन भी अपने यहाँ रुकने के लिए कहता है? तुम मेरे रिश्तेदारों से भी अधिक हो माँ!

मुझे नहीं मालूम कि यह अचानक उफन आया कोई आवेग था या नहीं, उन्होंने अपने जीवन की तमाम बातें मुझसे साझा की थीं।—गृहस्थी की बातें, पति-बच्चों की बातें। किरणमयी बिस्तर पर लेटी रहतीं और अधलेटी होकर उन्हें मनोयोग से सुनते-सुनते मेरे मन में सुरंजन के प्रति और अधिक उत्सुकता जन्म लेती रही, हालाँकि सुधामय के मामले में और अधिक संशय गहराता रहा।

मैं जब भी सुधामय की मृत्यु के बारे में जानने की कोशिश करती, किरणमयी उस प्रसंग को टाल देतीं। किस तरह उनकी मौत हुई, मेरे चाहने के बावजूद मुझे कोई जानकारी हासिल नहीं हो सकी। पहले-पहल मुझे लगता था कि मैंने शायद किसी कच्चे घाव पर हाथ रख दिया है। बाद में धीरे-धीरे मुझे महसूस हुआ कि

किरणमयी कुछ छुपा रही हैं। मैं सुधामय के बारे में जानने की कोशिश बार-बार करती रही कि वे भला कब तक इसे टाल पाएँगी, कई बार भूल से वे बोल जातीं। जो बातें मुझसे छिपाई जा रही थीं, भूलवश वे बताने लगतीं। मुझे बहुत क़रीबी समझकर वे कहने लग जातीं।

किरणमयी टुकड़ों में बतातीं कि वे तो ख़ुद ही जीना नहीं चाहते थे। उन्होंने अपना देश छोड़ा ज़रूर था, लेकिन केवल शरीर से। उनका मन तो उसी देश में रमा हुआ था। जड़ से उखाड़े हुए बहुत-से पेड़ दूसरी जगहों पर भी ज़िन्दा रहते हैं और बहुत-से नहीं रह पाते। सुधामय ज़िन्दा रहनेवाले पेड़ों जैसे नहीं थे। वे इस मिट्टी के साथ घुल-मिल नहीं सके। ग़रीबी थी, ग़रीबी को तो स्वीकार किया जा सकता है, लेकिन ग़रीबी से ज़्यादा चोट उन्हें जिस बात ने पहुँचाई थी, वह थी लोगों की दुष्टता, अनुदारता, संकीर्णता और स्वार्थपरता। उन्हें हर रोज़ यह सब देखना पड़ा था।

—और?

—थोड़े दिन और रुक जाते तो शायद वे देख पाते कि उन्हें मरीज़ मिलने लगे हैं, उनके अभाव ख़त्म हो गए हैं। माया को भी फिर उस तरह, उस हालत में देखने की ज़रूरत नहीं पड़ती।

—और?

—उन्होंने एक बार भी हम लोगों के बारे में नहीं सोचा कि हम लोगों के लिए जीवित रहना कितना दुष्कर हो जाएगा। तकलीफ़ भरा समय था, लेकिन वह समय तो बीत ही गया था। उस देश से जितने लोग आए, उनमें से ऐसे कितने थे कि जिन्हें सब मनचाहा काम मिल सका था? पहले-पहल तो सभी को तकलीफ़ें उठानी पड़ी थीं। उन्होंने क्यों ऐसा सोचा कि उनके चले जाने से सब ठीक हो जाएगा? हमारा सब कुछ ख़त्म हो गया।

किरणमयी अचानक फफकती हुई बोलीं—उस झील के किनारे बैठे रहते थे। किसे पता था...

—उनकी मौत कैसे हुई?

किरणमयी ने सवाल का जवाब नहीं दिया।

मैंने पूछा—हार्ट अटैक?

उन्होंने सिर हिलाकर 'हाँ' कहा।

उस रात स्टडीरूम में जब मैं सोने की कोशिश कर रही थी, बार-बार उनकी बातों पर विचार करते हुए मेरे मन में संशय उपज रहा था, सुधामय की स्वाभाविक मृत्यु नहीं हुई है। सुधामय ने आत्महत्या की है। —नन्दननगर की झील में डूबकर आत्महत्या। एक पढ़े-लिखे सज्जन व्यक्ति को किन-किन वजहों से आत्महत्या करनी पड़ी?

लोगों ने उनका भरोसा तोड़ा था, इसलिए?

अपने देश को छोड़ना उन्हें अपनी भूल लगने लगी थी, इसलिए?

सुरंजन को कोई अच्छी नौकरी नहीं मिल रही थी, इसलिए?

ख़ुद की प्रैक्टिस ठीक नहीं चल रही थी, इसलिए?

सुधामय को मैं जितना पहचानती हूँ, इनमें से कोई भी मुझे उसका कारण नहीं लगता। उन्होंने सम्भवत: माया की वजह से आत्महत्या की थी। उन्होंने शायद माया के अध:पतन को अपनी आँखों से देख लिया था। माया क्या सज-धजकर रात को डनलप के मोड़ पर खड़ी थी? क्या वह किसी से बात कर किसी की गाड़ी पर सवार हुई थी? और सुधामय ने यह देख लिया था। माया के अलावा सुधामय की आत्महत्या की कोई और वजह का फ़िलहाल मैं अनुमान नहीं लगा पाई।

मुझे याद आता है कि उस झील के सम्बन्ध में पहले एक बार सुरंजन ने कहा था—उसकी इच्छा होती है कि वह उस झील में डूबकर आत्महत्या कर ले। सम्भवत: उसने टेलीफ़ोन पर ही कहा था। उसे कुछ भी अच्छा नहीं लग रहा था। बहुत थोड़े-से बच्चे उसके पास पढ़ने आते थे। वह उन्हें केवल अपनी ख़ुशी के लिए पढ़ाता था। इसी से थोड़े-बहुत पैसे मिल जाते थे। लेकिन नौकरी के लिए अब उसकी कहीं भटकने की इच्छा नहीं होती थी। दस से पाँच की ग़ुलामी भी उससे अब सहन नहीं हो पाएगी। इसकी बजाय तो वह जिस आज़ादी को भोग रहा था, वह बनी रहे। एक इनसान को ज़िन्दा रहने के लिए भला कितनी चीज़ों की ज़रूरत होती है? इस बेकार दुनिया में इतनी सम्पन्नता की ज़रूरत भी क्या है? आँखों के सामने लाखोंलाख लोग ग़रीबी का जीवन जी रहे हैं। किरणमयी की आमदनी के रुपयों से घर चल रहा है। जब किरणमयी नहीं रहेंगी, तब? तब वह क्या करेगा? पेड़ के नीचे रहेगा?

सुरंजन हँसते हुए कहता—नहीं-नहीं, पेड़-वेड़ के नीचे वाला मामला तो बहुत रोमांटिक है, वह सब मुझे नहीं फबेगा। इससे तो बेहतर मैं झील में डूबकर आत्महत्या कर लूँगा।

—कौन-सी झील में? मरने के लिए कोई झील-वील तय की है?

सुरंजन गम्भीर स्वर में कहता—नन्दननगर वाली झील में।

ये सब कोई प्रमाण नहीं हैं फिर भी मेरा संशय ख़त्म नहीं होता। सुधामय रहते तो देखते कि साल बीतते-न-बीतते उनकी डॉक्टरी बेहतर ढंग से चलने लगी है। बांग्लादेश से आए डॉक्टर जब क्लीनिक खोलकर बैठते हैं तो पहले-पहल मरीज़ नहीं मिलते, दो-तीन साल बाद धीरे-धीरे हालात सुधरते हैं। आज अगर सुधामय जीवित होते तो यह दुर्गति नहीं होती।

किरणमयी जानती हैं कि सुरंजन पर भरोसा नहीं किया जा सकता। इसीलिए उन्होंने साड़ी का कारोबार शुरू किया है तथा इसी में और पूँजी लगाकर इसे बढ़ाना चाहती हैं। लेकिन मुश्किल यह है कि यह कारोबार बेलघरिया में बेहतर हो सकता था। यहाँ पार्क सर्कस में किरणमयी का मुस्लिम घरों में जाना-आना नहीं होता।

आना-जाना न हो तो साड़ियाँ कौन ख़रीदेगा भला? लोग न्यूमार्केट या गड़ियाहाट से ही जो ख़रीदना है, ख़रीद सकते हैं।

दरअसल किरणमयी के यहाँ आने का कारण कम दाम में अच्छी चीज़ का मिलना है। उनके हाथ का काम अच्छा था। बड़ी-बड़ी दुकानों के मुक़ाबले चीज़ों के दाम भी कम थे। लेकिन साड़ी के इस व्यवसाय का प्रचार बहुत ज़्यादा नहीं था। अगर होता तो भी उन्हें पता है कि मुसलमान लोग उनसे कम ही ख़रीदते। मुसलमानों के साथ अभी तक उनका उतना हेलमेल नहीं हुआ था। हालाँकि व्यवसाय के लिए वे चाह रही थीं कि उनसे मेल-मिलाप बढ़े।

उन्होंने अपने यहाँ सलवार-कमीज़ रखी थीं। एम्ब्रॉयडरी किए हुए कुछ बुर्क़े भी रखे थे। उन्होंने मोहल्ले में इनका थोड़ा प्रचार-प्रसार भी किया था। बांग्लादेश के दूतावास के कुछ लोग आकर उस दिन उनसे बहुत सारी साड़ियाँ, सलवार-कमीज़, यहाँ तक कि बुर्क़े भी ख़रीदकर ले गए थे। उन लोगों ने वादा किया था कि वे फिर आएँगे। उनके साथ किरणमयी ने अपने देश की भाषा में जी खोलकर बातें की थीं। उन्हें चाय पिलाई थी, देश के बारे में चर्चा की थी।

किरणमयी का ठीक रहना ज़रूरी है। सम्पन्नता होगी तो मन में उमंग होगी। सुरंजन और माया के लिए कुछ करके उन्हें तृप्ति मिल सकेगी। जीवन का सबसे बड़ा सुख तो यही है कि हम जिसे चाहते हैं, उसके लिए कुछ कर सकें। सुरंजन को पसन्द किया जा सकता है, लेकिन उस पर भरोसा नहीं किया जा सकता।

जो इनसान सबसे कमज़ोर और दूसरों पर निर्भर था, वही इनसान सुधामय की मौत के बाद आज परिवार की पतवार थामे हुए है, और जो सबसे ज़्यादा खुले दिमाग़ की थी, वही माया आज युक्तिहीन अन्धविश्वासों के अन्धकार में डूबी हुई है। जो व्यक्ति राजनीति का दीवाना था, आज वही राजनीति को लेकर सबसे अधिक उदासीन है।

इस बदलाव को लेकर मैं सोचती रही। और जो इनसान जीवन-संग्रामी था, हारूँ या जीतूँ, मैं संघर्ष करता रहूँगा—ऐसी मानसिकता वाला था, बुरे वक़्त में वही पतवार सँभालना जानता था, उसी ने पतवार छोड़ दी। उसने पीछे मुड़कर एक बार भी नहीं देखा। किसका क्या होगा, कौन बह जाएगा, कौन डूब जाएगा—कुछ भी सोचे बिना उसने ख़ुद को डुबो दिया।

—काश, सुरंजन के पिता तुम्हें एक बार देख जाते! उन्हें कितना सुकून मिलता! तुम्हारे बारे में बहुत बातें करते थे।

मैंने किरणमयी को यह कहकर रुकवा दिया कि मैं ये बातें पहले सुन चुकी हूँ, वे बता चुकी हैं।

जुलेखा के बारे में पूछते ही किरणमयी का मुरझाया चेहरा और ज़्यादा मुरझाया, और ज़्यादा रूखा दिखने लगा। वे मानती हैं कि जुलेखा अच्छी लड़की है। सुरंजन

के मुक़ाबले जुलेखा ज़्यादा भरोसेमन्द है। उस पर विश्वास किया जा सकता है। लेकिन किरणमयी के लिए क्या इतना काफ़ी नहीं था?

माया अपने पति को भुगत रही है—ऐसे पति के होने से तो न होना ही बेहतर। और मुसलमान लड़की से शादी करके सुरंजन अगर भुगते, तो नाते-रिश्तेदार, आस-पड़ोस के लोग निन्दा करेंगे, और इस पर माया ने तो ज़िद पकड़ ली है कि वह इस रिश्ते को किसी भी हालत में स्वीकार नहीं करेगी, और जुलेखा भी समाज-बाहर कर दी जाएगी।

शादी और कुछ भी नहीं, केवल सामाजिकता है। जब तक वे लोग सामाजिकता नहीं कर रहे हैं, तभी तक आज़ाद हैं।

—शादी किए बग़ैर क्या वे लोग एक साथ नहीं रह सकते? —मैंने अचानक पूछा।

किरणमयी ने ज़ोर से सिर हिलाया—नहीं।

—तो फिर इस सम्बन्ध का क्या होगा?

किरणमयी ने परेशान होकर जवाब दिया—मुझे नहीं पता। मैंने सुरंजन को बहुत समझाया कि वह झमेले में न पड़े, लेकिन वह सुनता ही नहीं। वह किसी को तवज्जो नहीं देता। मैंने ग़ौर किया कि वह तुम्हें बहुत मानता है। तुम अगर उसे थोड़ा समझाओ!

मैंने तुरन्त खंडन करते हुए कहा—नहीं-नहीं-नहीं, ऐसी बात आप ग़लती से भी मत सोचना। मैं उसके लिए कोई मुद्दा ही नहीं हूँ।

किरणमयी कहती रहीं—तुम हम-जैसे साधारण लोगों के साथ इस तरह घुलती-मिलती हो, कोई विश्वास नहीं करेगा। मैं अगर बेलघरिया के लोगों से कहूँ, तो कोई भी विश्वास नहीं करेगा कि मैं तुम्हारे घर पर रह रही हूँ। तुम मेरी कितनी देखभाल कर रही हो! सोचेंगे कि मैं बनाई हुई बात कह रही हूँ। तुम्हें बाहर से देखकर कोई नहीं कहेगा कि तुम साधारण लोगों को भी इतना अपनापन दे सकती हो। आजकल किसी के लिए कौन इतना करता है? कोई नहीं। नाते-रिश्तेदारों ने कभी हमारी सुध ली? तुम्हें तो पता ही है कि हुंडी के नाम पर कितने सारे रुपये लेकर भाग गया। उसने तो हम लोगों को ख़त्म ही कर दिया है। अब तो...

मैंने धीरे-धीरे कहा—जो चला गया, उसे लेकर दुख करने से क्या फ़ायदा! सुख रुपये-पैसों से नहीं मिलता। मैंने तो ज़िन्दगी में ख़ूब पैसा कमाया। पैसों ने क्या मुझे ज़रा-सा भी सुख दिया? जब मैं अपने देश में थी, नौकरी के शुरुआती दिनों में, मामूली पैसों में भी गुज़ारा कर लेती थी। मुझे मालूम है, उन दिनों मैं कितनी सुखी हुआ करती थी। अभाव था लेकिन अभावबोध नहीं था। दरअसल प्यार हो तो सुख होता है। प्यार से अधिक क़ीमती और कुछ भी नहीं है।

किरणमयी सुनती रहीं। मैं ठीक-ठीक अनुमान नहीं लगा पाई कि वे क्या सोच रही थीं।

रिशप से लौटकर सुरंजन सबसे पहले मेरे घर आया ताकि किरणमयी को ले जा सके। उस दिन वह काफ़ी देर तक साथ रहा। उस दिन किरणमयी ने ही दोपहर का खाना बनाया। हरे धनिए वाला कोई[1] मछली का झोल, लाटी[2] मछली का भुर्ता, भुना देशी मुर्ग़, चने की दाल, तले हुए परवल, तले हुए बैगन, कलमी साग। खाते-खाते बातचीत होती रही। सुरंजन मन-ही-मन ख़ुश हो रहा था। प्रेमिका के संग तीन दिन जो बिता आया था!

मैंने कहा—ऐसा कहा जाता है कि पार्टनर की पहचान यात्रा के दौरान होती है। प्रेमिका के साथ नॉन स्टॉप इतने दिन बिता आए, कैसा महसूस हो रहा है?

सुरंजन के स्वर में कोई कुंठा नहीं थी। बोला—अच्छा।

—सिर्फ़ अच्छा कहने से काम चलेगा?

अबकी बार उसने मेरी आँखों की ओर देखते हुए साफ़ गले से कहा—बेस्ट टाइम इन माई लाइफ़।

यह वाक्य ज़हरीले तीर के अलावा और कुछ नहीं था। वह मेरी ओर देखता रहा। मैंने नज़रें झुका लीं और खाने में ध्यान देने लगी।

किरणमयी भी खाना खा रही थीं। उन्हें तो खाना परोसने की आदत थी, इसलिए टेबल के पास खड़ी होकर जैसे ही उन्होंने सबकी थालियों में खाना परोसना शुरू किया, मैंने उन्हें खींचकर कुर्सी पर बैठा दिया।

मैंने कहा—छोड़िए यह सब। मेरे घर में यह सब दासीवृत्ति नहीं चलती। जिसे जो खाना है, अपनी प्लेट में ले लेगा। यहाँ कोई भी अपाहिज नहीं है।

बर्तन से अपनी थाली में मछली-मटन लेने की कोशिश में यहाँ के लड़कों की तरह सुरंजन के हाथ से चम्मच गिर नहीं रही थी, या फिर चम्मच से मछली-मटन के टुकड़े नहीं गिर रहे थे। वह मज़े से अपने हाथों से चीज़ें ले रहा था और खा रहा था। ऐसा शायद इसलिए था कि वह बांग्लादेश का था। यहाँ बच्चों को जिस तरह अकर्मण्य बनाया जाता है, वहाँ शायद ऐसा नहीं होता। अकर्मण्य तो वहाँ भी बनाते हैं लेकिन वहाँ के लड़के ख़ुद परोसकर खाना सीख लेते हैं, वे स्त्रियों पर इतने निर्भर नहीं होते। वजह शायद यह है कि पुरुष लोग जब बैठक में खाते हैं तो भीतर से बैठक में जाकर स्त्रियों को खाना परोसने की अनुमति नहीं होती। दकियानूसी होने के कुछ-कुछ अच्छे आयाम भी होते हैं, यह एक आयाम है।

जब मैं यह सब सोच रही थी, उस समय सुरंजन रिशप के बारे में बता रहा था। कंचनजंघा के अनूठे सौन्दर्य की बात बतला रहा था। मैं मुग्ध होकर उसके चेहरे की दीप्ति देख रही थी। निश्चित रूप से उसने ख़ूब सारा प्रेम करते हुए दिन-रात बिताए थे। मैं सोचने लगी कि वह किस तरह प्रेम करता होगा? क्या दिन भर चुम्बन लेता है? क्या दिन भर हाथ को हाथ में लिये रहता है? अपने सफ़ेद दाग़वाले हाथ को

1, 2. मछली की एक क़िस्में।

अपनी आँखों के सामने उठाकर मैंने सोचा—एक समय कितने सुन्दर थे ये हाथ! कितने ही लोगों ने इसे छूने की कामना की थी, लेकिन मैंने किसी को ऐसा नहीं करने दिया था। अहंकार मेरे साथ गोंद की तरह चिपका हुआ था। अचानक कहाँ खिर गया सब कुछ? मुझे महसूस होता है कि जीवन ख़त्म हुआ जा रहा है। जीवन बहुत तेज़ी से ख़त्म होता है। जीवन तो सभी का ख़त्म होता है और आज इस हाथ को छूनेवाला कोई नहीं है। फिर मैंने सोचा—ग़लत लोगों को छूकर ही तो मैंने अपना इतना जीवन बिताया है। अब ये हाथ नि:संग ही रह जाएँ तो क्या हर्ज है?

—अच्छा, हाथ में हाथ लेकर तुम पहाड़ पर टहले? —मेरे अचानक किए इस सवाल से किरणमयी और सुरंजन दोनों चौंक पड़े।

सुरंजन हँसकर बोला—हाँ, ज़रूर।

—बहुत सारा प्यार किया? —मैंने पूछा।

—हाँ, बहुत सारा। —सुरंजन बोला।

सुरंजन अपने गाल के तिल को खुजाने लगा। उसका चेहरा बचपन में देखे अमेरिकन टी.वी. सीरियल के नायक जॉनबॉए-जैसा लग रहा था। वह लड़का 'पेपर-चेज़' सीरियल में था। उसके भी गाल पर ऐसा ही तिल था। मेरी इच्छा हुई कि मैं उस तिल को छूकर देखूँ। छूने की इस इच्छा को अपने भीतर ही जज़्ब करते हुए मैंने कहा—उसे खुजाना ठीक नहीं, समझे! खुजाने से कई तरह की डिज़ीज़ होती हैं। खुजाने पर...

मैं समझ गई कि सुरंजन गाल, तिल, खुजाना...यह सब कुछ भी नहीं सुन रहा था। वह पिछले सवाल के जवाब में ही मग्न था। बहुत सारा प्रेम? हाँ, बहुत सारा। सुरंजन का हाथ थाली में था, नज़रें मेरे चेहरे पर, मन कहीं और। भीगे हुए कंठ ने बोला—ज़िन्दगी में प्यार से बढ़कर कुछ भी नहीं होता। सचमुच प्यार से ज़्यादा क़ीमती और कुछ भी नहीं है। मैं इसी को महत्त्व देता हूँ। यही है जो सुख देता है।

उसे मेरे मन की बात कैसे पता चली? सुरंजन क्या मेरे मन के भीतर प्रवेश कर गया है? कब से मेरे मन के भीतर घुसकर बैठा है वह? मेरी आँखें जलने लगीं।

—क्यों, रुपये-पैसों की तो शायद कोई क़ीमत ही नहीं होती? रुपये न होते तो क्या रिशप जा पाते? तुम दोनों घूम-फिर सके और इसी के चलते प्यार कर सके। और रुपये न होते तो तुम्हें वैसा माहौल भी नहीं मिल पाता! कौन-से रिज़ॉर्ट में रुके थे?

—'सोनार बांग्ला' में! —तुरन्त जवाब आया।

—ओ!

मैंने नहीं बताया कि रिशप में मैं भी 'सोनार बांग्ला' में ही रुकी थी। मैंने खरखराते गले से कहा—अब क्या करोगे? जुलेखा को लेकर अब क्या करोगे ज़रा मैं भी सुनूँ?

—अब क्या करेगा? —किरणमयी ने मुझे चुप कराने की कोशिश की।

—बोलो, उसे लेकर वनवास के लिए जाओगे? —मेरे होंठों और आँखों में मुसकराहट थी।

—जाऊँगा।

—निर्वासित होगे?

सुरंजन हो-हो कर हँसते हुए बोला—नहीं, ऐसी इच्छा नहीं है।

—शादी करोगे?

—अगर जुलेखा चाहेगी!

—तुम ख़ुद चाहते हो?

—मैं जुलेखा को चाहता हूँ। वह अगर शादी किए बग़ैर साथ रहना चाहेगी, तो रहूँगा। अगर शादी करना चाहेगी, तो फिर हम दोनों शादी कर लेंगे। शादी का मामला बेमानी है। मैंने एक बार शादी की तो थी। पोथी-पत्रा, जाति-गोत्र, नाड़ी-नक्षत्र, जन्मपत्री, हस्तरेखा मिलान करके क्या कुछ नहीं किया था? होम-यज्ञ, शालग्राम शिला को साक्षी मानकर मंत्रोच्चार, पाणिग्रहण, सप्तपदी गमन, मालाओं की अदला-बदली—सभी कुछ तो हुआ था! कितने दिन टिकी शादी?

—अच्छा, इतना सब क्यों किया था? सिर्फ़ रजिस्ट्रेशन ही तो काफ़ी था।

—मैंने मेनस्ट्रीम कल्चर में इंटीग्रेट होना चाहा था।

—क्यों? तुमने सोचा था, इससे सुविधा होगी?

—शायद ऐसा ही था।

—तो फिर तुम्हें क्या लगा, सुविधा नहीं हुई?

—शायद ऐसा ही।

—अब क्या करोगे? क़ाज़ी को बुलवाकर निक़ाह? इस्लाम के मुताबिक़ शादी?

—शटअप!

—तुम मुसलमान नहीं बनोगे?

सुरंजन खाना बीच में छोड़कर अचानक उठ खड़ा हुआ। वह हाथ धोने चला गया।

सुरंजन कोई नहीं था। वह कुछ भी नहीं था। होपलेस। वर्थलेस। आवारा। वह रुचिशील नहीं था। उसके कोई आदर्श नहीं थे। स्वस्थ सोच-विचार नहीं थे। वह लिखता-पढ़ता नहीं। उसके अतीत में अँधेरा था। उसके भविष्य में अँधेरा है। अपने शिकार का नये ढंग से शिकार कर उसमें उलझा हुआ था। लड़की होशियार है। उसे अच्छी नौकरी मिल ही जाएगी। और प्रोटेक्शन के नाम पर सुरंजन बैठे-बैठे उसकी तनख़्वाह उड़ाएगा। जुलेखा को किसी अच्छे इलाक़े में किराये का मकान नहीं मिलता क्योंकि वह मुसलमान है। सुरंजन के साथ शादी हो जाने पर यह असुविधा भी नहीं रहेगी।

—जुलेखा सिन्दूर लगाएगी? शाँखा-पला पहनेगी?

—उसकी अगर इच्छा होगी तो वह लगाएगी। इच्छा नहीं होगी तो नहीं लगाएगी—सुरंजन ने कठोर स्वर में जवाब दिया।

—तुम जो बड़ी समानता जता रहे हो, असल में तो तुम्हीं सब कुछ थोपोगे! तुम्हारी इच्छा क्या है, ज़रा सुनूँ?

—आप इतना क्यों जानना चाहती हैं?

—बस जानने के लिए।

—उपन्यास लिखेंगी?

—मैंने अब तक तय नहीं किया है। शायद नहीं लिखूँगी। शायद लिखूँगी।

—अब बहुत हुआ लिखना!

—मतलब?

—मतलब बहुत हुआ लिखना। अब आप मुझे मुक्ति दें।

—तुम्हें क्या मैंने क़ैद कर रखा था?

—हाँ, रखा था।

—कैसे?

—आपने मुझे मानसिक रूप से कै़द कर रखा था।

भीतर-भीतर मेरी छाती काँप उठी। मुझे ठीक समझ में नहीं आया कि सुरंजन के प्रति मेरा यह जो आकर्षण है, जिसे निरस्त नहीं किया जा सकता, ऐसा क्यों है? इसलिए कि मैं अकेली हूँ? या कि अपने ग़ुस्से, अपनी घृणा, ज़बर्दस्त उम्मीद और हताशा के साथ, विभ्रान्ति और भ्रान्ति के साथ, सारी असफलताओं और निस्पृहता के साथ भी वह व्यक्ति भीतर से निहायत सच्चा है, इसलिए?

—अपनी ज़िन्दगी में मैं क्या करूँगा, यह पूरी तरह मेरा निजी मामला है। मेरा और जुलेखा का। इन सबको लेकर प्लीज़, कुछ भी मत लिखिएगा। पता नहीं, कुछ-का-कुछ लिख देंगी! पता नहीं, बाद में क्या झमेला हो!

—मेरे लिखने की वजह से झमेला?

—झमेला नहीं तो क्या!

—तो तुम्हें झमेले से डर लगता है? —मैंने विस्मय से पूछा।

—आपने मुझे क्या समझ रखा है? महामानव? मैं तनिक भी वैसा नहीं हूँ। अगर डर न होता तो क्या मैं अपना देश छोड़ता? यहाँ क्या मुझे डर नहीं लगता? मैं यहाँ भी मुस्लिम फ़ंडामेंटलिस्टों से डरता हूँ, एज़-वेल-एज़ हिन्दू फ़ंडामेंटलिस्टों से। मैं जितने भी दिन ज़िन्दा रहूँ, अपनी तरह से जीना चाहता हूँ।

उसने किरणमयी का हाथ अपने सीने के पास खींच लिया। इस दुलार, इस प्यार, हृदय की इस गरमाहट को प्रकट कर पाना हर किसी को नहीं आता। देखकर बहुत अच्छा लगा।

मैंने कहा—गाड़ी ले आओ।

मैंने तरुण से कह भी दिया था कि उन्हें छोड़ आए। सुरंजन ने गाड़ी नहीं ली, बोला—वह रास्ते में टैक्सी ले लेगा।

मैं बरामदे में खड़ी रह गई। हू-हू करती हवा मुझे छू-छूकर जाती रही। मैं उनके लिए कौन हूँ? कोई भी तो नहीं। मैं तो सिर्फ़ एक लेखिका हूँ। किरणमयी साधारण-असाधारण की बात कर रही थीं कि वे साधारण लोग हैं और मैं असाधारण। कोई एक बार अगर किसी को असाधारण मान ले तो फिर वह उसे अपने से दूर ही धकेलता रहता है। असाधारण लोगों को दूर से देखना ही अच्छा लगता है। उन्हें क़रीब पाने पर भी वे उन्हें दूर से देखने की तरह ही देखते हैं। ज़ात-पाँत के न मानने पर हिन्दू और मुसलमानों के बीच प्रेम का रिश्ता भी पनपता है। लेकिन साधारण व्यक्ति एक बार जिसे असाधारण मान बैठता है, उसे वह कभी भी सचमुच अपना आत्मीय नहीं बना पाता। उनके बीच असल में किसी तरह का कोई रिश्ता बन ही नहीं पाता। जब किरणमयी और सुरंजन निकलकर जा रहे थे, मुझे दोनों की ही आँखों में कृतज्ञता दिखाई दी थी, प्रेम नहीं। मुझे बहुत हीनता महसूस हुई। बहुत अकेलापन!

किरणमयी विधवा हो गई थीं। उन्होंने केवल शाँखा-सिन्दूर का त्याग किया था। वे सफ़ेद साड़ी भी नहीं पहनती थीं और उन्होंने मांस-मछली खाना भी नहीं छोड़ा था। सुधामय कहते थे—मेरा तुमसे अनुरोध है कि मेरी मृत्यु के बाद तुम भूल से भी विधवा का रूप मत धारण करना। अभी जिस तरह रह रही हो, उसी तरह रहना। जो इच्छा हो, करना। लेकिन उन्होंने पति का अनुरोध नहीं माना था। उन्होंने सफ़ेद थान की साड़ी पहनी, उन्होंने हविष्य खाना शुरू कर दिया, लेकिन सुरंजन ने ज़िद पकड़ ली, बोला कि अगर आपने यह सब बन्द नहीं किया, तो मैं घर छोड़कर चला जाऊँगा।

किरणमयी के लिए जीवन में इससे बड़ी धमकी भला और क्या हो सकती थी! पति चले गए, माया चली गई, अब यदि अन्धे की लाठी सुरंजन भी चला जाए, तो फिर आत्महत्या करने के अलावा उनके पास कोई और रास्ता नहीं बचेगा। और सुरंजन बदमिज़ाज लड़का है। वह अगर सचमुच जाने की ठान ले, तो उसे रोकने की क़ूवत किरणमयी में भी नहीं है, यह वे जानती हैं। इसलिए किरणमयी रंगीन कपड़े पहन रही हैं, सब कुछ खा रही हैं। लेकिन उन्होंने कह दिया है कि जी भरकर पूजा करने की आज़ादी कोई उनसे न छीने। किरणमयी सोचती हैं कि इतने लोग पूजा करते हैं, इतने लोग धर्म को मानते हैं, तो निश्चय ही कहीं-न-कहीं कोई

भगवान है। और आजकल तो समय को लेकर बड़ी मुश्किल हो गई है। उन्हें पता नहीं कि इतने सारे समय का वे क्या करेंगी ? घर के तमाम काम निपट जाने के बाद एक भयावह अकेलापन उन्हें जकड़ लेता है।

उम्र जितनी बढ़ती जा रही है, उतनी ही वे अकेली होती जा रही हैं। उन्हें देने के लिए किसी के पास समय नहीं है। सुरंजन जब घर में रहता है तो वह अपने कमरे में अकेले ही रहता है। या तो कुछ पढ़ता है या फिर विद्यार्थियों को पढ़ाता है, अन्यथा दोस्तों या जुलेखा के आने पर उन्हीं के साथ समय बिताता है। किरणमयी के बिस्तर पर अचानक आकर उसका औंधा लेटे रहना भी बहुत कम होता है। माँ बेटे के सिर और पीठ पर थोड़ा हाथ फेर देतीं, इस दुलार को बेटा अपना शरीर बिछाकर ग्रहण करता।

किरणमयी आजकल पान खाती हैं, बेटा माँ से पान खिलाने की ज़िद कर रहा है। किरणमयी पान चबाती-चबाती जुगाली करने की तरह छोड़ आए सुख भरे दिनों के क़िस्से सुनातीं। दिन तो सारे ही वे छोड़ आए थे। किरणमयी को लगता है कि यह जीवन अर्थहीन है, एक अतिरिक्त जीवन है यह। अँधेरी गली के सीलन भरे माहौल में रहते हुए कौन इस दुनिया, इस समाज, परिवार और ख़ुद को भी क्या फ़ायदा पहुँचा रहा है। न तो सुरंजन और न ही वे ख़ुद। व्यक्तिगत जीवन जीने का जो आनन्द है, वह दोनों में से किसी को प्राप्त नहीं है।

किरणमयी को एहसास है कि जुलेखा की जगह अगर कोई भी हिन्दू लड़की होती तो शायद सुरंजन शादी करके उसे घर ले आता। उन्हें यह भी लगता है कि अगर उसके लिए जुलेखा को छोड़ पाना सम्भव होता, तो वह उसे ज़रूर छोड़ देता। लेकिन उसे छोड़ना क्यों सम्भव नहीं, इसके बारे में उन्हें कुछ नहीं मालूम। हो सकता है, वजह यह हो कि उस लड़की में जो बात है, उसे लगता है, वह किसी और में उसे नहीं मिल सकती। या फिर आज के समय में ऐसी दोस्त का मिलना आसान नहीं, ख़ास तौर पर तब, जब कि पैसों की बड़ी किल्लत हो।

कड़वा सच यह है कि आजकल प्रेम भी बेचने-ख़रीदने की चीज़ बन गई है। ग़रीब का प्रेम ग़रीब के साथ और अमीर का प्रेम अमीर के साथ ही हो रहा है। पहले तो प्रेम इस तरह वर्ग मानकर नहीं चलता था। किरणमयी ने अपने बचपन और किशोरावस्था में देखा था कि अमीरों की लड़कियाँ ग़रीब लड़कों से प्रेम कर रही हैं। बहुत अमीर लड़का एक अन्धी-अनाथ लड़की के प्रेम में ग़ोते लगा रहा है। वह सब कहाँ है अब ? फ़िल्मों और नाटकों में भी समाज के उच्च और निम्न वर्ग के प्रेम को अहरह दिखाया जाता था। आज वह सब पुरानी चीज़ हो गई है। प्रेम आजकल हिसाब लगाकर किया जाता है। माता-पिता जिस तरह योग्य वर-वधू की तलाश करते हैं, लड़के और लड़कियाँ भी प्रेम करने के लिए ठीक उसी तरह योग्य किसी को ढूँढ़ लेते हैं। धर्म, गोत्र, सामाजिक, आर्थिक स्थिति आदि को देखकर तब

प्रेम किया जाता है। किरणमयी तमाम कोशिशों के बाद भी अनुमान नहीं लगा पातीं कि सुरंजन ने क्यों जुलेखा को या कि जुलेखा ने क्यों सुरंजन को पसन्द किया होगा! बेलघरिया में रहनेवाले हिन्दू लड़के और पार्क सर्कस में रहनेवाली मुसलमान लड़की की कैसे मुलाक़ात हो गई, आज भी उन्हें इसका रहस्य नहीं पता। बेटे से पूछने पर उन्हें कभी भी जवाब नहीं मिला। उन्होंने जुलेखा से भी जानने की कोशिश की थी, लेकिन उसने भी बात टाल दी थी। लगता तो नहीं कि यह लड़की सुरंजन को किसी तरह का नुक़सान पहुँचाने आई है।

लड़की ख़ूब घरेलू टाइप की है। उसे देख लगता नहीं कि घर-गृहस्थी के लिए बहुत उतावली हो रही है। सुरंजन के अस्तव्यस्त कमरे में जब भी यह लड़की आई तो झूलती मच्छरदानी, चाय के कप, राख से ठसाठस भरी ऐशट्रे, पलंग की रेलिंग और टेबल-कुर्सी पर पड़े हुए शर्ट-पैंट, तौलिए वग़ैरह को उसने कभी अपने हाथों से समेटकर नहीं रखा। वहाँ की सफ़ाई भी नहीं की।

किरणमयी ने सुरंजन को सुना-सुनाकर कहा था—क्या ग़ज़ब लड़की है भई! कमरा इतना बिखरा रहता है, कभी थोड़ा समेटने की ज़हमत नहीं उठाई उसने!

—एक दिन सुरंजन ने कह दिया—वह मेरी नौकरानी है क्या?

यह बात किरणमयी को बहुत चुभी थी, तो क्या वे जो समेटती रहती हैं, वे नौकरानी हैं? उनके मुँह से निकलने ही वाला था—तो क्या मैं नौकरानी हूँ? —यह बात सुनकर सुरंजन को तकलीफ़ होगी, यही सोचकर लगभग ज़ुबान पर आ चुकी बात को उन्होंने रोक लिया। किरणमयी यह शिकायत क्यों करेंगी भला? अपने बेटे के कमरे को दुरुस्त करके उन्हें जो सुकून मिलता है, वैसा तो किसी और चीज़ में नहीं मिलता। बेटा अकर्मण्य हो, कमाता न हो, गृहस्थ न हो, फिर भी तो वह बेटा ही रहेगा, माँ को तो प्यार करता है न! अपने सीने से लगाकर कभी कभी अपने हृदय की गरमाहट तो देता है। कभी-कभी अपने सुख-दुख भी साझा कर लेता है।

एक दिन किताबें टटोलते हुए उसे एक तसवीर मिली थी—सुधामय, माया और सुरंजन की ढाका के घर वाली तसवीर। उस तसवीर को लेकर पिता को याद करते हुए वह माँ की गोद में सिर रखकर ख़ूब रोया। तसवीर इतनी जीवन्त थी कि लगता था मानो अभी कुछ ही दिन पहले की हो! यों सुरंजन को किरणमयी ने कभी भी इतना भावुक होते नहीं देखा। पथराया-सा चेहरा था उसका। पहले ढाका में वह ऐसा नहीं था। ग़ुस्सा होने पर तोड़-फोड़ करता था, चीज़ें तहस-नहस कर देता था। अब कैसा ठंडा-सा हो गया है! अब उसे किसी भी चीज़ से कोई फ़र्क़ नहीं पड़ता।

किरणमयी को नहीं लगता कि जुलेखा भी उसे लेकर बहुत ख़ुश है। आशंका होती है कि पता नहीं यह लड़की कब उसे छोड़कर चली जाए! सुरंजन यों किसी से बहुत घनिष्ठता से नहीं मिलता, लेकिन अगर मिलता है तो वह निहायत प्यार से

ही मिलता है। इसके बाद प्यार करनेवाला जब ठगकर चला जाता है, तो उसकी गूँज सीने में बहुत दिनों तक सुनाई देती रहती है। इसके अलावा जिसे वह अपने दोस्त के रूप में नहीं स्वीकारता, वह अगर उसे ठगना चाहे या ठग भी ले तो सुरंजन इसे तवज्जो नहीं देता।

किरणमयी को यक़ीन है कि तसलीमा अगर चाहें तो सुरंजन के लिए कुछ कर सकती हैं। उन्हें लेकर वे बहुत आग्रही हैं। वे चाहती हैं कि उनका बेटा ज़िम्मेदार बने, पैसेवाला बने, वह सुखी हो। उस-जैसे उदासीन लड़के को इनसान बनाना किसी के बस की बात नहीं। उमर हो गई है, कौन समझेगा! अब भी वह बाईस-तेईस साल की उम्रवालों की तरह ही जीवन को लेकर रोमांटिक है। 'तू मुझे इस अँधेरी गली में ले आया है'—कहकर जितनी बार किरणमयी ने ताने मारे, हर बार सुरंजन ने हँसते हुए कहा—अँधेरी गली में तुम कभी अपने बापजनम में रही हो? कैसी लगती है इस तरह की ज़िन्दगी, चलो न, एक बार ज़रा उसका भी तजुर्बा हासिल करें!

इसे निश्चित रूप से रोमांटिक ख़याल कह सकते थे, अगर कोई लखपति या करोड़पति ऐसी कामना करता। लेकिन सुरंजन और किरणमयी दोनों की आमदनी को मिलाकर उसका तीन गुना कर दें तो भी क्या उन्हें अँधेरी गली के सिवा कोई राजपथ नसीब होगा?

तसलीमा पैसेवाली हैं। फ़िज़ूलख़र्चों की तरह पैसे उड़ाती हैं। वे तो सुरंजन को कोई बिज़नेस शुरू करने के लिए रुपये दे सकती हैं। कहीं पर वह एक फ़ार्मेसी खोल लेगा। दवाइयों से तो उसका जन्म से रिश्ता रहा है। और अगर यह सम्भव न हो, तो कितने ही तो बड़े-बड़े लोगों से उनकी पहचान है! बेटे को वे किसी भी कम्पनी या कॉलेज में लगवा सकती हैं। किरणमयी यह भी सोचती हैं कि नौकरी पर लगवा देना तो सहज है, लेकिन क्या सुरंजन नौकरी करेगा? नियम-क़ायदे मानेगा? क्या अजीब आदमी है! एक बार अगर आज़ादी मिल जाए तो फिर उसे छोड़ पाना मुश्किल होता है—कुछ भी न करने की आज़ादी। घर-गृहस्थी न करने की आज़ादी। किरणमयी की इच्छा है कि वे एक बार तसलीमा से अनुरोध करेंगी कि वे उनके बेटे को थोड़ा इनसान बना दें।

जुलेखा भी सुरंजन के साथ भला क्यों रिश्ता रखेगी? वह कम उम्र की लड़की है। पढ़ी-लिखी है। हालाँकि अभी एक मामूली-सी नौकरी कर रही है, तनख़्वाह चार-पाँच हज़ार है। ऐसा क्या है सुरंजन के पास जो वह उससे शादी करना चाहेगी! उसके ख़ानदान के लोग उसे त्याग देंगे! क्या वह अपने सगे-सम्बन्धियों को दुख पहुँचाकर ख़ुद सुखी रह पाएगी?

सुरंजन क्या माया को रुलाकर सुखी हो सकेगा? अपनी बहन को? अपनी माँ को? उस बन्धन में न बँधना ही बेहतर, जो बन्धन सुकून न देता हो। सुदेशना के साथ सुरंजन का जो जीवन था, उसमें भी कोई सुख नहीं था। सुदेशना सुरंजन को

जितना अपना बनाकर पाना चाहती थी, वह उतना ही बन्धन तोड़कर निकल जाता था। वह बन्धन में जकड़े जानेवाला लड़का था ही नहीं! किरणमयी चाहती थीं कि किसी भी तरह से वह रिश्ता बना रहे। लेकिन सुदेशना किसी भी सूरत में राज़ी नहीं हुई। आख़िरकार शादी टूट गई।

सुधामय के साथ किरणमयी ने जो दाम्पत्य जीवन जिया था, उसमें सुकून था। सुख था। एक-दूसरे के लिए आदर के भाव थे। लेकिन उनकी दोनों सन्तानों को जीवन में कोई भी सुख नसीब नहीं हुआ। कभी-कभी घर-गृहस्थी का न होना भी अच्छा होता है। माया की घर-गृहस्थी से क्या सुरंजन का गृहस्थीविहीन होना बेहतर नहीं है? बेहतर है। माया को हर रोज़ तकलीफ़ झेलनी पड़ती है, सुरंजन को नहीं। वह ज़िम्मेदारियों से मुक्त मज़े-मज़े से घूमता-फिरता है। माया ऐसी है कि वह उस रिश्ते के धागे को तोड़ नहीं पाती। तोड़ना चाहकर भी जो लोग नहीं तोड़ पाते, उन्हें बहुत कष्ट उठाने पड़ते हैं। जो लोग ज़्यादा सोच-विचार न करते हुए तोड़ ही डालते हैं, शायद वे ही ठीक से रह पाते हैं।

किरणमयी को लगता है, सिर्फ़ लगता ही नहीं, उन्हें यक़ीन भी है कि संसार में पुरुषों की अपेक्षा स्त्रियों के कष्ट बहुत ज़्यादा हैं। तसलीमा बढ़िया हैं। कोई झमेला नहीं, अकेली रहती हैं। काश कि माया भी अकेली रह पाती!

किरणमयी अकेली-अकेली यह सब सोचती रहीं। इन सारे विचारों को उन्होंने पतंग की तरह घर की हवा में उड़ा दिया। ये विचार उनके साथ-साथ घर के बाहर भी निकल आते।

बाहर सीलन भरा एक आँगन था। आँगन में एक नंगा बच्चा और एक मरियल-सा कुत्ता था। उनके पास से गुज़रती हुई वे जूट के एक बैग में कुछेक साड़ियाँ और सलवार-कमीज़ लेकर निकल पड़ीं।

घर से निकलते ही सोने के गहनों की कुछेक दुकानें थीं। बहुत ज़्यादा दिन नहीं हुए, किरणमयी ने जगन्नाथ ज्वेलर्स को अपनी सोने की चेन बेच दी थी। यह बात माया को बतातीं तो वह पूरा घर सिर पर उठा लेती, इसलिए उन्होंने इसकी जानकारी सिर्फ़ सुरंजन को दी थी। इस पैसे को उन्होंने अपने साड़ी के कारोबार में लगाया था।

बेनेपुकुर रोड पर परिचित दो घरों में उन्होंने वे कपड़े दिखाए। दो बिके भी। पैसे अगले सप्ताह मिलेंगे। और फिर पार्क स्ट्रीट पर एक घर से आधा पेमेंट पाकर वे सियालदह स्टेशन चली गईं। वहाँ से दमदम की ओर तीन स्टॉपेज के बाद ही है बेलघरिया।

अपने पुराने मोहल्ले में कुछ लोगों को उन्होंने उधार में साड़ियाँ दी थीं, उन लोगों से उन्होंने रुपये ले लिये और कुछ नये लोगों को साड़ियाँ और कपड़े दिखाए। कुछ को पसन्द आए, तीन कपड़े रख लिये गए। जो कपड़े बच गए, उन्हें साथ लेकर अपने दो-तीन पुराने पड़ोसियों के यहाँ बैठकर उन्होंने चाय पीते-पीते आशा और

हताशा की बातें कीं, फिर ट्रेन से सियालदह लौट आईं और बस से एंटाली, एंटाली से रिक्शे से जाननगर।

गली के भीतर किरणमयी के मकान की दीवार पर टीन के एक टुकड़े पर लाल रंग से लिखा हुआ है—मायावन। उन्होंने अपनी साड़ी की अदृश्य दुकान का यही नाम रखा है।

सुबह निकलकर घर लौटते-लौटते शाम हो गई। शाम को घर लौटकर फिर उनकी इच्छा नहीं हुई कि वे खाना बनाएँ। वे बिना खाए ही सो गईं। सुरंजन घर पर नहीं होता तो आजकल उनकी खाना बनाने की इच्छा नहीं होती। खाना बनाने की तैयारी ही तो सबसे बड़ा झमेला है।

पोंछा लगाने और कपड़े धोने के लिए मंगला नाम की एक ग़रीब लड़की आती है। उसी से वे काटने-बीनने का काम करवा लेती हैं। हर दिन अच्छा नहीं लगता। उम्र बढ़ रही है। उम्र हो रही है, यह बात बाहर से न भी महसूस होती हो, लेकिन भीतर तो महसूस होती ही है। यह बेलघरिया जाना-आना किरणमयी को कमज़ोर कर देता है। इन सारे कामों की ज़िम्मेदारी क्या सुरंजन कभी लेगा? नहीं लेगा। दो कमरों का किराया भी आजकल किरणमयी को ही चुकाना पड़ता है। माँ किस तरह ये थोड़े-से रुपये कमाती है, सुरंजन ने क्या कभी इसे जानने की ज़हमत भी उठाई? इतने उदासीन और ग़ैरज़िम्मेदार बेटे पर किरणमयी को फिर भी दया आती है। लेकिन कितने दिन? किरणमयी सिहर उठीं कि अगर वे भी सुधामय की तरह अचानक चली गईं, तो फिर बेटे का क्या होगा? जुलेखा क्या तब उसकी ज़िम्मेदारी लेगी? नहीं, उन्हें यक़ीन नहीं आता कि वह ज़िम्मेदारी लेगी।

किरणमयी को जहाँ तक जानकारी है, जुलेखा परित्यक्ता है, और उसका एक बेटा भी है। दिखने-सुनने में अच्छी है, इस लड़की को कोई-न-कोई सहृदय धनवान मिल ही जाएगा। सुरंजन कौन है, उसके पास क्या है जो यह लड़की उसके साथ जुड़ी रहेगी? प्यार की बातें बहुत होती हैं, लेकिन उन्हें यक़ीन नहीं होता कि आज प्यार नाम की किसी चीज़ का अस्तित्व भी है।

उन्होंने ग़ौर किया कि सुरंजन ने मुसलमान दोस्त बनाए हैं। उन्हें सन्देह होता है कि उसके मुसलमान दोस्त क्या उसी तपसिया से आते हैं? वह इलाक़ा दहशतगर्दों का गढ़ है। बेटे को लेकर उनकी दुश्चिन्ताओं का कोई अन्त नहीं और वे सारी दुश्चिन्ताएँ उनकी अकेले की हैं। पति ज़िन्दा होते तो उनसे कुछ साझा की जा सकती थी। इधर-उधर जो नाते-रिश्तेदार हैं, वे भी कोई खोज-ख़बर नहीं लेते। उनके घर जाना-आना भी अब नहीं होता।

कोई अब किसी के बारे में नहीं सोचता। सभी अपने-आपमें व्यस्त हैं। अकेलापन किरणमयी को तार-तार कर देता है। उनकी इच्छा होती कि इस दुस्सह जीवन से मुक्ति पाने के लिए वे किसी दिन आत्महत्या कर लें।

दिन भर के भूखे शरीर में ये सारे विचार कीड़ों की तरह कुलबुलाते और काट खाते। वे आ गईं या नहीं, देखने के लिए मंगला आई और दो रोटियाँ सेंककर और एक अंडा फ्राई करके चली गई।

किरणमयी खाने ही वाली थीं कि तभी सुरंजन आ गया। वह ट्यूशन से लौटा था। थका हुआ था। 'कुछ खाएगा रे?' पूछते ही उसने कहा—'खाऊँगा।' किरणमयी ने मंगला द्वारा बनाई रोटियाँ और अंडा उसे परोस दिया। 'क्या बात है, भात नहीं है? अचानक रोटी और अंडा क्यों?' किरणमयी ने कोई जवाब नहीं दिया। सुरंजन ने फटाफट रोटी और अंडा खा लिया। और रहता तो और भी खाता। किरणमयी ने चाय पी और साथ में एक कटोरी मुरमुरे खा लिये।

—कुछ कर सुरंजन, इस तरह अब और नहीं चल पाएगा। —किरणमयी ने बातचीत शुरू की।

—क्या नहीं चल पाएगा, ज़रा सुनूँ तो?

—इस मोहल्ले में कोई सभ्य और सुसंस्कृत व्यक्ति रहता है?

—शहर के बीचोबीच तुम्हें कम पैसों में और कहाँ घर मिलेगा ज़रा बताओ तो? इस मोहल्ले में क्या और लोग नहीं रह रहे? उन्हें क्या तुम इनसान नहीं मानतीं?

—तेरे पिता डॉक्टर थे। कोई डॉक्टर फ़ैमिली इस मोहल्ले में रहती है?

—पिता तो अब जीवित नहीं हैं। अब एक ट्यूशन करनेवाले और साड़ी का कारोबार करनेवाली, वह भी घर में बैठकर, उनके लिए इससे और ज़्यादा स्टैंडर्ड की उम्मीद क्यों करती हो?

—अच्छी नौकरी-वौकरी कुछ कर। तू तो किसी के लिए कोशिश नहीं करता।

—नौकरी नहीं कर रहा? यह जो ट्यूशन कर रहा हूँ, यह क्या कुछ भी नहीं? तुम्हारे लिए इसका कोई मूल्य नहीं? रुपये हों तो ही मूल्य है? ढेर सारे रुपये ला सकूँ तो ही मूल्य है? मुझे क्या रुपये नहीं मिल रहे? मैं तो बेकार नहीं बैठा हूँ। रोज़गार तो मैं कर ही रहा हूँ।

इस बार किरणमयी आगबबूला हो उठीं—तू क्या रोज़गार कर रहा है? मकान का किराया दो हज़ार रुपये तो मुझे ही देने पड़ रहे हैं। मैं पिछले तीन महीनों से दे रही हूँ। ध्यान गया कभी तेरा इस पर?

—तो इससे क्या हुआ? तुमने दे दिये। बिज़नेस कर रही हो। नहीं दोगी?

—'बिज़नेस कर रही हो!' यह कहते तुझे शरम नहीं आती? अभी तक बिज़नेस में तूने ज़रा भी मदद की है? मेरी उमर हो गई है, इसके बावजूद धूप में झुलसते हुए मुझे लोगों के दरवाज़ों पर भटकना पड़ता है, और तू ज़िम्मेदारियों से बचता घूमता फिर रहा है। मुसलमानों के अत्याचारों से इस फ़ैमिली की सभी की ज़िन्दगी बरबाद हो गई है। तेरे पिताजी मर गए। माया की ज़िन्दगी में ज़रा-सी भी शान्ति है? वह तो एक लाश की तरह पड़ी रहती है। तेरी सूरत देखती हुई मैं ज़िन्दा हूँ। यह जीना

कैसा जीना है? और तू है कि एक मुसलमान लड़की लेकर आँखों के सामने जो मर्ज़ी किए जा रहा है? उसे लेकर तू घूमने चला गया। मैंने तुझसे कितनी-कितनी बार कहा कि मुझे एक बार पुरी ले चल। लेकिन कहाँ, तू तो मुझे कभी लेकर नहीं गया! तू मुझे माँ मानता है? माँ की तकलीफ़ों पर कभी नज़र भी डालता है?

यह कहकर किरणमयी ज़ार-ज़ार रोने लगीं।

सुरंजन कुछ देर चित लेटा रहा, फिर पीछे रोती हुई किरणमयी को छोड़कर बाहर निकल गया। उसे कुछ भी अच्छा नहीं लग रहा था। वह तय नहीं कर सका कि किसे दोष दे—ख़ुद को या कि किरणमयी को? जुलेखा की तलाश करना या फिर किसी दोस्त के संग गपशप करना, उसने यह सब भी नहीं किया। पार्क स्ट्रीट के एक बार में अकेला बैठा-बैठा वह शराब पीता रहा। जुलेखा का फ़ोन आया तो, उसने काट दिया। उसने दो-एक दूसरे दोस्तों के फ़ोन भी नहीं उठाए। चार पैग पीने के बाद उसने ख़ुद सोबहान को फ़ोन लगाया।

—क्या हाल हैं?

—और क्या हाल?

—ठीक तो हो?

—हूँ। इस होने को ठीक होना कहते हैं कि नहीं, मुझे नहीं मालूम।

—मौसी ठीक हैं?

—सब एक-जैसे ही हैं। जीवन ऐसा ही होता है। सुख आते हैं, दुख आते हैं। सुख चले जाते हैं, दुख भी चले जाते हैं।

—बहुत दिनों बाद फ़ोन किया। फ़ोन करता हूँ तो तुम फ़ोन पर भी नहीं मिलते। फ़ोन बन्द रखते हो।

—मुझे यह फ़ोन चीज़ ही बहुत बेकार लगती है।

उधर सोबहान हँसने लगा।

—मैं तुम्हें बहुत मिस कर रहा हूँ सोबहान।

—ऐसा?

—हाँ, बहुत।

—लेकिन तुम फ़ोन-वोन तो करते नहीं?

—फ़ोन पर बात करके ख़ैर-ख़बर जानना, यह सब मुझे बहुत सुपरफ़िशियल लगता है। आमने-सामने बैठकर बातचीत की जानी चाहिए। आँखों में आँखें डालकर। स्पर्श करते हुए।

—तुम हो कहाँ, बताओ, मैं अभी हाज़िर होता हूँ।

—आ जाओ।

सोबहान उस वक़्त धर्मतला की ओर था। बेलघरिया जाना स्थगित करके वह सुरंजन के पास पार्क स्ट्रीट चला आया। दोनों रूबरू बैठ गए। बहुत दिनों के बाद।

हाँ, बहुत दिनों के बाद। कितने दिन हुए? दो महीने बाद मुलाक़ात हो रही है। दो महीने दोनों को ही दो साल-जैसे लग रहे थे।

सोबहान को शराब पीनी नहीं थी।

—तुम मुसलमानों की यह एक बहुत बुरी आदत है। शराब नहीं पीना। गाय खाओगे। खा-खाकर हमारे देवताओं का नाश कर डाला। —सुरंजन बोला।

सोबहान ठठाकर हँस पड़ा।

—मुसलमानों ने मेरा सर्वनाश कर दिया है सोबहान! मेरा अपना वतन छूट गया। मेरे देश में मेरी एक लाइफ़ थी। मेरी प्रेमिका थी। मेरे केयरिंग फ्रेंड्स थे। सब ख़त्म हो गया। अब मैं कहाँ हूँ, क्यों हूँ, यह मुझे भी नहीं पता। किस हाल में हूँ, बताओ तो? यह मुल्क तुम लोगों का मुल्क है। यह मेरा देश नहीं है। तुम इस देश में पैदा हुए हो, तुम्हारी चौदह पीढ़ियाँ इस देश में पैदा हुईं। मेरा कोई भी इस देश में पैदा नहीं हुआ। इसकी ज़मीन पर कोई नहीं। इस देश में तुम्हारे दुश्मन हैं, दोस्त हैं। यह देश, यह भूमि तुम्हारी है। मैं तुम्हारे लैंड को अपना लैंड समझ रहा हूँ। मुसलमानों की वजह से मेरा सर्वनाश हुआ है। उन्हीं की वजह से आज ज़िन्दगी और मौत के बीच मुझे कोई फ़र्क़ महसूस नहीं होता। मेरी पूरी फ़ैमिली ख़त्म हो गई है, समझे? ख़त्म! मेरे पिता ख़त्म हो गए, बहन ख़त्म हो गई, मेरी माँ भी ख़त्म हुई जा रही है। और मैं तो...

सोबहान बोला—तुम तो क्या?

—मैं तो कब का ख़त्म हो चुका हूँ। यह जो मुझे तुम देख रहे हो, यह असल में मैं नहीं हूँ। यह मेरी डेड बॉडी है।

सुरंजन ने और एक लार्ज रॉयल स्टेग का ऑर्डर दिया। सोबहान ने ठंडा पानी मँगवाया।

—समझे सोबहान, यहाँ मैं कभी-कभी देखता हूँ कि बाप अपने बच्चों और बीवी को मारकर खुदकुशी कर लेता है। देखते नहीं हो? देखते नहीं हो ऐसी ख़बरें?

—हाँ, देखता हूँ। सिर्फ़ देखता नहीं हूँ, पढ़ता भी हूँ।

—पढ़ो। पढ़ना ही चाहिए। मेरे एस्केपिस्ट पिता ने वैसा नहीं किया। समझे, मेरे पिता भाग खड़े हुए। अकेले-अकेले भाग गए। वे ऐसी जगह भागे हैं कि काश, उन्हें मैं उनकी शर्ट की कॉलर पकड़कर घसीटते हुए पार्क सर्कस की बन्द गली में या फिर सचिन सेन नगर की बस्ती में लाकर पटक पाता! और अगर चार नम्बर ब्रिजवाली बस्ती में ही उन्हें ला पटकता, फिर तो कोई बात ही नहीं थी। भाग गया वह इनसान। इतने समय से सेक्युलरिज़्म, कम्यूनिज़्म, सोशलिज़्म, एक्ज़िसटेंशियलिज़्म, पेट्रियॉटिज़्म...इस इज़्म, उस इज़्म की कहानियाँ सुनाकर अचानक फुर्र! स्साला स्वार्थी! मेरा बाप एक बच्चे-जैसा भी था, और शैतान-जैसा भी।

सोबहान बैठा-बैठा सुरंजन की बातें सुनता रहा और उसे ज़्यादा शराब पीने से मना करता रहा। वह उसे घर जाने को कहता रहा। सुरंजन ने कह दिया कि आज

वह घर नहीं जाएगा। उस घर में जाना उसे अच्छा नहीं लगता। वह किरणमयी का घर है। माँ को यह अकर्मण्य बेटा अब और सहन नहीं हो रहा है। बेटा अगर रुपये न दे सके, तो फिर बेटा भी बेटा नहीं रहता।

—समझे सोबहान! मैं अगर तुम-जैसा एक इंजीनियर होता और ख़ूब पैसा कमाता तो क़ीमत होती। तुम्हें तो कार्तिक पूजा का भी चन्दा देना पड़ता है—हा-हा-हा!...मैं होता तो पता है, क्या करता? उनकी एक बहन के साथ रेप कर आता। मैं रेप करने में उस्ताद हूँ। किसी पर नाराज़ हो जाऊँ तो उसकी बहन या बीवी का रेप कर देता हूँ। समझे सोबहान, मैं रेप करता हूँ। बांग्लादेश में एक मुसलमान लड़की का किया था। तुम्हें यह बात पता है? नहीं है? पूरी दुनिया को पता है। पूरी दुनिया को पता है कि एक हिन्दू लड़के ने एक मुसलमान लड़की का रेप करके बदला लिया था। मैं एक रेपिस्ट हूँ। इसलिए नाम को सार्थक करने के लिए मैं रेप करता फिरता हूँ, समझे? हिन्दू लड़कियों के साथ मैं जो करता हूँ, उसका नाम है लव मेकिंग, और मुसलमान लड़कियों का रेप करता हूँ। एक मुसलमान लड़की के साथ मेरा सम्बन्ध है...। समझे, सम्बन्ध...!

सोबहान ने सिर हिलाया कि उसे पता है।

—यह असल में उस लड़की को धोखा देना है। असल में तो मैं रेप करता हूँ। मेरा उससे रेप का रिश्ता है, समझे? और कुछ भी नहीं। मुसलमानों पर मेरा ग़ुस्सा आज भी ठंडा नहीं हुआ है। मुसलमानों ने मेरे पिता की जान ली है। मेरी बहन की लाइफ़ बरबाद कर दी है। माँ भी किस जघन्य हालत में दिन काट रही है! इनका कॉज़ क्या है? कारण क्या है? मुसलमान।

—अब बस भी करो सुरंजन। —सोबहान ने ठंडे गले से कहा।

—बस क्यों करूँ? तुम्हें बुरा लग रहा है? तो फिर कहो कि सुरंजन मुसलमान-विद्वेषी है। पूरी दुनिया को पता है यह बात। रेपिस्ट। मुस्लिम हेटर। पता है कि मैं हिन्दू फ़ंडामेंटलिस्ट हूँ। नहीं पता? हाँ, मैं वही हूँ। लेकिन मैं तुम्हारे उस अचिन्त्य के मुँह पर मूतता हूँ। समझे सोबहान, अचिन्त्य के मुँह पर मूतता हूँ मैं।

—अब ये सारी बातें रहने दो तो। —सोबहान बोला।

—पार्क सर्कस में रहता हूँ। मुसलमानों की लाइफ़ का तो पता है न? पॉवर्टी लाइन के नीचे रहते हैं वे। कीड़ों की तरह। केंचुओं की तरह। दौड़कर जाते हैं नमाज़ पढ़ने। बस, यही उनकी आइडेंटिटी है। शुक्रवार को मस्जिद में भीड़ उमड़ पड़ती है। फुटपाथ पर भी नहीं अँटते, रास्तों को रोककर बेचारे ग़रीब लोग नमाज़ पढ़ते हैं। अरबी में बड़बड़ाते हैं। क्या कहते हैं, उन्हें पता है? सालों को एक को भी नहीं मालूम कि क्या बड़बड़ाते हैं। कुछेक मुसलमानों से मेरी निकटता है। काश कि मैं एक-एक कर उन्हें ज़िबह कर पाता। होमो होता तो मैं ज़रूर उनका रेप करता।...हा-हा-हा!

—सुरंजन, अब ज़रा उठ जाओ तो! बहुत हो गया। —सोबहान बोला।

—नहीं, मैं नहीं उठूँगा। मैं पिऊँगा। और शराब पिऊँगा। मुझे भूख भी लगी है। खाना खाऊँगा।

सोबहान ने खाने का ऑर्डर दे दिया। नान, चिकन का भर्ता और तन्दूरी चिकन। सुरंजन ने और एक पैग का ऑर्डर दे दिया। उसने सोबहान की मनाही की परवाह नहीं की।

—अरे, मेरी चिन्ता मत करो। व्हिस्की पीकर कभी बहका हूँ मैं? कभी नहीं। समझे सोबहान, तुम्हारे-जैसे बहुत सारे दोस्त थे मेरे बांग्लादेश में। मैं उनके मुँह पर मूतकर आया हूँ। आज तुम मेरे दोस्त हो, कल साले तुमने अगर ज़्यादा होशियारी दिखाई तो तुम्हें मैं साबुत नहीं छोड़ूँगा।

—तुम डरा रहे हो?

—हाँ, डरा रहा हूँ। मुझसे कोई नहीं डरता। उन्हें नहीं पता कि मैं क्या कर सकता हूँ। मुसलमान ही टेररिस्ट होते हैं। मैं तो हिन्दू हूँ। हिन्दू ज़ात है मेरी। मेरी चौदह पीढ़ियाँ हिन्दू हैं। मैं बम फेंककर उड़ा सकता हूँ। मैं तपसिया, तिलजला, खिदिरपुर, मटियाबुरुज, पार्क सर्कस को बम से उड़ा दूँगा। तू देख लेना।

—अब और मत पियो सुरंजन! अब बस भी करो।

सोबहान ने हाथ बढ़ाकर गिलास छीनने की कोशिश की। सुरंजन एक हाथ से सोबहान का हाथ कसकर पकड़े रहा और दूसरे हाथ से गिलास थामे चुस्की लेता रहा।

—मेरे बारे में, समझे सोबहान, बहुत-से लोग सोचते हैं कि मैं एक इंटलेक्चुअल हूँ।...हा-हा-हा! बेसिर-पैर की बातें करो तो लोग ऐसा ही समझते हैं। मैं तो निरा बुद्धू हूँ। गूँगा बना रहता हूँ। चूतिया हूँ इसलिए गूँगा बना रहता हूँ। तुम तो इस बात को समझते हो। नहीं समझते, सोबहान?

खाना आ चुका था। सुरंजन की थाली में रोटी और चिकन रखते हुए बोला—अब खाना शुरू करो। शराब छोड़ दो सुरंजन। शराब छोड़ने की कोशिश करो।

—मैं अगर कहूँ कि शराब ने मुझे ज़िन्दा रखा है तो यह देवदास के जैसा सुनाई देगा। रोमांटिक युवक शराब पीकर फ़िलॉसफ़ी बक रहा है। उन बड़े लोगों की तरह। अगर मैं बड़े लोगों को मारना चाहूँ, तो कहेंगे कि मैं वर्गशत्रुओं को ख़त्म करना चाहता हूँ। नहीं सोबहान, मैं अपना ग़ुस्सा ठंडा करना चाहता हूँ। मुझे क्यों नहीं मिला, उन लोगों को क्यों मिला, इस वजह से। मैं अगर बड़ा आदमी बन जाऊँ तो अपने-जैसे भिखारियों को गोली से उड़ा दूँगा। समझे, गोली।

सुरंजन ने उँगली के इशारे से हाथ का अदृश्य रिवॉल्वर सोबहान के सीने पर तान दिया।

सोबहान खाना खाता रहा और बोल-बोलकर सुरंजन को खिलाता रहा। खाने की कोशिश में सुरंजन ने सब कुछ बिखरा दिया। उसने और शराब पीने की ज़िद

पकड़ ली। सोबहान ने वेटरों को और शराब देने के लिए मना कर दिया। बिल चुकाने के बाद वह उठा और सुरंजन को सहारा देकर टैक्सी में बिठा दिया।

—घर तो जाओगे न?

—नहीं। —सुरंजन बोला—मैं घर नहीं जाऊँगा।

—तो फिर कहाँ जाओगे?

—तुम जहाँ जाओगे, मैं भी वहीं जाऊँगा।

—मैं तो घर जाऊँगा।

—मैं भी तुम्हारे साथ चलूँगा।

—क्यों, तुम अपने घर क्यों नहीं जाओगे?

—आई हेट माई मदर।

—बकवास मत करो। अपने घर जाओ।

—इतने अच्छे आदमी होने का दिखावा मत करो सोबहान। तुम्हारे साथ मेरी फ्रेंडशिप है। होल फ़ैमिली के साथ मैं तुम्हारा फ्रेंड नहीं बना हूँ। मुझे टेक केयर करो। गोली मारो फ़ैमिली को।

—माँ को एक फ़ोन कर दो कि तुम घर नहीं आ रहे हो।

—घर पर फ़ोन नहीं है।

—वे चिन्ता करेंगी।

—करें। आई डोंट केयर। मुझे कोई फ़र्क़ नहीं पड़ता।

सोबहान और थोड़ी देर तक अनुरोध करता रहा। आज किसी भी हालत में सुरंजन घर जाने को राज़ी नहीं था। आख़िरकार सोबहान ने टैक्सी को डनलप मोड़ की ओर चलने के लिए कहा। नहीं, टैक्सी वहाँ तक नहीं जाएगी। श्यामबाज़ार तक जाएगी। यही सही। श्यामबाज़ार से टैक्सी लेकर घर। रास्ते में सोबहान एक हाथ से सुरंजन को पकड़े रहा कि कहीं वह गिर न जाए। वह पहले भी उसे शराब पीकर बेमतलब की बातें करते देख चुका है। लेकिन आज तो सुरंजन हद पार करके गन्दी गालियाँ बक रहा था।

सफ़र के दौरान सुरंजन बोला—पता है सोबहान, ध्यान से सुन। तुझे एक बात बता रहा हूँ। किसी से कहना नहीं। यह बहुत सीक्रेट है। सीक्रेट, समझा!

—हाँ, समझ गया। बोलो। —सोबहान ने कहा।

—तुमने तसलीमा नसरीन का नाम सुना है?

—हाँ, ज़रूर।

—उसे मुझसे प्यार हो गया है।

—ऐसा है क्या?

—हाँ, ऐसा ही है। उसने सोचा कि मैं कोई ज़बर्दस्त हस्ती हूँ। उसे नहीं मालूम कि मैं एक निकम्मा आदमी हूँ। ढाका में तो उसने मुझे भाव ही नहीं दिये और मुझे

लेकर एक किताब लिख डाली। अब वह सेलिब्रिटी है। सेलिब्रिटी समझ गए न? बहुत बड़ी सेलिब्रिटी। और अब इतने भाव दे रही है कि 'मुझे बख़्श दे मेरी माँ', कहना पड़ रहा है।

—तुम्हें कैसे समझ में आया कि वह तुमसे प्यार करने लगी है?

—अगर तुमसे कोई प्यार करने लगे सोबहान तो बताओ, तुम्हें समझ में नहीं आएगा? ज़रूर आएगा। मैं तो आँखें देखकर ही समझ गया था। इतने लोगों के रहते उसे मैं ही क्यों पसन्द आया, यह बात समझ में नहीं आई। बड़े लोगों की मर्ज़ी! मैं इतनी आसानी से हिलगना नहीं चाहता। मैं खेल को जारी रखना चाहता हूँ। वह काग़ज़ों पर मुझे लेकर खेलती रही है। मैं उसे जीवन में लेकर खेलना चाहता हूँ।

—कैसे खेलोगे?

—मुझे अभी तक नहीं मालूम। तुम मुझे एक एडवाइज़ दो न! मैं कोई ख़ास अच्छा प्लेयर तो हूँ नहीं! ढाका की न तो हिन्दू, न मुसलमान, न ईसाई—किसी भी लड़की ने मुझे पसन्द नहीं किया। सुदेशना और माधवी 'आई और चली गई' की तरह चली गईं। और फिर इस घर, उस घर की सेक्स स्टार्व्ड भाभियों ने भी मुझे पसन्द नहीं किया। आई फ़क्ड देम दैट्स ऑल। नो बडी लव्ड मी। जुलेखा मुझसे प्यार करती है। जुलेखा ने मुझे जकड़ रखा है। कारण कि उसे सुख देने के लिए कोई भी मुसलमान लड़का नहीं बचा। कोई हिन्दू लड़का भी किसी मुसलमान लड़की के साथ नहीं हिलगेगा। इसलिए सुरंजन नाम के एक ज़ातविहीन, धर्मविहीन, दुश्चरित्र, मरे हुए, निकम्मे के गले पड़े रहना बेहतर। सेक्स अच्छा जानता हूँ न सोबहान, और जो भी हो, रेप तो मुझे अच्छे से आता ही है। आज के समय में फ्री सेक्स किसे मिल पाता है भला, बताओ तो? भाभियाँ कम-से-कम कुछ तोहफ़े तो देती थीं।

इस बार सोबहान ने उसे झिड़कते हुए कहा—बहुत बक चुके, अब चुप हो जाओ।

—तसलीमा बहुत लोनली है। मैं समझता हूँ। अगर ऐसा न होता तो वह मुझ-जैसे लड़के से प्यार करती? मेरे पास क्या है, बताओ? कुछ भी नहीं। मुझे केवल रेप ही तो करना आता है। उसे नहीं पता? उससे बेहतर किसे पता है? उसने तो मेरे रेप के बारे में ही लिखा है। एक दिन उसका, समझे सोबहान, ख़ूब रेप करने की इच्छा होती है।

सोबहान ने फिर उसे डपट दिया—शान्त हो जाओ।

सुरंजन बोला—हाँ, इच्छा होती है। मैं रेप करके ही उसे समझाना चाहता हूँ कि रेप किसे कहते हैं। और जिसने मुझे रेपिस्ट बनाया है, उसे मैं रेप किए बग़ैर क्यों छोड़ दूँगा भला, बोल? अगर कोई होल वर्ल्ड को बता दे कि यू सोबहान, यू सन ऑफ़ मिस्टर समबडी, एंड ए ग्रेट रेपिस्ट, तो क्या तुम उसका रेप नहीं करोगे? उस बिच का?

—होल वर्ल्ड को तो पता नहीं चल रहा कि वह सुरंजन तुम हो। —सोबहान ने कहा।

—न पता चले। लेकिन मेरे साथ जिनका परिचय हो रहा है, जो मेरे घनिष्ठ हो रहे हैं, उन सभी को पता चल रहा है। सुदेशना को मालूम था। जुलेखा को मालूम है। माँ, पिताजी और माया को मालूम है। जो लोग मुझे जानते हैं, उन सभी को पता है। मेरी तो एक दुनिया है न, उस दुनिया को पता है। इस दुनिया को छोड़कर मैं जिस भी दुनिया में जाऊँ, सभी जान जाएँगे। मेरी कहीं मुक्ति है?

टैक्सी हू-हू करती दौड़ी जा रही थी। सोबहान को सुरंजन की सारी बातें सुनाई भी नहीं दे रही थीं। वह उसका कन्धा पकड़कर कान पास में लाकर सुना रहा था। चुटकी बजाते हुए उसने कहा—आई कैन फ़क दैट बिच एनी टाइम।

—शटअप! —सोबहान ने नाराज़गी के स्वर में कहा।

—मुझे शट करके कुछ नहीं होगा भइया! मैं उसे नहीं छोड़ूँगा। मैंने रेप किया, वह मेरा पर्सनल मामला है। माया के साथ रेप हुआ, यह भी उसका पर्सनल मामला है। मुझे हर पल लगता है कि मैं रेपिस्ट हूँ। 'लज्जा' का एक-एक शब्द मुझे हॉन्ट करता है। माया को करता है। माया ख़ुद अपने शरीर से नफ़रत करती थी। तभी तो उसे बेचने जाती थी। बेचती थी। तुम्हारे उस डनलप वाले मोड़ पर ही मैंने उसे खड़े रहते देखा था। एक बार तो मैं उसे वहाँ से घसीटकर घर ले आया था और मार-मारकर अधमरा कर दिया था, समझे? ख़ुद पर अगर रिस्पेक्ट न रहा तो फिर तुम गॉन। तुम फिर एक गॉन केस हो।

सुरंजन का मुँह इसी तरह अश्लील और अशोभनीय ढंग से अमार्जित शब्द उच्चारता रहा। सोबहान ने हार मान ली। पठानपुर अपने घर आकर उसने एक सुन्दर-से सजेधजे कमरे में, साफ़-सुथरे बिस्तर पर, जहाँ चमचमाती सफ़ेद चादर बिछी हुई थी, उसे सुला दिया। पलंग के पास छोटी टेबलों पर टेबललैंप की हलकी रोशनी थी और फूलदान में लाल गुलाबों का एक गुच्छा था। घर भर में हस्नाहेना की सुगन्ध थी। खिड़की के पास रखे टब में फूल खिले थे। पूरे घर में उसकी सुगन्ध फैली हुई थी। सुरंजन को वहाँ स्वर्ग-जैसा महसूस हो रहा था। उसने पूछा कि घर में शराब है या नहीं?

सोबहान का सीधा जवाब था—नहीं है।

सोबहान ने एक बोतल ठंडा पानी और एक गिलास लाकर टेबल पर रख दिया।

—सब लोगों पर तुम्हारी इतनी ज़्यादा नाराज़गी है! क्यों है इतनी नाराज़गी? —सोबहान ने पूछा।

अपनी शर्ट खोलकर फ़र्श पर फेंकते हुए सुरंजन ज़ोर से हँसने लगा। सोबहान पलंग की रेलिंग पर दो तकिए लगाकर बैठ गया। बैठा नहीं, अधलेटा रहा। सुरंजन

सीने पर तकिया लेकर औंधा पड़ा रहा। कमरे में ए.सी. चल रहा था। आराम पाकर उसकी आँखें मुँदने लगीं।

सुरंजन ने सोबहान के सवाल का जवाब दिया—मेरा ग़ुस्सा किसी पर नहीं है सोबहान! मेरा ग़ुस्सा मुझ पर ही है। इससे ज़्यादा सच्चाई मेरे पास नहीं है। आई नो नथिंग मोर।

—सो जाओ। सो जाओ तुम। —सोबहान ने सुरंजन के बाल सहला दिये।

उसके हाथ को अपनी मुट्ठी में लेकर सुरंजन बोला—आई विश आई कुड क्विट यू।

—क्या बोला तुमने?

—मैंने कहा—आई विश आई कुड क्विट यू।

—तुमने ऐसा क्यों कहा? अगर तुम क्विट करना चाहो तो क्विट कर ही सकते हो। ऐसा लगता है नहीं कर सकते?

—कर सकता हूँ।

—तो फिर तुमने बोला क्यों?

सुरंजन ने भर्राए गले से कहा—यह एक फ़िल्म का डायलॉग है।

—ओ!

सो रहे सुरंजन के चेहरे की ओर सोबहान बहुत देर तक देखता रहा, फिर सोने चला गया। घर में बीवी-बच्चे, माँ-बाप सभी थे। सभी अवाक् थे। इतनी रात गए वह शराब के नशे में धुत एक व्यक्ति को घर ले आया था। मामला क्या है? माँ और पिता को उसने सिर्फ़ इतना बताया कि दोस्त है, मुसीबत में है। कैसा दोस्त है, नाम क्या है, यह सब नहीं बताया। वह ड्रॉइंगरूम के सोफ़े पर लेट गया। पत्नी बच्चों के साथ दूसरे कमरे में सो गई। घर सन्नाटे में डूब गया।

सुरंजन दोपहर को घर लौटा। लौटा तो उसने देखा कि माया अपने दोनों बच्चों के साथ घर आई हुई है। साथ में उसके दो बड़े-बड़े सूटकेस थे। कह रही थी कि अब वह कभी भी अपनी ससुराल नहीं जाएगी। वह यहीं पर माँ और बड़े भाई के साथ रहेगी। दोनों बच्चे यहीं से स्कूल जाएँगे।

क्यों, क्या हुआ? ससुराल में किसने क्या किया? —ये सब बातें न तो किरणमयी ने पूछीं और न ही सुरंजन ने। दो कमरों में पाँच लोगों के लिए जगह कैसे हो सकेगी, यह उसे नहीं पता। माया का इस तरह पति या सास-ससुर पर नाराज़ होकर चले

आना कोई पहली बार नहीं था। वह पहले भी कहती रही है कि अब और नहीं, इस तरह उस नरक में अब नहीं रहा जाता, लेकिन सात दिन बीतने से पहले ही वह फिर से सूटकेस जमाकर ससुराल लौट जाती। कहती—जब एक बार शादी हो ही गई तो पति जैसा भी हो, उसे अपनाना ही पड़ता है। उसे यह ज्ञान कौन देता है, सुरंजन को नहीं पता। किरणमयी को भी नहीं। किसी ने भी माया से कभी नहीं कहा—जा, ससुराल लौट जा। तालमेल बिठाने की कोशिश कर या कि जब शादी हो ही गई है तो पति पागल भी हुआ तो आख़िर है तो पति ही। पति ही स्त्रियों का देवता होता है।

अशान्ति हो तो इनसान का शरीर नष्ट हो जाता है—या तो शरीर चर्बी से भर जाता है या फिर हड्डियों का ढाँचा रह जाता है। माया का शरीर चाबुक की तरह था। फूले हुए गालों की जगह अब धँसे हुए गाल थे। घने काले बाल पहले पीठ तक लम्बे थे, देखभाल नहीं कर पाती इसलिए उसने गर्दन के ऊपर तक कटवा लिये हैं। सुविधा के हिसाब से वह जॉर्जेट-शिफ़ॉन की साड़ी पहनती है, उसे सूती, ताँत नहीं जमता। मेट्रो पकड़ने, दौड़कर बस-ऑटो में चढ़ने में कोई असुविधा नहीं होती। माया आत्मनिर्भर लड़की है। दोनों बच्चे न होते तो वह भी मज़े से रह सकती थी। पता नहीं क्यों, पक्के शराबियों के साथ सोकर बच्चे जनती हैं लड़कियाँ!

माया के आने के बाद से ही घर कलरव से भर उठा, मानो यह सचमुच का घर हो! लेकिन छोटे-छोटे दो कमरों में वे रहेंगे कैसे? हालाँकि माया ने बार-बार कहा कि मैं ससुराल में बच्चों के साथ जिस कमरे में रहती हूँ, वह कमरा इस घर के एक कमरे से भी बहुत छोटा है।

सुरंजन एक कैंप बेड ख़रीद लाया। रात को बिछाकर एक व्यक्ति सो सकता है। वह एक व्यक्ति वह ख़ुद है। उसने अपना बिस्तर बच्चों के लिए दे दिया। किरणमयी के पलंग पर किरणमयी और माया, माँ और बेटी।

सुरंजन को शोर-शराबा, दौड़-भाग पसन्द नहीं, लेकिन कमाल की बात है कि माया के इस तरह चले आने, एक साथ एक घर में रहने के निर्णय ने उसे बहुत सुकून दिया था। मानो यह पहले वाली ज़िन्दगी हो! मानो अचानक कैशोर्य और यौवन लौट आए हों! लौट आए हों वे सारे दिन! बचपन में धूल-मिट्टी में खेलना, वही उच्छ्वास, वही आवेग! वही प्यार भरे दिन!

किरणमयी की ज़िन्दगी में अचानक एक बदलाव आ गया। नाती-नातिन के साथ मानो उनकी ज़िन्दगी ही बदल गई। लेकिन इस घर में रहना तो सम्भव नहीं, बड़ा मकान किराये पर लेना पड़ेगा। बड़ा मकान लेने के मामले में किरणमयी ने असहमति जताई। कारण कि अगर फिर से माया का मन बदल जाए, अगर ससुराल से कोई उसे लेने आ जाए, पति आ जाए, और माया चली जाए, या फिर किसी के न आने पर भी वह अचानक ससुराल लौट जाने का निर्णय ले ले। तब उस बड़े मकान की सम्हाल कैसे करेंगी किरणमयी?

माया किसी की बात नहीं सुनती। दिन-पर-दिन वह जिद्दी होती जा रही है। उसने कह दिया कि सँकरी गली में झड़े हुए पलस्तर और उभर आई हड्डियों वाले, सीलन और फफूँद वाले मकान में वह नहीं रहेगी। बढ़े हुए किराये के अतिरिक्त रुपये वह ख़ुद देगी, ऐसा आश्वासन देकर वह ख़ुद ही पास में बेग़बाग़ान में एक अच्छा मकान देख आई और फिर वे लोग उसमें रहने चले आए। उस मकान में बड़े-बड़े दो कमरे थे। किचन पहले के मुक़ाबले बड़ा था, बाथरूम और शौचालय कमरे से सटे हुए थे। उस मकान में एक छोटा-सा बरामदा भी था। उस इलाक़े में मुस्लिमों की बहुलता थी। असल में जिन्हें बचपन से मुसलमानों के पड़ोस में रहने की आदत हो, वे अचानक नाक क्यों सिकोड़ेंगे भला? नौकर-चाकर सभी मुसलमान थे। इसमें भी कोई असुविधा नहीं थी। इस गली में सीलन कुछ कम थी। पिछली के मुक़ाबले यह गली कम सँकरी थी। यहाँ अँधेरा कुछ कम था। इसलिए, पिछले की अपेक्षा किराया आठ सौ रुपये ज़्यादा था। जाननगर में जो कुछ सामान था, यहाँ लाकर उसने जमा दिया। अपने जमा किए रुपयों से उसने स्टील की एक अलमारी ख़रीदी। एक पलंग ख़रीदा। दरवाज़े-खिड़कियों के लिए अच्छे पर्दे ख़रीदे। बेंत की चार कुर्सियाँ ख़रीदीं। यह सारा कुछ उसने ख़ुद ही किया। इन सबमें न तो किरणमयी शामिल थीं और न ही सुरंजन। मानो यह गृहस्थी उसकी अपनी हो! बड़े भाई और माँ को वह अपने परिवार में रख रही है। उसकी तनख़्वाह बढ़ गई थी। माया क्या अब पीछे मुड़कर देखेगी? लेकिन इतनी सहजता से प्रथाओं को तोड़ डालनेवाली लड़की तो नहीं थी माया! माया की सारी बुद्धि, विवेचना, साहस और शक्ति ने चली आ रही प्रथाओं के आगे घुटने टेक दिये। वह अपने पति का घर छोड़कर चली आई थी। कहती कि ऐसे पति के साथ रहने का कोई मतलब नहीं। लेकिन वह माँग में सिन्दूर ज़रूर लगाती, शाँखा-पला तो पहनती ही है। यहाँ तक कि लोहे का कड़ा भी नहीं छोड़ती।

सुरंजन देखकर हँसता—क्यों रे, पति से रिश्ता नहीं है और तू यह सब पहने रहती है! ताकि पति का भला हो, ऐसा?

माया चुप। कुछ नहीं कहती।

सुरंजन ज़ोर से हँसता।

माया उस हँसी की ओर ग़ुस्सैल नज़रों से देखती रहती। वह हाँफने लगती। आँसू आँखें फाड़कर बह निकलना चाहते।

वह फट पड़ती।

—सुनो दादा, यह दुनिया मर्दों की है। तुम्हें तो पता ही है! तुम लोगों की दुनिया है यह। तुम लोगों की जो इच्छा, वह करने की दुनिया। मैं आज अगर सिन्दूर पोंछ लूँ, तो तुम-जैसे सारे बदमाश मेरे पीछे पड़ जाएँगे। किस चीज़ का लालच? इस शरीर का लालच। तुम-जैसे लोगों से बचे रहने के लिए एक सिक्योरिटी है सिन्दूर। और कुछ नहीं।

सुबह-सुबह आँखों के सामने 'आनन्दबाज़ार' का पन्ना खुला हुआ था और अचानक हुए माया के इस विस्फोट ने सुरंजन की बोलती बन्द कर दी थी। वह नहीं समझ पाया कि उसे क्या कहना चाहिए। उसे सिर्फ़ इतना पता था कि उसकी घर से बाहर निकल जाने की इच्छा हो रही है। किसी की कोई बात या कोई काम पसन्द न आने पर यह जो जगह का त्याग करने की प्रवृत्ति होती है, इसे वह पलायनवाद मानता है। लेकिन उसके लिए कभी सम्भव नहीं हो सका कि वह इसे त्याग सके। इसी को त्यागने के लिए वह जड़वत् बैठा रहा, आँखें 'आनन्दबाज़ार' पर जमी रहीं।

बात कहते हुए माया ने आज 'मर्दों' की बजाय 'तुम लोगों' जैसे शब्दों का प्रयोग क्यों किया, सुरंजन सोचता रहा। तो क्या जुलेखा के साथ उसके रिश्ते की मूल वजह के बारे में उसे कहीं से कुछ पता चल गया है? जुलेखा चूँकि उसकी आँख की किरकिरी है, इसलिए माया तो उसके पक्ष में कोई बात कहेगी नहीं, बल्कि मुसलमान लड़की के साथ जो आचरण किया गया, वह उचित ही था, बाद में प्यार दिखाना पूरी तरह अनुचित और अन्याय है—ऐसा ही वह कहना चाहेगी। 'तुम्हारे-जैसा बदमाश, तुम्हारे-जैसे लोग'—इसका क्या मतलब है? इसका मतलब यह है कि सुरंजन बदमाश लड़का है। उसके-जैसे लोग बुरे लोग हैं। लड़कियों पर लालची नज़र रखते हैं। लड़कियों की ज़िन्दगी ख़राब करते हैं। ऐसे लोगों से बचना चाहिए। उसने किस लड़की पर लालच की नज़र रखी और किसका सर्वनाश किया है? —वह सोचने लगा। अपने जीवन में आई हर लड़की के बारे में वह सोचता रहा और लड़कियों की नज़रों से ख़ुद को देखने की कोशिश करने लगा। माया क्या सुदेशना के विषय में कहना चाह रही है—माया की तरफ़दारी करते हुए, जिसके साथ रिश्ता कड़वाहट से भर उठा था? या कि जुलेखा के बारे में? सुदेशना के साथ कोई बदमाशी नहीं हुई थी, देह की लालच के कारण कुछ घटित नहीं हुआ था, और उसकी वजह से उसके जीवन में कुछ भी प्रतिकूल नहीं हुआ था। जुलेखा के मामले में ये बातें मौजूँ हो सकती हैं। बदमाशी, लालच, प्रतिकूलता—इन सब की शिकार है जुलेखा। और जिस किसी के प्रति उसके मन में सहानुभूति रहे, लेकिन जुलेखा के प्रति तो उससे किसी प्रकार की सहानुभूति की अपेक्षा की ही नहीं जा सकती। वह क्या यों ही आत्मरक्षा के लिए आक्रामक हो उठी है और सारे तीर निशाने पर लग गए हैं? निश्चित रूप से उसने बहुत तकलीफ़ों में ये बातें कही हैं, जिन तकलीफ़ों से ग़ुस्सा पैदा हुआ है। असल में ग़ुस्सा ही दिखाई देता है, तकलीफ़ें अदृश्य रह जाती हैं।

बहुत दिनों बाद उसे जुलेखा की याद आई। वह कैसी है, उसे नहीं पता। उसकी कोई खोज-ख़बर भी नहीं। कुछ दिन अगर मुलाक़ात नहीं होती तो वही घर चली आती थी, वैसा भी नहीं हो रहा था। इस घर में उसके लिए आना तो अब सम्भव ही नहीं। और उसके मामा के घर सुरंजन का जाना सम्भव नहीं। मुलाक़ात की और

जो जगहें थीं, वे थीं—घर के बाहर, मैदान में, पेड़ के नीचे, चाय की दुकान पर, फ़ुटपाथ, सड़कों पर। मुलाक़ात करने की इच्छा भी किसी के भीतर नहीं थी। या कि एक के भीतर थी, लेकिन वह नाराज़ होकर बैठी हुई थी।

सुरंजन भी नाराज़ होता है लेकिन फ़िलहाल तो नाराज़गी से ज़्यादा आलस्य ने उसे घेर रखा है। कभी-कभी तो ऐसी हताशा ग्रस लेती कि दुनिया की किसी भी चीज़ में शामिल होने की उसकी इच्छा ही नहीं होती। जुलेखा अपनी नौकरी में व्यस्त है। वह रहे व्यस्त। सुरंजन तो उसके जीवन में किसी काम नहीं आ रहा। जीवन में खाना-कपड़ा-मकान—इन तीनों को लेकर अगर अधूरापन हो तो शायद प्रेम में भी ठीक से मन नहीं लगता। उसने कई बार जुलेखा को भी उदास देखा था। अपने पैरों पर, जैसे भी हो, वह खड़ी तो हुई है, वह अब सोच रही है कि लड़कियों के किसी मेस में या कामकाजी महिलाओं के किसी होस्टल में रहेगी। लड़की दौड़-भाग में लगी हुई है। उसके पास समय नहीं है। मुलाक़ात का समय नहीं है, या कि सुरंजन की आवेगहीनता और निकम्मेपन की वजह से वह नाराज़ है? प्यार करने के लिए उसके अलावा तो और कोई है नहीं, फिर जुलेखा के प्रति यह उदासीनता क्यों, जबकि रिशप में दोनों इतना बेहतरीन समय गुज़ार चुके हैं?

कितने ही तो सपने देखे थे! शायद यह सपना देखना ही काल बन गया है। सपना एक बड़ा बोझ बन गया है। सपने का बोझ बड़ा भयंकर बोझ होता है। उसे साकार करने का भारी दबाव होता है। सामने कोई सपना न हो, कोई प्लान-प्रोग्राम न हो, कोई अंगीकार न हो, कोई उम्मीद न हो तो बड़े मज़े से ज़िन्दगी बिताई जा सकती है। दो लोग एक साथ रहेंगे—एक घर, एक आँगन, थोड़े-से पेड़-पौधे, एक साथ चाय, एक साथ खाना, एक बिस्तर, रात को घर लौटना, सोना, प्यार करना, एक बच्चा, एक स्कूल, रुपये-पैसों का हिसाब, पके बाल, अवकाश भरा जीवन, नाती-पोते, मृत्यु। आँखों के सामने यह तयशुदा जीवन है—सुख और आराम का जीवन। यह सब सोचते हुए सुरंजन का शरीर काँप उठता है।

रिशप में ज़बर्दस्त ठंड में लिपटकर सोते हुए दोनों ने सपनों की बात की थी। पूरी रात। आसमान में चाँद था, चाँद की रोशनी में कंचनजंघा कितना अनूठा हो उठता है, देखे बग़ैर विश्वास नहीं किया जा सकता। जुलेखा के साथ उसका सबसे अच्छा समय रिशप में ही बीता था। एक ज़िन्दगी में और क्या चाहिए? इन्हीं यादों के साथ उसका बाक़ी जीवन मज़े से बीत जाएगा। जुलेखा अपने ढंग से, सुख से रहे। सुखी रहना ही तो असली बात है। वे सपने सामने बने रहें तो सुखी रहा जा सकता है। साकार हो जाने के बाद तो सपने-जैसा कुछ बचता ही नहीं।

सुरंजन को लगता है कि सुख से जीवन बिताने की बजाय सुख का सपना लिये दुख में जीवन बिताना कहीं ज़्यादा अच्छा है। इसमें एक उत्तेजना बनी रहती है। उत्तेजना न हो तो फिर मृत्यु-जैसी भयावह ठंडी एक ज़िन्दगी को लिये चरम

हताशा के अँधेरे को साथी बनाकर स्थिर बैठे रहना पड़ता है। जैसा कि वह ख़ुद बैठा हुआ है।

जुलेखा बीच-बीच में अपने ज्वार से सुरंजन में लहरें पैदा करने की कोशिश करती रहती है। लहरें उठती हैं, लेकिन अगर वह पास में न हो तो चराचर फिर से शान्त हो जाता है। सम्भवत: वह लड़की अब उसे लेकर कोई सपने नहीं देखती। न देखे। बीच में बस एक बार उसने एस.एम.एस. भेजा था कि कहाँ हो ? उत्तर दे दिया गया था—घर पर। बस। और कोई बात नहीं हुई थी।

सुरंजन ने एक बार भी 'आई मिस यू' लिखकर सेंड नहीं किया था। सचमुच क्या वह जुलेखा को मिस कर रहा था ? तब लगा था—नहीं, नहीं कर रहा। बल्कि एक किताब लेकर चित लेटे रहना उसे जुलेखा के साथ प्रेम करने से बेहतर लगा था। बल्कि उसे तो यह भी लगा कि सोबहान के साथ बातचीत करना भी उस प्रेम से बेहतर है। अब माया के बच्चों के साथ समय बिताना भी बहुत आनन्ददायक काम लग रहा था।

जुलेखा के साथ उसका रिश्ता शायद अकेलेपन की वजह से क़ायम हुआ था। कुछ बुरी संगतियों का आकर्षण-विकर्षण, अपने भीतर कुछ तोड़फोड़, पता बदलना, फिर से नई शुरुआत, पिछली ज़िन्दगी को झाड़-बुहारकर अलग करके नया जीवन गढ़ने में एक ख़ालीपन पैदा होता है। इसी ख़ालीपन ने जुलेखा को प्रवेश कराया था।

प्रायश्चित—ये सब बेकार की बातें हैं। कभी भी कुछ भी करके प्रायश्चित नहीं होता। जो होना था, वह तो हो ही चुका। जुलेखा को जिस तरह अगवा करके ले जाया गया था और उसके साथ दुष्कृत्य किया गया, उसे कभी भी उसके जीवन से पोंछकर मिटाया नहीं जा सकता। सारे दुष्कर्मियों को अगर फाँसी भी दे दी जाए तो भी जुलेखा जब तक जीवित रहेगी, वह बीभत्स स्मृति भी तब तक उसके साथ ज़िन्दा रहेगी। उसकी साँस के साथ साँस लेगी वह स्मृति।

पिछले वाले के मुक़ाबले यह घर दिखने में बेहतर था। इस घर में माया के सपनों का संसार आकार लेने लगा था। ससुराल से किसी ने अभी भी उसकी ख़बर तक नहीं ली थी। किरणमयी को यह देखकर बहुत अच्छा लग रहा था कि माया ने निर्णय ले लिया है कि वह रोज़-रोज़ की असहनीय ज़िन्दगी से ख़ुद को मुक्त कर लेगी। क्या सचमुच मुक्त कर सकेगी ? फिर अचानक कब वह किस पर बिगड़ जाए! पता नहीं, कब किसके व्यवहार से उसका मन क्षुब्ध हो जाए और वह बोरिया-बिस्तर समेटकर फिर से रवाना हो जाए! किरणमयी आशंकित रहतीं।

फ़िलहाल किरणमयी समझ नहीं पा रही थीं कि सुरंजन इस पूरे मामले को किस तरह देख रहा है। वह ख़ुद को लेकर व्यस्त है। घर पर भानजे-भानजी के साथ समय बिताता है, बाक़ी समय में किताबें पढ़ता है, या फिर अपनी ट्यूशनों में व्यस्त रहता है। जुलेखा ने आना बन्द कर दिया है, तो फिर दोनों में क्या किसी तरह का

मनमुटाव हो गया? उन्होंने एक-दूसरे को छोड़ दिया है? छोड़ दिया है तो छोड़ दिया है, इसे लेकर किरणमयी सोच-सोचकर करेंगी भी क्या! ईश्वर जो करता है, भले के लिए ही करता है।

अगर माया की मौजूदगी की वजह से ही जुलेखा अनुपस्थित है, तो फिर निश्चित रूप से कहीं पर कुछ मंगलकारी अवश्य है। माया सुरंजन की बहन है। बहन हमेशा साथ रहती है। पत्नी या प्रेमिका आज साथ है, कल नहीं। सुदेशना और जुलेखा आईं, चली भी गईं या फिर जानेवाली है। जो इतने वर्षों में अपना घर नहीं बसा पाया, आगे बसा सकेगा, इसकी अब सम्भावना भी नहीं है।

किरणमयी को नहीं लगता कि अब सुरंजन की घर बसाने की उम्र रह गई है, या इस मामले में सुरंजन में सचमुच कोई उत्साह है। कितने ही तो आदमी अविवाहित रहते हैं। सुरंजन की क़िस्मत में भी शायद ऐसा ही बदा है। और ऐसी भी तो कोई धन-सम्पदा उनकी है नहीं कि यह लगे कि मरने के बाद इनका भोग कौन करेगा, इसलिए कुछ कुलदीपक छोड़ जाएँ। खींचतानकर किसी तरह घर चलता है। बस, चलता ही है। सदस्यों की संख्या बढ़ाने की कोई ज़रूरत नहीं है। कोई भी इतने पैसे नहीं कमाता कि किसी उजले और चमकदार भविष्य की सम्भावना बची है। उन्हें इसी तरह ट्यूशन करके, इसी तरह छोटे-मोटे काम करके, इसी तरह दो-तीन साड़ियाँ और कपड़े बेचकर शहर के बीचोबीच रहने के नाम पर मुसलमान-बहुल अँधेरी गली में ही रहना होगा। और इन सबके बीच परिवार थोड़ी सुख-शान्ति से रह सके, इसी की कोशिश करनी होगी। सुरंजन के बाल-बच्चे नहीं हुए तो न सही, लेकिन अब अगर वह बहन के बच्चों को इनसान बना सके, तभी तो बाल-बच्चे न होने का दुख कम हो सकेगा।

ठीक किरणमयी की तरह माया भी सोच रही थी, सुरंजन क्या नहीं सोच रहा था? ये विचार उसके अवचेतन में ही बैठे हुए थे।

माया ने परिवार के सब लोगों को एक कर दिया था। एक नहीं, दो-दो सदस्य बढ़े थे। जुलेखा इस परिवार की कोई सदस्य नहीं है। माया के पति भी सदस्य नहीं हैं। कमाल है! हालाँकि सुरंजन को अजीब चीज़ों से कोई आपत्ति नहीं। उसे तो बल्कि एक तरह से इन सबमें मज़ा ही आता है। घटित हो रही ये अजीब चीज़ें थोड़ी ही सही लेकिन उसकी ज़िन्दगी में कुछ तरंगें तो अवश्य उठा रही थीं।

इसी बीच एक दिन माया ने घर पर अपनी बेटी का जन्मदिन मनाया। उस दिन अच्छा खाना बना था। माया का मन बहुत ख़ुश था। उस दिन सुरंजन ने कहा कि वह अपने एक दोस्त को आमंत्रित करेगा।

माया बोली—एक क्यों, सौ लोगों को बुलाओ, लेकिन किसी भी मुसलमान को मत बुलाना।

वह जानता था कि माया ने जुलेखा के मद्देनज़र यह बात कही है।

—किसे बुला रहे हो? नाम क्या है?

—तू उसे नहीं पहचानती।

—भले न पहचानूँ, नाम तो बता ही सकते हो।

—शोभन।

सोबहान को उसने शोभन कहा। उसने झूठ कहा। जानबूझकर ही ऐसा किया।

फ़ोन पर ही उसने अपने दोस्त को नये घर में आने का न्योता दिया। घर यानी तीन मंज़िली एक बिल्डिंग की एक मंज़िल। फ़ोन पर उसने पता भी बता दिया। कह दिया कि इस घर में अब से तुम्हारा नाम शोभन है।

यह सुनकर उधर सोबहान बोला—क्या कहा तुमने?

—मैं कह रहा हूँ कि तुम शोभन हो।

—ऐसा है क्या? —सोबहान हँसा।

—हँस क्यों रहे हो?

—मुझे पहले भी कई बार हिन्दू का भेस धरना पड़ा था और तब भी मुझे इसी नाम का उपयोग करना पड़ा था।

—वाह! फिर तो अच्छा है।

—हालाँकि तुम्हारे घर में मैंने इसकी उम्मीद नहीं की थी।

—मैंने भी नहीं की थी। लेकिन इसके अलावा आज कोई दूसरा उपाय नहीं है।

—क्यों बुला रहे हो, बताओगे भी!

—घर पर एक छोटा-सा आयोजन है, इसलिए...

—काफ़ी लोग आ रहे हैं शायद?

—कोई नहीं आ रहा है। फ़ैमिली के बाहर सिर्फ़ एक ही व्यक्ति है—तुम।

—बाहरी व्यक्ति को फ़िज़ूल में क्यों बुला रहे हो? आज फ़ैमिली के साथ ही आयोजन करो न!

—ओह, तुम्हें बहुत दूर पड़ेगा, शायद इसलिए?

—नहीं-नहीं, वह बात नहीं है।

—तो फिर क्या बात है?

—खाने के लिए आऊँ? इतनी दूर आऊँ? खाने की मेरी कोई वैसी इच्छा भी नहीं होती।...इसकी बजाय...

—एक बात कहूँ? सुरंजन ने कड़े स्वर में कहा।

—कहो, क्या बात है?

—मेरी तुम्हें देखने की बड़ी इच्छा हो रही है, इसलिए बुला रहा हूँ। खाना मक़सद नहीं है।

उस ओर थोड़ी चुप्पी के बाद सोबहान बोला—कितने बजे आऊँ?

—जब इच्छा हो।

पार्टी के नाम पर कुछ ग़ुब्बारे टँगे थे, 'हैप्पी बर्थ डे' लिखा काग़ज़ टँगा हुआ था। केक काटा गया था। खाने में बड़ों के लिए था भात, दाल, तले हुए बैगन, पार्शे मछली, झींगे और कतला मछली। छोटों के लिए फ्राइड राइस और चिली चिकन रखा गया था। साधारण-सा आयोजन था। लेकिन सोबहान पूरी तरह अवाक् था। इतनी सारी चीज़ें क्यों रखी गईं?

किरणमयी बोलीं—शोभन बाबू, हम पूर्वी बंगाल के लोग हैं। वहाँ खाने-पीने का स्तर काफ़ी अच्छा है। बहुत सारे आइटम बनाने का चलन है। मेहमानों को खिलाने-पिलाने का रिवाज़ है। सुरंजन के पिता के चले जाने के बाद अब कुछ भी पहले-जैसा नहीं है। किसी तरह जी रहे हैं और क्या! बिटिया की इच्छा की वजह से यह आयोजन किया जा रहा है।

पारिवारिक ख़ुशी और हलचल के इस मौक़े पर सोबहान को बुला पाने की वजह से सुरंजन को बहुत अच्छा लग रहा था। सोबहान ने बच्चों के साथ तरह-तरह के खेल खेले। माया को भी अच्छा लग रहा था क्योंकि बच्चों को एक नये और कमाल के अंकल जो मिल गए थे। जन्मदिन का सुनकर वह एक लाल रंग के बैकपैक में पेंसिल बॉक्स, ड्राइंग की कॉपी, बच्चों की कविताओं की कुछ किताबें, एक ग्लोब और तसवीरों वाली एनसाइक्लोपीडिया की बड़ी-सी किताब लाया था।

माया ने उस किताब को कई बार उलट-पलटकर देखा और कहा था—शोभन बाबू, थैंक यू। एक वाक्य में कहूँ तो असाधारण है यह किताब!

उस घर में कोई डाइनिंग टेबल नहीं थी। बिस्तर पर बैठकर ही खाना खाया जाता था। बिस्तर पर अख़बार बिछाकर सब लोगों ने खाना खाया। एकमात्र मेहमान शोभन को माया ने बड़े जतन से खाना खिलाया।

—शोभन का घर कहाँ है?

—बेलघरिया में।

—बेलघरिया में ठीक कहाँ पर? हम लोग भी तो बेलघरिया में थे!

सुरंजन बोला—फ़ीडर रोड पर।

किरणमयी ने सिर हिलाया—हाँ, होगा। वहाँ पर ख़ासे अमीर लोग रहते हैं।

शोभन के घर में कौन-कौन है, शोभन क्या करता है, कहाँ नौकरी करता है, उसका बिज़नेस कहाँ है—किरणमयी और माया ने पूछ-पूछकर ये जानकारियाँ हासिल कर लीं। सुरंजन के दोस्तों में शोभन ही सबसे अच्छा है। इतना अच्छा, भद्र, सरल, सज्जन लड़का दोस्त के रूप में उसे इससे पहले नहीं मिला था, यह बात माया ने ही किरणमयी को बताई थी। उसने यह भी कहा था कि शोभन किस वजह से सुरंजन-जैसे एक अकर्मण्य, आलसी और होपलेस के साथ दोस्ती निभा रहा है, यह उसे समझ में नहीं आता।

माया की बात का यह तीर सुरंजन के दिमाग़ में बिंध गया। वह जानता है कि वह पुरुष है और इसलिए उससे अपेक्षाएँ भी बहुत हैं। तो क्या उसे कभी भी इन सब तीरों से मुक्ति नहीं मिल सकेगी ? उसे क्या दिन-रात यही समझाया जाता रहेगा कि वह अयोग्य है ? क्योंकि उसे कम उम्र के लड़के-लड़कियों की तरह ट्यूशन करके गुज़ारा करना पड़ता है ? क्योंकि इसमें ढेरों रुपये नहीं मिलते—रुपये ? सुरंजन ने लम्बी साँस छोड़ी।

बचपन में उसे बताया गया था कि ग़रीबों के देश में पैसेवाले लोग सच्चे लोग नहीं होते। कम पैसों में भी गुज़ारा होता है, हो सकता है। इनसान के तौर पर बड़ा होना ही बड़ी बात है। माना कि सुरंजन के पास पैसे कम थे, लेकिन इनसान के तौर पर क्या वह बड़ा हो सका ? वह जानता है कि नहीं हो सका। जब वह बहुत गहराई से सोचता है तो उसे यह बात समझ में आती है। जब वह सोबहान के सामने खड़ा होता है, तो उसे इसका एहसास होता है। जब वह उससे नज़रें मिलाता है, तो उसे एहसास होता है। वह सोबहान को भीतर-ही-भीतर पसन्द करता है, और उससे नफ़रत भी कोई कम नहीं करता।

माया और किरणमयी दोनों ही जब सोबहान की तारीफ़ कर रही थीं, तब एक ओर तो उसे अच्छा लग रहा था कि वह उसका दोस्त है, दूसरी ओर उसे ईर्ष्या भी हो रही थी। किसी ने कभी क्या उसकी ऐसी तारीफ़ की है ? जैसा दिखने में ख़ूबसूरत, वैसा ही पढ़ाई में होशियार, काम के प्रति निष्ठावान, सिंसियर, आपादमस्तक सभ्य लड़का। ऐसा है सोबहान। ऐसा लड़का सुरंजन के साथ क्यों घुलता-मिलता है ? उसे क्यों दोस्त मानता है ? सुरंजन का अनुमान है कि उसकी तरह वह भी अकेला है।

सुरंजन बोला—उस दिन मैंने जो कुछ भी कहा था, वह सब शराब के नशे में कहा था। डोंट माइंड।

सोबहान बोला—शराब पिए बिना क्या तुम वह सब नहीं बोलोगे ?

सुरंजन ने सिर हिलाया कि नहीं बोलेगा।

—तुम्हें बोलना होता है इसलिए शराब पीते हो, या कि शराब पीते हो इसलिए बोलते हो ? —सोबहान ने हँसते हुए पूछा।

सुरंजन हँसते हुए बोला—शायद दोनों ही।

—मुझे भी यही लगता है। —सोबहान ने कहा।

—तुम शराब क्यों नहीं पीते ?

—नहीं पीता।

—कोई धार्मिक बाधा है ?

—क़तई नहीं।

—फिर क्यों ?

—बचपन से आदत नहीं पड़ी। और जिसे पीने से नशा हो जाए, मैं वह चीज़ नहीं पीना चाहता। मैंने कभी सिगरेट भी नहीं पी।

—तुम चश्मा लगाए हुए स्कूल के अच्छे विद्यार्थियों-जैसे हो। तुम्हें सभी अच्छा कहते हैं। कहते हैं कि तुम्हारे-जैसा अच्छा कोई और दूसरा नहीं है।

—ऐसा ज़्यादा दिनों तक नहीं कहते। मैं चूँकि लम्बा हूँ, चश्मा लगाता हूँ, मेरे बाल करीने से सँवरे रहते हैं शायद इसलिए। बचपन में मैंने क्या कम ग़ुंडागर्दी की है?

—यह क्या कह रहे हो? तुम्हें ग़ुंडागर्दी आती है?

—ख़ूब आती है।

—अब सुधर गए हो?

—नहीं।

—तो फिर उस दिन तो तुमने अचिन्त्य से कुछ भी नहीं कहा?

—छछूँदर मारकर मैं हाथ गन्दे नहीं करता!

सोबहान चाय पीते-पीते हँसता रहा। सुरंजन के शरीर में झुरझुरी-सी आने लगी। तो फिर क्या इसके भीतर भी कुछ गड़बड़ी है?

उस रात सोबहान अपनी गाड़ी लेकर आया था। उसके चले जाने के बाद वह सोबहान को लेकर तरह-तरह से विचार करने लगा। उससे उस व्यक्ति के मिलने-जुलने के पीछे असली वजह क्या है? सचमुच की दोस्ती है या कि इस दोस्ती के पीछे कोई बुरा मक़सद छिपा है? —इस संशय ने सुरंजन को सोबहान से दूर कर दिया।

रिशप से घूम-फिरकर लौटने के बाद जुलेखा ने सुरंजन को लेकर जो सपना देखना शुरू किया था, उसे लगा कि वह ठीक नहीं है। वह किसके साथ रिश्ता क़ायम करेगी? उसके साथ, जो कि उसके भयंकर क्राइसिस के समय उसके साथ नहीं रहा? कैसा प्रेमी है सुरंजन, जब जुलेखा ने ख़ुद अपने मुँह से कहा था कि मामा के घर में रहना दिन-ब-दिन उसके लिए असम्भव होता जा रहा है, उस घर से उसे कल ही निकलना पड़ेगा? अगर उसे पार्क की बेंच पर दिन बिताने पड़े, पेड़ के नीचे बिताने पड़े, तो वह बिता लेगी, इसके अलावा कोई उपाय नहीं। यह सुनकर सुरंजन निर्लिप्त भाव लिये बैठा रहा। जुलेखा आश्चर्य से उसे देखती रह गई।

—क्या बात है, कुछ कहोगे नहीं? नहीं कहोगे कुछ भी?

—तुम्हीं बताओ, अब मैं क्या कहूँ?

—तुम्हारे पास कुछ भी कहने को नहीं है सुरंजन?

सुरंजन चुप्पी साधे रहा। उसका चेहरा-मोहरा बहुत ही सहज दिखाई दे रहा था।

जुलेखा समझ नहीं पा रही थी कि प्रेमी होकर भी सुरंजन इतना निर्लिप्त कैसे रह सकता है! सुरंजन की ख़ामोशी जुलेखा को झुलसाती रही। आख़िरकार उसने पूछ ही लिया—तुम्हारे घर? क्या मैं तुम्हारे घर में नहीं रह सकती?

सुरंजन चुप रहा।

बहुत देर तक उस ख़ामोश चेहरे की ओर देखते-देखते अपमान और शर्म की वजह से जुलेखा की आँखों से आँसू बहने लगे। वह चाहती थी कि नहीं बहे, लेकिन बहने लगे। चाय की दुकान पर भला कितनी देर बहस की जा सकती थी और आँसू भी कितनी देर छिपाए जा सकते थे! जुलेखा उठ खड़ी हुई।

सुरंजन ने सिर्फ़ इतना कहा कि वह उसी शाम जुलेखा के रहने की कोई जगह तलाश कर उसे फ़ोन करेगा।

जुलेखा दो दिनों तक इन्तज़ार करती रही। कोई फ़ोन नहीं आया। सुरंजन ने जुलेखा का कोई भी फ़ोन अटेंड नहीं किया। उसे केवल तीन एस.एम.एस. मिले थे। तीनों में ही लिखा था—'आई लव यू'। इस 'आई लव यू' में जुलेखा को प्यार देने की चाहत तो थी, लेकिन नहीं दे सका। वह कैसे मान ले कि सुरंजन उससे प्यार करता है, जबकि उसके दुख भरे दिनों में वह इस तरह भाग खड़ा हुआ? कह देने में क्या नुक़सान था कि जुलेखा, मैं तुम्हारी किसी तरह से मदद नहीं कर सकूँगा या इस-जैसा कुछ और?

जुलेखा यह भी मानने को तैयार नहीं कि सुरंजन हृदयहीन है। सामूहिक दुष्कर्म के बाद सुरंजन जिस तरह उसका हिमायती बनकर उसके साथ खड़ा हुआ था, हृदय न हो तो कोई ऐसा कर सकता है? जुलेखा यह भी सोचती है कि उस समय हृदय की कोई ख़ास ज़रूरत ही नहीं थी। पापबोध और अपराधबोध की वजह से वह उसके साथ खड़ा हुआ था। हालाँकि हृदय के न होने पर अपराधबोध भी नहीं होता। कितने ही हृदयहीन लोग इनसानों की हत्या कर रहे हैं, लोगों का अनिष्ट करते फिर रहे हैं, उनमें तो किसी प्रकार का अपराधबोध नहीं दिखाई देता। जुलेखा मानती है कि अपराधबोध होना और प्यार का होना दो अलग चीज़ें हैं। हृदय हो तो दोनों होते हैं। अपराधबोध हो तो प्रायश्चित करके मुक्त हो सकते हैं, और प्यार हो तो प्यार करके ही मुक्ति मिलती है। लेकिन कहाँ? जुलेखा को तो सुरंजन के प्यार की आहट सुनाई नहीं देती! 'आई लव यू'—इन तीन लफ़्ज़ों में जुलेखा को तो प्यार की बजाय प्रायश्चित की गन्ध महसूस होती है।

जितनी तकलीफ़ें थीं, उन्हें अकेले भुगतने के बाद, चार-पाँच होस्टल देखकर एक में ठौर पाने के उपरान्त, उसने सोचा कि वह फ़ोन पर ख़ुशख़बरी सुनाएगी कि अब कोई डर नहीं है। उसे अब जुलेखा की मुसीबतों में साथ खड़े होने की ज़रूरत नहीं होगी। वह विपदाओं को पार कर आई है।

आवाज़ सुनते ही सुरंजन ख़ुशी-ख़ुशी और व्यस्त-व्यस्त स्वर में बोला—घर में एक आयोजन है, जन्मदिन का उत्सव।

—कहाँ पर? —जुलेखा ने पूछा।

सुरंजन ने कहा—बेग़बाग़ान में।

—किसके घर पर?

—ओ, तुम्हें तो पता ही नहीं, हम लोगों ने घर बदल लिया है। हम लोग अब बेग़बाग़ान में रहते हैं।

—ओ! यह तो मुझे मालूम नहीं था।

—हाँ, तुम्हें नहीं बता पाए।

—ख़ैर, कैसे हो? ठीक हो?

—हाँ, बहुत अच्छा हूँ। —सुरंजन की इच्छा हो रही थी कि वह फ़ोन रख दे, यह इच्छा उसकी आवाज़ में उभर आई।

—ओ, बाई द वे, एक रियल जेंटलमैन से मैं तुम्हारा परिचय करवाना चाहता हूँ।

—क्या कह रहे हो?

—शोभन। यू मस्ट मीट शोभन।

जुलेखा बोली—तुम ऊटपटाँग बातें कर रहे हो। लगता है, तुम बहुत व्यस्त हो?

—हाँ, बहुत ज़्यादा।

—ठीक है, मज़े करो। मैं रख रही हूँ।

जुलेखा ने फ़ोन रख दिया।

वह नहीं चाहती कि फिर से उसे आँसू देखने पड़ें। उसकी आँखें जलने लगीं। उसके सीने में जलन होने लगी और आँसू बह निकले। उसने हर बार आँसू पोंछ लिये। वह किसी और चीज़ में मन लगाने की कोशिश करने लगी। उसने कोई एक पत्रिका उठा ली और पढ़ना शुरू किया। लेकिन नहीं पढ़ सकी। फिर से आँसुओं की धार बह निकली। वह नहाने चली गई और बहुत देर तक नहाती रही।

कितने अनुराग-भरे सपने थे उसके! पहाड़ से वह पहाड़ जितने बड़े सपने लेकर आई थी। और आते ही उसे ठंडे सुरंजन को देखना पड़ा। उसके बुरे वक़्त में वह एक बार भी उसके साथ खड़ा नहीं हुआ। कोई प्रेमी, दुनिया का कोई घटिया प्रेमी भी क्या ऐसा व्यवहार करेगा? उसके पास शहर में रहने के लिए एक मकान था। उस बिस्तर पर, जिस पर उसका प्रेमी कितनी ही बार उसके साथ सो चुका था, उस घर में उस बिस्तर पर ज़िन्दगी भर के लिए अगर उसे जगह न भी मिले, तो कम-से-कम थोड़े दिनों के लिए ही सही, सुरंजन उसे जगह नहीं दे सकता था? भयंकर बुरे दिनों में प्रेमी के रूप में छोड़ ही दें, एक दोस्त की तरह भी क्या उसने कोई काम किया था? ऐसे के साथ जुलेखा भला कैसे रिश्ता क़ायम रखने की बात सोच सकती है?

मोहब्बत उससे प्यार नहीं करता था, मोहब्बत का अश्लील व्यवहार, गाली-गलौज, अमानवीय पिटाई के बरअक्स सुरंजन का ठंडा व्यवहार बहुत अधिक अपमानजनक था। सुरंजन के साथ उसका प्यार का रिश्ता था। मोहब्बत के साथ ऐसा नहीं था। प्यार करनेवाला व्यक्ति जब साथ खड़ा न हो, पुकारने पर भी वह अगर नहीं आए, रूठ जाने पर अगर वह न मनाए, उसे संकट में डालकर ख़ुद निर्विकार रह सके, उसके संग वह भला क्या प्रेम का खेल खेलेगी?

हर रोज़ सुबह-दोपहर-शाम वह सोचती रही कि सुरंजन फ़ोन करेगा, उसके हालचाल पूछेगा कि क्या हुआ, क्या नहीं हुआ! हर रोज़ सुबह-दोपहर-शाम और रात को सोचती रही कि सुरंजन कहीं किसी काम में बहुत ज़्यादा व्यस्त है, लेकिन इन सबसे निपटते ही वह दौड़ा चला आएगा। मगर यह तो महज़ ख़यालों की बस्ती थी।

जुलेखा ने नहाते-नहाते आँसू पोंछे और सोचने लगी कि उसे अब पूरी तरह से एक नई ज़िन्दगी की शुरुआत करनी होगी।

हाजरा मोड़ पर बी.के.बी. में लड़कियों के एक होस्टल में जगह मिल पाना मानो बहिश्त पा लेने-जैसा था। इससे ज़्यादा वांछित उसके लिए और क्या था! लैंसडाउन में गिरिबाला होस्टल था, उसमें जगह नहीं थी। आख़िरकार बी.के.बी. में जाना पड़ा।

कमरा दो लोगों के हिसाब से था। उसमें मुर्शिदाबाद से आई एक मुसलमान लड़की थी। वह बैंक में नौकरी करती है। कोलकाता में रहने की जगह नहीं मिली, कोई नाते-रिश्तेदार भी नहीं थे, इसलिए आख़िरकार होस्टल में शरण लेनी पड़ी। उस लड़की से उसकी थोड़ी-बहुत बातचीत हुई थी। उस लड़की की शादी नहीं हुई थी। उसका नाम मयूर था। नाम सुनकर उसका मन अच्छा हो गया और वह उस लड़की पर सदय भी हुई थी। उसने जुलेखा से पूछा था कि क्या वह शादीशुदा है? उसने कह दिया था—नहीं।

बेटे के बारे में बताने की इच्छा भी नहीं हुई। अब तक उसे यही लगता था कि बेटा उसी का है। लेकिन अब वह महसूस करती है कि बेटा असल में उसका नहीं, मोहब्बत का है। उसने उसे जीवन दिया था। बस, इतना ही। जन्म के बाद से उसने उसकी देखभाल की है, उसका गू-मूत साफ़ किया है। कथरी-कपड़े धोए हैं। अपनी छाती का दूध पिलाया है। चलना-फिरना सिखाया है, नहलाया-धुलाया है, अपने हाथ से खाना खिलाया है। लेकिन बेटा अपने पिता-जैसा मन लेकर बड़ा हो रहा है। वह दिखने में भी मोहब्बत-जैसा ही है। माँ को धीरे-धीरे भूल जाने में उसे कोई एतराज़ नहीं। एक माँ के बदले उसे दूसरी माँ मिल गई है। उसे अब माँ की कमी भी महसूस नहीं हो रही। हो सकता है, वह सोच रहा हो कि पहली वाली माँ ज़्यादा अच्छी थी, लेकिन इस माँ के साथ सामंजस्य बिठा लेने में ही समझदारी है, इसी उम्र में वह इस बात को समझ गया है।

अब नाभि-नाल सम्बन्ध के मोह से अपने-आपको मुक्त कर लेने के अलावा और कोई उपाय नहीं। फ़िलवक़्त न तो उसके कोई नाते-रिश्तेदार ही उसके साथ थे और न ही कोई मित्र। उसका कोई भी नहीं था। वह इतनी मजबूर थी कि अपने ही बलात्कारी को उसे अपना प्रेमी बनाना पड़ गया था। यह उदारता दिखाकर भी उसे कोई फ़ायदा नहीं हुआ। उसने जिसे प्रेमी समझा था, असल में वह प्रेमी नहीं था।

वह जानती है कि उसे इसी तरह अपने परिचित दायरे से ख़ुद को हटाकर अकेले और अकेले होते जाना होगा। अगर उस नई दुनिया में कोई नया दोस्त आया, तो आएगा। अगर ऐसा न हुआ, तो ज़िन्दगी जैसी है, वैसी ही रहेगी। जीवन में दुर्योग हैं, लेकिन इसलिए ख़ुदकुशी करनी होगी, अपनी जान देनी होगी, ज़ार-ज़ार रोना होगा—इसका तो कोई मतलब नहीं। बुरे लोग बुरे काम करेंगे, ठग और बदमाश लोगों को ठगेंगे, जालसाज़ी करेंगे, झूठ बोलेंगे लेकिन इस वजह से वह अपनी ज़िन्दगी क्यों ख़राब करेगी भला?

जुलेखा ने फिर से अच्छे से आँखें पोंछीं। आइने के सामने खड़ी होकर चेहरे पर नीविया क्रीम लगाते-लगाते उसने ग़ौर किया कि उसकी सूरत पहले के मुक़ाबले काफ़ी अच्छी लग रही थी। बी.के.बी. का खाना उसके मोटापे को और भी कम कर देगा। उस महिला-निवास में हर महीने बारह सौ रुपयों में रहना-खाना नसीब होगा। मामा के घर से वह काफ़ी बेहतर था। मामा के घर में नरक का माहौल था। वे क्या कोई रिश्तेदार थे? ख़ून चूसनेवाली जोंक थे वे। बेटे को देख पाने की सुविधा थी इसलिए वह मामा के घर के फ़र्श पर पड़ी रहती थी। लेकिन जब घर उसे और ज़्यादा काटने लगा, मन बेटे के बन्धन को तोड़ने के लिए तैयार हो गया, उसी वक़्त वह इस तरह निकल आई ताकि अपने पैरों पर खड़ी हो सके। किसी ने भी उसकी खोज-ख़बर नहीं ली थी।

जुलेखा को नहीं लगता कि दुनिया में बिना नाते-रिश्तेदार वाला उसके-जैसा कोई और है। कोई कभी-न-कभी तो किसी की खोज-ख़बर लेता ही है। जो लोग उसे जानते थे, सोचते होंगे कि शायद जुलेखा मर गई है। यह ज़िन्दगी अब पूरी तरह उसकी है। यह ज़िन्दगी कोई ख़ास ज़िन्दगी नहीं है। इसे वह अब एक बोझ नहीं मानना चाहती।

चेहरे पर नीविया लगाते-लगाते वह ख़ुद को निहारती रही। शरीर में तमाम गड़बड़ियाँ थीं। जहाँ दाग़ नहीं होने चाहिए, वहीं पर दाग़ थे। जहाँ तिल होता तो अच्छा होता, वहाँ पर वह नदारद था। आँखें बड़ी थीं लेकिन पलकें बड़ी नहीं थीं। नाक थोड़ी और तीखी होती तो बेहतर होता। बाल घने थे लेकिन रेशमी नहीं थे। होंठ ख़ूबसूरत थे। इन्हीं होंठों को सुरंजन ने कितनी ही बार चूमा था। दुबली बाँहें सुन्दर दिखती हैं और जुलेखा की तो बाँहों में ही चर्बी जमती है। गड़बड़ियों से भरा शरीर ही उसे आज अच्छा लग रहा था। गड़बड़ी मन में होती है, शरीर में नहीं। उसे आज यह बात याद आ गई। किसे गड़बड़ी कहें, किसे नहीं, यह कौन तय करेगा?

जब वह आइने के सामने खड़ी थी, मयूर ने कहा—आप बहुत ख़ूबसूरत हैं!

—मैं?

—हाँ, आप।

—अच्छा, तुम्हारा नाम मयूर क्यों है?

—मेरी दीदी ने यह नाम रखा था। दीदी एक बार अजमेर गई थीं और वहाँ से जयपुर। वहाँ मोर देखकर दीदी ख़ुशी के मारे पागल हो गई थीं। उन्हीं दिनों मैं पैदा हुई थी। इसीलिए मेरा नाम मयूर रखा गया था। क्यों, यह नाम अच्छा नहीं है?

—बहुत सुन्दर है। मैंने इतना सुन्दर नाम पहले कभी नहीं सुना।

जुलेखा ने अनुमान लगा लिया कि मयूर के साथ रहना उसके लिए असहनीय नहीं होगा। होस्टल में रहना तो कोई भी नहीं चाहता। सभी अपने लोगों के साथ रहने का सपना देखते हैं। फ़िलहाल जुलेखा इस होस्टल जीवन की ही कामना कर रही थी। सुरंजन-जैसे कायर और दुविधाओं भरे व्यक्ति के साथ ज़िन्दगी बिताने का कोई फ़ायदा नहीं। ऐसे कन्फ़्यूज़्ड कैरेक्टर के साथ जीवन-यापन करना किसी भी स्वस्थ व्यक्ति के लिए सम्भव नहीं।

उसकी नौकरी निहायत बोरिंग थी। खड़े रहना। कस्टमर के आने पर ख़ूब अच्छे से हँस-हँसकर बातें करना। ज़रूरत के मुताबिक़ अंग्रेज़ी और हिन्दी बोलना। तीन भाषाएँ आती थीं, इसलिए जुलेखा को आसानी से यह नौकरी मिल गई। तनख़्वाह थी पाँच हज़ार। इससे पहले उसने अपने जीवन में कभी पैसे नहीं कमाए थे। यह पहली बार वह ख़ुद रोज़गार कर रही थी। अपने जीवन के निर्णय ख़ुद ले रही थी कि वह अपने पैरों पर खड़ी होगी, किसी की मार नहीं खाएगी। किसी की गाली भी नहीं सुनेगी। किसी की अवज्ञा और अपमान को नहीं सहेगी। किसी की भीख पर ज़िन्दा नहीं रहेगी। किसी की करुणा के सहारे जीवन नहीं काटेगी। यह ज़िन्दगी अगर द बेस्ट ज़िन्दगी नहीं हुई, तो फिर और कौन-सी होगी?

उसकी नौकरी बोरिंग थी लेकिन क्या शादीशुदा ज़िन्दगी बहुत झलमल थी? वहाँ भी तो बोरिंग जॉब करना पड़ता था, घर की सफ़ाई करो, खाना बनाओ, परोसो—इन सबके बदले उसे कोई पैसे तो मिलते नहीं थे। लोग नौकरानी रखते हैं, उसे खाना देते हैं, ठीक वैसा ही बिना वेतन का काम था मोहब्बत के घर में। सुरंजन ने सपने दिखाए थे। वे सारे झूठे सपने थे। जुलेखा सचमुच का प्यार पाने की क़िस्मत लेकर पैदा नहीं हुई थी। इस सच को मानने में तकलीफ़ तो बहुत होती है, लेकिन मानना तो पड़ेगा ही, इसके अलावा और कोई चारा नहीं। यह अपनी पाँच फीट चार इंच लम्बाई-जैसा है, उसे तो स्वीकार करना ही पड़ेगा, अफ़सोस करते रहने पर केवल अफ़सोस ही चरितार्थ होगा, लम्बाई तो बढ़ेगी नहीं।

संसार की कितनी ही लड़कियाँ ऐसी हैं, जिन्हें कभी किसी भी तरह का प्रेम नहीं मिला, बल्कि वे जीवन भर उत्पीड़न ही सहती रहीं। आज जुलेखा अपने जीवन

की तमाम दुर्घटनाओं का एहसान मानती है। उसे अगवा करके ले जाना, एक के बाद एक लोगों का उसके साथ दुष्कर्म करना, ख़ुद का अपने पति के घर में सुरंजन के साथ शारीरिक सम्बन्ध बनाना, पति द्वारा रँगे हाथों पकड़े जाना, पति की मार खाना, दूसरी शादी, अपने वतन वाले घर में पिता की नफ़रत झेलना, नाते-रिश्तेदारों की निन्दा, रबिउल और सुलताना की उपेक्षा, मामा के घर के अत्याचार—इन सभी ने उसके जीवन में विराट सम्भावनाएँ पैदा कर दी थीं। उसकी ज़िन्दगी अगर कोमल होती तो वह इस जगह पर नहीं खड़ी हो पाती, जहाँ वह आज खड़ी है। लोगों की क्रूरता, हिंस्रता, निष्ठुरता, स्वार्थपरता, धर्मान्धता—ये सब न होते तो आज इस दुनिया में वह अपनी जगह नहीं बना पाती, जो दुनिया उसकी अपनी है।

उसे तो लगता था कि कमज़ोर, भंगुर और दूसरों पर निर्भर होने के अलावा उसके पास कोई चारा नहीं है। वह अपने भीतरी साहस और ताक़त को नहीं पहचान पाती, अगर उसका पति गर्दन से पकड़कर उसे अपने घर से निकाल नहीं देता। सुरंजन ने उसे प्यार से शरीर को छूना सिखाया था। उसे जो प्यार दिया था, जुलेखा उसके लिए एहसानमन्द नहीं है, वह एहसानमन्द इसलिए है कि उसे दुष्कर्म के लिए उसने अगवा किया था। उस दुर्घटना ने उसके जीवन को पूरी तरह बदल दिया है। उस दुर्घटना और सुरंजन के प्रति इसी एक वजह से वह ज़िन्दगी भर एहसानमन्द रहेगी।

नौकरी से होस्टल लौटकर लड़कियों के साथ मेल-जोल, होस्टल के पुराने बाशिन्दों से यहाँ के जीवन की तमाम बातों को जानना, टेलीविज़न देखना, सोना—इसी तरह का था उसका जीवन। सुरंजन को फ़ोन करने के लिए उसके हाथ कसमसाते, लेकिन इस बेहूदे अकेलेपन से निजात पाने के लिए वह कहीं और मन लगा लेती। वह अपने हाथ, हाथ की उँगलियों को नियंत्रण में रखती।

एक दिन सुरंजन का फ़ोन आया।

—शाम को आ जाओ।

—कहाँ?

—शाम साढ़े छह बजे कला मन्दिर के सामने आ जाओ। वहाँ से हम दोनों कहीं चलेंगे।

—कहाँ?

—कहीं भी।

—कहीं भी मतलब?

—क्यों, तुम नहीं चाहतीं?

—चाहने की कोई वजह है?

—आओ न। आज कुछ नया होगा।

—नया क्या?

—देखना। अभी नहीं बताऊँगा। सरप्राइज़ है।

यह सरप्राइज़ जुलेखा के दिल की धड़कनों को तेज़ करता रहा। पूरे दिन कामकाज में उसका मन नहीं लगा। कैश पर बैठे-बैठे उसे मशीन के बटन दबाने पड़ रहे थे। उसका मन कहीं और था। हाथ की उँगलियाँ बार-बार ग़लती कर रही थीं, ग़लती कर रही थीं आँखें। वह क्या सरप्राइज़ दे सकता है? कहेगा कि चलो, शादी करते हैं? कहेगा कि अब से हम एक साथ रहेंगे? कहेगा कि चलो, इतने दिन तुम्हें छोड़कर रहते हुए मुझे पूरे मन से समझ में आ गया है कि मैं तुम्हें कितना ज़्यादा प्यार करता हूँ? तुम्हारे बिना मेरा ठीक रहना सम्भव नहीं? वह और क्या बोल सकता है? हो सकता है, वह कहे कि चलो, घर चलो। जुलेखा को स्वीकार करने को लेकर माया को जो समस्या थी, उससे वह अब मुक्त हो गई है, याकि सुरंजन को कोई मोटी तनख़्वाह वाली नौकरी मिल गई है—बीस हज़ार रुपये तनख़्वाह। या कहेगा कि तुम तो मुझे रिशप ले गई थीं, चलो, मैं तुम्हें शिमला ले चलता हूँ। या फिर चलो, हम दोनों दो दिन मन्दारमणि घूम आते हैं, या फिर अन्दमान। ऐसा ही कुछ! सुरंजन का और क्या सरप्राइज़ हो सकता है?

दो घंटे बाद फिर से फ़ोन आया।

—सुनो, जिमीज़ किचन आ जाना, कला मन्दिर के पास में है।

—अच्छा।

छह बजे के आसपास फिर से फ़ोन आया—सुनो, मार्कोपोलो चाइना में आ जाओ। पार्क स्ट्रीट पर।

जुलेखा मार्कोपोलो पहुँच गई। नहीं, वह ख़ूब सजी-धजी नहीं थी। उसने सफ़ेद ब्लाउज़ और नीले रंग की साधारण-सी एक सूती साड़ी पहनी थी। चेहरा वैसा ही था—नीविया क्रीम के अलावा और कुछ भी नहीं लगाया था। होंठों पर हलकी लिपस्टिक थी। जिसके साथ उसकी हर दिन मुलाक़ात होती थी, लगभग दो सप्ताह से उससे मुलाक़ात ही नहीं हुई थी। जुलेखा का हू-हू करता अन्तर सुरंजन को देखकर जितना शान्त हुआ था, उससे कहीं ज़्यादा अशान्त हो उठा था। वह दिखने में कितना अच्छा लग रहा था! उसने भी नीले रंग की शर्ट पहनी थी। बाल हलके-से बिखरे थे। इससे वह और भी अच्छा लग रहा था। गाल का तिल ठीक वैसा ही था। उसने कितनी बार उस तिल को चूमा था। उसकी इच्छा हुई कि उसे छूकर देखे।

उसे देख सुरंजन की आँखें मुसकराईं, होंठ हँसे। वही अपलक दृष्टि थी। लेकिन थोड़ी ही देर के लिए। उसने जल्दी से नज़रें हटा लीं। जुलेखा उसके सामने ही बैठी लेकिन थोड़ी दूरी बनाकर।

—वाह! —सुरंजन बोला।

—वाह क्यों?

—बहुत ही ख़ूबसूरत!

—क्या?

—तुम लग रही हो।

सुरंजन और दूसरे लड़कों में यहीं पर फ़र्क़ है। दूसरे लोग कहेंगे—साड़ी सुन्दर है। सुरंजन कहेगा—तुम इस साड़ी में सुन्दर लग रही हो।

जुलेखा ने कहा—तुम भी बहुत अच्छे लग रहे हो।

—हूँ।

—मतलब?

—बहुत स्मार्ट हो गई हो।

—पहले नहीं थी?

—इतनी नहीं थीं।

—फिर तो अच्छी बात है। उन्नति ही हो रही है, अवनति नहीं।

—हाँ, वह तो नहीं ही। तुम्हारी सेल्फएस्टीम तो हमेशा से ज़्यादा रही है। मेरे-जैसा मामला नहीं है।

—तो अचानक मुझे याद करने की वजह क्या है? जिसे तुम भूल जाते हो, भूल ही जाते हो। फिर क्यों बुलाया? ज़रा मैं भी सुनूँ क्या सरप्राइज़ देनेवाले हो?

—अभी देखोगी।

—देखूँगी? या कि कुछ बोलोगे।

—अभी देखोगी।

—दिखाओ।

—रुको। थोड़ा इन्तज़ार करो।

इसी तरह और थोड़ी देर बातचीत चलती रही। सुरंजन ने व्हिस्की का ऑर्डर दिया। जुलेखा ने 'ब्लडी मेरी' मँगवाई। पहाड़ पर सुरंजन के हाथों 'ब्लडी मेरी' से ही जुलेखा की तालीम की शुरुआत हुई थी। दोनों के गिलास थोड़े ही कम हुए थे कि सोबहान आ पहुँचा।

—यह है मेरा दोस्त, शोभन उर्फ़ सोबहान। मोहम्मद सोबहान।

जुलेखा ने एक बार उसकी ओर देखा और फिर नज़रें झुकाकर गिलास में चुस्की लगाई।

सोबहान सुरंजन की बाज़ू वाली कुर्सी पर बैठ गया। उसने अपने लिए एक स्प्राइट का ऑर्डर दिया।

—यह जुलेखा है। इसी के बारे में मैंने तुम्हें बताया था। बहुत अच्छी लड़की है। ज़ीरो से उठकर ऊपर आई है। अब ये नौकरी करती है। मेंटल स्ट्रेंथ इतनी कि तुम कल्पना ही नहीं कर सकते! मेरे लिए ऐसा बनना तो मुमकिन ही नहीं। और सोबहान तो बहुत बड़ी चीज़ है। कहना चाहिए कि मेरा आइडियल है। पहाड़-जैसा मनोबल है और वेल स्टैब्लिश्ड। तुम दोनों के स्वभाव-चरित्र में कितनी समानता है! ऐम्बिशस। मैंने सोचा, दोनों का परिचय करवा दूँ।

इसके बाद जुलेखा ने सुरंजन से थोड़ी-बहुत बातें कीं लेकिन ज़्यादातर वह सोबहान से ही बतियाती रही : उसका घर कहाँ है, वह क्या नौकरी करता है, उसका क्या कारोबार है, फ़ीडर रोड पर उसका अपना फ़्लैट है या कि किराये का है। अपना है, सुनकर वह चौंक गई।

सुरंजन बोला—सोचो मत। उसके पास गाड़ी भी है। आज वह अपनी गाड़ी से ही आया है। पार्किंग मिली कहीं?

सोबहान ने गर्दन हिलाई।

उसमें भी क्या जुलेखा के प्रति आकर्षण पैदा हो गया था? समझना मुश्किल था। वह केवल सवालों के जवाब दिये जा रहा था। उसने ख़ुद कोई सवाल नहीं किए। उसने सुरंजन से जितना सुन रखा था, उसी को वह पर्याप्त समझ रहा था।

बातों-बातों में जुलेखा ने बताया कि वह एक छोटी-सी नौकरी करती है। उसे तो नौकरी वग़ैरह करनी नहीं थी, उसे तो बस पति और बच्चों की सेवा करनी थी। अचानक हुई एक दुर्घटना से सब गड्डमड्ड हो गया। बुरे वक़्त में जो लोग साथ रहते हैं, वे ही सच्चे दोस्त होते हैं। सच कहने में क्या, दोस्त के नाम पर मेरा कोई नहीं है। जो था, वह सुरंजन ही था। तीन पीढ़ियों में जिनका कोई नहीं होता, उनकी ज़िन्दगी मेरी तरह होती है। लेकिन सामने जो भी है, मैं उसे देखना चाहती हूँ। ज़िन्दगी मुझे जितना भी देती है, जो भी देती है, सब ग्रहण करना चाहती हूँ। और आप?

सोबहान दिखने में सुरंजन से काफ़ी अच्छा था। आधुनिक और बुद्धिमान था। साफ़-सुथरा। इससे ठीक उलट चरित्रवाले सुरंजन से उसकी दोस्ती कैसे हुई, यह समझना दुष्कर था। जुलेखा जानती है कि दिखने में अच्छे लड़कों का असल में कोई मूल्य नहीं। उनका मन कैसा है, यह बड़ी बात है। बातें करते-करते उसने दो 'ब्लडी मेरी' पी डाली और उसे महसूस हुआ कि सोबहान का साथ उसे अच्छा लग रहा है। सच्चाई और शिष्टता, इन दो को मिलाकर सोबहान का निर्माण हुआ है। फ़िलवक़्त तो ऐसा ही लगा। असलियत क्या है, वह कम-से-कम साल भर से पहले कैसे समझ में आएगा? लेकिन सोबहान कितना ही महान क्यों न हो, इससे जुलेखा को क्या! सिर्फ़ इतनी-सी बात है कि यह पता चला कि सुरंजन का एक अच्छा दोस्त भी है। इसका मतलब यह नहीं कि सुरंजन का मान थोड़ा बढ़ गया। दोस्त की क़िस्मत अच्छी होने से किसी का मान नहीं बढ़ जाता। मान बढ़ता है अगर वह ख़ुद मान बढ़ाने-जैसा कोई काम करे। जुलेखा की आँखें फिर से जलने लगी थीं, लेकिन उसने स्मृतियों को 'ब्लडी मेरी' की मदद से दूर भगा दिया।

—आप बहुत कम बोलते हैं?

सोबहान हँसा। बोला—पहले दिन की मुलाक़ात में किसी के पास बोलने के लिए बहुत-कुछ नहीं होता।

—आपने प्रेम-विवाह किया है?

इस सवाल से वह थोड़ा असमंजस में पड़ गया। जवाब देने में उससे देर हुई।

—रहने दें, जवाब देने की ज़रूरत नहीं। मुझे लगा कि 'प्रेम' शब्द आपको थोड़ा असुविधाजनक लगा।

—आपके लिए असुविधाजनक नहीं है?

—बिलकुल भी नहीं। मेरी ज़िन्दगी में प्रेम एक ही बार आया था। वह फिर आएगा या नहीं, मुझे नहीं मालूम! किसी-किसी की ज़िन्दगी में एक बार ही आता है।

—क्यों? दिल का दरवाज़ा आपने बन्द कर रखा है क्या?

—बन्द नहीं है। मैं बन्द करने का सोच रही हूँ। आपकी क्या स्थिति है? बन्द है?

अबकी बार भी होंठ दबाकर शर्मीली हँसी हँसा सोबहान। किसी लड़की के साथ इस तरह से बातचीत का वह आदी नहीं था। सुरंजन होता तो शायद उससे बढ़िया बातचीत हो पाती।

—आप फ़िल्मों में दिखनेवाले अच्छे आदमियों-जैसे हैं।

—बात कम करता हूँ और इसीलिए लोग मुझे अच्छा आदमी कहते हैं।

—तो क्या आप असल में अच्छे नहीं हैं? आपके पास पैसे हैं, लेकिन आपमें अहंकार नहीं है। हो सकता है, इस वजह से भी लोग आपको अच्छा कहते हों!

—आपके साथ सुरंजन की बहुत समानता है।

—किस तरह से? मुझे तो लगता है कि उसके साथ मेरी बहुत कम समानता है। क्या समानता है कि हम दोनों ही शराब पीते हैं? हालाँकि ज़िन्दगी में मैं यह दूसरी बार पी रही हूँ...।

—नहीं, ऐसा नहीं।

—तो फिर?

—आप दोनों ही मेरे बारे में बहुत कम जानते हैं इसलिए मेरी इतनी तारीफ़ कर रहे हैं।

सुरंजन जुलेखा और सोबहान की बातों को बहुत ध्यान से सुन रहा था। वह भी टेबल पर है, इसे जुलेखा जानबूझकर भूल जाना चाह रही थी या कि उसे उसी क्षण सोबहान से प्यार हो गया था, वह इस बात को ठीक से समझ नहीं पा रहा था।

उनकी चर्चा में राजनीति-अर्थशास्त्र-समाजशास्त्र, ज़ात-पाँत-धर्म कुछ भी नहीं आए थे। शुरू से लेकर आख़िर तक केवल प्रेम-आवेग-पसन्दगी, सम्बन्ध-विच्छेद आदि विषय ही आए थे। सुरंजन को यही सब अच्छा लगता है। कोई और प्रसंग आते, ख़ास कर राजनीति या अर्थशास्त्र, तो उसका मिज़ाज गरम हो जाता और वह वहाँ से उठकर कहीं और चला जाता। वह कहता है कि ये सब कठिन चीज़ें उसे समझ में नहीं आतीं। तो फिर क्या अच्छा लगता है? खेलों की बातें करो। और

किसकी बातें—इतिहास की, भूगोल की? इतिहास तो बिलकुल भी नहीं, हाँ, भूगोल के विषय में कर सकते हैं। घर-गृहस्थी? धत्! किताबें? बोरिंग। गाना-बजाना? हाँ, यह चलेगा। नाटक? लम्बी साँस छोड़कर सुरंजन कहता, नहीं। क्यों? क्या क्यों? इतनी उदासीनता क्यों है? अच्छा नहीं लगता। क्या अच्छा नहीं लगता? लेटे रहना, सोच-विचार करना, कुछ न करना, सोना। प्रेम? वह मेरे लिए नहीं है। बच्चों को पढ़ाना अच्छा लगता है? लगता है। तुम अपने बारे में क्या सोचते हो? कुछ भी नहीं। तुम्हें सबसे ज़्यादा क्या अच्छा लगता है? तमाशे करना। किसके साथ? ख़ुद के साथ, औरों के साथ। ख़ुद के सवालों के जवाब मन-ही-मन सुरंजन ख़ुद ही दे देता।

थोड़े बुद्धिदीप्त, थोड़े असंलग्न, कुछ मतलब की, कुछ बेमतलब की चर्चा चलती रही और रात गहराती रही। सोबहान ने बिल चुकाया। सुरंजन पर ख़ासा नशा चढ़ चुका था। जुलेखा को कुछ नहीं हुआ।

सोबहान अच्छा लड़का है। उसकी सफ़ेद झक शर्ट पर ज़रा-सा भी दाग़ नहीं लगा था। करीने से सजे हुए बाल। दाढ़ी-मूँछें नहीं थीं। चेहरे पर दाग़-गड्ढे नहीं थे। सफ़ेद दाँत। नक़ली नहीं थे, पीले भी नहीं थे। लम्बाई छह फीट थी। मरियल नहीं था और न ही उसका शरीर भारी था। उम्र में सुरंजन से कुछेक साल छोटा था। ऐसे युवक की ही तो कामना की जाती है। सोबहान ने अपनी गाड़ी से सुरंजन को बेग़बाग़ान और जुलेखा को हाजरा छोड़ दिया था।

रात में जुलेखा को सुरंजन का फ़ोन आया। उस समय वह कपड़े बदलकर, मुँह-हाथ धोकर, ब्रश करके नाइट ड्रेस पहनकर लेटी ही थी।

सुरंजन ने उधर से कहा—कैसा लगा?

—अच्छा।

—ज़बर्दस्त, है न?

—हाँ, ज़बर्दस्त।

—मैंने तुमसे कहा ही था।

—असल में बहुत दिनों से मैंने अच्छा खाना नहीं खाया न! मामा के घर का और होस्टल का बेस्वाद खाना खाने के बाद ऐसा खाना...ज़बर्दस्त था।

—धत्। अरे, मैं कह रहा हूँ, सोबहान कैसा लगा?

—ओ, सोबहान? अच्छा है।

—बहुत हैंडसम है न?

—हाँ।

जुलेखा जिस बात को रेस्टोरेंट से ही कहने का सोच रही थी, बोली—अच्छा, तुमने मुझे वहाँ आने के लिए कहा था कि तुम एक सरप्राइज़ दोगे, तो दिया क्यों नहीं?

—सरप्राइज़ मैंने दिया तो!

जुलेखा अवाक् हो गई—कब दिया? शराब पी-पीकर तुम ख़त्म हुए जा रहे हो। तुम्हें कुछ भी याद नहीं रहता।

—मेरा सरप्राइज़ तो सोबहान था। मोहम्मद सोबहान।—सुरंजन ने रहस्योद्घाटन के अन्दाज में कहा।

—वह सरप्राइज़ क्यों होगा भला, वह तो तुम्हारा दोस्त है?

—मैंने तुम्हारे साथ उसकी मुलाक़ात कराई न!

—बहुत अच्छा किया। अपने रेपिस्ट दोस्तों के साथ तो तुमने पहले मुलाक़ात कराई ही थी। रेपिस्टों के अलावा कोई और भी है, यह मुझे नहीं पता था। और यह रेपिस्ट नहीं है, यह भी मुझे भला कैसे पता चलेगा?

—बकवास मत करो। मैं उस दिन के लिए तुमसे बहुत बार माफ़ी माँग चुका हूँ। उस दिन के बारे में तुम प्लीज़, अब और कुछ मत कहना।

—तो फिर बता दो कि मुझे क्या-क्या कहना है? बता दो, तुम्हें क्या सुनना अच्छा लगता है?

—तुम्हें सोबहान कैसा लगा, बताओ?

—सोबहान मुझे कैसा लगा, इससे तुम क्या करोगे, मैं भी ज़रा सुनूँ तो?

—वह ख़ुद कम्प्यूटर इंजीनियर है लेकिन नौकरी नहीं करता। ख़ुद का बिज़नेस है। वह शायद सॉल्टलेक में अपनी एक कम्पनी शुरू करेगा।

—बहुत अच्छा। कोशिश करके देखना कि तुम्हें वहाँ नौकरी मिलती है या नहीं। तुम चाहोगे तो वह ज़रूर देगा। दिखने में तो दरियादिल ही लगता है। बिल का भुगतान उसी ने किया था।

—हाँ, बहुत दरियादिल है।

—तुम्हें पता नहीं सुरंजन कि अच्छे दोस्त की कहाँ ज़रूरत पड़ जाए! हम लोग तो रिश्तेदार-रिश्तेदार करते हुए मरे जाते हैं। और पता चलता है कि कोई दोस्त ही ज़िन्दगी भर हमारे काम आता रहा। अभी जिस दिन मुझे मामा के घर से निकलना पड़ा, तुम 'हेल्प करोगे' कहकर ग़ायब हो गए। मुझे मेरी एक परिचित लड़की ने ही कुछ दिन अपने घर में रहने दिया था। उस लड़की से केवल परिचय हुआ था, तब उससे दोस्ती नहीं हुई थी। मेरी कलीग थी। उस ज़रा-सी जान-पहचान में भी उसने यह उपकार कर डाला, लेकिन दोस्त की ज़िम्मेदारी तुम नहीं निभा सके। यानी लम्बे समय से दोस्ती होने से ही वह तुम्हारा सच्चा दोस्त होगा, ऐसा नहीं भी हो सकता है और दो दिन में भी कोई तुम्हारा सच्चा दोस्त बन सकता है। यह कहती हुई जुलेखा आँखें पोंछती रही, लेकिन उसने गले को यथासम्भव शुष्क ही रखा। भीगे गले से वह भले ही किसी और को सुनाएगी, लेकिन सुरंजन को नहीं।

—सोबहान के साथ देखो...

—क्या देखूँ?

—देखो अगर कोई एक रिश्ता बना सको...

—मतलब?

—मतलब कह रहा हूँ कि मेरी अपेक्षा उसके साथ एक रिश्ता क़ायम करना बेहतर नहीं होगा?

—क्या?...तुम क्या कह रहे हो? तुम्हारा दिमाग़ ख़राब हो गया है क्या?

—नहीं, ठंडे दिमाग़ से ही कह रहा हूँ।

—आज तुम्हारा दिमाग़ ठिकाने पर नहीं है। कल बात करना। आज रखती हूँ।

—सुरंजन 'नहीं-नहीं' कर उठा। बोला—आज ही बताओ। मैं चाहता हूँ...

—तुम क्या चाहते हो? —जुलेखा व्याकुल हो उठी।

सुरंजन ने धीरे-धीरे कहा—तुम्हारे साथ सोबहान का एक सम्बन्ध होना चाहिए।

—तुम ऐसा क्यों चाहते हो?

—चाहता इसलिए हूँ कि मैं तुम्हारे लायक़ नहीं हूँ, सोबहान लायक़ है।

—किस बात के लिए लायक़? तुम कैसा सम्बन्ध चाहते हो? सम्बन्ध तो कितनी ही तरह के होते हैं। भाई होते हैं, दोस्त होते हैं! तुम क्या चाहते हो, मैं भी ज़रा सुनूँ?

—तुम उसे अपना प्रेमी बना लो। उससे शादी कर लो।

—शादी?

—हाँ, शादी।

—बात तो यह हो रही थी कि तुम और मैं शादी करेंगे!

—नहीं। वह ठीक नहीं होगा।

—सुरंजन, तुम प्रेमी नहीं बन सकते, मत बनो। लेकिन घटक[1] होने की ज़िम्मेदारी तो मैंने तुम्हें नहीं दी।

—तुमने नहीं दी। मैंने ख़ुद ली है। मैं तुमसे प्यार करता हूँ, इसी वजह से तुम्हें यह सलाह दे रहा हूँ। मैं एक लम्पट, लोफ़र हूँ, मैं एक रेपिस्ट हूँ, ज़िन्दगी को लेकर मुझमें हताशा के अलावा और कुछ भी नहीं है। तुम्हारे साथ जो हो रहा था, वह क्षणिक था। थोड़ी देर बाद फिर जस-का-तस। मैं एक बेकार आदमी हूँ। एक हिन्दू।

—मतलब? हिन्दू-मुसलमान—तुमने यह सब कब से देखना शुरू कर दिया? सोबहान को बुला लाए क्योंकि वह मुसलमान था?

जुलेखा का विस्मय कम होने का नाम ही नहीं ले रहा था।

—उसके साथ तुम्हारी अच्छी जमेगी।

—तुम कैसे समझे? मुसलमान है, इसलिए?

—हाँ।

---

1. शादी के रिश्ते तय करानेवाला।

—छिः ! सुरंजन ! अगर ऐसा होता कि मैं धर्म पर विश्वास करती हूँ, मुसलमानों को लेकर मुझमें कोई आवेग रहता, तब तुम यह बात कह सकते थे। तुम्हारा आलस, तुम्हारी शराबख़ोरी, बुरे लोगों के साथ तुम्हारी संगति, तुम्हारी उदासीनता, ज़िम्मेदारी का एहसास न होना, तुम तो सिर से पैर तक एक ग़ैरज़िम्मेदार लड़के हो, तुम्हारी केयरलेसनेस—इन सबकी तो मैं ख़ूब आलोचना और निन्दा कर चुकी हूँ। लेकिन तुम्हारे धर्म को लेकर तो मैंने कभी कुछ नहीं कहा।

—मेरा धर्म, मेरा धर्म मत कहो। मेरा कोई धर्म नहीं है।

—धर्म न होता तो आज जो तुम मुझे सोबहान के हाथों में सौंप देना चाह रहे हो, इसका कारण और क्या है, यही न कि सोबहान मुसलमान है ?

—तुम उसके साथ सुखी रहोगी।

—तुम्हें कैसे पता ?

—मुझे पता है। मुझे यह भी पता है कि और किसी के भी साथ रहो, लेकिन मेरे साथ तुम सुखी नहीं रहोगी।

—तुम ज्योतिषी हो क्या ? तुमने ज्योतिष विद्या में भी लगता है, हाथ आज़माया है, कौन जाने ! और सुनो, मेरी शादी को लेकर तुम्हारे सिर में इतना दर्द क्यों है ? मैं क्या यह कह रही हूँ कि मुझसे अभी तुरन्त शादी करनी है ?

—तुम्हारे लिए यह ज़रूरी है।

—वह मैं समझ लूँगी। अपने साथ मेरे इस रिश्ते को तुम ख़त्म कर रहे हो। ख़त्म कर रहे हो न ?

—हाँ।

—अच्छा ! —तकलीफ़ों में भी जुलेखा हँस दी—सोबहान तो मैरिड है, उसके बच्चे भी हैं। यह क्या तुम भूल गए ?

—इससे क्या हुआ ?

—इससे क्या हुआ मतलब ? तुम यह कह क्या रहे हो ?

—तुम लोगों में तो एक आदमी एक से ज़्यादा बीवियाँ रख सकता है।

—क्या बोला तुमने ? हम लोगों में ? 'हम लोगों में' का मतलब क्या है ? मुसलमानों में ?

—यह क्या तुम्हें नहीं पता ?

—छिः-छिः, तुम इतने नीचे उतर गए हो !

जुलेखा थोड़ी देर चुप रही। थोड़ी देर के लिए उसने अपने दोनों होंठ दबाकर रखे। उसका गला भर आए तो काम नहीं चलेगा। उसे याद रखना होगा कि इस समय वह उसके साथ बात कर रही है, जिसने उसे कभी प्यार किया ही नहीं। उसे केवल ठगता रहा, पहले दिन से ही। ऐसा सोचने पर ही गले से तकलीफ़ दूर हो सकेगी। उसने थोड़ी देर यह सब सोचा और फिर होंठ खोले :

—मुझे लगता है सुरंजन—जुलेखा धीरे-धीरे बोलती रही—मेरी लाइफ़ का हेडेक मेरे पास ही रहे तो बेहतर होगा। तुम्हें मैं ज़िम्मेदारी से मुक्त कर रही हूँ। वह जो तुमने लोगों से रेप करवाया था, उसे लेकर जो तुम्हारा प्रायश्चित था, आज ख़त्म होता है। तुम्हारे भगवान तुम्हें सज़ा नहीं देंगे। तुम दायमुक्त हो, पापमुक्त हो। सो, गो ऑन। कोई अच्छी हिन्दू लड़की देखकर जो करना हो, करो। घटिया मुसलमान लड़की कोई और एक घटिया मुसलमान लड़का ढूँढ़ लेगी। तुम्हें परेशान होने की ज़रूरत नहीं।

जुलेखा बाएँ हाथ से आँख पोंछती रही। आँखों में बाढ़ उमड़ आई थी।

—इस तरह मत बोलो जुलेखा। तुम्हारे पास आने की मेरी बड़ी इच्छा हो रही है। क्या तुम रो रही हो?

—नहीं-नहीं, मैं क्यों रोऊँगी? कमाल है! रोऊँगी क्यों? ऐसा क्या हुआ है जो रोऊँगी? हिन्दू और मुसलमान की अगर शादी होती है तो पूरा समाज उन्हें पूरी तरह से काट देता है। परिवार उन्हें त्याग देता है। काम करने की जगहों पर असुविधा होती है। नौकरी चली जाती है। ज़िन्दगी बरबाद हो जाती है। लोग छिः-छिः करते हैं। इतनी छिः-छिः के बीच कोई कैसे रह सकता है? तुम तो दोस्त की तरह उपदेश दे रहे हो। रोने की तो कोई वजह है ही नहीं। मैं तो तुम्हें धन्यवाद कह रही हूँ। बहुत-बहुत धन्यवाद। अब फ़ोन रखती हूँ। कल सुबह उठना है।

जुलेखा ने फ़ोन काट दिया और सोने की कोशिश करने लगी। सारी रात उसे नींद नहीं आई। वह उठ गई और मोबाइल पर भेजे गए पुराने एस.एम.एस. पढ़ने लगी। वे सारे दिन कभी आँखों के सामने होते, तो कभी योजन दूर चले जाते। तो फिर सच यही है कि उसने एक ग़लत आदमी को इतने दिन प्यार किया था। दुष्कर्मी जानते हुए भी, हिन्दू जानते हुए भी। नाते-रिश्तेदार कभी उसकी सूरत नहीं देखेंगे, यह जानते हुए भी। इतने दिनों में मोहब्बत ने, जुलेखा के जितने भी परिचित नाते-रिश्तेदार गाँव और शहर में थे, उनमें जुलेखा की कहानी फैला दी थी। वह पतित है। काफ़ी हद तक वेश्या-जैसी। उसे कोई कभी भी नहीं ढूँढ़ेगा। जैसे कि सोनागाछी में बिक चुकी लड़कियों को कोई कभी नहीं ढूँढ़ता। सुरंजन ने जो एस.एम.एस. उसे भेजे थे और उसने जो एस.एम.एस. सुरंजन को भेजे थे, वे सारे उसने इरेज़ कर दिये। एक बहुत दिनों का रिश्ता ज़िन्दगी से इरेज़ हो गया। महज़ एक बटन दबाते ही। सुबह होगी। वह नई ज़िन्दगी के एक नये दिन की शुरुआत करेगी। वहाँ दोस्त-जैसा, प्रेमी जैसा, उसका अपना कोई भी नहीं है। उसे कोई ग़ुस्सा, कोई क्षोभ भी नहीं। वह अकेली है। एक पेड़ की तरह अकेली या कि एक पौधे की तरह अकेली। जुलेखा अब किसी भी तूफ़ान में टूटना नहीं चाहती।

अगले दिन हू-हू करते जीवन की ओर देखकर उसने निर्णय लिया कि वह पढ़ाई करेगी, प्राइवेट छात्रा के रूप में एम.ए. की परीक्षा देगी, या फिर योगमाया

कॉलेज में रात्रिकालीन कक्षाएँ अटेंड करेगी—बी.एड. की कक्षाएँ। जैसा कि मयूर कर रही है। जुलेखा ने बहुत दिनों के बाद ख़ुद को अच्छे से देखा। अपनी ओर देखते हुए उसने एक चीज़ महसूस की कि ख़ुद की ज़िन्दगी की ओर देखने से, ख़ुद के बारे में थोड़ा सोचने से, मन को पुरुषों के बारे में सोच-विचार करने से मुक्ति मिलती है।

बहुत दिनों से उनकी कोई ख़बर नहीं थी। जाननगर वाले घर पर दो बार जाकर मुझे लौट आना पड़ा था। इसके बावजूद मैं पागलों की तरह तलाश करती फिर रही थी। सुरंजन फ़ोन नहीं उठा रहा। ऐसे में एक दिन मुझे जुलेखा का फ़ोन आया। उसका नम्बर अनजान नम्बर था। आम तौर पर मैं अनजान फ़ोन नहीं उठाती। कभी-कभी मुझे इतना सब याद भी नहीं रहता कि अनजान नम्बर पर मेरे लिए फ़ोन उठाना ठीक नहीं।

जुलेखा एक बार मिलना चाह रही है। अचानक क्यों मिलना चाहती है, मैं अनुमान नहीं लगा पाई। सुरंजन के बारे में पूछने पर उसने बताया कि वह अच्छा है। मज़े में है।

—मज़े में है?

—हाँ, मज़े में है।

'मज़े में है' कहने में जुलेखा का थोड़ा-सा अभिमान और थोड़ा-सा ग़ुस्सा छलक आया। मेरा स्वर शान्त था। उसमें नाराज़गी और अभिमान के निशान नहीं थे, केवल कुतूहल था।

—वह फ़ोन क्यों नहीं उठा रहा है?

—नहीं उठा रहा है, वजह यह है कि उसने फ़ोन फेंक दिया है।

—फेंक दिया है? कहाँ?

—और कहाँ, बालीगंज की लेक में।

—लेक में? लेक के पानी में?

मैं बड़बड़ाती रही। जुलेखा अपनी बात कहती रही। उसका एम.ए., उसका बी. एड.। उसके रूम में रहनेवाली लड़की मयूर की बातें। मयूर की दिनचर्या। होस्टल के हर रोज़ के कड़वे-मीठे अनुभव। मैंने अचानक उससे पूछा—किरणमयी, सुरंजन की माँ, ठीक हैं?

—ठीक हैं।

—माया की कोई ख़बर?

—नहीं। लेकिन वह ठीक ही है। वे लोग आजकल एक साथ रह रहे हैं।

एक साथ रह रहे हैं, इसकी लम्बी कहानी है। इतनी लम्बी कहानी फ़ोन पर सम्भव नहीं। जुलेखा ने कहा कि वह एक दिन मुझसे मिलने आएगी। रूबरू बैठकर सारी बातें बताएगी।

सुरंजन से थोड़ी बात करनी है, कहते ही जुलेखा ने मुझे सुरंजन के बेग़बाग़ान वाले नए घर का पता दे दिया। उसने फिर से कहा कि वह मुझसे मिलने किसी दिन मेरे घर ज़रूर आएगी। मैंने कह दिया कि वह किसी शाम आ जाए।

जिस लड़के ने इतने दिनों तक मेरी कोई खोज-ख़बर नहीं ली, मैं क्यों ख़ामख़्वाह उसकी तलाश करूँ? इसकी बजाय किसी दिन किरणमयी से मुलाक़ात करना बेहतर होगा। उनके भीतर मुझे एक माँ-जैसे भाव दिखाई देते हैं। वह माँ-जैसा भाव चुम्बक की तरह है।

जुलेखा जिस रोज़ आई, वह इतवार था। शाम होने-होने को थी। हम लोग बरामदे वाले बग़ीचे में बैठे। जुलेखा उस दिन के मुक़ाबले आज अलग थी। उसने बड़ी विनम्रता से कहा—आपका समय ख़राब करना मेरे लिए उचित नहीं है।

वह उम्र में मुझसे बहुत छोटी थी। मैंने आज उसे 'तुम' ही सम्बोधित किया—क्या पियोगी, बोलो, चाय?

—अगर 'ब्लडी मेरी' हो, तो बहुत अच्छा।

मैं थोड़ी चौंकी। शराबख़ोर के साथ रहकर जुलेखा की यह गत हुई है, वह शराब पीना सीख गई है। 'एब्सोलूट' रखी थी। मेरे एक मित्र ने बताया था कि नीबू और मिर्च मिलाकर पीने में अच्छी लगती है।

—'ब्लडी मेरी' नहीं है। यही पीनी पड़ेगी।

—आप कुछ नहीं पिएँगी?

—मैं चाय पिऊँगी।

—आप एक गिलास लीजिए न! चाय तो रोज़ ही पीती हैं। घर में जब वोदका है तो लीजिए न एक गिलास। अकेले पीने में मज़ा नहीं आता।

—मैं जब विदेश से लौटती हूँ तो दोस्तों के लिए व्हिस्की, वोदका—यह सब ले आती हूँ। कोलकाता में तो शायद सभी ड्रिंक करते हैं। तुमने तो सुरंजन को अच्छे से ही देखा है।

—सब लोग ड्रिंक नहीं करते। सोबहान ड्रिंक नहीं करता।

मैंने आख़िरकार अपने लिए एक गिलास वोदका ले ली। किसी बहुत ही प्रिय मित्र के आने पर, ख़ूब बढ़िया अड्डा जमने पर, बहुत बढ़िया खाना होने पर, ख़ूब अच्छी रेड वाइन होने पर ही मैं कुछ पीती हूँ, अन्यथा नहीं पीती। यह बात तो जुलेखा को समझाई नहीं जा सकती। वह मेरी कोई प्रिय मित्र नहीं है, हम कोई अड्डेबाज़ी करने नहीं बैठे हैं, लेकिन यह बात कहना भी शोभनीय नहीं होगा। इसलिए थोड़ी-

सी वोदका में बहुत सारा ठंडा पानी मिलाकर मैं ठंडी हवा में आ बैठी। मैंने सिप लिया। जुलेखा तब तक कई सिप ले चुकी थी।

—बताओ, कैसी हो?

—ठीक हूँ।

—अचानक तुमने मुझसे क्यों मिलना चाहा?

—कोई बहुत बड़ा कारण है, ऐसा नहीं है। बहुत दिनों से ख़ूब मन कर रहा था। मुझे लग रहा था कि इस समय मैं किन हालात से गुज़र रही हूँ, आप शायद समझ सकेंगी।

—बोलो।

—सुरंजन मुझसे अब रिश्ता नहीं रखना चाहता।

—क्यों?

जुलेखा चुप रही। गिलास को हिलाती रही। हम दोनों बेंत की कुर्सियों पर बैठे थे। ठीक रूबरू नहीं थे। मेरी आँखें सामने आसमान पर टिकी हुई थीं। पक्षियों के झुंड अपने घोंसलों में लौट रहे थे। मेरी आँखें उन पक्षियों पर से हट नहीं रही थीं। इतने सारे पक्षी थे, उन सबका क्या एक ही घोंसला है?

—सुरंजन के साथ तुम्हारा रिश्ता क्यों टूटेगा? क्या वजह है?

—वजह वह जानता है। मेरी ओर से कुछ भी नहीं है। यह पूरी तरह उसी का निर्णय है।

—अचानक ऐसा निर्णय? उसने तो कहा था, अभी उस दिन ही तो कहा था, रिशप से जिस दिन लौटे थे तुम लोग, उसी दिन उसने बताया था कि वह तुम्हें लेकर एक साथ रहना चाहता है।

—हाँ, शादी की बात तो ख़ुद उसी ने की थी। असल में मामला एकतरफ़ा नहीं था न। दोनों का ही मामला था। हम दोनों ने ही चाहा था।

—फिर?

—फिर वह अचानक ऑफ़ हो गया। मुझसे फिर उसने मुलाक़ात ही नहीं की, मुझसे सम्पर्क नहीं किया। उसने अपना फ़ोन नम्बर भी बदल लिया। जहाँ तक हो सके, वह तो फ़ोन का उपयोग करना ही नहीं चाहता। कहता है कि फ़ोन उसने अपनी माँ को दे दिया है। स्ट्रेंज है सब कुछ।

—तो, यह सब मुझे क्यों बता रही हो? मैं तुम्हारे लिए क्या कर सकती हूँ?

—आप कुछ भी नहीं कर सकतीं। वह मेरे साथ एक लड़के को जोड़ देना चाहता है। कहता है कि वह मुसलमान है, इसलिए मैं उससे शादी कर लूँ।

इस बार मैं बुरी तरह चौंक उठी। रॉकिंग चेयर से अचानक उठने के प्रयास में बहुत सारी वोदका गिर गई। उसके गिर जाने पर मेरा ध्यान नहीं था, मेरा ध्यान जुलेखा की बात में लगा था।

—मैं तो सोच रही हूँ कि अब उसे दिखा-दिखाकर मुसलमान लड़के से प्यार करूँगी। जिसे रिलीजियस कहते हैं, मैं तो कभी भी वैसी नहीं थी। सोचा था कि वह भी ऐसा नहीं होगा। उसने कभी पूजा-पाठ नहीं किया। मैंने उसे कभी भी भगवान देखकर प्रणाम करते नहीं देखा। इन सबके बारे में उसने कभी कुछ नहीं कहा, बल्कि वह तो माया की जमकर निन्दा करता था, क्योंकि माया मन्दिर और बेकार के बाबाओं में उलझी रहती थी। लेकिन वह इतना कायर है, इतना संकीर्ण मन है उसका, सोचकर बड़ा दुख होता है।

—तुम अपने भीतर ग़ुस्सा पाल रही हो। ठंडे दिमाग़ से सोचोगी तो शायद अलग तरह से सोचोगी।

—सारी चीज़ें इतने ठंडे होकर क्यों की जाएँ भला? जब वह चाहता है कि मैं प्रेम करूँ, तो करूँगी।

—तुम्हें क्या सब समय प्रेम करते रहना पड़ता है जुलेखा? एक के चले जाने के तुरन्त बाद क्या तुम्हें दूसरे की ज़रूरत पड़ती है?

जुलेखा थोड़ी असमंजस में पड़ गई। वह क्या कहे, ठीक से समझ नहीं पाई और इसलिए उसने सिर हिलाकर कहा—नहीं।

—तो फिर तुम्हें इसी वक़्त कोई निर्णय लेने की ज़रूरत नहीं है। सोचने के लिए थोड़ा समय और लो, थोड़ा और विचार करो।

जुलेखा हँस दी। हँसते-हँसते बोली—ज़्यादा सोचने पर सब गड़बड़ हो जाता है। ज़िन्दगी के सारे अच्छे निर्णय मैंने अचानक ही लिये हैं।

—किस तरह, ज़रा सुनूँ? तुम्हारे हिसाब से कौन-से निर्णय अच्छे और कौन-से निर्णय ख़राब थे?

—शादी के बारे में मैंने बहुत सोचा था, वह ख़राब निर्णय था। सुरंजन के साथ रिश्ता क़ायम करूँ या नहीं, इसे लेकर मैंने बहुत सोच-विचार किया था। ऑब्वियसली यह ग़लत निर्णय था। अच्छे निर्णयों में से है मेरा नौकरी करना, होस्टल में रहना, कॉलेज की पढ़ाई करना। ये सारे अचानक लिये गए निर्णय थे।

—तुम बहुत डिसिप्लिंड हो जुलेखा। सुरंजन शायद इससे पूरी तरह उलट है?

—बाहर से ऐसा ही लगता है। असल में भीतर से वह मुझसे बहुत ज़्यादा डिसिप्लिंड है।

—क्या कह रही हो? निश्चित रूप से तुम उससे ज़्यादा घुली-मिली हो, तुम्हें ज़्यादा मालूम है।

—आपने उसके कैरेक्टर को लेकर 'लज्जा' में जो लिखा है, वह ठीक वैसा है नहीं। पॉलिटिक्स को लेकर आपने लिखा है कि वह उसमें ख़ूब रमा रहता है। लेकिन मुझे तो ऐसा नहीं लगता।

—अब शायद नहीं रहता। तब रहता था। जिस समय की बात मैंने लिखी है।

—असल में उसके साथ मेरा पूरा मामला ही एक एक्सिडेंट था। उसके लिए मुझमें फ़ीलिंग्स हैं। रहेंगी क्यों नहीं? लेकिन उन्हें बरक़रार रखने की कोई वजह मुझे नहीं दिखाई देती।

एकदम से अचानक किसी को भुलाया जा सकता है क्या? मन तो हाहाकार करेगा ही।

मुझे जुलेखा को थोड़ी और वोदका देनी पड़ी। देते-देते मैंने कहा—तुम लेकिन उसके-जैसी मत हो जाना। अब और शराब मत पियो।

—ना बाबा, मैं सुरंजन-जैसी नहीं होऊँगी। प्रॉमिस।

—सुरंजन का क्या कोई अच्छा पक्ष नहीं है?

जुलेखा ने ज़िद की, उसे सोबहान से मेरे घर में मुलाक़ात करनी है। मैंने कह दिया कि मैं उसे जानती नहीं, पहचानती नहीं, उसे मैं कैसे बुलाऊँ!

लेकिन वह परम उत्साह से भरी थी। उसने कहा—आज ही बुलाइए।

मैं थोड़ी अवाक् हुई। जुलेखा की बातचीत, उसका आचरण बहुत ही रहस्यमय था। मेरे ही घर में बैठकर मेरी अनुमति लिये बग़ैर वह सोबहान से वहाँ आने के लिए अनुरोध करती रही। वह उसे मेरे घर का पता बताती रही। मुझे बहुत ग़ुस्सा आने लगा। अचानक आए इस झमेले को मैंने बहुत देर तक बैठने दिया था।

इधर मुझे लिखने का बहुत सारा काम था। लगभग साल भर हो गया है, मैंने घर में अड्डेबाज़ी बन्द कर दी है। फ़ालतू अड्डेबाज़ी में समय बरबाद करने की बजाय कोई किताब पढ़ना या फिर अकेले बैठकर सोचना बेहतर। मीनू को मैं उसके खेल में ज़रा भी समय नहीं दे पाती हूँ। फुटबॉल सामने लेकर बहुत ही करुण सूरत बनाकर वह मेरी ओर देखता रहता है। आजकल ऐसा हो गया है कि वह अकेले बिलकुल खेलना नहीं चाहता। दो लोग न खेलें तो वह नहीं खेलेगा।

बरामदे में खड़ी-खड़ी वह इतनी ज़ोर से 'सोबहान, प्लीज़! सोबहान, प्लीज़!' करती रही कि वह पूरा मामला देखने में बहुत ही बेकार लगा। यह सब देखकर मैं और बैठी नहीं रह सकी फिर मैंने कह दिया :

—सुनो, किसी को ज़बर्दस्ती यहाँ मत बुलाओ! और, मैं उसे पहचानती नहीं, यहाँ क्यों बुला रही हो? बल्कि...

—बल्कि क्या?

—तुम लोग कहीं और मिल लो। मेरे पास लिखने-पढ़ने का बहुत सारा काम है। यहाँ ख़ामख़्वाह भीड़ बढ़ाने की ज़रूरत नहीं है। और, किसे बुला रही हो? कौन है वह?

—मेरा दोस्त है।

—तुम्हारा दोस्त? —मेरी संकुचित भौंहों में संशय व्याप्त था।

—हाँ।

—या कि वह सुरंजन का दोस्त है? वह जो तुम कह रही थीं कि वह एक लड़के को तुम्हारे साथ लगा देना चाहता है। असल में तो तुम ही ख़ुद को उसके साथ जोड़ लेना चाहती हो!

जुलेखा ने सिर झुकाकर कहा—आप मुझे ग़लत समझ रही हैं।

—मैं किसे ठीक समझूँ, तुम ही बताओ? एक व्यक्ति आना नहीं चाहता, तुम उससे बार-बार अनुरोध कर रही हो! सुरंजन को यह सब पता है?

—वह ख़ुद चाहता है यह सब।

—मुझे तो लगता है कि तुम भी चाहती हो!

—मैं?

—तुम क्या कहना चाहती हो कि तुम नहीं चाहतीं?

जुलेखा ने लम्बी साँस छोड़ते हुए कहा—मैं हालाँकि आपको पुरुष-विद्वेषी नहीं मानती, लोग जो भी कहें।

अत्यन्त चालाक की तरह या कि अत्यन्त बुद्धिमान की तरह यह उत्तर दिया गया था, मैं सोचने लगी। जुलेखा मुझे बहुत अभद्र और आधुनिक लड़की-जैसी लगी, मानो बहुत जल्दबाज़ी में आधुनिक होने की कोशिश में हो! उसकी साड़ी भी कैसी चटक गुलाबी थी! उसने कान में लम्बे-लम्बे झुमके पहने थे। माथे पर एक बड़ी-सी बिन्दी लगा रखी थी। मेरी कई बार इच्छा हुई कि कहूँ, यह बिन्दी हटा लो, झुमके भी निकाल लो, लेकिन मैंने नहीं कहा। कहा नहीं इस वजह से कि अगर यह सब पहनना उसे पसन्द हो तो उसे बाधा देनेवाली मैं कौन होती हूँ? बाधा न पहुँचाकर भी अपनी राय तो प्रकट की ही जा सकती है।

मैंने अपनी राय ज़ाहिर करते हुए कहा—तुम तो ख़ूब सजती-सँवरती हो!

—सजती-सँवरती हूँ?

—हाँ, सजती-सँवरती हो। अच्छा, तुमने ध्यान दिया कि कोई बात कहने पर तुम उसे रिपीट करती हो?

—ऐसा है क्या?

—हाँ, ऐसा ही है। काफ़ी हद तक सुरंजन की तरह।

—वह भी ऐसा करता है क्या? मैंने कभी ग़ौर नहीं किया।

—करता है।

अचानक जुलेखा ने उठते हुए कहा—मुझे थोड़ा बाथरूम जाना है।

कहते-कहते वह तेज़ क़दमों से मेरे स्टडीरूम की ओर चल दी।

अपरिचित लोगों की पहुँच मेरे ड्रॉइंगरूम तक है। किसी का इस तरह भीतर चले आना मुझे नापसन्द है। मुझे यह अभद्रता लगती है। मैं ख़ुद उसे बाथरूम दिखा सकती थी। मेरे घर में तीन बाथरूम हैं। मेरे व्यक्तिगत वाले में अतिथियों का आना मना है। इसके अलावा अतिथियों को वहाँ भेजकर मैंने देखा कि मेरे एक भी शैनल फ़ाइव

नहीं बचे। मैं जिन्हें अपना मानती हूँ, वे ही मुझे बिना बताए मेरे शैनल को अपना मानकर अपनी जेब में या अपने झोले में डाल लेते हैं। दो-एक बुरे लोग यह काम करते हैं और मुझे सभी लोगों पर शक होता है। इसीलिए मैं नहीं चाहती कि कोई उस कमरे में घुसे। अपने शैनल के लिए नहीं, अपने मन को संशयमुक्त रखने के लिए।

जुलेखा बैठी-बैठी जी भरकर माया की बुराई करती रही। माया की वजह से सुरंजन ने अपनी पत्नी को छोड़ा था। माया की वजह से ही उसने जुलेखा को छोड़ दिया है। यह दुष्ट बहन जब तक रहेगी, तब तक सुरंजन सुकून से नहीं रह पाएगा।

जुलेखा के कहने का ढंग मुझे पसन्द नहीं आया। उसके साथ सुरंजन के रिश्ते को मैं कभी भी बहुत उदार मन से नहीं ले सकी थी। मुझे बराबर यह महसूस होता रहा कि यह रिश्ता जिस बुनियाद पर टिका है, वह कोई बहुत मज़बूत नहीं है। भले ही दोनों में से किसी ने भी मुझे नहीं बताया था कि वह बुनियाद क्या है। लेकिन मैं तो अनायास ही अनुमान लगा सकती थी। हालाँकि अनुमान लगाने के लिए जिस आग्रह की ज़रूरत होती है, सच कहूँ, वह मुझमें नहीं है।

जुलेखा से मैंने एक बार कहा भी—सुनो, पुराने सम्बन्ध ख़त्म हो जाते हैं, नये शुरू होते हैं। लेकिन इसलिए तुम्हें किसी की निन्दा करनी होगी। ऐसा क्यों?

—वजह आपको पता है? मैं आपके समान उदार नहीं हो पाती।

—इसमें उदारता-जैसा कुछ नहीं है। यह तो बस चरित्र की बात है। हरेक का चरित्र अलग होता है।

—आप निश्चित रूप से यह कहना चाह रही हैं कि दूसरों की निन्दा करना मेरे चरित्र में ही है?

जुलेखा क्या सुरंजन को बदनाम करने के उद्देश्य से मेरे पास आई थी? और, चूँकि होस्टल में रहनेवाली लड़की होने के कारण प्रेमी से मिलने के लिए कोई कमरा वग़ैरह नहीं मिल रहा था, इसलिए मेरे ही घर के भरोसे थी? और क्या वजह हो सकती है? सुरंजन पर मुझे दया आने लगी। जुलेखा ने निश्चित रूप से ऐसे कांड किए होंगे कि फिर उसके लिए इस सम्बन्ध को बरक़रार रखना सम्भव नहीं रहा होगा।

व्यक्ति जब ज़बर्दस्त राजनीतिक-सामाजिक-पारिवारिक अस्थिरता से गुज़र रहा होता है तब शायद उसके लिए प्यार बहुत तुच्छ हो जाता है या कि इसका उलट होता है!

बाथरूम से निकलकर उसने कहा कि उसे और वोदका पीनी है। मेरी 'ना' कहने की इच्छा हुई। इच्छा हुई कि जुलेखा-जैसी अभद्र-असभ्य को अपने घर से बाहर निकाल दूँ। कहूँ कि अपने नये प्रेमी को लेकर कहीं और चली जाए। मेरा घर कोई पब्लिक मीटिंग प्लेस नहीं है। मैं कह नहीं पाई लेकिन मेरा व्यवहार देखकर भी वह एक निर्लिप्त उल्लू की तरह बैठी रही।

तभी एक ख़ूबसूरत व्यक्ति दरवाज़े पर आ खड़ा हुआ। सोबहान। उसने जुलेखा के बारे में पूछा। सोबहान का अभिवादन करके बैठक में उन दोनों को बातचीत का मौक़ा देकर मैं अन्दर स्टडीरूम में चली गई। सुजाता ने उन्हें चाय-बिस्कुट दे दिये। थोड़ी देर बाद ही जुलेखा सीधे स्टडीरूम में घुस आई।

—आप आइए दीदी, उसके साथ आपका ठीक से परिचय तो हुआ ही नहीं!

—तुम लोगों को कोई बात करनी है न! पहले उसे निपटाओ।

—और क्या बात करनी है! बात तो फ़ोन पर भी हो सकती है। वह बहुत दूर से आपके घर आया है। आप अगर उससे बात न करें तो वह इनसान क्या सोचेगा, आप ही बताइए? इतनी नामचीन हैं आप। ऐसा व्यवहार क्या आपको शोभा देता है?

—कमाल है! मैंने ऐसा क्या व्यवहार किया? तुम उसके साथ अकेले समय बिताना चाहती हो, इसलिए मैं चली आई। और अब व्यवहार को दोष दे रही हो?

—आप मुझे ज़रा भी पसन्द नहीं करतीं, जबकि...

—जबकि क्या?

—जबकि मैं आपको इतना पसन्द करती हूँ।

जुलेखा ने मेरा एक हाथ खींचकर अपने हाथ में ले लिया। जुलेखा बिलकुल भी बनावटी नहीं लग रही थी।

हम दोनों एक-दूसरे के आमने-सामने बैठ गए। मेरे घर में मुसलमानों का आना-जाना बेरोक-टोक नहीं है। किसके मन में क्या है, कहा नहीं जा सकता। दो पुलिसवाले बैठे हैं और एक अपरिचित मुसलमान बड़े मज़े से घर में घुस गया। ग़ज़ब है! मेरे घर में कौन आएगा, कौन नहीं आएगा, इसे नियंत्रित करने का अधिकार भी मैंने अचानक खो दिया है। मैंने ख़ुद को बहुत असहाय महसूस किया। जुलेखा को मैं भला कितना जानती हूँ कि वह लोगों को मेरे घर बुला रही है?

—सोबहान-जैसे लोग नहीं मिलते बाबा।

—तुम कैसे समझीं? तुमने उसे कितनी बार देखा है?

—दो बार। —यह कहकर वह सोबहान की ओर देख मीठी-सी हँसी हँस दी। वह हँसी लाड़-प्यार की थी या सौजन्य की, मैं सोचती रही।

सोबहान बोला—सुरंजन से मैंने आपके बारे में सुना है।

—सुरंजन कैसा है?

—बढ़िया है।

—क्या कर रहा है?

—पहले की तरह ट्यूशन। उसे यह करना पसन्द भी है। मैंने देखा कि स्टूडेंट उसके बड़े फ़ैन हैं। उस दिन मैंने उसके घर पर देखा, दो लड़कियाँ पढ़ने आई थीं। शायद छठी में पढ़ती होंगी। वह उनके साथ शतरंज खेल रहा था।

—बहुत मूडी है शायद! मेरे साथ बहुत दिनों से मुलाक़ात नहीं हुई।...

—अभी उस दिन आपकी बात कर रहा था। पार्क स्ट्रीट के एक रेस्टोरेंट में हम लोग खाना खा रहे थे, वह बहुत देर तक आपके बारे में बातें...

—उसने क्या कहा?

—कहा कि आप ख़ूब अच्छी हैं। बहुत उदार हैं। बोला कि वह आपसे मिलने आएगा।

सोबहान के चेहरे की ओर देखकर ही मैं समझ गई कि वह बनाकर बोल रहा है।

क्लीन शेव्ड, क्लीन मैन चाय पीते-पीते बोला—आजकल तो उसे पानी का भारी शौक़ चढ़ा है। अक्सर शाम को लेक पर जाता है।

—जॉगिंग करता है क्या? —मैंने पूछा।

सोबहान बोला—उसकी जॉगिंग करने की आदत नहीं है। नये सिरे से वह इसकी आदत डालेगा भी नहीं।

मेरा मन लेक में लगा हुआ था। वहाँ पर क्या करने जाता है सुरंजन?

—अच्छा, उसके पिता की मृत्यु कैसे हुई थी? —मैंने अचानक सवाल किया। मैंने दोनों के उद्देश्य से ही यह सवाल दागा था।

सोबहान बोला—मैंने सुना था कि शंकर घोष नाम के एक व्यक्ति ने, जो उनका रिश्तेदार है, उन्हें धक्का देकर लेक में गिरा दिया था।

—क्या वजह थी?

—देनदारी बहुत हो गई थी।

जुलेखा बोली—मुझे लगता है कि इसकी वजह दूसरी है। असल में वे लोग इस बात को बहुत सीक्रेट रखना चाहते हैं। लेकिन मुझे जहाँ तक जानकारी है, उनके घर के पासवाले लेक के पानी में, उस रोज़ अमावस्या थी, उन्होंने आत्महत्या की थी। माया को लेकर शायद कुछ हुआ था।

—क्या हुआ था? —मैं उत्तेजित थी।

—सुरंजन कह रहा था, लगता है, ऐसा ही हुआ होगा कि माया की वजह से उन लोगों को बहुत परेशानियाँ उठानी पड़ी थीं। उन्हें अपना देश छोड़ना पड़ा, अपने पिता को खोना पड़ा।

जुलेखा के इन संस्मरणों ने मुझे गहरी तन्मयता दी। मैंने ग़ौर किया कि सुधामय की मृत्यु को लेकर मैं जिस तरह चिन्तित थी, और कोई भी उस तरह नहीं था। उन लोगों के लिए किसी भी मौत की ख़बर की तरह, यह भी मौत की एक ख़बर-मात्र थी। दरअसल सुधामय को तो उनमें से कोई भी ठीक से जानता न था। उनके स्वप्नों की खोज-ख़बर किसी ने नहीं की थी। उनकी तकलीफ़ों को किसी ने धूप में फैलाकर देखने की ज़हमत नहीं उठाई थी। नैफ़्थलीन की गन्ध में डूबे उनके बचपन, उनके कैशोर्य को छूकर देखनेवाले जो लोग थे, उनमें से कोई भी वहाँ नहीं था।

—सोबहान, तुम शादीशुदा हो?

जुलेखा उससे सटकर ही बैठी थी। सवाल सुनते ही उसका शरीर छिटककर भले ही दूर न हटा हो लेकिन मन ज़रूर हट गया था।

सोबहान ने सिर हिलाया—हाँ, विवाहित हूँ।

—बच्चे-वच्चे हैं?

—हाँ, एक बेटी है।

—उम्र कितनी है?

—तीन साल।

—नाम क्या है?

—मन।

—मन? वाह! बहुत सुन्दर नाम है।

—पूरा नाम क्या है?

—दिलरुबा परवीन।

—आपकी पत्नी कुछ करती हैं? नौकरी वग़ैरह?

सोबहान मलिन हँसी हँसकर बोला—नहीं।

—क्यों? आप क्या पत्नी को घर में बैठाकर रखने के हिमायती हैं? उन्होंने पढ़ाई-लिखाई नहीं की?

—की है। लेकिन मुझे नहीं लगता कि वह बाहर काम करना चाहती है।

—यह तो केवल लगने की बात है। —मेरे स्वर में थोड़ा तंज़ था।

जुलेखा सोच रही थी कि सुरंजन ने उसे सोबहान के पीछे लगा दिया है। सुरंजन से प्रतिशोध लेने की इच्छा रोशनी दे रही थी, सोबहान के प्रति मुग्धता उसे पैरों तले ज़मीन प्रदान कर रही थी और इसलिए वह आह्लाद से भरकर इस रास्ते पर चल रही थी। और इस बंगाली समाज में विवाहेतर सम्बन्ध को नॉर्मल माना जाता है। जुलेखा और सोबहान के मुसलमान होने से क्या हुआ, हैं तो वे इसी समाज के बाशिन्दे! भले ही वह पूजा-पाठ नहीं करती, शाँखा नहीं पहनती, सिन्दूर नहीं लगाती, लेकिन उसका जन्म और उसकी परवरिश तो पुरुषवादी समाज में ही हुई है, उसकी मानसिकता का निर्माण इसी समाज ने किया है। मैंने ग़ौर किया कि सारे ही पुरुष जब वे किसी लड़की से प्रेम कर रहे होते हैं, तब वे उसका परिचय अपनी प्रेमिका कहकर देते हैं, लेकिन जैसे ही उससे शादी हो जाती है, तब वे उसे अपनी प्रेमिका नहीं मानते। तब वह उनकी पत्नी होती है, प्रेमिका कोई और लड़की होगी। जो प्रेमिका है वह पत्नी भी हो सकती है और एक ही साथ प्रेमिका भी—बहुत सारे दोस्तों को यह समझाते हुए मैंने देखा कि वे इस बात को समझ ही नहीं पाते।

सोबहान ने मुझसे एक भी सवाल नहीं पूछा। उसने सिर्फ़ सवालों के जवाब दिये थे। इस आदमी को कुछ जानने की इच्छा नहीं होती? लोगों पर भरोसा करके कई

बार ठगे जाने के बाद भी मेरा स्वभाव ऐसा है कि मैं उसी पर फिर से भरोसा करने लगती हूँ। सोबहान को देखते ही मेरी दस में से दस देने की इच्छा नहीं होती। फ़िलहाल, मैं समझ गई कि सोबहान ज़बर्दस्त आह्लाद में है। बहुत सारे स्त्री-पुरुष उसकी अच्छी ख़ातिरदारी कर रहे हैं। ख़ातिरदारी किसे अच्छी नहीं लगती? लेकिन सुरंजन के साथ इसकी दोस्ती कैसे हुई, यह मुझे नहीं पता। उससे जितनी मुलाक़ात हुई, मैं समझ गई कि सोबहान नया दोस्त होने के बावजूद सुरंजन का काफ़ी घनिष्ठ हो चुका है। वह क्या मुझे यह बताना चाहता है कि उसके घनिष्ठ दोस्त मुसलमान हैं, चूँकि मैंने उससे कहा था कि वह कट्टर हिन्दू बन गया है? सुरंजन मेरे साथ खेल रहा है, या कि वह ख़ुद के ही साथ खेल रहा है?

सुबह-सुबह उठकर मैं उस दिन सीधे बेग़बाग़ान चली गई। तब छह बज रहे थे। दुकान वग़ैरह सब बन्द थीं। कुछ लोग कचरों के ढेर साफ़ कर रहे थे, पास ही कचरे का ट्रक खड़ा था। फुटपाथ पर एक नग्न पागल लेटा था, जिसके शरीर पर कालिख लगी थी। दो लोग हेरोइन के कश लगा रहे थे। मैं एक हाथ से नाक दबाकर दूसरे हाथ से गाड़ी चलाती रही। मुझे जुलेखा से पता मिला था। मैं दरवाज़े की साँकल हिला ही रही थी कि भीतर से एक आदमी की कर्कश आवाज़ सुनाई दी। दरवाज़ा न खुलता तो मैं समझ ही नहीं पाती कि वह आवाज़ सुरंजन की थी। वह उघड़ा बदन था। उसने लुंगी पहन रखी थी। अन्दर उमस भरी गरमी थी। सिर के ऊपर एक पंखा चल रहा था। एक कैंप बेड पर छोटी उम्र का एक लड़का सो रहा था। दोनों ही पलंगों पर मच्छरदानी टँगी हुई थी। सुरंजन ने आँखें मलते हुए देखा। सामने मैं खड़ी थी और मानो वह मुझे पहचान ही नहीं पा रहा था।

—चलो।

—चलो मतलब? —सुरंजन के स्वर में खीझ थी।

—पैंट-शर्ट पहन लो।

—क्यों?

—पहले बाहर निकलो। फिर बताती हूँ।

सुरंजन ने बाहर निकलने में जितना समय लिया, मुझे निकलने में उसके आधे का भी आधा समय लगता। सुरंजन को गाड़ी में अपने बाज़ू में बिठाकर विक्टोरिया मेमोरियल के पास से होकर विद्यासागर सेतु होते हुए शहर से बाहर निकल पड़ी।

सुरंजन ने पूछा—कहाँ जा रही हैं?

गाड़ी में मैंने रमा मंडल के गाने लगा दिए। वे बिना किसी साज़ के गा रही थीं। रमा मंडल के प्रसिद्ध 'नमी नमी चरणे' की सी.डी. वाले असाधारण गीत एक-एक कर बजते रहे। 'चिर मंगल को मैं नमन करती हूँ, चिर सम्बल को मैं नमन करती हूँ...।' रवीन्द्रनाथ के पूजागीतों को मैं कभी भी पूजागीत नहीं मान पाई। मैंने उन सभी को अपने अन्तर में प्रेमगीतों के रूप में ही वरण किया है।

'कहाँ जा रही हैं' इसके जवाब में मैंने कहा—जहाँ ये नज़रें जाती हैं।

—लेकिन मैं तो, जहाँ ये नज़रें जाती हैं, वहाँ नहीं जाना चाहता।

—तो कहाँ जाना चाहते हो? कहोगे, कहीं नहीं। उस बेग़बाग़ान वाले घर के भीतर बैठे रहना चाहते हो, या फिर शाम को बैठकर कहीं शराब पीना चाहते हो, यही न?

—यही अगर मुझे अच्छा लगता है तो!

—अच्छा नहीं लगता, मैं यह नहीं कह रही हूँ। आज मुझे तुम्हें साथ लेकर जहाँ नज़रें जाती हैं, वहाँ जाना अच्छा लग रहा है।

—आप पागल हो गई हैं?

मैंने हँसते हुए कहा—पागल तो मैं हमेशा से ही थी।

सुरंजन ने घी के रंगवाला कुर्ता और काली पैंट पहन रखी थी। पैरों में काली चप्पल। गाड़ी में ए.सी. चल रहा था। उसने कोई परफ़्यूम लगाया था क्या? लगता तो नहीं, शायद लक्स साबुन से चेहरा धोया होगा, उसी की ख़ुशबू फैली हुई थी।

—कुछ कहेंगी?

—कुछ नहीं।

इस बार सुरंजन ने हँसते-हँसते कहा—इस तरह अगवा करके मुझे ले जा रही हैं! यानी लड़कियाँ भी ऐसा करती हैं, केवल लड़के ही नहीं!

मैंने हँसकर कहा—इक्वलिटी की बात मैं यूँ ही करती हूँ क्या?

दोनों की हँसी ने परिवेश को रहस्यमुक्त कर दिया था। हलका कर दिया था। सुरंजन ने चैन की साँस ली।

कमाल की ख़ूबसूरत सुबह थी। कमाल के सुन्दर गीत थे। मैंने कब से भोर नहीं देखी थी। कितना समय हो गया, गीत भी नहीं सुने थे।

—क्यों, तुम्हें हुआ क्या है?

सुरंजन ने होंठ बिचकाते हुए कहा—मुझे नहीं पता।

'ओ चिरसखा, मुझे छोड़ न देना' —जब यह गीत बज रहा था तो उसने हमें लगभग स्तब्ध कर रखा था। इस गीत को कनिका[1] ने गाया है। रमा[2] ने भी कुछ कम अच्छा नहीं गाया था।

सुरंजन को उठा लाने की कई वजहें थीं। वह झील के किनारे जाकर बैठा रहता है, यह ख़बर मुझे चैन से नहीं रहने दे रही थी। वह क्या सुधामय की तरह कुछ करना चाहता है? जो लड़का प्रेम में डूबा हुआ है, अपनी प्रेमिका के साथ बढ़िया समय बिता रहा है, जब उसके सामने अनन्त सपने हैं, ऐसे में वह अप्रत्याशित निर्लिप्तता के साथ अपनी प्रेमिका को विदा कर रहा है, वह या तो किसी मानसिक रोग से ग्रस्त

1. कनिका वंद्योपाध्याय : बंगाल की ख्यात गायिका एवं रवीन्द्रसंगीत विशेषज्ञ।
2. रमा मंडल : बंगाल की ख्यात गायिका एवं रवीन्द्रसंगीत विशेषज्ञ।

है, भयंकर डिप्रेशन में है या किसी भी पल आत्महत्या कर सकता है। उसका कोई भरोसा नहीं। झील के किनारे बैठे रहना कोई अच्छा लक्षण नहीं है। जुलेखा के साथ वह अपना रिश्ता निभाता रहे, मेरे कहने का उद्देश्य यह नहीं है। मुझे नहीं लगता कि इस रिश्ते को निभाते रहने से उसका डिप्रेशन ख़त्म हो जाएगा। मेरा उद्देश्य उसे उसके एक-जैसे ढर्रे पर चल रहे जीवन से थोड़ी मुक्ति देना है। कहीं दूर, दूर कौन नहीं जाना चाहता? डिप्रेशन से बाहर निकलो, कहने भर से कोई बाहर नहीं आ पाता। सीलन भरी ज़िन्दगी को थोड़ी धूप की ज़रूरत होती है। मन जो चाहे, थोड़ी उसकी ज़रूरत होती है। कोई केयर करता है, निःस्वार्थ भाव से कोई प्यार करता है, कोई दबाव नहीं बनाता, यहाँ तक कि प्यार का दबाव भी नहीं, इसकी ज़रूरत होती है। क्या कोई ऐसा सम्बन्ध है, मुक्ति का सम्बन्ध? ऐसा ही कुछ मैं आज सुरंजन को देना चाहती हूँ। मैं आकाश देना चाहती हूँ। जिस ओर दोनों नज़रें हैं, देना चाहती हूँ। सब कुछ भूल-भालकर, सब कुछ छोड़-छाड़कर खो जाना, देना चाहती हूँ। मेरे आचरण से मेरी इच्छा कितनी प्रकट होती है, होती भी है या नहीं, कौन जाने!

आठ बजे के आसपास चाय की एक दुकान पर रुककर हम दोनों ने चाय पी। सामने दूर तक हरे खेतों का विस्तार था। इस तरफ़ ताड़ के पेड़ बहुतायत में हैं। नारियल के पेड़ तो थे ही। गाँव मुझे हमेशा से ही आकर्षित करते रहे हैं। जब भी मैं हरियाली और निर्जनता के पास जाती हूँ तो सोचती हूँ कि मैं बार-बार आऊँगी, लेकिन अक्सर आना नहीं होता। नहीं होता, नहीं होता, कितने सारे 'नहीं होता' लिये हुए हमें जीते रहना पड़ता है। सम्भव करना हो तो उसे इसी तरह करना होता है। चुटकी बजाते ही निर्णय लेना होता है। चलें, जिस ओर दो नज़रें जाएँ। जिस ओर नज़रें जाएँ—यह चीज़ बचपन से ही मेरे ख़ून में है। कॉलेज से आकर यासमीन को रिक्शे पर बिठाकर मैं निकल पड़ती थी। रिक्शावाला पूछता—कहाँ जाएँगी? मैं कहती—चलिए। वह पूछता—कहाँ चलना है? जहाँ आपकी इच्छा हो, वहीं चलिए। रिक्शावाला अवाक् होकर कहता—मतलब? तब खुलासा करके कहती—जिधर दोनों नज़रें जाएँ, उधर चलिए। तब वह पैर से पैडल मारने लगता। रिक्शावाले को भी यह बात पसन्द आती थी। अपनी पसन्दीदा जगहों से होते हुए जाना उसके मन को स्फूर्ति से भर देता था।

'खेल के साथी विदा दो अब, खेल का समय ख़तम हो चला है'...जब यह गीत बज उठा, तब सामने था अनन्त रास्ता और दोनों ओर हरियाली। बहुत देर तक हम चुपचाप बैठे रहे। फिर मैंने कहा—सुरंजन, बातें करो।

—क्या बातें करूँ?

—जो तुम्हें अच्छी लगें। जो तुम चाहो।

सुरंजन कुछ नहीं बोला।

—तुम्हारी क्या इच्छा होती है? राजनीति पर बोलोगे?

सुरंजन हो-हो कर हँस दिया। हँसते-हँसते बोला—नहीं।

—अर्थशास्त्र पर?

—नहीं।

—मेजॉरिटी-माइनॉरिटी रिलेशन पर?

—नहीं।

—हिन्दू-मुसलमान?

—ज़रा भी नहीं—सुरंजन ने ज़ोर से सिर हिलाया।

—तुम्हारे पिता-माँ-बहन, बहन के बच्चे?

—नहीं।

—दोस्त?

—नहीं।

—जुलेखा?

सुरंजन ने सिर हिलाया—नहीं।

—न्यू फ्रेंड सोबहान?

सुरंजन आँखें छोटी करके हँसा। बोला—नहीं।

—बेग़बाग़ान? बेलघरिया? ट्यूशन? स्टूडेंट्स?

—नहीं।

—बांग्लादेश?

—नहीं।

—बाप रे, फिर तो तुम कुछ भी नहीं बोलोगे सुरंजन!

हर चीज़ से उदासीन है, इसलिए वह नहीं बोलेगा। मुझे सीट-बेल्ट के बारे में कहना पड़ा। सीट-बेल्ट लगाने में उसकी अनिच्छा के बावजूद मैंने उसे लगाने के लिए मजबूर किया। मुझे भी उसने हर आधे घंटे में गाड़ी रोकने के लिए विवश कर दिया। उसे सिगरेट की तलब लगती थी। गाड़ी के अन्दर पीने की मनाही थी, तो इसलिए रोको गाड़ी।

सुबह का नाश्ता पंजाबी ढाबे में किया गया। वर्धमान के पास पहुँचकर दोपहर का खाना हुआ। नहीं, उन सबको लेकर हमने कोई बातचीत नहीं की। जो कुछ हम देख रहे थे, जो कुछ हम खा रहे थे, जो सुन रहे थे, हमने उन्हीं पर चर्चा की। अतीत नहीं था, भविष्य भी नहीं। उस समय सिर्फ़ हमारा वर्तमान था। हम दो इनसानों ने सुबह छह बजे जन्म लिया था। उसके बाद से हम ज़िन्दगी जी रहे थे। यह बाहर निकल पड़ना क्या केवल सुरंजन के लिए था? क्या इसकी ज़रूरत मुझे नहीं थी? थी।

ख़ामख़्वाह राह भूलकर फिर से रास्ते पहचानकर हम शान्ति निकेतन लौट आए। हम दोनों कोपाई के किनारे-किनारे आगे बढ़ते रहे। बहुत देर तक। कोई पेड़

झुक जाता, नदी कहीं तटबन्ध तोड़ती तो हम ठिठककर उसे देखते रहते। हमने सूर्य को अस्त होते देखा। मन तृप्त होता रहा। फिर तो रांगामाटी के रास्तों पर गीत गाते हुए हम साथ-साथ चले। गीत हमारे भीतर ही थे, जो धारा की तरह बाहर बह निकले थे। हम लोग सन्थाली इलाक़ों में टहलते रहे। मिट्टी के घरों के भीतर घुसकर हमने उनका जीवन-यापन देखा। सुरंजन पहले कभी भी सन्थालपल्ली में नहीं आया था। वह अवाक् होकर सब कुछ देखता रहा। सोनाझुरी जंगल में हम पैदल चलते रहे और सामान्य बातें करते रहे। हम बहुत देर तक चलते रहे या फिर बैठे रहे, या लेटे-लेटे आसमान को देखते रहे—बिना कुछ कहे, निःशब्द। यह ख़ामोशी भी कितनी सुन्दर हो सकती है! बैठे-बैठे हम सिर्फ़ पक्षियों की आवाज़ें सुनते रहे। धीरे-धीरे, जिस तरह थोड़ा-थोड़ा अँधेरा हम पर गिरता रहा, ठीक वैसे ही उजाला भी गिरता रहा। यह क्या, आसमान हमारी ओर बड़ी ही मुग्धता लिये देख रहा था! चाँद ऐसा था कि मानो समूचा आकाश ही चाँद हो गया हो! आज पूर्णिमा है, किसे पता था! सोनाझुरी वन में सन्थाल रमणियाँ आग जलाकर हाड़िया पीकर नाच रही थीं। सुरंजन ने उनसे हाड़िया माँगकर पी। वह उनके साथ नाचा भी। हाड़िया पिये हुए सुरंजन ने मेरा हाथ पकड़कर खींचा और आग के सामने ले जाकर खड़ा कर दिया, बोला—तुम भी नाचो।

यह सुरंजन नहीं था, हाड़िया थी। सुरंजन मुझे 'तुम' सम्बोधित नहीं करता।

—क्या बात है, तुम मुझे 'तुम' क्यों कह रहे हो?

पास में खड़े होकर वह रमणियों की ताल से ताल मिलाते हुए बोला—तुम मुझे तुम क्यों कहती हो?

—बदला ले रहे हो?

—हाँ, बदला ले रहा हूँ।

सुरंजन हो-हो करते हुए जी-खोलकर हँसने लगा। यह भी क्या हाड़िया ही थी? सुरंजन नहीं? मुझे विश्वास होने लगा कि यह जो जी खोलकर हँस रहा है, यह लड़का सुरंजन ही है।

मुझे ख़ूब अच्छा लग रहा था। सोनाझुरी वन पूर्णिमा को दिन के समान दिख रहा था। चाँद को देखते रहो तो लगता था मानो मैं इस जगत् में हूँ ही नहीं! मानो किसी और अपूर्व देश में किसी और के पंखों से उड़कर आ पहुँची हूँ! सुरंजन एक सन्थाली लड़की के साथ हिलग गया था । वह क्या किसी को चूमना चाहता है? ख़ैर, आज की इस अनोखी चाँदनी में जो मर्ज़ी, वही किया जाए। रात एक बजे के क़रीब यह सब ख़त्म होने लगा। वे सभी अपने-अपने घर लौट गए। मैं और सुरंजन उस चाँदनी में सफ़ेद रेत पर लेटे रहे। चारों ओर पिघलता हुआ चाँद था और झिहिर-झिहिर करती हवा। हममें से किसी ने भी घर लौटने की बात नहीं की। मानो इस जीवन के बाहर हमारा कोई और जीवन था ही नहीं। जब आँखें खुलीं तो भोर होने-होने को थी। सोनाझुरी वन के पास से रांगामाटी के रास्ते होते हुए हम तुरन्त

कोलकाता के लिए रवाना हो गए। रास्ते में सूर्योदय दिखाई दिया। मानो हरे पर लहू चू रहा हो, हम साक्षी हुए। रास्ते में सुरंजन ने एक बार भी नहीं पूछा कि मैं उसे किस ज़रूरी बात के लिए लाई थी।

—चलो, चाय पीने के लिए रुकते हैं।

—वह उस तरफ़ कितनी सुन्दर हरियाली है! चलो, थोड़ा देखते हैं।

इस तरह हम लोग कोलकाता से बाहर, प्रदूषण से दूर, सँकरी गलियों की सीलन भरी ज़िन्दगी से बाहर, लम्बे समय तक एक ही ढर्रे पर चले आ रहे जीवन से परे थोड़ी-सी साँस लेने चले आए थे। इसका मतलब यह नहीं कि हमारा जीवन पूरी तरह बदल गया है, बल्कि यह कि हमारी ज़िन्दगी में थोड़ी-सी हवा बही। सुरंजन को सुख पहुँचाकर, यह हवा उपलब्ध कराकर मुझे क्या फ़ायदा, यह तो कोई भी पूछ सकता है! मैं ख़ुद से भी पूछ सकती हूँ कि ऐसा क्यों?

इस 'क्यों' का जवाब क्या बहुत जटिल है? सुरंजन मुझे बहुत अपना-सा लगता है। लेकिन वह अपना-सा क्यों लगेगा भला? सुरंजन मेरे द्वारा रचा गया कोई पात्र तो है नहीं! उसका तो अपना अस्तित्व है। मैं उसके चलने-फिरने, उसके बोलने, उसके सोचने-विचारने किसी पर भी नियंत्रण नहीं कर सकती। इसके बावजूद मुझे लगता है कि उस पर मेरा अधिकार है। हो सकता है, उपन्यास लिखने की वजह से यह जन्मा हो। और सुरंजन को लेकर मेरी जो पसन्दगी है, पक्षधरता है, उसे दिल से समझने की जो कोशिश है, उसे पूरी तरह से ख़ारिज तो नहीं किया जा सकता।

कोलकाता में प्रवेश करना यानी शहर भर के प्रदूषण—वायु प्रदूषण, ध्वनि प्रदूषण और अश्लील ट्रैफ़िक की भीड़ में प्रवेश करना है, जहाँ हवा के प्रवेश के लिए भी कोई जगह नहीं।

बेग़बाग़ान में सुरंजन को उतारकर मैंने कहा—एई सुनो, एक दिन हम दोनों बालीगंज लेक चलेंगे। ठीक है?

—अचानक लेक?

—हाँ, लेक। वहाँ तैर नहीं सकते? हम लोग तैरेंगे।

—तैरेंगे?

—हाँ, तैरेंगे।

सुरंजन ने सिर हिलाया। हाँ या फिर ना, इन्हीं में से कुछ होगा। मैंने जानने की कोशिश नहीं की। मैंने गाड़ी घुमा ली।

कितना सुन्दर है जीवन! चलो, इसे जिएँ। झील की तरफ़ क्यों जाते हो? मरने? यह सब कहने भर से किसी समस्या का समाधान नहीं होता। कभी-कभी मेरी भी मर जाने की इच्छा होती थी। ज़िन्दगी मेरे लिए एक फ़ालतू चीज़ बनकर रह गई थी। मेरी ख़ुदकुशी करने की इच्छा होती थी। तब किसी ने, वह कोई बहुत क़रीबी भी नहीं था, अपना प्यार और स्नेह भरा हाथ मेरे कन्धे पर रखा था। इसने मुझे बहुत

विह्वल कर दिया था। यह जीवन कितना सुन्दर है, वह स्पर्श अगर न मिलता तो शायद यह बात मुझे समझ में नहीं आती।

इसके बाद बहुत दिनों तक सुरंजन से मेरी बातचीत नहीं हुई। मुलाक़ात भी नहीं हुई। सुरंजन इन दिनों मोबाइल फ़ोन का उपयोग नहीं कर रहा था। उसके पास जो था, मैंने सुना कि उसने माया को दे दिया है। फिर सुना कि उसने वह किरणमयी को दिया है। इतना धुआँ हटा पाना मेरे लिए सम्भव नहीं। एक चरित्र में इतनी मलिनता रहे तो कैसे चलेगा?

एक दिन सुरंजन की तलाश में जुलेखा से बात की तो पता चला कि वह बांग्लादेश गया है। बस से। किसी की दोनों किडनियाँ ख़राब हो गई थीं। वह अस्पताल में भर्ती है। उसे इसकी ख़बर कैसे लगी, जुलेखा को इसकी जानकारी नहीं थी।

—कौन है? नाम क्या है? मेरी आवाज़ थरथरा रही थी।

जुलेखा से इस बारे में कोई बात नहीं हुई थी। उसे सोबहान ने यह सब बताया था।

—कौन है यह दोस्त? पुलक?

—नहीं।

—काजल?

—नहीं। इस तरह का नाम नहीं है।

—रत्ना?

—ऊँ हूँ।

—फिर कौन है? अंजन? सुभाष?

दूसरी ओर से जुलेखा बोली—मैं सोबहान से पूछकर आपको बताती हूँ।

दस मिनट बाद उसने फ़ोन किया।

—उसके दोस्त का नाम हैदर है।

—हैदर?

जुलेखा ने शान्त स्वर में कहा—हाँ, हैदर।

फ़ोन रखने के बहुत देर बाद तक जहाँ मैं बैठी थी, बरामदे में, बैठी रही। सामने एक विराट आकाश के अलावा और कुछ भी नहीं था।

सोबहान समझ गया कि सुरंजन ने उसे मिला देने की कोशिश की है। लेकिन क्या सचमुच किसी को मिलाया जा सकता है? सोबहान सुरंजन को समझता है और कई बार नहीं भी समझ पाता। वह इस चरित्र को जितना समझने

की कोशिश करता है, वह उतना ही दुरूह होता जाता है। वह जितना अधिक दुरूह होता है, उसका आकर्षण उतना ही बढ़ता जाता है। सुरंजन के घर जाने पर उसके साथ ऐसा ही होता है, घर लौटने की इच्छा नहीं होती। कहाँ लौटेगा वह? माँ-बाप ने उसकी शादी फुफेरी बहन से करवाई है। नायला उससे बीस साल छोटी है। छोटी होने की वजह से दोस्ती नहीं हो सकती या कि प्रेम नहीं हो सकता, ऐसा नहीं है। लेकिन नायला के साथ उसका क्लिक नहीं होता। वे दोनों दो अलग दुनिया के लोग हैं। दो अलग दुनिया के लोग होने की वजह से सोबहान को क़तई नहीं लगता कि आपस में चर्चा नहीं हो सकती; बल्कि समान दुनिया में ही अन्तिम साँस न लेकर, दो भिन्न जगत् के अनुभव साझा किए जा सकते हैं। लेकिन उसने देखा कि नायला के साथ बहुत ही मामूली क़िस्म की बातचीत के अलावा और कोई बात नहीं की जा सकती। इस वजह से नायला नाराज़ रहती है, ऐसा भी नहीं है। उसने पति-बच्चे, सास-ससुर की सेवा को अपना परम धर्म मान लिया है। सोबहान कई बार कह चुका है कि चलो, फ़िल्म देख आते हैं, रेस्टोरेंट चलते हैं। लेकिन इन सबमें उसकी रुचि नहीं है। उसके हिसाब से य९ सब आदमियों को ही जँचता है। और बाहर जाओ तो वह बुर्क़ा पहनना ज़रूरी समझती है। सोबहान बुर्क़ेवाली पत्नी को अपने साथ ले जाने को राज़ी नहीं। बुर्क़ा वाला मामला उसमें बुरी तरह खीझ पैदा करता है। सोबहान घर में जितना समय बिताता, उसके पास करने को कुछ नहीं होता। नायला बच्चे को लेकर व्यस्त रहती। उसके पास दो घड़ी समय भी नहीं होता। और अगर सोबहान के लिए समय होता भी तो उस समय का सोबहान करता क्या? नायला को साड़ी-कपड़े और प्रसाधन का भारी शौक़ है।

सोबहान कहता—इतनी जो साड़ियाँ ख़रीदती हो, गहने पहनती हो, मेकअप करती हो, तुम तो इन सबको बुर्क़े में ढककर रखती हो। फ़ायदा क्या हुआ?

नायला कहती—मैं क्या लोगों को दिखाने के लिए ऐसा करती हूँ?

—तो फिर?

—तुमने देख लिया, उतना ही काफ़ी है।

और सोबहान भी कितना देखता! देखकर फ़ायदा भी क्या था! एक लड़की ने दुनिया भर की चीज़ों से ख़ुद को सजाया है, इसे देखकर किसी को क्या मिलता है भला! इसलिए वह थोड़ा-सा बच्चे का गाल दबाकर प्यार करता, नायला के साथ यदि बहुत-कुछ मधुर घटता, तो वह थी चुहलबाज़ी। बाहर क्या हुआ, क्या नहीं हुआ, इन सबमें उसे ज़रा भी रुचि नहीं थी कि वह उसे कुछ बताता। मजबूरी में सोबहान को कम्प्यूटर लेकर ही पड़े रहना होता है। दिन भर ऑफ़िस में कम्प्यूटर और घर लौटकर भी कम्प्यूटर! यही वजह थी कि जब भी सुरंजन वग़ैरह उसे बुलाते, वह तुरन्त हाज़िर हो जाता। उसके बहुत ज़्यादा दोस्त नहीं थे और इसका उसे अफ़सोस भी नहीं था। सोबहान का मानना था कि सौ ख़राब

दोस्त होने की अपेक्षा एक अच्छा दोस्त होना ही बेहतर है। वह सुरंजन को बहुत अच्छा दोस्त मानता था।

सोबहान हमेशा से ही परिवार का बहुत अच्छा बच्चा हुआ करता था। बचपन से उसे एक ही शौक़ था—किताबों का शौक़। आँखों पर चश्मा लगाए फ़र्स्ट बेंच वाला गुड ब्वॉय था वह। उसने कभी किसी लड़की की ओर नहीं देखा। प्रेम करने का मौक़ा और समय कुछ भी उसे नहीं मिला था। वह आई.आई.टी. खड़गपुर से पास हुआ था। घर से बाहर लोग उसे शोभन के नाम से जानते थे। शोभन उर्फ़ कीचड़ में कमल। सोबहान के दादा मिदनापुर से आए थे। हिन्दू लड़की से शादी की थी इसलिए फिर वे मिदनापुर में नहीं रह सके। उन्होंने बेलघरिया के फ़तुल्लापुर में घर बनाया था। सोबहान के दादा और पिता दोनों ही कपड़े की दुकान चलाते थे। केवल सोबहान ने पढ़ाई-लिखाई की थी, बाक़ी सारी बहनें जैसे ही सत्रह-अठारह की हुईं, इनके-उनके साथ उन सभी की शादियाँ हो गईं। अब माँ-बाप के साथ सोबहान ही रहता है। सॉल्ट लेक में कम्प्यूटर कम्पनी की नौकरी में मोटी तनख़्वाह मिलती है। फ़ीडर रोड पर एक फ़्लैट ख़रीदा है, फ़्लैट की निचली मंज़िल पर कम्प्यूटर की एक दुकान खोली है। सॉल्ट लेक में अपनी एक कम्प्यूटर कम्पनी खोलने का काम जारी है।

सोबहान ने शादी की थी, ऐसा न कहकर यह कहना चाहिए कि उसकी शादी करवा दी गई थी। नायला को मिदनापुर से लाकर कुछ दिनों तक उन्हीं के घर में रखा गया था और फिर बिना किसी धूमधाम के अचानक एक दिन शादी कर दी गई। 'मुझे माफ़ कर दे माँ' की तरह सोबहान ने क़बूल कहा था। इससे पहले नायला को उसने सिर्फ़ तीन बार देखा था। वह उनके घर घूमने आई थी और तब ही उसके माँ-बाप ने मन-ही-मन तय कर लिया था कि सोबहान की शादी उसी के साथ कराएँगे, शादी के पन्द्रह दिन पहले उसे यह बात पता चली थी।

लड़की की शादी भी ज़ोर-ज़बर्दस्ती करवाई गई थी। उसने सुना कि लड़की भी हाथ-पैर पटककर रोई-चिल्लाई थी कि वह अपने भाई से कैसे शादी करेगी? शर्म के मारे वह आँख नहीं खोल पाई थी। सोबहान चौबीस में से बीस घंटे अपने काम में व्यस्त रहता था। वह माँ-बाप की इच्छा के ख़िलाफ़ नहीं गया। जीवन में जब शादी करनी ही होती है, उम्र जब हो ही गई है, तो फिर कर लेना ही शायद बेहतर होगा।

इस तरह एक दिन सोबहान-जैसे वर्कोहॉलिक के साथ नायला ख़ातून की शादी हो गई। शादी हुई, एक बिस्तर पर रात बिताई गई, पास में एक ताज़े शरीर की गन्ध महसूस की गई, देह ने देह की ओर हाथ बढ़ाए। किसी एक दिन सन्तान का जन्म हो गया।

घर के सोबहान, बाहर के शोभन, शोभनदा, शोभन बाबू को मिला देने पर भी वह जुलेखा के साथ जुड़ेगा नहीं। जुलेखा के लिए सोबहान के मन में सहानुभूति है।

उसने उसे जितना भी देखा-सुना, उसे वह आत्मविश्वास से लबरेज़ लड़की ही नज़र आई। सोबहान बहुत अच्छे से महसूस कर पाता है कि जुलेखा असल में सुरंजन से ही प्यार करती है। वह उसी को चाहती है। उसकी चाहत इतनी ज़बर्दस्त है कि वह चोट को सहन नहीं कर पा रही है। उसका क्षोभ बढ़ता गया है, उसके क्षोभ की ओर अब सुरंजन मुड़कर भी नहीं देखता। वह पत्थर की मूरत है और फिर पिघलकर नदी हो जानेवाला लड़का भी।

जल्दी घर लौट जाने की बजाय सोबहान आजकल दोस्तों के साथ समय बिताना पसन्द करता है। इससे एक ढर्रे पर चल रही अपनी ज़िन्दगी से उसे काफ़ी हद तक मुक्ति मिल जाती है। मुक्ति की धारणा उसके लिए नई है। वह लम्बे समय से एक-जैसा घिसा-पिटा काम किए जा रहा है, पहले वह इसे समझ नहीं पाता था। जीवन को लेकर सुरंजन की बड़ी अनूठी धारणाएँ हैं, घिसा-पिटा ढर्रा तो उसका भी है। बाहरी दुनिया की हर चीज़ को लेकर सोबहान में ज़बर्दस्त आग्रह है और सुरंजन हर चीज़ को लेकर बेहद उदासीन है। सोबहान थोड़ा-थोड़ा करके बाहर की ओर खिल रहा है और सुरंजन दिन-ब-दिन आत्मकेन्द्रित होता जा रहा है। दोनों में दोस्ती की कोई वजह नहीं थी, लेकिन हुई। सम्भवत: दोनों अपने-अपने अतीत को आँखों के सामने देख पाते थे, इसलिए। इससे दोनों ही एक प्रकार की सुरक्षा महसूस करते हैं, मानो वे ख़ुद अपने ही पास रह गए हैं! किसी अपरिचित जगह पर नहीं हैं!

उस दिन जब जुलेखा ने उसे तसलीमा के घर पर बुलाया था तो सोबहान पहले-पहल दुविधा, शर्म और डर की वजह से वहाँ जाना नहीं चाहता था। मुसलमान लड़कों को तसलीमा किस नज़र से देखती हैं, उसे मालूम नहीं था। और इसके अलावा लेखक-लेखिकाओं के सामने जाकर बातचीत की आदत उसकी कभी नहीं रही। लेकिन जुलेखा ने उसके सारे डर दूर कर दिये थे।

तसलीमा को देखकर उसे ज़रा भी नहीं लगा कि वे उग्र हैं। उन्होंने सामान्य लोगों की तरह चाय पिलाई, बातचीत की। वे तो अत्यन्त संवेदनशील ही लगीं, ख़ास तौर पर तब, जब वे सुरंजन के बारे में पूछ रही थीं। सोबहान को लगा कि सुरंजन को ठीक से मालूम ही नहीं कि तसलीमा उनकी कितनी केयर करती हैं। और केयर करने पर उल्लुओं को लगता है कि वे प्रेम करना चाहती हैं। लोगों को ग़लत समझने में सुरंजन उस्ताद है।

लड़के या लड़कियाँ जो लोग बहुत स्ट्रगल करके बड़े होते हैं, अपने पैरों पर खड़े होने के लिए, आत्मसम्मान के साथ जीने के लिए जो लोग तत्पर हैं, इसके लिए जो करणीय है, वैसा करते हैं, उनके लिए सोबहान के मन में श्रद्धा उत्पन्न होती है।

उसकी आँखों के सामने बेहूदे लोगों के साथ उसकी बहनों की शादी हो गई, वह इसे रोक नहीं सका। किसी बहन के यहाँ बेटी पैदा हुई तो पति उसे दोष दे रहा है, धमकी दे रहा है कि वह दूसरी शादी कर लेगा। कोई कह रहा है, दहेज़ के रुपये

लेकर आ, तेरा भाईजान तो आजकल बहुत अमीर आदमी हो गया है। एक और है जो हर रात अपने पति की मार खाती है। सारी बहनें दूसरों पर निर्भर हैं।

सोबहान कभी-कभी कहता है कि वे सब उसके यहाँ चली आएँ। लेकिन कोई भी अपने पति को छोड़कर आए, यह तो उनके माँ-बाप ख़ुद नहीं चाहते; बल्कि मुँह बन्द रखकर सहन करना ही लड़कियों के लिए ठीक रहता है।

सोबहान जब माया को देखता है तो उसे लगता है कि अगर उसकी बहनें चाहतीं तो वे भी माया की तरह हो सकती थीं। माया अपने पति का घर छोड़कर चली आई है। चले आना तो निष्ठुरता नहीं है, माया निष्ठुर नहीं है। सोबहान जब भी सुरंजन से मिलने गया, ऐसी कोई रात नहीं थी, जब माया ने नहीं कहा हो कि शोभन बाबू, खाना खाकर जाना। सोबहान कह चुका है कि अभी तक तो यही जानता था कि बांगाल[1] लोग खाकर और खिलाकर ख़ुश होते हैं, खाने और खिलाने की अभी तक मैंने कहानियाँ ही सुनी थीं। अब अपनी आँखों से देख रहा हूँ। मैं ख़ुद ही विक्टिम हूँ।

—विक्टिम ? —माया ने आँखें तरेरीं।

सोबहान हाथ जोड़ते हुए बोला—माफ़ कीजिएगा। मैं कहना चाह रहा था—लकी।

—ऐसा कहिए! —माया हँस दी।

वह काफ़ी दिनों तक माया के हाथ का बना खाना खाता रहा। माया को अभी तक नहीं मालूम कि उसके शोभन बाबू हिन्दू नहीं हैं। एक बार तो बड़ी मुश्किल हो गई थी। माया कह रही थी—आपको अगले इतवार मैं मीट खिलाऊँगी, कौन-सा मीट खाना पसन्द करेंगे, शोभन बाबू ?

सोबहान ने कहा था—मुझे सभी पसन्द हैं, चिकन, मटन, बीफ़...

—बीफ़ ? —माया छिटककर दूर हट गई।

तुरन्त सुरंजन ने कहा—देखो, आजकल तो सभी लोग बीफ़ खाने लगे हैं। तेरे-जैसे कितने धर्मान्ध बैठे हैं कि बीफ़ नहीं खाएँगे ? मैं नहीं खाता क्या ? पिताजी नहीं खाते थे ? बांग्लादेश में रहते हुए तू भी तो खाती थी। हमारे घर में पकता था बीफ़। माँ शायद नहीं खाती थीं, लेकिन हम सभी खाते थे।

माया ने थोड़ा समय लेकर स्वीकार किया—हाँ, ऐसा होता होगा।

सोबहान जानता है कि शोभन के नाम से परिचित होने की वजह से उसे कई जगहों पर काफ़ी सुविधा होती है। शोभन। शोभनदा। शोभन बाबू। लेकिन सुरंजन-जैसे अच्छे दोस्त के यहाँ उसे एक हिन्दू पहचान के साथ जाना होगा, इसे वह स्वीकार नहीं करना चाहता। सुरंजन से वह अपना असली परिचय उजागर करने की बात करता है तो वह कहता है कि फिर तो इस घर में तुम्हारा आना न हो सकेगा। दरवाज़े बन्द हो जाएँगे। और बन्द करेगी माया। माया मुसलमानों को सहन नहीं कर पाती।

---

1. बांग्लादेश के बाशिन्दों को बांगाल भी कहा जाता है।

मुसलमान को हिन्दू कहकर या फिर हिन्दू को मुसलमान कहकर परिचय कराना जिस तरह सुरंजन पसन्द नहीं करता, वैसे ही सोबहान भी नहीं करता। वे बाहर मुलाक़ात कर सकते थे, अड्डेबाज़ी कर सकते थे, लेकिन बैठक करनी हो तो किसी रेस्टोरेंट में बैठना पड़ता। उन जगहों पर बैठक करने पर बिल चुकाने की क्षमता सुरंजन में नहीं थी। सोबहान की ओर से वह पाँच-छह दिन खा सकता है, लेकिन हर रोज़ खाना उसके लिए सम्भव नहीं। आदर्श नाम की जो जर्जर-सी चीज़ अब भी उसके भीतर बची हुई है, उस पर भयंकर खरोंच लगती है।

पहले सुरंजन सोबहान को बुलाया करता था लेकिन अब सोबहान ख़ुद ही चला आता है। उसने यह भी कहा कि वह फ़ीडर रोड वाली कम्प्यूटर की दुकान पार्क सर्कस शिफ़्ट कर देगा। इस पर सुरंजन भी हामी भर रहा था।

सुरंजन के साथ सोबहान की मुलाक़ात तो होती ही है, माया के साथ भी घर में सोबहान की मुलाक़ात होती है और बाहर भी। माया एक बार ऑफ़िस के काम से सॉल्ट लेक गई थी और उसने वहीं से सोबहान को फ़ोन किया था।

—शोभन बाबू, मैं सॉल्ट लेक आई हूँ। आपका ऑफ़िस कहाँ है?

—तुम अभी कहाँ हो, ज़रा बताओ तो!

माया ने कहा—रीता स्किन फ़ाउंडेशन के सामने। डॉक्टर सुब्रत मालाकार का क्लीनिक।

—ठीक है। तुम वहीं रहो। मैं दस मिनट में आ रहा हूँ।

माया के प्रिय शोभन बाबू ठीक समय पर पहुँच ही गए थे। वे उसे अपनी गाड़ी से सिटी सेंटर ले गए। माया ने सिटी सेंटर का नाम सुना था लेकिन कभी वहाँ गई नहीं थी। उसमें छोटी बच्ची-जैसा उल्लास था। उसमें चीज़ें ख़रीदने की चाहत नहीं थी, वह तो कहीं बैठकर केवल बातचीत करना चाहती थी। उन दोनों ने हैंगआउट नामक रेस्टोरेंट में खाना खाया और काफ़ी देर तक बातें की थीं। सोबहान को ऑफ़िस में काम था लेकिन उसने फ़ोन पर कह दिया कि उसे ऑफ़िस लौटने में देर हो जाएगी।

उसने माया के जीवन के बारे में जितना सुना, उससे उसे बहुत तकलीफ़ हुई। काफ़ी हद तक उसकी बहनों-जैसी स्थिति थी। माया को उसका पति हर रात मारता था, शराब पीकर रास्ते पर पड़ा रहता था। घर से बाहर वह किसी और महिला के साथ रहता था। माया को इन सबकी थोड़ी-बहुत जानकारी मिलती रहती थी। माया यह जो ससुराल छोड़कर चली आई, पति नामक निकम्मे आदमी ने एक दिन भी उसकी खोज-ख़बर नहीं ली। उसे उसने बता दिया था कि अब वह ज़िन्दगी में कभी नहीं लौटेगी।

—दोनों बच्चों को उस घर में दे दो।

—यह मैं नहीं कर सकूँगी। —माया ने कहा—वे लोग उन्हें मार डालेंगे। उनकी देखभाल करनेवाला कोई होता तो शायद दे ही देती।

—तुम उसे तलाक़ क्यों नहीं दे देतीं? तुम क्यों शाँखा पहनती हो, सिन्दूर लगाती हो?

माया इसका कोई जवाब नहीं देती।

—तुम इतनी स्ट्रांग हो। कोई अन्याय सहन नहीं करतीं, लेकिन शाँखा-सिन्दूर के सामने हार जाती हो। तुम्हारे जीवन में ऐसे पति के होने का क्या अर्थ है? मेरी बहनें तो तुमसे भी ज़्यादा डरपोक हैं। मैं तो उनसे कहता हूँ कि फ़ोर नाइनटी एट का केस लगा दें। नहीं लगातीं।

माया की आँखों में आँसू छलक रहे थे। सोबहान बहुत शर्मिन्दगी महसूस कर रहा था। बहुत-सी बातें शायद उसे कहनी नहीं चाहिए थीं। उसे नहीं पता कि क्या कहना चाहिए, क्या नहीं कहना चाहिए। सोबहान बार-बार माफ़ी माँगता रहा कि अगर उससे कोई ग़लती हो गई हो।

उसने इतने नरम स्वर में, इतने दिल से किसी को बोलते नहीं सुना था। ऊपरी तौर पर माया एक तेज़ और असन्तुष्ट लड़की बनी रहती है। लेकिन भीतर-ही-भीतर रात में वह तकिए में चेहरा खोंसकर अपनी माँ के लिए, अपने बड़े भाई के लिए, अपने अभागे बच्चों के लिए रोती है। वह ख़ुद के लिए बहुत रो चुकी है, अब नहीं रोती।

सोबहान माया से बहुत-कुछ जानना चाहता था। तुम ऑफ़िस कैसे जाती हो? वहाँ क्या काम करती हो? ये सवाल तो उसके बड़े भाई सुरंजन ने भी कभी नहीं पूछे थे।

—बंडेलगेट से रैनबेक्सी। बालीगंज फाँड़ी से ऑटो से कुष्टिया उतरती हूँ फिर रिक्शे से चली जाती हूँ। असिस्टेंट डिपो मैनेजर का काम है। गोडाउन सँभालने की ज़िम्मेदारी है। कौन-सा माल आ रहा है, कौन-सा माल जा रहा है। बीच-बीच में मार्केटिंग भी देखना पड़ता है।

—वाह! काम बहुत है। काफ़ी मुश्किल है, है न?

माया हँसकर कहती—ज़रा भी मुश्किल नहीं है। मेरी तो बेहद मुश्किल कामों को करने की इच्छा होती है।

—कभी रोना आता है, यह जो अकेले-अकेले इतना सारा सँभालना पड़ता है? कभी बहुत डर लगता है कि नहीं सँभाल सकोगी, कि शायद फिसल जाओगी? अकेली रहतीं तो सब निपट जाता। लेकिन दोनों बच्चों की ज़िम्मेदारी तो ख़ुद को ही उठानी पड़ेगी। कभी-कभी रोना आता है, जब तुम्हें अपनी लाइफ़ एंजॉय करनी चाहिए थी, घूमना-फिरना था, ख़ुशी मनानी थी, सुख भोगने थे, ऐसे समय में रुपये कमाने पड़ रहे हैं और तमाम तरह की ज़िम्मेदारियाँ उठानी पड़ रही हैं? तुम्हें कभी नहीं लगता कि भाड़ में जाए सब?

माया मुग्ध आँखों से सोबहान को देखती रहती। उसने सोचा कि इस तरह से तो किसी ने उससे जानना नहीं चाहा! माया को सोबहान बहुत अपना लगता।

खाते-खाते सोबहान ने पूछा—इस बार पूजा में क्या कर रही हो?

—क्या करूँगी? बच्चों को जूते-कपड़े ख़रीद दूँगी।

—और अपने लिए?

—मेरे लिए?

—हाँ, तुम्हारे लिए?

माया हँसकर बोली—मेरे लिए कुछ नहीं।

—कुछ क्यों नहीं? अपने लिए कुछ करो माया।

सोबहान की बातों में इतना अपनापन था कि फिर से माया की आँखें भीग गईं। वह आँसू पोंछती-पोंछती बोली—मैं ख़ुद के बारे में सोचना भूल गई हूँ शोभन बाबू!

सोबहान ने कहा—बच्चों को उनकी नानी के पास छोड़कर चलो, हम समुद्र तक चलते हैं। मन्दारमणि कमाल की जगह है! वहाँ तुम देखना, तुम्हारी ही आँखों के सामने आसमान समुद्र में डूब गया है। पास में ही तो है। हम लोग गाड़ी से चलेंगे। तीन-चार घंटे में ही पहुँच जाएँगे।

एक झटके में माया के हृदय का दक्षिणी द्वार खुल गया। सीने के भीतर कहीं आनन्दध्वनि बज उठी।

—शोभन बाबू, मैं जो इतने दिनों से उस घर में रह रही हूँ, मेरे अपने बड़े भइया ने कभी नहीं पूछा कि माया, तू ठीक तो है? उन्होंने कभी जानने की ज़हमत नहीं उठाई। मैं एक रोबोट की तरह चलती रहती हूँ। वह जो सुबह-सुबह ऑफ़िस के लिए निकलती हूँ, लौटते-लौटते शाम बीत जाती है। उन्होंने कभी भी एक बार नहीं कहा कि चल, तुझे कहीं ले चलूँ। जबकि...बचपन में कितना प्यार करते थे...! मुझे नहीं पता कि असल में वे प्यार करते भी थे या नहीं!

सोबहान जुलेखा का प्रसंग उठाना चाहता था लेकिन उसने नहीं उठाया। उसने सुना था कि माया जुलेखा को ज़रा भी पसन्द नहीं करती। इतनी सरल, सुन्दर और संवेदनशील लड़की के मन में मुसलमानों के प्रति विद्वेष की भावना क्यों पैदा हुई? दुनिया के सारे लोग एक-जैसे हैं, उनका अच्छा लगना, बुरा लगना, उनके सुख-दुख सब एक समान हैं, यह माया क्यों नहीं समझ पाती? वे सभी प्यार की चाह रखते हैं, माया इसे क्यों नहीं समझ पाती? इसमें नहीं समझने-जैसा तो कुछ भी नहीं है। कोई तो प्यार करके समझाता नहीं। गालियों के ज़रिए, हिंसा, रोष, अश्लीलता के ज़रिए समझाने पर भी क्या कोई आख़िरकार कुछ समझ पाता है? क़ानून के ज़रिए समझाने पर भी तो ठीक-ठीक समझ में नहीं आता।

हैंगआउट की उस बैठक वाली शाम को ही सोबहान ने माया को बता दिया कि वह हिन्दू नहीं है, उसका नाम शोभन चक्रवर्ती नहीं है। वह सोबहान है। मोहम्मद सोबहान।

मैं शहर को लेकर दिन-पर-दिन नाख़ुश होती जा रही हूँ। घर से निकलते ही ट्रैफ़िक जाम में फँसे रहना पड़ता है। चार नम्बर ब्रिज के पास या फिर बाइपास पर ही घंटे, दो घंटे निकल जाते हैं। यह शहर दिन-ब-दिन क्या होता जा रहा है, इसे समझ पाने की ताक़त मुझमें नहीं है। लोगों के हाथों में पैसा आ रहा है। पैसों के आते ही गाड़ी आती है। गाड़ी के आने पर सड़कों की ज़रूरत पड़ती है। लेकिन कोलकाता शहर में पर्याप्त सड़कें तो हैं नहीं। इतनी कम सड़कों पर इतनी ज़्यादा गाड़ियों की आवाजाही मुमकिन नहीं। इसीलिए सब ठिठके रहते हैं। कोलकाता में इतनी गड़बड़ियाँ हैं, फिर भी कोलकाता ही मेरा प्रिय शहर है।

प्रदूषण का शहर कोलकाता मुझे प्रिय है। असहनीय गरमी वाला यह शहर मुझे प्रिय है। इस शहर में मैं अपनी भाषा में बात कर पा रही हूँ, यह मेरे लिए एक बहुत बड़ी बात है। यहाँ के लोग इसे नहीं समझ पाते। यूरोप छोड़कर मैं यहाँ क्यों मरने आई, यहाँ के लोगों को यह समझाना मेरे लिए मुश्किल है। वे सोचते हैं कि यूरोप में शायद मेरी हालत बहुत बदतर थी, इसलिए चली आई हूँ। वहाँ बहुत अच्छी हालत में होने के बावजूद कोई-कोई लौट आता है, लौट सकता है, इसकी किसी को जानकारी नहीं। ज़्यादातर लोगों का मानना है कि यूरोप-अमेरिका में कोई भी बुरी हालत में नहीं रहता। वहाँ के सभी लोग मानो अमीर हैं, सभी सुखी हैं।

वहाँ नाते-रिश्तेदार नहीं, अपने लोग नहीं, अपनी भाषा नहीं, संस्कृति नहीं, मैं कैसे रहूँ विदेश में, विदेशी ज़मीन पर? मैं इन सबके लिए कितनी मोहताज हूँ, बहुत-से लोगों को इसकी जानकारी ही नहीं थी। मोहताज हूँ, जानकर लोगों में मेरे प्रति कोई अच्छी धारणा नहीं जनमती।

मेरी ज़िन्दगी में मेरे दोस्त ही मेरे रिश्तेदार हैं। मुझे जो लोग प्यार करते हैं, वे ही मेरे अपने हैं। इस क्षण किरणमयी ही मेरी माँ-समान हैं, सुरंजन मेरे दोस्त-जैसा या भाई-जैसा है, माया मेरी बहन-जैसी है। रिश्तेदारों के बिना ज़िन्दगी बिताते-बिताते कई बार सम्भवतः अवचेतन मन में ही किसी को रिश्तेदार बना बैठती हूँ। जो लोग मुझे रिश्तेदार की तरह लगते हैं, उन्हें तो शायद इसकी भनक भी नहीं होती।

सुरंजन बांग्लादेश गया लेकिन मुझे सूचित करने की उसे एक बार भी ज़रूरत महसूस नहीं हुई। इनसान इतना निर्मम कैसे हो पाता है, मुझे समझ में नहीं आता। वह सुरंजन का देश है, मेरा भी तो है। आज सुरंजन वहाँ जा सकता है लेकिन मैं नहीं जा सकती। उस देश के साथ सम्बन्ध तोड़ लेने के बाद भी, वहाँ की नागरिकता छोड़ देने के बाद भी, भारत की नागरिकता ग्रहण कर लेने के बाद भी सुरंजन को वहाँ जाने की अनुमति मिल जाती है। और मैं जो उस देश की नागरिक हूँ, उस देश में

लौट पाने के लिए एक ज़माने से इन्तज़ार करते रहने के बाद भी मैं उस देश में क़दम नहीं रख पाती। मेरे लिए सुरंजन को ज़रा भी दया नहीं आती! वह कहने भर के लिए ही सही, एक बार भी मुझसे नहीं कह सका कि अपने देश जा रहा हूँ!

मैं समझती हूँ कि सम्भवतः दूर से ही लोग मेरे प्रति श्रद्धा के भाव रखते हैं, लेकिन मुझसे प्यार नहीं करते। और जो लोग नफ़रत करते हैं, वे दूर से भी करते हैं, पास से भी करते हैं। मुझे प्यार मिले, इसकी कोई सम्भावना नहीं है। सबके मुक़द्दर में सभी कुछ नहीं बदा होता। जैसे कि मुझे बहुत-कुछ मिला है, लेकिन प्यार नहीं मिला। अगर मिलता तो मुझे पता चल जाता कि सुरंजन बांग्लादेश से लौट आया है। यह ख़बर भी मुझे जुलेखा से मिली थी। सुरंजन मुझसे क्यों कन्नी काटकर चल रहा है, जुलेखा ने इसकी वजह बताई कि उसे शक है कि मैं उसे लेकर एक और उपन्यास लिखने की फ़िराक़ में हूँ। और इसी वजह से मैं उसकी इतनी खोज-ख़बर रख रही हूँ। इसी वजह से मुझे उसकी इतनी ज़रूरत है।

यह सुनकर मैं बहुत आहत हुई। स्टडीरूम की खिड़की के चौखट से तमाम मकानों के ऊपर जितना-सा आसमान दिखाई देता है, उतना-सा आसमान ही शायद मेरी मुक्ति की जगह है। मैं मन-ही-मन उस आसमान की विराटता और सीमाहीनता के सम्मुख खड़ी होकर अपने छोटे-से अस्तित्व को पंख की मानिन्द उड़ा देती हूँ, अब कोई भी तुच्छता मुझे नहीं छू पाती। सुरंजन को लेकर मैंने जो कुछ लिखा, मैंने क्या कुछ ख़राब लिखा है? मैंने तो उसकी भलाई के लिए ही लिखा है। सिर्फ़ उसकी नहीं, सबकी भलाई के लिए, ताकि इनसान एक-दूसरे को इनसान माने। इनसान की पहचान इनसान ही हो। इनसान का परिचय हिन्दू, मुसलमान, बौद्ध, ईसाई न हो। मैंने जो कुछ भी लिखा, वह सभी तो मानवता के लिए, मानवाधिकार के लिए है। मैंने जो भी किया, उसमें सुरंजन की भलाई की ही कामना की है, ताकि फिर किसी सुरंजन को सुरक्षा के अभाव में दुबके न रहना पड़े, उन्मादी न हो जाना पड़े। ताकि फिर किसी सुरंजन को अपना वतन छोड़ने के लिए मजबूर न होना पड़े। इतना समझदार लड़का है, इस बात को क्यों नहीं समझ पाता? अब अगर मैं उसे लेकर उपन्यास लिखती भी हूँ तो उसे एतराज़ क्यों होना चाहिए? मुझे क्या यह अधिकार नहीं कि मैं उसे अपने उपन्यास का पात्र बनाऊँ? हालाँकि उसे भी पात्र न बनने की कोशिश करने का अधिकार है। उसे अधिकार है कि वह मुझे याद न रखे।

इसके बाद फिर मेरा किसी से सम्पर्क नहीं रहा। मैंने जान-बूझकर ही नहीं रखा। मुझमें क्या स्वाभिमान नहीं है? मैंने जो इतना प्यार दिया, यह प्यार क्या किसी साधारण व्यक्ति ने दिया था? मैं कहाँ रहती हूँ, मेरा घर, मेरा फ़ोन नम्बर किरणमयी को तो मालूम है, उन्होंने भी तो कभी मेरी सुध नहीं ली। मुझे क्या पड़ी है कि मैं उनके दरवाज़े की साँकल खटखटाकर उनके अच्छे-बुरे हाल जानने जाऊँ? मैं ही शायद देख-देखकर चौंक पड़ती हूँ। अपनी स्थिति के साथ उनकी

स्थिति की तुलना करके रोती रहती हूँ। सोचती हूँ कि वे लोग ख़राब हालत में हैं, लेकिन असल में उनके हाल बुरे नहीं हैं। कुछ भी करके वे किसी भी परिस्थिति के साथ सामंजस्य बिठा ही लेते हैं! तो क्या मैं भी अच्छी स्थिति में नहीं हूँ? मैं भी निभा लेती हूँ। मुझे देखकर भी तो लोग कहते हैं कि ओह! मैं भी तो इस तरह विदेश, विदेशी ज़मीन पर अकेली-अकेली कितनी तकलीफ़ों में हूँ! वे लोग मुझे जितनी तकलीफ़ में समझते हैं, उतनी तकलीफ़ों में तो मैं हूँ नहीं। हाहाकार के साथ रहने को तो मैंने एक तरह से स्वीकार कर ही लिया है। प्यार करो तो इस दर्द को सहना ही पड़ता है। दूसरों की तकलीफ़ में तकलीफ़ महसूस करनेवाला हृदय भला कितनों का होता है? एक ऐसे इनसान की खोज-ख़बर की ज़रूरत तुममें से तो किसी को नहीं पड़ी, एक मुझे ही ऐसी क्या पड़ी है कि मैं उनकी खोज-ख़बर लूँ? —ऐसा कहकर मैंने भी नाराज़गी में कई महीने बिता दिये।

इसी दरमियान मैं यूरोप घूम आई। मैं यह सोचकर कई बार सिहर उठी कि सुरंजन फिर किसी झील के किनारे बैठे-बैठे किसी दिन झील के पानी में कूदकर जान न दे दे। मुझे पता नहीं क्यों, आत्महत्या बहुत संक्रामक लगती है। आत्महत्या देखने पर आत्महत्या करने की इच्छा जागती है। सुरंजन जीवित है या नहीं, पता लगाने के लिए, चूँकि सुरंजन का पुराना फ़ोन माया के पास था, चूँकि मैं माया की आँख का काँटा थी, इसलिए उसे परेशान न करके मैंने जुलेखा को फ़ोन किया।

मेरे फ़ोन से जुलेखा की ख़ुशी का ठिकाना न रहा। उसने बताया कि वह पुरानी जगह पर ही नौकरी कर रही है। उसी होस्टल में रह रही है। ज़िन्दगी पहले से ज़्यादा सुन्दर हो गई है। उसकी प्राइवेट एम.ए. की परीक्षा की तैयारी चल रही है।

—बेटा?

—बेटा अपने पिता के पास ही है। ख़ुश है। ख़ुश रहना ही बेहतर। बेटा बड़ा होकर अगर कभी माँ के पास आना चाहेगा तो आएगा।

—और उधर की क्या ख़बर है?

—उधर की ख़बर? —जुलेखा ने हँसते हुए कहा—सुरंजन पहले-जैसा ही है। होपलेस हालत में। वह सम्पर्क में है। काफ़ी हद तक दोस्त की तरह।

—क्यों, सारा प्रेम ग़ायब हो गया?

जुलेखा ने हँसकर कहा—जो हुआ, ठीक ही हुआ। मुझे भी क्या जमता?

—आजकल शायद प्रेम के मामले में भी जमेगा कि नहीं जमेगा, ऐसा सोच-विचार किया जाता है? —मैंने हँसी-हँसी में पूछ लिया।

—यह असल में हर चीज़ में होता है। रिलेशनशिप के मामले में यह भीतर-भीतर ही रहता है, लेकिन रहता ज़रूर है।

—हूँ। और सोबहान? उसके साथ तुम्हारा गठजोड़ हो गया?

जुलेखा ने हँसते हुए कहा—वह अब भी मुझे और सुरंजन को रेस्टोरेंट ले जाता

है। हालाँकि अब उसके पास समय कहाँ है? वह तो माया को लेकर व्यस्त है।

—मतलब? —मैं आसमान से आ गिरी।

उसने कहा कि अगले महीने की छह तारीख़ को माया और सोबहान की शादी हो रही है।

जुलेखा ने बताया कि माया के साथ अब उसकी मेल-मुलाक़ात होने लगी है। माया ने कहा है कि वह ख़ुद अपनी शादी का कार्ड देने उसके यहाँ आएगी।

—यह तुम क्या कह रही हो? सच कह रही हो?

जुलेखा ने ठंडे गले से कहा—हाँ। मैं ग़लत क्यों बोलूँगी भला आप ही बताइए?

—माया और सोबहान की शादी भला कैसे हो सकती है? माया तो...

—माया तो क्या?

—माया तो कैसी बदल-सी गई थी न? तुम्हें नहीं पता?

जुलेखा ने बताया कि उसे माया के बदल जाने के बारे में कुछ नहीं पता। जुलेखा ने जितना देखा है माया को, मुग्ध ही देखा है। बहुत हँसमुख लड़की है। बहुत ही सरल-सहज और उदार।

जुलेखा कहती रही—बहुत ही इंडिपेंडेंट, कॉन्फ़िडेंट, ख़ूब हार्ड वर्किंग और स्पॉन्टेनियस है।

—सच कह रही हो?

—हाँ।

—तुम्हें नहीं लगता कि भीतर-भीतर वह अलग तरह की है?

—अलग तरह की मतलब किस तरह की है?

—मुस्लिमों से विद्वेष रखनेवाली...

—मुस्लिमों से विद्वेष रखनेवाली? सवाल ही नहीं उठता। आप ऐसी बातें क्यों कर रही हैं...?

—असल में उस पर तो थोड़ा अत्याचार हुआ था न...

—हाँ, मुझे मालूम है, यह सब आपने लिखा है। लेकिन एक लड़की के बारे में आपका ऐसा लिखना उचित नहीं था।

—क्यों? इसमें उचित नहीं होने की क्या बात है? मैंने तो कुछ भी झूठ नहीं लिखा!

—सारे सच ज़ाहिर करने लायक़ नहीं होते।

—उसने क्या इसे लेकर कुछ कहा?

—नहीं, उसने नहीं कहा। यह मेरा कथन है। मान लीजिए, आप लिखती हैं कि मेरा कभी किसी ने बलात्कार किया था, तो क्या यह मुझे अच्छा लगेगा? हर पल लगता रहेगा, जो भी मेरी ओर देख रहा है, शायद उसी के बारे में सोच रहा है। धर्षिता के अलावा मेरी कोई और पहचान नहीं रहेगी।

—तो क्या मैं सच नहीं लिखूँगी?

—सच बात कहने का क्या यह समाज है?

—तो क्या समाज के हिसाब से हम लोग चलेंगे या कि हम समाज को गढ़ेंगे?

—समाज को आप अकेली नहीं गढ़ सकतीं। आपके साथ हैं ही कितने लोग? और समाज को गढ़ना, समाज को गढ़ना स्लोगन, आई एम सॉरी टु से दैट यह सब बहुत रोमांटिक मामला है। यह सब कहने से यथार्थ में होता कुछ भी नहीं।

मैं भौचक बैठी रही। जुलेखा माया की ओर से जिरह कर रही है। उधर माया एक मुस्लिम लड़के से शादी करने जा रही है। सभी कुछ कैसा अस्पष्ट-सा था! सभी कुछ बुनियादी तौर पर बदल चुका था, या कि मैं ही पूरी तरह एक बुद्धू हूँ?

—वे शादी कर रहे हैं, जाने क्यों विश्वास नहीं हो पा रहा!

—हाँ, वे बड़ी धूमधाम से शादी कर रहे हैं। आपको शादी में आना ही पड़ेगा।

—जुलेखा, तुम क्या सच कह रही हो?

अबकी बार वह ज़ोर से हँसी—मैं झूठ क्यों बोलूँगी?

—वही तो। जुलेखा झूठ क्यों बोलेगी! —मैंने कहा—अच्छा, मैं तुम्हीं से उनकी सारी बातें सुनूँगी। आना एक दिन।

—ज़रूर आऊँगी।

—तुम्हारे लिए मैं विदेश से वोदका लाई हूँ।

—ऐसा!

मेरा आमंत्रण पाकर जुलेखा ख़ुशी से उछल पड़ी।

बोली—मैं कल ही आऊँगी। ज़रूर आऊँगी।

कथा हो गई पूरी, सब खाओ खीर-पूरी...सोबहान और माया शादी कर रहे हैं, इसके बाद वे लोग सुख-शान्ति से रहने लगे—मामला ऐसा नहीं है। घटना ठीक इस तरह से घटित होगी, कम-अज़-कम मुझे तो ऐसा विश्वास नहीं होता। भले ही दोनों में गहरा प्रेम हुआ। उन लोगों ने शादी करने का निर्णय लिया। ले ही सकते हैं। लेकिन सोबहान की बीवी-बच्चे का क्या होगा? नायला अगर एक आत्मनिर्भर लड़की होती, अपने पति की करतूत देखकर हो सकता है, उसे त्याग देती। नायला कोई जुलेखा तो थी नहीं। सब लोग जुलेखा नहीं हो पाते।

पूरा दिन मेरा मन किसी और चीज़ में नहीं लग सका। मेरी सुरंजन से मुलाक़ात करने की इच्छा प्रबलतर होने लगी। अहं और नाराज़गी पता नहीं कब धुल-पुँछ गए। सुरंजन की तरह आज तक किसी ने मेरा अपमान नहीं किया। वह दिन-पर-दिन मेरी अवज्ञा करने की जुर्रत करता चल रहा है। यही एक ऐसा इनसान है, जिसे मैं नहीं छोड़ सकती, और इसे लेकर ज़्यादा देर तक टिके रहना भी सम्भव नहीं। सुरंजन बहुत बदल गया है। एक व्यक्ति अलग-अलग माहौल में किस प्रकार बदल जाता है, उसके इस विकास ने मुझे विशेष रूप से आकर्षित किया है, चूँकि, सच

कहने में क्या, उसे लेकर मैंने 'लज्जा' उपन्यास लिखा था, इसीलिए। उपन्यास के हर पात्र की व्याख्या की जा सकती है, लेकिन सुरंजन की मैं ठीक व्याख्या नहीं कर सकी और इसी वजह से उसके प्रति मेरी उत्सुकता में आज भी कमी नहीं आई है। मैं निश्चित नहीं हो पा रही हूँ कि सुरंजन अपनी बाक़ी ज़िन्दगी इसी तरह बिताएगा या नहीं, जिस तरह अभी बिता रहा है। जुलेखा के साथ सुरंजन का प्रेम-सम्बन्ध आख़िर तक नहीं टिक सकेगा, इसकी मैं कल्पना भी नहीं कर सकी थी। मुसलमानों से विद्वेष भाव रखनेवाली माया एक मुसलमान लड़के के साथ गठजोड़ कर रही है, यह एक बुरी तरह चौंकानेवाली बात है। काफ़ी हद तक एक कम्युनिस्ट के साम्प्रदायिक हो जाने-जैसी चौंकानेवाली। एक ध्रुव से दूसरे ध्रुव पर छलाँग लगाने-जैसी। सुरंजन किसी तरह नहीं चौंकाता। वह भीतर-ही-भीतर अकेले में टूटता जाता है। सुरंजन एक ऐसा युवक है, जिसे बहुत साधारण नहीं कहा जा सकता और बहुत असाधारण भी नहीं। व्यक्तिगत जीवन में वह बहुत उदासीन भी है और नहीं भी। मुझे ऐसे चरित्र बहुत ज़्यादा नहीं दिखाई दिये। मुझे बार-बार आशंका होती है कि हो सकता है, सुरंजन कभी किसी झील के पानी में आत्महत्या कर ले! हो सकता है, यह आशंका पूरी तरह बेबुनियाद हो! आत्महत्या कोई और करेगा क्या? हो सकता है, कोई करे। मुझे हर वक़्त लगता है कि आत्महत्या थोड़ी संक्रामक होती है। डॉक्टर सुधामय ने की थी और जो लोग उस आत्महत्या के साक्षी थे, मन को ख़राब करनेवाली किसी शाम, जब वे अकेले हों, आसपास कोई न हो, कुछ भी न हो, जब अकेलापन हू-हू करता अन्तर को चीर डालता हो, तब क्या एक बार भी उन्हें नहीं लगेगा कि—ज़िन्दा रहने की क्या ज़रूरत है? तब झील का पानी उससे बहुत दूर नहीं होगा...! अब भी सुधामय की मृत्यु मुझे कँपा देती है। मैं अब भी तय नहीं कर पा रही हूँ कि उन्होंने किस वजह से आत्महत्या की थी। कहा तो बहुत-कुछ जाता है, कौन-सी बात सच है किसी को पता है क्या, जो ख़ुद की हत्या करता है, उसके सिवा?

सुरंजन से मुलाक़ात की इच्छा को कैसे रोकूँ, मुझे नहीं पता! हमेशा के लिए क्या किसी की कोई इच्छा मन के भीतर बची रह सकती है? एक दिन, मुझे नहीं पता, वह कौन-सा दिन होगा, जब मेरी जानने की इच्छा नहीं होगी कि सुरंजन कैसा है, वह जीवित है या नहीं, माया या किरणमयी ठीक हैं या नहीं। फिर भी मैं चाहती हूँ कि वे जिस भी तरह जीवित रहें, ठीक रहें। मुझे उनके प्रति एक ज़िम्मेदारी-सी महसूस होती है कि मानो वे मेरे रिश्तेदार हैं या फिर रिश्तेदारों से भी ज़्यादा कुछ! ऐसा सोचना ठीक नहीं फिर भी कभी-कभी यह विचार आता है कि वे मेरे ही रचे हुए कुछ चरित्र हैं। इसलिए मेरा सुरंजन कहीं पानी में डूबकर न मर जाए। मेरी किरणमयी अपने बच्चों के साथ सुकून से रहें। मेरी माया को अब और कोई कष्ट न सहने पड़ें। सभी सुख से रहें। वे फूलबाग़ान, बाबूबाग़ान या फिर बेग़बाग़ान जहाँ भी रहें, सुरक्षित रहें।

मुझे यह सोचते हुए बहुत तकलीफ़ होती है कि मेरे साथ अब कभी भी इनकी मुलाक़ात नहीं होगी। जब हम एक ही शहर में रहते हैं तो निश्चय ही मैदान में, सिनेमा-थिएटर में, गली-कूचों में अचानक कभी मुलाक़ात तो हो ही जाएगी। ख़ैरियत पूछने-जैसा सामान्य-सा कुछ तो होगा ही, भले ही और कुछ हो न हो!

जीवन तो किसी से मुलाक़ात होने न होने में सीमाबद्ध नहीं होता। जीवन तो और बड़ा होता है। अब वह जीवन जैसा भी हो। अगर एक ही सोच से जीवन चलता तो जीवन पूरा होने से बहुत पहले ही थम जाता। माया ने कभी किसी के साथ प्रेम नहीं किया। बांग्लादेश में दो-एक लड़के उसे अच्छे लगते थे। उनमें से एक से शादी करने की इच्छा भी हुई थी। लेकिन वे लड़के उसके साथ दोस्त की तरह ही रहे, किसी ने उससे प्रेम करना नहीं चाहा। उस देश में हिन्दू-मुसलमानों की आपस में शादी नहीं होती, ऐसा नहीं था। ऐसी शादियाँ ख़ूब हो रही हैं। लेकिन उसकी क़िस्मत में ऐसा नहीं बदा था। सुरंजन के जो दोस्त उसे बहुत पसन्द आते थे, वे सभी मुसलमान थे। माया को हैदर बहुत अच्छा लगता था। माया ने किसी को इस बात की भनक भी नहीं लगने दी थी। हैदर को भी नहीं। लेकिन हैदर ने माया को हमेशा उस नज़र से देखा, जिस नज़र से वह अपनी छोटी बहन को देखता था। वह अक्सर कहता—क्यों रे छुटकी, तू इतनी बड़ी क्यों होती जा रही है रे! यह सुनकर उसका मन ख़राब हो जाता। माया ने देखा कि हिन्दू लोग काफ़ी डरपोक-से थे, उनके चेहरों पर हमेशा दुश्चिन्ता के निशान होते थे। उसे कोई भी बहुत अकपट और साहसी नहीं दिखा। मुग्ध करनेवाला कोई चरित्र, नहीं, कोई भी नहीं मिला था। सम्भवत: सही व्यक्ति के साथ सही समय पर उसकी मुलाक़ात ही नहीं हुई थी। उसे काजल देबनाथ अच्छा लगता था, लेकिन वह तो शादीशुदा था। माया ने ग़ौर किया कि जिन्हें देखकर बहुत अच्छा लगता है, उनमें कुछ-न-कुछ समस्या रहती ही थी। या तो वे शादीशुदा होते या फिर वे किसी के प्रेम में पड़े होते, या फिर अनपढ़ होते, या समकामी या ऐसे ही कुछ होते। एकदम शुद्ध-सुन्दर किसी के साथ उसकी मुलाक़ात नहीं हुई थी। जिसमें कोई ऐब न हो, ऐसा कोई पुरुष क्या दुनिया में कहीं है, माया को यक़ीन नहीं होता।

माया ने यह जो शोभन बाबू को पसन्द किया, शोभन या सोबहान हिन्दू है या मुस्लिम, उसके यह न देखने का एक ही कारण था कि उसे भीतर से महसूस हुआ

कि यह देखना अर्थहीन है। इनसान के रूप में एक व्यक्ति अच्छा हो सकता है, बुरा हो सकता है, यह अच्छा या बुरा होना धार्मिक विश्वासों पर निर्भर नहीं करता। वह ख़ुद पूजा-पाठ करना कुछ भी नहीं छोड़ रही थी। सोबहान ने एक बार भी नहीं कहा कि पूजा क्यों कर रही हो। सोबहान ख़ुद धर्म को मानता है, उसे नहीं लगता। अगर वह मानता भी, तो भी नहीं लगता कि माया को कोई एतराज़ होता।

फ़िलहाल माया को ऐसा ही लग रहा है, अगर सचमुच वह मानता तो माया को ठीक से नहीं पता कि क्या होता! धर्म को माननेवाले मुसलमान किसी और के लिए भले ही हों, माया के लिए कोई आश्चर्य की बात नहीं थे। माया बांग्लादेश में इन्हीं लोगों के बीच बड़ी हुई थी। उसके लगभग सभी घनिष्ठ मित्र धर्म को मानते थे। धर्म को मानने के नाम पर उसने जो देखा, वह यह कि साल में दोनों ईदों पर नये कपड़े पहनकर मौज-मस्ती करना, अच्छा खाना खाना, दोस्तों के घर घूमने जाना और रोज़े के समय शौक़िया तौर पर दो-एक रोज़े रखना। बस। माया के दोस्तों का धर्मपालन बस इतना ही हुआ करता था। उसने अपनी किसी भी सहेली को नमाज़ पढ़ते नहीं देखा, बुर्क़ा पहनना तो बिलकुल भी नहीं, सिर पर चुनरी ओढ़ते भी नहीं देखा। इतना-सा धर्मपालन करके ही वे लोग ख़ुद को मुसलमान कहते थे। वे सहेलियाँ हिन्दू, मुसलमान, बौद्ध और ईसाई—सभी से समान भाव से मिलती थीं। माया ख़ुद भी ऐसा ही करती थी। उसने कभी भी फ़र्क़ नहीं किया। फ़र्क़ करने की मानसिकता लेकर वह बड़ी नहीं हुई थी।

घर में हमेशा से एक ऐसा माहौल था, जहाँ धर्म कोई विषय ही नहीं था। इनसान की तरह इनसान बनना ही सबसे बड़ा काम था। माया तो इनसान-जैसी इनसान बनी ही थी। लेकिन उसे प्रतिदान में क्या मिला? उसे बबलू, रतन, बादल, कबीर, सुमन, ईमन और आज़ाद लोगों ने, उन मुसलमानों की औलादों ने क्या दिया था? इन सबको माया पहचानती थी। ये सारे मोहल्ले के ही तो लड़के थे। नहीं, उसके ज़िन्दा रहने की तो बात नहीं थी। माया के शरीर के साथ उन्होंने जो जी में आया, वही किया था। लकड़बग्घों के झुंड को एक शरीर भर मांस अपनी ज़द में मिल गया था। माया शर्म और नफ़रत से सिकुड़ी हुई थी। वह सिकुड़ी ही थी। वह क्यों ज़िन्दा बच गई? बचने के बाद उसकी इच्छा हुई थी, माया की अब भी इच्छा है कि वह एक-एक करके उन सभी का ख़ून करेगी। दुष्कर्म, सामूहिक-दुष्कर्म तो आए दिन हो ही रहे हैं, समूची दुनिया में हो रहे हैं। बांग्लादेश में जैसा हो रहा है, भारत में भी वैसा ही हो रहा है। पुरुष बदमाश और ताक़तवर होता है; स्त्री निरीह और निर्बल—दुष्कर्म की वजह यही है। लेकिन मुसलमानों ने माया के साथ जो दुष्कर्म किया था, वह शक्ति और निर्बलता की घटना नहीं थी। वह मुसलमान और हिन्दू की घटना थी। माया की जगह पर उस दिन अगर कोई भी निर्बल राबेया या रोकैया होती तो उनके साथ दुष्कर्म नहीं हुआ होता।

उन्होंने एक लड़की से बलात्कार नहीं किया था, उन्होंने एक हिन्दू से बलात्कार किया था। 'हिन्दू' —यह शब्द कभी भी माया के शब्दकोश में नहीं था, वे लोग ही उसके शरीर पर यह शब्द खोदकर लिख गए थे। यह शब्द फिर माया के लिए केवल शब्द नहीं रह गया था। वह क्षोभ, ज़िद, अपमान, घृणा, लज्जा, मृत्यु, बलात्कार, ख़ून, विषाद और हाहाकार में तब्दील हो गया था। माया इनसान थी, उसे वे थोड़े से मुसलमान सिर से पैर तक हिन्दू बना गए थे। तब से ही हिन्दुत्व का जो कुछ भी था इस संसार में, उसने सिर झुकाकर उसका वरण किया था। माया ने हिन्दू के रूप में जन्म नहीं लिया था। वह हिन्दू नहीं थी, उस दिन, उस बलात्कार वाले दिन वह हिन्दू बनी थी। वह सिर से पैर तक एक हिन्दू बन चुकी थी, जिसे अपने देश की बचपन और कैशोर्य की सारी स्मृतियों को पैरों से ठेलकर चले आने में ज़रा-सी भी दुविधा महसूस नहीं हुई थी। उसे लगा था कि उसके मुसलमान अच्छे दोस्त सभी बलात्कारी हैं, सभी धोखेबाज़ हैं, सभी हिन्दुओं से विद्वेष रखनेवाले हैं।

उसे अपना देश फिर अपना नहीं लगा। उसे लगा कि वह मुसलमानों का देश है। माया और कर भी क्या सकती थी! माया के लिए ज़ख़्म पर कोई और मरहम लगाना सम्भव न हो सका। यह घाव भरनेवाला नहीं था। मन अगर सौ प्रतिशत जल जाए तो फिर दुनिया में उसका कोई इलाज नहीं है। जो मन जलकर राख हो जाता है, उसे उड़ा देना चाहिए। बांग्लादेश के आसमान में माया के जल चुके शरीर की राख नहीं उड़ी थी, वहाँ उड़ी थी जले हुए मन की राख। जिस शहर में उसने जन्म लिया था, वहाँ बिखेर आई थी वह राख। बिखेरते हुए उसने प्रतिज्ञा की थी कि वह अब कभी भी इस नरक में नहीं लौटेगी। दो टुकड़ों में बँटा हुआ था उसका जीवन। उस दिन से उसने नया जन्म लिया था। वह हिन्दुओं के देश में, ख़ुद के देश में लौटने के लिए छटपटा रही थी। यह काफ़ी हद तक ऐसा था कि नक़ली माँ को इतने दिनों तक माँ समझते रहे। समझदार होने पर पता चला कि असली माँ तो कहीं और है। माया इतने दिनों बाद नक़ली सब कुछ को पैरों से ठेलकर उस असली माँ की गोद में लौट रही थी। जिस दिन भारत की भूमि पर उसने पहला क़दम रखा था, उसने सुकून से आँखें मूँदी थीं।

बहुत साल बीत गए।

वह माया अब कहाँ है? उसकी आँखों के सामने सोबहान खड़ा था। भारतवर्ष में सोबहान से बेहतर किसी लड़के से उसकी मुलाक़ात नहीं हुई थी। नहीं, इसमें हिन्दू युवकों का दोष नहीं था कि उनसे मुलाक़ात नहीं हुई, इसमें उसका भी दोष नहीं। परफ़ेक्ट मैच से मुलाक़ात न होने का दोष किसी को नहीं दिया जा सकता। माया भाग्य में विश्वास नहीं करती, लेकिन कभी-कभी उसे लगता है कि भाग्य को मानने से बहुत सारी हताशाओं से मुक्ति मिल जाती है। भाग्य के ज़िम्मे सौंपकर काफ़ी हद तक निश्चिन्त हुआ जा सकता है। सोबहान उसे अच्छा लगता है। अगर

उसे पहले से पता होता कि शोभन असल में शोभन नहीं है, तो हो सकता है, वह ख़ुद को शोभन को इतना पसन्द ही नहीं करने देती। उसे हालाँकि नहीं पता कि ऐसा करके वह क्या भला करती! उसके जीवन में और है भी क्या! लड़कियों के जीवन में पति और गृहस्थी ही सबसे बड़ी दौलत होती है। उसी दौलत को वह स्वेच्छा से त्यागने के लिए बाध्य हुई थी। कारण कि उस दौलत से उसका मन पूरी तरह उठ चुका था। कोई स्वस्थ व्यक्ति उस दौलत के साथ जीवन नहीं बिता सकता। मानसिक रूप से विकृत हो जाने से पहले ही माया ख़ुद को वहाँ से हटा लाई थी। यह शायद उसकी ज़िन्दगी की अन्तिम परीक्षा थी जिसके सम्मुख वह खड़ी थी। अपने बच्चे, शाँखा-सिन्दूर सहित माँ के घर घूमने नहीं आई थी, वह पूरी तरह बोरिया-बिस्तर समेटकर आई थी। माया कितना भी यह भाव जताए कि जब तक उसकी इच्छा होगी, उसे अपनी माँ और बड़े भाई के घर में रहने का अधिकार है—भीतर ही भीतर उसे यह भी समझ में आ रहा था कि यह समाज उसे वह अधिकार नहीं दे रहा है। माया कहाँ रहेगी, किस घर में रहना उसे शोभा देगा, मानो हर रोज़ आँख में उँगली डालकर उसे यह बताया जा रहा था। नहीं, कोई कुछ भी कहे, वह अब किसी की नहीं सुनेगी। वह तलाक़ माँग रही है। भयावह मृत्यु से मुक्ति पाने के लिए वह तलाक़ माँग रही है। शोभन या सोबहान के साथ किसी सम्बन्ध की वजह से नहीं।

काश! सोबहान को फूँक मारकर वह हिन्दू बना पाती, उसे सचमुच के शोभन में तब्दील कर पाती तो उसके अन्दर का क्षोभ शायद थोड़ा कम हो जाता। सोबहान से उसका यह सम्बन्ध और आगे बढ़ने पर माया दिन-ब-दिन किस गह्वर में जाएगी, ठीक उसे भी नहीं पता। सोबहान इतना अच्छा नहीं भी तो हो सकता था, माया सोचती है। सोबहान से मुक्ति पाने के लिए उसने उसका कोई कम अपमान नहीं किया था। उसे उस दिन की बात याद आ गई।

—शादी तो कर रहे हो। अपनी बीवी से तो प्यार करते हो, करते हो न?

सोबहान चुप रहा।

—हर रात बीवी के पास लौट जाते हो। अगर मैं कहूँ कि मत जाओ तो जाए बिना रह सकोगे?

सोबहान चुप।

—आज तुम बीवी को छोड़कर मेरे पास बैठे रहते हो। मुझे एक दिन भी न देखो तो तुम व्याकुल हो उठते हो। मेरे साथ शादी हो जाने के बाद भी तो तुम यही करोगे। किसी और को न देख पाने से व्याकुलता महसूस होगी।

सोबहान चुपचाप सब सुनता रहा।

उसके शरीर को धक्का देकर उसने कहा—तुम्हारी बीवी तो मुझसे कम उम्र की है। कम उम्र की लड़की को छोड़कर ज़्यादा उम्र की लड़की की ओर तुम्हारे

झुकाव की वजह? आदमी लोग तो कम उम्र की ढूँढ़ते हैं। सुनते हैं कि उससे अंग को आराम मिलता है।

अबकी बार सोबहान ने बिफरते हुए कहा—तुम अब रुकोगी भी?

—क्यों, रुकूँगी क्यों?

—इसलिए कि तुम फ़ालतू बातें कर रही हो।

—फ़ालतू बातें ज़रूर हैं लेकिन बातें सच्ची तो हैं!

—नहीं, ये सब बातें सच्ची नहीं हैं।

—तो फिर बताओ, सच्ची बातें कौन-सी हैं? मुझे सच्ची बातें सुनने की बड़ी इच्छा हो रही है!

—क्यों?

—कारण कि मुझे सच्ची बातें कहीं भी नहीं सुनाई देतीं। कोई कहता ही नहीं।

—तुम बोलती हो?

—हाँ, मैं बोलती हूँ।

—किस तरह की, ज़रा सुनूँ तो!

—सचमुच सुनोगे?

—क्यों नहीं सुनूँगा?

—मैं माया हूँ।

—मुझे मालूम है, तुम माया हो।

—मेरे साथ पाँच मुसलमान लड़कों ने बलात्कार किया था। तुम्हारी ज़ात के पाँच लड़के। मैं तो मर ही गई थी, पता नहीं किस तरह बच गई! मैं उस दिन से दुनिया के सारे मुसलमानों को हेट करती हूँ। यह है सच्ची बात।

—मुझ से भी हेट करती हो? —सोबहान ने शान्त स्वर में पूछा।

माया बोली—जिस दिन मुझे पता चला कि तुम मुसलमान हो, उस दिन से मैंने तुमसे नफ़रत करने की कोशिश की थी। नहीं कर पाई।

—क्यों?

—मुझे नहीं पता, क्यों! और सुनो, और भी सच सुन लो। सच का मतलब अगर अप्रिय सच समझ रहे हो तो फिर सुनो। देश से यहाँ चले आने के बाद हम जिस मकान में रहते थे, उस घर का एक व्यक्ति रात को मेरे बदन पर चढ़ बैठता था।

—क्या?

—और सुनो, मैंने उसे रोकने की कभी कोशिश नहीं की।

—क्यों?

—बाधा नहीं पहुँचाई, डर के मारे। मैं बहुत डरपोक हूँ। बहुत जघन्य डरपोक। मेरा मन टूटा हुआ था, मेरा शरीर टूटा हुआ था। एक टूटा, भंगुर, दुर्बल इनसान किसी को बाधा नहीं पहुँचा सकता।

सोबहान सिर झुकाए सुनता रहा।

—और सुनोगे?

माया का स्वर सप्तम में जा पहुँचा। स्वर में कम्पन होने लगा। साँसें तेज़ हो गईं। आँखों से आँसू बह निकले। सीने में भयंकर तकलीफ़ शुरू हो गई। सीने की तकलीफ़ समूचे शरीर में फैलने लगी। उसके हाथ-पैर काँपने लगे।

—और सुनो, मैं रास्ते पर खड़ी हुई हूँ, जिस तरह वेश्याएँ सज-धजकर खड़ी होती हैं। हाँ, उसी तरह खड़ी हुई हूँ। कारण कि यह शरीर जब आदमियों, बदमाशों और शैतानों के लूटने-खसोटने के लिए ही है, जब मुझमें रोकने की ताक़त ही नहीं और जब शरीर बेचने का चलन है, तो फिर मैं क्यों नहीं बेचूँगी? पैसों के अभाव में पूरा परिवार तकलीफ़ उठा रहा है। माँ और पिताजी निरीह हैं। बड़े भाई का होना, न होना एक समान है। निकम्मा कहीं का! मैं इन्हीं वजहों से मजबूर हुई। मैंने शरीर बेचा। क्यों नहीं बेचूँगी? शरीर को विशुद्ध-पवित्र मैं किसके लिए रखूँ? और विशुद्ध-पवित्र की क्या संज्ञा है? तुम्हीं लोग तो कूद पड़ोगे, टच करोगे और फिर तुम्हीं लोग अनटच्ड शरीर की माँग करोगे, यह क्या बात हुई? अब यह कैसी ज़िद है, बताओ तो! मोहम्मद सोबहान, तुम्हारे पास जवाब है इसका?

सोबहान सिर झुकाए बैठा रहा—माथे की नसों को उँगलियों से दबाए किंकर्तव्यविमूढ़...।

—क्यों जी, सिर दुख रहा है न? तुम्हारे सिर के दुखने की यह तो शुरुआत है। मुझसे दूर ही रहना, वरना दुखते-दुखते एक दिन तुम्हारा सिर ही फट जाएगा। बचना हो तो इस धर्षिता, इस वेश्या, मुस्लिम-विद्वेषी, हिन्दू फ़ैनेटिक से तो दूर हट जाओ। अपने-आपको बचाओ सोबहान! पता नहीं कब उन रेपिस्टों से बदला लेते हुए मैं तुम्हारा ही ख़ून कर डालूँ! तुम्हारे यहाँ तो मुस्लिम ब्रदरहुड वाला मामला है। है न? तो फिर एक ब्रदर की करतूतों की सज़ा दूसरा ब्रदर भुगते। बाबरी मस्जिद यहाँ के हिन्दुओं ने तोड़ी थी, उनके पाप का प्रायश्चित क्या हमने बांग्लादेश में नहीं किया था? बलत्कृत होकर, मरकर, पलायन करके, जान बचाकर, इसे बचना कैसे कहूँ, पलायन करके मरकर?

माया ने सोबहान के झुके हुए चेहरे को अपने दोनों हाथों से ऊपर उठाया। उठाकर उसके होंठों को चूमती हुई बोली—तुम क्यों एक हिन्दू लड़की के प्रेम में पड़ गए हो, बताओ? तुम्हें असल में प्रेम हुआ ही नहीं है। तुम तो ऐसे ही मज़े ले रहे हो। कारण कि तुम्हें अपनी ज़िन्दगी में इस तरह का मज़ा कभी मिला नहीं। तुमने केवल बुर्क़ेवाली मुसलमान लड़कियाँ ही देखी हैं जिनकी पढ़ाई-लिखाई कुछ नहीं हुई। हुई हो तो भी वे कंज़रवेटिव ही हैं। इसलिए सुरंजन के मार्फ़त चांस मिलते ही हिन्दू सोसाइटी में घुस गए हो। तुम्हें दिख रहा है कि एक इंडिपेंडेंट लड़की है। मर्दों के साथ बराबरी से चल रही है। अपने निर्णय ख़ुद ले रही है। उसने चुटकी बजाते

ही अपने पति को छोड़ दिया है। तुम्हें वह बहुत स्मार्ट लग रही है। अनस्मार्ट अनकूथ मुस्लिम लड़की की निकटता के बरअक्स यह लड़की अलग तरह की है, इसलिए। फिर इधर सेवा-सत्कारवाली बात भी है। यह लड़की पकाती और खिलाती भी है। विज्ञान विषय पर चर्चा कर सकती है। इसे इतिहास, भूगोल की ख़ासी जानकारी है। है न? इसलिए तुम्हें मज़ा आ रहा है। तुम प्यार नहीं कर रहे हो। प्यार तुम अपनी ज़ात के लोगों से ही करोगे। मेरी तरह। मैं जिस तरह अपनी ज़ात के अलावा किसी और को इनसान मानती ही नहीं। हालाँकि मैं ठीक नहीं कह रही। क्यों ठीक नहीं कह रही, बताओ तो? कारण यह कि जिस बदमाश से मैंने शादी की थी, उसे मैं समान रूप से हेट करती हूँ, जिस तरह मैं उन मुस्लिम रेपिस्ट लोगों को करती हूँ। लेकिन यह बात मैं कहती नहीं। हिन्दू होने की वजह से नहीं कहती। कारण कि किसी-न-किसी तरह से मैं हिन्दुओं को प्रोटेक्ट करती हूँ। करना ही चाहती हूँ।

सोबहान की दोनों आँखें लाल हो उठीं। वह भौचक्का-सा माया की ओर देख रहा था।

माया बोलती रही—मुसलमान लोग इस देश में क्यों रहते हैं? वे क्यों हमें जलाकर राख करने के लिए यहाँ रहते हैं? उन्हें तो उनका देश दिया जा चुका है। दो-दो देश दिये जा चुके हैं। सारे मुसलमान वहाँ जाकर रहें न! एक हिन्दू मेजॉरिटी वाले देश में माइनॉरिटी बनकर रहने में उन्हें क्या मज़ा आ रहा है? मज़ा ज़रूर आ रहा है, अन्यथा यहाँ क्यों रहते? उनका मज़ा मुझसे बर्दाश्त नहीं होता। लेकिन असल बात क्या है, तुम्हें पता है। मर्द फिर वह हिन्दू हो या मुसलमान, दोनों समान होते हैं। दोनों समान रूप से शैतान हैं। लड़कियों को वे सताएँगे ही। तुम्हारी बीवी भुगत रही है मुसलमान बीवी के रूप में। मैं भुगत रही हूँ हिन्दू पत्नी के रूप में। तुम्हें भुगतना नहीं पड़ रहा है। मेरे बड़े भाई सुरंजन नहीं भुगत रहे हैं! वे हिन्दू पत्नी को छोड़कर एक मुसलमान लड़की के साथ लीला करते फिर रहे हैं! तुमने भी उन्हीं का रास्ता पकड़ लिया है। तुम भी मुसलमान बीवी को बेवक़ूफ़ बनाकर हिन्दू के साथ लीला कर रहे हो। मेरे भाई भी मज़े लूट रहे हैं। भाई साहब की तो एक सेक्युलर व्यक्ति की छवि बन रही है। तुम्हारा भी अच्छा नाम हो रहा है। यहाँ के लड़के तो हिन्दू लड़कियों से शादी करके बढ़िया सेक्युलर होने का चोला ओढ़ लेते हैं। किसी का नाम अब्दुर्रहमान है। वह अपना नाम बताने से पहले कहता है, मेरी पत्नी का नाम मौसमी मित्र है। समाज में ऊपर उठने के लिए पत्नी का उपयोग किया जा रहा है। समाज में ऊपर उठ जाने के बाद फिर पत्नी के साथ वह भी वैसा ही सलूक करने लगता है, जैसा कि मर्द लोग करते हैं। ख़ैर, मर्द है न! तुम्हें समाज में ऊपर उठने की क्या ज़रूरत है? तुम तो अपनी पढ़ाई-लिखाई, विद्या-बुद्धि, अच्छी नौकरी, अच्छे व्यवसाय की वजह से ही तो समाज में ऊपर उठ गए हो। तुम्हें हिन्दू से शादी की क्या ज़रूरत आन पड़ी? आई एम नॉट गोइंग टू मैरी अ मुस्लिम।

टेररिस्ट ज़ात से शादी करके मुझे मरना है क्या? इससे तो वेश्या हो जाना बेहतर। मर जाना तो उससे भी अच्छा।

इसके बाद सोबहान तेज़ी से उठा और बाहर निकल गया।

अन्दर के कमरे की खिड़की से सोबहान को जाते देख किरणमयी माया के पास आकर बोलीं—क्या बात है, शोभन चला गया? चाय भी नहीं पी?

—नहीं।

—क्यों, तू चाय तो पिला ही सकती थी।

—नहीं माँ। उसे अब इस घर में कुछ भी खाने-पीने की ज़रूरत नहीं पड़ेगी। वह आख़िरी बार आया था। अब वह यहाँ नहीं आएगा।

—क्यों?

—इतनी बातें मत पूछो।

किरणमयी को ज़ोर से डपटकर माया ने चुप करा दिया।

माया तकिए के पास मोबाइल रखकर सो रही थी। रात दो बजकर तेरह मिनट पर एक एस.एम.एस. आया। आवाज़ सुनकर वह उठी और उसने एस.एम.एस. पढ़ा। सोबहान ने भेजा था। प्यार करता हूँ, प्यार करता हूँ, प्यार करता हूँ।

मोबाइल को सीने के ऊपर पकड़े हुए माया ने आँखें बन्द कर लीं। आँसू आँखों की कोरों से ढुलकते रहे।

शादी की बात क्यों उठ रही है? शादी की बात तो नहीं भी उठ सकती थी। जुलेखा तो शादी की बात नहीं उठा रही। वह तो बढ़िया है। माया को क्यों शादी करनी पड़ रही है? शादी कौन करना चाहता है? सोबहान या कि माया?

फिर से शहर से बाहर जाते समय सुरंजन से मेरी बात हुई। सुरंजन का जवाब था—माया।

—क्या कह रहे हो? माया को तो मुसलमान फूटी आँखों नहीं सुहाते थे! धत!

—वह मेरी तरह है। मेरी ही तो बहन है। सारा क्षोभ ऊपरी-ऊपरी है।

—ऐसा है क्या?

अचानक गाड़ी रोककर मैंने सुरंजन की ओर स्थिर नज़रों से देखा।

—क्या बोले? तुम्हारा सब कुछ ऊपरी-ऊपरी है?

नदी और समुद्र के मुहाने पर मुझे एक-आध बार तो आकर खड़े होना ही पड़ता है। फुटपाथ की चाय की दुकान से चाय लेकर गाड़ी से पीठ टिकाकर मिट्टी के

सकोरे में मैंने दूध-शक्करवाली चाय पी। दूध-शक्करवाली चाय मुझे नहीं पीनी चाहिए थी, लेकिन पीने में मैंने एतराज़ नहीं जताया।

पानी पर धूप झिलमिला रही थी। उस रुपहले चंचल पानी को निहारकर मेरा मन अच्छा हो गया। सुरंजन आज मुझे क़रीबी व्यक्ति-जैसा लगा। ऊपर-ऊपर क्षोभ, भीतर-भीतर एक मानवीय व्यक्ति, यह बात आज वह ख़ुद अपने मुँह से स्वीकार कर रहा था। फिर भी थोड़ा संशय तो रह ही जाता है। उस संशय को दूर करने के लिए मैंने सवाल किया—तो फिर तुमने जुलेखा से रिश्ता क्यों तोड़ लिया?

—ऐसा मैंने साम्प्रदायिक कारणों से नहीं किया।

—तो फिर किस वजह से?

—एक व्यक्ति के साथ दूसरे व्यक्ति की जिन वजहों से नहीं बनती, उन्हीं वजहों से।

—तुम सच नहीं कह रहे हो।

सुरंजन चुप रहा।

—तुम्हारे साथ जुलेखा का ऐसा कुछ नहीं हुआ कि तुम सम्बन्ध ख़त्म कर दो।

—मैं उसके योग्य नहीं हूँ।

—फ़ालतू बात। यह बात तुम भीतर-भीतर नहीं सोच रहे हो।

—तो फिर बताओ, मैं क्या सोच रहा हूँ?

—वह तो तुम बताओगे। मैं तो सिर्फ़ इतना बता सकती हूँ कि क्या नहीं सोच रहे हो।

—तुम अगर यह बता सकीं तो फिर क्या सोच रहा हूँ, वह भी बता सकती थीं।

—ऐसी कोई बात नहीं है।

—बात है।

—किसी भी लड़की के साथ, फिर वह जूलिया हो, जुलेखा हो या जया हो, सम्बन्ध तो टूट ही सकता है। असल में लड़कियों का ही क्यों कह रहा हूँ, लड़कों का भी तो टूटता है। बेलघरिया में मेरे जो दोस्त थे, अब भी क्या वे मेरे दोस्त हैं?

—एक साथ घूमने गए थे...।

—हाँ, गए थे। इससे क्या?

—वह क्या है, जिसकी वजह से यह सम्बन्ध टूट सकता है?

—वह मेरा व्यक्तिगत मामला है। —सुरंजन ने उदासीन स्वर में कहा।

—हाँ, वह तो है! निश्चित रूप से व्यक्तिगत मामला है। मेरी जानने की बड़ी इच्छा हो रही है।

—उफ़!

उफ़ के बाद हमने और दो कप चाय पी। गाड़ी से टिककर खड़े-खड़े रुपहले पानी वाले मुहाने के सामने हम बातें करते रहे। अब वे जिस भी तरह की बातें हों,

तल्ख़, सुरंजन से ही तो हो रही हैं, जिसे मैं इस पल अपना बहुत क़रीबी व्यक्ति समझ रही हूँ।

अब सुरंजन शुरू हुआ—तुम्हारा मुस्लिम-प्रेम कुछ ज़्यादा ही है।

मैंने चौंककर उसकी ओर देखा।

—मतलब?

—मतलब तुम बख़ूबी समझ रही हो।

—नहीं, मैं नहीं समझ पा रही हूँ।

—समझ तो पा रही हो, लेकिन तुम जानना चाहती हो कि मैं क्या सोच रहा हूँ, क्या नहीं सोच रहा हूँ। मैं सोच रहा हूँ कि इस भारतवर्ष में आकर तुम्हारा मुस्लिम-प्रेम बढ़ गया है।

मैं भौचक्की उसकी ओर देखती हुई बोली—मुस्लिम-प्रेम? यह भला किस तरह का शब्द है? तो क्या तुम यह कहना चाह रहे हो कि भारत आने से पहले मेरा हिन्दू-प्रेम ज़्यादा था?

—हाँ, यही कहना चाह रहा हूँ।

—क्यों? मैंने 'लज्जा' लिखा, इसलिए?

—हाँ, यही।

—आख़िर में तुम भी? सुरंजन?

थोड़ी देर बाद मैंने लम्बी साँस छोड़ते हुए कहा—मुझे क्या लगता है, पता है? तुम जान-बूझकर, चाहकर मुझसे ऐसी बातें कर रहे हो ताकि मैं परेशान हो जाऊँ। मुझे परेशान करके तुम्हें तो ख़ुशी ही मिलती है।

—फ़ालतू बात।

—फ़ालतू बात नहीं। तुम मुझे दिन-पर-दिन अपमानित करने लगे हो।

—अपमानित करता हूँ?

—हाँ, करते हो। नहीं करते? सारे सम्पर्क तोड़कर बैठे रहते हो। ऐसा क्यों? ऐसा बार-बार हो रहा है। तुम यह समझाना चाहते हो कि तुम मेरी परवाह नहीं करते। तुम्हें जो केयर मिल रही है, जो व्यक्ति तुम्हारे एक फ़ोन का इन्तज़ार कर रहा है, उसे समझाना चाहते हो कि तुम उसको ज़रा भी महत्त्व नहीं देते। तुम्हें कुछ नहीं लेना-देना। तुम एक सैडिस्ट हो। लोगों को तकलीफ़ देना तुम्हें पसन्द है।

—लोगों को तकलीफ़ देना मुझे पसन्द है?

सुरंजन ज़ोर से हँस पड़ा।

मैं उसकी भद्दी हँसी को देखती रही। वह बोला—तुम्हें भी तकलीफ़ होती है?

—तुम्हें मैं क्या लगती हूँ? इनसान नहीं लगती?

—जुलेखा को भी मुझसे इतना लगाव नहीं है, जितना लगाव मुझे लेकर तुम्हें है।

—बोलो, और बोलो। कहो कि तुम्हारे प्रेम में मैं इतने ग़ोते लगा रही हूँ कि तुम्हारे बिना मैं इस मुहाने में कूदकर आत्महत्या कर सकती हूँ।

सुरंजन ने नज़रें झुकाते हुए कहा—वह तो तुम कर भी सकती हो, हँसो मत।

—मान लो, मैं तुमसे प्रेम करना चाहूँ, तो नहीं करोगे?

सुरंजन ने सिर हिलाया कि वह नहीं करेगा।

—क्यों? अहंकार? तुम्हारे पास इतना क्या है, जो तुम इनकार कर दोगे?

—कुछ नहीं है इसीलिए इनकार कर दूँगा।

—यह कुछ क्या है, ज़रा सुनूँ तो? तुम किस-किसको कुछ समझते हो?

—जिसके पास कुछ नहीं, वही जानता है कि कुछ का क्या मतलब होता है। जिसके पास अकूत है, वह नहीं समझ सकेगा।

—ऑब्सेशन। फिर से वही ऑब्सेशन। पैसे, पैसे, पैसे! धन-दौलत! इसके अलावा तुम्हें और कुछ भी समझ में नहीं आता सुरंजन? तुम कितने पूँजीप्रिय लड़के हो, मैं सोच नहीं सकती।

—मैंने तो रुपयों की बात नहीं की!

—तो फिर तुम क्या इशारा करना चाहते हो? तुम्हारे पास क्या नहीं है, जो मेरे पास है?

—हार्ट है।

—तुम्हारे पास नहीं है?

सुरंजन ने होंठ बिचकाकर 'ना' में सिर हिलाया।

उसने लम्बी साँस छोड़ी। दिगन्त को छूते हुए से पानी की ओर उदास नज़रों से देखते हुए बोला—जुलेखा मुझे जिस तरह से प्यार करती है, मैं नहीं कर पाता। और उसके साथ सम्बन्ध भी, मैंने ग़ौर किया कि मानो केवल शारीरिक-सम्बन्ध बनकर रह गया है। मन दूर होता जा रहा है।

—तुम्हारा मन या कि उसका मन?

—दोनों का ही या फिर सिर्फ़ मेरा।

—तो फिर क्या तुम्हें कोई ऐसा मिल गया है, जिससे तुम्हारा मन दूर नहीं होगा?

—मैं किसी की तलाश नहीं कर रहा हूँ।

—क्यों?

—हर वक़्त जोड़े से रहना क्यों ज़रूरी है? प्रेम के बिना, सेक्स के बिना क्या जीवित नहीं रहा जा सकता? मैं बढ़िया मज़े में हूँ। मैं तो ज़रा भी बोरियत महसूस नहीं कर रहा! तुम्हारी ज़िन्दगी में भी फ़िलहाल यह सब कुछ नहीं है। ऐसा ही है न?

मैंने सिर हिलाया—हाँ, नहीं है।

—तो क्या तुम हाहाकार करके मर रही हो? इमोशन तो तुम्हारे भी कुछ कम नहीं हैं, पर तुम तो मरी नहीं जा रही हो!

—हमें बहुत-सी चीज़ों की दरकार होती है, जबकि हम लोग बहुत सारी चीज़ों के बिना ही जीते रहते हैं।

—असल में खाने के अलावा हमें और किसी भी चीज़ की ज़रूरत नहीं है। कपड़े और मकान की भी ज़रूरत नहीं है। खाना न खाने से मर जाएँगे, इसलिए जीवित रहने के लिए खाना ज़रूरी है। कपड़े न पहनें तो इस गरम देश में हम मरेंगे नहीं। इस देश में ठंड का मौसम आग जलाकर मज़े से बिताया जा सकता है। और आसमान के नीचे मज़े से रहा जा सकता है, मकान की ज़रूरत नहीं है।

—फल-मूल खाकर भी तो अच्छे से जीवित रह सकते हैं, खाना बनाने की क्या ज़रूरत है?

मेरी यह उक्ति कहीं व्यंग्य तो नहीं, यह जानने के लिए सुरंजन ने आँखें तरेरकर मेरी ओर देखा।

—पेड़ की छाल पहनकर हम उसी आदिकाल में लौट जाएँगे, अतीत के वनमानुषों की तरह वास करेंगे। है न?

सुरंजन को सम्भवत: अब समझ में आया कि मैं उसका समर्थन नहीं कर रही हूँ।

—जो कह रही थीं, कहो। मेरे पास इमोशन है, इसके बावजूद प्रेम के बिना मैं ज़िन्दा रहता हूँ। तुम्हारे पास नहीं है, फिर तो तुम और अच्छे से जीवित रह सकती हो!

—राइट?

—राइट।

इसके बाद हम दोनों गाड़ी में बैठ गए। सामने की ओर न जाकर मैंने गाड़ी मोड़ ली और हम राइचक की ओर चल दिए कि वहाँ रेडिसन होटल के रेस्टोरेंट में दोनों कुछ खाएँगे-पिएँगे। ज़्यादा कुछ न भी हो तो चाय वग़ैरह।

रेडिसन पर उतरकर सुरंजन बोला—तुम्हें पैसे ख़र्च करने की बीमारी है। छोड़ो यह सब।

—प्रिय व्यक्ति साथ में हो तो मैं इमोशनल हो जाती हूँ। तब रुपये-पैसे तुच्छ हो जाते हैं। तुम्हारे साथ एक अच्छी जगह पर बैठूँगी, इसमें कुछ पैसे ख़र्च हुए तो हुए, मज़ा कितना आया!

—बड़े लोग इसी तरह बोलते हैं। ढेर सारे पैसों से माहौल को ख़रीदना चाहते हैं।

—नहीं। इसके साथ बड़े लोग होने का कोई सम्बन्ध नहीं है। प्यार का सम्बन्ध है।

—प्यार होता तो उस फुटपाथ की चाय की दुकान पर बैठकर भी तुम्हें आराम मिल सकता था। पैसे ख़र्च करके समझाने की ज़रूरत नहीं कि तुम मुझसे प्यार करती हो या मेरी परवाह करती हो। जिसे समझ है, वह यूँ भी समझ लेता है।

—तो फिर तुम क्या समझते हो, मैं भी तो सुनूँ!

—समझता हूँ कि तुम मुझे बहुत प्यार करती हो।

पल भर में मेरा अन्तर ठंडा हो गया।

—जुलेखा जितना प्यार करती है, उससे भी ज़्यादा प्यार करती हो।

—यह सही नहीं है। जुलेखा तुम्हें बहुत मिस कर रही है। मैं चाहती हूँ कि तुम लोगों का रिश्ता फिर से पहले-जैसा हो जाए।

—मुसलमान-प्रेम छोड़ो, मैं कह रहा हूँ।

—तुम फ़ालतू बात मत करो। इसे मनुष्य-प्रेम कहो। मैं हिन्दू-मुसलमान नहीं देखती। मैं किसी भी धर्म को नहीं मानती। मेरे ख़िलाफ़ फ़तवे जारी किए जा रहे हैं कि मेरे मन में मुसलमानों के लिए प्रेम नहीं है और तुमने नया फ़तवा दे दिया! मैं लड़कियों के बारे में सोच रही हूँ सुरंजन! ज़ुलेखा मेरे लिए एक अप्रेस्ड लड़की है। माया भी ठीक उसी तरह की है। जुलेखा और माया को क्या मैं अलग मानती हूँ? यह सब तो कभी मेरी कल्पना में भी नहीं आता। तुम्हारी सोच में आता है इसलिए तुम ऐसा सोचते हो। अब भी नाइनटी नाइन परसेंट लोग सोच नहीं पाते कि सचमुच धर्ममुक्त होना ठीक-ठीक क्या चीज़ है। मैं जितनी बार तुम्हें धर्ममुक्त समझती हूँ, पाती हूँ कि तुम नहीं हो।

—धर्ममुक्त तो और भी लोग हैं इस शहर में। तुम उनके साथ समय बिताओ। मेरे साथ क्यों? मुझ-जैसे निकम्मे और नाक़ाबिल को लेकर इतना मोह क्यों?

—वह सही है सुरंजन। बीच-बीच में मैं भी यही सोचती हूँ। मैं क्यों ऐसा करती हूँ... ? सम्भवतः इसलिए करती हूँ कि धर्ममुक्त हो जाने से ही मुझे सब कुछ मिल जाएगा, ऐसा तो नहीं है। धर्ममुक्त होकर भी व्यक्ति घोर पुरुषवादी हो सकता है। पता है न?

—मैं भी तो हूँ। मैं भी तो घोर पुरुषवादी हूँ। —सुरंजन बोला।

—हाँ, तुम अब भी धर्ममुक्त नहीं हुए हो। अब भी पुरुषवादी ही हो। इसके बावजूद मुझे तुम्हारा साथ अच्छा लगता है।

चाय पीते-पीते सुरंजन ने उस पार गंगा की ओर देखते हुए कहा—मुझे ख़ूब उपदेश दे पाती हो, इसलिए यह साथ अच्छा लगता है। तुम्हारे दर्शन के साथ मेल खा जाता तो फिर उपदेश देना सम्भव नहीं होता।

मैंने सोचा, अब शायद वह मुझे उपदेश देगा और ऐसा हुआ तो वह मेरे इगो को चुभेगा। कारण कि दूसरों के उपदेशों को सहन करने की उदारता मुझमें नहीं है।

—राइट?

—राइट।

अबकी बार हम दोनों थोड़े हँस दिये। मैं हँसी से उजली हो उठी सुरंजन की आँखों की ओर देखती रही, इसके पहले कि मेरी आँखों में मुग्धता खेलने लगती, सुरंजन बोल पड़ा—देखो, फिर से प्रेम मत करने लग जाना।

मैं ज़ोर से हँस दी। हँसते-हँसते मैंने कहा—प्रेम करने लगूँ तो क्या होगा, ज़रा सुनूँ तो!

—वह तो फिर तुम अकेले-अकेले करोगी। मैं तो भई, तुमसे प्रेम नहीं करूँगा।

—क्यों? नाक़ाबिल हो इसलिए?

—वह तो मेरी विनम्रता है।

—तो फिर क्या?

—अपने देश में जब रहती थीं तब तुम कितनी सुन्दर थीं! एक तो डॉक्टर, ऊपर से लोकप्रिय लेखिका, इसके भी ऊपर ख़ूबसूरत! सारे पुरुष भौचक्के तुम्हारी ओर देखते रहते थे। तुम सपनों की रानी थीं। और अब कितनी बीभत्स हो गई हो! मैं सोच भी नहीं सकता कि यह जो तुम हो, यह वही तुम हो। तुम रीयल फ़ेमिनिस्ट हो गई हो। फ़ेमिनिस्ट लोग तो शरीर को देखते ही नहीं। बदसूरत होने पर, लड़कों से तवज्जो नहीं मिलने पर लड़कियाँ बहुत ज़्यादा फ़ेमिनिस्ट हो जाती हैं।

—यू आर ए मिसोजिनिस्ट। स्त्रियों के प्रति इतना विद्वेष रखनेवाला व्यक्ति मैंने ज़िन्दगी में नहीं देखा। तुम जो सोचते हो न कि मेरे साथ और सम्बन्ध नहीं रखोगे, वजह यह है कि तुम एक साम्प्रदायिक व्यक्ति हो इसलिए ऐसा सोचते हो। मैं भी बीच-बीच में तुम्हें कम्युनल मानकर सम्बन्ध नहीं रखने का सोचती हूँ।

—कम्युनल क्यों कह रही हो? तुम किस कम्यूनिटी को बिलांग करती हो?

—मुझे इतना पता है कि तुम हिन्दू कम्यूनिटी को करते हो।

—और तुम?

—तुम शायद यह सोच रहे होगे कि मैं सोच रही हूँ कि मेरी कम्यूनिटी मुसलमान है। मेरी कम्यूनिटी सेक्युलर ह्यूमनिस्टों की कम्यूनिटी है। वहाँ धर्म के लिए कोई जगह नहीं है। वहाँ धर्ममुक्त मानवता के लिए जगह है।

सुरंजन ने सिर हिलाया। समझकर या फिर बिना समझे ही, मैं नहीं समझ पाई।

फिर अचानक मुझे चौंकाते हुए बोला—चलो, आज की रात इसी होटल में गुज़ारते हैं। लगता है, रूम बहुत अच्छे हैं।

—गाड़ी है। हम सहज ही घर जा सकते हैं। यह तो जंगल नहीं कि हम अटक गए हैं और रात यहीं बितानी पड़ेगी!

—क्यों, एक दोस्त की तरह मानते हुए रात नहीं बिताई जा सकती है क्या? दोनों बरामदे में बैठकर वोदका पिएँगे। सारी रात बातचीत में बिता देंगे।

—कमाल का प्रस्ताव है!

—तो फिर हो जाए! —सुरंजन की आँखों में पानी की झिलमिलाहट थी।

—नहीं।

—नहीं, क्यों?

—पहले स्त्रियों की इज़्ज़त करना सीखो। उसके बाद जितनी रातें बिताना चाहो, बिताई जाएँगी।

—इज़्ज़त तो करता ही हूँ। माँ की इज़्ज़त नहीं करता?

—वह तुम क्या करते हो, कितनी करते हो, वह तुम जानो। लेकिन तुम मेरी इज़्ज़त नहीं करते। जुलेखा की नहीं करते। निश्चित रूप से और भी कइयों की नहीं करते होगे!

—तुम्हारी इज़्ज़त क्यों करनी होगी भला? उम्र में बड़ी हो, इसलिए?

—उम्र की कोई बात नहीं है। एक इनसान के रूप में स्त्रियों पर जो श्रद्धा होनी चाहिए, वह तुममें तो नहीं ही है, तुम-जैसे लड़कों में किसी में भी नहीं है। यही सबसे बड़ी समस्या है। जुलेखा के प्रति तुममें क्या ज़रा भी इज़्ज़त के भाव हैं? नहीं हैं।

—मैं उसकी इज़्ज़त क्यों करूँगा? वह तो मेरी प्रेमिका है। मैं उससे प्यार करता हूँ।

—रिस्पेक्ट किए बग़ैर कुछ नहीं किया जा सकता। रिस्पेक्ट नहीं था, इसलिए प्यार नहीं टिका। नहीं टिकता। रिस्पेक्ट फ़ाउंडेशन है, जिस पर तुम अपने प्यार की इमारत गढ़ोगे। रिस्पेक्ट के न रहने से तुम्हारा सारा कुछ टेम्परारी होगा, आर्टिफ़िशियल होगा।

मेरे जल्दी मचाने पर सुरंजन उठ खड़ा हुआ। जाते-जाते राह में मैंने कहा—सोबहान के साथ माया की शादी हो रही है, विश्वास नहीं होता!

—पता नहीं, क्या होगा! लेकिन माया के लिए शादी करना शायद बहुत ज़रूरी है। उसका दिमाग़ ख़राब होता जा रहा है। उसे एक इमोशनल सपोर्ट की दरकार है। उसके जीवन में जो कुछ घटा है, एक व्यक्ति अगर उसके बहुत क़रीब न रहे तो फिर शायद वह आगे नहीं चला पाएगी। उसने दो बच्चे भी पैदा कर लिये हैं। वह उन्हें देखेगी या फिर अपनी ज़िन्दगी देखेगी?

—सोबहान क्या यह ग़लती करेगा? जानते-बूझते हुए?

—सोबहान फँस गया है। —सुरंजन ने हँसते हुए कहा।

—दोस्त के रूप में तुम्हारी क्या राय है? तुम सोबहान को क्या सलाह दोगे?

—मैं कहूँगा कि वह शादी न करे।

—क्या कह रहे हो? तुम्हारी बहन चाहती है।

—बहन होने की वजह से मैं किसी और लड़के का सर्वनाश चाहूँगा क्या?

—सो मिसोजिनिस्ट यू आर!

—सोबहान की ज़िन्दगी बरबाद हो जाएगी। वह न तो अपने घरवालों में से किसी के साथ रह सकेगा, न ही वह माया के साथ रह पाएगा। माया सबसे पहले अपने दोनों बच्चों का स्वार्थ देखेगी। वह सोबहान को चाहती है क्योंकि सोबहान पैसेवाला है। मुझे नहीं लगता कि कोई और वजह है।

—प्रेम-वेम कुछ नहीं है?

—है। वह सोबहान में है। जीवन में शायद उसे पहली बार प्रेम हुआ है। मैं चाहता था कि जुलेखा से उसे प्यार हो जाए।

—क्यों? दोनों मुसलमान हैं, इसलिए?

—हाँ।

—तुम कब इनसान बनोगे सुरंजन?

सुरंजन खिड़की खोलकर दूर नदी को ताकता रहा। हू-हू करती हवा आकर उसके बालों को बिखराती रही। वह हवा उसके स्वर को बहाकर ले जाती रही—इनसान बन पाना शायद मेरे लिए इस जन्म में सम्भव नहीं हो पाएगा!

—तुम इनफ़िरियॉरिटी कॉम्प्लेक्स से ग्रस्त हो। देखो, अचानक तुम सुसाइड मत कर बैठना!

—मैं कर भी सकता हूँ।

—किसी इनसान के लिए जब रिश्तों की कोई अहमियत नहीं रह जाती, तब वह कभी भी या तो किसी का ख़ून कर सकता है या फिर ख़ुद की हत्या कर सकता है।

सुरंजन मीठी हँसी हँसकर बोला—मैं तुम्हें कभी नहीं मारूँगा, माई डियर। मारना हो तो ख़ुद को ही मारूँगा।

—डोंट डू दैट।

—व्हॉट्स योर प्रॉब्लम। मुझे रोकनेवाली तुम होती कौन हो?

—मैं बहुत-कुछ हूँ। —मैंने ज़ोर देकर ही कहा—कॉम्प्लेक्स, फ्रस्ट्रेशन, इन सबको दूर करो, सुरंजन। नहीं तो मुसीबत होगी।

सुरंजन बोला—मुझे लेकर थोड़ा कम सोचा करो, प्लीज़! मैं हूँ कौन? मैं कोई नहीं हूँ। कुछ भी नहीं। मेरे जीवन का कोई मूल्य नहीं। साधारण आदमी भी ब्लडी इतना साधारण नहीं होता। तुम असाधारण हो। सेलिब्रिटी हो। तुम मेरे बारे में सोचकर बेकार ही समय बरबाद कर रही हो। इसीलिए मैं तुम्हारे साथ मुलाक़ात नहीं करता।

सामनेवाली भीड़, गन्दगी और दरिद्रता के बीच से जाते-जाते मैंने कहा—इसीलिए तुम शायद बार-बार इस तरह खो जाते हो?

—धत्, अभी घर लौटने की इच्छा नहीं हो रही है।

—तो फिर कहाँ जाओगे?

—सुन्दरवन चलो।

—मुझे रास्ता नहीं मालूम।

—मैं बता देता हूँ।

—मेरी इच्छा नहीं हो रही है।

—तुम और इच्छाओं की दास!

सुरंजन के इस वाक्य ने मेरे होंठों पर एक फाँक हँसी ला दी।

—सुनो, दूसरों की इच्छाओं का दास बनने की बजाय अपनी इच्छाओं का दास होना बहुत बेहतर।

—मेरे पास अगर गाड़ी होती, मेरे हाथ में अगर स्टियरिंग होता, फिर तो तुम्हें मेरी इच्छाओं का दास होना ही पड़ता।

—तो क्या करते?

—सुन्दरवन जाकर बाघों के जंगल में तुम्हारे साथ लेटा रहता।

—बाघ आता तो?

—बाघ आता तो मुझे मालूम है, तुम वहीं पड़ी रहतीं, और मैं पेड़ पर चढ़ जाता।

सुरंजन नहीं हँसा। मैंने हँसते-हँसते कहा—यही शायद तुम्हारा असली चरित्र है!

—सही बात है। यही मेरा असली चरित्र है। नहीं होता तो मैं जुलेखा को डम्प करता? मैं तुम्हें इस चरित्र से दूर ही रखना चाहता हूँ। तुम्हें डम्प करना मेरे प्राणों को सहन नहीं होगा। इससे तो बेहतर यही है कि साल में दो-चार बार मुलाक़ात हो जाए। सब अपनी-अपनी इच्छाओं के दास बनकर रहेंगे। बस।

—बस। कल से सारे सम्बन्ध ख़त्म।

—राइट?

—राइट।

लौटते समय मेरे दिमाग़ में फिर एक बात आई। शादी में सुरंजन बाधा पहुँचाएगा। उसे लगता है कि माया के दिमाग़ में गड़बड़ी दिखाई दी है। उसे साइकिएट्रिस्ट को दिखाना ज़रूरी है। दाम्पत्य सुख पाने के लिए वह उन्मत्त हो उठी है। उसे किसी भी क़ीमत पर दायरों में बँधा एक जीवन चाहिए ही। जो सपना वह किशोरावस्था में देखती थी, उस सपने को साकार करने के लिए भीतर जो क्षोभ था, उसे उसने उस सपने की ओट कर लिया है। लेकिन एक दिन वह बाहर नहीं निकल आएगा, कौन कह सकता है!

—सुरंजन, सोबहान ने तो माया का बांग्लादेश में रेप नहीं किया था या कि किया था?

—नहीं किया था।

—तो फिर?

—सारे मुसलमानों को एक-जैसा मानने की मानसिकता जिस तरह हिन्दुओं में है, सारे हिन्दुओं को एक-जैसा मानने की मानसिकता मुसलमानों में भी है।

—जनरलाइज़ तो वे लोग करते हैं...

सुरंजन ने वाक्य पूरा किया—जो बुद्धू होते हैं। यही न?

—हम लोग तो बुद्धू हैं।

—ना। ना। ना। तुम बुद्धू नहीं हो।

—तो फिर कन्क्लूज़न यह हुआ कि चालाक लोग, बुद्धिमान लोग साम्प्रदायिक होते हैं।

मैं चुप रही। सुरंजन का मन कब किस दिशा में चला जाए, ठीक से पकड़ में नहीं आता। कभी लगता है कि मैं उसे बख़ूबी पहचानती हूँ, लेकिन अगले ही पल

लगता है कि मैं तो उसे ज़रा भी नहीं जानती। मेरे सोच-विचार, मेरे आदर्शों-विश्वासों के बारे में उसकी कोई स्पष्ट धारणा नहीं है, इस बीच मैं इसे अच्छी तरह समझ गई थी। उसने मेरी लिखी 'लज्जा' के अलावा और जो दो-एक किताबें पढ़ी हैं, उसने कहा कि उसे अच्छी नहीं लगीं। मैं गुजरात, फ़िलिस्तीन, अफ़ग़ानिस्तान और इराक़ के मुसलमानों के पक्ष में, बांग्लादेश के हिन्दुओं के पक्ष में, पाकिस्तान के ईसाइयों के पक्ष में, यूरोप के यहूदियों के पक्ष में बोलती हूँ। जब भी इनसान अपने धार्मिक विश्वासों की वजह से अत्याचार का शिकार होता है, तो मैं अत्याचार के शिकार लोगों के साथ खड़ी होती हूँ। मेरा विश्वास है कि किसी के भी धार्मिक विश्वास किसी का परिचय नहीं होते। वे इनसान हैं, यही उनका परिचय है।

यह सुनकर भी सुरंजन निर्लिप्त ही रहा। उसने अपनी धारणा नहीं बदली। उसे लगता है कि यह बहुत सिम्प्लिफ़िकेशन हो रहा है। वही मॉरलिटी लेसन की तरह। ईसप की कहानियों की तरह। पीड़ित का पक्ष लेना, अत्याचारी को मार देना।

सुरंजन का अभिमत था कि इनसानों में अच्छे-बुरे दोनों होते हैं। कट्टरपन्थियों में भी फ़र्क़ होता है। मुस्लिम लोग जितने कट्टर हो सकते हैं, हिन्दू या ईसाई उतने नहीं हो सकते।

—ऐसा है क्या? —मैंने कहा।

सुरंजन ने ज़ोर देते हुए कहा—हाँ, ऐसा ही है। तुम यह मत समझना कि मैं अपने भीतर किसी छिपे हुए हिन्दुत्व-प्रेम की वजह से यह बात कर रहा हूँ। यह फ़ैक्ट है। एकेश्वरवादी धर्म हमेशा से ही बहुईश्वरवादी धर्मों से ज़्यादा हिंसक रहे हैं। इसलिए सारे धर्मों को समान नज़रों से देखना, सारे रिलीजियस फ़ैनेटिकों को एक श्रेणी में ला खड़ा करना मानवतावादी राजनीति के लिए तो शायद अच्छा हो सकता है लेकिन इतिहास के लिए यह अच्छा नहीं है। वहाँ तुम्हें ज़ीरो मिलेगा।

सुरंजन के शुरुआती आचरण और इस समय के आचरण में बहुत फ़र्क़ है। अब वह बहुत आत्मविश्वास के साथ बातें करता है। पहले की अपेक्षा उसके स्वर में सहजता है, मानो हमारा बहुत पुराना परिचय हो!

—डायमंड हारबर में मेरे दो दोस्त रहते हैं। चलोगे उनके यहाँ? —मैंने पूछा।

—कौन हैं वे लोग?

—शकील अहमद।

—मुसलमान हैं?

—शटअप!

—हिन्दू हैं?

—शटअप!

—इतना शटअप-शटअप मत करो। हिन्दू-मुसलमान को लेकर इतनी उत्तेजित मत होओ, और मुझे भी मत करो। इसकी बजाय चलो, कुछ बातें करें। प्यार की बातें करें।

—मैं दिन-रात प्यार की ही बातें तो कर रही हूँ। प्यार करती हूँ इसीलिए तो इनसान को इनसान के रूप में देखती हूँ।

—छोः।

—छोः क्यों? तुम्हें क्या पता सुरंजन! तुम्हें मैं इतना माफ़ करती हूँ, तुम्हें इतना ज़्यादा सिर चढ़ाती हूँ कि तुम मेरे साथ जो मर्ज़ी कर पाते हो, जो मर्ज़ी कह पाते हो। अन्याय को भी ज़ोर गले से न्याय घोषित कर पाते हो।

—हाँ, कर पाता हूँ। मत चढ़ाओ सिर पर। सिर पर से उतार दो। बात ख़तम।

डायमंड हारबर के एक घर के सामने मैंने गाड़ी रोक दी।

—यह किसका घर है? —सुरंजन ने पूछा।

मैंने कहा—इनसान का घर है।

सुरंजन कन्धे उचकाकर बोला—तुम किसी सियार-गिद्ध के घर नहीं आई हो, यह तो मुझे भी मालूम है।

उसके कन्धे उचकाने की भंगिमा देखती हूँ तो बहुत खीझ होती है। सुरंजन दिखने में जितना निरीह है, उतना वह है नहीं। थोड़े दिन उसके साथ मिलने-जुलने पर ही उसके भीतर से एक काना, लँगड़ा साँप बाहर निकल आता है। मैंने जिस तरह उसके भीतर को देखा है, जुलेखा ने भी शायद देखा है—भले ही मेरे ढंग से न हो, उसके अपने तरीक़े से।

फ़ोन करते ही घर के भीतर से महुआ चौधुरी बाहर निकल आई। बाईस-तेईस साल की उम्र होगी। ऊँची-पूरी। इस समाज में जिन लड़कियों को एक शब्द में 'ख़ूबसूरत' कहा जा सकता है, यह लड़की वैसी ही थी। उसने जींस पहनी थी और एक सफ़ेद रंग की शॉर्ट कमीज़। गाड़ी के पास आकर लगभग खींचतान ही करने लगी कि वह मुझे भीतर ले जाए बिना नहीं मानेगी। गाड़ी से उतरकर मैंने फुटपाथ पर खड़े-खड़े थोड़ी देर बातें कीं, और बातें भी क्या, कि मैं घर के भीतर नहीं जाऊँगी। कहो, कैसी हो? क्या कर रही हो? अन्दर चलो। किसी को अगर पता चल गया कि तुम आई हो, सब दौड़े आएँगे। पाँच मिनट के लिए आ जाओ, बहुत दिनों से मुलाक़ात नहीं हुई। मैं इधर से गुज़र रही थी तो सोचा, मिलती चलूँ। यह सुरंजन है, मेरा दोस्त। आवृत्ति[1] का काम कैसा चल रहा है? अभी एक कार्यक्रम होनेवाला है। ब्रतती अपने घर में आवृत्ति सिखाएगी, गोल्फ़ ग्रीन में तुम उसके घर चली जाना।

ये सब छोटी-मोटी बातें करने के दौरान जब सड़क पर लोग जमा होने लगे तब डायमंड हारबर के 'इलिश आवृत्ति बैंड' की तरुणी के उल्लास को आलिंगन की छुअन देकर मैंने विदा ली।

---

1. बंगाल में कविताओं की भावपूर्ण प्रस्तुति का प्रचलन है। इसमें औरों की कविताओं का भावपूर्ण पाठ किया जाता है।

सुरंजन का पहला ही वाक्य था—तुमने इसका कैसे जुगाड़ किया?

—इसका मतलब? क्या इसका?

—इस लड़की का।

—लड़की कहो। इसका-उसका क्यों कह रहे हो?

—मैं तो इस को 'माल' कह सकता था। कह सकता था कि इस माल का कैसे जुगाड़ किया। कह सकता था कि क्या ज़बर्दस्त माल है! मैंने नहीं कहा।

—बचा लिया। तुम्हारे न कहने से वह लड़की बाल-बाल बच गई।

सुरंजन 'खुक्-खुक्' कर हँसता रहा। मेरी इच्छा हुई कि उसके गाल पर ज़ोर से एक थप्पड़ रसीद दूँ।

गाड़ी में मैंने ऊँची आवाज़ में गाना चला दिया और हवा के वेग से गाड़ी चलाने लगी। मेरी उसके साथ बात करने की इच्छा नहीं हो रही थी। पाँच मिनट बाद हुई। फिर, गाने की आवाज़ कम करते हुए वह बोला—शान्त हो जाओ। मैं ख़राब इनसान नहीं हूँ। यूँ ही तुम्हें नाराज़ करने के लिए...

—मुझे नाराज़ क्यों करोगे? मुझे नाराज़ करके तुम्हें क्या फ़ायदा? और नाराज़ करने का सवाल ही क्यों उठता है?

—नाराज़ न होने पर तुम बहुत प्रेमिका-जैसा आचरण करती हो। नाराज़ होने पर तुम बहुत नारीवादी हो जाती हो।

भीतर से 'फ़क' शब्द निकल आया। इच्छा हुई कि इस अँधेरी सड़क पर उसे धक्का मारकर गाड़ी से गिराकर आगे बढ़ जाऊँ। मेल शॉविनिस्ट पिग कहने पर मुझे मालूम है, वह हँस देगा, सो मैंने नहीं कहा।

—उस लड़की का फ़ोन नम्बर देना तो। —सुरंजन बोला।

—क्यों, प्रेम करना चाहते हो?

—हाँ।

—कैसे करोगे? वह तो मुसलमान है!

—मुसलमान?

—हाँ।

—लेकिन उसका नाम तो महुआ चौधुरी है।

—हाँ। मुसलमानों के ऐसे नाम नहीं होते क्या? तुम तो बांग्लादेश में ही जन्मे हो। आजकल की किसी लड़की का नाम तुमने खादिजा, रहीमा, आयशा सुना है?

सुरंजन ने सिर हिलाया। सही बात है। महुआ चौधुरी मुसलमानों का नाम हो ही सकता है। सिर्फ़ चौधुरी ही क्यों, विश्वास, मजूमदार, तरफ़दार, सरकार, मंडल...उसने ख़ुद मुसलमानों में ये सारे सरनेम देखे हैं। अरबी नामों को छोड़कर नये बच्चों के बांग्ला नाम रखे जा रहे हैं। बांग्ला नाम, अगर लोग सोचते हैं कि हिन्दुओं की बपौती है, तो वे ग़लत सोच रहे हैं।

—तुम बीच-बीच में बहुत मुसलमानों-जैसा आचरण करने लगती हो।—सुरंजन बोला—हमारी बातों में इतना ज़्यादा हिन्दू, इतना ज़्यादा मुसलमान आ जाता है कि मुझे डर लगता है कि समुद्र छोड़कर बाक़ी ज़िन्दगी कहीं कुएँ में डूबना-उतराना न पड़ जाए।

—मैं सेक्युलर की तरह आचरण कर रही हूँ। प्योर नास्तिक के जैसा आचरण। लेकिन तुम्हें चूँकि नास्तिक ज़्यादा नहीं दिखाई देते इसलिए आइदर हिन्दू ऑर मुसलमानों को ही देखते हो। कुछ और देख सकनेवाली जो आँखें थीं, उनमें मोतियाबिन्द हो गया है।

मैं बोलती रही—भारत के बँटवारे को रोका जा सकता था। लेकिन रोकने की वैसी कोशिशें की ही नहीं गईं। भारत के बँटवारे की कोई ज़रूरत नहीं थी। चारों ओर दंगे और साम्प्रदायिकता देखती हूँ तो मुझे लगता है कि धर्म की बुनियाद पर ही अगर मुल्क का बँटवारा किया गया था, तो फिर सही तरीक़े से बँटवारा क्यों नहीं किया गया? सारे मुसलमान पाकिस्तान चले जाएँ और सारे हिन्दू बोरिया-बिस्तर बाँधकर भारत चले आएँ। यह मामला था। इसे अगर अनिवार्य कर दिया गया होता तो आज इतनी अशान्ति नहीं होती। यहाँ जाति, वर्ण, प्रथा को लेकर मारपीट होती, वहाँ मुसलमान मुसलमान से भिड़ते। शिया-सुन्नी, अहमदी-क़ादियानी मुसलमानों में भी क्या कम बँटवारे हैं? एक वर्ग दूसरे वर्ग का दुश्मन है। मरकर बहुत सारे जब ख़त्म हो जाते तो दोनों मुल्कों में जो बचते, शायद उनमें बन्धुत्व की सम्भावना हो सकती थी। सब बरबाद हो गया।

सुरंजन ने नरम स्वर में कहा—यह तुम्हारे मन की बात नहीं है। तुम तो देशों की सरहद पर ही विश्वास नहीं करतीं, धर्म में विश्वास नहीं करतीं। तुम मुल्क के बँटवारे को लेकर क्यों सिर खपा रही हो? तुम तो, मैंने कहीं पढ़ा था कि तुम इनसान को इस धरती की सन्तान मानती हो। जो जहाँ रहना चाहे, वह वहीं रहेगा। यह धरती सभी की है।

सुरंजन गाँजा पीने की ज़िद करने लगा। गाँजा कहाँ मिलता है, मुझे नहीं पता। मैंने उसे बता दिया कि मैं उसे गाँजा नहीं पिलवा सकती। उसने पार्क सर्कस की किसी गली-कूचे का नाम बताया, जहाँ गाँजा मिल जाएगा।

उस सँकरी-सी गली में जाकर गाँजा ख़रीदने की मेरी कोई इच्छा नहीं थी। मैं अपने सुरक्षाकर्मियों को चकमा देकर निकली थी। मेरे लिए पार्क सर्कस इलाक़े में अकेले-अकेले बार-बार आना-जाना सम्भव नहीं। अब सुरंजन की ज़िद थी कि वह रात का खाना मेरे घर पर खाएगा। घर में खाने को ऐसा कुछ ख़ास नहीं था। मिडलटन रोड पर एक रेस्टोरेंट में खाना खाकर सुरंजन को उसके घर छोड़ती हुई जब मैं घर लौटी, तब रात के साढ़े बारह बज रहे थे।

जुलेखा के साथ आख़िरकार माया का आमना-सामना हो ही गया। वह चाहती है कि जुलेखा सोबहान को परेशान न करे। उसे वह अपना बहुत क़रीबी दोस्त न समझ ले। वह अगर सोबहान को छोड़ देगी तो फिर वह उसके और सुरंजन के रिश्ते में किसी प्रकार की बाधा नहीं पहुँचाएगी।

जुलेखा माया को अपने होस्टल वाले कमरे में ले गई थी। वहाँ कमरे में ही उसने मुरमुरे तल लिये थे और चाय बनाकर दोनों ने पी थी।

माया के अभियोग-अनुयोग, अनुरोध-उपरोध आदि सुनने के बाद जुलेखा ने कहा—सुनो माया, जीवन तुमने भी देखा है और मैंने भी। मुझे लगता है, लड़कों को लेकर छीना-झपटी करने की अपेक्षा हमें और भी बड़े काम हैं। मैं फ़िलहाल सुरंजन या सोबहान किसी को भी लेकर नहीं सोच रही हूँ। मैं अपने पैरों के नीचे सख़्त ज़मीन तैयार करने में ही व्यस्त हूँ। किसी भी पुरुष के लिए मैं अपने काम में ख़लल नहीं डालूँगी। और प्रेम, जिसके लिए कितने ही नाटक, कितने गीत, कितनी कविताएँ रची गईं, मैंने देख लिया है, सभी क्षणिक हैं। सुरंजन के साथ कभी मेरा रिश्ता टूट जाएगा, मैंने कल्पना भी नहीं की थी। सबसे स्ट्रेंज यह है कि हमारे रिश्ते के टूटने के पीछे कोई वजह ही नहीं है। दोनों के लिए जब दोनों का प्रेम शिखर पर था, तभी यह रिश्ता टूट गया। तुम देखना, अच्छे खिलाड़ी चाहते हैं कि जब वे टॉप पर हों, तब विदा ले लें।

—सोबहान को पाने के लिए तुमने सुरंजन को छोड़ दिया। तुम-जैसी मौक़ापरस्त लड़कियाँ मैंने बहुत देखी हैं—फूहड़ कहीं की! बड़े भैया-जैसा ऑनेस्ट व्यक्ति तुम्हें आज के ज़माने में मिलेगा? जैसे ही सीन में एक सोबहान आ गया, तुमने उसकी ओर हाथ बढ़ा दिये। इतनी लालची हो तुम।

—लालची मैं नहीं, लालची तुम हो। तुम तो कभी भी सुरंजन के साथ मेरे रिश्ते को सहन नहीं कर पाईं। अब अचानक क्यों बदल गईं? वजह यह है कि तुम्हें सोबहान की ज़रूरत है। अब तुम्हारे बड़े भाई किस ज़ात के, किसके साथ क्या कर रहे हैं, इसे लेकर तुम्हारा सिर नहीं दुख रहा!

—मेरे बड़े भाई के बारे में फ़ालतू बातें मत करो।

जुलेखा सुलग उठी—तुम्हारे उस रेपिस्ट भाई को मैंने जकड़ लिया था, कारण कि मैंने सोचा था, मैं बरबाद हो गई हूँ, समाज में मेरा कोई मूल्य नहीं रहा, मैं मर चुकी हूँ, मैं एक नाली का कीड़ा हूँ, कचरे का ढेर—अन्यथा मैं भला तुम्हारे भाई के साथ अपना जीवन क्यों जोड़ना चाहूँगी? कौन है वह? वह है क्या? रेप्ड होने से क्या ज़िन्दगी ख़त्म हो जाती है? मुझे अपने-आपसे नफ़रत थी, इसलिए मैंने ख़ुद को सुरंजन-जैसे लड़के के साथ जोड़ा था। सेल्फ़ एस्टीम-जैसी कोई चीज़ मुझमें

थी। मैं अब अपने–आपसे नफ़रत नहीं करती। तुम्हारा भाई बहुरूपिया है। वह आज रेपिस्ट है तो कल फ़ेमिनिस्ट। उसे साइकिएट्रिस्ट के यहाँ जाने को कहो।

माया स्तब्ध थी। उसने जानने की कोशिश नहीं की कि सुरंजन को जुलेखा ने रेपिस्ट क्यों कहा। उसने सुरंजन और जुलेखा के रिश्ते के बारे में किरणमयी से जितना सुना था, उससे नहीं लगता कि यहाँ ज़ोर–ज़बर्दस्ती वाली कोई बात है। माया ने सोचा कि जब व्यक्ति के सिर पर ख़ून सवार हो तो वह सच–झूठ को मिलाकर अपशब्द बोलता ही है। दिमाग़ के ठंडे होने पर जुलेखा निश्चित रूप से फिर रेपिस्ट शब्द का उच्चारण नहीं करेगी।

माया ने अनुमान लगाया कि जुलेखा अपने अतीत से दूर हटना चाहती है। उसने साफ़–साफ़ बता दिया कि सोबहान के मामले में माया जो मर्ज़ी करे, उसे इससे कुछ लेना–देना नहीं। जुलेखा का सुरंजन से रिश्ता, कहना चाहिए, नहीं के बराबर ही था। इन दिनों सुरंजन मोबाइल फ़ोन का उपयोग नहीं कर रहा था। कर रहा होता तो शायद बीच–बीच में फ़ोन पर बातचीत हो सकती थी। दरअसल इस रिश्ते में अब ऐसा कुछ बचा भी नहीं था कि जिससे फिर कुछ नया आकार ले सके। किसी वजह से हो, या बेवजह हो, अगर कोई रिश्ता टूटता है तो माया को दुख होता है। वह जो अपने पति का घर छोड़कर चली आई है, यह घटना भी उसका मन ख़राब कर देती है।

जुलेखा नौकरी, लिखने–पढ़ने और मयूर को लेकर व्यस्त है। उसकी मयूर-जैसी और भी लड़कियों से दोस्ती हुई है। इसी बीच जुलेखा ने होस्टल में ही 'साहसिनी' नामक एक दल का गठन किया है। हर रात 'साहसिनी' की सभा होती है। 'साहसिनी' से जुड़ने के लिए लीफ़लेट बाँटे जा रहे हैं। सदस्यों की संख्या दिन–ब–दिन बढ़ती जा रही है। 'साहसिनी' लड़कियों को सलाह दे रही है कि उन्हें एक–दूसरे को अपनी शक्ति बाँटनी चाहिए। एक मुसीबत में हो तो दूसरा मददगार बने। किसी का अपमान होता है तो दूसरा उसके प्रतिवाद में खड़ा हो जाए। फ़ीमेल यूनिटी। यह नहीं रही तो समझो, कुछ भी नहीं रहा। यह अगर रही तो जिन लड़कियों को सिर झुकाए रहने के लिए मजबूर होना पड़ रहा है, जो दूसरों पर निर्भर रहने के लिए विवश हैं, अपनी पहचान खोने के लिए बाध्य हो रही हैं, उन्हें अब बहुत अकेलापन महसूस नहीं होगा। उन्हें पता होगा कि कोई उनके साथ है, जिसके कन्धे का सहारा लेकर खडे रहा जा सकता है, ज़मीन पर गिरे हुए हों तो उसका हाथ पकड़कर उठा जा सकता है। नौकरी की जगहों पर मालिक अगर कोई बुरा प्रस्ताव रखता है तो 'साहसिनी' की ओर से कम्पनी को चेतावनी की चिट्ठी भेजी जाएगी और अगर ज़रूरत हुई तो 'साहसिनी' केस भी दायर कर सकती है। उनके दल में तीन वक़ील हैं। कोई लड़की अगर परीक्षा की फ़ीस न चुका सके तो चन्दे के द्वारा वह फ़ीस चुकाई जाएगी। उनके दल में चार डॉक्टर हैं। कोई अगर बीमार पड़ा तो उसका मुफ़्त इलाज किया जाएगा। जुलेखा, मृत्तिका गुहा और अलीपुर कोर्ट की एक वक़ील ने मिलकर 'साहसिनी' नामक दल

की स्थापना की थी। इसके बाद जो भी उत्साही लोग आए, उन्होंने नये-नये प्रस्ताव दिये थे। जिस तरह वहाँ जुलेखा की हमउम्र लड़कियाँ थीं, वैसे ही मयूर की हमउम्र भी थीं। रात आठ बजे सभा होती है। पहले मृत्तिका के कमरे में होती थी या फिर जुलेखा के यहाँ, और जब दल बड़ा हो गया तो फिर डाइनिंग हॉल में होने लगी।

माया ने बड़े ध्यान से 'साहसिनी' के बारे में सुना। सुरंजन या फिर सोबहान को लेकर अब जुलेखा में किसी तरह का उत्साह नहीं था। वह अब उन्हें लेकर कोई बात भी नहीं करती।

—तुम अपनी ज़िन्दगी के बारे में क्या सोचती हो? —माया ने पूछा।

जुलेखा बोली—मैं 'साहसिनी' को और भी बड़ा एक ऑर्गेनाइज़ेशन बनाना चाहती हूँ। मैं इस दल को होस्टल के दायरे से बाहर ले जाना चाहती हूँ। 'मैत्री' नाम का जो एक दल है, उसके कुछ लोगों के साथ हमारी बातचीत भी हो चुकी है। नेक्स्ट मीटिंग में हम उनके दो लोगों को बुला रहे हैं। शहर में और भी जो दल हैं, वे बहुत सक्रिय नहीं हैं; सब अपने घर-परिवार में व्यस्त हैं, पति के पीछे, बच्चों के पीछे अपना समय बरबाद करती हैं; हमारा तो ऐसा कोई झमेला है नहीं। इसलिए सबको सक्रिय करने की ज़िम्मेदारी हम लोगों ने ही ली है। लड़कियों का एक इश्यू लेकर हम लोग सड़कों पर उतरेंगे और हमारे साथ 'मैत्री' भी होगा।

—क्या होगा यह सब करके?

—लड़की हूँ न! मैंने लड़कियों की ज़िन्दगी देखी है। मेरा तो एक बहुत कमाल का प्रेमी था। दोस्त था। जब मैं कुछ काम करने की कोशिश कर रही थी, एक जॉब की तलाश में लगी हुई थी, जब मुझे सिर छिपाने के लिए कहीं एक ठौर की दरकार थी, तभी वह रफ़ूचक्कर हो गया। —जुलेखा हो-हो कर हँस पड़ी—ज़बर्दस्त प्रेम की स्थिति में ही प्रेमी अगर ज़िम्मेदारी उठाने के डर से भाग जाए, तो फिर दुनिया के किस व्यक्ति पर तुम विश्वास करोगी? मैंने अपने पति को भी देखा है। मुझे ये लोग इनसान ही नहीं लगते। सच कहूँ, मैं किसी भी आदमी पर विश्वास नहीं करती। कोई पुरुष अगर मेरा दोस्त बनना चाहेगा तो बनूँगी, मौज-मस्ती करूँगी, नाचूँगी, गाऊँगी, बस। इससे ज़्यादा कुछ नहीं। रिश्ता क़ायम करने-जैसी ग़लती मैं करने ही वाली थी, लेकिन नहीं करूँगी।

—और सोबहान? —माया जवाब सुनने के लिए बेताब थी।

चाय ख़त्म हो जाने के बाद जुलेखा ने फिर से चाय बनाई।

—अगर सच कहूँ तो सोबहान से मेरी मुलाक़ात ज़्यादा पुरानी नहीं है। मैं उसके बारे में ज़्यादा कुछ नहीं कह सकूँगी। सुरंजन चाहता था कि सोबहान के साथ मेरा एक रिश्ता क़ायम हो। कमाल है, इस तरह होता है क्या? रिश्ता गढ़ने के लिए कोई किसी पर ज़ोर डाल सकता है क्या? बहुत स्ट्यूपिड हो तो ही ऐसा कह सकता है। और ख़ुद का प्रेमी ही अगर कहे, कि जाओ, उस आदमी के साथ प्रेम करो—कितना

पाखंडी होने पर व्यक्ति ऐसा कर सकता है, कहो तो! कहता है कि मेरे साथ सोबहान की जोड़ी अच्छी जमेगी। वे देवदास हुए जा रहे हैं। अरे बाबा, मुसलमान होने भर से ही क्या मुसलमानों से रिश्ता क़ायम हो जाता है? मेरा पति भी तो मुसलमान था! इससे क्या हुआ? मर्द मर्द ही होता है, माया। फिर वह हिन्दू हो, मुसलमान हो, ईसाई हो, यहूदी हो या बौद्ध हो—वह मर्द होता है। मर्द लोग मर्दों के शासन वाले समाज में रहते हैं न, वे तो समाज की सारी सुविधाओं का उपभोग करते हैं। औरतों के लिए इस समाज में कोई जगह नहीं है। आज मैं जो यहाँ खड़ी हूँ, यहाँ तक पहुँचने के लिए मुझे क्या कम तकलीफ़ें सहनी पड़ी हैं!

माया बहुत डरती-डरती ही जुलेखा के पास आई थी। उसने सोचा था कि उसे देखते ही जुलेखा गाली-गलौज करके उसे भगा देगी, लेकिन वह तो ख़ासे प्यार से बिठाकर चाय पिला रही थी। जुलेखा जिस तरह की बातें कर रही थी, माया को विश्वास नहीं हो रहा था कि उन बातों में पुरुषों का कोई विषय ही नहीं है। सारी बातें स्त्रियों को लेकर थीं : होस्टल की कौन-सी लड़की कैसी है, 'साहसिनी' में कितनी सदस्याएँ हैं, वे क्या कर रही हैं, इत्यादि।

—अच्छा, मैं जो सोबहान से शादी करना चाहती हूँ, इस मामले में तुम कुछ कहोगी? तुम्हें कोई एतराज़ है...?

जुलेखा ने हँसते हुए कहा—मुझे एतराज़ क्यों होगा? मैं सोबहान की क्या हूँ? तुम सोबहान की पत्नी से पूछो कि उसे आपत्ति है या नहीं। हालाँकि आपत्ति हो तो भी क्या? तुम लोगों की शादी में तो कोई अड़चन नहीं होगी। मुसलमानों की तो चार बीवियाँ हो सकती हैं।

यह कहकर जुलेखा ज़ोर से हँस पड़ी। हँसते-हँसते उसने कहा—डिस्गस्टिंग। ...चौदह सौ साल पहले के क़ायदे इस ज़माने में भी चल रहे हैं! और लोग भी बढ़िया बग़ल बजाकर 'इस्लाम कितना अच्छा है, इस्लाम कितना अच्छा है' कहते हुए नाच रहे हैं। मुसलमान तो नाच ही रहे हैं, हिन्दू भी नाच रहे हैं। हिन्दू अगर नहीं नाचें तो कहीं कोई उन्हें यह न कह दे कि वे सेक्युलर नहीं हैं...। मुझे यह सब देखकर नफ़रत हो गई है।

—तुम बिलकुल तसलीमा नसरीन की तरह बातें कर रही हो!

—कैसे?

—वह जो पुरुषों के शासनवाला समाज, सेक्युलर...

जुलेखा बोली—हाँ, मैं उनकी बहुत मुरीद हूँ। उनके साथ मेरी रेग्युलर बातचीत होती है।

—वे तो इन दिनों बड़े भइया के साथ बहुत घूम-फिर रही हैं।

—वे तो घूम ही सकती हैं। लगता है, वे कोई उपन्यास लिख रही हैं। तुम उनसे नहीं मिलीं?

—नहीं। लेकिन मैं उन्हें शादी में बुलाने का सोच रही हूँ।

—मैं भी सोच रही हूँ कि 'साहसिनी' के पहले आयोजन का उद्घाटन उन्हीं से करवाऊँगी।

—वाह!

—लेकिन यह इतना आसान नहीं है। होस्टल की कुछ मुसलमान लड़कियाँ उन्हें ज़रा भी सहन नहीं कर पातीं।

—क्यों? मुसलमान मुसलमान को सहन नहीं कर पाते?

जुलेखा भौचक्की-सी माया को देखती रही।

—तुम कौन-सी दुनिया में रहती हो लड़की?

माया असहज हो उठी।

—मुसलमान लोग फ़तवा दे रहे हैं। लेखिका अपने देश में नहीं रह पाई। इंडियन मुस्लिमों ने भी उनके सिर की क़ीमत पाँच लाख रुपये लगाई है।

माया ने होंठ बिचकाते हुए कहा—मुसलमानों का मामला मुझे ठीक से समझ में नहीं आता।

—समझ में नहीं आता, ऐसा नहीं है। तुम समझना ही नहीं चाहतीं या फिर समझकर भी न समझने का दिखावा करती हो।

माया के चेहरे पर बादल घिर आए।

जुलेखा ने कहा—हिन्दू और मुसलमानों के लिए अलग-अलग क़ानून हैं। हिन्दू क़ानून में हिन्दू लड़कियों को अधिकार मिलेगा, लेकिन मुसलमान क़ानून में लड़कियों को? नहीं, उन्हें नहीं मिलता। ऐसा क्या किसी सभ्य देश में हो सकता है? क्या सबके लिए एक-जैसा क़ानून नहीं होना चाहिए?

माया बोली—तुम क्यों मुस्लिम क़ानून के ख़िलाफ़ बोल रही हो? तुम तो ख़ुद मुसलमान हो!

—इससे क्या हुआ? अन्याय के प्रतिरोध के लिए हिन्दू या मुसलमान होने की ज़रूरत नहीं होती, बोध और बुद्धि से सम्पन्न इनसान होना होता है।

—मैंने तो सुना है कि मुसलमान ख़ुद ही क़ानून को बदलना नहीं चाहते?

—कहो कि चरमपन्थी लोग नहीं चाहते।...यहाँ के हिन्दुओं को सामान्य मुसलमान और मुस्लिम कट्टरपंथियों के बीच फ़र्क़ करना नहीं आता। वे सभी को मुस्लिम मानते हैं। हिन्दू कट्टरपन्थियों को वे साम्प्रदायिक कहते हैं और मुस्लिम कट्टरपंथियों को वे अल्पसंख्यक कहते हैं। ऐसा कहकर वे मुसलमानों को और भी अँधेरे में ढकेल देते हैं, उन्हें और भी कट्टरपन्थी बना देते हैं।

माया अवाक् आँखों से जुलेखा का रोष देखती रही। उसकी आँखों में काजल था, भौंहें पतली-सी बनी हुई थीं। उसका चेहरा सुन्दर था। ममता से भरा!

जुलेखा अपनी साड़ी का आँचल कमर में खोंसती हुई उठ खड़ी हुई।

अचानक जुलेखा ने पूछ लिया—तुम शाँखा क्यों पहनती हो? सिन्दूर क्यों लगाती हो? तुम्हारा तो डिवोर्स हो गया है न?

—नहीं, अभी नहीं हुआ। काग़ज़ हाथ में आने में थोड़ा समय लगेगा।

जुलेखा अवाक्। बोली—तुमने शादी करने का निर्णय ले लिया है और अब भी पहले वाले पति की निशानियाँ ढो रही हो... ?

—सोच रही हूँ कि शोभन से शादी के बाद भी मैं शाँखा-सिन्दूर नहीं छोड़ूँगी।

सामने एक कुर्सी रखी थी, जुलेखा उस पर धप्प से बैठ गई।

—क्यों?

—इन सबकी आदत पड़ गई है।

जुलेखा ने एक लम्बी साँस छोड़ते हुए कहा—सुरंजन से मैं तुम्हारी बातें सुना करती थी कि तुम एक बेहद तेज़-तर्रार लड़की हो। बहुत साहसी हो। ख़ूब रैशनल। लेकिन तुम-जैसी डरपोक, तुम्हारी तरह कमज़ोर कोई और लड़की मैंने शायद नहीं देखी!

माया की आँखों में अचानक आँसू छलक आए।

—एक को पकड़े बिना दूसरे को नहीं छोड़ पा रही हो! है न? मर्दों के बिना तुम लोगों का काम नहीं चलेगा। कमज़ोर लड़कियों को ही मर्दों की ज़रूरत पड़ती है। जिस तरह कमज़ोर लोगों को धर्म की ज़रूरत पड़ती है। एक ही बात है।

आँसू पोंछते-पोंछते माया ने कहा—शाँखा-सिन्दूर छोड़ते हुए डर लगता है। शोभन ने कहा है कि उसे कोई एतराज़ नहीं है।

बिना किसी प्रसंग के जुलेखा ने कहा—माया, मुझे तुमसे कम तनख़्वाह मिलती है। तुम्हें कितनी मिलती है, मुझे पता है। सुरंजन ने बताया था। मुझे तुमसे बहुत कम मिलती है।

माया ने जबड़े भींचते हुए कहा—तुम्हारे तो बाल-बच्चे हैं नहीं।

जुलेखा ने भी दाँत पीसते हुए कहा—है। ख़ानदान का एक चिराग़ जना है मैंने। है क्यों नहीं? है।

—वाह, फिर तो बच्चे को छोड़कर यहाँ तुम्हारी बढ़िया कट रही है! यहाँ 'साहसिनी' करती फिर रही हो। तुम माँ हो, बच्चे के बिना रह कैसे लेती हो?

—बच्चा पालने के मुक़ाबले यह काम बहुत बड़ा है।

—कौन-सा काम बड़ा है, ज़रा मैं भी तो सुनूँ? तुम्हारा यह 'साहसिनी' करना?

—वह तो है ही। किसी पुरुष के गले पड़कर, किसी पुरुष पर निर्भर होकर जीवन न जीना ही मेरे लिए बहुत बड़ा काम है।

—मैं तो बच्चों को कहीं और छोड़कर नहीं आ सकी।

—इसीलिए तो तुम्हें एक सॅरोगेट फ़ादर की ज़रूरत पड़ रही है। सोबहान तो फ़ादर के रूप में अच्छा है। इसीलिए तो उसे पकड़ने की कोशिश कर रही हो। क्या-क्या किया उसके साथ? सोई हो?

—छिः-छिः !

—छिः-छिः क्यों? —माया की ओर खीझ भरी नज़रों से देखती हुई जुलेखा ने कहा—सोए बग़ैर तुम कैसे समझ पाओगी कि वह सो सकता है या नहीं? उसे इरेक्टाइल डिस्फ़ंक्शन है या नहीं? अन्यथा बाद में पछताओगी। फिर इसे छोड़ना पड़ेगा। किसी और की तलाश करनी होगी, जिसे यह समस्या न हो। तुम अकेली तो रह नहीं सकतीं, किसी-न-किसी की ज़रूरत तो पड़ेगी ही!

—तुम किस तरह अकेली रह लेती हो? ज़रूर तुम्हारा भी कोई है? तुम ज़रूर शादी-वादी करनेवाली हो!

—शादी? —जुलेखा ने अपने दोनों कान पकड़ते हुए कहा—इस जीवन में तो नहीं। पुनर्जन्म में मैं विश्वास नहीं करती। अगर करती भी, तो भी कहती, अगले जन्म में भी नहीं।

माया ने बताया कि उसे अब जाना होगा। उसके बच्चे उसका इन्तज़ार कर रहे हैं।

जुलेखा माया को गेट तक छोड़ आई।

जाते-जाते माया ने आकुल होकर पूछा—सोबहान इनसान तो अच्छा है न?

—हाँ, अच्छा ही है। दोस्त के रूप में तो अच्छा ही है।

—पति के रूप में कैसा रहेगा?

जुलेखा हँसती हुई बोली—पति के रूप में कैसा होगा, यह तो मुझे नहीं मालूम! वह व्यक्ति कभी भी मेरा पति नहीं था। अलबत्ता तुम उसकी पत्नी से पूछ सकती हो कि सोबहान पति के रूप में कैसा है।

माया चेहरा झुकाए गम्भीर सूरत लिये चलती रही।

घर आकर माया ने देखा कि सुरंजन विद्यार्थियों को पढ़ा रहा है।

नज़र मिलते ही माया ने उसे बताया—जुलेखा से मिलकर आ रही हूँ।

—ऐसा? —सुरंजन उत्तेजित होकर उठा और दूसरे कमरे में चला आया।

—बता-बता, फिर? उसने मेरे बारे में कुछ कहा?

माया ने होंठ बिचकाते हुए कहा, —कुछ भी नहीं।

—वह कैसी है?

—वह एक बिच है! एक पूरी बिच!

—तुझे ऐसा लगा? —सुरंजन का उत्साह ठंडा पड़ गया।

माया ने ग़ुस्से को दबाकर कहा—वह नहीं चाहती कि मैं सोबहान से शादी करूँ। वह ख़ुद सोबहान से शादी करना चाहती है।

—उसने ऐसा कहा?

—उसे मेरी शादी पर एतराज़ है।

माया अचानक फफककर रो पड़ी।

सुरंजन ने माया के सिर को अपने सीने से सटाकर कहा—ऐसे मत रो। वह है कौन जो तू उसके एतराज़ पर रोएगी? तू शादी करना चाहती है तो ज़रूर करेगी। किसने क्या कहा, इससे किसी का क्या आता-जाता है?

—उस बिच के साथ आप कैसे घूमते-फिरते थे भइया? उसने ज़रूर आपको बहुत सताया होगा! —माया ने रोते-रोते कहा।

सुरंजन बोला—मैंने तो तुझे उसके पास जाने से मना किया था। तू ज़बर्दस्ती गई। अब छोड़ इन सबको। सोबहान आठ बजे आएगा। तुझे साथ लेकर कहीं खाने पर जाना है। जा...

माया आँसू पोंछती हुई बाथरूम में चली गई।

किरणमयी माया के बच्चों को लेकर मैदान में गई हुई थीं। खेल-कूद के बाद वे उन्हें साथ लेकर लौटनेवाली थीं। किरणमयी चाहें, न चाहें, उनकी ज़िन्दगी माया के बच्चों के इर्द-गिर्द घूमने लगी है।

जिस परिमाण में यह हो रहा है, उसी परिमाण में माया बाहर की दुनिया में एक क़दम, दो क़दम करके आगे बढ़ती जा रही है। उसकी दुनिया में ऑफ़िस और घर के अलावा और कुछ भी नहीं था। और अब इस दुनिया में कितना कुछ है! माया जुलेखा के बारे में सोच रही थी। उस स्मार्ट बिच के बारे में। अपमान उसके सीने में झमझम कर रहा था। शॉवर का पानी आग में झुलसे माया के बदन को धोता रहा, माया के आँसू उस शरीर को धोते रहे। आँखों में इतने आँसू क्यों आ रहे हैं? आने दो, माया सोचती है—ज़िन्दगी में उसके द्वारा लिये गए तमाम निर्णयों की तरह यह भी एक ग़लती थी, किसी जुलेखा के साथ मुलाक़ात करना। जुलेखा की इतनी तीखी, तेज़ और निष्ठुर बातें सुनने की क्या ज़रूरत थी? उसे क्या इस ज़िन्दगी में पर्याप्त बेइज़्ज़ती नहीं झेलनी पड़ी? और कितना बाक़ी है?

सोबहान, सोबहान, सोबहान! माया इस व्यक्ति को अपने दिमाग़ से हटा नहीं पा रही है। इस सोबहान ने उसके जीवन को कितने गहरे जकड़ रखा है! जब वह अपने गरम हाथ से माया के हाथ को छूता है, कितना दुलार होता है उस हाथ में! कितना हृदय होता है उस हाथ में! माया, एक बलात्कार-पीड़िता, लगभग मौत की ओर बढ़ती माया, केवल अपने आत्मविश्वास के बल पर आज सिर ऊँचा करके जी रही है, केवल अपनी कोशिशों से आज उसके पैरों के नीचे ज़मीन है। किसी ने उसकी मदद नहीं की थी। और आज उसे सुनना पड़ा कि माया कमज़ोर है। माया डरपोक है। माया पुरुषों पर निर्भर है। और जो कुछ भी संसार में सच हो, जुलेखा का यह निष्कर्ष सच नहीं है, इसे माया कैसे समझाएगी? जुलेखा को माया के बारे में कुछ नहीं पता। उसके स्याह अतीत के बारे में उसे कुछ भी नहीं पता। उसके टूटे हुए, ढह चुके और मिट्टी में मिल चुके जीवन के बारे में उसे कुछ भी नहीं मालूम। इतनी टूटन के बाद एक नौकरी ढूँढ़ लेना, बच्चों को अच्छे स्कूल में पढ़वाकर

इनसान बनाना, पति को छोड़कर एक निकम्मे बड़े भाई और एक पुत्रवती माँ के यहाँ, एक नहीं, तीन लोगों के लिए जगह हासिल कर लेना—जुलेखा के लिए यह सम्भव हो पाता? माया जानती है कि सम्भव नहीं होता।

जुलेखा का क्या है, पति से छिपकर किसी और लड़के के साथ उसने प्रेम किया। पति को पता लगा तो उसने भगा दिया। एक रिश्तेदार के यहाँ रहती थी, और अब बिना किसी विघ्न-बाधा के नौकरी कर रही है। अब वह होस्टल में सुरक्षित ढंग से रह रही है। अपनी सहेलियों के साथ मौज-मस्ती कर रही है। मेरे मुक़ाबले सैकड़ों गुना सहज जीवन है उसका। एक बार माया के जीवन में आकर देखे जुलेखा! कितने भयंकर तांडव के बीच में खड़ी हुई है माया, देखे! सोबहान से माया प्यार करती है, यही बात वह जुलेखा को नहीं समझा सकी। प्यार शब्द जुलेखा के लिए अब अपरिचित हो गया है। वह भूल गई है कि इनसान इनसान को प्यार कर सकता है। प्यार करके एक साथ रहने का सपना देख सकता है, जुलेखा यह भूल गई है। उसने अब सीख लिया है कि पुरुष अत्याचारी है और स्त्री पीड़िता।

माया इससे इनकार नहीं कर रही। लेकिन सारे पुरुष तो अत्याचारी नहीं होते! कुछ पुरुष तो अब भी प्रेमी हो सकते हैं। कुछ पुरुष तो स्त्रियों से प्यार करके आत्महत्या भी करते हैं। पुरुष और स्त्री दो अलग प्रजातियाँ नहीं हैं। ये दोनों मनुष्य प्रजाति के ही हैं। मनुष्य प्रजाति में कुछ अच्छे होते हैं तो कुछ बुरे। अच्छी प्रजाति में स्त्री-पुरुष दोनों ही होते हैं और ख़राब प्रजाति में भी वे ही होते हैं।

सोबहान अच्छी प्रजाति का पुरुष है। सोबहान जब उसे चूमता है, उसके समूचे शरीर को चूमता है, तो उसे सुखद एहसास होता है। ऐसा चुम्बन माया को अपनी समूची ज़िन्दगी में कभी नहीं मिला था। माया को पता नहीं था कि प्यार इस तरह भी किया जाता है। सोबहान ने कहा था कि माया के अलावा उसका किसी और लड़की के साथ मन या शरीर का सम्बन्ध नहीं है। सोबहान ने कहा था कि वह माया से प्यार करता है, उसने पहली बार किसी लड़की से प्यार किया है, और वह लड़की माया है। सोबहान ने कहा था कि वह कोई धर्म नहीं देखता, कोई ज़ात नहीं देखता, वह सिर्फ़ इनसान देखता है। माया-जैसी मायावी स्त्री उसे कोई दूसरी नहीं मिली। दुनिया-जहान में कौन क्या सोचेगा, कौन सोबहान को ज़ात-बाहर करेगा, कौन-सा समाज उसे अपने से दूर फेंक देगा, सोबहान इसकी ज़रा भी परवाह नहीं करता। वह तो माया को ताज़िन्दगी के लिए पाना चाहता है। उसे वह दोस्त के रूप में, हमेशा के साथी के रूप में, उसकी सन्तान की माँ के रूप में, अपनी प्रेमिका और अपनी पत्नी के रूप में पाना चाहता है।

माया को आज तक किसी ने इस तरह प्यार नहीं किया था। जनम भर से प्यार पाने की जो प्यास उसमें थी, वह सोबहान ने ही मिटाई थी। सोबहान की पत्नी थी। पति तो माया का भी था या कि है। वे रिश्ते अब बेमानी हो चुके हैं। वे ग़लत लोगों से शादी करने के लिए मजबूर हो गए थे। ग़लती समझ में आ जाने के बाद जब कोई

सही व्यक्ति मिल जाए तो ग़लती के बन्धन से जितनी जल्दी दूर हो जाना सम्भव हो जाए, उतना ही अच्छा। माया जानती है कि सोबहान के बिना उसका जीवन असहनीय हो जाएगा। सोबहान ने ही इस हताशा-भरे जीवन को स्वप्न, सुख और सुकून से भर दिया है। सोबहान अगर उसे छोड़कर चला जाए, तो माया शायद जीवित तो रहेगी, लेकिन उस जीते रहने में लेशमात्र भी आनन्द की अनुभूति नहीं होगी। वह तो केवल ज़िन्दा रहने के लिए ज़िन्दा रहना होगा। सिर्फ़ ख़ालीपन को रिक्त आँखों से देखते रहना। सिर्फ़ सूर्यास्त को देखना। सिर्फ़ मृत्यु की प्रतीक्षा करते रहना। और फिर इस उम्र में दो-दो बच्चों की माँ होकर किसका नि:स्वार्थ, निष्कलुष दिल न्योछावर करनेवाला प्यार उसे मिलेगा भला? सोबहान उसके लिए देवता का आशीर्वाद है। नहीं, वह सोबहान को मुसलमान नहीं मानती। उसे वह एक इनसान मानती है। माया ने अपने जीवन में जिस तरह के प्रेमी की कामना की थी, सोबहान हूबहू वैसा ही है।

माया देर तक नहाकर जब बाहर निकली तो उसने देखा कि सोबहान सुरंजन के कमरे में बैठा है।

सुरंजन कपड़े बदलकर बाहर निकल रहा था। किधर? उसे बाहर कोई काम था। माया ने ग़ौर किया कि आजकल जब सोबहान उनके घर आता है तो सुरंजन बाहर निकल जाता है। माया जानती है कि वह माया के लिए वह कमरा छोड़कर चला जाता है ताकि दरवाज़ा बन्द करके वह निश्चिन्त होकर प्रेम कर सके। सोबहान के साथ वह कई-कई घंटे गुज़ार देती है और उस दौरान दरवाज़ा थोड़ा अटका रहता है या फिर खुला रहता है। उसने केवल चार दिन दरवाज़ा अन्दर से बन्द किया था।

बन्द दरवाज़े के खुलने के बाद चार दिन में से दो दिन किरणमयी ने कहा था कि यह लड़का तो अच्छा है। शादी करनी हो तो कर ले। मोहल्लेवालों को पता चल जाएगा तो मुश्किल होगी। तिस पर यह लड़का मुसलमान है। उन्हें ख़बर लग गई तो फिर साबुत नहीं छोड़ेंगे। बाक़ी दो दिन उन्होंने कुछ नहीं कहा था। उन्होंने बस बच्चों को कहीं और व्यस्त रखा था, ताकि वे माँ की तलाश करते हुए आकर सुरंजन के कमरे का दरवाज़ा न खटखटाएँ।

माया के बाल टॉवेल से लपेटे हुए थे। उसने नाइटी पहन रखी थी। ठुड्डी के पास काली लटों से पानी चू रहा था। भौंहों पर पानी की चमक थी। सोबहान उसे मुग्ध आँखों से देखता रहा। उसने हाथ पकड़कर माया को अपने पास खींचा और उसके होंठों, पलकों, भौंहों और ठुड्डी को चूम लिया। माया ने पीछे की ओर से किरणमयी के कमरे में जानेवाले दरवाज़े को अन्दर से बन्द कर दिया।

सोबहान छिटककर दूर हो गया—यह क्या किया तुमने?

—क्यों?

—मासीमाँ क्या सोचेंगी?

—मासीमाँ को पता है कि हम लोग शादी कर रहे हैं।

—फिर भी!

—फिर भी क्यों जी? इच्छा नहीं हो रही है?

—हो तो रही है।

—तो फिर दबाना-छिपाना क्यों जी?

इसके बाद माया ने ख़ुद ही सोबहान को खींचकर बिस्तर पर लिटा दिया और उसके ऊपर लेटकर हौले-हौले उसे चूमती रही।

आवेश में सोबहान आँखें मूँदे रहा। माया को अपने सीने पर जकड़े हुए लेटे-लेटे वह कहता रहा—तेरे बिना मैं नहीं जी सकूँगा माया।

माया सोबहान की नाक दबाकर बोली—तू ज़रूर जिएगा।

सोबहान भी माया की नाक दबाते हुए बोला—बचाएगी तो तू ही बचाएगी, और मारेगी तो तू ही मारेगी! सब तेरे हाथ में है।

माया को ख़ूब अच्छा लगता रहा। उसने सोचा कि जुलेखा इस दृश्य को देखती तो उससे ईर्ष्या करने लगती। वह ज़रूर ईर्ष्या करती। कौन है जो प्यार पाना नहीं चाहता? जुलेखा क्या अस्वीकार कर सकती है कि वह नहीं चाहती? माया को यक़ीन नहीं होता। उसने आज ही जुलेखा की आँखों में ईर्ष्या की आग देखी थी। कोई सुख से संन्यासी जीवन को नहीं अपनाता। वह ऐसा तभी करता है जब कोई और चारा नहीं रहता। उसे अगर कोई सोबहान-जैसा मिल जाता तो सब कुछ छोड़-छाड़कर दीवानी हो जाती।

उस रात फिर वे दोनों फ़िल्म देखने नहीं गए। सोबहान के सीने पर सिर रखकर वह सफ़ेद दीवार को देखती रही। उसे जुलेखा की वही सारी बातें याद हो आईं और फिर से उसकी आँखें छलक पड़ीं।

—क्यों, क्या हुआ? अचानक चुप क्यों हो गईं?—सोबहान ने माया की बाँह को प्यार से हौले-हौले सहलाते हुए पूछा।

—आज तुम लोगों की जुलेखा के साथ मुलाक़ात हुई थी।

—कहाँ पर?

—मैं उसके होस्टल गई थी।

—फिर?

—वह नहीं चाहती कि हमारी शादी हो।

—वजह क्या है?

—लगता है, ईर्ष्या कर रही है।

—ईर्ष्या क्यों?

—उसका रिश्ता तो टूट गया है न! पता है, जो सुखी नहीं है, वह किसी को सुखी नहीं देख सकता।

—मैंने तो देखा कि वह नौकरी और पढ़ाई वग़ैरह को लेकर काफ़ी व्यस्त है! बहुत एम्बिशस लड़की है!

—उसने महिलाओं का एक संगठन बनाया है। वह बहुत नारीवादी हो गई है। तसलीमा का इन्फ़्लूएंस है।

—हम्म!

—अच्छा, मुझे सच-सच बताओ तो कि तुम दोनों में कभी किसी तरह का प्रेम था?

—धत! ऑर्डिनरी फ्रेंडशिप के अलावा और कुछ नहीं था। हम लोग तो चार मुलाक़ातों में ही एक-दूसरे को दोस्त कहने लगते हैं। लेकिन सच्चा दोस्त क्या इतनी आसानी से बना जा सकता है?

—तुम्हारा कोई सच्चा दोस्त है?

—सुरंजन है।

—वह किस तरह किसी का दोस्त बन जाता है, मुझे समझ में नहीं आता। उसमें इंटीग्रिटी है ही नहीं।

—वह केयरलेस है। कैलस है। लेकिन उसमें इंटीग्रिटी है।

कब फ़िल्म का समय बीत गया, कब रात के खाने का समय बीत गया, दोनों में से किसी को पता ही नहीं चला। सुरंजन ने बाहर से जब दरवाज़े की कॉलबेल बजाई तो दोनों हड़बड़ाकर उठ बैठे।

कोलकाता की एक निजी गन्ध है। मैं जब भी विदेश से लौटकर कोलकाता के हवाई अड्डे पर उतरती हूँ, मुझे वह गन्ध मिलती है। एक चिपचिपाहट शरीर से सटी रहती है। बांग्ला भाषा और संस्कृति से प्यार करती हूँ, इसलिए यूरोप का दाँव चुकाकर अब कोलकाता में रह रही हूँ। कोलकाता के मित्रों में पहले जितना गहरा उल्लास हुआ करता था, यहाँ रहते हुए मैंने देखा कि वह कम हो गया है। कोलकाता में अब किसी होटल में नहीं रुकूँगी, यह प्रतिज्ञा कर मैंने जल्दी से एक अपार्टमेंट किराये पर ले लिया था। इस प्रतिज्ञा के बाद मैं पूर्णदास रोड पर स्थित एक फ़र्निश्ड अपार्टमेंट में शिफ़्ट हो गई।

यह भी एक ज़बर्दस्त मामला है। मेरे पैसे चोरी हो गए। माँ का दिया हुआ सोने का हार खो गया। मकान मालिक ने ज़रूरत से ज़्यादा पैसे वसूल लिये। एक महीने में ही लाख रुपये निकल गए। इन सारी दुर्घटनाओं के बीच मन को अच्छा

कर देनेवाली बात थी मित्रों का सान्निध्य। हर रोज़ मेरे घर मित्रों की भीड़ उफन पड़ती थी।

इसके बाद मैं फिर लौटी। इस बार सुविधाओं से सुसज्जित अपार्टमेंट नहीं, बिलकुल ख़ाली अपार्टमेंट था। मैं एक-दो महीने के लिए नहीं, अनिश्चित काल के लिए आई थी। हवाई अड्डे पर उतरने के बाद भी मुझे मालूम नहीं था कि मैं कहाँ रहूँगी। गाड़ी के पेट में सूटकेस रखे हुए थे। कहाँ-कहाँ मकान किराये पर मिल सकता है, इसका पता लगाने के बाद फ़ोन पर सबसे पहले जिस मकान मालिक से मेरी बात हुई, मैंने उसके अपार्टमेंट का कुछ भी देखे बग़ैर, उसने जितना किराया बताया, उसको हाँ कर दिया और उस पते पर पहुँच गई। उसी पते पर मैं अब भी रह रही हूँ।

मैंने जिस दिन उस अपार्टमेंट में प्रवेश किया, वहाँ धूल का पहाड़ था। मुझे सबसे ज़्यादा अच्छा यह देखकर लगा था कि कमरे बड़े-बड़े थे, खिड़कियों पर कोई ग्रिल नहीं थी। बरामदे के दरवाज़े पर भी लोहे-लंगड़ के कोई निशान नहीं थे। चारों ओर खुला-खुला-सा था। और पल भर में मैंने जिस कमरे को स्टडीरूम बनाने का निर्णय लिया था, उस कमरे की खिड़की से देखें तो बाहर विराट आकाश और शटरवाले दरवाज़े और खिड़कियोंवाला एक पुराना मकान दिखाई देता था। पुराने स्थापत्य मुझे बहुत आकर्षित करते हैं। यादें मुझे दीवाना बना देती हैं। इसलिए इस मकान का भले जितना भी किराया था, मैंने ले लिया। सोचा था कि इतना ज़्यादा किराया मैं नहीं चुका सकूँगी। दो-एक महीने में ही कम किराये वाला मकान देखकर मैं वहाँ चली जाऊँगी। देखते-देखते एक साल बीत गया, दो साल बीत गए। वे भले ही बीत रहे हों, लेकिन बंगाल में रह रही हूँ, बांग्ला में बातें कर पा रही हूँ, सुन पा रही हूँ। सुबह ढेर सारी बांग्ला पत्रिकाएँ और चाय लेकर खिड़की के पास बैठती हूँ। हवा दुलरा जाती है, पक्षी जाग उठने के गीत सुनाते हैं, मन को बहुत सुकून मिलता है। इस बंगाल को छोड़कर मैं कहाँ किस विदेश जाऊँगी। क्यों जाऊँगी? बंगाल से, बंगालियों से प्यार करने के कारण ही तो यहाँ आती हूँ! क्यों, इतने सारे लोग जो दौड़े चले आते थे, कहाँ हैं वे सब? छह महीनों में एक बार भी तो मैंने उनकी सूरत नहीं देखी। मुझे धीरे-धीरे भयानक रूप से अकेला कर वे सब ग़ायब हो गए हैं। आजकल बहुत ख़ाली-ख़ाली लगता है।

सोचती हूँ कि मैं दिन भर कितने ही ऐसे लोगों को याद करती हूँ, जो मेरे मित्र नहीं हैं। कहती हूँ, चारों ओर बहुत सारे मित्र हैं। कहती हूँ कि मैं अकेली नहीं हूँ, मैं अकेली कभी भी नहीं थी। डर के मारे मन-ही-मन अकेलेपन से दो हज़ार मील दूर हटकर रहती हूँ या कि शर्म के मारे, किसे पता? मेरे मित्र नहीं हैं, लोग इसे कहीं मेरा ही दोष, मेरे ही चरित्र का दोष न समझ बैठें! इस पृथ्वी के जिस भी प्रान्त या प्रान्तर में मैं जाती हूँ, झुंड-के-झुंड मित्र आकर मेरे जीवन को और भी जीवन्त बना देते हैं, यह कहकर मैं ख़ुद को दिलासा देती हूँ। आज जिससे जान-पहचान हुई, कल

या फिर किसी और दिन उससे मुलाक़ात होगी या नहीं, पता नहीं, इसीलिए मित्रों की सूची में उसका नाम जोड़कर सूची लम्बी कर लेती हूँ। कितने ही दुश्मनों को मैं दोस्त मान बैठती हूँ, मानकर सुख प्राप्त करती हूँ, मरे हुए जल में गुपचुप तरंगें पैदा करती हूँ। इसके बिना मैं इस निर्वासन में जिऊँगी कैसे? अपने लोगों के नाम पर ये मित्र ही तो हैं। अपना देश कहने के नाम पर भी ये मित्र ही हैं। मित्र लोग ही मेरे पास रहते हैं, अच्छे और बुरे समय में रहते हैं। वे प्यार करते हैं, अपना स्नेह देते हैं। बुख़ार होने पर कम-अज़-कम एक बार तो माथे पर अपना बेचैनी भरा हाथ रखते ही हैं। मित्र लोग ही तो माता-पिता हैं, बहन हैं। मित्र लोग ही तो सबसे बड़े रिश्तेदार हैं। ऐसे कितने ही लोगों को मैं दिन भर पुकारती हूँ जो मित्र नहीं हैं। पुकारे बिना उपाय भी क्या है! बिना पुकारे मैं जिऊँगी कैसे? मैं अकेली हूँ—भयंकर रूप से अकेली! असल में मेरा मित्र-जैसा कोई नहीं है, इस कुत्सित सच्चाई को मैं जी-जान से अस्वीकार करती हूँ। मैं झूठ बोलती हूँ, कहती हूँ कि मेरे असंख्य मित्र हैं, मैं बहुत मज़े में हूँ। जीवन में मुझे बस यही झूठ बार-बार बोलना पड़ता है। अपने-आपको छलने में शर्म आती है, फिर भी छलना पड़ता है।

मैं ऐसे कितने ही लोगों से मिलने के लिए विवश होती हूँ जो मेरी सोच के साथ मेल नहीं खाते। इसके अलावा उपाय भी क्या है? इनसान के बिना कोई जी सकता है क्या?

मुझे एक मकान में क़ैदियों की तरह रहना पड़ता है। अगर मैं बाहर निकलती हूँ तो पुलिस साथ में होती है। पुलिस को चकमा देकर मैं कई बार बहुत-सी जगहों पर चली जाती हूँ। ख़ास तौर पर अभी जो सुरंजन को लेकर मैं दो दिन दो दिशाओं में चली गई थी। मैं क्यों गई थी उसे लेकर? मैंने बाद में सोचा और सोचकर जो जवाब मुझे मिला, वह यह कि सुरंजन को लेकर मैंने कहानी लिखी थी। सुरंजन मेरे 'लज्जा' का मुख्य पात्र था और इसलिए उसके प्रति मेरी एक ज़िम्मेदारी है। उस पर एक अधिकार है, मेरा मन ऐसा कहता है, अक्सर कहता है।

बाद में जब मैं आवेग को हटाकर सोचती हूँ तो पाती हूँ कि सुरंजन अन्य दस लड़कों-जैसा ही है। थोड़ी-सी आधुनिकता, थोड़ी-सी दकियानूसी, थोड़ी-सी उदासीनता, थोड़ी-सी उदारता, थोड़ी-सी स्वार्थपरता और संकीर्णता का मिश्रण है वह। उसे लेकर दूर तक जाना उसकी इच्छा से नहीं, मेरी इच्छा की वजह से हुआ था। कम-अज़-कम इतनी ग़नीमत है कि कुछ ठीक करती हूँ तो अपनी इच्छा से और अगर कुछ ग़लत कर बैठती हूँ तो वह भी अपनी ही इच्छा से करती हूँ। अपने निर्णय के आधार पर करती हूँ।

अगर सुरंजन के साथ मुलाक़ात नहीं हुई होती तो सुरंजन कोलकाता में कैसा है, उसके माता-पिता अपने जन्मस्थान को छोड़कर कैसे हैं, मैं यह सब जान नहीं पाती।

कुछ पात्रों के पीछे मैं तब तक लगी रहती हूँ, जब तक कि उस पात्र को घेरकर

जमा गाढ़ा धुआँ छँट न जाए। माया के बारे में मैंने जितना सुना या किरणमयी को मैंने जितना भी देखा, मुझे कुछ भी अस्पष्ट नहीं लगा। इन लोगों ने अपने लोगों जैसा आचरण भले ही न किया हो, फिर भी इन्हें अपना मानने की और एक वजह यह है कि ये लोग मेरे अपने देश के हैं और वहाँ रहते हुए मैं जिन लोगों को जानती थी। वे तो इनके अलावा कोई और नहीं थे। इसलिए इन्हें अपने रिश्तेदारों की तरह, न चाहते हुए भी, मेरा अन्तर इन्हें उसी तरह से देखता है।

यहाँ पूर्वी बंगाल के बहुत-से लोग हैं, चारों ओर बांगाल लोग हैं। लेकिन वे और सुरंजन लोग एक नहीं हैं! जिस तरह सुरंजन लोगों को अपना मुल्क छोड़ना पड़ा, मुझे भी उसी के आसपास देश छोड़ना पड़ा था। दरअसल मैं देश छोड़ने के लिए बाध्य हो गई थी। लेकिन बहुत जटिल चरित्रों को लेकर ज़्यादा दिन चलना मेरे लिए सम्भव नहीं है। ख़ुद को उनके सामने बहुत बुद्धू-जैसा लगने लगता है। सच कहने में क्या, मैं जितनी बार सोचती हूँ कि मैंने सुरंजन को पूरी तरह से समझ लिया है, बाद में पता चलता है कि मैं उसे ज़रा भी नहीं समझ पाई हूँ।

माया के घर आ जाने से किरणमयी का आवेग भी मानो अचानक कम हो गया था। घर में उनकी व्यस्तता बढ़ गई थी। इसके अलावा माया तो मुझे सहन कर ही नहीं पाती थी। मुझसे सम्पर्क बनाए रखना किरणमयी के लिए भी सम्भव नहीं था। मेरा क्षोभ मेरे भीतर ही बना रहा। उन सबकी जगहों पर खड़ी होकर मैंने उन सबको देखने की कोशिश की। ऐसा करते हुए मैंने देखा कि मेरी नाराज़गी, मेरा अहं सब हवा में उड़ जाते हैं। सबके कामों के अपने तर्क होते हैं। यहाँ तक कि मैंने कट्टरपन्थियों की श्रेणी में उतरकर उनकी मानसिकता से सोचकर देखने की कोशिश की कि वे मुझ पर आक्रमण क्यों करना चाहते हैं! सबके अपने तर्क होते हैं।

किरणमयी खाना बनाकर टिफ़िन कैरियर में रखकर अब नहीं भेजतीं, वे अब फ़ोन भी नहीं करतीं, अपने घर आने को भी नहीं कहतीं, या फिर अचानक मेरे घर आकर नहीं कहतीं कि मुझे उन्होंने बहुत दिनों से नहीं देखा, देखने की बहुत इच्छा हो रही थी। मेरे लिए जो जगह थी, माया ने आकर सम्भवत: उसे भर दिया था। लेकिन माया पर मेरी नाराज़गी क़तई जायज़ नहीं। माया की जगह ख़ुद को रखकर देखती हूँ तो मुझे ख़ुद पर ही ग़ुस्सा आता है। मैं अगर माया होती तो मैं ख़ुद को माफ़ नहीं कर पाती। और जब मैं ख़ुद की ओर से तर्क पेश करती हूँ तो पाती हूँ कि मैंने जो भी किया, ज़रा भी ग़लत नहीं किया। माया अगर मेरी जगह खड़ी होकर मेरे बारे में सोचती तो मुझे नहीं लगता कि वह मुझे दोष दे पाती।

यह जो पारस्परिक विचार-विमर्श से मसलों को सुलझाने का उपाय है, हम यही नहीं कर पाते। हम किसी की ओर से किसी को समझना ही नहीं चाहते। हम केवल अपनी आँखों से दुनिया को देखते हैं—केवल अपनी, केवल अपनी।

कभी-कभी जब मैं किसी समुद्र की ओर देखती हूँ या घने जंगल के भीतर

झाँकती हूँ तो मैं समुद्र या जंगल को अपनी माँ की नज़रों से देखती हूँ। माँ की बड़ी इच्छा थी कि वे समुद्र देखेंगी, किसी दिन जंगल और पहाड़ पर जाएँगी। लेकिन कभी जाने का सौभाग्य नहीं मिला। इसलिए जब भी मैं माँ के सपनों की जगहों पर जाती हूँ तो उन्हें एक बार अपनी नज़रों से देखती हूँ और एक बार माँ की नज़रों से। मैं जब अपनी आँखों से देखती हूँ तो उनमें मुग्धता रहती है और निर्लिप्तता भी, और जब माँ की आँखों से देखती हूँ तो पूरे समय आँखें आँसुओं से तरबतर रहती हैं।

कोलकाता मेरे लिए क्रमशः रेगिस्तान बनता जा रहा है। मैं जिन कवि-साहित्यकार और कलाकारों को जानती हूँ, जिनके साथ मैंने सोचा था कि मित्रता हो सकेगी, उनमें से किसी से मुलाक़ात का कोई मौक़ा ही नहीं मिल रहा। उनमें से कोई भी मुझसे सम्पर्क नहीं करता।

बहुतों ने मेरी किताब 'द्विखंडित' पर पाबन्दी लगवाने की कोशिश की। उस समय की पत्र-पत्रिकाओं में, बड़े लेखकों और बुद्धिजीवियों के, मेरा अनादर करते हुए, मुझे गालियाँ देते हुए, किताब पर पाबन्दी के जो प्रस्ताव छापे गए थे, मैंने वे पढ़े हैं। मैंने जितना पढ़ा उतना ही मुझे अपनी आँखों पर विश्वास नहीं हुआ।

'लज्जा' लिखने के बाद पश्चिम बंगाल के बुद्धिजीवियों का एक वर्ग मेरे ख़िलाफ़ हो गया था। 'द्विखंडित' लिखने के बाद उनका दूसरा वर्ग भी मेरे ख़िलाफ़ हो गया। लेखक इकट्ठे होकर सरकार से किसी लेखक की किताब पर पाबन्दी लगाने की माँग कर रहे थे। जहाँ तक मुझे जानकारी है, पूरी दुनिया में इससे पहले ऐसी घटना नहीं घटी थी।

अकेलापन बहुत दिनों से मुझे अपने बड़े-बड़े पैने दाँतों से काट खा रहा है। अकेलेपन ने मेरा साथ न छोड़ने की क़सम खाई है। मैं शहर में यहाँ-वहाँ घूमती रहती हूँ। सिनेमा-नाटक-गायन-नृत्य—ये सब देखती फिरती हूँ। रेस्टोरेंटों में ढेर सारे रुपये उड़ेल आती हूँ।

मुझे असल में क्या चाहिए, कौन चाहिए, मैं समझ नहीं पाती। हमेशा लगता रहता है कि यहाँ नहीं, वहाँ नहीं, कहीं और... । इस कोलकाता के अलावा फिर कहाँ है वह शहर, जहाँ जाकर मेरे मन को सुकून मिल सकेगा? नहीं, कहीं नहीं है। किसी देश या किसी शहर का कोई अलग से चरित्र नहीं होता, लोगों के चरित्र से ही तो शहर का चरित्र निर्धारित होता है। इस शहर में अगर मेरा एक भी दोस्त न हो तो मुझे यह शहर भला कितने दिनों तक अच्छा लगेगा? एक-न-एक दिन तो मुझे यहाँ साँस लेने में तकलीफ़ होगी ही।

सुरंजन बाक़ायदा अपनी खोह में घुस गया है। उसे खोह से बाहर खींच लाने में अब मुझे थकान महसूस होती है। वह अपने ढंग से अपनी खोह में ही रहे। वह अपने हिसाब से झील के किनारे जाकर बैठा रहे, झील के पानी में कूदने की इच्छा भी पालता रहे, अपनी ज़िन्दगी को लेकर वह जो मर्ज़ी करता रहे। मैं अपने लिखने-

पढ़ने को लेकर व्यस्त रहने के लिए बेताब हो उठी। विदेशों से भी अब मुझे बहुत ज़्यादा बुलावे नहीं आते और आते भी हैं तो जाने की इच्छा नहीं होती।

सांस्कृतिक या मानवतावादी या फिर नारीवादी आयोजनों में भाग लेने के लिए अब भी बुलावे आते हैं, लेकिन दिन भर हवाई जहाज़ में बैठे रहने को सोचकर मुझे बुख़ार आ जाता है। मैं आमंत्रणों को फेंक देती हूँ। इस देश में बैठकर बाक़ी की ज़िन्दगी लिखूँगी-पढ़ूँगी, व्यस्तता में चूर रहने पर शरीर पर अकेलेपन का दंश कोई ख़ास महसूस नहीं होता। अगर मुझे बचाएगी तो व्यस्तता ही मुझे बचाएगी। इनसान-इनसान कहते-कहते पागलों की तरह इनसान की तलाश करते रहने से कोई इनसान तो मिलता नहीं। अगर इनसानों के साथ मुलाक़ात नहीं बदी है, तो मुलाक़ात नहीं होगी। इतने लोगों की भीड़ में अगर असली इनसान खो गया है तो मेरी क्या औक़ात कि मैं उसे ढूँढ़ लाऊँ!

सुरंजन से मुलाक़ात के बाद छह महीने बीत गए, उसने एक बार भी मुझसे सम्पर्क करने की कोशिश नहीं की। उसके पास मोबाइल भी नहीं है। जो था, मुझे आख़िर में पता चला कि उसे उसने झील के पानी में फेंक दिया है। उस परिवार के लोग कैसे हैं, वे जीवित हैं या कि मर गए हैं, मुझे नहीं पता। फ़िलहाल यह सब जानने की इच्छा मैंने नाना चीज़ों से दबा ली। लेकिन एक दिन एक व्यक्ति से मुलाक़ात हो गई, जो सुरंजन के परिवार का कोई नहीं था, लेकिन उसमें कोई होने की सम्भावना थी।

एक दिन एलगिन रोड पर फ़ोरम में फ़िल्म देखकर मैं नीचे उतर रही थी, तभी देखा कि जुलेखा भी उतर रही है। उसकी छुट्टी हो गई थी और वह अपने घर लौट रही थी। जुलेखा मुझे देख प्रफुल्लित हो उठी। उसने हर हाल में मुझे अपने होस्टल ले जाने की ज़िद ठान ली। उसके अनुरोध में हार्दिकता थी, और अगर यह रहे तो फिर भीतर से मना करने की ताक़त मुझमें नहीं रहती। फिर मैं ज़रूरी काम छोड़कर भी जिधर दिल करता है, निकल पड़ती हूँ। दिल से ज़्यादा ज़रूरी इस संसार में मेरे लिए और कुछ भी नहीं है।

जुलेखा कभी भी मुझे बहुत पसन्द नहीं थी। मुझे अगर किसी का व्यक्तित्व नापसन्द हो तो फिर उससे घुलना-मिलना मेरे लिए बहुत सहज नहीं होता। तब मैं ख़ुद को धीरे से हटा लेती हूँ। किसी समय जुलेखा फ़ोन किया करती थी, सुरंजन के घर के समाचार देती थी। बहुत दिनों से उसने भी सम्पर्क नहीं किया था। मैं जुलेखा को गाड़ी में लेकर होस्टल की ओर चल दी।

मैंने कहा—बहुत दिन हो गए तुम फ़ोन-वोन भी नहीं करतीं!

जुलेखा बोली—सम्पर्क करने की ज़िम्मेदारी केवल मेरी ही थी इसलिए एक समय मैंने उसे छोड़ दिया। मैंने कितने फ़ोन किए और तुमने मुझे कितने फ़ोन किए, बताओ! मैं तो लगभग हर रोज़ फ़ोन करती थी। तुमने तो एक भी दिन...एक भी दिन नहीं किया। किसी भी सम्बन्ध को एकतरफ़ा टिकाए नहीं रखा जा सकता। मैं

तुमसे बहुत प्यार करती हूँ। इस बीच मैंने तुम्हारी सारी किताबें पढ़ डाली हैं। मेरा प्यार पहले के मुक़ाबले बहुत ज़्यादा बढ़ गया है।

मुझे बड़ी शर्मिन्दगी महसूस हुई। मैंने कहा—असल में मैं तो किसी को भी फ़ोन-वोन नहीं कर पाती।

जुलेखा बोली—यह बात सही नहीं है। किसी-न-किसी को तो करती हो। सुरंजन के पास यदि फ़ोन होता तो मुझे नहीं लगता कि तुम उसके फ़ोन आने का इन्तज़ार करतीं, तुम उसे ख़ुद फ़ोन करतीं।

मैं चुप रही। मुझे जुलेखा का जवाब सही भी लगा और ग़लत भी।

—और, उन लोगों की कोई ख़बर?

—उन लोगों की ख़बर...उन लोगों की ख़बर...उन लोगों की ख़बर...वे लोग कैसे हैं, सुरंजन कैसा है, मासीमाँ कैसी हैं, माया क्या कर रही है, यही न? तुमने कभी जानने की कोशिश नहीं की कि मैं कैसी हूँ। मैं यह जो ज़िन्दगी में स्ट्रगल कर रही हूँ, तुमने कभी एप्रिशिएट किया? तुमने कभी मुझे इंसपिरेशन देना चाहा? लेकिन भले ही तुमने न दिया हो, तुम्हारे लेखन ने मुझे दिया है, जिसकी मुझे ज़रूरत थी।

जुलेखा बोलती रही और मैं अपनी अप्रतिभ आँखें खिड़की पर जमाए रही।

सड़क के किनारे चमचमाते शॉपिंग सेंटर बन रहे हैं और उनके ही पड़ोस में बेनूर दुकानें भी मौजूद हैं। ग़रीबों और अमीरों को इस तरह एक-दूसरे से सटकर रहते मैंने किसी और देश में नहीं देखा। तंग बस्ती से सटी हुई अट्टालिकाएँ। सबसे ज़्यादा आश्चर्यजनक लगता है कि तंग बस्ती में रहकर भी लोग कह रहे हैं कि वे मज़े में हैं और उन्हें वहाँ से न हटाया जाए। अट्टालिका में रहकर भी लोग कह रहे हैं कि वे मज़े में हैं और उनकी सुरक्षा में किसी तरह की सेंध न लगे।

जुलेखा लगभग कान के पास मुँह लाकर फुसफुसाती हुई बोली—इस्लाम के बारे में तुम जो कुछ कह रही हो, बिलकुल ठीक कह रही हो।

मैं थोड़ी चौंक उठी। इस्लाम के बारे में मैं जो कुछ कह रही हूँ, ठीक कह रही हूँ, इसे अचानक मेरे कान के पास मुँह लाकर बोलने की क्या ज़रूरत थी? इसे तो वह, जिस तरह दूसरी बातें कह रही थी, उसी तरह कह सकती थी। जुलेखा निश्चित रूप से सावधानी बरत रही है। वह निश्चित रूप से डर रही है कि कुछ भी बुरा घटित हो सकता है।

—इस्लाम मेरे लेखन का विषय नहीं है। —मैंने जुलेखा से कहा—स्त्रियों के अधिकार या मानवाधिकार के बारे में लिखते हुए प्रसंगवश इस्लाम आ जाता है। ठीक इसी तरह से दूसरे धर्म और अन्धविश्वास भी आते हैं। मैं धर्मान्धता, धर्म पर विश्वास...इन सबसे लगभग जन्म के बाद से ही दूर हूँ। मुझे कभी भी इन सब चीज़ों ने आकर्षित नहीं किया। होश सँभालने के बाद मुझे जिस बात ने हॉन्ट किया था, वह यह कि सोसाइटी में लड़कियों को आज़ादी क्यों नहीं है? लड़कियाँ ह्यूमन बीइंग की हैसियत से क्यों ट्रीटेड नहीं होतीं?

मैं बातचीत के दौरान बीच-बीच में जब अंग्रेज़ी के शब्दों का प्रयोग करती हूँ तो मुझे ख़ुद पर बहुत ग़ुस्सा आता है। लगता है, मैं बहुत अनपढ़ हूँ। यह क्या कोलकाता का इन्फ़्लूएंस है? यहाँ के पढ़े-लिखे लोग अंग्रेज़ी और बांग्ला को मिलाए बिना बोल ही नहीं पाते। सुन-सुनकर मेरी भी वैसी आदत हो गई है। मेरी बड़ी इच्छा है कि जब अंग्रेज़ी बोलने की बहुत ज़्यादा इच्छा होगी, तब मैं सिर्फ़ अंग्रेज़ी ही बोलूँगी, और जब बांग्ला, तो सिर्फ़ बांग्ला।

मैंने लगभग बारह वर्ष यूरोप के उन देशों में बिताए हैं, जिनकी भाषा अंग्रेज़ी नहीं है। इस समय अंग्रेज़ी और फ़्रांसीसी भाषा अन्तर्राष्ट्रीय भाषाएँ हैं, इससे इनकार करने का कोई उपाय नहीं। दो बड़े उपनिवेशवादियों की भाषा ही अब दुनिया भर की सम्पर्क भाषा है। मैंने देखा है कि अंग्रेज़ी जाननेवाले व्यक्ति भी जब अपनी भाषा में यानी इतालवी या जर्मन या स्पेनिश या डेनिश भाषा में बात करते हैं तो भूल से भी अंग्रेज़ी के एक भी शब्द का उच्चारण नहीं करते। वे जब जिस भाषा में बात करते हैं, तब उसी भाषा में बात करते हैं। वे खिचड़ी नहीं परोसते। बंगाली खिचड़ी खानेवाले लोग हैं, शायद इसीलिए भाषा की खिचड़ी उन्हें बहुत अच्छी लगती है। असल में यह खिचड़ी भाषा ही शायद बांग्ला-भाषा के विकास का फल है।

मेरे भाषा-चिन्तन का प्रवाह अचानक उस समय बाधित हो गया, जब मैंने सुना कि जुलेखा कह रही थी—सुरंजन ठीक है। बढ़िया है। एक एन.जी.ओ. बनाकर वह डॉक्यू फ़िल्म बनाने का काम कर रहा है।

—उसने क्या कभी कोई फ़िल्म बनाई है?

—नहीं। लेकिन जिस भी वजह से हो, उसे फ़िल्म बनाने का यह काम मिला है। उसका एक दोस्त भी उसके साथ है। पिछले एक महीने से वह अन्दमान में है। वहाँ के आदिवासियों को शूट कर रहा है।

मुझे यह सुनना ख़ूब अच्छा लगा कि सुरंजन घर से बाहर कहीं पर कुछ एक्साइटिंग कर रहा है। विद्यार्थियों को पढ़ाने-जैसा बोरिंग काम और कुछ नहीं होता। एक बेहद होपलेस हालत से वह बदन झाड़कर उठ खड़ा हुआ है और दौड़ लगा रहा है—इससे बड़ी ख़ुशख़बरी भला और क्या हो सकती है! हालाँकि सुरंजन से कहने पर वह ज़रूर बोलेगा कि कौन कहता है कि विद्यार्थियों को पढ़ाना बोरिंग काम है, बल्कि फ़िल्म बनाना ही बोरिंग काम है।

सुरंजन के बारे में जुलेखा बिना रुके बोलती रही। वह इसलिए बोल रही थी कि मुझे तथ्यों से अवगत कराना था। मुझे नहीं पता कि किस वजह से जुलेखा को ऐसा लगता है कि मुझे सुरंजन के बारे में हर चीज़ जानने का अधिकार है। मेरे इस अधिकार का उल्लंघन किसी के लिए भी उचित नहीं है, यहाँ तक कि सुरंजन के लिए भी नहीं।

जुलेखा ने साधारण-सी नीली जॉर्जेट की एक साड़ी पहन रखी थी। उसके चेहरे

पर कोई साज-सज्जा नहीं थी। कान, नाक, गले में कोई गहना नहीं था। मुझे याद है, पहले कितने उत्कट ढंग से जुलेखा सजती-धजती थी! प्रेम में पड़ने पर ख़ुद को गुड़िया की तरह सजाने की प्रवणता लड़कियों में इतनी बढ़ जाती है कि उन्हें देखकर मुझे सचमुच दया आती है। वे उस साज-सज्जा की क़ैदी बनकर रह जाती हैं! लड़कियाँ कितनी असहाय हो जाती हैं तब!

मैंने क्या अपने निजी जीवन में यह नहीं देखा? मुझे जैसे ही प्रेम हुआ, तभी से आईने के सामने खड़े होने, ख़ुद को इधर-उधर से देखने की शुरुआत हो गई। तब फिर मैं ख़ुद को अपनी नज़र से नहीं, प्रेमी की निगाह से देखने लगी थी। तब मैं मैं नहीं रही, तब मैं मेरा प्रेमी हो गई थी। तब मैं ख़ुद की निन्दक और कठोर आलोचक बन गई। तब मैं ख़ुद से प्यार करना भूल ही गई थी। मैं ख़ुद से, अपनी हर अंग-भंगिमा से घृणा करने लगी थी और इसीलिए ख़ुद को सुधारने, बेहतर होने, प्रेमी की नज़रों में आकर्षक होने की कोशिश में समय बरबाद करती रही। नहीं करती रही? ताकि प्रेमी प्रेम करता रहे, कहीं प्रेमी छोड़कर न चला जाए, इसलिए लड़कियाँ अपने शरीर को लेकर क्या कम व्यस्त रहती हैं? लड़कियों की इस कमज़ोरी का प्रेमी लोग रस ले-लेकर उपभोग करते हैं।

—सुरंजन क्या अब ट्यूशन नहीं करता?

—अब तो उसके पास समय ही नहीं है। वह भयंकर रूप से व्यस्त रहता है। कुछ सरकारी ऑफ़िसों के लिए वह डॉक्यू फ़िल्में बनाकर अच्छा पैसा कमा रहा है।

—महज इतने से समय में?

—हाँ, सन्थालों पर बनाई डॉक्यूमेंट्री से उसका काफ़ी नाम भी हुआ है। मैंने वह देखी भी है। शान्तिनिकेतन में सन्थालों का जो गाँव है, वहाँ पर शूटिंग की है। पूर्णिमा की रात में सोनाझुरी के जंगल में उसने सन्थालों का जो नृत्य शूट किया है, वह अद्भुत है।

—ऐसा! —मैं चौंक उठी और आपादमस्तक विस्मय से भर गई थी।

—हाँ।

—सोनाझुरी का जंगल? पूर्णिमा?

—हाँ।

मेरी आँखों के सामने वह रात तैर उठी। लगा कि अभी उस दिन की ही तो बात है। हिसाब करूँगी तो पता चलेगा कि जाने कब एक साल बीत गया! लेकिन हिसाब करने की मेरी इच्छा नहीं होती, ख़ास कर दिनों का हिसाब।

—तुमने उसकी फ़िल्म कैसे देखी? उसकी फ़िल्म कहीं लगी थी क्या? 'नन्दन' में या कहीं और?

—नहीं, शायद। मैंने देखी है, माया ने दिखाई है।

—माया? कौन माया?

—सुरंजन की बहन माया।

मैं इतनी चौंक उठी कि मुझमें लगभग गाड़ी रोको–जितनी उत्तेजना थी।

—माया के साथ तुम्हारा... ?

जुलेखा ने हँसकर कहा—हाँ, दीदी, माया के साथ मेरा बहुत-कुछ!

—कैसे, उसे तो मुसलमान लोग फूटी आँखों नहीं सुहाते थे न। हालाँकि उसकी शादी तो सोबहान के साथ हुई है, मुसलमान के ही साथ। मुझे तब बहुत आश्चर्यजनक लगा था। वह बहुत बदल गई है, है न?

जुलेखा सामने देख रही थी। वह ड्राइवर को अपने होस्टल का रास्ता बता रही थी। उसने अपनी नज़रें वहाँ से हटाईं और मेरी ओर मुड़कर बोली—तुम क्या कुछ भी ख़बर नहीं रखतीं? मुझे तो लगता था कि इतना तो तुम्हें पता ही होगा।

—मुझे कैसे पता होगा? कौन-सी ख़बर?

—माया के साथ सोबहान की शादी नहीं हो सकी।

—मतलब?

—मतलब क्या? माया ने तय कर लिया है कि वह शादी नहीं करेगी। वह भी तो हमारे ही होस्टल में रह रही है।

—यह तुम क्या कह रही हो?

जुलेखा ज़ोर से हँस पड़ी।

—सच बात बताओ?

—सच कह रही हूँ।

—माया तुम्हारे होस्टल में रहती है?

—होस्टल में केवल रहती ही नहीं है, वह हमारे ऑर्गेनाइज़ेशन में शामिल भी हो गई है।

—तुम्हारा ऑर्गेनाइज़ेशन?

—हाँ, 'साहसिनी'। महिलाओं का एक संगठन है। मूल रूप से 'लड़कियों के लिए लड़कियाँ' की आइडियोलॉजी पर आधारित और निर्मित। मुझे पता है, यह तुम्हें पसन्द आएगा। मैंने सोचा था कि होस्टल ले जाकर तुम्हें सरप्राइज़ दूँगी, लेकिन उसके पहले ही मैंने तुम्हें बता दिया।

—माया ने शादी क्यों नहीं की? मैंने तो सुना था कि वह तो शादी के लिए दीवानी थी!

—हाँ, थी तो!

—क्या सुरंजन ने रोका था? वह तो चाहता नहीं था कि शादी हो!

—ना-ना-ना। सुरंजन बाद में मान गया था। लेकिन माया ने ही मना कर दिया कि वह किसी भी हालत में शादी नहीं करेगी। मेरे पास आकर उसने कहा था कि सोबहान अच्छा है। लेकिन शादी के बाद तो सोबहान पति बन जाएगा। पति बनने के बाद पुरुष

लोग जैसा करते हैं, वह भी वैसा ही करेगा। उसने कहा था कि सोबहान की पत्नी जो कष्ट सह रही है, मैं अगर उसकी पत्नी बन गई तो मुझे भी वही कष्ट भोगने पड़ेंगे।

—लेकिन वह तो प्यार करती थी न...

—माया को अन्त में प्यार, प्यार-जैसा नहीं लगा था।

—तो फिर क्या लगा था?

—उसे लगा था कि वह एक लेन-देन है। तुम मुझे ये-ये चीज़ें दोगी, बदले में मैं तुम्हें वे-वे चीज़ें दूँगा।

—एक्सपेक्टेशन तो रहती ही है, वह तो कंडीशन नहीं है।

—हो सकता है, कुछ और वजह हो...!

—कौन-सी वजह? सोबहान मुसलमान है, इसलिए?

जुलेखा ने ज़ोर से सिर हिलाया—वह तो कोई वजह ही नहीं थी। वह मुसलमानों के प्रति विद्वेष रखने का दिखावा करती थी। असल में वह तो सभी को समान नज़रों से देखती है।

—आश्चर्य की बात है!

—आश्चर्य क्यों?

मैंने जुलेखा के इस सवाल का जवाब नहीं दिया। वह मुझे होस्टल में अपने कमरे में ले गई। उस छोटे-से कमरे को उसने अपने ढंग से सजाया था। खिड़की पर फूलों के दो पौधे थे। दीवार पर कुछेक पोस्टर। बिस्तर पर शान्तिनिकेतन की चादर थी। दीवार पर 'साहसिनी' की सभी लड़कियों की तसवीरें चस्पाँ की गई थीं।

—वाह, यह तो मुझे वुमंस वर्ल्ड दिखाई दे रहा है!

—काफ़ी कुछ वैसा ही है जी।

तसवीरें छोटी-बड़ी थीं, जिन्हें समूची दीवार पर लगाया गया था। जुलेखा ने मयूर नामक अपनी रूममेट की तसवीर दिखाई। माया का फ़ोटो दिखाया। बड़ी-बड़ी आँखोंवाली लड़की माया थी। चेहरे पर मीठी मुसकराहट। उसे देखकर बड़ी ममता महसूस हुई।

—अच्छा, माया होस्टल में क्यों रहती है? —मुझे कुतूहल हुआ—उसका तो घर है, वह तो अपनी माँ के यहाँ रहती थी, और उसके बच्चे? वे कहाँ हैं?

जुलेखा ने बताया कि सप्ताह में भले ही एक बार हो लेकिन वह अपनी माँ को देखने जाती है। उसने बच्चों को बोर्डिंग स्कूल में डाल दिया है। बीच-बीच में उनसे भी मिलने जाती है। उसने बच्चों को उनके पिता को दे देने का प्रयास भी किया था, उसने लेने से इनकार कर दिया। अपनी माँ और बड़े भाई से उसके सम्बन्ध अच्छे ही हैं। लेकिन होस्टल लाइफ़ में वह ख़ुद को ज़्यादा इंडिपेंडेंट महसूस कर रही है।

—लेकिन यह ज़िन्दगी कब तक?

—ज़्यादा पैसे कमाने पर वह कोई फ़्लैट किराये पर ले सकती है। माया के

ऑफ़िस में एक प्रॉब्लम हुई थी। बच्चों को बोर्डिंग स्कूल में दाख़िला दिलाने के सिलसिले में उसे थोड़ी दौड़-धूप करनी पड़ी थी और इसके लिए उसे अर्न लीव लेनी पड़ी। लेकिन ऑफ़िस वालों ने पैसे काट लिये। 'साहसिनी' की ओर से उसके ऑफ़िस को चिट्ठी भेजी जा चुकी है। हमने मीडिया को भी ख़बर कर दी है। अब मामला ठंडा पड़ गया है।

जुलेखा हाथ-पैर हिला-हिलाकर बोलती रही। उसके चेहरे पर कोई मेकअप नहीं था। मेकअप नहीं था इसलिए वह बहुत सुन्दर लग रही थी।

एक समय था जब मैं भी चेहरे का मेकअप नहीं करती थी। मैंने इन सब पर पाबन्दी लगा रखी थी। मैंने मेकअप करना तब शुरू किया, जब मुझे प्रेम हुआ था। बाद में मैंने मेकअप ऐसा छोड़ा कि फिर मेकअप का कोई अस्तित्व ही मैं सहन नहीं कर पाती थी। तब मेरा तर्क हुआ करता था कि लड़कियों को सजाकर सामान बना दिया जाता है। यह तो पूरी तरह सच बात है। लेकिन एक कठोर तार्किक होते हुए भी कभी कभी मैं कुछ अतार्किक काम भी कर बैठती हूँ। होंठों पर हलकी-सी लिपस्टिक लगाना मुझे अच्छा लगता है। यह अच्छा लगना किन्हीं पुरुषों के लिए नहीं है, ख़ुद के लिए है। मैं हार पहनती हूँ। यह भी इसलिए कि मुझे अच्छा लगता है। पहनने को इतना कुछ है, इस संसार की कितनी ही जगहों पर लोग प्राकृतिक चीज़ों से ख़ुद को सजा रहे हैं, यह पुरुषवादी समाज सजने-धजने की उन पोशाकों का उपयोग अगर स्त्रियों को दबाकर रखने के लिए करे, तो मैं उसे स्वीकार क्यों करूँगी?

जुलेखा बोले जा रही थी। बहुत-से लोग लगातार बोल सकते हैं। यह भी एक हुनर ही है। मुझे बोलने के लिए कहा जाए तो दो वाक्य कहने के बाद ही मुझे समझ में नहीं आता कि और क्या बोलना है। जुलेखा 'साहसिनी' की और भी उपलब्धियों के बारे में बताती रही।

—'साहसिनी' क्यों, 'साहसी' क्यों नहीं? —मैंने बिना किसी प्रसंग के ही यह सवाल किया।

जुलेखा थोड़ी असमंजस में पड़ गई। फिर उसने सोचकर कहा—ऐसे ही।...क्यों, 'साहसिनी' नाम बुरा है? इसे 'साहसी' कर दूँ?

—नहीं, ठीक है। तुम लोग इसी नाम से काफ़ी काम कर चुके हो। और नाम में रखा भी क्या है! असल तो काम ही है। तुम लोग ख़ूब अच्छा काम कर रही हो।

जुलेखा ने अब प्रस्ताव पेश किया—दीदी, हमने अपनी सभा में तुम्हें अपना मार्गदर्शक बनाने पर चर्चा की है।

—क्यों? मैं तुम लोगों का क्या मार्गदर्शन कर सकती हूँ! तुम लोग ख़ुद बहुत अच्छा काम कर रही हो; बल्कि मुझे ही तुम लोगों से बहुत-कुछ सीखना है। मैं बीच-बीच में तुम्हारी सभा में तुम लोगों की बातें सुनने के लिए आऊँगी। हम अपने अनुभव साझा करेंगे। यहाँ कृपा करके हायरार्की का चक्कर मत रखना। किसी को

ऊपर और किसी को नीचे मत रखना। सबको समान रूप से मौक़ा देना, समान रूप से महत्त्व देना।

जुलेखा बहुत उत्साहित हो उठी।

मैं जिस जुलेखा को जानती थी, यह वह जुलेखा नहीं थी। यह जुलेखा पहले की अपेक्षा अधिक स्वत:स्फूर्त, अधिक स्वच्छ और सुन्दर थी। जुलेखा के चलने-फिरने, बोलने—सभी कुछ में अद्भुत दृढ़ता थी। इस छोटे-से शहर में कैसे और कहाँ से यह लड़की इतनी ताक़त अर्जित कर रही है! जुलेखा मेरे लिए एक सम्पूर्ण विस्मय का विषय बन चुकी थी।

अचानक मेरी जानने की इच्छा हुई कि जुलेखा के साथ किसी ने या फिर कुछेक लोगों ने रेप किया था, यह बात कहाँ तक सच है।

जुलेखा हँसकर बोली—तुम तो मुझे चौंका रही हो। रेप की बात इस तरह उठ आई मानो मरा हुआ व्यक्ति ज़िन्दा होकर क़ब्र से निकल आया हो! मैं रेप को लेकर नहीं सोचती हूँ दीदी। शादी के बाद से मैं हर रोज़ रेप्ड होती थी। हर रोज़ एक आदमी रेप करता था। एक दिन एक से ज़्यादा लोगों ने किया। फ़र्क़ कहाँ है, बताओ?

—तुमने केस क्यों नहीं किया?

—किसके ख़िलाफ़ करती, हस्बैंड के ख़िलाफ़?

जुलेखा ज़ोर से हँसते-हँसते बोली—चकरा गई न! केस करके कोई फ़ायदा नहीं। उन रेपिस्टों के ख़िलाफ़ केस करके कोई फ़ायदा नहीं। वे छूट जाते। इस बहाने वक़ील मेरा शरीर लूटता, पैसे लूटता। ऐसा ही तो होता है! आप रेप्ड हैं, आप यंग हैं। कौन-सा लॉयर होगा जो आपके साथ आशनाई नहीं करना चाहेगा, बोलो?

मैं गूँगी बनी बैठी रही। मुझे समझ में नहीं आया कि क्या कहूँ।

जुलेखा उसी जोश के साथ बोलती रही।

—तुम तो बहुत ऊपर की मंज़िल पर रहती हो न, तुम नहीं समझ सकोगी कि हम लोग नीचे किस तरह ज़िन्दगी बसर कर रहे हैं! तुम्हारी रियलिटी और हमारी रियलिटी अलग है।

—तुम इतना अलग समझ रही हो?

—हाँ, समझ रही हूँ।

—कौन थे वे लोग? किन लोगों ने रेप किया था?

यह सुनकर जुलेखा इस बार पहले से भी ज़्यादा ज़ोर से हँस पड़ी।

—तुम्हें यह जानने की क्या ज़रूरत आन पड़ी? क्या ज़रूरत है? जानने की ज़रूरत क्या है तुम्हें?

—मैं जानना चाहती हूँ!

—होगा कोई।

—इसमें सुरंजन क्या किसी रूप में शामिल था?

—सुरंजन शामिल था? वह तो कहता है, था। मुझे नहीं पता।

—पहेलियाँ मत बुझाओ।

—था शायद।

—साफ़-साफ़ क्यों नहीं कहतीं?

—मैं अस्पष्ट भी तो कुछ नहीं कह रही हूँ। कौन था, नहीं था, मेरे लिए यह इम्पॉर्टेंट नहीं है। जिन्हें मौक़ा मिला था, वे थे। जिन्हें मौक़ा नहीं मिला था, वे नहीं थे। मौक़ा मिलता तो सभी रेप करते।

—हिन्दुओं ने रेप किया था, चूँकि तुम मुसलमान थीं?

—मैं लड़की थी इसलिए किया था। मोहब्बत की करतूतों का बदला लेने के लिए अगर हिन्दुओं ने किया था, तो मोहब्बत की करतूतों का बदला लेने के लिए मुसलमान भी वही काम करते, मोहब्बत की बीवी से रेप करके बदला लेते। इस पृथ्वी पर हर कहीं लड़कियों को इसी तरह यूज़ किया जाता है। इसमें नया कुछ भी नहीं।

—तुम चुप क्यों बैठी रहीं?

—मैं चुप क्यों बैठी रहूँगी भला? मैंने एक रेपिस्ट के साथ अभी बढ़िया प्रेम किया है।

—उसे जेल में न डलवाकर तुमने तो बल्कि बढ़ावा ही दिया है!

—दिया है। कारण कि रेपिस्टों के झुंड में वही बेहतर था। वह तो कहता है कि उसने मुझे और भी ज़्यादा रेप्ड होने से बचाया है। सुरंजन कहता है कि वह बहुत ज़्यादा रिपेंटेड था। उसने सिम्पैथी भी दिखाई थी। लड़कों में तो लड़कियों के लिए सिम्पैथी होती नहीं।

—इस सिम्पैथी का कोई मूल्य है?

—मूल्य नहीं है। यह इसलिए समझ में आ रहा है कि अब रिश्ता नहीं है। लेकिन मैं सुरंजन की एहसानमन्द हूँ, उसने दुष्कर्म की घटना को अंजाम दिलवाया था और उसकी वजह से ही आज मुझे उस जघन्य जीवन से मुक्ति मिल सकी।

—सुरंजन ऐसा काम कर सकता है, पता नहीं क्यों विश्वास नहीं होता!

—मुझे भी विश्वास नहीं होता। मेरी आँखों पर पट्टी बँधी थी। मैंने सुरंजन क्यों, किसी को भी नहीं देखा कि कौन था, कौन लोग थे। सुरंजन ने बताया था कि वह था। उसने ऐसा क्यों कहा, कौन जाने! पता नहीं, किसे बचाने के लिए वह ऐसा कह रहा है! नहीं पता कि वह किसका दोष अपने कन्धे पर लेना चाह रहा है! मैं केवल अमजद के बारे में जानती थी। अब अमजद और उसके दोस्तों ने या फिर सुरंजन और उसके दोस्तों ने, जिन्होंने भी उस घटना को अंजाम दिया था, तो दिया था। इट इज़ पास्ट। आई डोंट केयर। मैं कभी भी जानना नहीं चाहूँगी कि वे कौन लोग थे। मैं कभी भी उनके ख़िलाफ़ कोर्ट नहीं जाऊँगी। मोहब्बत भी तो दौलतमन्द था, उसने भी तो केयर नहीं की। वह रेप्ड हुई है, हुई है। बस। अब उसे और दस बार रेप करो।

—तुम पढ़ी-लिखी लड़कियाँ ही अगर अन्याय का प्रतिवाद नहीं करोगी तो फिर और लोग क्या करेंगे?

—ये सब बेकार की बातें छोड़ो। वह रेप की घटना मेरे जीवन में एक बड़े आशीर्वाद की तरह है। अगर वह नहीं घटती तो मेरा जीवन यूँ उलट-पुलट नहीं होता। बरबाद लड़की के रूप में समाज के ख़ाते में अगर नाम न चढ़ा हो तो अपनी मनमर्ज़ी नहीं चला सकते। कोई भी अपनी मनमर्ज़ी नहीं करने देता। वह जो मैं सुरंजन के घर में ओपनली सो पाती थी, इसके पीछे अगर गैंगरेप की घटना न होती तो सुरंजन भी मामले को सहजता से नहीं ले पाता। उसे भी संकोच होता। लेकिन हाँ, रेप्ड हुई थी और इसी वजह से मैं समझ सकी थी कि लव मेकिंग किसे कहते हैं। नहीं तो ज़िन्दगी भर पता ही नहीं चल पाता।

मैंने कोलकाता में इतनी सारी लड़कियों से बातचीत की है, जुलेखा की तरह इतने निःसंकोच रूप से मैंने इतनी भयंकर बातें कहते किसी को नहीं सुना।

—मैं सुरंजन को ठीक से समझ ही नहीं पा रही। वह फिर से लेक की ओर जाने लगा है। डर लगता है कि कहीं आत्महत्या न कर बैठे...।

जुलेखा बोली—किस दुख की वजह से वह सुसाइड करने जाएगा? सुरंजन ज़िन्दगी से बहुत प्यार करता है। वह ऐसे जर्जर स्वेच्छाचारी जीवन को ही एंजॉय करता है। मुझे डम्प करने के लिए उसने कमाल का तर्क दिया था कि वह मेरे योग्य नहीं है।

—इसका मतलब, वह तुम्हें बहुत ऑनर कर रहा है?

—वह ख़ुद को कर रहा है। ख़ुद मानो बहुत बड़ा, क्या कहते हैं, एक महान व्यक्ति है, महात्मा टाइप का, मानो औरों के लिए सैक्रिफ़ाइस कर रहा है। सब एक्टिंग है।

मुझे ठीक से समझ में नहीं आ रहा कि शहर के बीचोबीच इस तरह की गैंगरेप की एक घटना घट जाएगी और किसी को इसके बारे में पता भी नहीं चलेगा। इसे लेकर कोई कुछ कहेगा नहीं, इस पर कुछ लिखा नहीं जाएगा। कोई कोर्ट नहीं जाएगा, कौन या कौन लोग गुनहगार हैं, कोई नहीं जान पाएगा। जो जानते हैं, वे मुँह बन्द किए बैठे रहेंगे। यह सब कैसा अविश्वसनीय लगता है! जुलेखा का बोलना, उसके बातचीत का ढंग मुझे विस्मित करता है। मुग्ध भी करता है। इस समय उसका मनोबल इतना दृढ़ है, बढ़ते-बढ़ते वह अपने ऐसे शिखर पर पहुँच गया है कि मुझे डर लगने लगा कि सहसा सामान्य-सी हवा आकर सब कुछ तहस-नहस न कर दे! किसी व्यक्ति पर नाराज़ होकर जुलेखा अगर इस जगह पर आ खड़ी होती है, जहाँ वह आ खड़ी हुई है, वहाँ वह कब तक खड़ी रहेगी? यदि वह नाराज़गी किसी भी वजह से ख़त्म हो जाए तो जुलेखा गलकर नदी हो जाएगी। फिर वह इस्पात नहीं हो सकेगी। तप-तपकर दग्ध होने पर ही तो इस्पात हुआ जाता है। लेकिन सुरंजन को लेकर जुलेखा की जो धारणा है, मैं उसे स्वीकार नहीं कर सकती। अगर किसी को बचाने के लिए सुरंजन ने ज़िम्मेदारी अपने कन्धों पर ली है तो फिर अमजद-

जैसे लोगों को बचाने के लिए ही ली है। सुरंजन के चरित्र को निर्मित करने की मुझे किसी भी तरह की आज़ादी नहीं है। सुरंजन ख़ुद अपने चरित्र का स्रष्टा है। पता नहीं क्यों, मुझे ऐसा लगता है कि रेप का मामला ही बनावटी है। दरअसल ऐसी कोई घटना आज तक घटी ही नहीं। सुरंजन और जुलेखा दोनों ही एक-दूसरे से कह रहे हैं कि घटी थी। सोचते-सोचते, गढ़ते-गढ़ते, कहते-कहते ही सम्भवत: वे यक़ीन करने लगे हैं कि ऐसी एक घटना सचमुच घटी थी। फिर लगता है कि इस तरह का विश्वास उन लोगों को होता है, जिनके दिमाग़ में गड़बड़ी है। सुरंजन और जुलेखा को मैं दिमाग़ से गड़बड़ लोगों की जमात में क़तई शामिल नहीं कर सकती। तो फिर ग़लती कहाँ पर है? ग़लती किसने की है? मैं धुएँ के ग़ुबार में खोती चली गई...

मैं जिस माया को जानती थी, जुलेखा ने बताया कि वह माया भी पूरी तरह से बदल गई है। लेकिन अगर मैं यह सोचूँ कि माया ने ढाका के उन मुस्लिम साम्प्रदायिक दुष्कर्मियों को माफ़ कर दिया है, तो वह मेरी भूल होगी। वह हर दुष्कर्मी के ख़िलाफ़ है, फिर वह जिस भी धर्म का हो। वह स्त्रियों से विद्वेष करनेवाले हरेक के ख़िलाफ़ है, फिर वह जिस भी धर्म का हो।

लेकिन, जुलेखा ने हँसते हुए कहा कि माया यह भी कहती है कि सारे पुरुष एक-जैसे ही हैं, फिर वे जिस भी धर्म के हों।

—उसमें इतनी जल्दी यह रियलाइज़ेशन आया कैसे? शादी करने के लिए अभी कुछ दिनों पहले तक तो वह पागल थी!

जुलेखा बोली—जो लोग ज़्यादा पागल होते हैं, उन्हें ही सबसे पहले होश आता है।

—ऐसा है क्या?

—ऐसा ही है।

—मुझे ऐसा नहीं लगता। धर्मान्ध लोगों को आसानी से होश नहीं आता। किसी चीज़ को लेकर अन्धा होने का मतलब ही है कि उसे पूरा नहीं दिखाई दे रहा। शादी-गृहस्थी वग़ैरह पर जिनका मोह बहुत तीव्र होता है, बहुत बड़े धक्के के बिना वह मोह नहीं टूटता।

—माया ने कोई कम धक्के नहीं खाए दीदी! उसने रात-दर-रात मुझे अपनी ज़िन्दगी के क़िस्से सुनाए हैं। वह सब तुम्हें कुछ भी नहीं मालूम। सोच रही हूँ, जब मयूर चली जाएगी तो माया को अपनी रूममेट बना लूँगी।

—तुम लोग अब शादी-वादी नहीं करोगी?

जुलेखा बोली—तुम ख़ुद तो अकेली रहती हो, औरों को शादी करने की सलाह क्यों दे रही हो? हमें अकेले रहने की सलाह क्यों नहीं देतीं?

—तुम लोग होस्टल में रहती हो। तुम्हें जो तनख़्वाह मिल रही है, उसमें चल जाता है। लेकिन कोई फ़्लैट लेकर रहना क्या तुम्हारे लिए सम्भव हो पाएगा?

जुलेखा दो लोगों के हिसाब से चाय बना लाई। उसके कमरे में ही चाय के

सरंजाम मौजूद थे। मुझे एक कप चाय देती हुई बोली—ऐसी स्थिति में हम कई लड़कियाँ एक साथ मिलकर रहेंगी।

—मतलब?

—मतलब कई लोग मिलकर। एक साथ रहेंगी। लिव टुगेदर।

—वही सिक्सटीज़ का कम्यून?

—क्या कहा तुमने?

—हिप्पियों के ज़माने में यूरोप और अमेरिका में लड़के-लड़कियाँ कम्यून में रहा करते थे। वे एक घर या अपार्टमेंट किराये पर लेकर रहते थे। वैसा ही?

जुलेखा अपनी चाय में शक्कर घोलती हुई जार से चार बिस्कुट निकालकर मुझे थमाती हुई बोली—नहीं-नहीं, वैसा नहीं।

—मैं बिस्कुट नहीं लूँगी।

बिस्कुट खाते हुए जुलेखा ने कहा—हमारे कम्यून में कोई लड़का नहीं रहेगा।

हँसी के कारण मेरी चाय छलक गई। मैंने कहा—तुम पुरुषों से विद्वेष करती हो क्या?

—क्या बात कर रही हो तुम? इफ़ यू अलाउ ए मैन टू लिव विद अस, ही विल फ़क ऑल ऑफ़ अस।

—इसका उलट भी तो हो सकता है!

—किस तरह?

—वी ऑल कैन फ़क हिम।

जुलेखा हँसकर बोलती-बोलती लोटपोट हो गई—वी विल फ़क हिम टू डेथ।

जुलेखा के पास एक कप चाय ख़त्म होने तक रुकने की बात थी। मैं चार कप समय वहाँ रुकी रही। माया के साथ भी मुलाक़ात हुई। मैं उसे अपने सीने से लगाए रही। मैंने सुरंजन और किरणमयी से जिस ऊष्मा की अपेक्षा की थी, वह ऊष्मा मुझे माया से मिली। मैं उनकी रात आठ बजे वाली बैठक में मौजूद नहीं रह सकी। मैंने वादा किया कि मैं अगले ही सप्ताह आऊँगी। माया और जुलेखा अगले इतवार मेरे घर आ रही हैं। मैं उन्हें लेकर दीघा जाने का सोच रही हूँ। बहुत दिन हुए, कहीं दूर जाना नहीं हुआ। ऐसा लग रहा है, मानो समूचे शरीर और मन पर काई जम गई है!

✿✿✿

अनुवादक की ओर से

तसलीमा नसरीन के विपुल लेखन और सार्वजनिक जीवन के क्रिया-व्यापारों से समूची दुनिया के सामने यह बार-बार ज़ाहिर हो चुका है कि वे महिलाओं के अधिकारों के लिए लड़ती और सार्वभौमिक विषमताओं के विरुद्ध प्रतिवाद करती सबसे मुखर आवाज़ों में से एक हैं। वे अपनी रचनाओं में धर्म की पाखंडी संस्थाओं, उनके प्रतिगामी विचारों, राजनीति को घृणित कर्म में बदलते चालाक राजनेताओं की कारगुज़ारियों, समाज में अपने प्रभुत्व के लिए विविध अपकर्मों में लिप्त पुरुष वर्ग की ओछी मानसिकता और अन्धविश्वासों में जकड़े पढ़े-लिखे वर्ग के विरुद्ध असम्भव साहस के साथ प्रतिवाद करती चल रही हैं और इसका उन्हें अपने व्यक्तिगत और लेखकीय जीवन में समान रूप से ख़मियाज़ा भुगतना पड़ रहा है। पिछले दो दशकों से वे निर्वासित जीवन बिताने के लिए विवश हैं, उनकी किताबों पर तमाम देशों में पाबन्दी है और उन्हें जान से मारने के तमाम फ़तवे दिए जा चुके हैं। बावजूद इन सबके वे लगातार लिख रही हैं, दुनिया भर के मंचों से बोल रही हैं और मानवता को अपदस्थ करती ताक़तों का पुरज़ोर मुक़ाबला कर रही हैं।

कोई आश्चर्य नहीं कि उनका यह उपन्यास भी पुरुषप्रधान समाज की दकियानूसी मानसिकता की शिकार स्त्रियों के आत्मसंघर्ष का जीवन्त आख्यान तो है ही, इसमें साम्प्रदायिक वैमनस्य की भयावह परिणतियों का निदर्शन भी है। इस उपन्यास के अन्तर्सूत्र 'लज्जा' के साथ बहुत मज़बूती से जुड़े हैं। यहाँ प्रमुख किरदार वही हैं जो 'लज्जा' में थे, लेकिन इस उपन्यास में उनका परिवेश भिन्न है। 'लज्जा' में हमने देखा था कि मस्जिद भारत में ढहाई गई और साम्प्रदायिक उन्माद का दंश बांग्लादेश के अल्पसंख्यकों को भी झेलना पड़ा। 'बेशरम' में हम देखते हैं कि दंगों के बाद 'लज्जा' का एक परिवार इस उम्मीद के साथ कोलकाता में शरण लेता है कि यहाँ वे अल्पसंख्यक नहीं होंगे और इस कारण उन तमाम अशांतियों से बच जाएँगे, जिनकी वजह से उन्हें बांग्लादेश छोड़ना पड़ा,

लेकिन यहाँ उनका यह भ्रम जल्दी ही टूट जाता है। यहाँ रहते हुए बहुत जल्दी ही वे इस बात को महसूस कर लेते हैं कि यह देश भी उतना उदार नहीं है, जितना वे सोचकर आए थे। यहाँ धर्मनिरपेक्षता बनाम साम्प्रदायिकता का शाश्वत द्वन्द्व देश की आबोहवा को तय करता है और दूर-दूरस्थ के जनमानस को गहरे प्रभावित करता है। सुरंजन का परिवार यहाँ भी ग़रीबी, अन्धविश्वास, बेरोज़गारी, धर्मान्धता तथा आपसी नफ़रत-जैसी समस्याओं से दो-चार होता रहता है। ग़रीबी, भूख और वंचना की आग में झुलसता यह स्वाभिमानी परिवार एक दिन समझौतों के दलदल में बुरी तरह धँस जाता है। तसलीमा ने कथा के महीन ताने-बाने में, जीवन के महान आदर्शों का सपना देखनेवाली युवा-पीढ़ी के—व्यवस्था की निर्मम चपेट में आकर—छीजने-बिखरने को, बेरोज़गारी के डरावने बियाबान में जिस्मफ़रोशी के दलदल में धँसती लड़कियों के अनाम कष्टों को बड़ी ही मार्मिकता से पिरोया है।

इस उपन्यास की कथा में लेखिका स्वयं लगातार मौजूद हैं और उन्होंने तमाम किरदारों के माध्यम से मौजूदा समाज की जटिलताओं, दशा और दिशा को बहुत ज़िम्मेदारी से परिभाषित किया है, उन पर तल्ख़ टिप्पणियाँ की हैं। इस उपन्यास में कहीं विवाह के नाम पर, कहीं प्रेम के झूठे आश्वासनों तो कहीं बेबसी की वजह से स्त्रियाँ बार-बार छली गई हैं। उनमें से कुछ ने समझौता कर लिया है, कुछ मानसिक सन्तुलन खोकर समाज के लिए अप्रासंगिक हो गई हैं, लेकिन तसलीमा ने स्त्रियों के संघर्ष को धूजने और असफलता के घटाटोप में बिला जाने नहीं दिया है। उपन्यास में उनके पात्र लगातार संघर्ष करते दीखते हैं और लड़ने की यह ताक़त वे अपने भीतर से ही अर्जित करते हैं। यहाँ स्त्रियाँ उस आत्मनिर्भरता को हासिल कर लेना चाहती हैं, जहाँ वे पुरुष-वर्चस्व के समानान्तर अपनी अस्मिता को स्थापित कर सकें और हर प्रकार की असमानता, असंवेदनशीलता का प्रबल प्रतिवाद रच सकें। आज हम दुनिया-भर के समाजों में स्त्रियों को अपने पैरों पर खड़े होते देख रहे हैं, हमारे देश में भी यह दृश्य कभी-कभार दिखाई दे जाता है। मुझे उम्मीद है, व्यवस्था की बेशर्मी के विरुद्ध मुखर होती चेतना के आत्मसंघर्ष को रेखांकित करता यह उपन्यास निश्चित रूप से हिन्दी के पाठकों को भी झकझोरने में सफल हो सकेगा।

उत्पल बैनर्जी

दिसम्बर, 2018
इन्दौर